Bertrice Small

사랑이여 나를 기억하라

버트리스 스몰
이석태 옮김

현대문화센타

LOVE, REMEMBER ME

by Bertrice Small

Copyright © 1994 by Bertrice Small

Reprinted by special arrangement with Ballantine Books, New York, through Shin Won Agency Co., Seoul

Translation Copyright © 1998 by Hyundae Munhwa Center.

차 례

- 7   프롤로그
- 11   1부 / 들장미
- 193   2부 / 윈터헤븐의 신부
- 275   3부 / 사랑이여, 나를 기억하라
- 428   그 후

사랑이여 나를 기억하라

프롤로그

1537년 가을, 햄프턴 궁

왕비가 숨을 거두었다.

왕비는 10월 12일 금요일 새벽 2시에 왕자를 낳았다. 어서에 머물고 있던 왕은 왕자가 태어났다는 보고를 받자마자 햄프턴 궁으로 달려왔다.

국왕 헨리 튜더는 튼실한 팔다리와 아름다운 금발을 갖고 태어난 아들을 보자 주체할 수 없는 행복에 젖어들었다. 마침내 자신의 지위를 계승할 건강한 사내아이를 갖게 된 것이다.

「제인, 당신이 자랑스럽소. 정말 수고가 많았소!」

왕은 아들을 얻은 기쁨으로 그 동안 골머리를 썩이던 두 딸들마저 사랑스러워 보였다. 헨리는 딸들 이야기가 나오면 고개부터 절레절레 흔들곤 했다. 지나치게 종교적인 큰딸 메리는 아버지에게 너무도 불만이 많았고, 앤 블린에게서 얻은 둘째딸 엘리자베스는 세 살 먹은 계집아이라고 하기에는 지나치게 영악했다. 그러나 아내 제인은 남편이 전처들에게서 얻은 딸들을 친자식처럼 보살펴주었다.

「이 녀석이 외롭지 않도록 더 낳읍시다. 누이들만으론 충분치 않으니 말이오. 사내놈을 서넛 더 낳는 거요. 영국을 위해서 그렇게 합시다!」
　사흘 동안 엄청난 산고에 시달렸던 제인 시모어는 탈진 상태였다. 출산의 고통이 너무도 생생한 지금, 아이를 더 낳는 문제를 생각하는 건 아무래도 무리였다. 신이 남자들이 아이를 낳도록 만들었다면 어땠을까? 그래도 남자들이 후손들에게 집착할 수 있을까? 제인은 오히려 그런 생각을 하고 있었다.
「왕자 이름은 정하셨나요?」
「에드워드! 이 녀석을 에드워드라 부르겠소.」

　왕자의 탄생을 알리기 위해 전령들을 내보냈다. 파견된 전령들은 헨리 8세의 젊은 아내 제인이 건강한 왕자를 낳았다는 소식을 전국 곳곳에 전하기 다녔다. 런던의 모든 성당에서는 에드워드 왕자의 탄생을 축하하기 위해 온종일 종을 울렸다. 성당의 종소리는 자정이 지난 시각까지 이어졌고, 성당 안에서는 테데움 성가의 합창이 그치지 않았다.
　사람들은 곳곳에 화톳불을 피우고, 새로 출생한 왕자에게 경의를 표하며 이천 발의 예포를 쏘아 올렸다. 런던 탑은 말 그대로 푸른 연기 속에 잠겨버렸다. 또한 집집마다 귀한 왕자의 탄생을 축하하기 위해 현관에 꽃줄을 걸어두고 잔치 음식을 준비하느라 부산했다.
　많은 사람들이 왕가의 행복을 염원하는 축복의 말과 함께 값진 선물을 보내왔다. 기쁨에 겨운 왕이 누구에게 어떤 은혜를 내릴지 모르는 상황이었기에, 사람들은 들뜬 상태에서 왕의 눈에 들기 위해 애를 썼다. 에드워드 왕자의 탄생은 헨리와 그의 아내뿐만 아니라 모든 영국인에게 커다란 기쁨이었다.
　10월 15일 월요일, 에드워드 왕자는 햄프턴 궁에 부속되어 있는 성전에서 세례를 받았다. 왕은 대주교 크랜머와 서포크의 공작과 노포크의 공작이 왕자의 대부가 되고, 자신의 장녀 메리가 대모의 역할을 맡도록 명했다.
　오늘만큼은 말괄량이 엘리자베스도 동생의 세례식에 참여하도록 허락

되었다. 제인이 왕을 설득해서, 엘리자베스에게 성유를 운반하도록 했던 것이다. 왕과 왕비, 그리고 세례식에 참석한 모든 이들이 아기의 장래를 축복하는 가운데 세례식이 끝나자 이날 왕자를 돌보는 임무를 맡은 서포크의 공작부인이 에드워드를 품에 안고 왕자의 거처로 갔다.

헨리는 공작부인을 뒤따르는 시종들에게 에드워드 왕자가 지내게 될 방을 세심하게 관리하라는 명령을 내렸다. 왕은 첫번째 아내였던 아라곤의 공주 캐서린이 여러 번 유산했고, 그나마 세상에 나온 왕자들도 일찍 사망했던 아픔을 겪었기에 육아에 만전을 기하고 싶어했다. 그래서 왕자의 방과 그곳으로 통하는 모든 복도를 매일 쓸고 비눗물로 깨끗이 세척하라는 지시를 내렸다. 왕자의 손길이 닿는 모든 것, 왕자에게 입혀지는 모든 옷이 깨끗해야 한다는 명이었다. 시종들은 여태껏, 헨리 튜더가 그렇게 광적으로 청결을 강조하는 모습을 본 적이 없었다.

왕자에게 젖을 물릴 유모는 병치레를 전혀 하지 않은, 건강한 시골 여자 중에서 두 명이 선발되었다. 헨리는 유모들이 왕자를 다른 아기와 함께 돌보거나, 음식을 같이 먹일 수 없게 했다. 다른 아기가 왕자에게 병을 옮길 수도 있기 때문이었다. 에드워드는 아버지의 뒤를 이어 영국을 통치할, 그 누구와도 비교할 수 없는 소중한 아기였다.

왕비가 쓰러지고 말았다. 왕자가 세례를 받은 다음날 왕비는 병석에 들었다. 저녁나절에 잠시 기운을 차리는 것 같더니만 다시 심각한 상태에서 밤을 맞았다. 왕비를 치료한 시의들은 심각한 산욕열이라고 진단했다. 왕비는 죽음의 늪으로 깊이깊이 가라앉고 있는 사람처럼 보였다. 왕비의 고해 신부인 칼라일 주교는 왕비에게 최후의 병자성사를 집행할 계획을 세워야 했다.

그러나 날이 밝을 무렵 왕비는 회복하는 듯하였고, 사람들은 기적이 일어날 수도 있다고 믿었다. 목요일이 되자 왕비는 완쾌할 기미마저 보여 모든 이들이 시름을 놓았다.

하지만 금요일 오전, 왕비는 급격히 오른 고열 속에서 또다시 혼수 상태에 빠지고 말았다. 감히 왕비가 곧 숨을 거둘 거라고 말할 수 있는 이는 아무도 없었지만, 누구도 왕비의 죽음이 임박했다는 사실을 의심할 수 없었다.
　왕은 사냥철을 맞아 어셔로 돌아간다는 계획을 취소했다. 사랑스런 아내 곁을 떠날 수가 없었다. 헨리는 비통한 마음에 많은 눈물을 흘렸다. 보필하는 대신들은 지금까지 왕이 우는 모습을, 그것도 그렇게 비통하게 우는 모습을 보지 못하였으므로 더욱더 슬퍼했다.
　그날 밤 자정 무렵 칼라일 주교는 마지막 의식을 집전하기 위해 왕비가 누워 있는 침실로 들어왔다. 의식을 끝낸 주교는 왕을 위로하려 애썼다. 그러나 헨리의 슬픔은 그 누구도, 그 어떤 말로도 달랠 수 없었다.
　새벽 2시, 제인 시모어는 숨을 거두었다. 12일 전에 아들을 낳았던 바로 그 시각에 그녀는 짧은 생을 마감했다. 왕은 즉시 윈저 성으로 떠나 칩거에 들어갔다. 사람들은 왕에게 닥친 불운을 안타까워하였고 죽음과도 같은 침묵에 잠겨 있는 그의 모습에 크게 슬퍼했다.
　왕비의 장례식은 그녀를 떠나 보내는 사람들의 슬픔만큼이나 무거운 분위기 속에서 진행되었다. 제인의 가녀린 몸에는 금실로 만든 옷이 입혀 있고, 사랑스런 금발머리는 단정하고 우아하게 늘어져 있었으며, 머리에는 보석으로 장식된 왕관이 씌워져 있었다.
　그녀는 그렇게 훌륭하게 차려 입고 햄프턴 궁 알현실에 누워 있었다. 백성들은 런던 탑 아래에서 애도의 노래를 부르며 왕비의 영혼과 이별해야만 했다. 왕비는 왕실에 부속된 성전으로 옮겨졌고, 그곳에서 많은 귀부인들이 시신을 지키며 한 주간 동안 밤을 지새웠다.
　장례 기간 동안 메리 튜더가 제주를 맡았다. 친어머니와 헤어진 자신을 따뜻하게 감싸주고 변덕스런 아버지와의 사이가 벌어지지 않도록 애썼던 셋째 어머니를, 메리는 진정으로 사랑했고 깊이 존경했다.
　11월 8일, 제인의 시신은 윈저 성으로 옮겨져 영원한 안식에 들어갔다. 헨리는 아내의 시신을 땅에 묻으며 슬픔까지 함께 묻을 수 없음을 원통해했다. 하지만 그는 네 번째 아내를 맞을 결심만큼은 굳히고 있었다. 아들 하나만으로는 절대로 튜더가를 이어갈 수 없다는 생각이었다.

LOVE REMEMBER ME

제 1 부
1539년 - 1540년

들장미

1

「그렇게 얘기했잖아요!」
랭포드의 백작부인 블레이즈 윈햄이 짜증스런 목소리로 말했다.
「한번 들르겠다고 한 말, 당신도 같이 들어놓고 그래요?」
「입에 발린 말을 하는 줄 알았소. 사람들은 항상 그렇게 말하잖소」
앤터니 윈햄 백작 또한 언성을 높였다.
「다들 한번 찾아오겠다고 얘기하지만 다 인사치레요. 솔직히 당신, 헨리가 리버스에지까지 올 거라고 정말 믿었단 말이오?」
백작은 짜증을 내며 자신의 검은 머리를 쓸어 올렸다.
「우리 집은 왕을 접대할 수 있을 만큼 크지가 않소. 왕이 언제까지 머물지, 왕을 따라오는 사람들이 몇이나 될지, 생각이나 해봤소? 우리가 왕을 흡족하게 대접할 수 있을 것 같냔 말이오?」
윈햄 백작은 생각할수록 화가 치밀었다.
백작은 아내에게 성난 눈을 해 보였다. 이런 법석을 떨어야만 하는 책임은 분명 아내에게 있었다. 아내가 왕과 오랫동안 친분 관계를 유지하고 있었기 때문에 이런 일도 생긴 것이다.
「여보, 헨리는……, 그저 개인적으로 우리를 방문할 뿐이에요. 리버스에지가 사냥터 부근이니까, 사냥하다가 근처에 있는 우리 집도 검사겸사 들러보는 거라구요.」
블레이즈 부인의 목소리에 애교가 섞이기 시작했다.
「일행이라고 해봐야 예닐곱 명 정도가 고작일 테고, 정오쯤 와서 아침 겸 점심 먹고 갈 테니 너무 걱정하지 마세요. 아무 부담도 느낄 필요 없다구요.」
블레이즈 부인은 남편의 손을 다독거렸다.
「제대로 준비할 만한 시간도 없잖소?」
말투는 다소 누그러졌지만, 백작은 여전히 투덜거렸다.
「아무리 왕이라지만, 보다 확실하게 방문 의사를 밝혔어야 하는 거 아니오!」
「그건 그렇지만……, 언제까지 불평만 하고 계실 거예요? 어쨌든 왕은 내일 와요. 그를 맞을 준비를 하기에 시간은 충분하고도 남는다구요.」
블레이즈 부인은 자기도 모르게 목소리가 높아졌다. 입을 삐죽거리던 그녀는 다시 남편에게 몸을 돌렸다.
「여보, 당신은 아무것도 할 필요 없어요. 당신은 그저 근사하게 보일 준비만 하시면 된다구요.」
그녀는 윈햄 백작을 바라보며 입을 맞추었다.
「그건 그렇구요, 애시비에 계시는 친정 부모님에게 사람을 보냈어요. 오셔서 왕을 뵈라구요. 동생들도 올 거예요.」
「뭐? 식구들을 모두 오라고 했단 말이오?」
화가 다소 누그러지는 듯하던 백작은 다시 신경질적인 반응을 보였다. 블레이즈 부인은 장녀이고 밑으로 남동생이 세 명, 여동생은 일곱 명이나 있었다.
「여동생 중에서는 블리스와 블라이드만 오라고 했어요.」

백작부인은 남편을 안심시키기 위해 재빨리 입을 열었다.
「그리고 아마 어머니가 남동생 헨리와 톰을 데리고 올 거예요. 게빈은 올케 출산일이 가까우니 못 올 거구요. 걔네들한테는 첫애니까 신경이 많이 가겠죠.」

랭포드의 백작 앤터니 윈햄은 처가 식구들이 온 집안을 점령하지는 않으리라는 것을 알자 어느 정도 마음을 놓을 수 있었다.

앤터니 백작은 처제들 중에서 마우드의 백작부인 블리스 피츠휴와 킹슬레이 경의 부인이 된 블라이드 킹슬레이를 가장 잘 알고 있었다. 둘은 쌍둥이였고 아내와 나이 차이도 얼마 나지 않았다. 그 밑에 처제가 딜라이트인데, 수년 전 남편인 킬랄로에의 코맥 오브라이언 경을 따라 아일랜드로 떠난 후 거의 소식이 없었다.

그 다음 처제들은 앨콧 경의 쌍둥이 아들들에게 각각 시집을 간 라크와 니네테였다. 라크와 니네테는 시골에서 살게 되었지만 둘이 함께 있게 되어 다행이라며 만족해했다. 그리고 밑에서 두 번째 처제인 프라우드 배노라는 베레스포드의 후작에게 시집을 갔고, 마지막 처제 글레나도 언니들에게 질 수 없다는 듯 애드니의 후작에게 시집을 갔다.

앤터니 백작의 장인인 로버트 모건 경은, 딸들의 외모가 하나같이 아름다울 뿐 아니라 건강한 아이들을 잘 낳아 사람들의 부러움을 사고 있었으므로, 무척이나 행복한 노후를 보내고 있었다.

「놓칠 수 없는 기회예요.」

한 손을 꼭 쥐어 보이며 말하는 아내의 어조가 백작에게는 너무도 생경하게 들렸다. 기회라니, 대체 무슨 소리를 하는 건가?

「기회? 무슨 기회? 누구를 위한 기회?」

「우리 애들이요! 니사, 필립, 그리고 자일스를 위한 기회라구요. 왕은 지금쯤 죽은 아내 제인을 웬만큼 잊었을 거고, 클레브스의 공주와 약혼까지 했으니 틀림없이 기분이 좋은 상태일 거예요. 게다가 내일 아침 사냥에서 사슴이라도 몇 마리 잡고, 우리 집에서 먹는 아침식사가 입에 맞으면 기분은 더 좋아지겠지요.」

「마나님, 대체 무슨 말씀을 하고 계시는 거요?」
백작이 퉁명스럽게 말했다.
「니사, 필립, 그리고 자일스가 왕궁에서 생활할 수 있었으면 좋겠어요, 여보. 우리 애들은 보다 품위 있게 살아야 해요. 왕궁에서라면 니사도 훌륭한 남편감을 만날 수 있을 거고, 누군가 필립과 자일스를 사위삼고 싶어할 사람도 있을 거예요. 물론 지위와 권세가 엄청난 가문을 기대하지는 않지만, 괜찮은 사윗감을 찾는 훌륭한 집안을 만날 수 있을 거라구요. 필립은 당신 뒤를 이어 랭포드의 백작이 될 거고, 자일스는 내 소유로 되어 있는 그린힐을 받아 안정된 수입을 갖게 될 테니까 사윗감으로 부족할 게 뭐가 있어요. 사실 우리 애들만한 사윗감도 드물다구요.」

백작부인은 미소지으며 남편을 바라보았다. 아내의 의도를 알게 된 앤터니 백작의 얼굴이 활짝 펴졌다. 그러나 눈빛만큼은 진지했다.
「필립과 자일스가 그렇게 된다면 좋지만……, 그러나 니사가 궁으로 가고 싶어할까? 아무래도 니사는…….」
「왜 니사는 아니죠?」
블레이즈 부인은 남편이 뭐라고 대답할 사이도 없이 말을 이었다.
「이 시골구석에는 니사를 시집보낼 만한 집안이 없잖아요. 만약 니사가 왕비의 시녀가 된다면, 니사는 왕실의 보호를 받으면서 마땅한 남자를 만날 수 있는 기회를 잡게 될 거예요. 들리는 말에 의하면, 클레브스의 공주는 대단히 온화하고 자상하다는군요. 그러니 세상에 이런 기회가 어디 있어요. 왕이 아직도 제게 호감을 갖고 있다면, 제 청을 기꺼이 들어줄 거예요. 헨리는 옛 일을 마음에서 쉽게 지우지 않는, 감상적인 사람이니까 아직 저에게 호감을 갖고 있을 거라구요. 여보, 아이들의 인생을 바꿔놓을 이런 기회는 다시없어요. 게다가 애들이 왕궁에서 만나는 사람들은 동생들에게도 도움이 될 거구요. 우리에게는 나머지 애들한테 나눠줄 수 있는 재산은 없으니까, 걔들한테는 형제들의 도움이 절실하잖아요.」

「리처드는 성직자가 될 아인데, 걔도 왕궁에 가야 할 것 같소?」
「대주교가 수시로 왕궁에 드나들잖아요. 리처드가 대주교와 접촉할 수 있는 멋진 기회라구요.」
블레이즈 부인은 미소를 지었다.
앤터니 윈햄 백작은 가만히 아내를 바라보다가 갑자기 크게 웃음을 터뜨렸다.
「당신이 영악하다는 사실을 내가 잠시 까먹고 있었군. 좋소, 계획대로 해봅시다. 신의 뜻이 있다면 당신 말대로 될 거요. 니사와 필립, 그리고 자일스가 왕궁으로 들어가고, 리처드도 대주교를 만나게 되겠지.」
그는 손을 뻗어 아내의 불룩한 배를 두드렸다. 블레이즈 부인은 출산을 두 주일 앞두고 있었다.
「그런데 당신, 이번에도 아들이라고 확신하는 거요?」
「당신은 내게 아들 씨만 뿌리잖아요.」
「당신은 내게 아들을 다섯이나 낳아주었지. 그리고 딸 니사하고.」
백작은 흐뭇한 표정으로 말했다.
「니사는 에드문드의 피를 받았잖아요. 하지만 당신은 니사에게도 좋은 아버지예요.」
「내 피이기도 하지. 에드문드는 내 삼촌이잖소. 내가 좋아했던 삼촌.」
「그래요, 당신한테는 형이나 다름없지요. 나이 차도 많지 않고, 무엇보다 당신 어머니가, 그러니까 당신 삼촌 에드문드의 누나 도로시 부인이 두 사람을 같이 길렀으니까요.」
「아, 그래, 어머니! 여보, 어머니가 계시는 리버사이드에도 사람을 보냈소? 어머니도 왕을 뵙고 싶어하실 텐데.」
「제가 보낸 사람이 당신 어머니 댁에 먼저 들를 거예요.」
블레이즈 부인은 싱글거리며 말했다.
「헨리는 우리가 지금 무슨 생각을 하고 있는지 전혀 모르죠?」

이튿날 정오, 왕이 리버스에지를 방문했다. 왕은 혼자서 암사슴 두 마리와 수사슴 한 마리를 잡은 터라 기분이 대단히 좋아 보였다. 특히 뿔이 두 갈래로 돋아난 수사슴은 왕도 처음 보는 멋진 놈이었다. 그는 다시 젊어진 느낌을 한껏 맛보고 있었다.

그러나 왕이 아직 젊다고 생각하는 사람은 아무도 없었다. 블레이즈 부인은 3년 만에 만나는 왕의 외모가 너무도 많이 변해 있어서 깜짝 놀랐다. 왕은 그 동안 엄청나게 비대해져서 입고 있는 옷이 터질 듯 팽창되어 있었다. 한때는 맑기만 했던 얼굴도 검붉은 빛으로 퇴색되어 있었다.

블레이즈 부인은 왕에게 예를 갖추며 머리를 깊이 숙였다. 고개를 숙인 랭포드의 백작부인은 자신의 옛 연인, 잘생기고 건강미가 넘치던 지난날의 헨리를 기억해내려고 애썼지만 쉽지가 않았다.

헨리 튜더는 백작부인의 손을 잡아 일으켰다.

「일어나시오. 사랑스런 전원의 여인이여.」

귀에 익은 목소리가 시간을 과거로 되돌려 놓는 것만 같았다.

「나를 생각하는 그대의 마음, 내 잘 알고 있소.」

왕은 블레이즈 부인을 내려다보았다. 왕의 눈에는 블레이즈 부인 외에는 아무도 이해할 수 없는 그 어떤 빛이 어려 있었다.

「존경하옵는 폐하!」

블레이즈 부인은 왕을 올려다보며 미소짓고는 발돋움하여 그의 뺨에 입을 맞추었다.

「어서 오십시오. 누추한 이곳까지 찾아주셔서 영광입니다. 마음속으로 항상 폐하와 에드워드 왕자님을 위해 기도하고 있습니다.」

「폐하!」

랭포드의 백작 앤터니 윈햄이 왕 앞으로 한 발 나서며 공손하게 말했다.

「제가 하고 싶은 말을 아내가 먼저 해버리는군요. 이렇게 찾아주시니 참으로 큰 영광입니다.」

「오, 앤터니! 오늘 오후에 함께 사냥을 나갑시다.」

백작을 보고 반가움을 표시한 왕은 함께 온 일행들에게로 눈길을 돌리며 말했다.

「아침 사냥에 앤터니 백작을 초대할 생각을 한 사람이 아무도 없구려. 누군가는 신경을 썼어야 하지 않소? 내가 모든 것을 다 생각해내야 하는 거요?」

그의 푸른 눈동자에 짜증이 배어 있었다.

「폐하와 함께 사냥을 하게 되다니 더 없는 영광입니다. 이제 안으로 드셔서 아침을 드시는 것이 어떠하실지요.」

「들어갈까요, 핼?」

랭포드의 백작부인은 왕의 팔짱을 끼며, 예전에 항상 불렀던 왕의 애칭을 사용했다.

「제 부모님과 시어머니께서도 당신을 뵙기 위해 벌써 여기에 와 계십니다.」

블레이즈 부인은 왕의 기분을 돋우기 위해 애썼다.

「핼, 싱싱한 쇠고기를 준비했어요. 파이도 만들었구요. 제 기억이 맞다면, 폐하께서는 파이를 좋아하시지요? 오래된 붉은 포도주를 넣은 그레비와 함께 준비했어요. 작은 파와 신선한 당근도 물론 넣었구요.」

블레이즈 부인은 미소 띤 얼굴로 왕을 올려다보았다.

「여러분들도 들어가시지요.」

윈햄 백작은 왕을 따라온 대신들에게 안으로 들어오라며 홀로 안내했다.

블레이즈 부인은 왕에게 식구들을 소개했다. 그녀의 부모인 모건 경 내외, 그리고 남편의 어머니인 도로시 윈햄 부인이 국왕에게 인사를 올렸다. 쌍둥이 동생 블리스와 블라이드, 그리고 그들의 남편인 마우드의 백작 오웬 피츠휴와 니콜라스 킹슬레이 경도 왕 앞에 고개를 숙였다. 이제 건장한 청년이 된 모건 경의 두 아들 헨리와 토마스도 왕에게 인사를 올렸다.

왕은 이런 분위기를 무척 좋아했다. 그는 사람들의 아첨과 알랑거리는 태도를 대단히 즐겼다. 왕은 모건 경 부부에게 훌륭한 가족을 두었다고 칭찬하면서, 자비로운 표정으로 모든 이들의 인사를 일일이 받아주었다.

「도로시 부인, 예쁜 여자들을 위해서 항상 방을 비워두고 있어요.」

왕은 예순다섯의 도로시 부인에게 왜 최근에는 왕궁에 오지 않았느냐고 물으며 농담을 했다. 도로시 부인이 헨리의 농담을 받아 말했다.

「저도 가고 싶답니다, 폐하. 하지만 아들이 가지 못하게 할 거예요. 아들은 제 정조를 무척이나 염려한답니다.」

도로시 부인의 대답에 왕은 의자 뒤로 넘어갈 듯 유쾌하게 웃어댔다. 왕은 기분이 더욱 고조되어 블레이즈 부인에게 말했다.

「내 사랑스런 전원의 여인께서는 아이들을 대체 어디다 숨겨두셨소? 내가 마지막으로 들었을 때만 해도, 사내애들 넷에 계집애를 하나 두셨다고 했는데.」

「아들이 다섯 있습니다, 폐하. 그 사이에 아들이 하나 더 태어났는데 올 6월이 지나면 두 살이 됩니다. 폐하를 본받고자 이름을 헨리라고 지었습니다.」

블레이즈 부인은 자신의 배를 내려다보며 말을 이었다.

「또한 보시다시피, 곧 일곱 번째 아이도 태어날 겁니다.」

「정말이지 여자는 영국 여자가 제일이야!」

왕을 중심으로 둘러서 있는 사람들은 왕의 말을 예사롭게 들을 수 없기에 불편해졌다. 왕은 세상을 떠난 왕비 생각을 하고 있었다.

「제인이 그립군.」

왕이 나직하게 말했다.

「핼, 우선 이리 와서 앉으세요.」

블레이즈 부인이 왕에게 자리를 권하며 식탁의 상석으로 안내했다.

「아이들을 보고 싶어하시니 부르겠습니다. 아이들이 폐하를 성가시게 할 것 같아서 방에 있으라고 했습니다만.」

「말도 안 되는 소리!」

거구의 헨리는 의자에 앉으며 좀 과장되다 싶을 정도로 우렁차게 말했다.

「애들을 모두 오라 하시오. 제일 작은 놈까지 모두!」

헨리는 잠시 얼굴을 찡그렸다. 의자에 앉으면서 다리에 난 종기를 건드렸던 것이다.

하인 하나가 포도주를 커다란 잔에 따라 왕에게 바쳤고, 왕은 잔을 받아 단숨에 들이켰다. 홀 한쪽에 마련된 갤러리에서 가벼운 음악이 연주되자, 왕은 의자에 몸을 깊숙이 묻으며 편안한 표정을 지었다. 블레이즈 부인은 몸종 하얼타에게 즉시 아이들을 데려오라고 눈짓했다.

드디어 윈햄가의 아이들이 홀로 들어섰다. 장자인 필립 윈햄 자작이 맨 먼저 들어왔고, 맏딸인 니사 윈햄은 두 살배기 동생을 품에 안고 나타났다.

「폐하, 제 아이들입니다.」

블레이즈 부인이 공손하게 말했다.

「이 아이가 맏아들 필립 윈햄 자작입니다. 올해 열두 살 되었습니다. 이 아이는 아홉 살 난 자일스입니다. 그리고 이 아이는 여덟 살 먹은 리처드이고, 에드워드는 네 살입니다. 또 이 녀석이 헨리인데, 아까 말씀드렸듯이 이제 두 살이 됩니다.」

윈햄가의 자손들은 공손하게 머리를 숙여 인사했다. 누나가 몸을 세워주자 막내인 헨리까지도 왕에게 고개를 숙였다.

「끝으로 이 아이가 니사입니다, 폐하. 제 첫 남편이었던 에드문드 윈햄의 아이이지만, 앤터니는 얘를 친딸처럼 키웠습니다.」

어머니의 소개가 있자, 니사 윈햄은 무릎을 구부리고 깊이 허리를 숙여 왕에게 절을 했다. 니사의 짙은 핑크색 실크 드레스가 예쁘게 부풀어올랐다. 그녀는 얌전하게 눈을 내리깐 채로 조용히 무릎을 펴며 일어났다.

「이슬을 머금은 장미꽃만큼이나 아름답군.」

왕은 찬사를 아끼지 않았다.
「부인, 이 아이는 몇 살이오?」
「열여섯입니다, 폐하.」
「약혼은 했소?」
「아직 못 했습니다.」
「왜 아직도 안 했소? 이렇게 예쁘고, 게다가 백작의 딸인데. 지참금도 충분히 줘서 보낼 거 아니오?」
「이곳에서는 니사의 짝을 찾아주기가 어렵답니다, 햄. 지참금 이야기가 나왔으니 말씀입니다만, 리버사이드에 땅이 딸려 있는 근사한 집이 있답니다. 지참금은 충분히 갖고 갈 수 있는 아이지요. 폐하, 사실은 니사가 당분간 왕궁에 들어가 있었으면 하고 바라고 있습니다.」
블레이즈 부인은 왕의 눈을 바라보며 상냥하게 미소지었다. 왕은 빙그레 웃으며 그녀에게 주의를 줘야겠다는 듯 검지를 들어 좌우로 흔들었다. 그리고 다소 딱딱한 목소리로 말했다.
「부인, 부끄러움도 없구려. 하기야 부인이 어떤 사람인지 내 진작에 알고는 있었지만 말이오. 딸을 궁으로 보내고 싶다, 이거요? 이런 문제로 나를 성가시게 하는 사람들이 얼마나 많은지 아오? 딸 가진 부모들은 지위가 높건 낮건 간에, 모두 자기 딸이 왕비와 한식구가 될 수 있게 해달라고 끈덕지게 매달리고 있소.」
왕은 니사를 홀긋 보면서 물었다.
「왕실에서 왕비님을 모시고 싶으냐?」
「폐하께서 허락만 해주신다면, 그렇게 하고 싶습니다.」
니사는 왕이 그렇게 물어주기를 기다렸다는 듯 망설이지 않고 대답했다. 니사는 처음으로 왕의 눈을 똑바로 쳐다보았다. 니사는 엄마를 닮아 보랏빛이 은은히 배어 나오는 푸른 눈동자를 지니고 있었다.
「백작부인, 니사가 부인의 품을 떠나 다른 곳에서 지내본 적이 있소?」
왕이 물었다.

「없습니다, 햄. 그런 면에서는 니사 또한 여느 시골 처녀와 다르지 않습니다.」
「왕궁은 위험한 곳일 수도 있소. 망나니들이 니사를 망쳐놓을지도 모른다는 거요. 만에 하나라도 그렇게 된다면, 그 동안 백작부인이 내게 보여준 호의에 대한 보상치고는 너무도 형편없는 것이 되오. 그렇지 않소, 블레이즈 윈햄 부인?」
「폐하!」
지금까지 듣고만 있던 마우드의 백작부인 블리스 피츠휴가 왕에게 말했다.
「클레브스의 공주께서는 대단히 품위 있고 정숙하신 분이라고 들었습니다. 그러니 그분의 보호를 받는다면 제 조카에게 큰 위험은 없으리라 믿습니다. 또한 남편과 저는 조만간 왕궁으로 돌아갈 예정입니다. 제가 언니를 대신해서 니사를 보살피도록 하겠습니다.」
블레이즈 부인은 동생 블리스에게 고맙다는 눈빛을 보냈다.
「그렇다면 좋아요, 부인. 부인 딸을 새 왕비의 식구로 허락하겠소. 물론 피츠휴 부인이 언니 대신 니사를 돌본다는 조건이오, 됐소?」
왕은 옅은 미소를 띤 채 고개를 한두 번 끄덕였다.
「그 밖에 또 내게 부탁하고 싶은 게 있으면 말해보시오」
왕은 이만 청탁을 끝내자는 듯 건조한 어조로 말했다.
「필립과 자일스 또한 왕비의 시동이 되게 해주십시오.」
블레이즈 부인의 목소리에는 애교가 섞여 있었다. 분위기를 가라앉히려던 헨리 튜더는 블레이즈 부인의 뻔뻔스런 태도에 그만 웃음을 터뜨리고 말았다.
「부인과는 절대로 게임을 하지 말아야겠소」
왕은 아주 시원하게 웃었다.
「내가 기억하기로는, 부인이 항상 이겼으니까. 좋소, 부탁을 받아들이 겠소. 잘생기고 예의바른 아이들이구려. 블레이즈 윈햄, 부인은 예전에 나와 함께 있었을 때는 오히려 내게 아무것도 요구하지 않았소. 그런 부인을 사람들은 어리석다고들 했지, 아마.」
「헬, 그때는 폐하께서 저를 사랑해주셨고 소중히 여겨주셨기에 제게 부족한 것은 아무것도 없었습니다.」
「내 사랑스런 전원의 여인, 난 아직도 부인을 소중히 여기고 있소」
왕은 블레이즈 부인과의 추억을 떠올리며 말했다.
「부인의 아이들을 보니, 내가 그대와 결혼했더라면 이렇게 훌륭한 아이들을 낳을 수 있었으리라는 생각이 드는구려.」
「폐하에게는 에드워드 왕자가 있지 않습니까. 폐하께서 왕자를 위해 최고의 것을 주고 싶으시듯이, 저 또한 아이들을 위해 가장 좋은 것을 주고 싶습니다. 아이들이 아니었다면, 폐하의 관용을 바라지는 않았을 겁니다.」
왕은 자신의 두툼한 손을 뻗어 블레이즈 부인의 작은 손을 두드려주었다.
「세상에, 그대만한 여자는 없소 상냥했던 제인조차도 당신처럼 순수하고 착하지는 않았소 부인 아이들의 시중을 받게 되면, 새 왕비도 기뻐할 거요」
왕은 아이들을 바라보며 말을 이었다.
「두 분 도련님들께서는 어찌 생각하시는가? 왕실에 머물면서 왕비를 보좌하기를 원하시는가?」
「그러하옵니다, 폐하!」
두 소년이 합창하듯 밝게 대답했다.
「니사 아가씨도 그러신가? 동생들만큼이나 기쁘신가?」
그는 껄껄 웃으며 니사의 대답을 기다리지도 않고 말을 이어갔다.
「니사는 사내애들 애간장 좀 녹이겠어.」
헨리는 니사의 이모 블리스 피츠휴에게 시선을 주면서 말했다.
「피츠휴 부인, 장미같이 고운 이 아이를 잘 돌봐야 할 것이오」
「다른 사람이 저를 돌봐주지 않아도, 저 혼자 잘 해낼 수 있습니다, 폐하!」

니사가 갑자기 끼여들었다.

「저는 이 집안의 장녀로서 어떻게 처신해야 하는지를 알고 있으니까요.」

「니사!」

블레이즈 부인은 딸의 당돌한 언행에 기가 막힌다는 표정을 지었다. 그러나 왕은 즐겁다는 듯 다시 한 번 크게 웃었다.

「니사를 나무라지 맙시다, 부인. 니사는 내 딸 엘리자베스와 비슷한 천성을 갖고 있구려. 이슬을 머금은 한 떨기 영국 장미, 그것도 야생의 장미, 들장미라고 해야겠소. 니사가 강인한 아이임을 알고 나니 오히려 안심이 되오. 블레이즈 부인도 알다시피, 왕궁에서 버티려면 이 정도 강기는 있어야 하오. 자, 부인의 요구를 들어줬으니 이제 좀 먹으면서 얘기합시다. 왕을 굶겨가면서 굴복시키다니 너무 잔인하구려.」

블레이즈 부인이 하인들에게 손짓하자, 하인들은 신속하게 움직이며 자신들이 최고의 솜씨를 발휘해서 만든 요리들을 식탁에 올려놓았고, 국왕은 흐뭇한 표정으로 음식을 바라보았다.

랭포드의 백작부인이 말한 거대한 쇠고기 덩어리도 나왔다. 암소의 어깨 관절 부위 전체가 식탁에 올려진 것이었다. 그 요리는 식염 속에 넣은 상태에서 육즙이 스며 나올 때까지 가열해서 만든 최고의 요리였다.

핑크빛이 도는 신선한 시골 햄도 있었고, 레몬을 곁들인 송어 구이도 있었다. 송어 밑에는 밭에서 갓 솎아낸 시금치가 곱게 깔려 있었다. 파이도 빠지지 않았다. 파이는 모두 여섯 개였는데, 껍질 밖으로 육즙이 새어 나왔다. 포도주 향을 내는 증기가 파이의 껍질에 뚫려 있는 구멍을 통해 부드럽게 피어났고, 김이 새어 나오는 구멍은 예쁘게 장식되어 있었다.

여러 마리의 오리 또한 훌륭하게 요리되어 식탁에 올려졌다. 잘 구워진 오리는 은쟁반 위에 흥건하게 고여 있는 플럼 소스 위에 담겨 있었다. 그리고 연한 어린 양 고기가 손바닥만하게 썰려 큰 접시에 산같이 쌓여 있어 식탁을 더욱 풍성하게 만들었다.

완두콩, 볶은 양파, 당근, 그리고 마르살라산 백포도주와 크림 소스 또한 곁들여졌다. 갓 구워낸 빵, 신선한 버터, 얇게 썬 체더 치즈도 가지런히 놓여 있었다.

블레이즈 부인은 왕이 엄청난 대식가라는 사실을 잘 알고 있었지만, 그 동안 더 늘어난 식욕을 확인하자 놀라지 않을 수 없었다. 왕은 쇠고기와 햄을 거침없이 집어삼켰고, 송어 한 마리를 통째로 먹은 후, 오리 한 마리와 파이 하나, 그리고 양고기 여섯 조각을 차례로 먹어치웠다.

헨리는 특히 볶은 양파를 맛있게 먹었다. 입맛을 다셔가며 말 그대로 탐식을 했다. 쉴새없이 잔을 비웠고, 하인들은 바쁘게 왕의 잔을 채워야만 했다. 그는 식탁의 포도주를 혼자서 동낼 듯이 마셔댔다. 사과 파이를 권하자 그 역시 마다하지 않았다. 오히려 먹음직스럽다는 듯 고개를 끄덕이며 말했다.

「이건 크림을 넣어서 먹으면 더 맛있지.」

이렇게 말한 헨리는 사과 파이에 크림을 넣어 한입에 먹어치웠다.

「부인, 정말 훌륭한 식사요. 분명히 저녁 먹을 때까지는 배고프지 않을 것이오.」

왕은 블레이즈 부인에게 인사를 했다.

허리띠를 느슨하게 하면서 포만감에 젖은 얼굴로 트림을 하는 왕을 보고 모건 경이 사위들에게 속삭였다.

「내가 저렇게 많이 먹었다면, 나는 아마 오는 미가엘 축일까지 배고프지 않을 걸세.」

왕이 다시 사냥터로 떠날 무렵, 랭포드의 백작부인은 갑자기 진통을 시작했다. 부인 자신도 깜짝 놀랄 일이었다.

「아이가 나오려면 아직 두 주 정도는…… 더 있어야 하는데…….」

블레이즈 부인은 헐떡이며 힘겹게 말을 이었다. 왕의 역정이라도 낼까봐 두려웠다. 그녀의 어머니 모건 부인도 왕 앞이라 더욱 당황했다.

모건 부인은 딸을 나무랄 수밖에 없었다.

「아이를 그렇게 많이 낳아보았으면서, 언제 아이가 나올지도 모르고 있었단 말이냐!」

블레이즈 부인은 거친 숨을 몰아쉬며 왕에게 말했다.

「수렵지로…… 돌아가세요, 폐하. 제 남편과 함께요. 이건…… 여자들의 일입니다. 여자가 애를…… 낳을 때…… 남자가 할 일이란…… 없으니까요.」

「그렇지. 남자는 자기 할 일을 이미 했으니까.」

왕은 이를 드러내며 엉큼한 미소를 지어 보이고는 육중한 몸집을 휘둘러 쿵쾅거리는 발소리를 내며 나갔다.

모건 경을 제외한 모든 남자들이 왕을 따라 사냥터로 떠나고, 블레이즈 부인은 어머니와 시어머니 그리고 여동생들의 도움을 받으며 침실로 갔다. 블레이즈 윈햄 부인은 그 동안의 경험에 비해 상대적으로 짧은, 두 시간 정도의 진통 끝에 분만을 했다.

「세상에 이럴 수가!」

블레이즈 부인은 놀라 소리쳤다.

「앤터니는 사내아이 씨만 갖고 있는 줄 알았는데 딸, 그것도 둘씩이나 낳게 하다니…….」

「어쩌면 둘이 요렇게 똑같이 생겼을까.」

쌍둥이 손녀딸들을 바라보며 모건 부인이 환하게 웃었다.

「내가 딸을 여덟이나 두어서, 내 딸들 중에는 누군가 쌍둥이를 낳지 않을까 생각했는데…… 블레이즈, 네가 정말로 쌍둥이를 낳았구나.」

「아빠에게 달려가 알려드려야겠어요. 틀림없이 무척 좋아하실 거예요.」

니사는 태어난 아기들을 들여다보며 말했다.

「너무 예쁘다.」

「애야, 귀여운 딸을 둘씩이나 얻었으니 니사가 없어도 덜 적적하게 됐구나.」

모건 부인이 딸에게 말했다.

「그렇지 않아요, 엄마. 니사가 어디에 있든 제 마음은 항상 니사와 함께 할 거예요. 니사는 에드문드 윈햄이 제게 남긴 유일한 아이예요. 니사가 결혼해서 행복하게 사는 모습을 봐야만 해요. 그렇지 않으면, 죽어서도 에드문드를 볼 면목이 없어요. 그 사람은 너무도 좋은 사람이었어요. 어머니도 그렇게 생각하시죠?」

「그래, 네 말이 맞다.」

모건 부인이 딸의 말을 받았다. 에드문드 윈햄의 배다른 누이인 도로시 윈햄 부인도 고개를 끄덕였다.

「에드문드가 아니었다면, 네 여동생들도 좋은 데로 시집가지 못했을 거야. 네 아버지도 큰 도움을 받았고…… . 난 지금도 에드문드의 영혼을 위해서 기도한단다.」

하얼타가 간단한 식사를 가져왔다. 그릇을 비우자마자 블레이즈 부인은 깊은 잠에 빠져들었다.

여자들은 다시 홀로 내려와 즐겁게 담소하며 사냥간 남자들이 돌아오기를 기다렸다.

「언니가 아이들 이름을 뭐라고 지을까?」

블라이드 킹슬레이 부인이 말했다. 동생의 말에 마우드의 백작부인 블리스도 생각났다는 듯 입을 열었다.

「맞아! 엄마, 언니가 엄마한테 애들 이름을 지어달라고 할지도 몰라. 엄마는 여자 아이 이름을 잘 짓잖수.」

「니사 이름도 내가 지어준 게 아니란다. 하지만 니사 캐서린 윈햄, 예쁜 이름이잖니.」

모건 부인이 부드러운 목소리로 블리스에게 말했다.

「그 이름은 에드문드가 지은 거지요.」

도로시 부인이 모녀간의 대화에 끼여들었다.

「에드문드의 첫번째 아내인 캐서린 드 헤븐을 기리기 위해 니사의 이름에 캐서린을 넣은 게 블레이즈이기는 하지만, 정작 니사라는 이름을 지은 사람은 에드문드였어요.」
 도로시 부인은 블리스와 블라이드에게 눈길을 주며 말을 이었다.
「니사는 그리스어로 '시작'이라는 뜻이지. 에드문드는 니사 이후에 많은 아이들이 태어나기를 원했던 거란다. 결국 에드문드의 아이들이 아니라 앤터니의 아이들이 니사를 이어 태어났지만 말이야.」
「블레이즈 언니는 니사 뒤에 태어난 아들들에게 근사한 이름을 지어주었어. 그러니 오늘 태어난 애들한테도 멋진 이름을 지어줄 거야.」
 블라이드가 말했다.
「오늘 태어난 애들은 여자애들이야, 멍청아!」
 블리스가 쌍둥이 동생에게 짜증을 냈다. 어머니의 이름 짓는 솜씨를 인정하지 않는 동생이 그렇게 얄미울 수가 없었다.
「블레이즈 언니는 엄마한테 이름을 지어달라고 할 거야. 나는 절대적으로 확신해! 계집애들 이름은 우리 엄마가 지어야 해.」
「내 딸들 이름도 내가 지었지만 근사하다구.」
 블라이드가 쌍둥이 언니를 바라보며 혀를 날름거렸다. 블리스는 한 대 쥐어박고 싶다는 표정으로 동생을 바라보았다.

 남자들이 사냥에서 돌아왔다. 놀랍게도 헨리 튜더까지.
「내 사랑, 전원의 여인을 보고 싶군.」
 눈시울이 붉었으므로 모두 왕의 기분을 추측할 수 있었다. 왕은 앤터니 원햄 백작에게 말했다.
「백작, 진심으로 축하하오.」
 왕은 애정 어린 눈길로 앤터니 원햄 백작을 바라보며 백작의 두 손을 잡았다.
 블레이즈 부인은 인기척에 눈을 떴다. 왕이 침대 곁에 서서 환한 얼굴로 내려다보고 있었다. 블레이즈 부인은 헨리가 지금보다 훨씬 더 사사로운 이유로 자신의 침실을 찾았던 때를 상기하면서 얼굴을 붉혔다. 블레이즈 부인의 생각에 화답하듯 헨리 튜더의 눈이 반짝거렸다.

그러나 무상한 세월은 기억 속으로 사라졌고, 이제 왕은 정중하게 인사말을 건네야만 했다.

「부인, 아이를 낳느라 고생이 많았소 힘들었지요?」

왕은 블레이즈 부인의 손에 입을 맞췄다. 그녀는 왕을 올려다보며 따뜻하게 미소지었다.

「크게 힘들지는 않았습니다, 폐하. 저는 암고양이같이 큰 힘 들이지 않고도 애를 잘 낳는답니다. 이렇게 찾아주시다니 정말로 뜻밖입니다.」

「아기들을 보았소, 블레이즈 부인. 엄마만큼이나 예쁘더군. 애들 이름은 정했소?」

「헬, 허락해주신다면 첫번째 아이는 돌아가신 왕비님을 기리는 뜻에서 제인이라 부르고 싶습니다. 또 두 번째 아이는 폐하의 새 동반자가 되실 클레브스 공주님의 성함을 따서 앤으로 하고 싶습니다. 헬, 아이들은 폐하께서 방문하실 날에 맞춰 세상에 나오기로 했던가 봅니다.」

자비로운 군주로 여겨지기를 바라는 다감한 성품의 헨리는 눈물을 글썽거렸다. 그는 허리 부분이 터질 듯이 조여 있는 웃옷에서 커다란 실크 조각을 잡아채서는 눈가의 눈물을 닦아냈다. 그리고 곁에 서 있는 윈햄 경에게 물었다.

「신부를 부를 수 있소, 앤터니?」

백작이 고개를 끄덕였다.

「그럼 어서 불러오시오. 와서 아이들에게 세례를 주라고 이르시오. 내가 두 아이의 대부가 되겠소 정말 그렇게 하고 싶구려.」

헨리는 블레이즈 부인을 바라보며 말했다.

「그대와 그대의 착한 식구들은 내가 언제까지라도 돌볼 테요.」

왕의 말에 블레이즈 부인은 울먹였다.

「오, 헬! 감당하기 어려운 은혜를 베푸시는군요.」

백작은 하인에게 마틴 신부를 불러오라고 지시했다. 마틴 신부는 에드문드 윈햄 경이 살아 있을 적부터 윈햄가와 인연을 맺고 있었다. 그는 백작부인이 그날 오후에 쌍둥이 딸을 낳았고, 즉시 세례식을 거행하라는 왕의 분부가 있었으며, 왕이 직접 대부가 되기로 했다는 말을 전해 듣고는 서둘러 예복을 찾아 입었다. 그는 밖에서 기다리고 있는 하인에게 소리쳤다.
「리처드 도련님에게 제단에 촛불을 밝혀두라고 일러라. 내가 세례식을 집전할 때 나를 도우라고도 전하고.」

블레이즈 부인은 들것에 실려 딸들이 세례를 받게 될 가족 예배실로 옮겨졌다. 블리스와 블라이드, 그리고 니사가 아기들의 대모 역할을 맡았다. 아기들은 니사의 품에 안겨 있었다.
마틴 신부가 블리스와 블라이드에게 아기의 이름을 호명하라고 했을 때 블리스는 눈동자를 이리저리 굴리고 있었으며, 블라이드는 그런 언니의 모습에 비실비실 새어 나오는 웃음을 간신히 참아냈다.
「제인 메리.」
블라이드는 사랑스럽게 아기의 이름을 불렀다.
「앤 메리.」
블리스는 마지못해 입을 열었다.
왕은 니사로부터 아기들을 하나씩 받아 마틴 신부에게 세례를 받게 했다. 왕은 가슴이 뭉클했다.
세례식이 끝나자, 랭포드의 백작부인은 침실로 옮겨졌다. 왕을 포함하여 침실에 모인 이들은 모두 윈햄가의 새로운 식구들을 위해 건배했다.
이윽고 왕은 떠날 채비를 갖추었다.
「니사를 언제 왕궁으로 보낼지 곧 연락을 드리다, 전원의 여인이여. 니사가 되도록 빨리 왕궁에 왔으면 하오. 공주가 왕궁에 도착하기 전에 자기 할 일에 익숙해져야 하니까 말이오. 늦가을쯤에는 공주가 올 테니, 니사가 준비할 시간이 넉넉하지만은 않을 거요. 니사가 궁중생활을 잘할 수 있도록 나와 내 왕비가 책임지겠소. 니사는 잘 지낼 것이니 안심하오.」
블레이즈 부인은 왕의 손에 입을 맞췄다.

「고맙습니다, 햅. 이 은혜를 어찌 잊겠습니까.」

지쳐 있던 블레이즈 부인은 이내 잠들어 버렸다. 왕은 미소를 지으며 그녀가 잠드는 모습을 지켜보았다.

「니사, 내가 너를 돌봐줄 것이다. 너는 다른 걱정은 하지 말고 왕비를 잘 모시기만 하면 된다.」

왕이 니사에게 말했다.

「세상에, 오늘 같은 날도 있구나!」

모건 부인이 크게 숨을 내쉬며 말했다.

「누가 오늘 같은 날을 생각이나 해봤겠니? 손녀 하나와 손자 둘이 왕궁으로 들어가게 되고, 거기다가 새로 손녀가 둘이나 태어나고……. 그런데, 넌 언제 왕궁으로 돌아갈 결심을 한 거냐?」

모건 부인은 난롯가의 커다란 의자에 몸을 묻으며 자신의 둘째딸에게 물었다.

「맞아, 여보! 나도 당신이 하는 말을 듣고는 깜짝 놀랐소. 어찌된 거요?」

오웬 백작의 목소리는 밝고 부드러웠다.

「왕 앞이라 내 아무 말도 하지는 않고 있었소만, 근래에 왕궁에 돌아가는 문제에 관해 당신과 내가 얘기를 해본 적이나 있소? 게다가 우리가 왕궁을 나온 지도 수년이 흘렀으니, 우리를 왕궁 식구들이라고 여겨줄 사람들이 몇이나 있을지 모르겠소.」

「여보, 기회가 코앞으로 지나가는데 가만히 앉아 있을 수가 없었어요.」

블리스는 쾌활하게 말했다.

「12월 31일이 되면 니사도 열일곱 살이 돼요. 그런데도 아직 약혼자가 없잖아요. 어물어물하다가는 노처녀가 된다구요. 니사가 혼처를 찾기에 왕궁 같은 곳이 세상에 또 어디 있겠어요? 결코 놓칠 수 없는 기회였다구요.」

블리스는 우쭐거리며 말했다.
「게다가 필립과 자일스도 새 왕비를 보필하게 됐으니까, 애들을 돌볼 사람이 필요할 거란 말이에요. 그러면 당신과 내가 우리 애 오웬과 블라이드의 애 에드문드를 데리고 보호자 자격으로 왕궁으로 들어가는 거예요. 누이 좋고 매부 좋은 거 아니에요?」
「뭐라구?」
블리스의 남편 오웬 백작은 눈을 동그랗게 떴다.
「에드문드까지 데리고 간다고?」
블라이드 역시 언니의 얘기에 놀라며 말했다.
「그럼, 물론이지!」
블리스가 대답했다.
「필립 윈햄, 어린 오웬 피츠휴, 그리고 에드문드 킹슬레이는 지금까지 친형제처럼 지내왔어. 애들은 같은 해에 그것도 몇 달 차이로 태어나서 지금까지 떨어져 지내본 적이 없는 애들이라구. 왕궁에 가면 필립은 왕비를 섬기느라 바쁘겠지만, 그래도 사촌들과 어울릴 시간은 충분할 거야. 애들 인생에서, 뭐랄까 황금기랄까, 아무튼 대단히 멋진 시기가 될 거야.」
블리스는 말을 마치면서 식구들을 향해 환하게 미소지었다.
「정말 근사한 생각이군요.」
킹슬레이 경이 들뜬 목소리로 말했다.
「애들 교육을 위해서 더없이 좋은 생각이에요.」
「그 말썽꾸러기들이 한곳에 모이면……」
오웬 경의 태도는 다소 조심스러웠다.
「그래요, 이모. 애들이 저를 곤혹스럽게 만들면 어떡하죠?」
니사가 불안해하며 말했다.
「필립과 자일스만 간다면 그나마 괜찮아요. 하지만 에드문드와 오웬까지 간다면 곤란해요. 같이 있으면 아무도 못 말려요. 얼마나 짓궂은지 모른다구요. 집에서처럼 저를 괴롭힌다면 저는 견디지 못할 거예요.」

니사는 원망스런 눈으로 블리스 이모를 바라보았다.
「니사, 네 생각만 해서는 안 되지.」
모건 부인이 손녀를 타일렀다.
「할머니, 왜 맨날 동생들 편만 드세요! 제 성격에 애들을 참아내기가 얼마나 어려운 일일지 짐작하시잖아요. 왕비를 보필하는 건 영예로운 일이에요. 품위 있게 행동하고 예의바르게 처신해야 한다구요 그런데 동생들과 사촌들이 저를 끝없이 괴롭힌다면, 제가 품위고 예절이고 지킬 수가 있겠어요?」
「애들이 왕궁에서도 너를 못 살게 굴 거라고 단정할 수만은 없잖니?」
할머니가 니사에게 되물었다.
「할머니는 몰라서 그래요. 걔들은 타고난 악동들이에요.」
니사는 흥분하기 시작했다.
「저를 들볶는 일에 자기들 인생을 전부 걸고 있다구요.」
「누나는 놀려먹기가 참 좋아.」
필립은 혀를 날름거렸다.
「절반의 책임은 누나에게 있다구.」
모건 부인은 손자가 귀여워 크게 웃음을 터뜨렸다. 그러나 곧 엄한 표정을 만들며 말했다.
「이 녀석, 그렇게 버릇없이 굴면 안 된다. 누나를 좀 어려워할 줄도 알아야지. 누나는 우리 가문 여자들 중에 누구도 해본 적이 없는 중요한 일을 하게 되었단 말이다.」
「왕의 정부가 더 근사할 것 같아요.」
랭포드의 장손 필립 자작이 조금 전과는 딴판으로, 아이답지 않은 진지한 태도로 말했다. 그러자 모건 부인의 얼굴은 순식간에 하얗게 질렸다.
「어디서 그런 소릴 들은 게냐? 누가 그런 얘기를 해줬냔 말이다.」
모건 부인은 크게 노해서 말했다.

「할머니, 진정하세요」
니사가 동생과 할머니 사이에 끼여들었다.
「엄마가 왕궁에서 왕과 함께 계셨다는 거 저도 알고 있어요. 결국은 누군가가 이 얘기를 꺼내게 될 거라고 하시면서, 엄마가 직접 말씀해주셨어요. 이 얘기를 들춰내는 사람은 분명 우리를 이용해먹기 위해서 사실을 왜곡해서 말할 거라고 하셨지요. 아빠도 그렇게 생각하고 계세요」
니사는 침착하게 말을 이어갔다.
「하지만 이제 저희들도 사실을 알게 되었으니까, 엄마가 한때 왕의 연인이었다는 사실에 결코 충격받지는 않을 거예요. 두 분 사이에 사생아 따위도 없었고, 어떤 불상사도 없었던 걸 믿어요. 그리고 사실, 왕이 엄마에게 뭔가 빚진 기분을 갖고 있기 때문에 저희들이 왕궁으로 갈 수 있는 거 아니에요? 그렇지 않았다면 리버스에지의 윈햄가를 알아줄 사람이 누가 있겠어요」
「이런, 이런……」
모건 부인이 중얼거렸다.
「엄마, 마음 가라앉히세요」
마우드의 백작부인 블리스 피츠휴가 말했다.
「제 생각에도 니사 말이 맞아요. 니사도 이젠 다 알 나이가 되었어요. 니사의 엄마가 누군지 알자마자, 왕궁에서는 쑥덕공론이 일어날 게 분명해요. 블레이즈 부인이 한때는 왕의 침실을 독점했다는 얘기가 금세 이어지겠죠. 물론 지어낸 얘기들까지 포함해서요. 그러니 니사나 필립, 그리고 자일스가 사실을 알고 있는 편이 훨씬 견디기 쉬울 거예요. 몰인정한 험담에 괴로워하지만은 않을 거라구요. 애들이 권세 있는 귀족들을 상대로 뭘 어쩌겠어요. 그저 시간을 죽이기 위해서 수군대는 말에 큰 상처 입을 필요가 없다구요. 아무튼 애들도 세상 속에서 부대끼며 살 나이가 된 거예요」
「너도 그런 곳으로 돌아가겠다는 거냐? 애들은 하인들에게 맡기고?」

모건 부인의 마음은 편치만은 않았다. 집을 떠나 멀리 가본 적이 한 번도 없는 모건 부인이었다. 지금까지 런던에조차 가보지 못했다.

블리스가 웃으며 말했다.

「엄마, 오웬에게 저는 아들 셋과 딸 하나를 낳아주었어요. 오웬은 아이들에게 엄마가 없어도 될 때쯤 왕궁으로 돌아가자고 약속했어요. 이제 아이들도 많이 컸다구요.」

「조카들은 제가 돌볼 거예요.」

블리스의 쌍둥이 동생이 말했다. 언니 블리스가 일을 저지르는 편이라면 동생 블라이드는 일을 수습하는 쪽이었다. 둘은 쌍둥이면서도 그렇게 달랐고 또 그래서 조화를 이루었다.

「새 옷이 필요하지는 않을까요?」

니사가 입을 열었다. 니사는 할머니와 이모들이 자기에게는 신경을 쓰지 않아 짜증이 났다. 자기가 갈 곳은 다른 데도 아니고 왕궁인데 말이다. 블리스 이모의 아이들이 엄마가 없다고 해서 어찌 된다고들 저러는가.

블라이드는 안달이 나 있는 조카를 보고는 말머리를 돌렸다.

「니사에게 새 옷을 지어주어야 할 것 같아. 지금 옷은 시골 소녀들이나 입는 옷이지, 왕실 여자에게는 전혀 어울리지 않는 옷이야. 그렇지, 언니?」

자매들의 의상 조언자라고도 해야 할 블리스가 니사의 옷을 바라보며 신중한 얼굴로 고개를 끄덕였다.

「머리끝에서 발끝까지 새로 지어 입어야겠다.」

니사는 블리스 이모가 다시 믿음직스러워 보였다.

「시간이 많지 않아. 공주가 두 달 안으로 올 거고, 왕은 공주가 오기 전에 니사가 왕궁에 와 있기를 바라고 있어. 그러니 내일 당장 옷을 지어야겠다. 그래야 니사를 제대로 차려 입혀서 왕궁으로 보낼 수 있을 거야.」

「이모, 난 바느질은 잘 못해요.」

니사가 부끄럽게 입을 떼자 블라이드가 웃으며 말했다.
「네 엄마도 너만할 때 그랬지. 그래서 결혼할 때, 블리스 이모하고 내가 언니 혼숫감 대부분을 만들어주었단다. 걱정하지 마라. 왕궁에 가기 전까지 근사한 옷을 만들어줄 테니까. 그때나 지금이나 우리가 네 엄마 침모들이야. 자, 그건 그렇고, 창고에 쓸 만한 천들이 많이 있어야 할 텐데…….」
다음날, 니사는 블리스 이모의 도움을 받아 궁에서 입을 옷을 만들 천을 골랐다. 니사는 태어나서부터 지금까지 16년 동안 부모의 땅과 친척들의 영지 밖으로 나가본 적이 없었으므로, 어딘가로 떠날 채비를 한다는 사실만으로도 너무 설렜다.
「이모, 이런 건 저한테 안 맞아요? 너무 고상 떠는 것 같아 닭살 돋는다구요.」
니사는 블리스가 한쪽에 쌓아놓은 화려한 천을 가리키며 말했다.
「바로 그거란다. 왕궁에서는 대담하게, 할 수 있는 한 기품 있게 옷을 입는단다.」
블리스는 새삼 조카의 얼굴을 자세히 들여다보았다.
「피부가 정말로 곱구나. 하얗고 깨끗하고……. 게다가 너는 엄마에게서 보랏빛이 도는 푸른 눈동자와 달걀 모양의 얼굴형을 물려받았어. 좋은 점만 물려받았지. 그리고 이 머리, 진한 갈색의 매력적인 이 머리는 아버지에게서 물려받은 거다.」
「엄마가 그러셨는데, 내 머리는 아빠 머리보다 좀 밝은 빛이 난대요.」
니사는 아버지 에드문드 원햄 경을 전혀 기억할 수 없었다. 두 살도 되기 전에 돌아가셨으니, 니사가 알고 있는 아버지는 당연히 원햄 경의 조카 앤터니 백작뿐이었다.
「그래, 그리고 네 머리가 더 매력적이란다. 아름다운 금빛이 돌고 있으니까.」
「가끔 복도에 있는 아빠 초상화를 들여다보지만, 낯설게만 느껴져요

때로는 제가 아빠를 닮았다는 생각이 들기도 하지만.」
「네 아빠는 훌륭한 분이셨어.」
마우드의 백작부인이 말을 이었다.
「그런 분을 아버지로 두었다는 사실에 긍지를 가지렴. 네 코가 아빠 코를 닮았다는 것도 신에게 감사드려야 해. 엄마를 닮았어 봐, 심하지는 않겠지만 들창코였을 거 아니니.」
니사는 이모의 말에 깔깔대며 웃었다.
「엄마 코도 귀여워요. 그렇지만 이모 말이 맞아요. 전 이 오똑한 콧날이 정말 마음에 들거든요.」
마우드의 백작부인은 우단, 명주, 능라, 비단, 공단 등을 골라냈고, 까만색이나 금색, 혹은 흰색의 레이스도 챙겼다. 속옷을 만들기 위해서 비단, 모직, 면직, 아마포 등도 따로 모아놓았다. 니사가 치마 속에 신을 긴 양말은 비단이나 모직으로 만들 예정이었다. 또 비단, 모직, 그리고 아마포로 망토를 만들고 모피로 안감을 댈 생각이었다. 그리고 침실용 모자, 우단 두건 등도 만들어야 했다.
니사는 보석으로 장식한 리본과 목걸이, 그리고 반지 또한 갖게 되리란 사실을 알고 너무도 행복해했다. 신과 부츠도 가장 질이 좋은 가죽으로 만들 뿐만 아니라, 그 중 일부는 진짜 보석으로 장식할 예정이라는 말에는 뛸 듯이 기뻐했다.

「정말 굉장해요. 내가 이런 것들을 갖게 되다니!」
마침내 완성된 옷을 보며, 니사는 몹시 흥분했다.
「정말로 왕실에서는 언제나 이렇게 입고 지내나요?」
「니사, 넌 공작새들 사이에서 노는 작은 참새 같아 보일 거란다.」
산후조리를 끝내가는 블레이즈 부인이 딸을 보고 웃으며 말했다.
「그렇다고 해서 그들을 무색하게 만들어서는 안 되겠지. 너는 아직 어리니까 말이다. 이모들에게 감사드리렴.」
「엄마, 너무 혼란스러워요. 리버스에지를 떠나 왕실로 들어간다고 생각하면 흥분되다가도, 어떤 때는 내가 잘 해낼지 무서운 생각도 들어요. 지금까지 집을 떠나본 적이 없잖아요. 더군다나 왕궁으로 간다고 생각하니……, 왕 앞에서 실수라도 하면 어쩌지요? 잘못해서 가문을 부끄럽게 만들지는 않을까요?」

니사의 목소리가 갑자기 처량해졌다.

「엄마가 처음으로 왕궁에 들어갈 때도 네 이모 블리스가 데리고 갔단다. 알고 있었니? 아빠가 돌아가신 해 늦가을이었단다. 엄마는 아빠를 참으로 사랑했지. 그래서 아빠의 죽음은 큰 충격이었어. 게다가 그때 막 태어났던 네 동생들마저 세상을 떠나버렸으니 나로서는 슬픔을 견딜 수가 없었단다. 하지만 네 이모 블리스는, 내가 울고 있게만 내버려둘 수는 없다고 생각했지. 그래서 새해가 시작되자 네 이모부 오웬과 함께 나를 데리고 그리니치로 갔단다. 그때까지 애시비를 벗어나 제일 멀리까지 가본 곳이라고는 리버스에지가 전부였어. 난 울었단다. 너무 무서워서 그저 숨고만 싶었어. 그런데 네 이모가 나를 그렇게 내버려두지 않았단다. 이번에도 이모가 너를 안전하게 이끌어줄 거라 믿는다. 어떻게 해야 예의범절에 맞는지, 곤란한 일에는 어떻게 처신해야 하는지 알려줄 거다. 네 이모는 그야말로 왕궁 체질이란다. 이모가 하라는 대로 하면 아무 문제 없을 거다.」

블레이즈 부인은 딸의 등을 쓸어주었다.

「몸조심해라. 처녀성은 네가 가지고 있는 가장 큰 재산이야. 누구에게 순결을 바치느냐 하는 건 전적으로 네가 결정할 문제지만, 장차 결혼할 남자에게만 몸을 허락해야 한다. 그렇게 한다면 너의 신랑이 될 사람은 너를 더욱 아끼고 소중하게 여길 거다. 내가 잠시나마 왕의 여자였기 때문에 너를 쉬운 여자로 생각할 얼간이들도 있을 거다. 그런 형편없는 인간들에게 네가 윈햄 백작의 정숙한 딸임을 분명하게 보여주어라. 함부로 건드릴 수 있는 여자가 아니라는 사실을 말이다.」

「엄마, 왕이 엄마를 사랑했어요?」

「잠시 그가 나에게 매혹되었던 것은 사실이지. 그러나 진정으로 나를 사랑했다고 생각지는 않는단다. 우리는 가까운 친구였지, 더할 수 없이 가까운 친구. 니사, 난 왕과 가장 친밀한 사람이었다. 너도 그렇게 되었으면 좋겠구나.」

「엄마, 만일 그런 사람한테 시집가라고 하면 차라리 죽어버릴 거예요. 왕이 이 나라에서도 보기 드문 미남이라고 들었는데 그렇지도 않던걸요. 너무 뚱뚱해요. 클레브스 공주가 부럽기는커녕 불쌍하기만 해요. 그런데도 왕은 자기가 썩 근사하다고 여기는 모양이죠? 엄마가 어떻게 그런 사람을 사랑할 수 있었는지 이상하기만 해요」

블레이즈 부인은 미소를 지었다. 예나 지금이나 젊은 아이들이 부모 세대를 평할 때는 직설적이기 마련이었다.

「니사, 왕이 젊었을 때는 아주 멋있는 사람이었단다. 그렇지만 안타깝게도 그 동안 살이 엄청나게 쪘더구나. 왕이라고 해서 세월이 비켜가지는 않았던 거야. 다른 사람이 늙는 것은 알아도 자신의 백발은 자각하기 힘든 법이지. 왕도 다르지 않을 게다. 하지만 왕이라고 해서 오는 세월을 막을 수는 없는 노릇이지.」

「엄마가 보고 싶을 거예요. 아빠도……」

니사는 블레이즈 부인의 품에 안겨 울먹였다.

「엄마도 네가 보고 싶을 거다.」

랭포드의 백작부인이 딸의 뺨을 어루만졌다.

「하지만 이제 너도 너의 인생을 꾸려가야 한단다. 왕실에서라면 멋진 인생을 준비할 수 있을 거야. 그곳에서 남편도 만나게 될 거고……. 어떤 사람일지 궁금하구나.」

「그가 누구든, 사랑 없는 결혼은 하지 않을래요」

「사랑은 결혼하고 나서 할 수도 있단다. 엄마는 결혼하기 전에 네 아빠를 한 번밖에 보지 못했단다. 누군지도 모르고 잠깐 본 게 전부였지. 하지만 금방 사랑하게 되었다. 네 아빠는 너무도 좋은 사람이었으니까.」

「하지만 아빠를 사랑하게 되지 않았다면 어쩔 뻔했어요?」

니사는 엄마 품에 안겨 투정하듯이 물었다.
「만일 그랬다면 얼마나 끔찍한 일이에요. 아무리 생각해도 결혼하기 전에 사랑이 있어야 해요. 사랑을 운에 맡길 수는 없다구요.」
「좋은 조건을 갖고 있는 사람이라면 결혼하는 게 좋단다.」
「사랑이 없으면 결혼하지 않겠어요.」
니사는 자신의 뜻을 굽히지 않았다. 블레이즈 부인은 딸의 얼굴을 바라보며 조용히 미소지었다. 그녀는 천천히 고개를 끄덕이며 말했다.
「그래, 누군지 행운아겠구나.」

2

왕은 성탄절에 결혼식을 올릴 예정이었다. 자신이 가장 좋아하는 그리니치 궁에서 결혼식을 치르고, 예식이 끝나면 꼬박 12일 동안 축하연을 베푼다는 계획까지 잡아놓고 있었다. 왕은 들떠 있었다. 지금까지 왕이 이토록 즐거워하는 모습을 본 사람이 거의 없을 정도로 기대에 차 있었다.

잠정적이기는 했지만 공주가 수도 런던으로 입성하는 날짜는 2월 1일로 잡혔고, 대관식 날짜는 성모의 순결을 기리는 성촉절인 2월 2일로 정해졌다. 그리고 대관식이 거행될 장소는 웨스트민스터 의사당으로 예정되었다.

왕은 온 정성을 쏟아 신부를 맞이할 준비를 했다. 결혼 예식에 관해 이것저것 많은 지시를 내렸고, 예식에 이어질 피로연의 시시콜콜한 부분까지 신경을 썼다.

왕은 튜닉 속에 화가 홀베인이 그린 신부의 초상을 품고 다녔는데 하루에도 몇 번씩, 사람들이 보든 안 보든 가리지 않고 클레브스의 공주

초상을 들여다보았다. 그때마다 황홀한 표정을 지으며 첫사랑에 빠진 젊은이처럼 깊은 한숨을 토해내곤 했다. 또 다른 사랑이 찾아온 것이라고 왕은 생각했다.

그는 측근들에게 클레브스의 앤은 두 번째 아내였던 앤 블린과는 전혀 다른 여자일 거라고 단언했다. 클레브스의 앤은 부드럽고 현명하며 사랑스럽고, 늙어 죽을 때까지 자신과 함께 할 것이며, 영국을 위해 많은 왕자를 낳아줄 것이라고 장담했다. 이 어여쁜 독일 공주는 최고의 신부일 것이라고 헨리는 기대하고 있었다.

11월 5일, 왕비 일행이 보낸 전령이 햄프턴 궁에 도착했다. 전령은 클레브스의 공주가 그녀 오빠의 영지인 뒤셀도르프를 출발했으며, 대략 3주 후에나 도착한다고 보고했다.

공주의 행렬은, 수행원 263명에 동원된 말만 228필이나 될 정도로 그 규모가 어마어마했다. 공주와 함께 온 여자들이 탄 대형 4륜마차 수도 엄청났고 짐마차도 50대가 넘었다.

이렇듯 거대한 무리가 이동해야 했음으로 이동 속도가 느릴 수밖에 없음을 예상해야 했다. 공주 일행의 도착이 예정보다 지연되고 있다는 소식을 접한 왕은 마음이 조급해져, 칼레로 사람을 보내 자세한 소식을 알아오도록 하였고, 얼마 지나지 않아 12월 8일 경에야 공주가 도버해협에 임한 프랑스의 항구 도시 칼레에 도착할 것이라는 보고를 받았다.

왕은 매형인 서포크의 찰스 브랜든 공작과 함대 사령관인 사우샘프턴의 윌리엄 피츠윌리엄 백작을 칼레로 급파해, 해협을 건너는 공주의 호위를 지시했다. 또한 노포크의 공작과 토마스 크롬웰 수상에게는 캔터베리에 대기했다가 클레브스의 앤을 맞으라는 명을 내렸다.

그러나 노포크의 공작 토마스 하워드는 이 결혼을 달가워하지 않았다. 가디너 주교를 포함한 대부분의 사람들은 그 이유를, 왕의 신부가 독일 신교도이기 때문이라고 짐작했지만 사실은 그렇지 않았다.

토마스 하워드 공작은 영국 최고의 귀족이었으며 얼마 전까지도 추밀원의 의사결정에 참여했다. 그런 그가 이 결혼을 시작부터 반대했던 이유는, 이 결혼을 계획한 사람이 다른 사람도 아닌 크롬웰이기 때문이었다.

노포크의 토마스 공작은 크롬웰을 증오하고 있었고, 크롬웰이 왕에게 가까워짐에 따라 자신은 왕의 측근 세력에서 제외되고 있는 상황을 분하게 여기고 있었다. 무명의 독일 공주를 영국 왕실의 왕비로 끌어들인 사람이 크롬웰인 이상, 그녀에게 영향력을 행사할 수 있는 사람도 노포크의 공작 토마스 하워드 자신이 아니라, 크롬웰이 될 게 불을 보듯 뻔했다.

한때는 토마스 하워드 공작의 조카딸 앤 블린이 영국 왕비의 자리에 앉아 있었다. 만일 앤이 어리석게 굴지 않고 충고를 받아들이기만 했어도 왕비의 자리에서 쫓겨나지는 않았을 것이다.

그는 한숨을 내쉬며 생각했다. 왕비 자리를 약골인 제인 시모어에게 뺏겨 얼마나 분했던가? 왕비의 두 오빠, 에드워드 시모어와 토마스 시모어의 거만한 언동을 참아내기는 얼마나 힘들었던가? 그렇게 하워드 가문이 패하고 시모어 일가가 일어서는 모습을 지켜보는 마음이 얼마나 참담했던가?

그러나 전 왕비 제인이 관대했다는 사실만은 그에게 다행스런 일이었다. 왕의 미움을 산 하워드가의 사람들이 권력에서 멀어졌음에도 그만은 기적적으로 재무대신 자리를 유지할 수 있었으니 말이다.

11월 15일, 니사 윈햄은 햄프턴 궁이 있는 리치먼드에 도착했다. 니사는 리버스에지를 떠날 때만 해도 불안감에 압도되어 있었으나, 왕궁에 가까이 이를수록 기대로 마음이 들떴다.

템즈 강변의 리치먼드에 도착할 무렵, 니사는 도저히 흥분을 억누를 수 없는 지경이 되었다. 이런 니사를 보고 어린 동생들이 놀려댔으나 그녀는 동생들을 무시해버리고, 오히려 이모를 유심히 살펴보면서 모든 행동을 똑같이 흉내내려 애썼다.

니사 일행은 왕궁 근처에 작은 집을 빌려 여장을 풀 수밖에 없었다.

왕궁에는 그들이 묵을 만한 곳이 없었다. 왕궁에 거처를 마련하는 것이 아주 불가능한 일은 아니었지만, 그 대가로 지불해야 할 돈이 엄청났다. 그렇다고 해서 왕궁 주변의 집세도 싼 게 아니었다. 셋집이 수요에 비해 턱없이 부족한 형편이어서 지낼 만하다 싶은 곳이면 웃돈을 더 쳐주고 빌려야만 했다.
 오웬과 블리스가 지금보다 더 젊었을 때, 그러니까 그들이 왕실과 보다 밀접하게 연결되어 있었을 때만 해도 이런 번거로움과 난감함은 남의 얘기였다. 왕실에는 언제나 그들이 머물 곳이 준비되어 있었다. 그러나 세월은 흘렀고 사정은 너무도 달라졌다.
 오웬은 햄프턴 궁이 위치한 리치먼드뿐 아니라 그리니치 근처에도 집을 빌렸다. 왕궁이 그리니치로 옮겨갈 때를 대비한 것인데, 비용이 만만치 않았다. 하지만 고맙게도 그의 동서들이 비용의 일부를 대주었다. 하기야 니사와 아이들이 아니었다면 여기까지 오지도 않았을 테니 도움을 받는 것이 당연한 일인지도 몰랐다.
 「왕궁을 코앞에 두고 이런 데서 지내야 하나요?」
 니사는 리치먼드의 셋집에 도착할 무렵 이모부 오웬에게 물었다.
 「너는 왕궁에서 지내게 될 거란다. 필립과 자일스도 너와 함께 지낼 거고 하지만 우리 애 오웬과 에드문드는 이곳에서 지내야 해.」
 오웬이 입을 떼기도 전에 블리스가 말했다.
 「궁중생활이 쉽지는 않을 거다. 운 좋게 네가 왕궁에서 침대라도 하나 갖는다 해도 그나마 다른 아이와 같이 써야 할 거야. 짐을 둘 만한 공간도 변변치 않을 테니 웬만한 짐은 이곳에 두고 가도록 해라. 그리고 언제 왕비가 너를 찾을지 알 수 없으니, 밤이건 낮이건 대기 상태로 지내야 한다. 네 자유시간은 아예 없다고 생각하는 편이 속 편할 거야. 허둥지둥 먹어야 하고 잠도 자는 둥 마는 둥 해야 할 정도일 테니까. 네 동생들도 마찬가지다. 왕비를 모시는 일은 쉬운 일이 아니란다.」
 오웬 백작의 말에 니사의 안색이 변했다.
 왕비를 보필하는 일이 갑자기 끔찍하게 여겨졌다. 왜 진작 이런 얘기를 하지 않았는지 부모님이 원망스러웠다. 차라리 집에 있었더라면……, 니사는 생각했다.

블리스는 니사의 갈등을 읽고 말했다.

「이 일은 어려운 일이야. 아니라고 말하지 않겠다. 그러나 왕궁에 있으면 네 인생에 얼마나 큰 도움이 되는지 아니? 모든 일은 왕실에서 일어나고, 모든 권력과 온갖 이야기가 이곳에서 시작되니까. 무엇보다 멋진 남자들이 이곳에 모인단다.」

마차가 목적지에 이르자 블리스 피츠휴는 두건을 고쳐 쓰고, 하인의 도움을 받으며 마차에서 내렸다. 그리고 남편이 빌린 집을 가만히 바라보다가 말했다.

「이건 아니에요, 오웬. 이건 오두막이라고 하는 편이 낫겠어요. 정말로 이런 곳에서 지내자는 건 아니죠, 당신?」

니사는 마차에서 내려 이모의 손을 잡았다. 블리스는 니사를 돌아다보며 미소지었다.

「잠잘 곳이 있다는 것만으로도 위안을 삼아야 할 형편이오.」

마우드의 백작은 퉁명스럽게 대답했다. 아내가 이런 집이나마 구한 수고를 전혀 알아주지 않아 서운했다.

「평상시에도 왕궁에 들어가기가 쉽지 않은데, 왕이 결혼하는 지금은 어떻겠소? 어떤 이들은 왕궁의 헛간을 차지하려고 난리를 피우더구만……. 당신은 소들과 함께 지내더라도 차라리 왕실이 더 좋다고 하겠지?」

니사가 키득거렸다. 오웬 이모부는 평소 아내가 모든 일을 마음대로 할 수 있도록 허락하는 편이지만, 아니다 싶을 땐 화를 낼 줄도 알았다.

「집이 참 아담하고 예뻐요.」

니사는 분위기를 바꾸기 위해 끼여들었다.

「여보, 알아요. 당신이 이 집을 구하기 위해 얼마나 애를 쓰셨을지 짐작이 가요.」

블리스는 남편의 심정을 눈치채고 말했다.

「자, 길에서 이러고 있지 말고 안으로 들어가 봐요. 어떻게 꾸며져 있을지 궁금해요.」

식구들을 재촉해 집안에 들어선 블리스는 짐작했던 만큼 형편없는 집은 아니라고 생각했다. 물론 애초에 바라던 만큼 좋은 집도 아니었지만. 거실도 좁았고 위층으로 오르는 계단도 좁아서 답답해 보였다. 그들은 이층으로 올라갔다.

「서재는 앞쪽에 있고, 가족 홀은 뒤쪽에 있소. 침실은 위층에 있고, 하인들은 맨 꼭대기 층에 기거할 거요. 정원과 마구간도 있소. 내가 구해볼 수 있었던 최고의 집이오.」

백작이 말에 블리스는 고개를 끄덕였다.

「영원히 살 집도 아니고……, 곧 그리니치로 갈 거니까요.」

블리스는 자신에게, 그리고 식구들에게 희망을 주고 싶었다.

「그리니치에 있는 집은 이보다 크다오. 사실 그 집은 이미 누군가가 임대한 집이었소. 하지만 가족 중에 임종이 가까운 사람이 있어서 궁중 생활을 못하게 된 덕에, 내가 빌릴 수 있게 된 거요. 이 얘기 당신한테 했소?」

백작이 미소를 지으며 말했다.

「아니요, 말씀하지 않으셨어요.」

그들은 작은 가족 홀에서 이야기를 나누었다.

벽난로에서는 불꽃이 활활 일고 있었다. 새로운 세입자들을 위해 이 집의 관리인이 지펴놓은 것이었다. 소박하지만 깨끗한 가구들도 블리스에게 작은 위안이 되었다.

「앤터니 브라운 경의 부인이 왕비의 시녀들을 감독하실 거다. 사내 녀석들도 브라운 부인의 지시를 받아야 할 거야. 그분은 매우 단호하단다. 모두들 예의바르게 행동해야 한다.」

블리스가 언니의 아이들을 엄한 표정으로 바라보았다. 니사와 니사의 동생들은 긴장했다.

그녀는 다시 한 번 조카들에게 주의를 주었다.

「특히 필립, 너는 장자로서 랭포드의 명예를 더럽혀서는 안 된다. 왕께서 네 어머니에게 큰 은혜를 베푸셔서 너를 왕비의 시동이 되도록 허락하셨음을 잊어서는 안 된다.」
「저도 기품 있게 행동하는 법을 많이 배웠어요, 이모. 제가 어떻게 처신해야 하는지 저도 잘 알고 있다구요. 가족들에게 누를 끼치지는 않을 거예요. 걱정하지 마세요.」
필립의 대답이 고분고분하지 않자 블리스는 미간을 찌푸렸다. 오웬 피츠휴는 그런 아내의 마음을 이해하는 한편, 필립에게 용기를 줘야 할 필요도 느꼈다. 오웬은 필립의 등을 두드리며 따뜻한 목소리로 말했다.
「그럴 테지, 우리 모두 너를 자랑스럽게 여기게 될 걸로 믿는다.」
그러나 블리스의 엄한 훈계는 계속되었다.
「필립, 너는 좀더 조심성이 있어야겠구나. 말하기 전에 한 번 더 생각하는 습관을 길러야겠어.」
필립의 이모부는 필립에게 한쪽 눈을 깜빡여 보였다. 필립은 그것이 무엇을 말하는 눈짓인지 즉시 깨달았다.
「명심하겠습니다, 이모.」
윈햄가의 장자는 공손하게 대답했다.
저녁이 되자 블리스는 하인들에게 식사를 간단하게 준비하도록 지시했다. 조카들을 일찍 재우기 위해서였다.
「클레브스의 공주가 아직 도착하지는 않았지만 너희들이 푹 잘 수 있는 날은 오늘밤뿐일 것 같다. 그러니 많이 자두도록 해라.」
네 명의 사내아이들이 방을 같이 쓰고 니사와 니사의 시중을 드는 틸레가 같은 방을 썼다. 니사의 방에는 침대가 하나뿐이었기 때문에 니사를 따라 리버스에지에서 온 틸레는 간이침대에서 자는 수밖에 다른 방법이 없었다.
「너무 좁군요, 니사 아씨. 우리 아버지가 돌보시는 사냥개들도 이보다는 넓은 곳에서 살아요.」
니사의 몸종 틸레는 항상 솔직했다.

틸레는 연한 황갈색의 머리를 깔끔하게 한 줄로 땋아 등뒤로 넘기고 있었다. 키가 작고 얼굴은 좀 못생긴 편이었지만 표정만은 항상 밝았다. 또한 갈색 눈동자는 항상 총기로 반짝거렸다.

「이곳에 오래 있지는 않을 거야, 틸레.」

니사가 틸레를 위로하였다.

「백작부인의 몸종 메이벨이 그러는데, 내일 아침 아씨는 궁으로 가서 브라운 부인께 인사를 드리게 된대요. 그러니 아씨가 내일 입을 옷을 지금 준비해 두는 것이 좋겠어요. 아침에 일어나 정신없이 서두르는 것보다는 틀림없이 나을 거예요.」

니사는 고개를 끄덕였다.

리버스에지에서 함께 자란 동갑내기 틸레는 상황 판단이 빠르고 일처리도 분명했다. 그래서 니사의 어머니가 아끼는 몸종 하얼타가 틸레에게 니사의 시중을 들게 한 것이리라. 하얼타는 자신의 조카딸인 틸레에게 해야 할 일들을 직접 가르쳤다.

「첫인상이 좋아야겠지요? 하지만 좀 수줍어 보일 필요도 있을 거예요.」

틸레는 나름대로의 생각에 잠겨 말했다.

「포도주색 드레스? 아니에요. 푸른 사과 빛? 그것도 아니고…….」

「보랏빛이 도는 파란색은 어때? 내 눈동자와 어울리잖아! 틸레, 그걸 입으면 대단히 돋보일 거야.」

니사가 손뼉을 치듯 두 손을 모아 잡으며 제안했다.

「음, 하지만 지나치게 사람들의 눈길을 끌게 돼요. 풋풋한 느낌을 주어야 하는데, 그 옷은 너무 튀어요.」

틸레는 미간을 찌푸린 채 궁리했다. 그러다가 갑자기 얼굴을 활짝 펴면서 외쳤다.

「복숭앗빛 우단 드레스, 맞아요, 바로 그거예요! 그게 좋겠어요 장밋빛 페티코트를 입고 그 위에 복숭앗빛 우단 드레스를 입는 거예요. 지금 꺼내야겠어요 그리고 주름을 펴야지요 그걸 입으면 예쁘고 유복한 아씨의 모습이 그대로 드러날 거예요. 빨리 주무세요. 내일 아침 일찍 일어나야 하니까요. 아침에는 목욕도 해야 하구 머리 손질도 해야 돼요. 자, 옷을 벗으세요. 전 드레스와 페티코트를 준비해 놓겠어요. 내일을 위해서요.」

틸레는 빠르게 말을 이어갔다.

니사는 궁중생활에 대한 흥분 때문에 잠을 이루지 못할 거라 생각했지만 베개를 베자마자 깊은 잠에 빠져버렸다.

아침이 되었다. 하지만 방 안은 아직 어두웠고 난로가 없는 탓에 매우 추웠다. 틸레는 니사를 깨우기 위해 안달복달했지만 니사는 계속해서 이불 속으로 파고들었다.

「욕조에 물을 받아놓았어요, 아씨. 방 안이 이렇게 추우니 물도 금세 식을 거예요. 어서 서둘러요. 물이 차가워지면 목욕도 못 한단 말이에요.」

「몰라!」

니사는 짜증을 내며 계속 이불 속으로 파고들었다. 세상 어떤 일도 포근한 침대 속에서 단잠을 자는 것과 바꿀 수 없었다. 틸레는 하는 수 없이 니사의 이불을 잡아챘다. 니사가 비명을 질러댔다.

「안 돼!」

니사는 이불을 다시 빼앗으려 발버둥을 쳤다.

「욕조에 들어가요.」

틸레의 목소리가 단호했다.

「여행 중에 묻은 때를 씻지도 않고 그대로 왕궁에 갈 거예요, 아씨? 쾨쾨한 냄새를 풍기면서 브라운 부인에게 인사드릴 생각이냐구요? 랭포드의 원햄가 여자들한테는 악취가 난다는 소문이 퍼지면 어떻게 할 거예요? 게다가 이 일을 하얼타 고모가 알아봐요. 틀림없이 내 궁둥이를 후려갈기러 단숨에 달려올 거란 말이에요. 정말 그렇게 됐으면 좋겠어요, 네?」

니사는 그만 웃음을 터뜨렸다.

「물론 아니지, 틸레.」
 니사는 눈을 비비며 침대에서 내려와 틸레를 바라보며 밉지 않게 입술을 삐죽거리고는 잠옷을 벗었다. 옷을 모두 벗은 니사는 작은 참나무 통 욕조 속으로 들어가 앉았다.
「머리를 감겨드릴게요.」
 틸레는 미안한 목소리로 말하면서 니사의 머리를 살폈다.
「아휴, 이 먼지 좀 봐요.」
 니사가 뭐라고 말하기도 전에 틸레는 한 양동이의 물을 머리 위에 부었다. 니사는 깜짝 놀라 진저리를 쳤다.
「제가 머리를 감겨드리는 동안 몸을 씻으세요. 그러면 목욕을 빨리 끝낼 수 있어요.」
「서두르자, 너무 추워!」
 이제 니사가 조급해졌다. 방 안이 끔찍할 정도로 추웠다. 욕조 밖으로 나와 있는 니사의 어깨가 찬 기운에 한껏 움츠러들었다. 니사는 틸레가 머리를 헹구기 위해 물을 부을 때마다 비명을 지르며, 딱딱한 비누 조각으로 몸 구석구석을 문질렀다. 니사의 하얀 피부가 연한 홍조를 띠었다. 틸레가 마지막으로 니사의 머리에 힘차게 물을 부음으로써 목욕이 끝났다.
「자, 빨리 나오세요, 아씨!」
 틸레는 커다란 수건으로 니사의 몸을 감싸주고는 다른 수건으로 머리를 비벼 말려주었다. 틸레는 니사에게 다시 따뜻한 침대로 들어가라고 말했다.
「머리를 더 말리세요, 아씨. 저는 아래층에 내려가서 먹을 게 있나 찾아볼게요. 옷은 식사 후에 입으시구요.」
 틸레는 니사에게 작은 수건을 건네면서 말했다. 니사는 이불을 머리 끝까지 덮어쓰고는 긴 머리에 남아 있는 물기가 거의 다 마를 때까지 머리를 문질렀다.
 잠이 완전히 달아나 버린 니사는 그제야, 의자 위에 활짝 펼쳐져 있는 보디스와 드레스, 페티코트를 보았다. 자신이 입을 옷에는 주름 하나 없었다. 틸레는 거의 잠을 자지 않았음이 분명했다. 니사를 예쁘게 보이도록 만들어주기 위해 밤새 그 옷들을 다렸을 테니까.

니사의 어머니 블레이즈 부인은, 하녀는 보배 같은 존재라고 말하곤 했다. 그러나 니사는 지금까지 어머니의 이 말을 깊이 생각해보지 않았다. 고마운 틸레!

틸레가 식사를 들고 들어왔다.

「아래층에 내려갈 때까지만 해도 먹을 것을 찾을 수 있을지 걱정이었어요. 그런데 신이 도우셨는지, 애꾸눈 할머니 한 분이 부엌에 있었는데, 자기가 이곳의 요리를 맡고 있다며 오트밀 죽 한 사발하고 오븐에서 금방 꺼낸 빵과 버터, 그리고 꿀을 주지 않겠어요. 게다가 포도주까지 데워주더라구요.」

틸레는 차분하게 얘기하며 니사의 무릎에 식판을 놓았다.

「전부 다 드셔야 해요. 메이벨이 그러는데, 왕궁에서 뭔가를 조금이라도 먹을 수 있다면 다행으로 알아야 한대요. 궁에서는 별로 먹지를 않는다는군요.」

「틸레는? 틸레도 뭘 좀 먹어야지.」

니사는 오트밀 죽을 떠먹으며 틸레에게 말했다.

「아씨가 떠나시면 먹지요. 메이벨이 아씨는 이곳에 와서 며칠 더 주무실 거래요. 왕비가 아직 도착하시지 않았으니까요. 근처에 가족이 있는 여자들은 보통 그렇게들 한다는군요. 물론 왕비가 도착하시면 상황은 달라지지만요.」

틸레가 말했다.

「이모의 몸종이 정보통이구나.」

니사는 생글거리며 말했다.

「하지만 질투심을 숨기지는 못하더군요. 블리스 부인은 왕비를 모신 적이 없잖아요. 하지만 아씨는 왕비를 섬기실 거고, 그래서 아씨를 모시는 저를 질투하는 거지요.」

틸레는 재미있다는 듯 말했다.
「아무튼 이런저런 사실들이나 소문들을 들리는 대로 전해줘. 알다시피 나는 세상 돌아가는 이치에 밝지 못해. 엄마 말대로 내게는 정말 중요한 기회야. 엄마를 실망시켜서는 안 돼.」
니사의 말에 틸레는 고개를 끄덕였다.
「걱정하지 마세요. 아씨는 왕궁에서도 잘 해낼 수 있으실 거예요. 자, 빨리 식사를 끝내야겠어요. 블리스 부인이 늦는다고 야단하시기 전에…….」
니사는 빵을 포도주에 적셔 삼키고는 침대에서 내려왔다. 방 안은 여전히 추웠지만, 목욕을 하고 식사를 해서인지 기분은 한결 산뜻했다.
틸레는 니사가 가장자리에 레이스가 달린 리넨 슈미즈 입는 것을 도와주었다. 또한 섬세하게 짠 스타킹을 신겨주고 장미 봉오리 모양의 실크 대님을 매주었다. 공단 코르셋과 페티코트도 입혀주었다.
니사의 장밋빛 공단 페티코트에는 금실로 수놓아진 잠자리가 데이지 꽃 주위를 날고 있었다. 그 위에 입은 스커트는 페티코트와 아주 잘 맞아떨어졌다. 틸레는 마지막으로 복숭앗빛 우단 보디스를 니사에게 입혔다. 보디스는 금실과 진주, 그리고 반짝이는 작은 토파즈로 장식되어 있었다.
가운데서 갈라 길게 늘어뜨린 머리가 젊은 여성들에게 유행하고 있었지만, 틸레는 우아하게 보일 뿐만 아니라 단정하게 보이는 것도 중요하다며, 길게 늘어뜨린 머리에 예쁜 금 망사를 씌워주었다. 그리고 허리를 숙여 염소가죽으로 만든, 폭이 좁고 앞굽이 둥근 장밋빛 신도 신겨주었다.
틸레는 일어나 니사를 살펴보더니 만족한 표정을 지으며 고개를 끄덕였다.
「보석함을 가져올게요. 그러면 몸단장이 다 끝나요.」
틸레가 보석함을 가져오자, 니사는 진주 목걸이 두 개를 골라 목에 걸었다. 하나는 다른 하나보다 더 길었고, 그것들은 둘 다 드레스의 목선 아래에서 아름답게 빛을 발했다. 니사는 진주 반지와 토파즈 반지를 오른손에 끼었다.
「됐어, 틸레. 이 정도만 하지. 너무 요란하지 않지?」
「아주 근사해요.」
틸레는 보석함을 닫아 트렁크에 넣으며 말했다. 그때 방문을 두드리는 소리가 났고, 메이벨이 고개를 들이밀었다. 메이벨은 니사의 모습에 눈이 휘둥그레져서 말했다.
「오, 이렇게 예쁠 수가요!」
메이벨은 경탄하지 않을 수 없었다.
「블리스 부인이 아래층에서 기다리고 계셔요. 떠날 차비를 끝내셨답니다. 어쩜, 저렇게 예쁠 수가…….」
틸레는 토끼털로 안감을 댄, 연한 갈색 우단 망토를 집어들어 자기 팔에 걸고, 장갑은 니사에게 건네주면서 메이벨에게 들으라는 듯 자랑스럽게 말했다.
「자, 가요, 아씨!」
틸레는 메이벨이 선망의 눈길로 자신을 보자 더욱더 신이 났다. 틸레가 너무도 빨리 내려가는 통에 문가에 서 있던 메이벨은 황급하게 비켜서지 않으면 안 되었다. 틸레는 뒤따라오는 니사에게 한쪽 눈을 깜빡여 보였고, 메이벨은 그들의 뒤를 허겁지겁 쫓아 내려왔다.

니사를 기다리고 있는 블리스 피츠휴는 서른셋의 나이가 믿어지지 않을 정도로 아름다웠다. 금실로 수놓은 짙은 푸른색 우단 드레스는 진주로 장식되어 있었는데, 블리스 부인의 사파이어 빛 눈동자와 정말 잘 어울렸다.
블리스는 유행에 도전이라도 하듯이 금발머리를 목덜미 부근에서 금실로 묶고 있었다.
블리스는 조카딸을 천천히 아주 세밀하게 살폈다. 니사의 모습은 블리스 자신의 몸치장에 비해 어디 하나 빠지는 구석이 없었다. 블리스는 만족한 듯 미소를 지었다.

「아주 예쁘구나. 완벽해. 수수하면서도 아주 우아해. 누가 봐도 재력 있는 훌륭한 가문의 여자야. 남편감을 엿보는 어린 계집이라는 생각을 전혀 갖지 못하게 만드는구나. 아주 좋다.」

틸레와 니사는 안도의 한숨을 내쉬었다.

「저는 남편감을 찾으러 왕궁으로 가는 건데요.」

이모를 골려줄 마음에 천연덕스럽게 말하는 니사의 눈빛이 장난기로 반짝거렸다. 이모부는 폭소를 터뜨리고 말았다. 그러나 블리스는 엷은 미소를 짓다가 정색을 하며 조용히 말했다.

「너는 왕비를 보필하기 위해 궁으로 가는 거야. 그러다가 우연히, 그러니까 아주 뜻밖에도, 멋진 남자를 발견하게 되는 거야. 너를 좋아하고 너의 마음을 빼앗을 그런 남자 말이야. 그리고 그 남자는 너에게 청혼을 하는 거지. 네가 왕궁으로 가는 것은 저속한 남자 사냥과는 차원이 다른 거라구. 알겠니?」

니사는 깔깔대며 웃었다.

「이모도 그런 식으로 이모부를 만났나요?」

「네 이모부를 만난 곳은 리버스에지에서였단다.」

블리스가 말했다.

「그때가 그러니까……, 네 엄마의 열여섯 번째 생일이었지. 네 이모들, 그러니까 여기 서 계시는 마나님과 블라이드와 딜라이트 처제가 리버스에지에 모였단다. 거기에서 난 네 이모를 보자마자 넋이 나가버렸지. 닉 킹슬레이도 그때 블라이드 처제에게 마음을 뺏겼던 거야.」

마우드의 백작이 블리스의 이야기를 이어받았다.

「첫눈에 사랑에 빠졌군요?」

니사는 그렇게 낭만적인 이야기가 현실에서 일어날 수도 있다는 사실에 흥분했다.

「그럼, 첫눈에. 그랬었지, 여보?」

오웬이 부드러운 눈빛으로 아내를 바라보며 말했다.

「네.」

블리스 또한 옛 일을 회상하며 천천히 대답했다. 블리스의 눈동자에는 니사가 지금까지 한번도 본 적이 없는 묘한 빛이 스치고 있었다. 블리스 이모에게서 처음 보는 그런 눈빛이었다. 블리스 이모에게도 저런 면이 있다니!

블리스는 문득 서둘러야 한다는 사실을 깨닫고 급하게 말했다.

「이러고 있을 시간이 없어. 빨리 왕궁으로 가야 하니까.」

바쁘게 움직이기 시작했지만 블리스는 틸레를 칭찬하는 것을 잊지 않았다.

「틸레, 수고 많았다. 다음에 언니에게 편지 쓸 때 네 이야기를 꼭 쓰마. 하얼타가 너를 잘 가르쳤구나. 너를 자랑스러워할 거다.」

「고맙습니다, 마님.」

틸레는 가볍게 무릎을 굽히며 감사를 표했다. 그리고 들고 있던 망토를 니사에게 씌워주고 장식 단추를 채워주었다.

「애들은 어디 있지요?」

집을 빠져 나오며 니사가 말했다.

「이미 마차에 타고 있단다. 에드문드와 우리 애 오웬은 마부 자리에 앉아 갈 거란다. 먼길도 아니어서 그렇게 하라고 했다.」

이모가 대답했다.

니사의 사촌 동생들은 마차의 지붕 위에 기어올라가 놀고 있었고, 니사의 두 남동생은 근사하게 차려 입고 마부석을 등진 채 마차 안에 앉아 있었다. 니사는 동생들이 그렇게 멋지게 차려 입은 모습을 본 적이 없었다.

아버지를 닮은 필립은 검은 머리에 밝은 눈을 하고 있었고, 자일스는 어머니를 닮은 하얀 피부에 푸른 눈동자와 금발머리였다. 그러나 복장으로만 말한다면 둘은 완벽한 쌍둥이였다.

동생들은 검은 우단으로 만든 최고급 옷을 입고 있었는데, 목덜미에서부터 길게 터진 틈새로 안에 받쳐 입은 흰색 공단이 드러났다. 스타킹에는 검은색과 흰색 줄무늬가 그려져 있었고, 검은 가죽신은 폭이 좁고 앞부분이 둥글었다.

그들은 진주로 장식된 검은 우단의 더블릿을 입고 그 위에 무릎까지 내려오는 소매 없는 조끼를 덧입었다. 조끼는 암사슴 가죽으로 만든 것으로 어깨 부분에 퍼프를 넣어 부풀렸다.

둘 다 가족의 문장이 원형의 양각으로 새겨진 작은 금색 목걸이를 걸고 있었다. 또한 작은 보석이 박힌 단도를 허리에 차고 있었고, 납작한 검은 우단 보닛을 쓰고 있었다.

「야, 근사한데.」

니사가 놀랐다는 표정을 지으며 감탄했다.

「누나도 멋있다.」

필립 윈햄이 말했다.

「누나, 이것 봐! 나도 단도가 있어.」

자일스가 흥분하며 자랑하듯 보석이 박힌 작은 칼을 니사 앞에 내보였다. 단도에는 석류석과 작은 다이아몬드, 그리고 진주가 박혀 있었다.

「국왕 폐하 앞에서는 절대로 이걸 꺼내면 안 된다. 알겠지? 왕비 앞에서도 마찬가지야. 엄마가 하신 말씀 기억하지? 만일 그러면 그건 대역죄가 된다는 거.」

니사는 동생에게 다짐을 받아내려 했다.

자일스는 고개를 끄덕이며 귀여운 목소리로 말했다.

「알았어, 누나.」

그러나 필립은 누이의 잔소리에 짜증이 나서 말했다.

「나한테도 주절거릴 생각은 마! 내 일은 내가 알아서 할 테니까. 알았어, 누나!」

필립은 누나가 충고랍시고 떠들어댄다면 응당한 보복이 있을 것이라는 듯 짐짓 무서운 눈을 하고 있었다.

「이런, 용서를 구하겠사와요. 제가 어리석어 귀하께서 참으로 현명하신 분임을 너무도 자주 잊사옵니다, 윈햄 백작의 장자님. 부주의한 계집을 용서하옵소서.」

니사는 치마를 약간 펴 보이며 고개를 조금 숙여 동생의 귀여운 협박을 받아주는 시늉을 했다.

자일스는 낄낄대며 웃었고 필립조차도 누나의 장난기에 마음이 풀어져 픽 웃었다.

「조용히 해라!」

블리스가 주의를 주었다. 니사는 이모 말에 순종하여 얌전하게 두 손을 모아 잡으며 입을 다물었다. 니사의 두 동생들도 더 이상 소란을 피우지 않았다.

니사 일행의 마차는 계속 달려나갔다. 햄프턴 궁에 가까이 갈수록 마차의 수가 점점 늘어났다. 니사는 이렇게 많은 마차들이 한꺼번에 달리는 모습을 본 적이 없었으므로 넋을 놓은 채 다른 마차들을 바라보았다.

어떤 마차는 니사가 탄 마차보다 훨씬 멋지고 화려했다. 모든 마차에는 성장을 한 여자들과 남자들이 앉아 있는데, 모두들 햄프턴 궁을 향해 달리고 있었다.

햄프턴 궁은 왕의 고문인 추기경 울지에 의해 세워졌다. 건축이 시작된 때는 1515년이었다. 1516년 5월경에는 어느 정도 그 모습을 갖추어 왕과 당시의 왕비, 아라곤의 캐서린이 이곳에서 잠시 머물기도 했다. 그러나 궁전이 모두 완성된 때는 그보다 수년 뒤의 일이었다.

궁은 붉은 벽돌로 지어졌고, 푸른색과 검은색으로 처리된 다이아몬드 모양의 도안으로 장식되어 있었다. 모든 탑에는 납으로 만든 둥근 지붕이 얹혔다. 외벽은 추기경의 문장과 교황이 하사한 둥근 방패들로 장식되었다. 또한 날씨가 궂은 날 추기경이 산책하던, 창문이 있는 긴 갤러리와 저녁마다 앉아 있던 정원이 있었다.

햄프턴 궁에는 수천 개의 방이 있었고, 그중 280개의 방이 방문자를 위해 마련되어 있었다. 또한 부엌은 두 개 있었는데 부엌 사이에 있는 방에는 주방장이 기거했다. 주방장은 다른 대신들 못지않은 근사한 차림을 하고 으스대며 부하들을 통솔했다. 그는 말로도 명령을 내렸지만, 주로 그의 임무를 상징하는 나무 수저를 흔드는 행동만으로도 지시를 내리곤 했다.

거리가 더욱 복잡해져서 마차는 속력을 줄여야만 했다. 천천히 달리는 마차 안에서 블리스는 햄프턴 궁에 얽힌 이야기들을 세 조카들에게 들려주었다.

「엄마도 추기경을 만난 적이 한 번 있대요.」

니사가 이모에게 말했다.

「알고 있다. 추기경도 한때는 외경의 대상이었지. 오랫동안 높은 자리에 앉아 있던 인물이야. 하지만 하루아침에 몰락했단다.」

블리스가 대답했다.

「그게 이상해요. 엄마는 항상 그가 충성스럽게 왕을 모셨다고 했는데, 왜 처형되었지요?」

니사로서는 이해할 수 없는 대목이었다.

「왕의 분노를 산 거야. 왕은 추기경에게, 교황을 설득해서 아라곤의 캐서린 왕비와 이혼할 수 있도록 해달라고 부탁했는데, 추기경이 시큰둥했거든. 왕은 앤 블린과 결혼하고 싶어했는데, 추기경은 앤 블린을 못마땅하게 여기고 있었단다. 톰 블린의 딸을 왕비 자리에 앉히고 싶지 않았던 거지. 그는 왕이 프랑스의 르네 공주와 결혼하기를 원하고 있었어. 그리고 추기경에게는 정적이 많았단다. 모두 권세 있는 사람들이었지. 그들은 왕과 추기경 사이에 생긴 불화를 계기로 울지를 축출하길 원했어. 그래서 추기경의 사치스런 생활을 노골적으로 문제 삼기 시작했지. 그런 와중에 추기경의 권세를 풍자하는 노래가 퍼지기 시작했어. 왕은 그 노래를 듣고 진정 누가 영국을 통치하고 있는가, 왕인가 아니면 추기경인가 하는 생각을 하게 되었어. 왕은 추기경이 너무 커버렸다는 결론을 내렸고, 결국은 추기경을 처형하게 된 것이란다.」

「그 노래, 저도 알아요.」

니사가 작은 소리로 노래하기 시작했다.

「문제가 있나요? 그렇다면 우리 함께 궁전으로 갈까요? 어느 궁전 말이오? 왕의 궁 말이오? 햄프턴 궁 말이오? 왕의 궁은 아니라오. 왕의 궁이 천세를 누리면 햄프턴 궁은 만세를 누리니까.」

「이 노래를 지은 사람은 결국 웨스트민스터 사원에 은신할 수밖에 없었단다. 노래를 들은 왕이 분노를 폭발시킬 대상을 찾고 있었기 때문이지. 그런데 타는 불에 기름을 붓는 것 같은 사건이 일어나고 말았어. 프란체스코회 수도사가 울지를 방문한 적이 있었는데, 수도사는 울지가 살고 있는 화려한 햄프턴 궁전을 보고는 울지에게 당신 나라에는 왕이 없냐고 물었단다. 수도사가 한 말은 왕의 귀에까지 들어갔고, 아무도 왕의 분노를 잠재울 수 없는 지경에 이르고 말았다. 나도 그 수도사의 이야기를 직접 들었지. 그런데 나와 함께 그 이야기를 들은 사람 중에 왕에게 보고한 사람이 있었던 거야. 늙은 울지에게는 참으로 안된 일이었지. 왕의 허영심에 지우기 힘든 상처를 안겨주었으니…… 왕은 즉시 추기경을 소환해서 왜 그토록 큰 궁을 지어서 사치스럽게 살고 있는지를 캐물었어. 그러자 울지는 백성이 그의 주권자를 위해 장려한 집을 지어 바치는 본보기를 삼고 싶었다고 말하면서 궁전을 왕에게 넘겨주었단다. 그래서 다행히 큰 화를 면할 수 있었지. 그는 궁전에 딸려 있는 모든 것을 왕에게 넘겨주었어. 둘둘 말아서 말이다.」

마우드의 백작이 말했다.

「'둘둘 말아서' 주었다는 건 벽걸이 융단과 양탄자를 말하는 거죠?」

블리스가 웃음을 터뜨리며 말했다. 그리고 의아한 표정을 짓고 있는 조카들에게 설명해 주었다.

「추기경은 벽걸이 융단을 모으는 취미가 대단했단다. 한 해에 구입하는 벽걸이 융단 수만 해도 엄청났지. 카펫도 마찬가지였고. 그는 모든 종류의 카펫을 갖고 있었어. 바닥에 까는 거, 테이블에 덮어두는 거, 창에 걸어두는 거…… 한번은 베니스에서 한 배로 실어온 카펫 수가 무려 60개였단다. 그게 전부 추기경에게 보내는 거였어. 좋게 말해서 추기경에게는 특별한 심미적 취미가 있었다고 해야겠지.」

「엄마는 추기경이 대역죄로 재판에 회부될 예정이었다는 말씀을 하신 적이 있어요. 그런데 그 대역죄라는 게 구체적으로 뭐였죠?」
　니사가 물었다.
「그건 물론 조작이었지. 울지에게는 정적이 너무 많았어. 어디 가서 이런 얘기를 해서는 안 된다.」
　블리스는 니사에게 주의를 주고는 말을 이었다.
「왕의 눈에서 벗어난 울지는 요크로 추방되었어. 다행히 그곳에서 대주교 생활을 할 수 있었지. 조용히 신앙생활만 했어도 그의 정적들은 그를 더 이상 괴롭히지 않았을 거야. 그러나 추기경은 또다시 호화스러운 궁을 짓기 시작했단다. 이 소식은 즉시 왕에게 전해졌지. 울지가 다른 나라와 결탁을 하고 있다는 소문과 함께 말이다. 그 이전까지만 해도 추기경은 왕이 원하는 것을 갖게 해주었던 공신이었다. 왕이 아라곤의 캐서린 왕비와 이혼하는 문제에서는 그렇지 못했지만. 그는 결국 카우드 성에서 체포되었단다. 그리고 런던으로 오는 길목에 있는 레스터 대수도원에서 사망하고 말았지. 물론 살아서 런던에 왔어도 처형되었겠지만 말이다.」
「왕이 한 사람쯤 죽이는 건 문제도 아니지요? 이제 왕이 무서워져요. 전에는 이런 느낌이 없었는데……..」
　니사는 침을 삼키며 말했다.
「그래야 한단다. 헨리 튜더는 자기를 두려워하면 더 없이 좋은 친구가 되어준단다. 친절하고 관대한 친구 말이다. 그러나 그렇지 않다면 무서운 폭군으로 돌변하지. 그리고 궁전에서 잘 지내기 위해서는 네 엄마의 처신도 본받아야 한단다. 네 엄마가 궁전에서 무사히 지낼 수 있었던 건 똑똑하게 처신했기 때문이야. 네 엄마는 결코 어떤 파벌에도 속하지 않았고, 왕의 총애를 입고 있다고 해서 남들을 멸시하지도 않았다. 그러니 니사는 그런 엄마의 행동을 본받아야 한다.」
　니사의 이모부가 말했다.
「아, 너무 두려워요. 차라리 다시 집으로 가버리고 싶어요.」

니사가 겁을 집어먹자 니사의 동생들은 실망스런 표정을 지었다.

「말도 안 되는 소리 집어치워! 니사 캐서린 윈햄, 모두들 너를 부러워하고 있어! 왕비를 받드는 일을 하는 동안 쓸 만한 남자들이 너에게 접근할 거란 말이다. 너는 그 중에서 남편감을 고르고 그와 결혼해서 행복하게 사는 거야. 그게 네가 왕궁으로 가는 유일한 이유야. 언니 딸이 이렇게 간이 약한 줄 몰랐다. 겁쟁이처럼 달아날 생각을 하다니 실망스러워. 너는 다음달이면 열일곱이 된다. 열일곱 살이면 노처녀야. 노처녀 소리를 듣고 살면 좋겠니? 네가 멍하니 리버스에지를 배회하는 모습을 블레이즈 언니가 보고 살아야겠니? 언니는 새로 태어난 쌍둥이도 키워야 하고, 네 어린 남동생들도 잘 길러 부유한 집안에 장가보내야 해. 너를 걱정하고 있을 시간이 없단 말이야. 그리고 자일스와 필립, 너희들도 자기 인생을 찾으러 궁으로 가는 거야. 달아날 생각은 꿈에도 하지 마라!」

블리스가 말했다.

필립과 자일스 윈햄은 이모의 말보다는 니사의 표정에 더 관심을 보이며 터져 나오려는 웃음을 억지로 참았다. 부끄러우면서도 이모에게 화가 나, 얼굴을 붉힌 채 어쩔 줄을 몰라하는 누이의 모습이 너무도 재미있었던 것이다.

「전 겁쟁이가 아니에요! 하지만 이 일은 난생 처음 겪는 일이잖아요. 생각해봐요, 이모. 이모가 처음으로 궁에 들어갈 때와는 상황이 달라요 그때는 이모부가 옆에 있었고, 이모가 어떤 책임감을 느낄 필요도 없었다구요 하지만 저에게는 왕비를 받들어야 하는 일이 주어졌어요. 왕궁에서의 경험은 하나도 없는데도 말이에요. 그러니 제가 혹시라도 가족들을 부끄럽게 하지 않을까 두려워할 수밖에 없는 거 아니에요? 저는 겁쟁이가 아니라구요!」

니사가 소리를 질렀다.

「아무렴, 니사는 겁쟁이가 아니지. 니사, 나도 아주 어릴 때 왕궁으로 왔단다. 그때 일이 지금도 생생하구나. 헨리 왕이 왕자였을 때였지. 나는 그의 시동이었단다. 내 나이는 고작 여섯 살이었어. 그때까지 나도 집을 떠나본 적이 한번도 없었어. 아주 정신이 아찔하더구나. 너무도 두려웠지. 그래, 지금 네 기분이 어떤지 내가 잘 알아. 하지만 말이다 니사, 이렇게 해보렴. 처음 며칠간은 아주 예의바르게 이것저것 살펴보고 물어보면서 지내는 거야. 멍청하다는 소리를 두려워하지 말고. 나중에 큰 실수를 하느니 그렇게 묻고 다니는 편이 나으니까. 아직 왕비도 오지 않았고, 또 몇 주 내로는 오지 않을 테니 네게는 이것저것 익힐 시간이 있잖니. 그리고 브라운 부인이 너를 잘 가르쳐주실 거다. 처신만 잘하면 너를 인정하실 분이라구. 네가 배우려는 자세를 보이면 아주 흡족하게 여기실 분이야.」

이모부가 니사를 두둔하고 나섰다.

「이모부, 이해해주셔서 고마워요」

니사는 이모부에게 감사를 표시하면서, 원망 섞인 시선으로 블리스를 바라보았다. 그러나 블리스는 아무런 말도 하지 않고 굳은 얼굴로 밖을 내다볼 뿐이었다.

마침내 마차가 왕궁에 도착했다. 제복을 입은 종복이 달려와 마차 문을 열어주었다. 그의 동작은 절도 있고 공손했으며, 연이어 마차들이 들어오고 있기 때문에 재빨랐다.

블리스가 마차에서 내려 드레스의 주름을 펴고 있는데, 가까운 곳에서 기쁨에 들뜬 목소리가 들려왔다.

「블리스, 블리스 피츠휴! 정말, 블리스 맞아? 이럴 수가!」

예쁜 얼굴에 검은 머리, 갈색 눈이 반짝이는 풍만한 몸집의 여인이 함박웃음을 머금고 달려와서는 쓰러질 듯이 마우드의 백작부인을 껴안았다.

「아델라? 아델라 말로우? 이게 웬일이야!」

블리스 또한 반갑게 소리쳤다.

「블리스는 하나도 안 변했어! 난 그새 새끼 돼지처럼 살이 쪘는데 말이야.」

아델라 말로우의 말에 블리스는 웃으며 대답했다.
「허물없기는 여전하군. 나도 예전 같지 않아, 아델라. 몸이 많이 불었어.」
「딸인가?」
아델라 말로우는 니사를 훑어보며 말했다. 아델라는 첫눈에 니사를 젊고, 순결하고, 지참금을 많이 가져올 아이라고 평가했다.
「물론, 아니지. 블레이즈 언니 딸, 니사 윈햄이야. 왕비의 시녀가 되려고 왔어. 그리고 블레이즈 언니의 아들들은 왕비의 시동이 됐어. 이 아이가 바로 필립 자작, 윈햄 백작의 맏아들이고, 이 아이는 자일스 윈햄, 필립의 동생이야.」
블리스는 흐뭇한 표정으로 아이들을 보며 말했다.
「이분은 내 오랜 친구 아델라 말로우 부인이시다. 인사드리렴.」
니사와 두 소년은 아델라에게 인사를 했다. 아이들의 기품 있는 동작에 아델라가 깊은 인상을 받는 눈치여서 블리스는 기뻤다.
「니사는 정혼한 사람이 있나?」
말로우가 니사에게 물었다.
「아직 없습니다, 부인.」
니사는 공손하게 대답했다.
「아, 그러면 우리 애 헨리를 소개해줘야겠군.」
「좋은 생각이야!」
블리스가 신이 나서 말하는데 블리스의 남편이 끼여들었다.
「여보, 블리스! 어서 가서 니사를 브라운 부인에게 소개해야 하잖소 기다리고 계실 텐데 늦으면 곤란하지 않소」
그는 아내의 팔을 꽉 쥐고 끌고 갈 뜻을 비쳤다.
「아참, 그렇죠」
블리스는 아쉬워하며 친구의 두 뺨에 입을 맞추었다.
「나중에 보자구, 아델라. 그간 있었던 이야기를 해야지.」
블리스와 아델라는 웃으며 서로를 놔주었다. 아델라와 헤어진 블리스는 마차 꼭대기에 올라가 있는 어린 오웬을 보고 소리질렀다.

「오웬, 어서 내려오지 못해! 그리고 에드문드 킹슬레이는 또 어디 있는 거야? 애들을 데려오지 말았어야 하는 건데.」

블리스의 남편은 허둥대는 아내의 모습이 재미있다는 듯 미소를 지으며 말했다.

「다 당신 책임이오. 당신이 애들을 오겠다고 우겼으니까.」

오웬이 짓궂게 말하자 블리스는 남편을 빤히 쳐다보았다. 그러나 오웬 백작은 여전히 미소를 지으며 혼자 걷기 시작했다. 블리스는 허겁지겁 아이들을 모아 남편의 뒤를 따라갔다.

마가렛 브라운 부인은 앤터니 브라운 경의 아내였다. 앤터니 경은 궁정 일을 돌보고 있었다. 왕의 말을 관리하는 일도 그의 소임 중 하나였다. 그는 열심히 일했고 오직 왕의 관심거리에만 신경을 쓰고 살았다. 파벌간에 벌이는 정치적인 분규에도 전혀 신경 쓰지 않고 오직 헨리 튜더에게만 충성을 바쳤다. 그의 아내 마가렛 브라운 부인 또한 이런 남편의 뜻을 따르고 있었다.

앤터니 경이 변함없이 성실한 태도를 보이자 왕은 그를 신임하게 되었고, 노고에 대한 보상으로 서리 주의 넓은 땅을 하사했다. 또한 앤터니 경의 아내에게는 왕비의 시녀들을 관리하는 일을 맡겼다. 이 일은 모두가 선망하는 자리였다.

브라운 부인은 마우드의 백작 내외를 따뜻하게 맞아들였다. 브라운 부인은 직무상 왕비의 거처 가까운 곳에 기거하고 있었다.

「블리스 피츠휴 부인, 그대가 갓 결혼해서 왕궁에 왔던 때가 엊그제 같은데 벌써 세월이 이렇게 흘렀구려. 그런데 아직도 이렇게 젊은 걸 보니 다행스럽게도 고생이 많지는 않았던 모양이구려. 그래, 아이는 몇이나 두었소?」

마가렛 브라운 부인이 블리스에게 말했다.

「아들 셋에 딸 하나를 키우고 있습니다.」

「이 아이들이오?」

브라운 부인이 아이들을 자세히 보기 위해 고개를 숙이며 말했다.
「하나만 제 아이입니다, 부인. 자, 오웬, 인사를 드리거라.」
블리스의 지시에 따라 어린 오웬은 공손하게 인사를 했다. 블리스는 아들의 예의바른 태도에 만족스런 미소를 지으며 말했다.
「나머지 아이들의 인사도 받아주세요. 이 아이는 에드문드 킹슬레이 입니다. 저의 쌍둥이 언니 블라이드와 니콜라스 킹슬레이 경의 큰아들 이지요. 그리고 이 두 녀석들은 제 큰언니인 윈햄 백작부인의 아들들입니다. 이 녀석이 큰아들 필립 윈햄 자작이고, 이 놈은 동생 자일스입니다. 둘 다 국왕께서 왕비의 시동으로 지명하셨기에 국왕의 분부를 받들어 부인께 데려왔습니다.」
세 소년들은 자신이 소개될 때 차례로 인사를 했고, 브라운 부인은 그때마다 고개를 끄덕이며 아이들의 인사를 받아주었다. 브라운 부인 역시 아이들의 예의바른 태도에 흡족해했다.
「그런데 이 아이는 누구 딸이오, 피츠휴 부인?」
「이 아이는 니사 캐서린 윈햄입니다. 랭포드의 백작 내외의 장녀이지요. 왕비의 시녀가 되기 위해 왔습니다.」
니사는 공손하게 머리를 숙이고 예쁘게 무릎을 굽혀 인사했다.
「왕비의 시녀? 이런…… 피츠휴 부인, 훌륭한 가문의 많은 규수들이 왕비의 시녀가 되고 싶어 궁으로 찾아오고 있소. 하지만 자리는 제한되어 있으니 도와주고는 싶지만, 정말이지 어쩔 수가 없어요.」
브라운 부인은 난감한 표정을 지으며 말했다.
「죄송합니다. 제가 상황을 정확하게 전달해 드리지 못했군요.」
블리스는 사과하는 태도로 말했으나, 블리스의 남편 오웬 피츠휴만큼은 아내의 말에 불쾌한 마음이 드러나 있음을 감지할 수 있었다.
「국왕께서 친히 니사를 시녀로 내정하셨습니다. 국왕께서는 지난 10월경에 니사의 집을 방문하시어, 갓 태어난 니사의 쌍둥이 동생들의 대부가 되어주시면서 니사에게 언약하셨습니다. 니사는 블레이즈 윈햄의 딸입니다, 브라운 부인. 오늘 저희가 왕궁에 온 이유는 국왕께서 친히 저희를 부르셨기 때문입니다. 니사 문제는 이미 확정된 것입니다, 부인.」

블리스는 브라운 부인의 양해를 구하는 듯한 미소를 짓고 있었지만, 눈빛은 모든 것이 이미 종결되었음을, 아무도 니사의 길을 막을 수는 없음을 강하게 주장하고 있었다.

「아! 그런 일이 있었구려. 모르고 있었소 블레이즈 윈햄의 딸이라고 했소? 블레이즈 윈햄이라……, 귀에 익은 이름이긴 하지만 확실하게 기억나지는 않는데.」

브라운 부인이 입을 열었다.

니사라……, 귀엽고 예의바른 아이이기는 하지만 변변하게 내세울 것도 없는 아이다. 윈햄가와는 비교도 안 되는 여러 가문에서 자신에게 시녀 자리를 부탁하고 있는 형편이고, 상당한 물질적 보상까지 암시하고 있는 상황이다. 왕은 이미 이 귀여운 아이와의 약속을 잊고 있는지도 모른다. 그렇다면…….

「제 어머니는 '전원의 여인'으로도 불리셨습니다, 부인. 어머니가 비록 왕궁에 오래 계시지는 않았지만, 분명 부인께서 제 어머니를 기억하시리라 믿습니다. 어머니는 현재까지도 왕의 가장 충직한 백성으로, 그리고 무엇보다 가장 가까운 친구로 남아 계십니다.」

뜻밖에 니사가 입을 열었다. 브라운 부인의 눈빛에서 그녀의 생각을 읽어내고는 본능적으로 대응한 것이었다.

「주제넘게 나서지 말거라.」

브라운 부인은 단호하게 소리쳤다. 그러나 곧 크게 숨을 몰아쉬었고, 그때 블리스와 니사는 브라운 부인을 꺾었음을 깨달았다.

「그래, 왕궁에는 와본 적이 있느냐?」

브라운 부인은 니사에게 물었으면서도 대답은 들을 필요도 없다는 듯 계속 말을 이었다.

「앞으로 배워야 할 것이 많단다. 게다가 안타깝지만 시간은 많지가 않은 형편이구나. 그러니 내일부터 미사가 끝나는 대로 나에게 와 지시를 받도록 해라. 그리고 당분간 잠은 가족들에게 가서 자도록 하고, 지금으로서는 왕궁에 네 거처를 마련해줄 형편이 안 된단다. 그러나 왕궁을 그리니치 궁으로 옮긴 다음부터는 달라질 거다. 그때는 왕비께서 허락하시지 않는 한 늘 왕비 곁에 남아 있어야 한다.」

「알겠습니다, 부인.」

니사는 무릎을 굽혀 감사의 뜻을 전했고, 브라운 부인은 고개를 끄덕이며 필립과 자일스를 바라보았다.

「너희들도 집을 떠나 있어본 적이 없는 것 같은데, 집에 가고 싶다고 울거나 해서는 안 된다.」

필립과 자일스는 브라운 부인이 자기들을 무시한다는 생각이 들어 자신들도 모르게 성난 표정을 지었다.

「얘들아, 왕궁을 한번 둘러볼까? 어디에 뭐가 있는지는 알고 있어야 하잖니?」

블리스는 브라운 부인이 아이들의 기분을 알아차리기 전에 아이들의 주의를 다른 곳으로 돌렸다.

「좋은 생각이구려. 그리고 니사 원햄, 잊지 마라. 아침 미사 끝나고 해야 할 일.」

브라운 부인이 말했다.

「명심하겠습니다, 마님.」

니사는 무릎을 굽혀 인사했다.

브라운 부인의 거처에서 나오자 블리스는 통쾌하게 웃기 시작했다.

「니사, 브라운 부인이 우리를 겁줘서 쫓아버릴 수 있었다면 그렇게 했을 거다.」

「제가 브라운 부인을 성나게 만든 건 아닌지 모르겠어요.」

니사는 걱정스런 표정으로 말했다.

「말 같지도 않은 소리! 너에게 이런 기회는 다시없다는 걸 명심하라고 했잖아, 니사 윈햄. 네가 겁을 집어먹고 집으로 돌아가 봐라, 네 엄마가 얼마나 실망하시겠니? 게다가 너를 쫓아내려면 브라운 부인 정도로는 안 돼. 브라운 부인은 한몫 챙길 만한 집안에 시녀 자리를 주고 싶어할 뿐이야. 모든 것이 다 거래다, 니사. 그걸 부인할 수는 없어. 하지만 네 엄마는 이미 오래 전에 네가 차지할 자리를 위해 대가를 치렀다. 왕도 네 엄마에게 빚이 있다는 것을 잊지 않고 있어.」

블리스의 말에 니사는 생각에 잠겨 말없이 걸었다.

일행은 곧 퍼블릭 룸에 이르렀다. 니사는 그곳에서 말로우 경 내외를 발견했다. 말로우 부인은 가능한 한 빨리 블리스를 만나려는 생각에 미리 와서 기다리고 있었던 것이다.

말로우 부인 곁에는 얼굴이 점투성이인 아들이 서 있었다. 그 소년은 긴장한 탓인지 안절부절못하고 있었다.

「여기야, 블리스! 여기!」

말로우 부인이 큰 소리로 블리스를 불렀다. 그러자 말로우 부인 아들의 얼굴은 더욱더 붉어졌다.

말로우 경과 피츠휴 백작이 인사를 나누는 동안, 말로우 부인은 자랑스럽게 자신의 아들 헨리를 블리스에게 소개했다. 말로우 부인이 자신의 아들과 니사를 짝지어주고 싶어한다는 것이 너무도 분명했다.

오웬 피츠휴는 여자들끼리 이야기를 나눌 수 있도록 자리를 피해줘야겠다고 생각하며 말로우 경에게 말했다.

「아이들을 데리고 '마상(馬上) 창 시합장'에 가보려던 참이었어요. 아드님을 데리고 같이 가시겠습니까?」

「재미있겠군요. 그러지요.」

말로우 경이 웃으며 대답했다.

「헨리는 몇 살이지?」

블리스는 남자들이 나가자 말로우에게 다정한 목소리로 말했다.

「열두 살.」

「조용한 애 같아, 아빠를 닮아서.」

「맞아. 하지만 존보다 더 얌전해서 걱정이야.」

「니사는 12월 31일이 되면 열일곱이야. 니사를 시집보내려고 왕궁까지 오기는 했어. 니사 정도면 신부로 괜찮아. 리버스에지에 돌아가신 아버지가 남겨준 땅이 있고, 새아버지도 니사를 위해서 상당한 돈을 마련해 두었으니까. 그런데 니사는 옹고집이야. 그래서 나이 많은 남자가 휘어잡고 살아야 한다구.」

블리스는 친구의 희망을 꺾을 수밖에 없어 부드럽게 말을 이었다.

블리스와 말로우는 마치 니사가 곁에 없는 것처럼 얘기하고 있었다. 니사는 '옹고집'이라는 표현에 기분이 상해서 말했다.

「이모, 이모도 젊었을 때 고집을 부리곤 했잖아요. 엄마한테 들어서 다 알고 있어요.」

「고집? 내가? 아니야, 전혀 아니야!」

블리스는 눈을 동그랗게 뜨고 고개를 절레절레 흔들었다. 블리스의 천연덕스런 거짓말에 말로우는 깔깔대며 웃었고, 니사도 따라 웃었다.

말로우 부인과 블리스는 지난 이야기에 흠뻑 빠졌다. 왕궁에 와 있다는 사실에 들떠 있는 니사는 가만히 앉아 두 사람의 이야기를 듣고만 있을 수가 없었다.

니사는 살며시 자리에서 일어나 사람들로 북적대는 건물을 빠져나갔다. 밖으로 나온 니사는 심호흡을 하며 맑은 공기를 들이마셨다. 하늘은 맑았고 태양은 밝게 빛나고 있었다. 사람들의 소음을 피해 정원으로 나오기를 잘했다는 생각이 들었다.

니사는 천천히 걸으며 주위를 둘러보았다. 정원에는 작은 연못이 많이 있었고 연못가에는 돌로 된 기둥에 동물들이 조각되어 있었다. 화단은 다시 찾아올 봄을 맞기 위해 깨끗하게 정돈되어 있었고, 화단의 나무 난간은 튜더가를 상징하는 초록색과 흰색으로 칠해져 있었다.

니사는 정원 저편에서 걸어오는 한 소년을 보았다. 소년은 밝게 미소 지으며 니사에게 다가와 고개를 살짝 숙이고는 말했다.

「처음 뵙는 얼굴이군요. 궁에 있는 소녀들은 제가 다 알고 있는데 말입니다. 제 소개를 하겠습니다. 저는 한스 폰 그래프츠틴이라고 합니다. 클레브스에서 온 특사의 시동입니다.」

소년은 자신의 금발머리에 쓰고 있던 우단 보닛을 벗고 공손하게 인사했다. 니사는 드레스자락을 가볍게 들어올리고 무릎을 굽혀 답례했다.

「저는 니사 윈햄이라고 합니다. 왕비님을 섬기기 위해 왕궁에 왔습니다. 영광스럽게도 국왕 폐하께서 친히 저를 왕비님의 시녀로 지명해주셨습니다.」

「왕비님께서도 그대를 아끼실 것 같군요. 그대는 밝고 순수해 보이니까요.」

「저의 두 동생들도 시동으로 왕비님께 봉사하기 위해 이곳에 와 있습니다.」

니사는 이 소년이 궁전 안의 다른 사람들처럼 위협적인 태도를 취하지 않아 호감이 갔다. 그래서 보다 친근한 대화를 나눠보기로 했다.

「몇 살이지요? 제가 보기엔 제 동생 필립 정도의 나이 같은데……. 아니, 필립보다는 좀 어릴 것 같군요.」

「동생의 나이가 몇입니까?」

「열두 살입니다.」

「저는 열한 살입니다. 특사이신 외삼촌과 함께 왔습니다. 아버지 성함은 어떻게 되십니까?」

한스는 나이에 비해 성숙한 태도로 말했다.

「랭포드의 백작 앤터니 윈햄이십니다.」

니사는 앤터니가 자신의 의붓아버지인 것까지 말할 필요는 없다고 생각했다.

「많이 들어보지 못한 이름이군요. 그런데 어떻게 앤 왕비님의 시녀가 될 수 있었지요? 쟁쟁한 가문에서 왕비님을 모시고 싶어했을 텐데 말입니다.」

한스의 반응은 솔직했다.

뭐라고 말해야 할까, 니사는 잠시 망설이다가 마음속에서 들려오는 소리를 그대로 따르기로 했다. 사실대로 말하자!

「제 어머니가 예전에 국왕 폐하의 연인이셨지요. 지금도 두 분은 가까운 친구랍니다. 어머니께서 국왕께 저를 왕궁으로 데려가 달라고 부탁하셨고, 국왕께서 쾌히 승낙하신 겁니다.」

한스는 담담하게 고개를 끄덕였고, 니사는 한스가 자신을 이상하게 보지 않아 마음이 놓였다.

「그럼 그대는 왕의 후손입니까?」

한스는 아무렇지도 않다는 듯 물었지만 니사의 얼굴은 빨갛게 달아올랐다.

「아, 아닙니다. 그렇지 않습니다. 제 아버지는 에드문드 윈햄입니다. 랭포드의 세 번째 백작이셨지요. 어머니는 제 친아버지가 돌아가신 후에 왕궁에 오셨어요. 그 후 친아버지의 조카분인 앤터니 윈햄 백작과 다시 결혼하셨습니다.」

니사는 모든 것을 털어놓았다.

「아!」

한스는 미소지었다. 이해할 수 있다는 표정이었다.

「앤 왕비님에 관해 말씀해주세요. 어떤 분이신가요? 영어를 할 줄 아십니까?」

니사가 말했다.

「니사, 독일어를 할 줄 아십니까?」

한스는 니사의 질문에 흐뭇해하며 되물었다.

「못 합니다. 안타깝게도……」

「그렇다면 앤 왕비님과 말씀을 나눌 수 없습니다. 왕비님은 독일어 외에는 할 줄 모르시니까요. 그럴 수밖에 없는 것이 클레브스의 모든 여인들은 기도와 집안일 외에는 모르고 산답니다. 아무리 지체 높은 집안의 여인이라도 예외가 아니지요. 여러 가지를 교육받는 영국 여인과는 많이 다르답니다.」

「그럼 왕비님께서는 국왕과 어떤 식으로 대화를 나누죠?」

니사가 의아해했다.

「아, 그거요? 별 문제 없을 겁니다. 왕비께서는 동맹관계를 굳히기 위해서 오셨으니, 건강한 아기만 낳으시면 할 바를 다 하시는 것일 테니까요.」

「그건 그렇지 않을 겁니다. 국왕 폐하께서는 재치가 넘치는 여자를 좋아하신다는 말씀을 제 어머니에게서 들었습니다. 국왕께서는 음악과 춤, 그리고 카드를 즐기십니다. 국왕 폐하의 마음에 들기 위해서는 이런 놀이도 할 줄 알아야 하지요. 폐하께서 미인을 원하시는 건 사실이지만 아름다운 외모만으로는 충분하지 않을 겁니다.」

「왕비님은 사실 그다지 예쁘지도 않으시고, 음악이나 카드도 모르십니다. 춤은 말할 것도 없지요. 클레브스에서는 이런 것들을 천박한 오락으로 여기고 있는 탓입니다.」

「안타까운 일이군요. 국왕께서 왕비님을 마음에 들어하지 않으면 어쩌지요? 한스, 제게 독일어를 가르쳐 주실 수 있을까요? 그러면 앤 왕비님이 이곳 생활에 적응하시는 데 조금이라도 도움이 될 것 같군요.」

니사는 걱정스런 목소리로 말했다.

참으로 고운 마음씨의 소녀라고 한스는 생각했다. 왕비의 시녀 중 어느 누구도 이런 데까지 마음을 쓰지 못할 것이다.

「네, 가르쳐드리죠. 그런데 그대는 영어 외에 또 어떤 말을 할 줄 압니까?」

「불어와 라틴어뿐입니다. 헬라어는 읽을 수 있는 정도고요.」

「언어 외에 또 무엇을 배우셨지요?」

「역사를 조금 공부했고 간단한 산수를 익혔습니다. 어머니께서는 장사꾼들이나 하인들에게 속지 않기 위해서는 어느 정도 계산 능력이 있어야 한다고 하셨지요.」

한스는 밝고 푸른 눈동자를 반짝이며 큰 소리로 웃었다.

「어머니는 상당히 실리적인 여인이군요. 클레브스에서는 그런 여인을 좋아합니다. 왕비님도 그런 분이시죠.」

「왕비님께서 영어를 빨리 배우실 수 있을까요?」

「왕비님은 머리가 나쁘지 않아요. 제 외삼촌께서는 왕비님을 대단히 적극적인 분으로 평하시죠. 순종적이고 정숙한 여인상과는 거리가 있다는 말입니다만…….」

니사가 키득거렸다. 한스는 니사의 웃는 모습을 보며 말했다.

「웃는 모습이 정말로 아름답습니다. 그대를 마음에 품기에 저는 아직 어리군요. 하지만 우리가 친구로 지낼 수는 있겠죠?」

니사는 생각지도 못한 그의 진지한 말에 놀랐으나 부드럽게 미소를 지으며 고개를 끄덕였다. 특사의 시동은 대단히 자상한 성품을 가졌다고 생각했다.

「물론입니다. 저도 그렇게 되기를 바래요. 제 동생들을 소개해 드리고 싶습니다. 그 아이들에게도 독일어를 가르쳐 주시겠어요? 그렇다면 개들도 왕비님을 보다 잘 보필할 수 있을 것입니다.」

「그렇게 하겠습니다.」

한스와 니사는 잠시 부드러운 눈빛을 나누었다.

「바람이 불기 시작하는군요. 감기라도 걸리면 누가 그대의 자리를 차고 들어올지 알 수 없습니다. 자, 안으로 들어갑시다. 바래다드리겠습니다.」

한스가 내민 팔에 니사는 손을 얹고 걸었다. 니사는 잠시 생각에 잠겨 있다가 입을 열었다.

「최선을 다해서 왕비님을 모실 겁니다.」

블리스와 말로우 부인은 여전히 애기에 정신이 팔려 있었다. 니사가 한스를 소개하자마자, 아델라 말로우 부인은 이미 알고 있다며 으스댔다.

「그래프츠틴 남작!」

그러나 한스는 사석에서까지 남작이라 불리는 것을 대단히 싫어했으므로 말로우 부인의 말에 짜증스런 표정을 지었다.

「안녕하십니까, 말로우 부인.」

한스는 의례적인 인사말을 건넸다.

「한스가 제게 독일어를 가르쳐주기로 했어요. 왕비님은 독일어밖에 못하신대요.」

니사가 말했다.

「잘 됐구나.」

블리스는 아무도 생각 못한 일을 계획한 니사가 대견했다. 블리스는 니사의 손을 잡고 다독거렸다.

그때 마우드의 백작이 아이들을 데리고 말로우 경과 함께 돌아왔다. 니사는 한스를 소개했고, 소년들은 금세 친구가 되었다.

즐겁게 이야기를 나누는 소년들을 바라보던 니사는 누군가 자신을 보고 있다는 느낌을 받고 고개를 돌렸다. 멋지게 차려 입은 한 남자가 퍼블릭 룸의 저편에 서서 니사를 바라보고 있었다. 니사의 뺨은 부끄러움에 분홍빛으로 물들었다. 니사는 말로우 부인의 소맷자락을 잡아당기며 물었다.

「저를 보고 있는 저 남자는 누구지요?」

아델라 말로우는 재빨리 니사가 가리키는 방향으로 고개를 돌렸다. 그리고 그녀 또한 얼굴을 붉히며 말했다.

「맙소사! 마치 백작이야. 출생에 얽힌 애기가 지저분하기는 하지만 어쨌든 노포크의 손자지. 이름은 베리안 드 윈터, 위험한 사람이지. 바람둥이라구!」

바람둥이라는 말에 놀란 니사는 다시 그를 되돌아보았다.

「돌아보지 마. 저 남자에게 관심 있는 것처럼 행동해서는 안 돼.」

「잘생겼어요」

악하게 보이지는 않는 인상이었다.

「생기기야 잘생겼지, 하지만 조심해야 될 남자야. 어떤 일이 있었냐면 말이지……」

말로우가 목소리를 낮춰 블리스의 귀에 대고 소곤거렸으므로 니사는 이야기를 들을 수 없었다.

「어머머, 세상에……」

블리스의 얼굴이 빨갛게 물들었다.
「무슨 일이 있었는데요?」
니사가 호기심을 표시하자 블리스가 단호하게 말했다.
「아직 네가 알아서는 안 되는 얘기다.」
「저도 결혼할 나이란 말이에요.」
그러나 블리스는 니사에게 더 이상 대꾸하지 않고 다시 말로우와의 이야기에 빠져들었다. 니사는 다시 베리안 드 윈터라는 남자가 있는 쪽을 바라보았다. 그는 다행히 다른 사람과 이야기를 하느라 등을 돌리고 있었다. 머리칼은 검었고, 이목구비가 뚜렷했으며, 아주 강인한 인상을 주었다.

'눈동자는 무슨 색일까?'

니사는 그의 눈동자 색깔이 궁금했다. 그때 갑자기 베리안 백작이 고개를 돌려 니사를 보았다. 그리고 손가락을 입술에 대었다 떼며 키스를 보내왔다.

니사는 숨이 멎을 것만 같아 재빨리 그에게 등을 보이며 돌아섰다. 그러나 뺨이 뜨겁게 달아오르는 것은 어쩔 수가 없었다.

'맙소사, 저렇게 무례하다니!'

니사는 다시 그를 쳐다볼 엄두가 나지 않았다. 그저 자신의 뒷덜미를 찌르는 것 같은 시선을 느끼며 안절부절 서 있을 수밖에 없었다.

매일 아침 미사 후에 니사는 브라운 부인에게 인사를 올렸다. 아침 인사를 올리는 자리에서 니사는 왕비와 지낼, 나이 든 여인들을 알게 되었다.

마가렛 더글라스와 도셋 후작부인은 왕의 조카딸들이었고, 리치먼드의 공작부인은 왕의 며느리였다. 리치먼드의 공작부인은 왕과 엘리자베스 블론드 사이에서 난 리치먼드의 공작 헨리와 결혼했던 것이다.

또 다른 여인들로는 허트포드 백작부인과 러트랜드 백작부인이 있었고, 어들리 부인, 로치포드 부인, 에지콤 부인이 있었다. 그리고 이들보다 직위가 낮은 여인들이 60명 정도 더 있었다.

니사는 왕비의 시종장인 러트랜드의 백작과 왕비의 비서인 토마스 데니 경, 그리고 신부인 동시에 왕비의 주치의인 케이 박사에게도 인사를 올렸다.

지금까지 캐서린 바셋과 앤 바셋 자매, 그리고 니사 윈햄만이 시녀로 확정된 상태였다. 이들 셋을 합쳐 모두 열두 명의 시녀가 선발될 것이고, 브라운 부인은 자신이 작성한 시녀 후보의 명단에서 나머지 시녀들을 선발할 계획이었다. 그러나 왕비가 클레브스에서 거느리던 시녀들을 데리고 올 것이고, 그들 중 대다수가 본국으로 되돌아가겠지만 몇 명은 남아 왕비 앤을 섬길 것이라는 얘기가 전해졌다. 따라서 영국 왕실에서 선발할 시녀의 숫자는 많지 않았다.

왕실에서 뽑을 시녀 자리가 줄어들다 보니, 대단치 않은 집안 출신인 니사 윈햄이 시녀로 선발된 일에 대한 불평이 없을 수 없었다. 그러나 왕은 니사를 반갑게 맞이하고 그녀를 극찬해주는 것으로 그러한 불평을 잠재웠다.

니사의 궁중 생활이 이틀째 되던 날, 헨리는 니사를 불렀다. 니사는 공손하게 왕에게 나아가 무릎을 굽히고 얌전하게 고개를 숙여 인사했다. 니사의 드레스가 우아하게 펄럭였다. 헨리는 손수 니사의 손을 잡아 일으켜주고는 니사의 두 뺨에 입을 맞추었다.

「이곳까지 무사히 와줘서 고맙다. 그래, 궁중생활이 재미있느냐?」

「폐하, 브라운 부인께서 잘 지도해주셔서 힘들지 않게 적응하고 있습니다. 또한 틈나는 대로 왕비님을 위해 독일어를 익히고 있습니다.」

왕은 기쁨에 넘쳐 환하게 웃었다.

「이보게들, 이 아이는 자기 엄마처럼 흠잡을 데 없이 아름답지 않은가?」

헨리는 주위를 둘러보며 말했다. 모두들 고개를 끄덕였다. 브라운 부인도 머리를 끄덕이며 억지웃음을 지었다. 왕은 말을 이었다.

「다들 블레이즈 윈햄을 기억하지? 이 아이가 그녀의 딸 니사 캐서린 원햄일세. 블레이즈는 니사를 이곳으로 보내고 싶어하지 않았지만, 내가 니사를 돌봐주겠다고 약속하고 빼앗다시피 데려왔다네.」

그는 니사의 작은 손을 다독였다.

「자, 브라운 부인에게 가보렴, 귀여운 것.」

니사는 왕에게 다시 인사를 올리고 물러났다.

「저렇게 못을 박는군. 아무도 끽소리 하지 말라는 뜻이라구.」

한쪽 구석에서 왕의 행동을 지켜보던 로치포드 부인이 에지콤 부인에게 속삭였다.

「그렇지. 브라운 부인 심정이 어떨까? 열두 명의 시녀 가운데 클레브스에서 반은 차지할 거고, 나머지 여섯은 마가렛 브라운 부인이 채울 자리였는데, 이미 왕이 세 계집애들을 지명해 버렸잖아.」

에지콤 부인이 맞장구를 쳤다.

「바셋의 두 아이는 그래도 이해가 가. 앤 바셋은 전 왕비 밑에서 일했고, 캐서린 바셋은 서포크 공작부인을 보필했으니까. 그러나 니산가 뭔가 하는 애는 어디서 굴러먹던 애지? 왕이 한때 지 엄마를 갖고 놀았다고 해서 왕궁을 활보하고 다닐 수 있는 거야? 혹시……, 왕이 니사에게 딴맘 먹고 있는 거 아니야?」

로치포드 부인이 말을 이었다.

「말도 안 돼! 새로 신부를 맞이할 준비를 하고 있는 왕이라구. 매일 왕비의 초상을 들여다보고 애달아하는 거 몰라? 그러니 다른 여자가 눈에 들어오기나 하겠어? 게다가 니사는 딸 같은 애야.」

「새 왕비도 메리 공주와 같은 나이야.」

로치포드 부인이 경멸하듯 말하자 에지콤 부인은 놀라 말했다.

「미쳤어? 그런 소리를 그렇게 크게 하면 어떻게 해? 목 달아날 소리 그만 하라구. 니사 원햄을 우습게 볼 것만도 없어. 개 엄마와 왕이 여전히 친구 사이니까.」

「그래서? 그게 그렇게 대단한 거야? 왕비를 아무나 섬기는 거냔 말야? 지금까지 이런 일은 없었어. 있을 수 없는 일이란 말이야.」

로치포드 부인은 차가운 미소를 띠고 니사 윈햄을 바라보았다.

'젊고 아름답고 부유한 니사! 그러나 이곳에서 살아남으려면 그것만으로는 안 된다. 너는 똑똑하게 굴어야 할 거다. 제대로 처신하지 못하면 살아남을 수 없을 거다. 운 좋은 계집! 네 행운이 얼마나 가나 두고 보자!'

3

왕이 여섯 명의 시녀를 확정했다. 이미 니사 윈햄과 바셋가의 두 자매를 시녀로 지명했던 왕은 윌리엄 케리와 메리 블린의 딸 캐서린 케리, 노포크 공작 토마스의 조카딸 캐서린 하워드, 그리고 고인이 된 킬데어의 백작의 딸 엘리자베스 피츠제럴드로 나머지 자리를 채웠다.

왕비를 보필하겠다고 자원한 여자들이 수백 명에 이르렀으므로 시녀로 선택된 여자들의 기쁨은 말할 수 없이 컸다. 하지만 브라운 부인의 실망은 이만저만이 아니었다. 시녀들을 선정하는 과정에서 상당한 이익을 챙길 수 있으리라는 기대가 산산이 깨진 것이다.

그러나 며칠 후 왕은 뜻밖의 지시를 내려 브라운 부인을 기쁘게 했다. 왕이 나머지 여섯 명의 시녀를 그녀에게 임명하도록 한 것이다.

「클레브스에서 오는 시녀들은 본국으로 돌아가도록 조치해야겠소 영국 왕비는 당연히 영국 여인들의 시중을 받아야 하오. 그렇지 않소, 브라운 부인?」

왕이 시녀로 지목한 바셋가의 두 자매는 그들의 아버지가 칼레 지역을 통치하고 있다는 것에 대해서 터무니없을 정도로 긍지를 갖고 있는 수다쟁이들이었다.

뿐만 아니라 심심찮게 다른 여자들에게 이야깃거리를 제공하고는 했는데, 언니인 앤 바셋이 지난여름 왕에게서 말을 선물 받았을 때 구설수에 올랐던 것이 그 한 예였다. 수군거리며 뒷공론을 펼 일도 아니었는데 어쨌든 그들이었기에 다른 여자들의 입방아를 피할 수 없었다.

바셋 자매의 거만한 태도 때문에 니사는 상당히 부담스러웠다.

「신경 쓰지 마. 쪼잘대게 내버려두라구.」

캐서린 하워드가 웃으며 말했다.

「너라면 그렇게 하기 쉽겠지, 너라면 말이야! 너는 하워드 가문 출신이니까. 하지만 난 이름도 없는 랭포드의 원햄가 출신이란 말이야. 게다가 나는 궁중생활에 대해서 아무것도 모르잖아. 걔들이 나를 얕보는 거라구.」

니사가 말했다.

「궁중생활이라고 별 거 없잖아. 나는 어릴 때부터 왕실에서 커왔지만, 네가 하는 행동을 보면 그런 나와 구분이 안 가. 니사, 너는 나무랄 데 없이 잘하고 있는 거야.」

엘리자베스 피츠제럴드가 입을 열었다.

「맞아! 아무도 네가 궁중생활을 해보지 않았다는 것을 알아차릴 수 없을 거야. 내가 장담해.」

캐서린 케리가 맞장구를 쳐주었고 다른 시녀들도 니사를 감싸주었다.

시녀들은 열다섯, 혹은 열여섯의 나이였고, 누가 더 예쁜지 판단하기가 어려울 정도로 다들 아름다웠다.

캐서린 하워드는 다갈색의 곱슬머리와 하늘색 눈동자를 갖고 있었다. 캐서린 케리는 검은 눈동자에 금발이었고, 엘리자베스 피츠제럴드는 검은 머리에 푸른 눈동자를 갖고 있었다. 그리고 이들 모두에게서는 장난기와 활력이 넘쳐 났다.

왕실의 젊은 남자들이 어떻게 하면 왕비의 시녀들과 잠시라도 시간을 보낼 수 있을까 궁리하는 것도 이해할 수 있는 일이었다. 또한 브라운 부인이 시녀들의 처신에 각별한 신경을 쓸 수밖에 없었던 것도 당연한 일이었다.

12월 11일, 클레브스의 공주는 마침내 프랑스 해안 도시 칼레에 도착했다. 그러나 사나운 날씨 탓에 영국 해협을 건널 수는 없었다. 해협에는 엄청난 폭풍이 일고 있었다. 공주 일행은 칼레에 이 주 동안 발이 묶여 있어야만 했다.

이제 흥겨운 성탄 결혼식을 기대할 수는 없는 상황이었다. 그러나 헨리가 많은 귀족들을 계속해서 궁으로 불러들이고 있는 가운데, 햄프턴 궁 사람들의 흥분은 더욱 고조되어 거의 병적인 상태에까지 이르렀다.

12월 26일, 날씨가 잠시 개자 함대 사령관은 출항할 결심을 했다. 곧 겨울 폭풍이 이어져 해협을 강타할 테고 그렇게 되면 내년 봄까지도 해협을 건널 수 없을 거라고 생각했기 때문이다.

공주 일행이 탄 배는 자정에 출항했다. 순조로운 항해 끝에 일행이 탄 배는 영국의 항구 도시 딜에 정박했다. 도착 시각이 새벽 다섯 시였음에도 불구하고, 서포크의 공작부인과 치체스터의 주교가 많은 환영 인사들을 대동하고 나와 공주를 맞이했다. 앤이 도버 성에 짐을 풀자마자 거센 비바람이 몰아치기 시작했다. 그러나 앤은 런던으로 강행군하겠다고 고집했다.

12월 29일 월요일, 일행은 캔터베리에 도착했다. 공주를 맞기 위해 진홍색 대례복을 입은 300명의 남자들과 함께 크랜머 대주교가 나와 있었다. 앤은 그곳에 있는 성 아우구스티누스 수도원에서 하룻밤을 보냈다.

12월 30일 화요일, 앤은 캔터베리를 떠나 시팅본에 이르렀고, 31일 수요일, 새해가 시작되기 전날 밤에 로체스터에 도착해서 노포크 공작의 환영을 받았다.

공작은 금줄로 장식된 우단 코트를 입고 있는 백여 명의 기수들을 이끌고 나와 앤을 맞이했다. 기수들은 공주가 숙소로 사용할 주교의 관저로 가는 동안 공주를 호위했다. 앤은 주교의 관저에서 이틀 동안 쉰 후에 런던으로 들어간다는 계획을 세웠다.

브라운 부인은 당황한 표정을 드러내지 않으려고 애를 써야만 했다. 앞에 서 있는 여인은, 홀베인이 그린 초상 속의 인물과는 너무도 달랐다. 공주는 왕이 그리워하고 있는, 초상 속의 여인이 결코 아니었던 것이다.

마가렛 브라운 부인은 주교의 관저에 미리 와 있었다. 50여 명의 여인들과 새로 선발된 여섯 명의 시녀들과 함께 새 왕비를 기다리고 있었다. 지금 브라운 부인은 새 왕비를 알현하기 위해 주교의 관저 접견실로 들어선 참이었다.

앤 공주에게 예를 올리며 브라운 부인은 최근에 궁중에 퍼지고 있는 노래를 떠올렸다.

'이것이 그대의 초상인가? 정말로 그러한가? 곧 알게 되리라, 그대 보는 그날에.'

초상 속의 앤은 얼굴선이 부드럽고 몸집이 아담했다. 그러나 실제로 보니 왕의 눈을 똑바로 쳐다볼 수 있을 만큼 키가 컸고, 지독하게 날카로운 인상이었다. 초상에선 맑아 보이던 안색도 실제로는 누르께한 흙빛에 가까웠다. 하지만 눈동자만큼은 푸르게 빛나고 있었다.

눈 빼고는 봐줄 만한 구석이 없군, 브라운 부인은 생각했다.

브라운 부인은 무릎을 펴고 고개를 들며 일어났다. 앤은 미소를 지었다. 온화하고 다정한 미소였다.

'이 여인은 왕의 마음을 사로잡을 수 없어! 헨리 튜더가 좋아하는 그런 종류의 여자는 절대 아니야!'

브라운 부인은 불길한 예감을 떨칠 수 없었다.

마가렛 브라운과 남편 앤터니 브라운은 오랫동안 궁중생활을 해왔다. 그래서 왕이 자신의 몸집이 거대함에도 불구하고, 화사하고 여리며 애교 있는 여인을 좋아한다는 것을 알고 있었다.

그러나 이 여인은 라인강 가에서 힘차게 달려온 암말이었다! 연약해 보이는 구석이라고는 조금도 없었다. 게다가 입고 있는 옷은 또 이게 뭔가. 완전히 구닥다리다! 저건 또 뭔가? 머리 장식이 코끼리 귀만하지 않은가. 저러니 키가 실제보다 훨씬 더 커 보일 수밖에……
「영국 땅에 오신 것을 환영합니다, 공주님. 저는 마가렛 브라운이라고 합니다. 국왕께서 시녀들을 관리하도록 지시하셨습니다. 그래서 여섯 명의 시녀들을 데리고 왔습니다. 허락하신다면 아이들을 부르겠습니다.」
브라운 부인의 말을 한스 폰 그래프츠틴이 공주에게 통역했다. 클레브스에서 영국 특사로 파견된 한스의 외삼촌이 한스로 하여금 왕비의 통역을 맡도록 지시했다.
한스가 브라운 부인의 말을 전하자 앤은 고개를 끄덕였다. 너무도 힘차게 끄덕이는 바람에 머리 장식이 떨어질 듯 불안하게 들썩였다.
「좋아요, 좋아요.」
브라운 부인은 문가에 서 있는 필립 윈햄에게 눈짓을 하자, 필립은 여섯 명의 시녀들에게 신호를 보냈다. 한껏 멋을 부린 소녀들이 클레브스의 앤에게 첫선을 보이기 위해 경쾌하게 뛰어 들어왔다.
시녀들이 공주 앞에 정돈했을 때, 바셋 자매들이 숨 고르는 소리가 공주의 귀에까지 들릴 정도로 거칠었다. 브라운 부인은 노한 눈빛으로 그들을 쏘아보며 목소리를 부드럽게 가다듬어 말했다.
「절을 올리도록 해라.」
여섯 명의 소녀들은 재빨리 무릎을 굽히고 고개를 숙여 절을 했다.
「내가 호명을 하면 한 사람씩 앞으로 나와 또 한 번 인사를 올리도록 해라.」
브라운 부인은 지시를 내리고는 한스 폰 그래프츠틴에게 말했다.
「앤 공주님께 아이들을 소개하겠습니다, 남작.」
「니사 윈햄은 제일 나중에 소개하십시오. 공주께서는 니사 윈햄이 서투나마 독일말을 하면 기뻐하실 것이오. 아마도 공주께서는 니사와 뭔가 말씀을 나누고 싶어하실 겁니다.」

한스가 요구했다.
「그렇게 하겠습니다, 남작.」
브라운 부인은 미래의 왕비에게 시녀들을 한 사람씩 소개했다. 시녀들은 공주의 외모에 충격을 받았지만 곧 평정을 찾았고, 훌륭한 예절을 보여주었으므로 브라운 부인은 안심할 수 있었다.
왕의 조카딸 캐서린 케리가 먼저 소개되었고 이어서 캐서린 하워드가 소개되었다. 그리고 엘리자베스 피츠제럴드와 바셋 자매 순서였다. 끝으로 니사가 클레브스의 공주에게 인사를 올렸다.
「영국에 오신 것을 환영합니다, 공주님.」
니사는 한스가 가르쳐준 독일말로 천천히, 조심스럽게 인사했다. 그러자 공주의 입이 함지박만 하게 벌어졌다. 그러고는 니사가 알아들을 수 없는 속도로 단어들을 쏟아놓기 시작했다.
한스 폰 그래프츠틴이 웃으며 공주에게 말했다.
「니사는 아직 공주님의 말을 이해할 수 없습니다. 이제 막 독일어를 배우기 시작했으니까요. 니사는 공주님의 말을 이해할 사람이 없다면 공주님이 불편하실 것이라며 독일어를 배우기를 원하더군요. 그래서 제가 가르쳤습니다. 공주님께서 천천히 말씀하시면 니사도 조금은 이해할 수 있을 겁니다.」
클레브스의 공주는 고개를 끄덕였다. 그러고는 니사가 이해할 수 있도록 천천히 말했다.
「마음씨가 고운 아이로구나. 그렇게까지 나를 염려해주다니……. 이 말은 이해할 수 있겠니?」
「네, 공주님.」
니사는 다시 무릎을 굽혔다.
「저 아이는 누구의 딸이지?」
앤이 한스에게 말했다.
「니사 윈햄은 랭포드 백작의 딸입니다. 대단한 가문 출신은 아닙니다만, 니사의 어머니가 예전에 왕의 연인이었습니다. 정숙하고 겸손한 여인이었다고 합니다. 그래서 모두들 '공손한 여인'이라 불렀다는군요.」
「아! 그렇다면, 니사는 왕의 피를 받고 태어났나?」
「그렇지는 않습니다. 니사는 어머니 블레이즈 윈햄이 왕궁으로 들어가기 전에 태어났습니다. 결코 왕의 서출이 아닙니다.」
「아! 그렇군. 그건 그렇고, 한스, 여기 모인 여인들께서 나를 이상한 눈으로 쳐다보는 이유가 대체 뭔가? 특히 브라운 부인은 나를 처음 볼 때 입이 딱 벌어지더군, 왜들 그러는가? 내 옷 때문인가? 아니야, 분명 다른 뭔가가 있어.」
「홀베인의 초상화 때문입니다, 공주님. 홀베인은 공주님을 작아 보이게 그렸고, 얼굴이 실제보다 부드러운 인상을 풍기도록 그렸습니다. 사실 그 초상을 보고 국왕께서는 애달아하고 계십니다. 솔직하게 말씀드렸습니다.」
한스는 정말 솔직하게 말했다.
「그래? 안됐지만 왕은 나를 있는 그대로 받아들여야 할 거야. 왕의 욕심이야 어쨌든 그도 젊은 신랑은 아니잖아. 한스, 그렇지?」
앤이 깔깔거리고 웃기 시작했으므로 브라운 부인과 시녀들은 놀라지 않을 수 없었다.
「왕은 신부를 얻었다는 사실만으로도 감사해야 할 형편이야. 남편으로 괜찮은 점수를 얻을 수 있는 형편도 못 된다는 것을 스스로 인정해야지. 하지만 나는 왕에게 온순하고 정숙한 태도를 보이겠어, 내가 할 수 있는 한은 말이지. 그렇게 하는 게 나에게 좋겠지. 넌덜머리나는 오빠와 떨어져서 살아갈 수 있는 길일 테니까.」
니사는 눈을 동그랗게 뜬 채 듣고 있었다. 앤의 말을 거의 알아들을 수 없었지만, 토막토막 들려오는 구절들이 니사에게 적지 않은 충격을 주었다.
공주는 성질이 있는 여인이야, 니사는 생각했다. 절대로 호락호락하지 않을 여인이었다.
「공주님, 제가 공주님에게 영어를 가르쳐드리겠습니다.」

니사는 대담하게 제안했다.
「오, 그래!」
앤은 미소를 지었다.
「한스, 브라운 부인에게 시녀들을 만나 참으로 기쁘다고 전하고, 특히 니사 원햄의 깊은 배려가 행복한 영국 생활의 서막인 것 같다고 얘기해라.」
한스는 앤의 말을 전했다. 심상치 않은 분위기에 잔뜩 굳어 있던 브라운 부인은 앤의 말을 전해듣자 늙은 얼굴 위로 안도의 빛을 드러냈다. 늙은 브라운 부인의 긴장이 풀어지는 모습이 너무도 재미있어서 한스는 하마터면 웃음을 터뜨릴 뻔했다.
「공주님께서는 참으로 관대하십니다.」
브라운 부인이 말했다.
'관대하다? 그래, 관대하다는 건 맞는 말 같애, 그러나 왕이 원하는 젊고 예쁜 여자인가? 클레브스의 공주는 아니야. 이를 어쩌면 좋지? 왕이 공주를 어떻게 할까?'
클레브스의 공주에게 인사를 한 브라운 부인은 시녀들을 데리고 접견실을 떠났다. 시녀들은 어미 닭을 쫓아가는 병아리 떼처럼 브라운 부인을 따라나갔다.

「맙소사, 맙소사! 새 왕비님은 거대한 골동품이야.」
앤 바셋이 가슴을 쓸어 내리며 호들갑을 떨었다.
「왕이 한 번 보고는 질려서 돌려보낼 거야.」
캐서린 바셋이 언니의 말에 맞장구를 쳤다.
「황새처럼 크기만 해. 제인 왕비님과 닮은 데라고는 하나도 없어.」
「제인 왕비님은 돌아가셨어. 그것도 이 년 전에. 제인 왕비님이 아직 살아 계신다 하더라도, 어쩌면 국왕께서 싫증을 내게 됐을지도 모르는 일이야. 왕비님이 에드워드 왕자님을 낳아주시기는 했지만 말이야. 게다가 시모어 가문의 사람들은 무례하기 이를 데가 없었어. 내 삼촌인 토마스 하워드 공작이 항상 그렇게 말씀하셨지. 아무튼 국왕 폐하는 새 아내가 필요하고, 왕자들도 더 있어야 할 상황이야.」
 캐서린 하워드가 바셋 자매와는 달리 담담한 어조로 말했다.
「맞아. 하지만 새 왕비님은 사랑받기 어렵겠어. 너무 불쌍해. 멀리까지 오셨는데.」
 캐서린 케리가 말했다.
「국왕 전하도 젊은 신랑은 아니잖아. 그러니 완벽한 신부감을 기대해서는 안 될 거야. 앤 공주님은 초상 속의 모습과는 많이 다르기는 하지만, 좋으신 분 같아. 눈을 보면 알 수 있잖아.」
 엘리자베스 피츠제럴드가 경쾌한 목소리로 말했다.
「선한 눈빛만으로는 충분하지 않다. 헨리 튜더 왕을 사로잡기 위해서는 그 이상이 있어야 해. 니사, 너는 어떻게 생각하느냐? 공주님과 이야기를 해봤으니 뭔가 할말이 있을 것 같구나.」
 브라운 부인이 말했다.
「별 다른 말씀을 하시지는 않았습니다. 다만, 제가 공주님에게 영어를 가르쳐드리겠다고 아뢰었을 때, 공주님께서는 기꺼이 배우고 싶어하는 것 같았습니다. 저는 그런 공주님이 좋습니다. 국왕 폐하께서도 공주님을 좋아하셨으면 좋겠습니다.」
 니사가 조용히 말했다.

 뜻밖에도, 정말 뜻밖에도, 왕이 들이닥쳤다. 신부를 보기 위해 햄프턴 궁에서부터 로체스터까지 전속력으로 달려온 것이다. 사전에 아무런 통보도 하지 않은 채. 그는 햄프턴 궁을 떠나오면서 크롬웰에게 말했다.
「놀랍고도, 멋진 만남을 위하여!」
 헨리는 주교의 관저 접견실로 '놀랍고도, 멋진 만남을 위하여' 거침없이 걸어 들어갔다. 거대한 망토를 덮어쓰고 있어서, 국왕을 알아보기도 힘들 지경이었다. 그의 손에는 신부에게 줄 검은 담비 가죽이 십여 장 들려 있었다.

헨리는 앤이 있는 접견실 문을 부술 듯 밀어젖히고 안으로 들어섰다. 소용돌이치는 망토 속에서 거대한 덩치가 꿈틀거리는 모습을 보자, 앤은 비명을 질러댔다.

앤은 쟁반을 집어들어 침입자의 머리를 정신없이 내리쳤다. 왕은 그녀를 밀어내고 뒤로 물러섰다. 왕에게 떠밀린 앤은 쟁반을 안은 채 바닥에 쓰러졌다. 참으로 놀랍고도 놀라운 만남이었다.

「공주님께서는 폐하를 알아보지 못했습니다. 용서하소서, 폐하.」

한스 폰 그래프츠틴은 국왕에게 인사를 드리며 용서를 구했다. 신부를 보게 된다는 기대로 잔뜩 흥분해 있는 헨리는 거칠게 고개를 끄덕였다. 그는 공주에게 말했다.

「공주의 도착을 간절히 기다리고 있었소.」

헨리는 공주의 얼굴을 보기를 갈망하고 있었다.

「공주님, 무서워하지 마십시오. 국왕께서 공주님을 놀라게 해주러 오셨습니다.」

한스가 공주에게 말했다.

「이 거대한 멧돼지가 국왕이라구?」

쓰러진 자리에서 몸을 일으키던 앤은 들고 있던 쟁반을 손에서 떨어뜨렸다. 쨍, 깨지는 소리를 내며 떨어진 쟁반은 헨리가 열어 젖히고 들어선 문 밖까지 굴러 나갔다.

「내가 이런 사람과 결혼하겠다고 서약했단 말이야?」

「공주님, 국왕께 인사를 올리셔야 합니다.」

불안해진 시동의 목소리가 떨렸다. 잠시 멍하게 앉아 있던 앤이 간신히 입을 열었다.

「그래야만 한다면, 그래야겠지.」

앤은 뒤돌아 서며 왕에게 머리를 깊이 숙이고 정성스럽게 인사를 올렸다.

'이 얼마나 정숙한 여자인가. 낯선 남자를 두려워했으나 곧 순결을 잃을까 용감하게 저항하고, 그리고……, 나라는 것을 알자 매력적으로, 공손하게 인사를 하는…… 아, 이런 여자라면……, 이런 여자…… 이런! 웬 여자가 이렇게 큰 거야! 초상 속의 여자가 아니잖아!'

헨리 튜더는 굽혔던 허리를 펴고 꼿꼿하게 서서 미소지으며, 자신의 눈을 똑바로 쳐다보는 신부의 모습에 커다란 충격을 받았다. 헨리는 간신히 입을 열었다.

「영국에 잘 왔소」

그는 앤에 대한 혐오감을 감추기가 힘들었다. 한스 폰 그래프츠틴은 왕의 인사를 공주에게 전했다.

「국왕에게 감사하다는 말을 전해드리게, 한스」

클레브스의 앤이 대답했다. 잘 먹여서 도살장에 끌고 온 돼지처럼 피둥피둥 살이 찐 남자와 평생 동안 살아야 하다니……. 앤은 온몸에 소름이 돋아나는 것만 같았다.

그 와중에도 앤은 왕의 옷이 자신의 옷보다 더 세련됐다고 느끼며, 옷을 전부 새로 장만해야겠다는 생각을 했다.

「공주에게 여행이 즐거웠는지를 여쭈어 보아라, 한스」

'웬 여자가 저렇게도 큰가. 코는 왜 저렇게 날카롭고 납작한 거야.'

「왕에게 전하게. 칼레에서 받은 환영은 정말로 대단했다고. 그리고 영국 국민들의 따뜻한 마중에 감사한다는 말도 전해드리게.」

'나를 마음에 들어하지 않는군. 처신을 잘해야겠어. 그렇지 않으면 목이 달아날지도 몰라.'

앤은 왕의 마음을 읽을 수 있었지만 미소를 유지하기 위해 노력했다.

「공주가 이곳까지 오는 동안 나를 보고자 했던 열망을 알고 있다. 참으로 감동적이라고 전해라.」

'거짓말이야. 크롬웰, 이 썩을 놈! 어떻게 내게 이런 거짓말을 할 수가 있지? 다른 여자는 다 제쳐놓고 이 여자와 결혼을 해야 한다고 우기더니, 속셈이 있었어. 크롬웰, 네 놈은 대가를 치를 것이다. 우선 이 악몽에서 벗어날 길을 찾아야 해. 찾고야 말겠어!'

헨리의 실망과 충격은 분노로 바뀌고 있었다.

「국왕 전하에게 앉기를 권하게, 한스. 뚱뚱하니 서 있기도 힘들겠어. 그러나 이런 소리는 하지 말게. 나이 든 남자들은 이런 문제에 민감한 반응을 보이니까. 그저 나와 함께 포도주를 마셔준다면 영광이겠노라고 전하게. 내 거죽이 맘에 들지 않겠지만.」

「낙담하지 마십시오, 공주님.」

앤을 위로한 한스는 헨리를 향해 말했다.

「폐하, 공주님께서 포도주를 한잔하시자고 청하십니다. 폐하께서 궂은 날씨에도 불구하고 멀리까지 말을 달려오셨으니, 혹시 감기라도 걸리시면 어쩌겠냐고 하십니다. 참으로 사려 깊은 배려이옵니다.」

「포도주 좋지. 공주에게 염려해줘서 고맙다고 전해라.」

'마음이 고운가 보군. 그래, 그래야지. 하지만 그것만 갖고는 충분하지 않아. 제기랄! 웬 골동품을 입고 왔지? 그리고 저 억양은 왜 이리도 둔탁한 거야. 오, 크롬웰, 네 놈은 대가를 치를 것이다. 분명 구스의 메리나 덴마크의 크리스티나가 내 청혼을 거부했다고 한 것은 거짓말일 거야. 대체 어떤 여자가 영국 왕비가 되고 싶지 않다고 말할 수 있겠어. 크롬웰, 이 자식이 뭔가 꾸미고 있는 거야. 가만 둘 수 없다. 이 여자와는 절대 결혼할 수 없다. 절대 그럴 수 없어!'

앤은 왕에게 편안한 의자에 앉을 것을 권했다. 그리고 자신은 왕을 마주보고 앉았다.

한스는 두 개의 은잔에 포도주를 따라왔다. 왕과 공주는 서로의 감정을 숨기며 짧은 대화를 나누었다. 곧 왕이 뻣뻣하게 몸을 일으켰다.

「공주에게 내가 떠난다고 알려라. 곧 만나게 될 거라 해라.」

'정말이지 다시는 만나고 싶지 않아!'

「가고 싶어서 온몸이 근질근질한 모양이군. 국왕께 따뜻한 환영에 진심으로 감사드린다고 전하게. 그리고 절대 이 말을 하면서 웃지 않도록 조심하게, 한스. 그렇지 않으면 자네도 죽고 나도 죽는 거야. 심각한 상황이니까 조심해서 잘 하게.」

앤은 부드러운 표정으로 말했다.

사랑이여, 나를 기억하라 91

긴장한 한스 폰 그래프츠틴은 할 수 있는 한 진지한 어조로 왕에게 앤 공주의 말을 전했다.
「공주님께서는 진심 어린 환대에 크게 고마워하고 계십니다, 폐하.」
「음!」
왕의 소리는 거의 끙 하는 신음소리 같았다. 왕은 앤에게 인사를 하는 둥 마는 둥 접견실을 빠져나갔다.
접견실을 빠져 나오는 헨리의 발소리가 유난히도 크게 들렸다. 헨리는 복도에서 자신을 기다리고 있던 앤터니 브라운 경을 보자, 억눌렀던 화를 폭발시켰다.
「영감! 나는 조롱당했어! 얘기 듣던 것과는 완전히 다른 여자야! 난 저 여자가 싫어! 저런 여자와는 못 살아!」
그는 멧돼지처럼 꽥꽥거리며 소리를 질러댔다. 그러고는 자신이 아직도 담비 가죽을 들고 있음을 깨달았다. 그는 그것을 앤터니 경의 품에 쑤셔 넣으며 말했다.
「갖다줘 버려!」
「클레브스의 공주님이 마음에 안 드십니까?」
앤터니 경의 목소리가 떨렸다.
「이제까지 뭘 듣고 서 있었어? 난 저 여자가 싫어! 저 여자는 플랑드르의 암말이야!」
헨리는 천둥처럼 고함을 질렀다.
접견실 근처를 지나던 니사는 왕의 고함 소리에 얼굴이 창백하게 질려, 못 박힌 듯 그 자리에 서버렸다. 니사는 헨리가 자신을 발견하자 더욱 두려워져 자신도 모르게 뒷걸음쳤다.
니사는 왕에게 인사를 올려야 한다는 사실을 하마터면 잊을 뻔했다. 헨리의 얼굴은 얌전하게 고개를 숙이는 니사를 보자 다소 밝아졌다. 그는 니사의 손을 잡아 일으켜주며 말했다.
「내 분노는 정당하단다, 니사. 무서워하지 말아라.」
「폐하, 클레브스의 공주님은 훌륭한 분인 것 같습니다.」

니사는 가슴 깊은 곳에서부터 충언을 올렸다.
「아, 니사!」
헨리는 니사를 보며 블레이즈와의 옛일을 떠올리고 있었다.
「공주님께서는 제게 영어도 배우기로 하셨습니다.」
「앤터니, 이 아이가 사랑스럽지 않은가? 제 엄마를 닮았어.」
왕은 니사의 작은 손을 다독였다. 그러고는 니사를 자기의 거대한 가슴팍에 품어버렸다. 니사는 너무도 놀랐다. 왕은 니사의 머리를 쓰다듬으며 말했다.
「귀여운 것아, 너만은 괴로운 사랑을 하지 말거라. 그래, 내가 책임져 주마. 누구도 너로 하여금 괴로운 사랑을 하게 할 수는 없을 것이다.」
잠시 동안 말없이 니사를 품고 있던 헨리는 니사를 놓아주며 아까와는 달리 축 처진 걸음으로 사라졌다. 왕이 시야에서 완전히 사라지자 앤터니 경은 니사의 눈을 바라보며 엄한 어조로 말했다.
「이 일에 대해 누구에게도 말해서는 안 된다. 이건 신부를 싫어하는 신랑의 문제가 아니다.」
「이것이 정치적 사안이라는 것을 알고 있습니다. 제가 아직 어리고 궁중생활에 익숙하지도 않지만, 저는 국왕 폐하의 결혼이 단순한 문제가 아니라고 교육받았습니다. 게다가 저는 공주님에게 상처를 주고 싶지 않습니다.」
니사의 어조는 침착하고 성숙했다.
「그렇다. 너는 국왕 폐하께서 생각하시는 만큼 어리지만은 않구나.」
늙은 대신이 천천히 말했다.

「이를 어쩌면 좋습니까?」
등뒤로 문을 닫으며 급하게 들어서는 니사에게 한스 폰 그래프츠틴이 말했다. 클레브스의 앤은 왕과 대화하던 그 자리에 아직 그대로 앉아 있었다.
「쉿! 앤터니 브라운 경이 아직 밖에 있을 거예요.」

「어떻게 될 것 같습니까? 공주님을 죽일까요?」

한스는 소리를 죽이며 니사에게 물었다.

「무슨 명분으로요? 공주님이 홀베인이 그린 초상화와 다르게 생겼다는 이유로요? 그럴 수는 없을 겁니다.」

「그럼 어떻게 할 것 같습니까?」

한스의 목소리는 더욱 낮아졌다.

「남자들은 이런 경우에 약혼을 취소할 명분을 찾죠. 폐하도 다르지 않겠죠. 폐하께서는 크롬웰과 추밀원을 통해서 방법을 찾을 거예요. 물론 폐하 자신에게는 아무런 잘못이 없는 것으로 만들겠죠. 헨리 왕은 자신의 실수를 인정하지 않으시니까요. 제 어머니가 항상 그렇게 말씀하셨어요. 한스, 공주님에게 트집 잡힐 만한 일이 있나요?」

「공주님이 어렸을 때 로레인 공작의 아들과 약혼 이야기가 오고 간 적이 있다고 들었습니다. 그러나 그게 전부였습니다. 아무 일도 없었어요. 공주님의 결혼에는 아무런 문제도 없습니다.」

「무슨 이야기를 하고 있는 거지?」

앤이 한스에게 물었다.

「니사가 공주님의 상황을 안타깝게 여겨 공주님을 돕고 싶어하는군요」

니사가 한스의 말을 끊으며 말했다.

「공주님은 품위를 잃지 마시고, 항상 평정을 유지하셔야 합니다. 왕궁을 드나드는 귀족들이 이 사실을 알게 되면 공주님을 자신들의 제물로 이용하려고 들 겁니다. 그러니 공주님은 마치 아무 일도 없다는 듯이 행동하셔야 합니다. 헨리 왕의 실망을 전혀 모른다는 듯 행동하셔야 한다는 말입니다. 또한 공주님께서는 폐하를 기쁘게 하는 방법을 새로 익히셔야 합니다. 그렇게 해야만 화를 면하실 수 있습니다.」」

시동에게서 니사의 말을 전해들은 앤은 고개를 끄덕이며 말했다.

「그렇지, 맞는 말이야. 참으로 똑똑한 아이군. 그런데 왕이 서약을 지켜 나와 결혼할까?」

클레브스의 앤은 니사의 눈을 똑바로 쳐다보며 말했다.

「추밀원에서 정당한 이유를 찾아내지 못한다면, 폐하께서는 공주님과 결혼하는 도리밖에 없을 겁니다. 하지만 합법적인 근거를 찾을 수는 없을 테니 공주님께서는 폐하를 기쁘게 하기 위해 할 수 있는 한 모든 것을 다 하셔야 합니다. 즉시 악기 연주를 배우십시오. 저희들 중에 캐서린 하워드가 루트와 버지널을 잘 다룹니다. 그리고 춤도 배우셔야 합니다. 폐하께서는 춤을 대단히 즐기시니까요. 춤은 저희들이 가르쳐드리겠습니다.」

「그 멧돼지가 춤을? 상상할 수도 없는 일이야. 바닥이 다 무너져 내리지 않겠어?」

앤은 어처구니 없어하는 얼굴이었다.

「폐하는 춤을 잘 추십니다. 몸집은 좀 크지만 아주 우아하게 추시지요.」

니사는 앤이 놀라는 것을 이해할 수 있다는 표정을 지었다.

「그래? 좋아, 멧돼지의 혼이 쏙 빠지도록 우아하게 춰 보이겠어. 오줌을 질질 싸도록 만들어버리지, 뭐.」

니사는 앤의 말에 얼굴을 붉혔다.

「폐하는 똑똑한 여자를 좋아하지 않습니다. 여자들에게서 우월감을 느끼고 싶어하시지요. 그러니 공주님께서는 언제나 폐하에게 순종적인 태도를 보이셔야 합니다.」

니사는 진지한 태도로 말했다.

한스가 니사의 말을 전해주자 클레브스의 앤은 크게 웃음을 터뜨렸다. 니사는 놀랐다. 이런 상황에서 웃음이라니!

「사실이야. 모든 남자들이 그렇지. 특히 내 오빠는 정말 가관이었어. 헨리도 다르지 않은 것 같군. 남자라는 족속은 신의 실패작이야, 분명해!」

1월 2일, '난 저 여자가 싫어!'가 유행어로 퍼지고 있는 가운데 왕궁은 그리니치로 옮겨졌고, 클레브스의 앤 일행은 다포드로 옮겨갔다.
　예상했던 대로 왕은 화가 홀베인에게 아무런 보복도 하지 않았다. 오히려 홀베인은 왕세자의 초상화를 헨리에게 새해 선물로 바칠 수 있었고, 헨리는 빨간 공단 가운을 입고 있는 에드워드의 모습이 자신과 너무도 닮아 흡족해했다.
　그러나 짐작대로 헨리는 대법관 토마스 크롬웰에게 분노를 터뜨렸고, 왕궁의 거의 모든 사람들이 크롬웰과 헨리 사이의 불화를 기뻐했다.
　왕은 추밀원 고문관들을 앉혀놓고 격노하여 말했다.
　「나를 속이다니, 그대들은 교활한 악마들이오! 프랑스 아내나 덴마크 아내를 맞을 수도 있었건만. 뭐? 클레브스의 앤만이 나에게 적합하다구? 그 여자를 보니, 낯짝은 누리끼리하고 키는 크고 몸집은 산만합니다. 한마디로 플랑드르의 암말이오! 난 죽어도 이 암말은 안 타요!」
　토마스 크롬웰의 안색이 창백해졌고, 고문관들은 소리를 죽이며 몰래 웃었다. 그러나 크롬웰의 기가 완전히 죽은 건 아니었다. 오히려 그는 함대 사령관을 큰 소리로 질책하며 책임을 떠넘기려고 했다.
　「사령관께서 공주를 맨 먼저 보았지요? 그런데 왜 국왕 폐하께 이런 사실을 보고하지 않으셨습니까? 나는 공주님에 대한 보고에만 의존해서 판단할 수밖에는 없었습니다만, 사령관께서는 공주님을 직접 볼 수 있었으니 보다 확실한 사실을 국왕 폐하께 전하셨어야 했습니다.」
　「죄송합니다만 제게는 그럴 권한이 없다고 생각합니다. 약혼은 이미 성립된 상태였습니다. 그러니 저로서는 공주님을 왕비님으로 받들 수밖에는 없었습니다. 게다가 공주님은 참으로 훌륭한 성품을 지니고 계셨습니다. 다시 말씀드리지만, 저는 공주님을 흠잡을 수가 없는 상황이었습니다.」
　함대 사령관은 크롬웰의 궤변에 분개했다.
　「사령관의 말이 맞소, 크롬웰! 이 여자에 대해서 철저하게 조사하지 않은 그대의 책임이오. 이제 난 원치 않는 여자와 같은 방을 쓰게 됐단 말이오. 난 이 여자가 싫소! 제기랄, 싫단 말이오!」

왕은 크롬웰의 억지에 더욱 화가 치밀었다.

「폐하, 정치적인 차원에서 생각하셔야 합니다. 이 결혼을 통해 프랑스와 신성로마제국의 연합에 대항할 수 있게 될 겁니다.」

크롬웰은 재빨리 자신을 변호하는 방법을 바꾸었다.

「약혼을 파기할 명분을 찾을 수 있을 것입니다.」

노포크의 공작이 크롬웰의 말을 완전히 무시하고 조용히 말했다. 크롬웰의 불행을 누구보다 기뻐하는 사람이었다.

「약혼을 파기하다니? 약혼을 취소할 아무런 명분이 없소. 공주가 다른 누구와 약혼한 사실도 없고, 국왕 폐하와 공주 사이에 피 한 방울도 섞여 있지 않소. 게다가 공주는 루터교도도 아니지 않소. 오히려 교회의 권력을 국가에 귀속해야 한다는 국왕 폐하의 원칙을 따르고 있소.」

크롬웰이 퉁명스럽게 말했다.

「엉망이야, 엉망! 이 여자는 내가 보고받은 여자가 아니오. 미리 알았다면 영국으로 오지 못하게 했을 것이오. 대신 나리들! 그대들이 만들어 놓은 올가미에 내 목을 걸지 않을 수가 없게 되었소. 정말 엉망이야, 엉망!」

왕이 소리치며 대법관 크롬웰을 노한 얼굴로 바라보았다. 크롬웰의 정적들은 크롬웰의 시대가 끝나고 있다고 생각했다.

크롬웰이 자리에서 일어나 말했다.

「왕비님의 대관식을 언제 거행할까요, 폐하? 계획대로 성촉절에 하는 걸로 할까요?」

왕은 크롬웰을 뚫어지게 쳐다보며 한마디 한마디를 어금니로 짓뭉개듯이 말했다.

「나중에, 얘기, 하, 지!」

크롬웰은 주춤거리며 움츠러들었다. 그러나 곧 정신을 가다듬고 말했다.

「폐하, 런던으로 오시는 왕비님을 맞기 위해 곧 떠나야 할 것 같습니다.」

헨리 튜더는 더 이상 한마디 말도 하지 않고 나가버렸다.
「크롬웰, 당신의 시대가 가고 있군.」
노포크의 공작 토마스가 대담하게 말했다. 얼마나 기다리던 날인가.
「아직 공작보다는 내가 왕의 총애를 더 입고 있소 나는 아직 끝나지 않았어!」
크롬웰이 대답했다.

헨리 튜더는 화려하게 장식된 배를 타고 템즈 강을 따라 내려갔다. 헨리 일행은 블랙히스 근처의 슈터스 힐에서 앤 일행을 맞아 함께 런던으로 들어올 예정이었다. 런던 시장과 시의회 의원들도 자신들의 유람선을 타고 왕을 따랐다.
앤 역시 슈터스 힐을 향해 출발했다. 클레브스에서부터 앤을 따라온 수행원들은 이미 상당수가 본국으로 돌아갔고 남은 인원은 백여 명뿐이었다. 그중 영어를 할 수 있는 시녀가 두 명 있었다. 그들은 왕비의 시동 한스 폰 그래프츠틴의 열세 살 먹은 누이 헬가 폰 그래프츠틴과 열두 살 먹은 사촌누이 마리아 폰 헤셀도프였다. 이들 또한 바셋 자매의 텃세를 당해야 했지만 나머지 영국 시녀들로부터는 환대를 받을 수 있었다.
캐서린 하워드는 헬가와 마리아가 루트를 연주할 수 있다는 사실을 알고 기뻐했다. 캐서린은 새 왕비에게 루트를 가르치는 일에 싫증이 나 있었기 때문이다.
「왕비님에게는 음악적 재능이 없어. 국왕께서 알면 오히려 염증을 내실 거야. 꼴값하고 있다고 할 거라구.」
캐서린은 다갈색 곱슬머리를 절레절레 흔들었다.
「하지만 춤은 빨리 배우고 계셔. 매우 우아하게 추시지. 그리고 영어 실력도 요 며칠 사이에 상당히 느셨어. 국왕께서는 기뻐하실 거야.」
니사가 미소를 지으며 말했다.
「초상과 다르게 생기셨다는 건 이제 문제가 안 될 거야.」

캐서린 케리의 말에 캐서린 하워드는 한심하다는 표정을 지으며 말했다.

「바보 같은 소리는 집어치워! 남자들에게는 얼굴 예쁜 여자가 제일이야. 음악이니 뭐니 하는 건 그 다음 문제라구. 아니, 예쁘기만 하면 다른 건 아무 문제도 안 된다구!」

「모든 남자들이 다 그렇지는 않을 거야.」

니사가 말했다.

「너는 그렇게 생각할 수도 있겠지. 우리들 중에서 네가 제일 예쁘니까 말이야. 너, 엄마를 닮았다며? 왕이 네 엄마에게 홀딱 빠졌었다는 얘기를 들었어.」

캐서린 하워드가 말했다. 캐서린 하워드는 특별히 '너는'에 힘을 주고 있었다.

「그 문제 대해서는 네가 나보다 많이 알고 있을 거야. 그때 나는 갓난아기였고, 게다가 왕궁에 있지도 않았으니까.」

니사가 조용히 말했다.

클레브스의 공주 일행이 슈터스 힐에 이르렀다. 그곳에는 공주의 영접식이 거행될 황금색 대형 막사와 휴식 장소로 사용될 작은 막사들이 세워졌다.

공주를 모시고 온 시녀들은 하나같이 아름다웠다. 니사는 금으로 수를 놓은 페티코트 위에 옷단과 소매 끝이 담비모피로 장식되어 있는 포도줏빛 벨벳 드레스를 입고 있었다. 밤색 머리를 깔끔하게 빗어내려 금빛 망사로 묶은 니사는 새끼 염소가죽으로 만든 부드러운 승마 장갑을 낀 손으로 회색 암말의 고삐를 잡고 있었다.

다른 소녀들도, 시녀의 모습이 곧 공주의 지위를 나타낸다는 생각에 모두가 예쁘게 치장했다. 공주가 초라하게 보여서는 안 되었다.

앤은 그곳에서 시종장과 비서, 그리고 주치의 등의 영접을 받았다. 왕비의 주치의인 신부 케이 박사가 라틴어로 왕비를 환영하는 연설을 했다. 또한 새 왕비를 섬길 것을 서약한 모든 이들이 정식으로 왕비에게 인사를 올렸다. 왕비를 모시는 나이 든 여인들이 소개되었고, 한 사람씩 왕비 앞으로 나와 공손하게 무릎을 굽혀 인사를 했다.

시녀들은 맨 마지막에 인사를 올렸다. 앤은 자신의 영국 생활을 도와주려고 애쓰는 시녀들에게 따뜻한 미소를 보냈다. 인사가 끝나자 클레브스의 특사가 새 왕비를 대신해서 답사했다.

날씨는 매우 추웠다. 앤은 영접식이 빨리 끝나 추위를 피할 수 있기를 간절히 바랐다.

마침내 식이 끝나고, 앤은 화려하게 장식된 꽃마차에서 내려와 따뜻한 화로가 지펴져 있는 자신의 막사로 들어서게 되었을 때, 안도감마저 느꼈다.

「애들아!」

공주는 아늑한 막사 안으로 들어서자마자 장갑을 벗어 엘리자베스 피츠제럴드에게 주면서 말했다.

「중말 추구나!」

「'정말 춥구나'가 옳습니다, 왕비님.」

니사가 공손하게 앤의 말을 고쳐주었다.

「아, 그래 니사. 정말 춥구나! 어때, 잘했다?」

「아주 잘하셨습니다.」

앤이 미소를 띠며 말하자 니사 또한 웃으면서 대답했다. 여유를 찾은 앤은 화로를 향해 손을 뻗으며 크게 한 번 숨을 몰아쉬었다. 그러다 생각난 듯 시동 한스를 불렀다.

「한스, 어디 있지?」

앤이 부르는 소리에 시동이 급히 달려와 고개를 숙였다.

「여기 있습니다. 왕비님.」

「내 옆에 있게, 한스. 니사가 고맙게도 나를 도우려고 애쓰고 있지만 원하는 만큼 서로 말이 안 통하니 갑갑하군. 그런데 국왕은 어디 있는 거지?」

「폐하께서 이곳으로 오시는 중입니다, 왕비님.」

앤과 한스는 독일어로 말을 주고받았다. 그들이 대화에 몰두하고 있는 사이에 윈햄가의 장자 필립이 살며시 누이 곁으로 와 앉았다.

「누나가 잘 해내고 있는 것 같아. 그런데 공주님이 초상하고는 좀 다르게 생겼지? 그래서 왕이 화를 내고 계시다는 말을 들었어.」

「어리석어! 폐하께서는 분수를 아셔야 돼. 공주님께 기회를 주셔야 한다구. 그러면 공주님이 훌륭한 아내이자 좋은 어머니라는 것을 아시게 될 거야. 앤 공주님은 매력도 있고 품위도 있으셔. 분명 훌륭한 왕비가 되실 거라구.」

니사의 어조가 제법 분명했다.

「누나, 지금 나한테 한 말 다른 데 가서 하면 안 되는 거 알지? 국왕 폐하에게 분수를 알라고 하는 건 대역죄야! 물론 누나 목이 달아나지는 않겠지만, 즉시 시골집으로 보내질 거라구. 아주 치욕적일 거야. 그러면 누가 누나에게 장가를 들려 하겠어?」

필립이 목소리를 낮추며 말했다.

「나는 사랑하는 사람하고만 결혼할 거야.」

「사랑, 사랑, 그놈의 사랑……. 캐서린의 사촌인 토마스 컬페퍼 경도 캐서린에게 폭 빠져 있어. 폐하가 결혼 예복을 맞추면서 컬페퍼에게 더블릿을 만들어 입으라고 벨벳을 주었는데, 그는 그 벨벳으로 캐서린의 드레스를 만들어주었대. 오늘 캐서린이 입고 있는 옷이 바로 그 벨벳으로 만든 드레스야. 바보 같은 짓이야, 자기 더블릿이나 만들어 입는 편이 더 나았을 거야. 사랑? 쳇!」

「그 사람 참 다감하구나.」

니사는 필립을 바라보며 푸근한 미소를 지었다. 그때 앤이 유쾌하게 떠드는 소리가 들렸다. 니사와 필립은 고개를 돌려 공주가 앉아 있는 쪽을 바라보았다. 자일스가 향신료를 넣어 데운 포도주를 앤에게 바치고 있었다.

「왕비님이 자일스를 무척 귀여워하시는구나.」

니사가 필립의 귀에 속삭였다. 필립 또한 동생이 자랑스러웠다.
「저 녀석은 왕실 체질이야.」
 두 남매는 앤이 다정스럽게 자일스의 홍조 띤 뺨을 꼬집는 모습을 보며 즐거워했다. 클레브스의 앤은 자일스에게 홀딱 빠져 있는 것이 분명했다. 자일스는 형제들 중 유일하게 푸른 눈에 금발을 갖고 있었고, 아기 천사처럼 귀여웠다. 자일스는 부끄러워하고 있었으나 공주에게 잘 보이려고 특별히 애쓰지 않는, 참으로 똑똑한 아이였다. 앤이 자신의 뺨으로 자일스의 볼을 비비자 자일스는 간지럼을 타며 고개를 숙였다.
「천사 같은 애야. 귀여워 죽겠어.」
 앤은 웃음을 터뜨렸고, 시녀들도 깔깔대며 웃자 자일스의 볼은 더욱 빨갛게 달아올랐다. 캐서린 하워드는 자일스에게 키스를 불어보냈고, 엘리자베스 피츠제럴드 역시 자일스와 눈이 마주치자 짓궂게도 윙크를 했다. 자일스로서는 참으로 곤혹스런 순간이었다.
 케이 박사가 막사 안으로 들어섰다. 앤의 주치의인 그는 헨리가 막사 근처까지 왔다는 소식을 전해주었다.
「왕비님께서는 국왕 폐하를 맞이하실 준비를 하셔야 한다. 꾸물거리고 있으면 어떻게 하느냐. 어서 가서 왕비님의 드레스와 장신구를 갖고 오너라. 답답한 것들!」
 브라운 부인이 시녀들에게 말했다.
 시녀들은 금실로 도드라지게 수를 놓은, 붉은 태피터 드레스를 앤에게 가져왔다. 밑단이 둥글면서 바닥에 끌리지 않도록 제단되어 있는 아름다운 독일 드레스였다.
 앤이 드레스를 입도록 도운 시녀들은 장미를 담가 두었던 따뜻한 물을 해면에 묻혀 앤의 팔꿈치와 가슴, 그리고 등에 발라주었다. 클레브스의 공주는 다른 여인들보다 체취가 강했고, 헨리는 다른 남자들보다 이런 문제에 관해서 훨씬 더 까다롭게 군다는 것을 시녀들은 알고 있었다.
 앤의 몸에서 은은한 장미향이 번져 나왔다. 니사는 아름다운 장신구를 가져왔다. 앤은 루비로 만든 목걸이와 딸랑거리는 다이아몬드 귀고리를 골랐다. 시녀들은 앤의 금발머리에 망사를 씌워 고정시켰고, 수십 개의 진주로 장식한 벨벳 모자를 씌웠다.

「왕비님, 국왕 폐하가 이쪽으로 오시는 게 보입니다.」

막사 밖을 내다본 캐서린 케리가 허둥대며 말했다.

막사 밖으로 나온 앤은 그날을 위해 준비된 백마에 올라탔다. 앤의 말은 갈기부터 꼬리까지 눈처럼 희었고, 금실과 다이아몬드로 장식되어 있었으며 등에는 훌륭하게 세공된 하얀 가죽 안장이 놓여 있었다.

앤을 호위하는 종복들의 제복과 일행의 선두에 선 한스 폰 그래프츠틴이 들고 있는 깃발에는 클레브스의 문장인 검은 사자가 그려져 있었다.

왕은 앤을 보자 그 자리에 멈춰 섰다. 앤이 가까이 이르자 그는 환하게 웃으며 머리에 쓴 보닛을 벗어 정중하게 인사했다.

한스가 헨리의 인사말을 전해주자 앤은 미소로 답했다. 그러나 앤은 한스의 통역 이전에 헨리의 말을 일부나마 이해할 수 있는 자신이 놀라웠다. 자신을 얻은 앤이 말했다.

「한스, 폐하에게 영어로 인사해볼 테니 그 다음부터 통역을 하도록 하게.」

한스는 공손하게 고개를 숙여 순종을 나타냈다. 앤이 헨리에게 말했다.

「폐하의 성대한 환영에 감사드립니다. 폐하에게 훌륭한 아내가 되고 아이들의 좋은 어머니가 되겠습니다.」

왕은 앤의 둔탁한 발음이 거슬렸지만, 알아들을 수는 있었다. 왕은 놀랐다는 반응을 보여야 할 것 같았다. 그렇게 해야 둘러선 군중들에게 보기 좋은 모습을 선사할 수 있으리라. 그러나 계획에 없던 행동이 쉽게 만들어지지는 않았다. 그는 한쪽 눈썹을 살짝 올리며 말했다.

「클레브스의 공주는 독일어밖에는 할 수 없다고 들었는데……」

「왕비님께서는 영어를 배우기 위해 애쓰고 계십니다, 폐하. 니사 윈햄과 다른 시녀들이 왕비님을 지도하고 있습니다. 모두 폐하를 기쁘시게 하기 위해 애쓰고 있는 것입니다.」

한스가 말했다.

「그래?」

왕은 자신의 목소리가 너무 건조했다는 것과 둘러선 군중들이 환호하고 있는 것을 의식하고 신부를 살짝 껴안으며 환하게 웃어 보였다.

헨리와 앤은 미소지으며 막사로 향했다. 트럼펫 주자들이 앞서갔고, 추밀원 고문관들과 대주교, 그리고 영국과 클레브스의 고관들이 헨리와 앤의 뒤를 따랐다.

「플랑드르의 암말……. 가는구나……, 플랑드르의 암말에게 장가가는 구나…….」

왕은 남몰래 중얼거리며 한숨을 쉬었다.

헨리와 앤은 막사 앞에서 변치 않는 사랑을 맹세하며 잔을 들었다. 언약의 잔을 마신 앤은 그리니치로 향하기 위해 클레브스의 검은 사자가 양각된 금빛 꽃마차에 올랐다. 앤의 늙은 유모 로에 부인과 특사의 아내 오버스타인 백작부인이 앤과 함께 했다.

검은 벨벳 제복을 입은 클레브스 공주의 종복들이 커다란 적갈색 말을 타고 행렬을 이끌었고, 새 왕비를 태운 마차 뒤에는 화려하게 장식된 시녀들의 꽃마차와 종복들과 하녀들을 태운 마차가 따랐다. 헨리가 새 왕비에게 선물한, 진홍색 벨벳으로 덮은 가마도 행렬에 끼여 있었다.

새 왕비의 행렬이 지나는 곳은 런던 시민들로 장사진을 이루었다. 행렬이 템즈 강을 돌아갈 것을 예상한 사람들은 유람선들과 온갖 종류의 배들을 강 위에 띄워놓았다. 배에는 왕비를 보기를 갈망하는 사람들로 차고 넘쳤기 때문에 물위에 떠 있는 것이 신기하게 보일 정도였다.

런던 동업조합에서는 튜더가와 클레브스의 문장이 그려진 유람선에 음유시인들과 소년 합창단원들을 태우고 있었다. 강을 지나던 왕은 잠시 행렬을 멈추고 소년들이 부르는, 왕실을 찬양하고 새 왕비를 환영하는 합창을 들었다. 왕과 앤은 소년들을 크게 칭찬해주었다.

앤의 마차가 그리니치 궁의 정원에 이르렀다. 궁의 탑에서 예포가 울리는 가운데, 왕은 신부에게 입을 맞추고는 새 거처로 안내했다. 왕과 앤이 그레이트 홀로 들어서자 호위병들이 창을 절도 있게 기울여 예를 올렸다.

「착한 백성들이야. 한스, 그렇지?」
앤은 그리니치로 오는 동안 아무런 내색도 하지 않았지만 영국인들의 따뜻한 환영에 크게 놀랐다. 앤은 자신의 거처에서 저녁 연회를 기다리며 한스에게 '착한 백성'이라는 말을 되풀이했다.
「왕은 나를 좋아하지 않아. 겉으로는 나에게 애정이 있는 것처럼 행동하지만. 내가 비록 누군가와 사랑을 해본 경험은 없지만, 내 눈을 똑바로 쳐다볼 수 없다면, 그것이 최소한 사랑은 아니라는 것 정도는 알고 있어. 왕은 결코 나를 사랑하지는 않아. 이 결혼에 이유가 있다면 정치적인 실리뿐이야.」
앤은 한스를 바라보며 슬픈 미소를 지었다.
헨리 튜더 또한 저녁 연회자리를 부담스러워하며 자신의 거처에 슬픈 표정으로 앉아 있었다. 비참한 기분이었다. 앤은 상상했던 그런 여자가 결코 아니었다.
연회가 끝나자 왕은 크롬웰을 불러들였다. 헨리의 거처로 들어선 크롬웰은 이 결혼에 아무 문제도 없지 않느냐는 듯 입을 열었다.
「왕비님이 참으로 우아하십니다, 폐하. 백성들이 참으로 좋아하고 있습니다.」
「뭐 좀 찾은 거 없나?」
왕은 크롬웰이 상황을 은폐하려는 의도를 보이자 더욱 무서운 표정을 지으며 물었다. 왕의 물음에 크롬웰의 얼굴이 굳어졌다. 크롬웰은 가늘게 떨며 고개를 흔들었다. 크롬웰은 점점 더 초조해지고 더욱더 불안해졌다. 그의 안전과 그 동안 이룬 모든 것들이 위험에 직면했음을 확실하게 느낄 수 있었다.

그는 추기경 울지를 생각했다. 울지가 아라곤의 공주 문제로 결국 어떻게 되었던가? 그가 요크에서 런던으로 소환되는 도중에 죽지 않았다면 왕의 손에 처형되었음은 불을 보듯 확실했다. 헨리의 얼굴에는 그때와 똑같은 표정이 나타나 있었고, 이제 그 분노의 대상은 크롬웰 자신이었다.

그 생각을 하자, 크롬웰은 머릿속이 하얗게 타들어 갔다.

왕은 침실로 갔다. 그는 시종들을 호령해서 내쫓고는 붉은 포도주를 가득 따라 단숨에 들이켰다. 그러고는 의자에 앉자마자 무서운 눈빛으로 마고트를 노려보았다. 헨리의 시선에 겁을 먹은 마고트는 윌 소머즈의 갈고리 손에 더욱 들러붙었다.

헨리의 어릿광대 윌 소머즈는 자신의 늙은 원숭이 마고트를 다독이며 왕의 무릎 아래 앉아 입을 열었다.

「핼, 가시에 찔린 사자의 모습이 이러할 것입니다.」

「그 원숭이 좀 치워버려!」

왕이 성을 내었다.

「이도 몇 개 남지 않은 가련한 놈이옵니다, 핼.」

윌은 마고트의 머리를 쓰다듬으며 조용히 말했다.

「이가 하나만 남아도 나를 깨물 것 같단 말이야, 제기랄!」

왕은 고함을 질렀다. 그러다가 크게 한숨을 내쉬며 처량한 목소리로 말했다.

「윌, 나는 속았어.」

「초상으로 꾼 폐하의 꿈은 비록 깨졌으나, 자랑스런 왕비님을 맞이하시게 된 것은 분명합니다.」

「뭔가 방법이 없을까? 그 여자는, 젠장……, 거대한 암말이야!」

「핼, 왕비님의 아름다운 눈동자를 똑바로 쳐다보실 수 있다면 거기에서 삶의 신비를 즐기게 되실 겁니다. 또한 폐하의 발랄한 청춘은 이미 지나가 버렸다는 사실을 기억하셔야 합니다. 그렇게 하실 수 있다면 행운의 여신께 감사하실 일이 있을 것입니다.」
「진정 물릴 수는 없는가, 윌?」
「폐하께서는 흐르는 세월에 지혜마저 떠나보내셨습니까? 폐하께서는 기품 있는 용사이셨고, 그것이 저의 자랑이었습니다. 이제 외로운 왕비님을 버리신다면 누가 왕비님을 아내로 맞이하겠습니까? 게다가 왕비님의 오빠 윌리엄 공작은 폐하를 상대로 전쟁을 일으키라는 압력을 이길 수 없을 것이니, 그렇게 되면 프랑스와 신성로마제국에게 오락거리를 제공하는 것밖에는 안 될 것입니다.
어릿광대는 슬픈 얼굴로 헨리를 나무랐다.
「오, 윌! 자네만이 내게 진실을 말하는 유일한 사람이니, 자네를 클레브스로 보냈어야 했어.」
헨리는 다시 한숨을 내쉬고는 커다란 잔의 포도주를 단숨에 비웠다. 그리고 거대한 몸집을 일으키며 말했다.
「나를 침대에 뉘어주게. 그리고 나와 함께 즐거웠던 지난 시절 이야기를 해보세. 자네 기억하는가? 블레이즈 윈햄 말일세. 내 사랑스런 전원의 여인……」
「잊을 수 없는 여인, 부드럽고 상냥한 여인이었습니다.」
윌 소머즈는 왕을 침대에 누이며 말했다. 어릿광대와 그의 원숭이 마고트는 왕의 침대 아래에 앉았다.
「그녀의 딸이 지금 왕궁에 있다네. 앤의 시녀가 되었지. 사랑스러운 것……. 하지만 지 엄마하고는 좀 달라. 니사 애는 들에 핀 장미 같은 아이라네.」
「왕비님의 시녀들 중에 곱슬머리 소녀와 진한 갈색 머리 소녀는 제가 알지 못합니다. 걔들 중에 누가 니사입니까?」
「갈색 머리지. 곱슬머리는 캐서린 하워드야. 노포크의 공작 토마스의 조카딸이지. 곱슬머리 소녀……, 걔도 괜찮은데……. 클레브스까지 갈 것도 없었어. 내 주위에 사랑스런 아이들이 많이 있었건만…….」
헨리는 키득거렸다.

「오, 헬. 폐하께서는 영국 여자만 편식하시는 것은 아니시겠지요. 독일 여자를 취해보신 적은 없잖습니까?」

어릿광대는 부드럽게 헨리를 골려주었다.

「없지. 제길, 앞으로도 없을 거야! 아, 덴마크의 크리스티나, 구스의 메리와 결혼했어야 했어.」

「정말이지 편리한 기억력을 갖고 계시는군요. 폐하에게 불리한 일은 모두 잊으셨습니까? 구스의 메리는 폐하와 결혼하는 것을 피하기 위해 스코틀랜드의 제임스 청혼을 수락하지 않았습니까? 그리고 크리스티나는 고인이 된 남편의 명복을 빌며 살기를 원한다고 말하지 않았습니까? 폐하, 폐하도 쓸 만한 신랑감 축에 들지는 않습니다. 그러니 클레브스의 공주를 아내로 삼게 된 것을 행운으로 아십시오. 폐하를 모시고 사는 것이 앤 왕비님에게도 행운인지는 모르겠습니다만…….」

어릿광대가 비꼬는 어조로 말했다.

「자네 위험한 말을 하는군.」

「저는 폐하가 두렵지 않기에 진실을 말씀드릴 수 있습니다.」

「정말 두렵지 않은가?」

「네, 저는 폐하가 벌거벗은 모습도 보았습니다. 폐하도 저와 같은 인간일 뿐입니다. 운명의 신이 마음을 달리 먹었다면 제가 왕이고 폐하가 광대일 수도 있었습니다.」

헨리는 허공을 응시하며 눈을 깜빡거렸다.

「어리석었어, 내 운명을 남이 선택하도록 했으니……. 뭔가 방법이 없을까?」

왕의 말에 윌 소머즈는 희끗희끗한 머리를 천천히 흔들었다.

「현실을 받아들이십시오. 왕비님은 훌륭하신 분입니다. 주무십시오. 폐하도, 저도 이제는 자야합니다. 우리는 더 이상 예전처럼 젊지 않습니다. 내일부터는 이런저런 연회와 사건이 계속됩니다. 기름진 음식을 과식하게 될 것이고, 향기로운 술을 과음하게 될 것입니다. 그러고 보니 먹는 거라면 아무도 폐하를 따를 수는 없군요. 또 먹고 난 뒤에 아무도 폐하만큼 냄새를 풍기지도 않지요」
 왕은 눈을 감은 채 키득거렸다.
「불경스럽군……, 불경스러워……」
 어릿광대는 왕이 코를 골기 시작하자 조용히 일어나 방을 나갔다. 윌 소머즈가 침실 밖에서 기다리고 있던 시종들에게 헨리 튜더가 잠들었다고 전하자 모두 안도의 숨을 내쉬었다.

4

    1월 6일 아침 6시 경, 왕은 잠에서 깼다. 그러나 베개 한쪽에 얼굴을 묻은 자세로 엎드린 채 잠자리에서 일어나지 않았다. 그리고 멍하니 침대 모서리를 바라보며 삼십 분을 보냈다.
    헨리 튜더는 밝아오는 날에 저항하며 미동도 하지 않았다. 겨울 바람이 궁전의 건물들 사이에서 거대한 공명을 일으키며 달려가는 소리가 들려왔다. 막아설 수 없는 운명, 선택의 여지는 없었다.
    왕은 엎드린 자세 그대로 시종들을 불렀다. 시종들은 환하게 미소지으며 들어와 저마다 한마디씩 아침인사를 했다. 그들의 손에는 왕의 예복이 들려 있었다. 오늘은 왕의 결혼식 날이었다.
    왕은 시종들의 부축을 받으며 침대에서 일어나 목욕을 하고 이발을 했다. 피할 수 없는 가면극! 이발을 끝낸 헨리는 공연을 위해 분장을 하듯 준비된 예복을 입었다. 그는 눈물을 글썽이며 중얼거렸다.
    '이거야말로 광대짓이지! 나는 아직 늙지 않았어! 아직은 내 침대에 미인을 눕히고 즐길 수 있단 말이야!'

헨리 튜더는 멍한 눈으로 화려한 예복을 바라보았다. 검은 담비로 가장자리를 달고, 은색 실로 수를 놓은 금빛 가운, 커다란 다이아몬드 단추가 달린 진홍색의 공단 코트, 앞굽을 좁고 둥글게 처리하고 진주와 다이아몬드 장식 단추를 단 빨간 가죽 신발. 그의 예복에는 왕가의 자존과 명예가 모두 나타나 있었다.
「폐하, 참으로 눈부십니다.」
예복을 입은 헨리 튜더에게 토마스 컬페퍼가 말했다. 둘러선 시종들 또한 경탄하며 고개를 끄덕였다.
「수선 떨지 말게, 이 나라를 위한 일일 뿐이야!」
왕은 굵은 손가락에 여러 개의 보석 반지를 끼며 으르렁거렸다.
「크롬웰은 이제 끝장났어!」
시종들 뒤에 서 있던 노포크의 공작 토마스 하워드가 찰스 브랜든에게 귀엣말을 했다.
「아직 확신할 단계는 아닌지도 몰라. 늙은 크롬웰은 여우같이 교활한 놈이야. 저 살길을 찾아낸지도 모른다구.」
서포크의 공작 찰스 브랜든이 토마스 하워드에게 속삭였다.
「두고 봐!」
노포크의 공작이 확신에 찬 미소를 지었다. 찰스 브랜든은 토마스 하워드가 웃는 일을 거의 보지 못했다. 더욱이 승리를 확신하는 그런 미소는 한번도 본 적이 없었으므로 토마스의 의중이 더욱 궁금해졌다.
「무슨 꿍꿍이속이라도 있는 건가, 토마스?」
찰스 브랜든은 토마스 하워드가 윈체스터의 주교인 스티븐 가디너와 손을 잡고 있다는 것을 알고 있었다. 스티븐 가디너 주교는 국왕 헨리와 함께 영국 교회에 대한 교황의 영향력에 대항하고 있었다. 하지만 교리 자체를 바꿔야 한다는 대주교 토마스 크랜머와 토마스 크롬웰의 생각에는 강하게 반대하고 있었다.
「나를 대단하게 생각할 건 없네, 찰스. 난 그저 왕의 충직한 신하일 뿐이야. 언제나 그래 왔듯이.」

노포크의 공작이 대답했다. 그러나 입가에 머문 미소는 쉽게 떠나지 않았다.
「아닐세, 난 오히려 자네를 과소평가해 왔단 생각이 들어. 자네의 야망은 무시무시할 정도야.」
서포크의 공작이 진지한 어조로 말했다.
「빨리빨리 끝내버리자! 그렇게 해야 한다면, 그렇게 하는 수밖에 별 도리가 없지.」
헨리는 패배가 예정된 전투에 뛰어드는 용사처럼 비장한 눈빛으로 대신들을 거느리고 쿵쾅거리는 발소리를 내며 클레브스의 공주의 거처로 향했다.
헨리 튜더가 그랬듯이 앤도 할 수 있는 한 침대에서 버티다가 마지못해 잠자리에서 일어났다. 앤은 시녀들의 강권에 못 이겨 향료가 뿌려진 따뜻한 물에 몸을 담갔다. 이러한 목욕은 허영이며 죄악이라고 앤은 클레브스에서 교육받았다. 그러나 목욕통에 몸을 담그니 그렇게 좋을 수가 없었다.
「매일 해야겠군. 군데 무슨 향이다, 니사 윈햄? 군사하군!」
「다마스크 장미 기름입니다, 왕비님.」
니사가 대답했다.
「구운사하군!」
앤이 감탄하는 소리에 시녀들은 키득거렸다. 시녀들은 앤의 서툰 영어를 재미있어하는 게 아니었다. 오히려 난감한 상황에 처해 있는 앤에게 자신들이 작은 행복이나마 줄 수 있다는 사실을 기뻐하고 있었다.
시녀들은 앤이 영국 문화와 언어에 익숙하지 않기 때문에 왕으로부터 그나마 상처를 덜 받고 있어 다행이라고 생각하고 있었다. 왕비도 여자인 것이다.
앤의 결혼 예복이 도착하자 시녀들은 벌어진 입을 다물지 못했다. 앤의 드레스는 금실로 짠 천에 진주로 만든 꽃으로 장식되어 있었다. 밑단은 독일식으로 처리되어 있어 둥글고 바닥에 끌리지 않았다. 신발은 금빛의 염소가죽으로 만들어졌고, 키가 큰 앤이 왕과 나란히 섰을 때 왕의 위엄을 훼손하지 않도록 뒷굽은 달려 있지 않았다.

시녀들의 도움을 받아 예복을 입은 앤은 금발머리를 자연스럽게 늘어뜨려 처녀성을 나타냈고, 아름답게 풀어헤친 머리 위에는 다산을 상징하는, 잎이 세 개 달린 황금 로즈메리와 보석으로 장식된 정교한 황금 보관을 썼다.

유모 로에는 커다란 다이아몬드 목걸이를 앤의 목에 걸어주며 눈물을 글썽였다. 로에는 앤의 가는 허리에 벨트를 매주려 허리를 숙이면서 자신의 주름진 얼굴을 눈물로 적시고 말았다. 앤은 유모의 눈물을 닦아주고 말없이 유모를 끌어안았다.

「공주님, 이국 땅에서 홀로 결혼식을 올리시다니……, 부인께서 오셨어야 했는데…….」

유모 로에가 울먹이자 놀란 브라운 부인이 니사를 쳐다보았다.

「로에 부인은 공주님의 어머니께서 결혼식을 보지 못하는 것을 슬퍼하십니다.」

니사는 브라운 부인에게 상황을 설명해주며 유모 로에가 현명하지 못한 행동을 보이고 있다고 생각을 했다. 공주님의 어머니께서 왕의 불만과 딸의 불행을 보아야 하는가? 물론 공주님께서는 행복해질 수 있을 테고, 또 그래야겠지만…….

왕이 도착했다는 전갈을 받고 신부는 밖으로 나갔다. 앤은 오버스타인 백작과 클레브스 기사단장의 호위를 받으며 왕과 대신들을 따라 대주교가 기다리고 있는 왕실 부속 성전으로 향했다.

앤은 마음속에서 일어나는 두려움을 숨기며 애써 평정을 가장하고 있었다.

'왕은 나를 원치 않는다. 나도 왕을 원치 않는다. 그러나 우리는 물릴 수 없는 거래를 마지못해 종결하듯 결혼식을 올린다.'

앤의 가슴은 미어지는 것만 같았다.

예식이 시작되었고, 앤은 오버스타인 백작의 손에 이끌려 주례 앞에

섰다. 앤은 대주교가 온화한 표정을 지으며 하는 말들을 거의 알아들을 수 없었고, 주례사를 이해할 수 없는 만큼이나 자신이 처한 상황도 혼란스러웠다.

그러나 헨리 튜더가 그녀의 손을 잡고 커다란 금반지를 끼워 주었을 때, 앤은 마침내 영국의 왕을 남편으로 삼게 되었다는 사실은 분명하게 인식했다.

예식이 끝날 무렵 앤은 반지에 새겨진 말을 어렵게 읽어냈다.

'그가 나를 푸른 초장으로 인도하시는도다.'

앤은 터져 나오는 웃음을 가까스로 참았다.

왕은 신부의 손을 낚아채서는 거의 끌다시피 식장을 빠져나갔다. 앤은 왕과 보조를 맞추기 위해 애쓰며 비틀거렸다. 앤은 결혼 첫날부터 자신을 부끄럽게 만드는 왕의 행동에 화가 치밀었다. 그러나 어찌하랴, 이제 자신은 이 사람의 소유인 것을……. 앤은 슬픔과 분노를 삼켰다.

신랑과 신부는 축하객들을 피로연장으로 안내했다. 연회가 진행되는 도중에 신부는 자신의 거처로 돌아와 새 옷으로 갈아입었다. 시녀들 또한 예쁜 금줄로 장식된 독일식 드레스로 갈아입었다.

캐서린 하워드는 니사에게 너무나 고마웠다. 부모가 모두 세상을 떠난 캐서린은 삼촌인 노포크의 공작 토마스 하워드가 영향력을 행사해서 시녀로 임명되었지만, 그로부터 어떠한 경제적 도움도 받고 있지 못한 형편이었다. 그래서 새 드레스를, 그것도 금줄로 장식된 드레스를 마련할 길이 없어 고민해왔다.

「우리가 함께 왕비님을 모시게 된 기념으로 너에게 이 드레스를 주고 싶어, 캐서린. 난 다른 드레스를 입으면 돼.」

니사가 어깨를 으쓱이며 말을 이었다.

「진정한 친구라면 어려울 때 돕는 건 당연하잖아?」

「어떻게…… 미안해서, 어떻게 그럴 수 있겠니…….」

캐서린 하워드는 이런 호의를 받게 될 줄은 생각도 못했다.

「왕궁에서는 친구에게 선물을 주면 안 된다는 법이라도 있나? 만약 있다면, 난 기꺼이 그 법을 어기겠어. 우정을 위해서 말이야!」
 니사는 눈을 동그랗게 뜨고 두 주먹을 불끈 쥐며 장난스럽게 말했다. 시녀들은 니사의 과장된 태도를 재밌어하며 깔깔거렸다.
 「캐서린, 니사 같은 친구를 두어서 기쁘겠구나. 니사의 선물이니까 받도록 해라. 그렇게 하는 게 예의다.」
 브라운 부인이 잔잔한 미소를 지으며 말했다.
 「그럼……, 고맙게 받겠어, 니사.」
 캐서린 하워드는 얼굴을 붉히며 환하게 웃었다.
 「그렇지, 그렇게 해야지.」
 브라운 부인은 만족스러운 표정으로 고개를 끄덕이며 말했다.
 「니사, 너에게 줄 게 없어 어쩌지? 하지만 오늘 일은 잊지 않겠어. 너에게 큰 빚을 졌어. 언젠가 보답할 수 있을 거야, 틀림없이! 약속할게.」
 캐서린 하워드가 미안한 표정으로 말했다.
 새 왕비와 시녀들이 새 드레스로 갈아입고 연회장에 들어서자 축하객들은 감탄을 연발하며 찬사를 아끼지 않았다. 캐서린 하워드는 다시 한 번 니사에게 고맙다는 인사를 했다.
 연회가 무르익자 가면극과 무언극이 공연되었다. 함께 춤을 추는 시간이 되자, 왕은 다정한 얼굴을 꾸미며 새 왕비를 연회장의 중앙으로 데려갔다.
 헨리는 깜짝 놀랐다. 앤이 멋지게 리듬을 탈 줄 아는 게 아닌가. 생각도 못한 일이었다.
 '어쩌면 이 여자는 내가 짐작하는 만큼 형편없는 여자는 아닐지도 몰라. 어쩌면…….'
 헨리 튜더가 앤을 공중에 들어올리자 앤은 환하게 웃는 얼굴로 왕을 내려다보았다.
 「니사?」
 니사는 누군가 자기 이름을 부르는 소리에 왕비를 향해 있던 눈길을 돌렸다. 캐서린 하워드가 한 남자와 함께 서 있었다. 한 남자…… 바로……, 바로 그 남자!
「사촌 오빠 베리안 드 윈터 백작이야.」.
캐서린은 '그 남자'를 소개했다.
「지금 파트너가 없어서 춤을 못 추고 있어, 불쌍하지? 같이 춰줄 수 있겠니?」
베리안 백작의 눈동자는 푸른색이었다. 맑고 푸른 눈동자……. 고향 집 앞을 흐르는 와이강의 색이 이러했다. 햇빛을 반사하며 반짝이던 물빛……, 그 물빛처럼 맑고……, 푸른……, 눈동자!
「처음으로 인사를 드립니다. 안녕하십니까!」
베리안 백작은 품위 있는 태도로 공손하게 허리를 숙였다. '그 남자'의 목소리는 니사의 가슴 저 깊은 곳을 울리는 음악 같았다. 그것은 단순한 소리가 아니었다. 그것은 신비한……, 신비한 어떤 힘이었다.
니사는 등줄기를 타고 흘러내리는 전율을 느끼며 얌전하게 인사를 받았다. 니사의 가슴은 방망이질 치고 있었다.
「니사, 부탁해!」
캐서린은 베리안 백작을 니사에게 넘기고는 자기 파트너를 찾아갔다.
「백작께서는 신사는 못 된다고 들었습니다. 말로우 부인은 당신과 애기만 해도 나쁜 평판을 얻게 된다고 말씀하시더군요.」
니사는 평정을 되찾으려 애쓰며 대담하게 말했다.
「그 부인의 말을 믿습니까? 말로우 부인은 제 고모의 가까운 친구이시기는 합니다만, 남을 험담하는 일로 세월을 보내는 수다쟁이일 뿐입니다.」
베리안 백작의 어조는 담담했으나 눈빛만큼은 진지해 보였다.
「험담이라 하더라도, 아무 근거가 없지는 않겠지요. 얘기에 오르내리는 사람에게 티끌만한 책임도 없다고 말할 수는 없을 겁니다. 그러나 오늘은 즐거운 날입니다. 여기 모인 많은 사람들처럼 함께 춤을 추는 게 옳겠습니다. 이런 상황에서 거절하는 건 결코 예의가 아니겠지요.」
니사는 얌전하게 무릎을 굽혀 다시 한 번 인사했다. 니사의 드레스자락이 예쁘게 부풀어올라 부드럽게 펄럭이며 가라앉았다. 베리안 백작은 니사의 손을 잡아 일으켰다. 니사는 베리안의 손에서부터 느껴지는 무엇인가가 순식간에 자신의 몸을 관통하며 지나가는 것을 느꼈다.

둘은 춤을 추고 있는 사람들 속으로 섞여 들어갔다. 한 곡이 끝나고 다음 곡을 기다릴 때 니사의 이모부 오웬 피츠휴가 나타났다.

「니사, 이모가 할말이 있는 모양이다. 실례하겠습니다, 백작. 니사를 데려가도 되겠습니까?」

오웬은 니사의 팔을 움켜잡고 베리안에게 양해를 구하는 태도를 취했다. 니사는 베리안의 얼굴 위로 씁쓸하게 스치는 미소를 보았다.

「그렇게 하시지요.」

베리안 백작은 부드럽게 말하고는 돌아서 연회장 밖으로 나가버렸다.

「어떻게 이럴 수가 있어요! 이 많은 사람들 앞에서 이렇게 망신을 줘도 되는 거냐구요?」

니사는 발을 구르며 말했다.

「니사, 나는 너를 믿는단다. 그러나 네 이모와 말로우 부인은 그렇지 못해. 화를 내려거든 어서 두 부인들께 가보거라.」

「정말 너무해요!」

니사는 오웬의 손을 뿌리치고 연회장을 가로질러 이모 블리스와 말로우 부인이 앉아 있는 곳으로 갔다.

「니사! 저 사람을 가까이하지 말라고 주의를 주었잖니. 무슨 일이라도 난 줄 알았다.」

분을 못 이기고 있는 니사가 입을 열기도 전에 블리스가 말했다.

「아무 일도 없었어요! 이렇게 사람들로 가득한 연회장에서 대체 무슨 일이 일어난다는 거죠? 이런 망신은 처음이에요. 백작과 춤출 것을 제안한 사람은 백작의 사촌인 캐서린 하워드였어요. 그리고 제 친구이기도 하구요. 저로서는 마다할 수 없었단 말이에요. 이모 같으면 이런 상황에서 거절할 수 있었겠어요?」

니사는 격분해서 말했다.

「애야, 너처럼 순진한 아이가 베리안 드 윈터 같은 남자를 사귀어서는 안 돼. 신랑감을 구하러 궁에 왔으니 처신을 잘해야 한단다. 좋지 못한 소문이 나면 아무도 네게 청혼을 하지 않을 테니까.」

말로우 부인은 말을 마치며 니사를 바른 길로 이끌어주고 있다는 만족감에 조용히 미소를 지어 보였다. 니사에게는 오히려 자신을 더욱 얕보는 미소로만 비쳤다.

「부인! 부인께서는 어떻게 감히 제게 도덕과 예절을 가르칠 수 있다고 생각하게 되셨습니까? 부인은 저보다 나이가 많을 뿐, 태생이나 신분에 있어서는 제 아래에 있다는 사실을 잊지 마십시오. 부인께서 생각하시는 것처럼 제가 어리석은 계집애라면 부인의 간섭을 고맙게 받아들여야 하겠지만 저는 그렇게 멍청한 아이는 아닙니다. 제 일은 제가 알아서 할 수 있습니다. 그리고 부인으로 인해 이모마저 제가 자랑스런 어머니의 딸이라는 사실을 잊을 지경이 되었다는 데에 대해서도 저는 심히 분노하지 않을 수가 없습니다. 제가 아는 한 베리안 백작은 예의 바른 사람입니다. 저 또한 순결한 처녀로 정조를 지켜오고 있습니다. 부인께서는 베리안 백작에게 지저분한 과거가 있다는 암시를 하시는데, 지금 이 자리에서 백작의 과거에 대해서 구체적으로 말하실 수 없다면 제 일에 끼여들 생각은 버려주시기 바랍니다.」

격분한 니사의 기세에 눌린 블리스와 아델라 말로우는 니사의 말을 멍한 얼굴로 듣고만 있었다.

「어쩔 수 없군. 얘기해 줘야겠어. 한 아이의 장래를 위해서…….」

아델라 말로우는 혼잣말처럼 중얼거렸다.

「무엇을 얘기하실 수 있을까요?」

니사는 경멸하는 어조로 말했다.

「니사, 네가 옹호하는 그 사람은 누구나 인정하는 난봉꾼이다. 어떤 일이 있었는지 간단히 얘기해주마. 베리안은 한 소녀를 농락한 적이 있었다. 그러다가 그 소녀가 임신을 하자 자기 짓이 아니라며 발뺌을 했다. 그 소녀는 베리안의 배신에 충격을 받아 결국, 불쌍하게도 자살하고 말았다.」

 말로우 부인은 '자살'이란 말을 하면서 다시 엷은 미소를 지었다.
「자, 이런 사람을 네가 두둔할 수 있는 거냐, 니사?」
 니사는 말로우 부인의 이야기에 충격을 받았다. 아니, 그보다 니사는 말로우 부인의 태도에 분개했다. 자신을 바보로 만들고 있다는 느낌 때문이었다. 니사는 말로우 부인의 얼굴에서 우쭐대는 자부심을 지워버려야겠다고 생각했다.
「부인! 제가 들어본 악담 중에서도 제일 악랄한 악담이군요.」
 니사는 말로우 부인의 눈을 똑바로 쳐다보면서 낮은 목소리로 말했다. 말로우 부인의 얼굴에서 미소가 사라진 것은 순식간이었다.
「니사! 어서 말로우 부인에게 사과하거라!」
 놀라 입을 다물지 못하던 블리스가 말했다.
「말로우 부인이 제게 사과해야 할 문제예요. 물론 이모도 저에게 사과하세요.」
 니사는 말로우 부인과 블리스를 쏘아보고 연회장 저편으로 가버렸다.
'나는 열일곱이다! 어린아이가 아니다.'
 니사의 가슴은 거세게 고동치고 있었다.
 아델라 말로우 부인의 마음은 쉽게 진정되지 않았다.
「세상에, 내 평생 이런 대접은 처음이야. 다리몽둥이를 부러뜨려서 집으로 보내버리는 게 낫겠어. 망나니도 저런 망나니는 없을 거야. 블리스, 큰일 낼 애야. 틀림없이 문제를 일으킬 거라구.」
 말로우 부인의 입술은 하얗게 질려 있었다.
「니사가 무례했던 건 인정해. 그러나 니사를 과보호할 생각을 했던 건 내 실수였어. 자기 앞가림은 할 줄 아는 아이라는 사실을 잊고 있었어. 결코 문제를 일으킬 그런 애는 아니야.」
 블리스 또한 마음을 진정시키며 착잡한 표정으로 말했다.
「웬만한 사고를 쳐도 시집은 갈 수 있다는 심산이겠지. 지참금이 많으니까. 그래서 저렇게 날뛰는 거겠지.」

아델라 말로우가 니사에게서 느낀 모욕감은 쉽사리 사라지지는 않을 것 같았다.

「젠장, 길고 긴 겨울밤이 찾아오는군.」
잠옷으로 갈아입으며 헨리가 중얼거렸다. 앤의 침실에 들 시간이 가까워진 것이다.
「다음에 못생긴 여자와 결혼할 때는 가장 밤이 짧은 날을 택해서 하겠어, 한여름에.」
「다음에 왕이 결혼할 때······.」
노포크의 공작은 크롬웰에게 의미 있는 미소를 지으며 중얼거렸다.
「이제 첫날밤을 시작할 뿐이오. 새벽녘이면 왕은 다른 사람이 되어 있을 거요」
크롬웰은 불안한 마음을 숨기며 확신에 찬 미소를 지으려 애썼다. 그러나 자신을 쏘아보는 토마스 하워드의 날카로운 시선에 크롬웰의 눈빛은 크게 흔들렸다. 대체 저 자가 무슨 수작을 부리고 있는 거지? 차가운 기운이 크롬웰의 등줄기를 타고 내렸다.
왕비는 시녀들의 도움을 받으며 예복을 벗었다. 알몸이 드러나자 앤의 커다란 골격과 가냘픈 팔다리, 그리고 가는 허리가 더욱 두드러져 보였다. 앤의 가슴은 늘어진 편이었고 키에 비해 기형적으로 보일 만큼 작았다. 여인들은 앤이 잠옷으로 갈아입는 것을 도우면서 안타까운 눈빛을 주고받았다.
「왕이 공주님을 좋아하지 않으시니 걱정입니다. 하지만 제가 일러드린 대로 잠자리에 임하시면 왕의 마음이 바뀔지도 모릅니다. 아, 공주님······, 두렵군요」
브라운 부인과 함께 시녀들을 관리하게 된 유모 로에의 이국말은 시녀들이 듣기에도 처량했다.
앤은 유모의 손을 잡으며 말했다.
「왕이 약혼을 파기할 근거는 못 찾았지만, 이혼할 명분만큼은 반드시 만들어내려 애쓸 거요. 그렇다면 내 스스로 그에게 혼인을 취소할 수 있는 명분을 제공하겠소. 그렇게 하는 것이 내 목숨을 보존할 수 있는 유일한 방법이니까. 나는 죽으려고 영국에 온 게 아니고, 숨막히는 클레브스를 떠나 자유롭게 살고 싶어 온 거요. 나를 위해 기도해줘요 내가 지혜롭게 처신할 수 있도록…….」

앤은 늙은 유모의 손을 두드리며 말했다.

왕비의 침실 앞에서 두런거리는 소리가 들리더니, 벌컥 문을 열며 왕이 들어섰다. 잠옷 차림의 왕은 뚱한 얼굴로 침실 한가운데 멈춰 섰다. 크랜머 대주교와 왕의 시종들이 왕의 뒤에 서서 어색한 표정을 짓고 있었다. 이윽고 대주교가 왕의 행복과 왕비의 다산을 기원하는 기도를 중얼거렸다.

「됐어, 다 나가! 빨리 그 짓을 끝내야겠어. 빨리 나가!」

기도가 끝나자 헨리는 앤의 침대로 걸어가 앉으며 소리쳤다.

왕비의 시녀들이 침실을 빠져나가고 왕의 시종들 또한 시녀들을 따라 나가며 음흉한 미소를 주고받았다.

신랑과 신부는 나란히 침대에 걸터앉았다. 헨리는 앤의 날카로운 이목구비와 커다란 골격에 다시 한 번 절망감과 혐오감을 느꼈다.

'나는 플랑드르의 암말 위에서 내 인생을 끝내지는 않을 거다. 결단코 그럴 수는 없다. 아, 잊지 못할 제인 시모어…….'

그러나 피해갈 수 없는 밤, 하는 수밖에. 헨리는 손을 뻗어 앤의 금발을 만져보았다. 부드러웠다! 헨리는 순간 앤에게서 여자를 느꼈다. 앤에게 그가 좋아할 만한 것이 아주 없는 것은 아니다! 헨리는 앤의 가슴을 향해 손을 뻗었다.

「저를 좋아하지 아누시지요?」

앤이 갑자기 입을 열었고 앤의 가슴으로 가던 헨리의 손이 허공에 멈추었다. 헨리는 손을 떨어뜨리고는 말없이 앤을 바라보았다. 이 여자가 무슨 말을 하려는 건가?

「저와 결혼하지 아누셨을 테죠? 구러니까…… 구러니까…… 구거만 있었다면요. 구러니까……, 단어가…….」
「명분!」
 헨리는 놀랐다. 너무 놀라 오히려 분명한 어조로 말이 튀어나왔다.
「네, 명분만 있었어도」
 앤은 하고 싶은 말을 하게 되었다는 생각에, 분위기에 어울리지 않는 환한 얼굴을 하고 말했다.
「명분, 구러니까…… 구러니까…….」
「거부할 명분!」
 헨리는 자기도 모르게 말했다.
「네! 거부할 명분! 구거만 이서서도」
 앤은 적합한 말을 찾아주는 헨리가 고맙기까지 했다.
「제가 명분을 만들어 두리면 제가 영국에 남을 수 이게 해주시겠어요?」
 헨리는 대단히 놀랐다. 영국에 온 지 열하루밖에 되지 않은 여자가 서툴지만 영어를 중얼거릴 수 있다니. 무엇보다 헨리 자신의 마음을 간파하고 있고, 게다가 뭔가 대안까지 제시하려고 한다. 똑똑한 여자다! 똑똑한 여자……. 아니다, 아니다. 결코 사랑할 수는 없는 여자다.
「어떻게?」
 헨리의 눈동자가 빛을 발했다. 앤은 헨리의 퉁퉁한 얼굴과 반짝이는 눈을 보며 제 살길을 찾는 불쌍한 멧돼지 같다는 생각이 들어 목젖이 다 보일 정도로 입을 벌리고 웃어댔다. 헨리는 웃고 있는 앤을 바라보며 얼굴을 찡그렸다. 이빨도 지독하게 크군!
「같이 자지 않는 거예요. 구거로 저를 거부할 명분을 만들 수 있잖아요. 어때요?」
 참으로 간단한 방법, 그러나 참으로 효과를 볼 수 있는 방법이라고 헨리는 생각했다. 앤이 자기를 거부하는 것이 아니라 자기가 앤을 거부해서 같이 자지 못하는 것으로 해야 한다는 생각이 헨리의 머릿속에서 이어졌다. 그렇게 해야 자기의 위신을 그나마 조금이라도 세울 수 있기 때문이었다. 이 대목을 앤이 이해해야 했다.
「한스를 불러 구체적인 이야기를 합시다. 내일 당장, 아무도 모르게!」
헨리는 들떴다.
「구라지요. 지금은 카드나 추실래요?」
앤은 고개를 끄덕이며 침대에서 벌떡 일어나 앉아 있는 헨리를 내려다보며 말했다.
「구라지! 카드를 쳐보자구.」
헨리 튜더는 앤의 발음을 흉내내어 말했다.
헨리는 앤과 자정 넘은 시간까지 내기 카드를 쳤다. 그는 앤에게 계속 잃기만 했다. 다른 경우 같았으면 이렇게 완벽하게 진 일에 분통을 터뜨렸을 것이다. 그러나 앤에게는 지고도 마음이 즐거웠다. 헨리는 앤을 아내나 연인으로 삼고 싶지는 않지만 좋은 친구로 지내고 싶다는 생각을 했다.
다음날 아침, 왕은 일찍 일어났다. 그는 최대한 시무룩해 보이도록 애쓰며 시종들과 대신들의 인사를 받았다. 앤과 함께 세운 계획을 실천하기 위해서였다. 클레브스의 앤과는 시작부터 문제가 있었다는 소문을 내고자 했다.
「편히 주무셨습니까? 좋은 밤을 보내셨지요?」
크롬웰은 아침 미사를 드리러 가는 길에 왕을 만났다.
「전혀 안 좋은 밤을 보내셨네, 크롬웰. 아주 안 좋았어. 왕비는 아직도 깨끗한 처녀이시네. 그래도 여자라고 한 번 해보려고 했건만, 안 되는 건 어쩔 수가 없더군. 도대체 할 수가 없어, 크롬웰.」
헨리는 지친 목소리로 말했다.
「아마…… 피곤해서 그러셨을 것입니다. 푹 쉬시고 나면 오늘밤에는 달라질 겁니다.」
크롬웰은 간신히 말을 생각해냈다.
「난, 피곤하지 않아! 다른 여자를 데리고 와봐. 내가 그 짓을 얼마나 잘하는지 보여주지. 난 말이야, 잘 들어, 이 여자가 싫어! 난 이 여자와 할 수가 없어! 무슨 말인지 알아듣겠나?」

물론 크롬웰은 왕의 말을 제대로 알아들었다. 약혼을 취소할 수는 없었지만 혼인을 무효로 만들 방법을 찾으라는, 왕을 곤경에 빠뜨린 크롬웰 스스로가 왕을 구해내라는, 그렇지 않으면 목이 달아날 줄로 알라는 그런 얘기다.

왕은 대신들에게 '할 수 없는' 상황을 한탄했고, 그럴수록 크롬웰의 마음은 점점 더 안정을 잃어갔다. 헨리 튜더가 그의 시의인 버트 박사에게 '할 수 없다'는 말을 반복할 때, 크롬웰은 공포에 가까운 불안을 느끼며 그 자리에 그대로 쓰러져버릴 것만 같았다.

노포크의 공작은 저만치에서 미소지으며 서 있었다.

1월 11일, 왕비에게 경의를 표하기 위한 마상 창 시합이 개최되었다. 헨리 튜더가 신부에 대한 실망감을 노골적으로 표하고 있으므로 이러한 시합을 열지 말아야 한다는 반론 속에서도 시합은 개최되었다.

앤은 런던에서 유행하는 최신 양식의 드레스를 입고, 위엄에 찬 모습으로 시합장에 나타났다. 그러한 앤에게서는 독특한 매력이 풍겼으므로 평민들뿐 아니라 왕궁의 대신들도 깊은 인상을 받았다.

아무도 이러한 앤이 왕에게 자유를 주기 위해서 왕과 함께 음모를 진행시키고 있다는 생각을 할 수 없었다. 그러나 앤은 결혼식을 올린 다음날 아무도 모르게 한스와 헨리 튜더를 자신의 거처로 불러 계획을 마무리지었다.

헨리가 앤을 처녀로 남겨둔다는 것, 헨리가 앤에게서 아무런 육체적인 매력을 느낄 수가 없기에 그럴 수밖에 없다는 것, 그리고 헨리는 왕궁에 왕비에 대한 불만과 분노를 퍼트린다는 것, 그러나 앤은 마치 아무 일도 없다는 듯, 아무것도 모른다는 듯 행동한다는 것 등이 합의내용이었다.

다행스럽게도 프랑스와 신성로마제국의 연합관계가 악화되고 있다는 소문이 나돌았고, 그것이 사실이라면 영국은 클레브스의 호의를 기대하지 않아도 됐다. 이런 상태라면 혼인 무효 제안은 더욱 쉽게 나올 수 있고 당연히 승인받기도 쉬우리라.

계획이 마무리될 때 헨리는 클레브스의 앤에게 두 채의 집과 상당한 재산, 그리고 앤을 누이 삼을 것을 약속했다. 또한 오직 새 왕비만이 궁에서 앤보다 우월한 지위를 갖도록 보장해주었다.

반면에 앤은 클레브스의 오빠에게, 자신에게 일어난 모든 일들에 전적으로 만족하고 헨리가 매우 친절하게 대해주고 있다고 말할 것을 약속했다. 헨리 튜더와 클레브스의 앤은 이 비밀 합의에 만족했다. 이제 시간을 갖고 지켜보는 일만이 남은 것이다.

그러나 헨리로서는 쉽게 이해할 수 없는 부분이 있었다. 앤이 스스로 혼인 무효를 제안하며 너무도 차분하게 대화에 임했다는 대목이었다.

이 여자는 처녀가 아닌가? 내가 그걸 알아낼까 두려워서 이러나? 헨리는 이런 생각을 해보지만 직접 알아볼 마음은 물론 아니었다. 어쩌면 아라곤의 공주나 앤 블린처럼 자신에게 일을 당할까 두려워하기 때문이라는 생각도 들었다.

그러나 전처들의 문제에 있어서, 자신에게는 아무런 잘못도 없었다는 것이 헨리의 생각이었다. 헨리는 자신이 매우 이성적인 판단을 내렸을 뿐이라고 생각했다. 헨리 튜더는 앤을 바라보며 앤의 진정한 마음을 묻고 싶었다.

하지만 앤은 진실을 말하지 않을 것이다. 그렇다고 거짓말을 하지도 않을 것이다. 앤은 똑똑한 여자이다. 똑똑한 여자…… 클레브스에서 온 아내는 자제력 있고 분별력 있는 여자였다. 왕은 이 사실을 기뻐하기로 마음을 바꾸며 앤의 태도를 그대로 수용하기로 했다.

그 달 27일, 왕은 클레브스에서 온 앤의 수행원들에게 커다란 잔치를 베풀어주고 많은 선물을 들려 본국으로 돌려보냈다. 헬가 폰 그래프츠틴과 마리아 폰 헤셀도프, 그리고 유모 로에와 한스 폰 그래프츠틴만이 앤의 곁에 남게 되었다.

왕은 브라운 부인에게 8명의 시녀로 충분하니 더 이상 시녀를 뽑지 말라는 지시를 내렸다. 물론 브라운 부인의 실망은 적지 않았다.

2월 3일, 화이트 궁에 왕비를 위한 연회를 준비하라는 명이 내려졌다. 대신들은 왕이 그때까지도 왕비의 대관식 얘기를 꺼내지 않아 이상하게 여겼지만 아무도 감히 드러내놓고 말하지는 못했다.

왕과 왕비를 태우고 그리니치를 출발한 유람선은 연회장인 웨스트민스터 화이트 궁으로 향했다. 왕과 왕비의 유람선은 대신들과 런던 동업조합상인들을 태운 유람선들의 호위를 받으며 물살을 갈랐다. 강둑에서는 많은 시민들이 환호하는 가운데 경의를 표하는 예포가 쏘아졌다.

앤은 자신을 환영하는 백성들의 모습에 다시 한 번 감동했다. 오랫동안 왕비로 있을 수 없다는 사실이 마음 아프기까지 했다. 그러나 헨리가 그녀를 원하지 않는 만큼 그녀 또한 헨리를 원하지 않았다. 친구? 그건 좋다. 헨리는 좋은 친구가 될 수 있을 것이다. 그러나 남편? 그건 아니다. 결코! 절대! 아니다.

유람선이 웨스트민스터에 도착하자 헨리는 주위의 시선을 의식하며 앤의 손을 잡고 배에서 내렸다. 화이트 궁에 도착한 헨리는 일행들과 함께 그곳에서 하룻밤을 보냈다.

마치의 백작 베리안도 화이트 궁에 왔고 니사와 단둘이 있는 시간을 만들기 위해 애썼다. 그러나 니사는 베리안을 둘러싼 소문이 사실일 수도 있다는 생각에, 각별한 주의를 기울이며 그를 피했다.

「왕비를 모시는 일로 거의 시간을 낼 수가 없습니다. 설사 시간이 난다고 해도 가족들과 함께 있어야 합니다.」

니사는 같이 승마를 하자는 베리안의 제안을 단호하게 물리쳤다.

상심한 베리안 드 윈터는 언젠가 니사의 마음을 사로잡고야 말겠다고 다짐했다.

오래지 않아 왕비를 모시는 여인들은 앤이 아직도 처녀임을 확신하게 되었고, 앞으로도 그러하리라고 예감하게 되었다. 그러나 앤은 왕과 합의한 대로 성에 관해 아무것도 모른다는 듯 순진함을 가장했다. 음모와 지저분한 성관계, 심지어 간통까지도 빈번한 왕궁에서 왕비가 이토록 천진할 수 있다는 것은 믿을 수 없는 일이었다.

어느 오후, 앤은 여인들과 담소를 나누다가 왕이 자신에게 얼마나 잘 해주는지를 말했다.

「폐하께서는 잠자리에 들 때마다 부드럽게 입을 맞춰주며 '잘 자요'

하고 말씀하시고, 아침에도 '잘 잤소?' 하고 꼭 물어주세요. 정말로 자상하신 분이지죠?」

왕비의 말을 듣고 여인들은 어이없다는 표정으로 서로를 보았다. 어색한 침묵이 흘렀다.

「엘리자베스, 백포도주 한 잔 가져오누라.」

앤 스스로 침묵을 깨며 말했다. 아무것도 이상할 것이 없다는 태도였다.

「왕비님께서 곧 아이를 갖게 되기를 바랍니다. 에드워드 왕자님에 이어 요크의 공작이 태어난다면 백성들이 크게 기뻐할 것입니다.」

에지콤 부인이 공손한 얼굴로 입을 열었다.

「구럴 테지요」

왕비는 차분하게 말했다. 엘리자베스 피츠제럴드가 앤에게 포도주 잔을 건넸다.

「왕비님은 아직 처녀시죠?」

에지콤 부인의 당돌한 언동에 여인들과 시녀들의 얼굴이 한꺼번에 굳어졌다. 그들은 누구도 이 문제를 거론할 수는 없다고 생각하고 있었다. 그러나 왕비 앤은 역시 착하고 온화한 사람이었다.

「처녀라니? 매일 폐하와 자는데 어떻게 처녀일 수 있지요? 바보 같은 소리는······.」

앤은 키득거렸다.

「진정한 부부관계에는 그 이상이 있습니다. 잘 주무시라는 인사말 외에 다른 것은 없었습니까?」

에지콤 부인의 부드러운 말에 왕비는 천천히 고개를 흔들었다.

사랑이여, 나를 기억하라 127

「구 이상이 뭘 말하는지 몰라두 나는 지금 만족하고 있어요. 내게는 구거면 됐어요. 폐하는 좋은 남편이시니까.」
 그렇지, 바로 그거다, 앤은 생각했다. 촐싹대는 에지콤 덕에 계획이 더욱 순조롭게 진행되는군. 앤은 자리에서 일어나며 말했다.
「좀 쉬어야겠으니 니사만 남구 모두 돌아가두룩 하세요.」
 앤은 천천히 걸어 침실로 들어갔다. 니사가 뒤를 따랐다.
「불쌍해! 아무것도 모르고 있어. 앞으로 어떤 일이 일어날지 모르겠군. 왕비가 저렇게 천진하니 간통죄를 뒤집어씌울 수도 없을 거고, 그렇다고 왕과 원만한 관계도 아니고…… 헨리가 예전에 써먹던 수법들은 하나도 안 통할 텐데 말이야.」
 리치먼드의 공작부인이 침실로 사라지는 앤을 보며 혀를 찼다.
「혼인 무효를 선언하겠지. 그것말고 무슨 수가 있겠어.」
 도셋의 후작부인이 말했다.
 니사는 왕비의 침실 문을 굳게 잠그고 돌아서서 왕비를 바라보았다. 앤은 참으로 묘한 표정을 짓고 있었다.
「부디 여인들의 말에 신경 쓰지 마십시오, 왕비님.」
 말을 마친 니사는 놀라지 않을 수 없었다. 앤이 갑자기 웃음을 터뜨린 것이다. 앤은 한참 동안 웃음을 자제하지 못하다가 어렵게 평정을 되찾고 말했다.
「니사, 너에게만 말해줄 게 있어. 왕실 여인들은 너무 규만하고 다른 시녀들은 아직 어려. 니사, 왕비에게두 친구는 있어야 해. 한스가 충직하기는 하지만 남자야. 내게는 함께 이야기를 너눌 동성 친구가 필요해.」
 니사는 난롯가에 앉은 왕비 곁으로 와 무릎을 꿇고 앉았다.
「저는 왕비님을 모시는 것을 자랑스럽게 여기고 있습니다. 무슨 말씀을 하시든 비밀로 하겠습니다.」
「니사, 난 왕비 자리에 오래 앉아 있지 못할 거야.」
 앤은 니사의 눈을 바라보며 말했다.

「아, 왕비님! 왕비님, 그런 말씀 마세요. 제발요!」
니사는 크게 놀랐다.
「내 말 잘 들어, 니사 원햄. 헨리 튜더는 나를 좋아하지 않아. 나와의 정혼을 파기할 명분만 있었어도 결혼하지 않았을 거야. 결혼식을 올린 날, 난 이 문제에 대해서 왕과 얘기했어.」
니사는 어리둥절한 표정을 짓고 있었다. 앤이 말을 이었다.
「우리는 동침하지 않기루 합의했어. 왕이 내 거죽을 보구 혐오감밖에는 일지 않기 때문에 구럴 수밖에 없다는 이야기를 만든 거지, 물론 사실이 구렇기도 하지만. 구리고 나는 아무 문제도 없다는 듯 지내기루 한 거야. 아무튼 혼인을 취소하자는 말이 나올 거구, 나는 구걸 받아들이기로 했어. 오늘 참견쟁이 에지콤이 내게 좋은 기회를 준 거야.」
「하지만 폐하께서는 왕비님을 아끼시잖아요.」
니사는 혼란스러웠다. 자신의 귀에도 들려오는 말이 있었지만, 그것을 근거 없는 험담 정도로 치부하려 애쓰고 있었다.
「헨리는 나를 아내로 받아들일 수 없어, 니사. 하지만 친구루는 받아들일 마음이야. 둘은 전혀 다른 문제지. 우리는 함께 카드를 치며 밤을 보내구 있어. 헨리는 멍충해서 내가 매일 이기지. 왜들 이런 사람을 무서워하는지 모르겠어.」
「아, 왕비님, 폐하는 잔인한 사람입니다. 왕비님이 폐하에게 자유를 주고자 하시니까 왕비님께 친절하게 대하시는 것 같습니다. 하지만 누구라도 폐하의 길을 막으면, 폐하는 틀림없이 짐승으로 돌변합니다. 조심하셔야 합니다. 왕은 두려운 존재입니다.」
「니사, 엄마가 왕의 연인이었다지?」
왕비가 물었다.
「네, 하지만 단지 몇 달 동안만 그랬습니다. 폐하께서는 곧 앤 블린 왕비님과 결혼하셨으니까요. 제 친아버지를 여의고 슬퍼하는 어머니를 어머니의 동생, 마우드의 백작부인이 왕궁으로 데려왔습니다. 환경을 바꾸고 슬픔을 잊으라는 의도였지요. 그러나 폐하께서는 즉시 어머니에게

사랑이여, 나를 기억하라 129

사로잡히셨고, 저를 어머니와 떼어놓겠다고 위협하면서 어머니를 취하셨습니다.」

왕비의 푸른 눈동자가 놀라움으로 커졌다.

「구러니까……, 헨리가 구렇게 잔인한 방법으루 욕심을 채우는 인간이란 말이지?」

앤은 천천히 말했다.

「그렇습니다. 그러나 어머니는 왕을 사랑하고 이해하게 되었습니다. 그런데 그때 앤 블린 왕비님이 나타났고 모든 것이 변했습니다. 마침 제 새아버지 되실 분도 그 무렵에 왕궁에 오셨는데, 폐하께서는 새아버지와 어머니를 결혼하도록 하시고 당신은 앤 블린 왕비님을 택하셨습니다. 새아버지는 제 친아버지의 재산을 상속받은 분이었습니다. 사실 새아버지은 친아버지가 살아 계신 동안에도 어머니에게 반해 있었지만 차마 말은 못하고 지냈다고 합니다. 아무튼 두 분은 왕실에서 결혼식을 올렸고, 리버스에지에 거처를 정해 지금까지 그곳에서 살고 계십니다. 하지만 아직도 어머니는 왕의 충직한 친구로 남아 있습니다. 어머니는 그간 폐하의 요청으로 두 번, 그러니까 아라곤의 공주 문제가 있을 때와 앤 블린이 처형될 때, 왕궁에 온 적이 있습니다.」

니사는 차분하게 대답했다.

「구……, 뭐드라? 사랑스런 전…….」

「'전원의 여인' 말씀이시지요?」

「구래, 니사의 엄마는 전원의 여인으로 불렸다지? 니사두 엄마처럼 시골 생활을 하고 싶은가? 아니면 이곳 생활이 즐거운가? 난 이곳이 좋아. 클레브스의 궁과는 아주 딴판이거든. 카드두 치고, 춤도 추고 구리고 이쁜 드레스도 입을 수 있고 말이야.」

「저도 궁중생활을 좋아합니다, 왕비님. 하지만 시골 생활을 더 하고 싶습니다. 하지만 저는 이곳에서 왕비님을 모실 수 있는 것을 영광으로 알고 있습니다. 그리고 제 이모는 제가 이곳에서 남편감을 찾을 수 있기를 바라고 있습니다.」

「고향에서는 마땅한 사람을 찾을 수 없었나?」
「네, 왕비님. 가족들이 걱정을 많이 하고 있습니다. 열일곱이 되었는데도 아직 제 마음을 사로잡는 사람이 없군요. 왕비님이 자리에서 물러나시면 저는 어떻게 될까요? 언제 혼인을 무효로 하자는 얘기가 나올까요?」
니사는 앤이 그랬던 것처럼 솔직하게 자신의 문제를 털어놓았다.
「봄이면 구린 얘기가 있을 거야. 헨리는 오랫동안 여자 없이 지낼 위인이 아니니까. 벌써부터 이러저리 눈알을 굴리고 있잖아. 눈치 못 챘나? 왕은 앤 바셋과 캐서린 하워드를 마음에 두고 있는 것 같아. 그리고 니사 너를 보는 눈길도 심상찮고」
「저를요? 왕비님, 틀림없이 저는 아닐 거예요. 왕은 제 어머니의 연인이었어요! 제 아버지 뻘이라구요!」
니사는 하얗게 질려 몸을 바르르 떨었다. 왕비는 귀엽다는 듯 니사를 안아주면서 말했다.
「니사 윈햄! 그래, 내가 잘못 보았을 거야. 헨리는 아마 옛 연인을 생각하며 니사를 보았을 뿐일 거야, 분명히.」
앤의 목소리에는 웃음이 배어 있었다.
「그렇겠죠? 그럴 거예요. 저를 대하는 마음은 메리 공주님이나 엘리자베스 공주님을 생각하는 마음과 비슷할 뿐일 거예요」
니사는 크게 숨을 몰아 쉬며 말했다.
그러나 니사는 앤의 말이 마음에 걸렸다. 그렇다고 이모 블리스에게 고민을 털어놓을 수도 없었다. 앤의 신뢰를 저버릴 수는 없는 일이니까.
이 결혼이 취소되면 어떤 일이 일어날까? 대신들은, 영국에는 더 많은 왕자가 필요하다며 왕의 재혼을 주장할 것이다. 요즘 왕이 영국 여자들의 덕목을 이야기하고 있는 데는 그만한 이유가 있었다.

3월, 헨리 튜더는 앤과의 동침이 불가능함을 추밀원에 공표했다. 추밀원 고문관들은 자신들에게 왕의 결혼을 무효로 할 길을 찾으라는 명이 내려지고 있음을 깨달았다. 왕은 앤과 로레인 공작의 아들이 틀림없이 정혼한 적이 있다는 억지를 썼다.
「다시 조사해보겠습니다, 폐하.」
토마스 크롬웰은 왕을 안심시키기 위해 진땀을 빼야 했다. 왕은 한참 동안 크롬웰을 노려보다가 조사계획을 세우라는 말과 함께 자리를 떴다.
「왕비가 정혼한 일은 없었소. 이미 지난가을에 알아본 일이오. 로레인 공작 집안과 앤 왕비 집안 사이에 농담 반 진담 반으로 정혼 이야기가 오고 간 것은 사실이지만 그게 전부였소. 실제로 정혼한 일은 없었단 말이오. 아버지의 뒤를 이은 로레인 공작은 고인이 된 부친의 고해 신부를 통해서 이 사실을 확인해주기까지 했소. 폐하께서는 이런 이유로 결혼을 되돌리실 수는 없을 거요.」
크롬웰은 어두운 표정으로 말했다.
「크롬웰, 폐하의 생각에는 변함이 없을 것 같소. 폐하의 마음은 이미 딴 데 가 있단 말이오. 같이 잘 여자를 간절히 원하고 있지만 플랑드르의 암말에 올라타지는 않을 거요. 그리고 에드워드 왕자 하나로는 충분치 않은 거 아니오? 영국의 장래를 위해서라도 폐하의 뜻을 따라야 할 거요.」
노포크의 공작이 말했다.
「내 생각도 그렇소.」
가디너 주교가 맞장구를 쳤다.
「하지만 왕비 또한 연약한 여자임을 명심해야 할 거요. 우리는 책임 질 일을 해서는 안 되오. 왕비에게 어떤 혐의도 뒤집어씌우는 짓을 해서는 안 된단 말이오. 그건 우리의 자존심이 용납치 못할 일이오. 그러니 단순히 혼인 무효 선언만으로 일을 마무리 짓는 것이 좋겠소. 그 과정에서 공손한 태도로 왕비를 대하고, 왕비가 협조를 해준다면 많은 보상도 해주어야 하오. 모두들 이 생각에 동의하실 줄로 믿소.」
캔터베리의 대주교가 말했다.
「그러나 만약 왕비가 옛날 스페인 계집처럼 나오면…… 협조를 안

하면……, 그러면 우리는 다른 길을 찾아야 할 거요.」
 노포크 공작은 잔인하게 눈을 번뜩이며 손으로 자신의 목을 자르는 시늉을 하며 말했다.
「아, 토마스 공작! 왕비는 아라곤의 공주와는 다른 사람이라고 생각하오. 대화가 통할 거요. 내가 왕비와 얘기해보겠소.」
 대주교는 공작의 극단적인 생각을 제지하고 크롬웰을 바라보며 말을 이었다.
「크롬웰, 어떻게 생각하오? 단순히 혼인을 무효로 한다는 것에 대해서.」
 토마스 크롬웰은 고개를 끄덕이며 말했다.
「그 수밖에 없는 것 같소. 그런데……, 하지만 말이오…….」
「그럼 직접 폐하의 의향을 여쭈도록 하시오. 폐하께서 승인하시면, 난 왕비를 만나보겠소. 왕비는 내가 무슨 말을 하는지 알아들을 거요.」
 대주교가 크롬웰의 말을 잘랐다.
「그 스페인 계집도 처음에는 대화가 통할 것 같았소.」
 노포크의 공작이 성마르게 중얼거렸다.
「왕비는 다를 것이오, 토마스 공작.」
 대주교가 차분한 목소리로 말했다.
「하지만 말이오. 폐하께서는 사람들의 웃음거리가 되고 싶지는 않으실 텐데……. 누가 이런 이야기의 주인공이 되고 싶겠소.」
 크롬웰은 불안해했다.
 더 이상 왕을 성나게 해서는 안 된다. 더 이상은…… 크롬웰의 머리는 혼란스러웠다.
「선택의 여지가 없지 않소. 폐하께서도 어느 정도 희생은 각오하고 계실 거요.」
 가디너 주교가 말했다.
「그렇기는 하겠지만, 이 사람은 왕이오, 왕! 헨리 튜더란 말이오.」
 상대는 다른 사람이 아니라, 한 사람의 생사를 좌우지할 수 있는 왕이다. 왕, 헨리 8세! 크롬웰은 초조했다.

「크롬웰, 우리가 지원을 약속하겠소. 당파를 떠나 국익을 생각해야 할 시기지 않소. 여러 대신들, 그렇지 않소?」

노포크의 공작이 크롬웰과 주위 사람들을 둘러보며 말했다. 대신들은 고개를 끄덕이며 동의를 표했다. 크롬웰은 잠시 노포크 공작의 의도를 헤아려보았다. 그러나 어쩌겠는가.

「폐하께 얘기해보는 도리 외에는 없을 것 같소. 지금 폐하를 찾아가겠소. 미루어봐야 별다른 뾰족한 수도 없을 테니까.」

대법관 토마스 크롬웰은 헨리를 찾아나갔다. 다른 고문관들 또한 뿔뿔이 흩어졌다. 가디너 주교가 노포크의 공작 곁으로 다가왔다.

「토마스, 얘기 좀 합시다.」

봄은 가까웠지만 날씨는 아직 쌀쌀해 왕궁 정원의 후미진 곳에는 인적이 끊겼다. 두 사람은 말없이 걸었다. 그들이 걷는 곳은 화창한 날에도 사람들이 거의 찾지 않는 곳이었으므로 뭔가 음모를 꾸미기에는 더할 나위 없이 좋은 장소였다.

스티븐 가디너 주교는 키가 컸다. 그는 큰 코에 두툼한 입술을 갖고 있었으며 턱은 둥글고 얼굴은 길쭉했다. 반백의 머리는 귀가 드러나도록 짧게 잘랐다. 그는 까다롭고 거만했으며 눈에는 항상 아무런 감정도 나타나 있지 않았다. 그는 토마스 하워드 공작과 마찬가지로 정치적으로나 종교적으로 보수적이었고, 또한 공작이 그러하듯이 최근 몇 년간은 왕궁에서 큰 힘을 행사하지 못하고 있었다. 모두 토마스 크롬웰 때문이었다. 주교와 공작은 도저히 토마스 크롬웰을 좋아할 수 없었다.

「앤이 왕비 자리를 내놓게 되면, 왕의 신부감 문제가 다시 대두되오.」

가디너 주교가 입을 열었다.

「유럽 어디에도 왕과 맞는 짝은 없소. 하지만 잘된 일이오. 왕은 신부감을 자기 정원에서 구하게 될 테니까.」

토마스 공작이 말했다.

「생각해둔 여자가 있어서 하는 말이오, 공작?」

주교는 노포크의 공작을 바라보며 음흉하게 웃었다.

「공작도 알다시피, 왕은 야들야들한 여자를 좋아하오. 그리고 악기를 다룰 줄 알고 춤을 잘 추는 여자여야 하고…… 또한 우쭐대는 왕의 성격을 받아줄 수도 있어야 하오. 게다가 왕은 지금까지 세 명의 아내 중에서 두 명을, 말하자면 해치운 인간이오. 세 번째도 산욕열로 죽지 않았다면 지금 어떻게 됐을지 모르는 일이잖소. 클레브스의 앤이 네 번째로 당하고 있소. 그러니 대체 어느 가문에서 희생을 자처하고 나서겠소 안 그렇소, 토마스 공작?」

공작은 말없이 주교를 바라보았다. 공작은 광대뼈가 불거진 마른 얼굴에 야심으로 반짝이는 눈동자를 갖고 있었다. 그는 대단히 명석한 두뇌를 갖고 있는 지략가였다. 그러나 믿을 만한 사람은 결코 아니었다. 그의 아내 엘리자베스 스태포드조차 토마스 크롬웰에게, 자신의 남편을 믿지 말라고 말했을 정도였다. 물론 크롬웰에게 그러한 충고는 필요 없었지만.

그의 첫 아내는 에드워드 4세의 딸이자 헨리 7세 아내의 자매였던 앤이었다. 그는 앤에게서 아들 토마스를 얻었다. 그러나 토마스는 어릴 때 죽고 말았다. 게다가 아내 앤마저 일찍 세상을 떠나버렸다. 그의 두 번째 아내는 그에게 아들 헨리와 딸 메리를 낳아주었다. 아들 헨리는 서리의 백작이 되었고, 딸 메리는 왕의 서자인 리치먼드의 공작 헨리 피츠로이와 결혼했다. 그래서 한때 그는 딸 메리가 영국의 왕비 자리에 오를 수도 있다는 기대를 가질 수 있었다. 그러나 왕의 사랑을 받던 사위, 헨리 피츠로이는 죽고 말았고 제인 시모어가 왕자를 낳았으므로, 딸이 왕비 자리에 앉게 될 거라는 그의 기대는 무너지고 말았다.

「그게 누군지 알고 싶소, 주교? 바로 죽은 내 동생의 딸 캐서린 하워드요. 그 아이는 어리고 예쁠 뿐 아니라 성격이 유순하오. 이미 왕이 눈독을 들이고 있는 것으로 보이오. 일전에 왕이 이 아이를 '가시 없는 장미'라고 부르는 걸 들었소」

토마스 하워드는 지금 또 다른 방식으로 야심을 충족시킬 생각을 하고 있었다.

「왕이 눈독을 드리는 아이는 하나가 아니라오. 지난여름, 왕은 앤 바셋에게 말에 안장까지 얹어서 선물로 준 적이 있소. 그리고 왕이 들장미라 부르는 니사 윈햄도 있소. 당신 조카딸과 왕의 침대를 놓고 경쟁할 아이가 여럿 있다는 사실을 잊어서는 안 되오. 또 이번에는 왕이 직접 신부를 고르리라는 사실도 명심하시오. 왕비 선택을 남에게 맡겼다가 이번에 너무 골치를 썩었소」

「주교, 앤 바셋은 문제가 될 게 없소. 내가 듣기로 왕은 이미 그 아이를 취한 적이 있다고 들었소. 하지만 그 아이는 왕과의 동침을 이용할 생각을 못 했고, 그것을 다행으로 여긴 왕이 작은 선물을 준 걸 거요. 왕이 결혼 상대로 원하는 여자는 결혼 후에만 동침을 허락하는 여자요. 내 조카딸이 바로 그런 아이요. 왕은 캐서린의 손가락에 반지를 끼워 준 후에만 그 아이를 취할 수 있음을 알 것이오. 캐서린은 간통죄로 처형된 앤 블린처럼, 나에게 수모를 줄 아이가 아니오」

「또 다른 아이도 있잖소」

「니사 윈햄을 말하는 거요?」

「그렇소, 그 아이의 엄마 블레이즈 부인이 어느 날 갑자기 왕궁을 떠나버린 일로 혹 공작께서는 니사가 왕의 딸이라고 여기고 있는 거 아니오? 그래서 문제가 안 된다는 거요?」

「니사는 왕의 딸이 아니오. 그 아이의 아버지는 랭포드의 백작 에드문드 윈햄이오. 블레이즈 부인이 왕궁에 왔을 때 그 아이는 이미 두 살이었소」

공작이 대답했다.

「그렇다면 왜 이 아이도 문제가 안 된다고 여기는 거요? 공작, 왕이 바보처럼 굴기 시작하면 얼마나 감상적으로 되는지 알지 않소? 블레이즈 부인과의 옛일을 생각하면서 니사를 취하려 할 수도 있다는 얘기요. 니사 윈햄은 우리 두 사람의 길을 가로막을지도 모르오」

스티븐 가디너가 말을 이었다.
우리 두 사람! 공작은 회심의 미소를 지었다. 가디너 주교는 의심의 여지없이 그의 편에 서 있는 것이다.
「니사 윈햄이 거치적거리면, 그 아이가 왕의 신임을 완전히 잃어버리도록 만들겠소. 왕은 믿었던 사람이 배신하는 걸 제일 싫어하니까 말이오. 어쨌든 주교께서 나를 도와준다면 캐서린은 틀림없이 영국의 왕비가 될 거요.」
「캐서린이 앤 블린과는 다르길 바라오. 앤 블린의 일이 터졌을 때 공작께서는 가까스로 자리를 보존할 수 있었소. 그런 일이 또다시 일어난다면, 이번에는 공작의 목을 내놔야 할 테니 말이오.」
「염려 마시오. 캐서린 하워드는 앤 블린과는 전혀 다르니까. 앤은 오랫동안 프랑스 왕궁에서 생활한 탓에 닳을 대로 닳은 아이였소. 나이도 많았고 무엇보다 황소고집이었소. 그에 비해 캐서린은 이제 열여섯 어린 나이고, 성격도 부드럽고 유순하지 않소. 게다가 일찍 부모를 여의고 할머니 밑에서 크면서 고생을 많이 한 아이니 왕비가 되면 좋아할 거요. 갖고 싶은 것을 다 가질 수 있을 테니까. 왕의 사소한 결점을 참아주는 대가로 왕비가 된다는 건 괜찮은 거래 아니오? 왕이 나이가 많으니 저보다 일찍 죽을 거고…….」
「공작, 혹 캐서린에게 작은 비밀이라도 있는 것은 아닐 테지요? 어떤 흠도 없겠지요?」
「그런 걱정은 접어두시오. 이 아이는 수녀처럼 살아왔으니까. 결점이라니, 당치도 않소. 오히려 음악에 능하고 춤을 잘 추는, 솜털이 뽀송뽀송한 처녀요. 왕이 원하는 그런 여자란 말이오.」
「좋소. 그렇다면 캐서린에게 기대를 걸어봅시다. 그건 그렇고, 크롬웰이 가만있지 않을 것 같은데……. 무슨 대책이라도 있소?」
「크롬웰의 시대는 갔소. 그와 왕의 관계가 이미 최악의 상태니 제 살 길을 찾기도 벅찰 거요. 아무리 발버둥쳐도 용서받지 못할 거요.」
공작은 승리를 확신하고 있었다.

「그토록 미천한 태생이 이만큼 올라온 것도 기적이지. 어쩌다 크롬웰 따위가 이렇게 출세를 하게 되었는지 모르겠소. 하지만 사필귀정! 모든 일은 반드시 바른 길로 가게 되어 있소」

노포크의 공작의 미소는 차가웠다.

5

 1540년 봄, 대수도원들이 마침내 왕에게 귀속되었다. 캔터베리와 크라이스트쳐치, 로체스터와 월삼의 수도원들, 그리고 그에 속한 모든 재산이 왕의 소유로 전환되었다.
 일부 소유권은 왕에게 충성을 다하는 귀족들에게 분배되었는데, 이것은 말하자면 정치적 흥정이었다. 이익을 얻은 귀족들이 종교 개혁에 반대하고 나서지는 않을 것이라는 헨리의 계산이 깔려 있었다.
 이 모든 일들에는 토마스 크롬웰의 능란한 정치적 수완이 크게 작용했다. 그러나 누가 보아도 크롬웰의 시대는 가고 있었다.
 그런데 뜻밖에도, 헨리는 크롬웰을 에섹스의 백작에 봉했다. 왕이 예상하지 못한 행동을 하자 노포크의 공작 토마스 하워드가 왕을 넌지시 떠보았다.
 「크롬웰을 잠시 달래주고 있을 뿐이네, 공작. 궁지에 몰린 쥐새끼가 무슨 일을 저지를지 알 수 없는 거 아닌가. 내 이혼문제를 처리하기 위해서 아직은 크롬웰의 영악한 머리를 써먹을 필요가 있단 말일세.」

왕은 짐승 같은 눈빛을 발하며 말했다.

「폐하, 전혀 가망이 없는 겁니까?」

토마스 하워드는 안타까움을 가장하며 말했다.

「뭐 말인가? 앤과 자는 거 말인가?」

왕은 공작이 답답한 소리를 하고 있다는 표정을 지으며 아무 말 없이 포도주를 따라 마셨다.

「우린 식만 올렸지 부부가 아니야, 앞으로도 아닐 거고. 앤은 좋은 여잘세. 하지만 안 되는 건 정말이지 어쩔 수가 없군.」

「클레브스의 공작이 가만있을까요? 동생의 문제를 들고 나오지 않겠습니까, 폐하?」

「앤에게 잘 해줄 걸세. 그 점은 신경 쓸 거 없네. 설사 클레브스가 들고일어난다고 해도 감히 영국을 상대로 뭘 어쩌겠나? 프랑스와 신성로마제국도 다시 우리와 손을 잡고 싶어하는 판국인데 말이야. 난 예쁜 영국 꽃을 원하네, 제인 같은 여자 말일세.」

헨리는 히죽거렸다.

「폐하, 그래도 이국의 공주를 데려오는 편이 낫지 않습니까? 평범한 영국 여자를 취하시면 위신이 서지 않습니다. 그렇지 않습니까, 폐하?」

공작은 본심을 감추는 자신의 특기를 잘 발휘하고 있었다.

「위신? 위신이라구? 자넨 어쩔 수 없는 속물이군, 토마스 하워드 다른 나라의 공주들보다 영국 여자들이 열 배는 낫다는 걸 모르나? 위신 나부랭이는 집어치우게! 내가 원하는 건 부드러운 살 속에 따뜻한 피가 흐르는 여자란 말일세. 침대를 충분히 데울 수 있는 그런 여자! 신에게 맹세하건대, 반드시 나는 그런 여자와 결혼하겠네.」

왕의 목소리가 높아졌다.

「지금 폐하의 눈에 드는 여자가 있습니까?」

공작의 말에 왕은 갑자기 큰 소리를 내며 웃었다. 그리고 음흉한 미소를 지으며 공작의 옆구리를 찔렀다.

「알고 싶은가? 자넨 정말 짓궂군, 정말 짓궂어!」

왕은 멋쩍은 웃음을 멈추지 않았다. 왕의 눈은 기대감으로 축촉하게 젖어 있었다.
「글쎄……, 아직 마음을 정한 건 아니네. 그러니 지금 말할 단계는 아니지. 그만 물러가도록 하게.」
헨리는 혼자 남아 달콤한 꿈을 꾸고 싶은 표정이었다. 물론 토마스 하워드가 왕의 말을 들을 필요는 없었다. 그는 가디너 주교와 밀담을 나눈 바로 그날, 조카 캐서린에게 이 문제를 언급했을 만큼 왕의 심사를 확신하고 있었으니 말이다.

「어서 오너라. 훌륭한 드레스로구나! 네게 아주 잘 어울린다.」
캐서린이 삼촌의 부름을 받고 나타나자 노포크의 공작이 말했다.
「제 친구 니사 원햄이 준 옷이에요. 자기는 옷이 또 있다고 하면서 주더군요. 저에게 마음을 써주니 얼마나 고마운지 모르겠어요. 정말 좋은 친구죠?」
「앞으로 옷 걱정은 하지 않아도 된단다. 네가 원하는 드레스와 아름다운 보석들을 모두 가질 수 있을 테니까.」
「무슨 말씀이세요, 삼촌?」
캐서린의 눈이 휘둥그레졌다.
「너를 결혼시킬 생각이다, 캐서린. 하지만 먼저 약속해라. 누구에게도 내가 하는 말을 옮기지 않겠다고 말이다. 네 친구 니사에게도 말이다. 약속할 수 있겠느냐?」
캐서린의 가슴은 크게 요동쳤다. 토마스 하워드는 헨리 왕에 버금가는 영향력을 행사하고 있었다. 또한 토마스가 자신의 정치적 입지를 고려하지 않고 상대를 정하지는 않았을 것이다. 그에게 도움이 될 만한 권력을 가진 사람이라면…… 누구일까? 캐서린의 귀여운 입이 동그랗게 벌어졌다.
「약속을 지켜야 한다, 캐서린! 이건 절대 비밀이야! 만일 네가 비밀을 누설하면 네 생명을 내놓아야 할 것이다. 무슨 말인지 알겠느냐?」

캐서린을 바라보는 공작의 눈빛이 날카로웠다.
「비밀을 지키겠어요, 삼촌. 아무에게도 말하지 않을게요.」
캐서린이 말했다.
「영국의 왕비가 되고 싶지 않느냐?」
공작의 말에 캐서린은 한참 동안 아무런 말도 할 수가 없었다. 대체 무슨 말씀을 하고 계시는 건가?
「생각해보아라, 왕비다!」
「그렇다면, 폐하와 결혼해야 하는데요……? 폐하에게는 왕비님이 계시잖아요. 그런데 어떻게……?」
캐서린은 어렵게 입을 열었다. 캐서린으로서는 상황을 파악하기가 쉽지 않았다.
「앤은 곧 왕비 자리에서 물러날 것이다.」
토마스 하워드가 말했다. 왕비님이 처형된다는 말인가? 캐서린은 공포에 질려 순식간에 온몸이 굳어버렸다.
「염려하지 마라. 앤 왕비에게 아무런 해도 없을 것이다. 내가 장담하마. 단지 왕과의 결혼이 무효가 될 뿐이다. 너도 알다시피 왕은 앤과 동침하기를 원하지 않는다. 영국을 위해서는 보다 많은 왕자가 있어야 하니 걱정이다.」
공작은 캐서린을 안심시키며 말을 이어갔다.
「왕이 너를 주목하고 있다, 어떠냐?」
캐서린의 머릿속에는 수많은 생각들이 스쳐갔다. 헨리 튜더는 아버지 뻘이다. 게다가 너무 뚱뚱하고……, 캐서린은 강한 거부감이 일었다. 그러나……, 하지만 그는 왕이다!
캐서린의 머릿속에는 그 동안 그려본 멋진 남자들의 모습이 스쳐갔다. 그에 비하며 헨리는 너무……, 게다가 그의 다리는 종기로 썩어가고 있었다. 지독한 냄새를 풍기면서……, 더러운 고름을 흘리면서……. 그러나 그는 왕이다! 이보다 더 나은 혼처는 없다. 부유한 집안에서는 가난한 캐서린을 선택하지 않을지도 모른다. 인색한 토마스 하워드가 도와주지 않을 테니까. 그렇다면…….
「두려워요.」
캐서린은 솔직하게 말했다.
「뭐가 두렵다는 거냐? 하워드 집안의 딸에게 두려울 게 뭐가 있단 말이냐?」
공작은 단호하게 다그쳤다.
「앤 블린도 하워드가의 여자였어요. 제 사촌이었다구요. 그런데 어떻게 되었죠? 그린 탑에서 참수되었어요. 폐하는 여자들에게 싫증을 잘 내세요. 돌아가신 제인 왕비님만이 그나마 폐하를 만족시키실 수 있었지요. 하지만 왕비님이 지금까지도 살아계신다면 폐하의 마음이 어떻게 변했을지 모르는 일이에요. 폐하께서 여전히 만족하고 계실지, 아니면 이미 제인 왕비님에게도 싫증을 내셨을지 모르는 일이라구요. 제가 아름다운 옷과 보석들을 원 없이 가질 수 있다고 하셨지요. 그건 제가 항상 꿈꾸어 온 일이에요. 하지만 그것들을 얼마나 오랫동안 갖고 있을 수 있는 거죠? 폐하께서는 저와 얼마나 사실까요? 저는 무사할 수 있을까요? 저는 정말로 두려워요.」
토마스 하워드는 캐서린의 마음을 충분히 이해할 수 있다는 듯 미소를 지으며 어깨를 어루만졌다. 토마스 하워드가, 캐서린에게건 다른 누구에게건, 이렇게 부드러운 태도를 보인 적은 거의 없었다. 그는 따뜻한 목소리로 말했다.
「애야, 삼촌이 하라는 대로만 해라. 그러면 왕이 너에게 싫증을 내는 일은 생기지 않을 거다. 결코 너를 떼어놓으려 하지는 않을 거야. 그 점은 염려하지 말거라. 이 결혼에는 왕이 좋은 아내를 맞아들이는 이상의 의미가 있단다. 왕은 스스로가 카톨릭 신자임에도 불구하고 루터 교도들에게 점점 더 많은 자유를 허락하고 있단다. 물론 대주교 크랜머와 손잡고 말이다. 그러나 루터 교도들이 설친다는 것은 있을 수 없는 일이지. 왕의 어리석은 행동을 멈추게 해야 한다. 그렇게 할 수 있는 열쇠가 바로 이 결혼에 있는 거야. 왕이 옛 신앙을 따르는 신부를 맞이한다면 상황이 달라질 테니까 말이다. 물론 신부의 뒤에는 신부를 이끌 현명한 사람들이 여럿 포진해 있어야겠지. 캐서린, 네가 바로 그 신부감이다. 왕이 너를 좋아하고 있으니 왕 스스로가 우리를 돕고 있는 셈이야.」

토마스 공작은 온화한 얼굴로 캐서린을 바라보다가 캐서린의 가녀린 어깨에서 손을 떼며 말했다.

「다시 한 번 물어보자. 캐서린, 너는 왕비가 되고 싶으냐?」

「네, 삼촌.」

캐서린은 작은 소리로 대답했다.

삼촌이 원하는 대답이 바로 이것이다, 캐서린은 생각했다. 달리 어떤 대답을 할 수 있단 말인가? 삼촌은 이해하기 힘든 복잡한 문제를 다루며 막강한 권세를 휘두르고 있지 않은가.

캐서린은 토마스 공작과 공작 주변의 인물들에 비하면 자신은 너무도 미미한 존재에 지나지 않는다고 생각했다. 따라서 그들에게 저항한다는 일은 상상도 할 수 없음을 상기할 수밖에 없었다. 자신이 아무리 낭만적인 결혼을 꿈꾸어 왔어도 말이다.

'그래, 왕은 최소한 바보는 아니야. 캐서린은 왕의 좋은 점만을 생각해보려 애썼다. 나처럼 왕도 음악을 좋아하고, 다리가 아프지 않을 때는 춤도 즐길 줄 아는 사람이야. 내가 왕의 상처를 치료해주고 고통을 덜어준다면, 왕은 틀림없이 나를 아끼게 될 거야.'

「너 때문에 기쁘구나, 캐서린. 왕의 마음을 사로잡기 위해서는, 우선 네가 왕에게 모든 것을 의존하고 있는 사람처럼 보여야 한다. 그렇다고 무기력한 표정을 짓고 있으면 안 된다. 명랑한 얼굴로 공적이든 사적이든 간에 항상 왕의 결정에 기꺼이 순종하는 모습을 보이거라. 그렇게 하면 왕이 기뻐하실 거다. 그리고 무엇보다 중요한 일은 왕의 욕망이 어느 선을 넘지 못하도록 자제시켜야 한다는 것이다. 왕이 네 손가락에 결혼반지를 끼워줄 때까지는 말이다. 애걸을 하건 협박을 하건 가벼운 입맞춤 이상은 허락해서는 안 된다. 왕의 요구에 저항하기 힘들 때는 그 자리에 엎어져서 울어버리거라. 결혼 전까지는 처녀로 남아 있어야 한다는 네 뜻을 왕이 충분히 깨닫도록 해야 한다. 아무리 끈덕지게 조르고 괴롭히더라도 말이다. 네 처녀성은 네가 갖고 있는 가장 값진 재산이니까.」

노포크의 공작이 말했다.

「명심하겠습니다, 삼촌. 말씀대로 하겠어요. 맹세할 수 있어요.」

캐서린은 순종하는 태도로 말했다.

「그래, 좋다. 너만 알고 있어야 할 일이 한가지 더 있다. 왕비와 함께 있는 로치포드는 은밀하게 나와 내통하고 있다. 너는 로치포드를 믿어도 된다. 하지만 완전히 믿지는 마라. 느낌이 좋은 여자는 아니니까. 로치포드는 남편 조지 블린이 죽은 이후로 여러 면에서 암울한 나날들을 보내고 있다. 그녀가 내 말을 들을 수밖에 없는 이유도, 조지 블린이 죽은 이래로 내가 비밀리에 생활비를 대주고 있기 때문이다. 로치포드는 가족들로부터도 외면당하고 있는 형편이다. 죽은 남편 집안으로부터는 말할 것도 없고……. 아무튼 로치포드가 내 지시를 따르고 있다는 것을 알아두어라.」

공작의 말에 캐서린은 고개를 끄덕였다.

「그러나 니사는 믿을 수 없으니 멀리하도록 해야 한다.」

「그것만은 안 돼요, 삼촌. 니사는 제게 너무도 소중한 친구예요. 결코 멀리할 수 없어요. 게다가 갑자기 니사를 멀리하면 사람들이 이상하게 여길 게 틀림없다구요. 제게 어떤 변화가 있다고 여길 거예요.」

「그래, 네가 옳다. 아주 좋은 지적이다. 니사와 전처럼 지내도록 해라. 그래 생각해보니 네 말이 맞다. 하지만 니사에게도 우리 계획을 말해서는 안 된다. 알겠느냐?」

공작은 캐서린의 날카로운 지적에 놀랐다. 그 동안 캐서린을 너무 과소평가하고 있었다는 생각마저 들었다.

「삼촌, 저는 그렇게 멍청하지 않아요. 제가 다른 사람들을 제치고 왕의 총애를 차지하려 한다면 확실한 방법이 필요하지요.」

캐서린이 조용히 대답했다.

생각만큼 캐서린이 어리석지 않은 것 같아, 공작은 흡족했다. 그러나 모질지 못한 성품은 마음에 걸렸다. 착하기만 해서는 파멸할 수도 있었다. 캐서린은 독해져야 했다. 그래, 세월이 흐르면 달라지겠지. 토마스 하워드는 흡족한 마음으로 캐서린을 돌려보냈다.

그는 자신이 왕비 뒤에서 권력을 행사할 수 있는 또 다른 기회가 찾아왔음을 실감하고 있었다.

'앤은 너무 고집이 세었어. 내 말만 잘 들었어도 아직 목이 붙어 있었을 텐데. 하지만 캐서린, 이 놈은 나를 실망시키지 않을 거야. 언젠가는 하워드가가 영국을 다스리게 될 거야! 시모어가 놈들은 지들 분수를 실감하게 될 테고. 캐서린이 왕에게 아들을 낳아준다면, 그렇다면 일은 다 끝난 거야!'

왕이 두 시녀를 놓고 군침을 삼키고 있다는 것은 누가 보아도 명백한 사실이었다. 왕의 태도가 보다 노골적으로 변함에 따라 캐서린 하워드 또한 더욱 요염한 눈빛을 흘리기 시작했다.

그러나 니사 윈햄은 불안한 마음으로 자신의 행동에 더욱 신경을 썼다. 왕은 엄마와의 관계를 생각하고 있을 뿐이라고 니사는 생각했다.

'나를 딸같이 대하는 거라구. 맞아, 틀림없어!'

니사는 스스로를 확신시키고 싶었다. 그러나 대신들조차 니사를 음흉한 눈으로 보자, 니사로서는 쉽게 불안을 떨칠 수가 없었다. 심상찮은 분위기에 블리스 역시 당황하고 있었다.

「맙소사! 이를 어쩌면 좋아요? 딸 같은 애를……. 정말 끔찍해요!」

블리스가 남편 오웬에게 말했다. 블리스와 오웬은 저만치에서 왕이 니사에게 활 쏘는 법을 일러주는 모습을 보고 있었다.

「당신의 야심에도 한계가 있는 게로군. 왕비의 이모가 되고 싶지는 않은 게요?」

오웬이 빈정거리는 말투로 말했다.

「여보, 지금 농담할 때가 아니에요. 심각한 상황이라구요.」
「당신이 그렇게 열을 내며 니사를 왕궁으로 데려오겠다고 하지만 않았어도 이런 일은 없었을 거요.」
 마우드의 백작은 아내를 나무랐다. 니사의 정숙한 태도가 왕에게는 더 큰 자극이 될 거라고 백작은 생각했다.
「여보, 어쩌면 좋아요?」
 왕이 니사를 품에 안고 활을 당기는 모습을 보며 블리스는 절망적으로 말했다.
「진정해요. 지금으로서는 두고보는 수밖에 없소 아마도 왕은, 그렇게 되면 좋겠는데, 니사가 아니라 캐서린을 취할지도 모르오.」
「무슨 소리예요? 니사가 더 사랑스럽단 말이에요!」
 블리스가 조카를 감싼다는 게 그런 식이었으므로 오웬은 배꼽이 빠지도록 웃을 수밖에 없었다. 한참 웃고 난 그는 결리는 옆구리를 쓰다듬으며 말했다.
「마나님, 정말이지 제 정신이 아니시구려!」
 왕이 껄껄거리는 소리에 오웬과 블리스는 고개를 돌렸다. 왕은 함박웃음을 머금고 니사를 내려다보고 있었다. 그리고 놀랍게도, 놀랍게도 니사를 끌어안았다.
「잘 했다. 사랑스런 들장미!」
 왕의 눈에서는 견디기 어려운 욕구가 읽혀졌고, 대신들은 왕이 니사를 취하기로 결정한 게 아닌가 싶었다.
「들장미, 너는 타고난 궁수다. 이보게들, 그렇지 않은가? 니사야말로 사냥의 여신 다이아나의 화신이야!」
 둘러서 있는 대신들은 우물쭈물하다가 눈치껏 고개를 끄덕였다.
「저는 아무리 연습해도 니사만큼 잘 쏘지는 못할 거예요. 전 그렇게 똑똑하지가 않은가 봐요, 폐하.」
 캐서린 하워드가 입을 삐죽거리며 왕을 올려다보며 조그맣게 한숨을 내쉬었다.

「나는 그렇게 생각하지 않는단다, 가시 없는 장미!」

헨리는 캐서린의 뺨을 살짝 꼬집었다. 헨리는 자신의 시동에게 캐서린이 쏠 활과 화살을 가져오도록 지시하고는 말했다.

「정신을 집중하면 누구나 할 수 있단다.」

대신들은 왕의 마음이 대체 어느 쪽으로 기울고 있는지 감을 잡을 수가 없었다. 그러나 헨리가 캐서린과 니사 둘을 놓고서 누구를 선택할지 스스로 궁금해하며, 긴장감을 즐기고 있는 것만은 분명했다. 곧 다가올 여름밤의 즐거움을 생각하며 들떠 있는 것만은 틀림없었다.

윈체스터의 주교가 노포크의 공작에게 다가왔다.

「니사 윈햄이 아무래도 걸리오. 당신 조카의 자리를 빨리 굳혀야 할 것 같소」

가디너 주교의 목소리에는 초조감이 배어 있었다.

「나도 그 생각을 하던 중이오. 헨리는 지금 씨 뿌릴 암말을 찾아 날뛰는 종마 같소. 서두르지 않으면 일을 그르치겠소」

노포크의 공작이 대답했다.

「그래, 어떻게 할 거요?」

「니사의 지저분한 모습을 헨리 앞에 드러내겠소」

「대체 무슨 소리요? 니사는 어느 모로 보나 정숙한 아이오. 눈 씻고 찾아봐도 흠잡을 데가 없는 아이란 말이오」

스티븐 가디너 주교가 말했다.

「상상해보시오. 실오라기 하나 걸치지 않은 니사가 벌거벗은 남자와 한 침대에 있는 모습을 말이오. 어떻소, 주교? 그렇게 되면 왕은 니사를 가만두지 않을 거요.」

공작의 말에 주교는 눈이 휘둥그레져 한동안 입을 열지 못했다. 공작이 차가운 눈빛으로 말을 이었다.

「겉으로야 누구든 정숙하게 보일 수 있을 테니까.」

「맙소사, 그럴 수는 없소. 최소한 그 아이의 장래는 생각해야 하오. 그렇게 되면 누가 그 아이와 결혼하려고 하겠소 공작, 그런 계획이라면 난 절대로 도울 수가 없소」
주교는 흥분해서 말했다.
「진정하시오, 주교. 니사를 왕의 눈 밖에 나게 하겠다는 것뿐이오. 니사의 가족들도 좋아할, 쓸 만한 신랑감도 함께 주면서 말이오. 나를 믿으시오. 맹세컨대 니사에게 아무런 해도 입히지 않을 거요. 헨리가 니사에게 결혼을 명하도록 하겠소. 내가 장담할 수 있소 나를 믿으시오.」
공작이 말했다.
그대를 믿으라구? 가디너는 생각했다. 공작을 믿느니 여우에게 닭장 열쇠를 넘기는 편이 현명하겠지.
윈체스터의 주교는 한 여자의 운명 따위에 신경을 쓰지 않았다. 단지 그는 성직자로서 니사의 앞날을 염려하는 모습을 보여줘야 할 것 같았다. 교회가 수백 년 동안 유지해온 전통을 그대로 유지하기 위해서라면 한 인간의 운명이 어떻게 되든 무슨 상관이란 말인가.
구역질 나는 위선자! 노포크의 공작은 주교가 말없이 자리를 뜨는 모습을 보며 생각했다. 부도덕한 일에 연루되고 싶지는 않지만 그 이익만큼은 챙기겠다는, 겉 다르고 속 다른 자식!
주교의 뒷모습을 노려보던 토마스 하워드는 자신의 시동을 불렀다.
「마치의 백작에게 가서 내가 밀실에서 보잔다고 전해라.」

4월이었음에도 아직은 쌀쌀했다. 토마스 하워드는 포도주를 음미하며 난롯가에 앉아 있었다. 올해로 67세가 된 그는 이제 조금만 움직여도 지쳤다. 그러나 아들에게 가문의 대소사를 맡기고 쉴 수는 없었다. 아들 헨리는 시인 나부랭이에 지나지 않는다고 토마스는 생각했다.
'현실을 헤쳐나갈 머리는 없어! 그래도 그 녀석이라도 있으니 하워드 가의 대가 끊기는 건 아니군, 다행스럽게도……'
공작은 열다섯에 아버지가 되었다. 그는 자신의 먼 친척인 엘리자베스와 함께 사생아 메리 엘리자베스를 낳았다. 열네 살 먹은 엘리자베스는 그에게 메리를 낳아주고는 곧 죽었다. 그녀의 죽음은 그를 바꿔놓았다. 엘리자베스의 죽음 이후로 공작은 그 누구에게도 마음을 주지 않게 된 것이다.

엘리자베스가 남긴 딸 메리는 사생아였으나, 하워드가의 부와 권세는 그녀에게 괜찮은 신랑을 얻을 수 있게 해주었다. 헨리 드 윈터, 마치의 야심만만한 백작이 하워드가와의 결혼을 통해, 그 어느 곳에서도 얻을 수 없는 이익을 얻으리라는 야심에 메리 엘리자베스와 결혼했다.

헨리 드 윈터는 아내 메리를 좋아하게 되리라고는 여기지 않았다. 그러나 그는 아내를 사랑하게 되었고, 결혼 후 2년 만에 메리가 베리안을 낳다가 죽었지만 재혼하지 않았다.

헨리는 베리안을 양육하는 문제로 많은 고민을 했다. 다행스럽게도 그의 장인이 이 문제에 관심을 보여주었다. 토마스 하워드는 자신이 진정으로 사랑했던 여자가 낳은 불쌍한 딸의 운명을 생각하며 외손자 베리안을 자신의 집에서 키우도록 했다.

토마스 하워드의 첫번째 아내인 요크의 앤은 1513년에 사망했다. 그는 3년 후에 다시 엘리자베스 스태포드와 결혼했고, 다음 해에 헨리가 태어났다. 엘리자베스 스태포드는 1520년에 딸을 하나 더 낳았다. 그녀는 딸의 이름을 메리로 하자고 고집을 피웠고 공작은 반대하지 않았다.

문을 두드리는 소리가 들렸다.

「할아버지, 부르셨습니까?」

베리안 드 윈터, 마치의 백작이 공작의 사실로 들어섰다.

「오늘은 또 무슨 음모를 꾸미고 계십니까?」

「포도주 한잔하거라. 나를 좀 도와줘야겠다.」

늙은 공작의 목소리가 깊이 잠겨 있었다.

베리안은 공작의 생각을 궁금해하며 포도주를 따랐다. 공작에게는 훌륭한 포도주 창고가 있었다. 그에게 좋은 포도주를 식별하는 법을 가르친 사람도 공작이었다.

베리안은 포도주 잔을 코에 대고 냄새를 맡더니 공작 맞은편에 앉으며 말했다.

「말씀하세요, 할아버지.」

'이 녀석은 나를 닮아 얼굴이 길어. 눈도 나를 닮았고……. 지 애비 헨리도 많이 닮았지만.'

공작은 생각했다.

「네 엄마의 결혼 지참금 중에 땅이 있잖느냐.」

공작이 입을 열었다.

「아버지에게 주시지 않은 땅 말씀이세요? 그럼요, 알고 있지요.」

베리안이 말했다.

「너에게 그 땅을 줄까?」

「어떤 조건으로요, 할아버지?」

백작이 부드럽게 미소지으며 말했다.

「우리 사이에 조건을 꼭 달아야 하겠느냐?」

공작은 다소 실망한 음성이었다.

「'공짜로 얻을 수 있는 것에는 아무런 가치도 없으며, 가치 있는 모든 것에는 대가가 있다!' 할아버지가 제게 가르치신 말씀입니다.」

토마스 하워드는 큰 소리로 웃었다.

「그래, 아주 잘 배웠다, 베리안. 넌 네 삼촌 헨리보다 현실감각이 있어. 그래, 조건이 있다. 그 얘기를 하기 전에 하나 물어보자. 혹시 다른 여자와 정혼한 사실이 있느냐?」

「없습니다. 그건 왜 물으십니까?」

백작이 점점 더 궁금해진다는 표정을 지었다.

「너를 짝지어 주고 싶어 그런다. 그러나 좀 위험이 따르는 일이다. 그 위험을 감수해주는 대가로 너에게 그 땅을 주려는 것이다. 내가 네 배필로 마음에 두고 있는 아이는 네가 갖게 될 땅에서 가까운 곳에 있는 땅을 상속받을 아이다.」

「자세히 말씀해주십시오.」

「네 사촌 캐서린을 영국의 왕비 자리에 앉힐 생각이다. 왕은 최근에 캐서린에게 관심을 보이고 있다. 플랑드르의 암말과의 결혼은 곧 취소

될 것이다. 그렇게 되면 캐서린 하워드가 왕의 여자가 될 것이다. 그런데 문제가 하나 있구나.」

「니사 윈햄 말씀이시죠? 저도 소문은 듣고 있습니다. 왕은 열여섯 살 먹은 소년처럼 캐서린과 니사 사이에서 어쩔 줄을 모르고 있다는군요.」

마치의 백작이 말했다.

「니사 윈햄이 왕의 관심에서 멀어지게 해야 한다. 내게 계획이 있다.」

「어련하시겠습니까.」

마치의 백작이 웃으며 말했다.

「니사가 다른 남자의 침대에서 발견되면 왕은 니사에게 환멸감을 느낄 것이다. 왕은 캐서린을 선택할 수밖에 없을 거야. 어떠냐? 아무리 멍청이라도 이해할 수 있는 계획 아니냐?」

「그 계획에 문제가 전혀 없지는 않습니다, 할아버지. 왕이 니사를 안고 있는 남자의 목을 베어버릴 수도 있을 겁니다. 할아버지, 설마 제가 왕의 칼을 맞아야 한다는 건 아니시겠죠?」

「역시 눈치 하나는 빠르구나. 하지만 네 머리를 잃을까 걱정하지는 말아라. 왕은 법적으로 결혼한 상태에 있으니 함부로 질투심을 드러낼 수 없는 상황이다. 하지만 조금이라도 왕의 체면을 손상시켜서는 안 된다. 왕이 아이들에게 그런 마음을 품은 적이 없다고 고상을 떨게 되는 지경까지 가면 정말로 위험하다. 헨리에게 캐서린과 니사는 이상적인 연인이다. 하지만 니사에 대해 실망하게 되면 캐서린만이 남는다. 우리가 왕의 결정을 쉽게 해주는 거다. 왕은 네가 니사를 더럽혔으니 너와 니사가 즉시 결혼해야 한다고 할 것이다. 난 네 행동에 용서를 빌면서 결정에 동의할 것이다.」

공작은 베리안을 바라보며 엷게 미소지었다.

「제가 할 수 없다고 하면 어떻게 됩니까, 할아버지? 말씀처럼 그렇게 간단한 문제는 아닌 것 같습니다. 할아버지께서 더 잘 아시지만 왕의 성미는 도무지 예측을 할 수가 없습니다. 그는 니사와 저, 그리고 캐서린까지도 탑에 가둘지 모릅니다.」

「네가 할 수 없다면, 난 너 대신 이 일을 할 다른 사람을 찾을 것이다. 그래, 할 수 없다는 거냐, 베리안? 넌 지금까지 내 말을 거역한 적이 없다. 난 항상 너를 믿어왔어.」

「그렇습니다, 할아버지. 할아버지가 제게 지나치게 많은 것을 요구하실 때도 저는 순종했습니다. 헨리 삼촌의 일에서도 그랬죠.」

베리안의 말에 공작은 잠시 말이 없었다.

「그 일은…… 뭐라고 고맙다고 해야 할지 모르겠다.」

「저는 그 일로 서른 살이 되도록 마땅한 배우자를 찾지 못하고 있습니다. 할아버지, 이제 그만 야심을 줄이시지요. 하워드가에서 왕비가 하나 있었으면 된 거 아닙니까?」

「네가 이 일을 해주면 너는 훌륭한 아내를 얻게 될 것이다. 아이를 잘 낳기로 유명한 집안의 여자다.」

베리안에게 니사 윈햄의 모습이 떠올랐다. 니사를 생각하는 그에게 아름다움과 생명력, 그리고 냉정한 판단력과 같은 단어들이 함께 떠올랐다.

할아버지는 의심의 여지없이, 본인이 말한 그대로 실천할 것이다. 내가 돕지 않는다면 다른 사람을 시켜서라도 이 일을 강행할 것이다. 혹시라도 그 남자가 니사를 험하게 다루면?

베리안은 다른 누군가가 니사를 갖게 된다는 생각만으로도 피가 끓어올랐다. 그에게는 선택의 여지가 없었다.

「제가 니사를 강제로 겁탈해야 하는 겁니까?」

베리안이 입을 열었다.

「아니다. 그 아이는 약에 취해 네 침대로 끌려오게 될 거다. 왕이 너희 둘이 함께 누운 모습을 발견하고, 격노할 것이다. 누구보다 내가 가장 노한 척하면서 소문이 퍼지기 전에 당장 둘을 결혼시켜야 한다고 주장할 것이다. 왕은 내 제안을 거절하지 못할 거다. 자기가 책임지기로

한 아이의 명예가 걸려 있는 문제이고, 그 아이에 대한 관심을 드러낼 상황은 아직 아니니까 말이다.」

「할아버지, 이건 아주 나쁜 계획입니다. 어린 캐서린을 이용하겠다는 것은 미친 짓이에요. 그리고 니사 윈햄에게도 해서는 안 될 일입니다.」

백작은 소용없는 줄 알면서도 공작을 질책했다.

「제가 할아버지를 도울 수밖에 없다는 사실이 부끄럽습니다. 하지만 저로서는 그녀가 다른 어떤 놈한테 희생당하는 꼴은 못 봅니다.」

「니사를 아는 게냐?」

공작이 호기심 어린 눈으로 물었다.

「같이 춤을 춘 일이 있습니다. 저는 그녀를 내 품에 꼭 끌어안기를 바라고 있지만, 그녀는 제가 한 소녀를 임신시키고 끝내 자살하게 했다고 믿고 있습니다. 솔직히 말씀드려서 그녀가 없다면 제 인생은 너무 비참할 것 같습니다. 니사를 처음 본 순간부터, 저는 사랑에 빠졌습니다.」

「이상한 생각을 하는구나, 베리안. 너답지 않은 생각이다. 남자에게 있어 좋은 배우자란 충분한 지참금을 갖고 있는 여자를 말하는 거다. 집안이 좋다면 금상첨화고. 그 밖에 뭐가 더 필요하단 말이냐?」

토마스 하워드의 말에 백작은 대답하지 않았다. 비록 그가 여러 면에서 할아버지를 닮았다 해도, 그에게는 부드러운 가슴이 감춰져 있었다. 그것은 아버지로부터 받은 유산이었다.

헨리 드 윈터는 베리안이 열여섯 살 때 사망했다. 그는 죽을 때까지도 사랑했던 아내 메리 엘리자베스에 관해 얘기했다. 베리안 드 윈터는 어머니의 얼굴을 본 적도 없지만, 어머니에 대한 아버지의 깊은 사랑으로 인해 어머니를 잘 알고 있는 것처럼 느끼곤 했다.

백작의 침실에는 어머니의 초상이 걸려 있었다. 베리안은 어렸을 때, 자기 엄마가 세상 누구보다도 예쁘다고 생각했다. 그러나 이제는 어머니가 얼마나 상처받기 쉬운 존재였는가를 생각하고 있었다. 니사 윈햄처럼……

니사를 도와야 했다, 이런 방법을 통해서라도.
「언제 계획을 실천하실 생각입니까?」
「오늘밤!」
「그렇게 빨리요? 할아버지, 니사 원햄과 친구가 될 정도의 시간은 주세요. 며칠만이라도요.」
백작이 놀란 얼굴로 말했다.
「베리안, 너에 대한 소문을 생각해라. 니사가 마음을 바꾸지는 않을 것이다. 로치포드 부인이 오늘밤에 시녀들에게 수면제를 탄 음료수를 먹일 거다. 니사가 잠들면 네 침대로 옮겨질 거고 너희 두 사람은 함께 발견될 것이다. 우리가 오는 발소리가 들릴 때 그 아이를 반드시 안고 있어야 한다, 베리안. 그러면 그 아이도 잠에서 깰 거다. 사실 이런 일에서 신뢰할 수 있는 사람은 너뿐이다.」
공작은 자리에서 일어나 난로에 통나무를 넣었다.
「그럼, 오늘 당장 저에게 땅을 넘겨주셔야 합니다. 저는 할아버지를 믿을 만큼 어리석지는 않습니다.」
노포크 공작은 큰 소리로 웃었다.
「그런 점에서 너는 영락없이 하워드가의 아들이다. 드 윈터 가문이라고는 믿어지지 않는구나! 좋다, 오늘 해질 때까지 네게 넘겨주마.」

그날 저녁, 니사는 자신에게 어떤 일이 닥칠지 모르는 채, 그린위치에 있는 집을 재계약을 할 것인가에 대해 이모 내외와 의논하고 있었다.
「재계약하지 마세요. 왕이 곧 왕비님과의 결혼을 무효로 만들 거예요. 더 이상 쉬쉬할 것도 없다구요. 그렇게 되면 저도 더 이상은 왕궁에 있을 필요가 없어요. 그냥 집으로 가세요, 블리스 이모. 저도 곧 따라갈 거예요.」
니사가 말했다.
「왕이 너를 아내로 삼을 수도 있어. 일단은 머물러 있어야 할 거 같다.」

블리스는 심각한 표정을 지었다.
「나도 그렇게 생각한다, 니사.」
오웬 피츠휴가 말했다.
「아니에요, 왕이 관심을 갖고 있는 사람은 캐서린이에요. 왕의 인생에서 어머니의 위치를 한번 생각해보세요. 어떻게 왕이 저를 아내로 맞을 수가 있겠어요.」
니사가 있을 수 없는 일이라는 듯 성을 냈다.
「왕은 메리 블린을 건드리고도 앤 블린을 왕비 자리에 앉혔어. 아라곤의 공주는 형수였지만 결국 그의 아내가 되었고. 헨리는 그런 사람이야. 그가 너를 원한다면 아무도 말릴 수 없다, 니사.」
「오, 이모, 그런 일은 없길 바래요! 그렇게 늙은 사람과 결혼해야 한다면 차라리 죽는 게 낫겠어요!」
「아무튼 6월 말까지는 세를 들겠다고 집주인에게 말해야겠다. 니사, 우리는 너를 혼자 내버려둘 수가 없구나.」
오웬 피츠휴가 말했다.
니사는 해가 지자 왕궁으로 돌아갔다. 그날 저녁 왕비는 일찍 잠자리에 들었고, 시녀들은 카드놀이를 하면서 수다를 떨었다.
「왕비님께서는 크롬웰이 불쌍하다고 몹시 슬퍼하고 계셔. 왕비님은 마음이 너무 고우셔.」
엘리자베스 피츠제럴드가 말했다.
「크롬웰은 너무 큰 오판을 했어.」
캐서린 하워드가 말했다.
「나는 이 문제가 마무리되면 집으로 가야겠어. 가족들이 보고 싶어. 나는 어쩔 수 없는 시골 사람인가 봐.」
니사가 부드럽게 말했다.
「아마 못 가게 될걸.」
캐서린 케리가 말했다.
「오, 그렇게 말하지 마!」

니사가 소리쳤다.

「왕실에 있다가 왕비가 될지 누가 아니! 상상해 봐! 원하는 걸 모두 가질 수 있고, 널 무시했던 사람들이 네 호감을 얻으려고 온갖 아첨을 다 해대는 모습을 말이야.」

캐서린 하워드가 꿈꾸듯 말했다.

「난 나를 사랑해주는 자상한 남자면 족해. 푸른 초원 위의 아담한 집에서 아이들과 놀아주는 가정적인 남편이면 충분하다고! 이런 소망을 이루는 일이 부와 권세를 얻는 것보다 더 어려울지도 모르겠지만 말이야.」

니사가 살짝 웃음을 띠며 말했다.

「왕실을 떠나더라도 남편감은 찾고 떠나야지.」

엘리자베스 피츠제럴드가 말했다.

「왕비님의 시중을 드느라 신랑감을 찾아볼 시간이 없었어. 나한테 접근하는 사람도 거의 없었고 사람들은 내가 신부감으로 적당하다고 여기지 않나 봐.」

니사가 웃음을 띠며 말했다.

「오, 니사, 무슨 소리야! 내 사촌 베리안 드 윈터를 잊었니?」

캐서린 하워드가 말했다.

「베리안! 그 사람 너무너무 잘생겼어!」

캐서린 케리가 한숨을 내쉬며 말했다.

「그 사람 바람둥이라며?」

니사가 말했다.

「바람둥이가 점잔 빼는 남자들보다 훨씬 재미있는 거야.」

캐서린 케리의 말에 시녀들은 깔깔거렸다.

「자, 행복한 시녀 여러분!」

로치포드 부인이 시녀들의 방으로 들어왔다. 그녀의 손에는 코디얼이 담긴 병과 잔이 있었다.

「무엇이 그렇게 재미나나, 무슨 비밀 이야기라도 하나?」

로치포드는 허물없는 태도로 웃어 보였다. 니사는 그녀의 행동이 평소와 많이 다르다고 생각했다.
「남자들에 대해서 이야기하고 있었어요.」
캐서린이 아무 거리낌 없이 말했다.
「못된 시녀들이구만!」
제인 로치포드 부인은 눈썹을 치켜올리며 웃었다.
「다른 사람들은 어디에 있지?」
로치포드가 방을 둘러보며 말했다.
「바셋가 아이들은 친척집에 갔고, 마리아와 헬가는 왕비님의 침실에서 자고 있어요. 오늘은 그 아이들 차례거든요.」
캐서린 케리가 말했다.
「오, 그렇군. 이건 아주 달콤한 체리 코디얼이야. 막 프랑스에서 수입한 체리로 만든 거란다. 먹어보거라, 애들아.」
로치포드는 시녀들에게 코디얼을 부어주었다.
「부인께서는 안 드세요?」
엘리자베스가 물었다.
「나는 이미 두 잔이나 마셨단다. 더 마시면 취해 버릴 것 같애. 맛있지? 그렇지?」
로치포드 부인은 딸꾹질을 하며 말했다. 시녀들은 입맛을 다시며 고개를 끄덕였다.
「자, 늦었구나. 수다는 충분히 떨었으니 코디얼을 마시면서 잠자리에 들 준비를 하려무나. 나는 로에 부인이나 브라운 부인이 너희들을 취하게 했다고 꾸중하기 전에 증거를 없애야겠다. 몰래 빠져나가 연인을 만나러 갈 계획이 없는 사람들은 푹 자도록 해라.」
시녀들은 로치포드 부인의 말을 재미있어했다.
「로치포드 부인, 우리 중에 연인이 있는 사람이 누가 있다고 그러세요.」
캐서린이 말했다.

「모르는 일이지. 그런 일은 항상 예상하지 못한 사람이 저지르기 마련이니까. 캐서린, 바로 너 아니냐?」

로치포드가 시녀들을 놀렸다.

「아니에요! 난 아니에요.」

캐서린이 기겁을 하며 소리쳤다.

「체리 코디얼 조금만 더 주세요. 브라운 부인도 남편과 함께 밤을 보내러 가서 없고, 로에 부인도 왕비와 함께 계세요. 들키지 않을 거예요.」

엘리자베스의 말에 로치포드 부인은 고개를 저었다.

「더 마시면 위험해. 이제 그만 마시고 자거라, 엘리자베스.」

니사는 로치포드 몰래 반쯤 남은 자기 잔을 엘리자베스에게 건네주었다.

벽난로 가의 의자에 앉은 제인 로치포드는 시녀들이 잠들기를 기다렸다. 모두들 깊은 잠에 빠지자 로치포드는 일어나 시녀들을 하나하나 살펴보았다. 그리고 정원으로 난 창가로 가서 촛대를 앞뒤로 흔들었다.

몇 분 후, 로치포드는 조심스럽게 문을 긁는 소리를 들었다. 재빨리 자리에서 일어나 니사를 옮길 사람들을 방으로 들였다.

「저 아이야! 자, 서둘러!」

로치포드가 소리를 죽이며 말하자 그들은 니사를 침대보로 싸서 시녀 방을 빠져나갔다. 로치포드 부인은 조심스럽게 문을 닫으며 두 사람의 뒤를 따랐다. 그들은 지시를 받은 대로 베리안의 침실로 들어가 니사를 눕혔다.

그들이 침실을 나가자 방 한쪽 구석에서 베리안 드 윈터가 걸어나와 니사를 내려다보았다. 그는 조심스럽게 니사를 감싸고 있는 침대보를 벗겨낸 후, 그것을 접어 침대 아래에 숨겼다.

침대 반대쪽에 타일로 된 벽난로에서 불꽃이 일고 있었다. 백작은 벽난로에 통나무를 몇 개 넣고 망토를 벗어 의자에 걸쳐놓았다. 불꽃이 베리안의 건강한 육체를 밝혀주었다. 그의 벗은 몸을 본 여러 여자들은 그의 몸이 살아 있는 조각상처럼 아름답다고 말하곤 했다.
 베리안은 니사가 입고 있는 슈미즈를 벗겨냈다. 가까이 들여다보지 않으려고 했지만 불가능한 일이었다. 니사는 그가 소유했던 어떤 여자보다도 사랑스러웠다. 날씬한 허리와 긴 다리, 알맞은 크기로 솟아오른 가슴, 피부는 벗겨낸 속옷처럼 부드러웠다.
 베리안은 니사를 다시 들어올려 침대보 아래에 눕히고 자신도 그 옆에 누웠다. 니사는 손을 저으면 뭐라고 중얼거렸다. 마치의 백작은 솟아오르는 열정을 꾹 참았다.
 그는 한 팔을 들어 티없이 맑은 니사의 얼굴을 내려다보았다. 놀랍게도, 그 순간 니사가 청보랏빛 눈을 떴다. 그녀의 눈에 침대 커튼이 들어왔다.
「제가 꿈을 꾸고 있나요?」
 니사는 곁에 있는 베리안을 보자 놀라 물었다.
「꿈이라면 좋겠소, 니사.」
 베리안이 낮은 목소리로 대답했다.
 니사는 침대보를 들치고는 자신의 몸을 살펴보았다.
「오, 오!」
 니사의 두 볼이 빨개졌다. 베리안은 갑자기 손을 뻗어 니사의 어깨를 끌어안았다. 침실 밖에서 발소리가 들려왔던 것이다.
「니사, 나를 용서해줘요!」
 베리안의 입술이 난폭하게 니사의 입술을 덮치는 순간 방문이 활짝 열렸다. 베리안은 할아버지의 목소리를 들었다.
「자 보십시오, 폐하! 거짓 정보가 아닙니다.」
 헨리 튜더는 눈앞에서 펼쳐지고 있는 광경을 믿을 수가 없었다. 놀란 표정의 아름다운 얼굴, 입맞춤으로 붉어진 입술, 그리고 아름답게 드러난 한쪽 가슴. 니사 윈햄! 네가 지금······.
「니사! 이 음란한 짓에 대해 변명할 생각은 하지 마라!」
 왕이 소리쳤다.

「폐하!」
니사가 흐느끼기 시작했다. 대체 여기가 어디란 말인가? 어떻게 내가 여기 있단 말인가? 니사의 다리에 백작의 다리가 포개져 있었다.
「조용히 해라! 베리안, 이번에는 너무하는구나. 다른 여자도 아니고 왕비님의 시녀를 유혹하다니.」
노포크의 공작이 자신의 손자를 응시하며 말했다.
「긴 소리 필요 없소. 탑에 감금하시오! 두 사람 모두!」
헨리 왕이 다시 소리쳤다.
「잠깐만요, 폐하.」
공작 뒤에 대주교와 나란히 서 있던 가디너 주교가 앞으로 나서며 말했다.
「폐하께서 이 젊은 여자에게 호감이 있다는 소문이 들리고 있는 상황입니다. 그러니 신중하게 일을 처리해야 합니다.」
「내가 니사에게 호감을? 물론 난 니사에게 호감을 갖고 있네. 하지만 그건 친구 블레이즈 윈햄 때문이야. 니사는 그녀의 딸이라구. 가디너! 내가 니사에게 불순한 의도를 갖고 있다고 생각하는 건 아니겠지?」
왕이 당황한 기색으로 말했다.
「당연히 그렇지 않습니다, 폐하.」
주교가 어색한 표정으로 대답했다.
「저는 제가 어떻게 여기에 와 있는지 알지 못합니다, 폐하.」
토마스 크랜머는 니사의 얼굴에서 혼란을 읽을 수 있었다. 그는 뭔가 음모가 있다고 생각했다. 그러나 자신의 생각을 입 밖으로 꺼낼 수는 없었다. 느낌만으로 왕을 설득할 수 없는 일 아닌가. 헨리 튜더는 자기 눈으로 확인한 사실만을 믿으려 할 것이다.
니사 윈햄의 명예는 보호받아야 했다. 더군다나 그녀를 탑에 가둘 수는 없다고 크랜머는 생각했다. 니사에게는 분명 어떤 잘못도 없었다.
「폐하, 이런 상황에서는 한 가지 해결책이 있습니다.」
대주교가 부드러운 목소리로 말했다. 헨리는 그것이 무엇인지 알고 싶다는 듯 대주교를 바라보았다.
「니사 윈햄과 베리안 드 윈터 경을 즉시 결혼시키는 겁니다. 가디너 주교와 공작도 내 말에 동의하리라 믿습니다. 그렇지 않습니까?」
대주교가 온화하게 확신에 찬 듯이 그들을 보며 웃었다.
「물론입니다.」
주교가 말했다.
「이번만큼은 대주교가 옳은 말씀을 하는 거 같소 내 손자 놈이 저 아이와 그렇고 그런 관계라는 소문이 나서는 안 될 것입니다. 폐하의 결혼이 어려운 상황에 처해 있기 때문에, 폐하와 왕비님을 위해 빨리, 그리고 조용히 대주교님의 주례하에 결혼하기로 했다고 해야 할 것 같습니다.」
공작이 말했다.
「당신이 동물이었다면, 토마스, 아마도 여우였을 거요.」
헨리 튜더가 공작에게 말하고 침대에 있는 두 사람을 향해 돌아섰다.
「이런 관계가 언제부터 시작되었는가, 베리안?」
「니사 윈햄은 오늘밤 처음으로 제 침대에 왔습니다, 폐하.」
「그럼 니사가 처녀란 말인가? 우리가 때마침 온 건가?」
「네, 저는 처녀입니다! 저는 제가 왜 여기에 와 있는지 모릅니다만, 폐하, 제 발로 이곳에 오지는 않았습니다! 어떻게 된 건지 정말 모르겠습니다!」
니사가 헨리에게 호소했다.
「니사! 네 엄마는 내게 거짓말을 하지 않았다.」
왕이 차가운 목소리로 말했다.
「저는 거짓말을 하고 있는 게 아닙니다!」
니사는 울먹였다.
「니사, 내가 바보인 줄 아느냐? 네가 여기에 마술이라도 걸려서 왔다고 믿으란 말이냐, 니사 윈햄? 바른 대로 말해라.」
왕이 화를 내며 으르렁거렸다.

「모르겠습니다!」
「폐하, 일단은 니사의 이모에게 알리는 편이 좋겠습니다. 피츠휴 부인이 니사를 돌보는 동안, 가디너 주교와 저는 결혼식을 준비하겠습니다. 이들의 고백은 나중에 듣도록 하십시오.」
「내가 직접 너희 두 사람의 결혼식 증인으로 서겠다. 윈터 경은 내일 아침 니사 윈햄의 처녀성을 얻은 증거를 내게 보이도록 하시오. 이 결혼을 무효로 하기 위해서 어떠한 변명도 없어야 할 것이오. 알아듣겠소, 경?」
왕이 니사와 베리안에게 말했다.
「네, 폐하. 저는 윈햄의 좋은 남편이 되기 위해 노력하겠습니다.」
「저는 이 사람과 결혼하지 않겠어요! 이 사람을 사랑하지 않아요! 저는 사랑하는 사람하고만 결혼하겠어요! 저는 이 사람을 알지도 못해요!」
니사가 소리쳤다.
「너는 그의 침대에 기어 들어갈 만큼은 알아! 이 일이 밖으로 새나가면 아무도 너와 결혼하려 하지 않을 거다. 나는 네 엄마에게 너를 안전하게 돌보아주겠다고 약속을 했다만, 네가 뿌린 씨는 네가 거두어야 한다. 다른 선택은 없다, 니사 윈햄. 베리안 드 윈터와 결혼을 하도록 해라. 왕으로서 명령한다. 내 명령을 거역하는 것은 반역이다. 네 엄마는 항상 나의 가장 충실한 친구였다. 네 엄마의 이름을 더럽히지 마라.」
왕은 단호하게 소리치고는 한 시간 내로 결혼식을 올리게 될 것이라는 말과 함께 일행을 데리고 침실을 떠났다.
니사와 베리안만이 남은 방에서는 오랫동안 정적이 흘렀다.
「제가 어떻게 여기 있게 된 거죠?」
니사가 침묵을 깨며 말했다.
「아직 말해줄 수 없다오.」
「나는 알 권리가 있어요! 나는 시녀 방에 자러 들어갔어요. 그런데 깨어 보니 소용돌이의 한가운데에 서 있는 거예요.」

니사는 몸을 일으키며 소리쳤다.
「곧 말해주겠소. 하지만 지금은 안 되오. 나를 믿으시오.」
「당신을 믿으라고요, 윈터 경? 제가 어떻게 당신을 믿죠? 당신이 어떤 평판을 얻고 있는지 잘 아실 텐데요 오늘밤 여기에서 일어난 일만 보더라도 당신이 어떤 사람인지 알 수 있어요. 나는 당신을 믿을 수 없어요! 우리 부모님은 내 남편은 내가 고르게 해주시겠다고 약속하셨어요. 하지만 이제 그 결정권이 나에게서 낯선 사람한테 넘어가게 생겼어요. 그리고 나는 어떻게 이런 일이 생겼는지도 모르고 있다구요.」
「미안하오. 하지만 잠시만 기다려주시오. 지금은 말할 수 없소. 참아야 하오.」
니사는 베리안의 눈에 진실이 담겨 있다는 생각이 들어 당황했다.
「인내는 지금 상황에 어울리지 않아요.」
니사는 베리안에게 날카로운 눈빛을 던졌다.
「당신은 몇 살이오?」
베리안이 물었다.
「열일곱 살이에요. 당신은 몇 살이지요?」
니사는 자신의 대답이 고분고분했다는 것에 다시 한 번 당황했다.
「나는 이번 달이 지나면 서른 살이 되오.」
베리안은 니사를 보며 웃었다. 멋진 미소라고 니사는 생각했다.
「왕궁에서 살지 않을 때에는 어디에서 사셨어요?」
이 남자와 이런 이야기를 나눌 상황이란 말인가? 니사는 자신의 태도에 의아해했다. 그러나 또 이런 상황에서 달리 어쩌겠는가?
「당신 집에서 와이강을 건너면 내가 사는 곳이 있소. 강에서 1마일 가량 떨어진 언덕에 있소. 윈터헤븐이라 부르오. 그곳에서 강까지 내 땅이오. 당신 이모부 킹슬레이 경의 땅 일부가 내 땅에 접해 있소.」
베리안이 대답했다.
「그럼 왜 내가 이웃인 당신을 알지 못하죠?」
니사는 자신의 침착함에 몹시도 놀라고 있었다.

「난 여섯 살 때부터 할아버지 댁에서 살았소. 아버지인 헨리 드 윈터 백작께서는 아주 일찍 돌아가셨소. 그래서 우리가 만날 수 없었던 거요. 니사, 나는 왕궁을 떠나 시골에서 살길 바라고 있소. 나는 궁중생활에 염증이 났소. 당신이 내 말에 실망하지 않기를 바라오.」

「저도 왕의 결혼 문제가 해결되면 집으로 돌아갈 계획이었어요.」

그때, 침실 문을 두드리는 소리가 들렸다. 백작이 들어오라는 말을 하기도 전에 블리스 피츠휴가 들이닥쳤다. 블리스는 마치의 백작이 아무것도 입지 않은 니사와 나란히 누워 있는 모습을 보자 그 자리에 굳은 듯이 멈춰 섰다.

「오, 니사. 이게 무슨 일이니, 애야? 막 왕을 만나고 오는 길이다. 네가 지금 당장 결혼을 해야 한다고 하시는구나. 어떻게 된 일이니!」

블리스의 눈에 눈물이 고였다. 블리스는 베리안 드 윈터를 쏘아보며 말을 이었다.

「순진한 니사를 꼬시다니, 나쁜 사람! 이번에도 이 아이에게 아이를 임신시키고 쫓아 보낼 생각이오?」

「부인, 진정하십시오. 부인도 곧 사실을 이해하게 될 것입니다. 일단 저를 친척으로 받아들이셔야 합니다.」

베리안 드 윈터가 위엄 있게 말했다.

블리스는 기가 막힌 표정으로 숨을 헐떡였다. 니사는 웃음을 참지 못하고 키득거렸다. 어떤 사람도 이렇게 쉽게 이모의 말문을 막지는 못했다. 더구나 이런 상황에서는.

「지금 웃음이 나오니? 너희 부모님이 네 행동에 대해 알게 되면 얼마나 마음이 상하시겠니. 침대에서 얼른 내려와! 너는 지금 당장 결혼식을 올려야 해! 이런 상황에서 네가 무슨 옷을 입어야 할지 모르겠다!」

블리스가 몹시 화를 내며 실크 슈미즈를 니사에게 던지고 다시 베리안을 쏘아보았다.

「당신도 그렇게 아무것도 걸치지 않고 내 조카와 결혼할 생각이 아니라면 당장 입을 것을 찾아봐요!」

6

「결혼서약을 받기 전에 니사 캐서린 윈햄의 고해를 듣겠습니다. 니사 캐서린 윈햄은 나와 함께 고해실로 가고, 가디너 주교는 윈터 경의 참회를 듣도록 하시오.」
 캔터베리의 대주교가 엄숙하게 말했다.
「그런 걸 꼭 해야 하오?」
 왕이 투덜거렸다. 밤이었고 왕실 성전에는 냉기가 돌고 있었으므로 다리가 지독하게 아파왔다.
「폐하께서는 제가 이 두 젊은이들이 모든 예법을 무시하고 결혼관계에 들어가게 할 수 있다고 생각하십니까?」
 토마스 크랜머가 왕을 훈계하는 투로 말했다.
「아, 그렇군!」
 왕이 부끄러움을 감추며 니사를 뚫어지게 쳐다보았다.
「니사, 너는 남의 물건을 훔쳤다거나 다른 이를 질투한 것에 비교될 수 없는 중대한 죄를 지었음을 명심하고 모든 것을 사실대로 고백해야 한다.」

긴장한 블리스는 남편의 팔에 매달렸다.

'아, 왜 나는 엄마 말을 듣지 않았을까! 내가 니사를 보호하겠다고 하지만 않았어도……'

그녀의 가족, 특히 남편 오웬 피츠휴는 이 일을 결코 잊지 않을 것이다. 뿐만 아니라 그는 자신이 원하지 않는 일을 그녀가 하려고 할 때마다 이번 일을 들춰낼 것이다. 블리스는 남편을 슬쩍 쳐다보았다. 그의 잘생긴 얼굴에는 아무런 감정의 동요도 나타나 있지 않았다. 뭐 이런 사람이 다 있나!

그러나 사실 마우드의 백작은 자기 아내가 얼마나 불안해하는지 느끼며 웃음을 간신히 참고 있었다.

'꼴 좋다! 모든 일을 자기 마음대로 하고 싶어하더니……. 당분간은 얌전하게 굴겠군.'

마우드의 백작이 베리안에 대해서 신중하게 조사해보지 않았다면 지금처럼 침착하지는 않았을 것이다. 베리안 드 윈터에 관해 마음에 걸리는 소문이 한 가지 있기는 하지만, 알아본 바에 따르면 베리안은 결코 비열하거나 악한 사람이 아니었다.

오웬 피츠휴는 오늘밤 이 신사의 침대에서 자기 조카가 발견된 일과 갑작스럽게 결혼식을 치르게 된 데에는 누군가의 음모가 있다고 생각하고 있었다. 니사를 어떻게 침대로 끌어들였을까? 니사가 이런 유혹에 쉽게 걸려들 정도로 가벼운 아이는 아닌데……. 왕은 어떻게 베리안 드 윈터의 침실에 니사가 있다는 사실을 알았을까? 오웬은 니사가 음모의 전부는 아니라고 여기고 있었다. 니사는 가엾게도 희생되고 있는 것이다!

대주교는 신부가 된 니사를 고해실로 데리고 갔다. 니사는 대주교 앞에 공손히 무릎을 꿇고 앉았다. 대주교는 작고 차가운 니사의 손을 잡으며 말했다.

「자, 이제 그대가 이곳에서 하는 모든 말들은 신의 보호를 받게 됩니다. 안심하시오. 나는 그대가 말하는 어떤 것도 다른 사람에게 말하지 않을 것이오. 하지만, 니사 캐서린 윈헴, 그대는 진실만을 말해야 하오. 자, 오늘밤 어떻게 마치의 백작에게 갔소? 왜 갔소?」

대주교의 회색 눈동자가 니사의 눈을 들여다보고 있었다.

「존경하는 대주교님! 저는 맹세코 제가 어떻게 마치 백작의 침실에 갔는지 모르겠습니다. 저는 언제나처럼 시녀들 방으로 자러 갔습니다. 그런데 깨어보니 백작의 침대에 있었고 그가 저에게 기대어 있었습니다. 돌아가신 제 아버지의 이름으로 맹세합니다!」

니사는 주교의 눈을 피하지 않고 대답했다.

「이 사실을 신의 이름으로도 맹세할 수 있습니까?」

토마스 크렌머가 부드러운 목소리로 물었다. 니사는 고개를 끄덕였다.

「좋소, 그럼 오늘밤 일어난 일에 대해 보다 구체적으로 말해보시오.」

「시녀들 방에는 네 명이 있었습니다. 캐서린 하워드, 엘리자베스 피츠제럴드, 그리고 캐서린 케리가 저와 함께 있었습니다. 저희들이 카드놀이를 하고 있을 때 로치포드 부인이 마실 것을 가져왔습니다. 로치포드 부인은 입장이 난처해지니까 자기가 음료를 가져왔다는 것을 아무에게도 말하지 말라고 했습니다. 그녀가 들고 온 건 굉장히 맛있는 체리 감로주였습니다. 로치포드 부인은 취하면 안 된다며 한 잔 이상은 주려고 하지 않았습니다. 그러나 엘리자베스는 더 마시고 싶어했고, 그래서 제가 로치포드 부인이 보지 않을 때 제 것을 나누어주었습니다. 그리고 곧 잠자리에 들었습니다. 여기까지가 제가 기억하는 전부입니다.」

니사가 말했다.

「그 다음 일은 생각나지 않소?」

대주교의 목소리는 부드러웠다.

「글쎄요……」

니사가 고해실의 구석을 바라보며 기억을 떠올리려 애썼다.

「몸이 떠다니는 느낌이 있었던 것 같습니다. 그러다가……, 눈을 떠보니 벨벳으로 된 침대 커튼이 보였습니다. 시녀들 방에는 벨벳 커튼이 없기 때문에 이상하다는 생각을 하고 있는 중에 남자 얼굴을 보았습니다. 저는 그 남자에게 제가 꿈을 꾸고 있는 거냐고 물었더니 그가 꿈이 아니라고 말했습니다. 그 남자는 자기를 용서해 달라고 말하고 제게 입을 맞추려고 했습니다. 그때 폐하께서 문을 열고 들어오셨습니다. 존경하는 대주교님! 낯선 남자의 침대에 제 발로 갔던 것은 아닙니다! 저를 믿어주셔야 합니다!」

「물론 믿소.」

토마스 크랜머는 진심으로 니사를 믿고 있었다. 그러나 제인 로치포드와 마치의 백작 베리안 드 윈터, 이 두 사람에게는 공통분모가 있다고 대주교는 생각했다. 바로 토마스 하워드 공작! 공작이 지금 무슨 수작을 부리고 있는 것일까? 순진한 시녀의 앞날에 먹칠을 하면서까지 포기할 수 없는 일이 무엇일까?

대주교는 어려운 수수께끼에 직면해 있었다. 그러나 대주교의 눈에 토마스 공작이 음모를 꾸미고 있다는 것만큼은 분명했다.

「니사 윈햄, 그대의 죄가 사해졌습니다.」

가여운 것! 대주교는 니사에게 축복 기도를 해준 후 혼잣말을 했다. 너는 더러운 음모에 휘말려들고 말았구나!

대주교는 신부를 다시 왕실 성전으로 데리고 갔다. 그리고 그곳에서 가디너 주교의 도움을 받으며 니사를 베리안 드 윈터와 결혼시켰다. 니사의 이모부 오웬은 신부의 아버지 대리인 자격으로 니사를 신랑에게 인도했다.

블리스는 결혼식 내내 눈물을 흘리고 있었고, 왕은 줄곧 화가 난 모습이었다. 그러나 노포크의 공작은 자신의 뜻대로 일이 전개되는 것을 보며 기쁜 마음을 애써 감추고 있었다.

「이제 너는 더 이상 시녀로 지낼 수 없다. 결혼했기 때문에 그럴 수 없다는 것을 분명히 알아라.」

결혼식이 끝나자 왕이 니사에게 단호한 음성으로 말했다.

「물론입니다, 폐하. 하지만 당분간은 왕비님의 시중을 들 수 있도록 허락해주십시오. 왕비님께서는 저를 필요로 하십니다.」
니사가 조용히 대답했다.
이 아이는 바보가 아니야. 제 엄마가 어리석지 않았던 것처럼……. 앤에게 일어날 일을 알면서도 끝까지 왕비를 섬기려 하다니 정말 충성스럽군, 헨리 튜더는 생각했다.
「좋다! 왕비에게 네 결혼 소식을 알리면서 당분간 네가 왕비 곁에 있도록 허락받았다고 하거라.」
「폐하, 참으로 관대하십니다.」
니사가 무릎을 굽혀 절을 하면서 말했다.
「아무렴 그렇고말고」
왕은 자신이 자비를 베풀고 있다는 것에 스스로 만족해하며 말했다.
「너는 수치스러운 행동을 했지만 네 어머니를 생각해서 너에게 자비를 베푸는 것이다. 네 어머니처럼 너도 좋은 아내가 되거라. 그렇게 하는 것이 나에게 보답하는 길이다, 니사.」
왕이 손을 잡아주자 니사는 정중하게 그 손에 입을 맞추었다. 왕은 살짝 미소를 지은 후 마치의 백작에게 돌아서 말했다.
「아침이 되면 신부가 경에게 순결을 허락했다는 증거를 가지고 오시오. 만일 이 결혼에 하자가 있다는 생각이 조금이라도 들면 버트 박사에게 그대의 아내를 조사하도록 시킬 것이오.」
왕은 단호하게 말하고 두 사제들과 함께 성전을 떠났다.
「무슨 말을 해야 할지 모르겠구나.」
블리스가 니사에게 말했다.
「안녕히 주무세요」
니사 역시 이런 상황에서 뭐라 말을 해야 할지 알 수가 없었다.
「베리안, 잘 했다.」
노포크의 공작이 손자에게 말했다. 오웬 피츠휴가 아내를 데리고 성전 밖으로 나갔으므로 이제 왕실 성전에는 신랑과 신부, 그리고 공작뿐이었다.

공작은 손을 뻗어 엄지손가락과 검지손가락만으로 니사의 턱을 잡아 올렸다. 공작의 차가운 눈동자가 승리의 기쁨으로 빛나고 있었다. 공작은 니사가 얼굴을 돌리지 않자 더욱 즐거워졌다. 공작은 니사에게서 눈길을 떼지 않은 채 손자에게 말했다.

「베리안, 네 아내는 참으로 미인이구나. 그리고 네가 말했던 것처럼 강기가 있어. 정말 쓸 만한 아내를 얻은 거다.」

「공작님! 제 생각에 이 결혼에 대한 책임은 공작님에게 있는 것 같군요. 저는 공작님으로부터 설명을 듣고 사과를 받아야겠습니다.」

니사가 공작의 손을 쓸어 내리며 차가운 목소리로 말했다. 그러나 공작은 니사의 말을 무시한 채 베리안에게 말했다.

「아내를 침대로 데려가거라, 베리안. 그리고 여자가 되게 해주거라.」

말을 마친 공작은 성전을 떠났다.

「아, 어쩌면 저렇게 거만할 수가!」

니사가 시근거렸다.

「그런 분이라오. 그렇지만 매우 영리하신 분이오. 가족에게 충실하신 분이기도 하고.」

니사의 남편이 된 베리안이 말하며 니사의 손을 잡았다.

「나를 따라오시오. 잠옷 차림으로 서성거리는 모습을 다른 사람들에게 들키고 싶지는 않소」

「어디로 가는 거죠?」

베리안이 그녀의 손을 끌고 빠르게 걷자 니사가 물었다.

「내 할아버지의 거처, 그곳에 우리 침실이 있소 좋은 포도주도 있으니 우리 결혼을 자축하도록 합시다. 아무도 우리를 방해하지 못할 거요.」

베리안은 조용히 말했으나 들떠 있는 듯했다.

나는 결혼을 했다! 이제 나는 이 남자의 신부다. 이게 무슨 일이란 말인가? 니사는 혼란스러웠다.

니사의 등뒤에서 문이 닫히는 소리가 들렸다.

나는 갇힌 거야! 니사는 거부할 수 없는 운명의 소용돌이 속으로 빨려 들어감을 느꼈다.
「이제 말씀해주시지요! 오늘밤 제가 어떻게 당신의 침대로 가게 되었는지.」
침실에 들어선 니사는 정신을 가다듬으며 말했다.
「거짓말은 하지 않겠소, 니사. 로치포드 부인이 가지고 갔던 감로주에는 수면제가 들어 있었소. 왕과 앤 왕비의 결혼이 무효가 되면 왕은 다시 결혼하려고 할 거요. 왕이 당신을 신부로 선택하는 것을 두려워해서였소.」
베리안의 목소리는 진지했다.
「누가요? 누가 두려워했다는 거죠? 토마스 공작인가요?」
「그렇소. 내 할아버지요. 할아버지의 생각에 왕비는 따로 있었던 거요. 토마스 하워드는 야심가요. 자신과 가족들을 위해서 야망을 키우고 계시다오. 나로서는 할아버지의 생각이 잘못된 경우에도 할아버지의 뜻을 따라야 할 의무가 있소. 난 할아버지를 사랑할 수밖에 없소. 내 어머니는 할아버지의 사생아였지만, 할아버지는 어머니에게 온갖 사랑을 쏟으며 길렀소. 또 어머니에게 좋은 짝을 찾아주려 무척 애쓰셨다오. 어머니는 내가 태어나자마자 돌아가셨지만, 할아버지는 나를 버리지 않으셨소. 매년 나를 보러 윈터헤븐에 오셨소. 내 생일이나 주현절이면 잊지 않고 선물도 주셨다오. 내가 여섯 살이 될 때부터 나를 할아버지 댁에 데려다 기르기까지 하셨소. 물론 할아버지가 항상 온화했던 것은 아니오. 때로는 잔인하기도 했다오. 하지만 할아버지는 나를 사랑했고, 나도 할아버지를 사랑하오. 니사, 내 마음을 이해할 수 있겠소?」
베리안 드 윈터는 깊이 한숨을 쉬었다.
「그러니까 하워드가의 번영을 위해서……. 늙은 공작의 야심 때문에 내 꿈이 깨져버렸다는 건가요? 그것 때문에 내가 꿈꿔 온 결혼이 물거품이 되었다는 말이죠?」
니사는 분노로 몸을 떨며 눈물을 흘렸다.

「나는 진주로 장식된 하얀 공단 드레스를 입고 결혼하고 싶었어요. 내가 진정으로 사랑하는 남자와 말이에요. 리버스에지의 잔디밭에서는 훌륭한 연회가 베풀어졌을 거라구요! 가족들이 모두 모였을 거예요. 우리는 춤을 추며 기뻐했을 거예요. 그런데 당신 할아버지 때문에……, 하워드가의 야망을 위해서는 내가 어떻게 되든 상관이 없다는 말이군요. 베리안 드 윈터, 당신도 정말 나쁜 사람이에요! 당신 할아버지와 마찬가지예요.」

니사는 흐르는 눈물을 삼키며 말했다.

베리안은 니사를 진정시키기 위해 손을 뻗었다. 그러나 니사는 불에 덴 고양이처럼 놀라며 뒤로 물러섰다.

「내 몸에 손대지 말아요! 당신은 정말 추악해요! 당신과 당신 가족의 오만이 내 인생을 망쳤어요!」

「당신의 인생을 망쳤다고? 내가 어떻게 당신의 인생을 망쳤다는 거요? 내가 당신을 이렇게 만든 것도 아니라오. 그리고 이런 상황에서 내가 어찌하겠소? 당신이 리치먼드에 온 날, 나는 당신을 처음 보았고 당신을 사랑하게 되었소.」

베리안은 안타까운 어조로 말했다.

니사는 놀라움에 숨이 막혔다.

「어떻게 그런 일을 이렇게 당당하게 말할 수가 있어요? 당신이 나를 사랑했다면 내게 이런 짓을 하지는 못했을 거예요!」

「할 수 없는 일이었소. 할아버지가 다른 남자로 하여금 당신의 몸을 더럽히게 내버려둘 수 없을 정도로 당신을 사랑하니까. 당신이 다른 남자의 품에 안겨 있는 것은 상상할 수도 없었소. 노포크 공작께서 당신에게 일어나는 일에 대해 눈곱만큼이라도 걱정할 것 같소? 내 할아버지는 당신의 운명 따위에는 관심도 없는 사람이오. 할아버지는 다른 남자를 선택하겠다고 나를 협박했소. 대체 내가 어쩔 수 있었단 말이오.」

「이제 알겠어요. 누가 당신과 결혼하고 싶어하겠어요. 어떤 부모도 더러운 소문을 달고 다니는 당신에게 딸을 주지는 않을 거예요. 당신은 오직 이런 식으로만 아내를, 그것도 지참금이 많은 아내를 얻을 수가 있었던 거겠죠.」

니사의 목소리는 섬뜩하리만큼 차가웠다.

이것은 분명 니사가 상상했던 결혼 첫날밤의 모습은 아니었다. 베리안 또한 자신의 마음을 알아주지 않는 니사에 대한 원망으로 가슴이 끓어올랐다. 그는 화를 내며 소리를 지르고 싶었지만 어렵게 냉정을 잃지 않고 있었다. 니사가 오해하고 있다고 해도 그녀는 여러 면에서 옳았고, 누구도 그녀를 비난할 수 없는 형편이었다.

「니사, 다시 말하지만 당신에게 거짓말을 하지 않을 거요. 지금 내가 말하려고 하는 얘기를 비밀로 해주시오. 내 말을 혼자만 알고 있어주시오. 그래주겠소?」

니사는 천천히 고개를 끄덕였다. 그녀는 이성적이고 현실적으로 상황에 대처해야 한다고 생각했다. 물은 이미 엎질러졌고 이제 와서 바꿀 수 있는 것은 아무것도 없었다.

「약속을 지킬게요, 대역죄에 해당하는 일만 아니라면요.」

「그런 건 아니오. 자, 난롯가로 오시오. 추워 보이는군.」

그는 다시 니사에게 손을 내밀었다. 니사는 그가 내민 손을 잡고 벽난로 쪽으로 갔다. 베리안은 난롯가 의자에 앉으며 자기 무릎에 니사를 앉혔다. 놀란 니사는 일어나려 발버둥쳤다.

「니사! 내가 이야기를 하는 동안 내게 안겨 있어주시오.」

그는 그녀를 꼭 끌어안으며 부드러우나 위협적인 어조로 말했다.

「만일 발버둥을 치면……」

「발버둥을 치면요?」

니사가 따지듯이 물었다.

「때려주겠소!」

베리안의 말에 니사는 몹시 성이 났다.

「어떻게, 어떻게 그럴 수가 있죠?」

「그렇게 하지 않도록 해주시오.」

베리안의 말에는 거부할 수 없는 어떤 힘이 있었고 니사를 감싸는 따뜻한 기운이 느껴지는 것도 같았다.
「당신은 정말 싫은 사람이에요」
니사는 화난 목소리로 말했다. 그러나 니사는 그의 무릎에 그대로 앉아 있고 싶어지는 자신을 느꼈다.
「때려 보세요. 저를 어린아이로 생각하시면 오산이에요」
베리안 드 윈터는 나오려는 웃음을 참았다. 물론 당신은 어린아이가 아니오, 베리안은 마음속으로 중얼거렸다. 당신은 정말 안고 싶은 여인이오. 당신이 몹시도 갖고 싶소.
「뭐하세요?」
생각에 잠겨 있던 베리안은 니사의 목소리에 현실로 돌아왔다. 니사가 자기 생각을 눈치챘을지도 모른다는 생각에 얼굴을 붉혔다.
「내 삼촌 헨리 하워드가 겨우 열두 살일 때, 그에게 벌써 예쁜 연인이 있었소. 소젖 짜는 하녀였다오. 나는 가끔 둘이 울타리 아래에 함께 있는 모습을 보곤 했었소. 그런데 그 어린 하녀가 아이를 갖게 되었다오. 그녀의 가족이 그 사실을 알게 되었고, 당연히 하녀는 아이의 아버지가 누구인지 추궁을 당했소. 하녀는 구체적으로 아이의 아버지를 말하지 않고 단지 공작의 가족 중 한 사람이라고만 말했소. 그리고 몰래 헨리를 찾아가 도움을 청했지만 헨리는 두려워서 아버지가 알지 못하도록 하녀를 멀리 보내버렸다오. 그러자 불쌍하게도 그 어린 하녀는 목을 매 자살했소. 분개한 그녀의 가족들이 헨리의 아버지, 그러니까 내 할아버지에게 자기 딸을 잃은 대가를 요구하러 찾아왔을 때, 나는 내 삼촌의 죄를 뒤집어쓰게 되었소. 헨리는 그런 일을 감당하기에 너무 어리다고 생각했기 때문이오」
「여자를 농락할 정도인데 어리다구요?」
니사가 날카롭게 쏘아붙였다.
「당신 말이 맞소. 헨리는 스스로 죗값을 치러야 했소. 나는 무엇보다 시간이 흘러도 나에 대한 험담이 끊이지 않아 괴로웠다오. 특히 당신을 알고 난 후에는 정말이지 견디기 힘들었소」

'그랬을까? 진실로 이 사람이 자기를 희생하면서까지 어린 삼촌을 위했을까? 내 동정을 얻기 위해 거짓말을 하는 건 아닐까? 믿어도 되는 사람일까?'

니사는 베리안의 말을 믿어야 할지 말아야 할지 알 수가 없었다.

「당신의 할아버지도 이해할 수가 없군요. 공작이 잘못했다고 생각돼요. 당신 삼촌은 어렸기 때문에 용서받기가 더 쉽지만, 다 자란 성인은 큰 어려움을 겪으리라는 걸 아셨을 텐데 말이에요」

니사는 자신이 베리안의 말을 사실로 전제하고 있음을 깨달았다.

「할아버지는……, 출세와 가문만을 생각하는 분이오. 자신이 원하는 것은 무슨 수를 써서라도 얻어내는 그런 분이라오」

마치의 백작이 차분한 목소리로 말했다.

「그 여자가 누구죠? 공작께서 저를 이렇게 만들면서까지 왕비로 만들려는 그 여자 말이에요」

「내 사촌, 캐서린이오」

베리안 드 윈터가 대답했다.

「아, 가여운 캐서린!」

니사가 눈물을 글썽였다.

「그렇소, 나도 가엾다는 생각이오. 그렇지만 캐서린 또한 하워드가의 야망을 갖고 있다오」

니사는 천천히 고개를 끄덕였다.

「캐서린은 왕을 기쁘게 해줄 수 있을 거예요」

베리안의 손이 니사의 머리를 쓰다듬고 있었다. 부드럽고 따스한 손길!

「아직도 내게 화가 나 있소?」

니사는 고개를 돌려 베리안을 보았다. 둘의 입술이 맞닿을 듯 가까워졌고 니사는 당황했다.

「모르겠어요」

니사는 정직하게 대답했다.
「이제 당신은 하워드가로부터 자유롭게 되셨군요. 당신 어머님께서는 하워드가일지 모르지만, 당신은 지금부터 윈터가의 가장이 되셨으니까요.」
순간 베리안은 깨달았다. 항상 마음 한구석이 비어 있는 듯한 허전한 느낌의 정체, 그것은 자신만의 가족을 갖고 싶다는 갈증이었다. 현숙한 아내와 만들어가는 윈터가!
「할아버님께서 내게 더 없는 친절을 베푸신 것 같소.」
베리안이 미소를 지으며 말했다. 와이강의 물빛처럼 맑고 푸른 그의 눈동자가 온화한 빛을 발했다.
「무슨 말씀이세요?」
니사는 의아한 표정으로 물었다.
「내게 당신을 주셨소.」
베리안 드 윈터는 작은 소리로 속삭이며 니사의 진한 갈색 머리에 얼굴을 묻었다. 니사는 목덜미를 파고드는 뜨거운 숨결을 느꼈다. 가슴이 벅차게 뛰기 시작했다.
베리안은 니사의 가슴으로 손을 뻗어 벨벳 망토의 금단추를 하나씩 끌러나갔다.
「왕은 우리의 결혼이 완성되었다는 증거를 요구하고 있소, 니사. 만약 그렇게 하지 않는다면 우리는 탑에서 생을 마쳐야 할 것이오. 하지만 나는 당신에게 이 일을 치르자고 강요할 수는 없다오.」
매력 있는 사람! 니사는 자신도 모르게 마음속으로 중얼거리고는 깜짝 놀랐다. 아니야, 나는 이 남자를 몰라, 어떤 사람인지 모른다구.
「당신 어머니가 남편과 아내가 해야 할 일에 대해 말해준 적이 있소?」
베리안 드 윈터는 니사를 살짝 밀어내며 일어섰다. 그는 니사의 벨벳 망토를 의자에 걸어두고, 자신이 입고 있던 옷도 모두 벗었다. 니사는 놀란 눈으로 베리안을 바라볼 뿐, 아무런 말도 할 수가 없었다.

베리안은 니사의 작고 귀여운 얼굴을 살짝 들어올렸다. 그녀의 입술이 베리안의 입술에 부드럽게 닿았다. 니사는 눈을 감지 않고 있었다.
「눈을 감는 게 더 좋을 것 같소」
그는 장난기 섞인 표정으로 니사에게 말했다.
「왜죠?」
니사가 궁금하다는 듯 물었다. 베리안은 뭐라고 말해주어야 할지 생각하는 눈빛이었다.
「글쎄, 나도 잘은 모르겠지만……, 그건……, 니사, 눈을 감아요」
베리안이 부드럽게 요구하자 니사는 눈을 감고 입술을 내밀었다. 베리안은 미소지으며 니사를 내려다보았다. 때묻지 않은 순결한 여자!
「왜 그래요? 왜 나를 보고 웃는 거죠?」
니사가 다시 눈을 뜨며 말했다.
「당신이 너무나 귀여워서 그렇소」
그는 니사를 안으면서 부드럽게 니사의 입술에 입을 맞추었다. 베리안은 니사의 가늘게 떨리는 눈으로 입술을 옮겼다. 이마, 볼, 그리고 다시 입술에 입을 맞추었다. 니사는 자기도 모르게 눈을 감았다. 부드럽고 감미로운 느낌이 자신의 입술 사이로 밀려 들어왔다. 이전에는 결코 경험해보지 못한 너무나……, 그러니까, 너무나……, 니사는 아무런 생각도 할 수가 없었다.
「당신은 아직 내 이름을 불러주지 않았소」
베리안이 니사에게서 입술을 떼며 말했다.
「그랬나요?」
니사는 조용히 대답했다. 다정다감한 사람, 니사는 생각했다. 하지만 이런 사람이 더 위험할 수도 있어. 하지만 입맞춤이 이렇게 감미로운 줄은 몰랐어.
「내 어머님은 내가 태어나기도 전에 내 이름을 지어두셨다오」
「베리안!」
니사가 속삭이듯 낮은 목소리로 말했다.

「우리 둘 다 당신 어머니 얼굴을 보지 못했으니 마음이 아프군요」
「다시 한 번 내 이름을 말해주겠소?」
베리안은 가슴이 벅차오는 것을 느끼며 말했다.
「베리안, 베리안……」
그는 니사의 옷을 벗기며 때로는 부드럽게, 때로는 강하게 그녀의 몸을 만졌다. 니사는 베리안의 손길에 자신을 내맡긴 채 달콤한 신음처럼 그의 이름을 중얼거렸다.
「베리안……, 베리안.」
「당신은 너무도 아름답소.」
니사의 옷을 모두 벗긴 그는 그녀의 부드러운 몸을 품에 안으며 속삭였다.
「아, 어지러워요, 베리안. 모르겠어요, 어떻게 해야 하는 건지…….」
니사는 부끄러움을 느끼며 저항하듯 베리안의 가슴을 밀었다.
「나를 받아들이기만 하면 된다오.」
니사는 이해할 수 없는 간절함이 아랫배를 태우는 것만 같았다. 그녀의 손은 어느새 그의 등을 쓰다듬고 있었다.
베리안 또한 그토록 뜨거운 열정은 처음이었다. 그러나 서두르지 않았다. 아내의 첫 경험을 황홀감으로 완벽하게 채워주고 싶었다.
두 팔로 니사를 들어올려서 부드럽고 달콤한 그녀의 가슴에 얼굴을 묻었다. 거친 수염이 우윳빛 가슴을 쏠자 니사에게는 형언할 수 없는 기쁨이 일었다.
「기절할 것 같아요! 오, 성모 마리아여!」
니사는 정신을 잃을 것만 같은 불안에 중얼거렸다.
죽을지도 몰라! 왜 아무도 나에게 이런 얘기를 안 해주었지? 아니야, 왕실 여인들이 얘기한 적이 있어. 하지만 이런 건 줄은 정말 몰랐어.
「포도주 좀 들겠소? 아마도 진정이 될 거요.」
베리안은 니사를 침대에 눕혔다.
「항상 이런 느낌인가요?」

침대에 누운 니사는 베리안을 올려다보며 숨을 몰아쉬었다.
「두 사람이 진정으로 사랑할 때 그 감정은 더 강해진다오.」
베리안의 구릿빛 가슴이 니사의 가슴을 덮고 있었다. 그는 니사의 어깨를 부드럽게 깨물었다. 어깨를 애무하던 베리안의 입이 팔로 내려오는 듯하더니 가슴으로 옮겨갔다.
니사의 가슴이 팽팽하게 긴장했다. 어쩌면 나는 운이 좋은지도 몰라, 니사는 생각했다. 다정다감한 사람을 만났으니까 말이야.
촉촉하고 따뜻한 입김이 가슴을 스치자 니사는 진저리를 쳤다. 도저히 숨을 쉴 수가 없었다. 아이들이 엄마의 가슴을 빤다는 것은 알았지만 남자가 그런다는 것은 상상도 못한 일이었다. 곧 그녀의 입에서는 신음소리가 새어 나왔다.
베리안의 혀는 니사의 향기로운 피부를 타고 아래로 아래로 내려갔다. 니사는 따뜻한 혀의 감촉을 느끼면서 깊은 한숨을 쉬었다. 베리안의 얼굴이 허벅지 근처에 이르자 그녀는 자기도 모르게 다리를 오므리며 손가락으로 그의 머리카락을 잡았다. 베리안은 니사의 가슴을 지나 다시 그녀의 입술로 올라왔다.
「나를 위해 입을 벌려봐요.」
두 사람의 혀가 서로 휘감기며 거친 욕망의 춤을 추었다.
「당신이 내게 해주는 것처럼 나도 당신에게 해주고 싶어요.」
니사는 그의 목덜미에 얼굴을 묻으며 말했다.
「당신은 대담한 여자요.」
「당신이 저를 쓰다듬고 만지는 게 정말 좋았어요. 저도 당신을 그렇게 만져드리고 싶어요.」
니사는 자신의 느낌을 솔직하게 표현했다.
니사의 작고 부드러운 손이 배에서 엉덩이로, 다시 허벅지로 옮겨갔다. 그녀는 혀로 베리안의 귀를 빨고, 가슴을 핥았다. 니사 스스로도 놀랄 수밖에 없는 행동이었다.
니사의 손이 남성 근처에 멈추자 베리안의 몸이 뻣뻣해졌다.

「이 작은 여우, 그렇게 하면 내 인내력이 한계에 이르고 말아.」
베리안이 외쳤다.
「한계에 이르면 무슨 일이 일어나죠?」
니사는 대담하게 물었다. 베리안의 물빛 눈동자가 이글거리기 시작했고, 그리고 그때 그녀는 보았다.
「세상에, 어쩜 이렇게…….」
니사는 딱딱하게 불거진 베리안의 남성을 외면하지 않았다. 그것은 그 자체로 살아 있는 생명체였다.
「더 이상 참을 수가 없소」
베리안의 손이 그녀의 오므린 다리 사이로 들어왔다.
「이제 다리를 벌려요.」
니사는 본능적으로 그 손길에 저항하려고 했지만, 그는 강하게 다리를 벌리고 손으로 니사의 계곡을 훑었다. 손가락 하나가 허벅지 사이로 미끄러져 들어가 천천히 움직이기 시작했다. 그녀는 젖어 있었다.
「내 손에 당신 열정이 묻어나는구려.」
빨갛게 달아오른 얼굴을 보며 베리안은 니사의 입술을 다시 찾았다.
베리안의 손놀림이 빨라짐에 따라 니사는 신음을 흘리며 몸을 활처럼 젖혔다. 니사는 엄습해 오는 두려움을 뿌리치기 위해 베리안의 가슴을 밀치려 했다. 그 순간 뜨겁게 달아오른 베리안의 몸 일부가 니사의 몸 속으로 들어왔다. 니사는 발버둥치며 소리를 질렀다.
부드럽게 니사 속으로 미끄러져 들어가던 베리안은 더 이상 나아갈 수 없는 지점에 이르렀다.
「무서워요. 아파요! 제발 그만 해요!」
니사가 울며 말했지만 베리안은 뜨거운 몸 속으로 자신의 일부를 부드럽게 집어넣었다. 니사를 소유했다는 기쁨, 그 기쁨은 달콤하기만 했다. 니사는 다리 사이를 파고드는 통증으로 울먹이며 그 엄청난 고통을 피하기 위해 거칠게 저항했다. 그러나 통증은 곧 사라지고 전에 경험해 보지 못한 행복이 온몸을 휘감았다.

침실 문을 두드리는 소리에 두 사람은 잠에서 깼다. 누구냐고 묻기도 전에 문이 열렸다. 토마스 공작이었다. 베리안은 침대보로 벌거벗은 아내를 덮어주었다.
「일을 치렀느냐?」
서두를 생략하는 공작의 무례한 말투에 화가 난 니사는 할말을 잃었다.
「방문을 닫아주세요. 왕을 만족시킬 만한 증거를 내드릴 테니까요.」
베리안의 목소리에도 노여움이 배어 있었다.
「그 전에 할말이 있다. 그런 눈으로 쳐다보지 마라. 내 심장에 칼이라도 꽂을 것 같구나. 사람들이 수군거리지 않게 해야 한다. 이 결혼에 관한 이야기를 만들어야 한단 말이다.」
토마스 하워드는 무뚝뚝한 어조로 말했다.
「공작님께서는 음모 외에는 아시는 것이 없으신가 보군요. 정상적으로 일을 처리하는 경우가 있기는 한 건가요? 이번에는 대체 어떻게 하시겠다는 건가요? 갑자기 제가 당신의 손자와 자고 싶어져 벌거벗고 날뛰었다고 하실 건가요?」
니사는 싸늘하게 미소지으며 공작을 노려보았다.
「준비된 이야기가 있다. 네 이모 내외도 동의했고 왕도 좋다고 하셨다. 어차피 너는 어젯밤에 음탕한 짓을 저질렀으니 내가 하라는 대로 할 수밖에 없을 것이다.」
공작의 차가운 목소리에는 아무런 변화도 없었다.
「음탕한 짓이라고요? 속 보이는 말씀 그만 하시지요. 가여운 캐서린을 왕비로 만들겠다는 가증스런 속셈을 알고 있어요.」
니사의 목소리는 위협적이었다.
「알고 있느냐? 그럼 네 혀를 조심하지 않으면 탑에 갇혀 평생을 보내야 한다는 것도 알고 있겠구나. 잘 들어라. 어젯밤에 베리안이 시녀들 방에서 너를 강제로 데리고 와 강간했고 너는 그에게서 도망쳐 네 이모에게 피신한 거다. 그러자 친척들이 이 일을 왕에게 알렸고, 너희 둘은 즉시 결혼식을 올리게 된 거다. 다시 말해서 너는 이 일의 피해자일 뿐이다.」

공작의 눈이 날카로운 빛을 발했다.

「멋지군요. 하지만 저는 백작이 이런 식으로 오명을 뒤집어쓰는 것도 허락할 수 없어요! 이건 옳지 못해요! 공작님은 항상 손자에게 누명을 뒤집어씌움으로써 음모를 마무리 짓나요?」

니사는 공작에게 비웃음을 흘리며 말했다. 공작은 니사의 말에 움찔했으나 곧 단호한 목소리로 말했다.

「어차피 베리안은 평판이 좋지 않다. 그러니 이 이야기는 잘 먹혀들 것이다. 너는 이 결정을 따라야 한다.」

니사는 공작이 베리안에게 오명을 뒤집어씌운 것을 안다고 말하려고 하는데 베리안이 갑자기 침대보 속에서 그녀의 손을 세게 쥐었다. 니사는 의아한 눈으로 베리안을 바라보았다. 그는 손가락을 그녀의 입에 대고 머리를 저었다. 할아버지와 그 문제에 대해 이야기하고 싶지 않다는 생각을 전했다.

니사는 다시 베리안에 관한 추문이 사실일 수도 있다는 생각이 일었다. 이 남자는 어젯밤 나를 취하기 위해 거짓말을 한 걸까?

「제가 니사를 너무도 사랑했기에 그런 일을 저질렀다는 말을 끼워 넣으면 더 낫겠군요, 할아버지.」

베리안이 니사의 입을 막은 후 말했다.

「내가 네게 독사를 아내로 준 모양이구나. 너에게 사과를 해야 할 것 같다.」

「물론, 당연히 그러셔야죠. 우리 두 사람 모두에게 사과를 하셔야지요. 정말로 잔인한 짓을 했다고 용서를 구하셔야지요.」

니사는 화난 얼굴로 응수했다.

「이제 그만 하구려, 니사.」

마치의 백작이 조용히 말했다.

「밖에서 기다리마.」

토마스 하워드는 니사를 노려보며 문을 닫았다.
「왜 할아버지를 감싸고도는 거죠?」
니사는 베리안의 태도를 이해할 수 없었다.
「할아버님은 최소한 당신의 명예만큼은 지켜주려 하고 계시오.」
베리안은 이해를 구하는 눈빛이었다. 그러나 공작이 이미 그녀에게 치명적인 상처를 입혔다는 것을 부정할 수는 없었다.
「공작은 사악한 사람이에요!」
「우리 관계를 설명할 방법이 달리 없지 않소, 니사. 당신이 힘들어하는 거 알고 있소. 내가 사과하리다.」
「당신이 나쁜 사람이 되는 것보다 제가 형편없는 여자로 여겨지는 게 차라리 낫겠어요. 왜 하필 강간이지요? 정말 역겨워요. 당신을 아주 나쁜 사람으로 만들고 있다구요.」
니사는 결국 울음을 터뜨렸고 베리안은 참으로 난감한 기분이었다.
「다른 사람들에게는 우리 결혼을 비밀로 하면 되잖아요. 왕만 알면 되는 일 아니에요?」
「만일 아이라도 생기면 어쩌겠소? 어떻게 설명하려오? 자, 일어나도록 합시다.」
그는 니사의 뺨을 가볍게 어루만졌다.
「옷을 안 입었어요. 틸레가 필요해요.」
「틸레?」
「제 몸종이에요. 틸레에게 옷을 가져오라고 해주세요.」
「알았소. 침대보로 잠시 몸을 감싸고 일어나시오.」
베리안이 자리에서 일어나 침대를 훑어보며 말했다.
「침대 시트를 왕에게 보여줘야 하니까.」
「무슨 말씀이세요?」
니사는 베리안의 말이 무슨 뜻인지 몰랐지만 침대보로 몸을 감싸고 일어났다.
「니사, 저기 있군.」

백작이 장난스럽게 웃으며 말하자 니사는 그가 가리킨 곳을 보았다. 니사의 얼굴이 달아올랐다.
「당신의 꽃잎 자국이오. 당신이 내 아내가 되었다는 증거라오.」
 베리안은 니사의 혈흔을 문 밖에서 기다리고 있는 토마스 공작에게 건네주고는 문을 굳게 닫았다.
「틸레는 왕비의 거처에 있겠군? 어떻게 생겼소? 내 하인 토비를 보내겠소」
「연한 갈색 눈에 키가 작아요」
 백작은 토비를 불러 간단하게 상황을 설명했다.
「나는 어제 결혼했다. 내가 결혼한 일에 대해 사람들이 하는 말은 믿지 말아라. 자세한 것은 나중에 알게 될 거고, 지금은 가서 네 여주인의 몸종을 불러오너라.」
 놀란 토비의 눈이 동그래졌다.
 그는 토비에게 틸레의 외모를 말해주었다.
「입을 옷을 가져오라고 일러라. 왕비의 시중을 들어야 하는데 옷을 입기 전까지는 아무 데도 갈 수가 없구나.」
 니사가 말했다.
「알겠습니다, 부인.」
 토비는 침대보로 몸을 감싸고 있는 왕비의 시녀를 똑바로 볼 수가 없었다. 도대체 무슨 일이 벌어진 것인가? 그는 틸레라는 몸종을 찾아 나섰다.
「아씨는 시녀 방에 계실 텐데……」
 틸레는 토비의 말을 믿으려 하지 않았다.
「글쎄, 시녀님은 지금 주인님의 침실에 계시다니까 그러오. 옷이 없어서 아무 데도 못 가고 계시오. 내 말을 못 믿겠거든 직접 가서 보면 되잖소」
 틸레는 백작의 하인을 완전히 믿을 수는 없었지만 옷과 신발을 챙겨 일어났다.

「좋아요, 가봅시다. 만약 나를 속인 거라면 각오해요. 당신 주인에게 당신을 벌주라고 하겠어요.」

「사납게 굴기는……. 자, 이리 따라와요.」

노포크 공작의 거처에 들어선 틸레는 너무 놀라 그 자리에 주저앉을 뻔했다.

「오, 아씨!」

틸레는 잠시 말을 잇지 못했다.

「무슨 일이에요? 왜 여기에 계신 거예요?」

「결혼했단다, 틸레.」

니사는 차분한 목소리로 대답했다. 결혼? 틸레는 다시 한 번 놀랐다. 대체 무슨 말씀을……

「옷은 여기 둬. 그리고 토비에게 씻을 물을 가져오라고 일러줘. 사람들이 수군대기 전에 왕비님께 가야 하니까 서둘러.」

토비가 물을 준비하는 동안 틸레는 침대에 앉아 니사의 얘기를 들었다. 순박한 틸레는 노포크 공작의 음모에 적지 않은 충격을 받았다. 틸레는 니사에게 이 일을 비밀로 하겠다 약속했다.

「리버스에지에서 이 일을 아시면 굉장히 화를 내실 거예요. 주인님은 아씨가 직접 남편을 고르길 바라고 계시니까요. 대체 어떻게 이런 일이 있을 수 있지요?」

틸레는 한숨을 내쉬며 물었다.

「신랑은 어떤 분이에요? 사람들이 여자 문제가 많은 사람이라던데.」

「쓸데없는 소리들이야. 그 사람은…….」

순간 자신이 베리안을 옹호하려 한다는 사실에 깜짝 놀랐다. 아, 모든 게 너무 혼란스러워!

「그 사람은…… 모르겠어. 내게 부드러운 건 사실이지만, 아직 그가 어떤 사람인지 확신할 수는 없어. 두고 봐야 할 거야.」

「앞으로 어디에서 살게 되시나요?」

「당분간은 왕궁에 남아 있겠지만, 몇 주 후에는 백작의 저택으로 갈 거야. 다행스럽게도 그곳은 리버스에지와 강 하나를 사이에 두고 있어. 엄마 아빠와 멀리 떨어지지 않아도 된다구.」

토비가 나무 욕조를 들고 힘겨워하며 방으로 들어왔다.

「어디다 놓을까요?」

토비가 니사에게 물었다.

「난로 근처에 놓도록 하게.」

공작의 하인이 욕조에 물을 채우고 방을 나갔다. 틸레는 문을 잠근 후 니사가 목욕을 할 수 있도록 도왔다. 니사는 허벅지에 말라 있는 피를 보고 얼굴을 붉히며 얼른 욕조에 들어갔다.

니사는 목욕을 마치고 은실로 수놓은 연분홍 실크 드레스를 입었다. 틸레는 니사의 머리에 은장식을 달아준 후 거울을 보여주었다.

「나이 들어 보이는 거 같아.」

니사가 거울 속의 자신의 모습을 보며 말했다.

「요즘엔 다들 이렇게 하고 다닌다구요, 아씨. 아니, 마님!」

틸레는 니사를 다르게 불러야 한다는 것을 깨달았다. 니사는 이제부터 윈터가의 안주인인 것이다. 하룻밤 사이에!

「왕비님께 가야 해. 내 옷하고 다른 물건들을 그리니치에 갖다줘. 토비에게 도와달라고 하고. 왕궁에 오래 있지는 않겠지만, 그 동안이라도 공작의 집에서 지내고 싶지는 않아.」

니사는 틸레에게 말하고 왕비에게로 서둘러 갔다.

니사가 시녀 방으로 들어서자 갑자기 조용해졌다. 수다를 떨던 왕비의 기솔들은 니사를 빤히 쳐다볼 뿐 아무런 말도 하지 않았다. 이미 알고 있는 것이다! 아니, 알고 있다고 생각하는 것이다! 니사는 그들의 시선을 피하지 않았다.

「왕비를 모시지 않아도 된다, 윈터 부인!」

브라운 부인이 앞으로 나와 니사를 막아서며 말했다.

「폐하께서 당분간은 왕비님의 시중을 들도록 허락하셨습니다.」

니사는 차분한 목소리로 말했다.

「결혼한 여자는 시녀가 될 수 없다는 왕실의 법도도 모르느냐!」
브라운 부인이 미간을 찌푸리며 불쾌한 심사를 드러냈다.
「왕비님을 뵙게 해주세요.」
니사는 브라운 부인을 똑바로 쳐다보며 분명한 어조로 말했다.
「뻔뻔스러운 것!」
「내가 왕비님께 말씀드릴게. 네가 왔다고.」
캐서린 하워드가 큰 소리로 말하며 왕비의 방으로 들어갔다.
니사는 왕비의 가솔들로부터 어떤 대우를 받게 될 것인지 짐작할 수 있었다. 이런 식으로 살고 싶지는 않아! 가능한 한 빨리 왕궁을 떠나는 편이 좋겠어!
「왕비님이 지금 당장 너를 보고 싶어하셔.」
캐서린이 눈을 반짝이며 돌아왔다. 니사는 캐서린에게 눈을 깜빡여 보이며 왕비의 사실로 들어갔다. 왕비는 이미 자리에서 일어나 있었다. 눈가가 젖어 있었다.
「네 이야기를 들었다. 로치포드가 말해주두구나.」
니사는 왕비에게 공손히 절을 하고 왕비의 침대 곁으로 다가가 낮은 목소리로 말했다.
「모두 노포크 공작의 음모였습니다. 제가 왕의 눈 밖에 나도록 하기 위한 술책이었습니다. 공작이 왜 그랬는지 아시리라 생각합니다. 그리고 로치포드 부인이 공작과 내통하고 있다는 사실도 아셔야 합니다. 공작의 첩자지요.」
「짐작하구 있었다. 공작이 자기 손자를 시켜 너를 겁탈하두룩 시켰다니, 그건 명백한 범죄 행위루구나!」
「저는 겁탈당하지 않았습니다. 로치포드 부인이 음료수에 약을 타서 제게 먹였을 뿐입니다. 폐하께서는 몹시 난처해하셨습니다. 폐하께서는 제 어머니에게 저를 안전하게 지켜주시겠다고 약속하셨으니까요. 폐하께서는 베리안과 저의 관계가 혼인 무효나 이혼 등으로 깨지지 않는 것이 그나마 저를 위한 일이라고 여기셨던 모양입니다. 그래서 그 자리에서 결혼식을 올리라고 명하셨고, 그와 함께 결혼이 완성된 증거도 원하셨습니다.」

니사는 앤에게 어젯밤의 상황을 설명했다.

「캐서린 하워드에게 잘된 것인지 아닌지 모르겠구나. 캐서린은 지금 생활에 만족하고 있는 것 같은데 말이다.」

「그녀는 착합니다. 하지만 그녀에게도 하워드가의 피가 흐르고 있습니다.」

「네 신랑은, 니사? 그 사람두 하워드가의 야망을 갖구 있나? 그와 행복할 수 있을까?」

왕비가 물었다.

「남편은 윈터가의 사람입니다. 베리안은 좋은 사람처럼 보이지만 아직은 잘 모르겠습니다. 서로 좋아할 수 있기를 바랄 뿐입니다.」

「그 사람을 벌써 좋아하고 있는 것 같구나, 니사.」

왕비는 불행 중 다행이라는 듯 니사를 바라보았다.

「언제 왕궁을 떠날 거지?」

「폐하께서는 왕비님께서 원하시는 때까지 시중을 들어도 좋다고 허락하셨습니다. 왕비께서 저를 원하시는 한 떠날 수 없습니다. 왕비님으로부터 많은 사랑을 받았으니까요.」

충직한 시녀! 앤은 또다시 눈시울이 뜨거워짐을 느꼈다. 앤은 니사의 손을 꼭 잡아주었다.

「모든 것이 잘 될 때까지 내게 있어주려무나, 니사. 내가 왕비 자리에서 물러날 때까지 네가 내 보석을 관리해줬으면 좋겠구나.」

니사는 왕비의 사실을 나와 시녀들의 방으로 갔다. 시녀들은 아까와는 달리 소란을 피우며 니사에게 다가와 갑자기 결혼하게 된 이유를 물었다. 다들 소문은 들었지만 본인에게 직접 확인하고 싶었던 것이다.

「이미 알고 있잖아. 더 이상은 할말없어. 그리고 백작을 나쁜 사람으로 여기지 말아주길 바랄 뿐이야. 사람들이 믿는 것처럼 그런 사람은 아니니까.」

「좋은 남편이 될 거 같다는 말이니, 니사?」

캐서린 하워드가 호기심 가득한 눈으로 물었다.

「그 사람 말이 그래.」

니사는 진지한 표정으로 대답했다. 둘러선 시녀들은 니사가 바보 같다는 생각을 하며 킥킥거렸다.

「그런 대답이 어디 있니! 네 생각은 어때? 그래, 몸이 뒤틀리고 기절할 것같이 좋았니?」

캐서린이 짓궂은 표정을 지으며 물었다.

「내 생각에 그 사람이 너를 좋아하고 있었던 것 같아. 항상 너만 보고 있었다니까.」

엘리자베스 피츠제럴드가 눈을 가늘게 뜨며 말했다.

「베리안이 나만 보고 있었다는 걸 어떻게 알았지? 너는 그 사람만 보고 있었니?」

니사가 엘리자베스를 놀리면서 말했다.

「뭐, 가끔. 평판이 안 좋은 남자가 점잖은 남자보다 흥미롭잖아.」

엘리자베스는 얼굴을 붉혔다.

「왕실을 떠나게 되겠구나.」

캐서린 케리가 말했다.

「당분간은 왕실에 남아 있을 거야. 폐하께서 허락하셨어. 왕비님 보석을 관리하게 될 거야.」

「아무튼 우리는 헤어져야 하는 거잖아. 너는 우리를 두고 떠나는 게 하나도 슬프지 않은가 보구나.」

캐서린 케리가 슬픈 표정을 지으며 말했다.

「그렇지 않아. 나는 왕비를 모시고 너희들과 함께 있는 게 좋아. 하지만 어쩔 수 없는 상황이잖니. 마음이야 아프지만 이해해주길 바래.」

니사는 캐서린 케리에게 웃어 보였다.

니사가 말을 마칠 무렵 브라운 부인이 엘리자베스 피츠제럴드와 캐서린 케리를 불러갔다.

「헨리 튜더는 아내를 여러 번 갈아치운 위험한 사람이야. 너에게도 싫증을 낼 수 있다는 말이야. 조심해야 된다, 캐서린.」
캐서린 하워드와 단둘이 남게 되자 니사가 말했다.
캐서린은 니사가 모든 사실을 알고 있다는 것을 알았다. 캐서린은 니사가 음모에 말려들었다는 얘기를 진작에 하지 않은 것에 죄의식을 느꼈다. 니사가 나를 원망하진 않을까?
「왕의 눈 밖에 나지 않도록 주의하도록 해.」
「너, 내가 미워서 그러지? 아니면 질투하는 거지?」
캐서린 하워드가 불편한 얼굴로 말했다.
「질투? 맙소사! 캐서린, 왕이 나한테 그런 관심을 보였다는 사실을 알았다면 나는 놀라서 바다 건너로 달아나 버렸을 거야. 네 삼촌의 야망이 나를 이렇게 만들었어. 그를 경멸하지 않을 수가 없어. 하지만 캐서린, 나는 너를 미워하거나 질투하지는 않아. 우리는 자매처럼 지내왔고, 앞으로도 그럴 수 있을 거야. 캐서린, 난 너를 염려하고 있을 뿐이야.」
니사는 말도 안 되는 소리를 한다는 듯 캐서린을 보았다.
「걱정하지 마. 헨리는 나를 무지하게 사랑하고 있으니까. 나도 그를 사랑할 수 있을 거야. 다리에서 진물이 나는 것을 닦아주면서도 싫지 않았어. 좋은 아내가 될 수 있을 것 같아, 니사. 그가 나를 버릴 일은 없을 테니까 걱정하지 마, 니사. 괜찮을 거야.」
캐서린 하워드가 미안한 표정을 지으며 말했다.
「그러길 바래, 캐서린. 하지만 네 사촌 토마스 컬페퍼가 문제구나. 너에게 사랑을 고백한 사람인데, 괴로워하지 않겠어?」
「그 얘기는 꺼내지도 마. 그는 나와 결혼하고 싶은 게 아니야. 지난 성탄절에 나에게 속옷을 선물했어. 같이 자자는 얘기잖아! 고려할 가치도 없는 나쁜 자식이야. 내가 결혼하면 속옷을 들고 또 다른 여자를 찾아다닐 놈이라구. 그 동안 그 자식한테 얼마나 시달렸는지 아니?」
니사는 캐서린의 비난이 과장되었다고 느꼈다.
'캐서린은 아직 토마스를 잊지 못하고 있어. 때때로 강한 부정은 결국

긍정이지. 캐서린은 화려한 생활을 원하고 있어. 자기를 왕비로 만들어 줄 수 있는 사람과 결혼하는 게 더 낫다고 생각하는 거야. 아, 이제 나는 어떻게 해야 하는 걸까? 베리안, 그 남자는 어떤 사람일까? 나는 어떤 모습으로 살아가게 될까?'

LOVE REMEMBER ME

제 2 부
1540년 봄 - 1541년 봄

원터헤븐의
신부

7

「별일 없니, 니사 원햄?」

앤 바셋이 즐거운 표정으로 인사를 건넸다. 니사는 앤 바셋이 자신에게 일어난 일을 즐기고 있다는 인상을 지울 수 없었다.

「이제부터는 니사 드 윈터야.」

니사는 왕비의 목걸이를 조심스럽게 닦으며 말했다.

니사는 나이 든 여인들과 앤 바셋이 보내오는 적대적인 눈길이나 호기심 가득한 시선을 견뎌내야만 했다. 하지만 그들이 계속해서 이런 행동을 하도록 가만 놓아두어서는 안 되겠다는 생각이 들었다. 곧 왕실을 떠나겠지만 따끔하게 충고를 해줘야겠다고 마음먹었다.

「니사 드 윈터라구. 마치의 백작부인.」

「나 같았으면 도망쳤을 거야.」

앤 바셋이 말했다.

「무슨 말이지, 그게?」

니사가 하던 일을 멈추고 조용히 물었다.

「네 운명은 네가 초래한 거라구. 여자가 먼저 꼬리를 치니까 남자가 겁탈하는 거야. 네가 먼저 유혹했지?」

앤 바셋이 특유의 심술궂은 표정을 지으며 말했다.

「어떻게 그런 소리를 할 수가 있지?」

니사가 차갑게 물었다.

「내 사촌 토마스 컬페퍼는 작년에 사냥터지기 부인을 겁탈했어. 그녀가 여러 차례 컬페퍼에게 주의를 주었는데도 그런 일이 일어났어. 내 두 눈으로 보았어. 컬페퍼는 그녀의 남편이 나갈 때까지 기다렸다가 친구 세 명을 시켜 그녀를 끌어내서 몹쓸 짓을 했지. 남자는 그래. 아무 여자나 겁탈할 수 있다구, 앤. 아마 네가 나보다 더 잘 알 텐데. 너는 남자들과 시시덕거리는 걸 좋아하잖아. 내가 듣기에는 왕도 그런 일이 있었어.」

캐서린 하워드는 앤 바셋을 보며 미소지었다. 그러나 앤은 자기 생각을 굽히지 않았다.

「사냥터지기 아내는 정숙하지 못했어. 아마 그 여자는 자기 치마를 여러 번 들어올렸을걸? 그리고 왕에 대해서는, 캐서린 하워드, 잘 들어! 그렇게 말하는 건 왕에 대한 반역이야. 그는 하고 싶은 대로 할 권리가 있는 사람이야.」

「정말 말도 안 되는 생각을 갖고 있구나! 여자의 신분이 어떻건, 남자의 지위가 무엇이건, 폭력은 허용될 수도, 행사할 수도 없는 거야.」

니사가 말했다.

「맞아!」

다른 시녀들이 니사의 말에 동의하며 앤을 노려보았다. 앤 바셋은 얼굴을 붉히며 입을 다물었다.

「니사, 이틀 동안 쉬두룩 해. 아무리 시녀지만 신혼여행은 다녀와야 되지 않겠니?」

그날 오후, 왕비가 환하게 웃으며 말했다. 시녀들이 낄낄거렸다. 그러나 나이 든 여인들은 니사에게 곱지 않은 눈길을 보냈다.

「뻔뻔스러운 것! 부끄러운 줄 모르고 머리를 꼿꼿이 세우고 다니다니. 고상은 혼자 다 떨더니!」
 니사는 등뒤에서 들려오는 소리를 들었다. 그러나 이렇게 말하는 목소리의 주인공이 누구인지 알 수 없었다.
「참으로 관대하십니다. 감사합니다, 왕비님.」
 니사는 궁중생활에 염증을 느끼며 여왕에게 인사를 올렸다.
「그래, 좋은 날을 보내거라.」
 왕비는 여전히 밝은 웃음을 머금은 채 말했다.

 니사는 친구들과 함께 주사위 놀이를 하고 있는 이모부를 보고 다가갔다.
「집에 좀 데려다 주세요. 왕비님께서 며칠 쉬라고 하셨어요.」
「네 남편은 어쩌고?」
 오웬 피츠휴가 물었다.
「토비에게 제가 있을 곳을 얘기해 두었으니 전해줄 거예요. 토마스 하워드 공작의 거처에서는 살지 않겠어요.」
「네 남편은 공작의 손자라는 것을 기억해라. 공작은 그를 좋아하고 있어.」
「공작은 하워드가에 이익이 될 게 무엇인가만 생각해요. 그리고 제 남편은 하워드가 사람이 아니에요. 이제는 윈터가의 가장이라구요. 그리고 공작은 우리가 왕궁을 떠난다고 해도 말리지 않을 거예요. 우리는 그에게 더 이상 필요한 존재가 아니니까요.」
 오웬 피츠휴는 씩씩거리는 니사를 보며 웃었다.
「네 이모는 지금 걱정이 많단다. 하지만 너무 염려하지 마라. 네 부모님은 이 결혼을 받아들이실 테니까. 리버스에지에 갈 때까지 잘 지내거라, 니사. 집 계약을 연장하지 않길 잘했구나.」
 그리니치의 셋집은 리치먼드의 작은 집과는 달리 넓은 정원이 딸려 있었다. 주변의 집들이 헨리 7세 때 지어진 것에 비해 그 집은 최근에

지어진 새 집이었다.

니사의 방에는 드레스룸과 틸레를 위한 작은 방이 딸려 있었고, 정원이 환하게 내려다보였다. 한쪽에는 벽난로도 있고 반대쪽에는 크림색 벨벳이 늘어져 있는 침대가 놓여 있었다. 침대 머리에는 나무로 된 스탠드도 있었다.

니사는 궁중생활을 하느라 오랫동안 비워두었던 방에 들어섰다. 베리안의 오만한 할아버지에게서 떨어져 있을 수 있는 그 방이 고맙게 느껴지기까지 했다.

「목욕하고 싶다! 틸레, 뜨거운 물에 라벤더 기름을 풀도록 해.」

니사가 방에 들어서며 말했다.

「곧 백작님 댁으로 가게 되는 건가요, 마님?」

「그렇지. 하지만 먼저 리버스에지에 들르게 될 거야. 윈터헤븐에 가기 전에 먼저 부모님께 사위를 인사시켜 드려야잖니.」

「이렇게 급하게 결혼했다는 사실을 누가 말씀드릴 거예요? 하얼타 고모께서 저를 혼내실 게 분명해요, 틀림없어요.」

니사는 틸레의 엉뚱한 상상에 웃음을 터뜨렸다.

「하얼타가 너를 혼낼 이유가 뭐니. 너에게는 아무런 책임도 없는데.」

니사는 생각에 잠긴 얼굴로 말했다.

「사실 그게 문제야. 엄마 아빠께 이 일을 어떻게 말씀드려야 할지 모르겠어. 편지로 알려서는 안 될 것 같아. 그러면 아빠는 화가 나서 왕궁으로 달려오실지도 몰라. 나중에 이모, 이모부와 상의해야겠다.」

틸레도 고개를 끄덕였다.

「목욕 준비할게요.」

방으로 크고 둥근 욕조가 옮겨졌고 불이 지펴졌다. 물에 넣은 라벤더 향기가 방 안에 진동했다.

니사는 창가에 앉아 밖을 내다보았다. 와이강이 흐르는 리버스에지의 풍경이 눈에 선했다. 부모님에게 돌아갈 생각을 하니 집에 대한 그리움이 더욱 간절해졌다.

니사는 한숨을 쉬며 일어나 틸레가 옷을 벗기도록 했다.

생각했던 그런 모습은 아니지만 이제 집으로 돌아간다. 리버스에지로, 그리고 와이강을 건너 윈터헤븐으로. 윈터헤븐! 어떤 곳일까? 리버스에지처럼 아름다운 곳일까? 아니면 리버사이드에 있는 집처럼 생겼을까?

니사는 욕조에 들어가면서 두 번째 아들을 낳으면 리버사이드에 가봐야겠다고 생각했다. 두 번째 아들은 너무 어릴 텐데. 두 번째 아들? 내가 어떻게 벌써 두 번째 아들을 생각할 수가 있지? 아직 첫번째 아들도 없고 갑작스런 이 결혼이 잘된 건지 아닌지도 확실하지 않은데 말이야. 아니 그보다 아들을 낳을 수 있을까? 딸만 낳을 수도 있잖아. 사랑 없이도 아이는 태어나는 걸까? 어떻게 그가 나를 사랑할 수 있을까? 그는 나를 알지도 못하는데 말이야. 하지만 이미 그는 나와 관계를 맺었어, 한 번뿐이긴 하지만.

니사의 얼굴이 붉어졌다. 틸레는 니사를 씻기며 니사의 얼굴 위로 떠오른 여러 가지 감정을 보았다. 무엇에 대해 생각하고 계실까?

그때 방문이 열렸다. 놀란 니사는 얼른 두 손으로 가슴을 가리고 문쪽을 보았다. 베리안이 환하게 웃으며 서 있었다.

「내가 왔소, 니사.」

백작이 부드러운 음성으로 말했다. 틸레가 얼른 니사의 앞에 서며 베리안의 시선으로부터 니사의 몸을 가려주었다.

「왕궁을 떠날 때까지 이곳에서 지내고 싶어한다는 얘기를 들었소. 그렇게 합시다.」

그는 방 안을 둘러보았다.

「괜찮은 방이군. 토비를 위한 방도 있소?」

「이모부께서 토비가 지낼 방을 알려주실 거예요.」

니사는 부끄러움에 더 이상 무슨 말을 해야 할지 알 수가 없었다.

「틸레! 피츠휴 경에게 내가 왔다고 알려드리도록 해라. 그리고 토비를 좀 도와주면 고맙겠다. 필요하면 부를 테니 이 방에 들어오는 일은 없도록 하고.」

백작이 웃으며 말했다.
틸레는 어떻게 해야 할지 몰라 니사의 눈치만 살폈다.
「목욕을 마치려면 틸레가 있어야 해요!」
당황한 니사가 큰 소리로 말했다.
「내가 도와주겠소. 어서 가봐라, 틸레.」
베리안이 점잖은 목소리로 말했다.
「틸레, 거기서!」
니사가 단호하게 말했다.
「자, 이리로.」
베리안이 문가에서 비껴나며 틸레에게 길을 열어주었다.
「안 돼, 틸레!」
틸레는 백작의 말을 따를 수밖에 없었다. 틸레를 내보낸 베리안은 문을 굳게 걸어 잠그고 돌아섰다. 결혼한 지 하루밖에 지나지 않은 신부가 몹시도 화가 난 얼굴로 그를 노려보고 있었다.
「정말 무례하군요! 틸레는 제 하인이에요. 제 말을 들어야 한다구요.」
니사가 소리쳤다.
「틸레는 마치 백작의 하인이오. 그녀는 이제 나, 그러니까 당신 남편의 책임하에 있는 거요. 목욕하는 것을 거들어주었으면 하오. 빨리 끝내고 싶은 것 같은데.」
베리안이 능청스럽게 대답했다.
「가까이 오지 말아요!」
니사는 베리안을 뚫어지게 쳐다보았다.
「나는 당신의 남편이오. 내가 당신을 때리더라도 나를 말릴 자는 없소. 신의 법과 인간의 법, 이 두 법 아래에서 당신은 내 것이라오.」
베리안은 선반에서 수건을 꺼내 들며 말했다.
「정말 무례하군요.」
니사는 고개를 흔들며 말했다.

「욕조에서 나오시오. 나오지 않으면······.」
백작은 신을 벗으며 말했다.
「내가 들어가겠소」
「어떻게!」
니사는 놀란 눈으로 베리안이 하는 행동을 바라보았다. 양말까지 벗은 베리안은 니사에게 한쪽 눈을 깜빡여 보이더니 셔츠마저 벗어 던지며 니사에게 다가왔다.
「아니, 욕조에 어떻게 두 사람이 들어가요 욕조가 부서질 거라구요. 세 얻은 집을 망가뜨려서는 안 된다구요!」
니사는 자신도 모르게 욕조에서 일어서며 소리쳤다.
그런데 왜 저렇게 나를 뚫어지게 보고 있는 거지? 니사는 갑자기 미동도 하지 않고 자신을 보고 있는 베리안이 이상하게 생각되었다. 순간 니사는 자기가 알몸으로 서 있다는 사실을 깨달았다.
「악!」
니사의 비명 소리가 울렸다. 니사는 결사적으로 수건을 집으려고 손을 뻗었지만 베리안이 멀리 던져버렸다.
베리안은 숨이 멎는 듯했다. 뜨거운 시선으로 니사의 몸을 재빨리 훑어보았다. 오일이 흘러내리는 니사의 나신은 대리석처럼 미끈했다. 예쁜 가슴이 봉긋하게 부풀어올랐다.
그는 욕조에서 니사를 꺼내 뜨겁게 입을 맞추고, 그녀의 젖은 몸을 자신의 몸으로 힘껏 눌렀다. 자신의 생에서 이처럼 여자를 원했던 적이 없었다.
그의 단단한 몸에서 분출되는 열기와 입술의 달콤함으로 니사는 다시 실신할지도 모른다는 불안감에 휩싸였다.
니사는 베리안을 사랑하는지 충분히 알지는 못했지만 그의 행동이 두렵지 않았다. 오히려 두 사람이 간절히 서로를 원한다는 것이 너무도 놀랍고 기뻤다.
베리안은 니사 머리의 핀을 풀러 머리가 풀어지게 했다. 니사는 그가 바지를 내리는 것을 보자 심장이 멈춰버릴 것만 같았다. 베리안은 흘러내린 바지를 발로 밀어내고는 단단한 팔로 니사를 감싸 안았다.

「지금 제가 왜 이러는 걸까요, 베리안? 무엇이 당신과 이런 행동을 하게 만드는 거죠?」

니사는 충혈 된 눈으로 베리안을 바라보았다.

「욕망이오, 니사.」

니사의 허리를 타고 미끄러져 내려온 그의 손이 니사의 엉덩이를 우악스럽게 움켜잡았다.

「교황께서 욕망은 죄라고 하셨어요. 남편과 아내가 결합하는 이유는 아이를 만들기 위해서예요. 쾌락을 위해 결합해서는 안 돼요.」

억제할 수 없는 열기가 저 아래에서부터 솟아올랐다. 니사의 몸은 조금씩 열리고 있었다.

「지난밤에 좋았어요. 우리가 결합을 좋아하는 게 잘못인가요?」

「아니오. 남편과 아내 사이의 욕망은 허락된 것이오.」

베리안은 니사의 등을 문지르며 중얼거렸다. 베리안은 니사를 힘껏 안았다. 니사는 아랫배에 닿은 남성이 뜨겁게 일어나는 것을 느꼈다.

「교황께서도 부부의 화합을 위해 원하시는 일이오.」

니사는 눈을 감고 혀를 그의 입으로 밀어 넣었다. 자제할 수 없는 어떤 힘이 그녀를 그렇게 만들었다.

베리안은 니사의 혀를 거칠게 빨아들였다. 이제 니사는 피하지 않았다. 오히려 그의 정신이 아찔해질 때까지 부드러운 혀를 빼지 않았다.

베리안은 천천히 그녀를 돌려 안으며 거울을 들여다보았다. 손으로 니사의 귀여운 가슴을 쥐자 그녀의 입에서 짧은 탄성이 흘러나왔다.

「눈을 떠보구려.」

베리안의 말에 눈을 뜬 니사는 자신이 베리안의 품에 안겨 있는 모습을 보았다. 그의 큰 손 안에 자신의 가슴이 쥐어져 있었다. 그는 머리를 숙이더니 어깨와 목을 혀로 핥기 시작했다.

「당신은 정말 아름다워, 니사.」

니사는 반쯤 감겨진 눈으로 계속해서 거울을 보았다. 은밀한 곳으로 그의 손이 미끄러져 오고 있었다. 이윽고 무엇인가가 자신의 아랫부분으로 깊게 파고 들어왔다. 그가 신음소리를 내기 시작했다.
「좋아요, 그렇게…… 숨을 쉴 수가 없어요.」
니사가 속삭였다. 거울 속에서 고개를 숙이고 있는 베리안이 웃고 있었다.
「당신을 숨막히게 해줄 수 있다니 기쁘오. 당신을 뜨겁게 사랑해주겠소, 뜨겁게, 아주 뜨겁게…….」
베리안은 니사의 귀를 부드럽게 깨물었다.
「눈을 감을래요.」
「아니오, 우리가 서로를 원하는 모습을 보아야 하오.」
니사는 강렬한 열망에 휩싸여 격렬하게 떨고 있었다.
「이제 사랑을 나눠요.」
니사가 애원하는 목소리로 말했다.
「아직 안 되오.」
베리안은 니사를 들어 침대에 눕히고 우윳빛 허벅지 사이에 입을 맞추기 시작했다.
「악, 안 돼요! 안 돼, 이러면 안 돼.」
니사는 베리안을 밀쳐내려 했지만 그를 멈추게 할 수는 없었다. 이래서는 안 돼……. 아, 너무나 달콤해…….
버둥거리는 동안 감미로운 기운이 그녀를 사로잡았다. 너무나 황홀했다. 니사는 어젯밤보다 더 강해진 그의 남성을 느끼며 베리안을 더욱 세게 부둥켜안았다.
입에서 뜻 모를 이상한 소리가 울려나왔다. 자신이 내는 소리라고는 도저히 믿을 수 없는, 전에 한번도 들었던 적이 없는 낯선 신음.
「아, 니사!」
베리안은 니사의 향기로운 머리에 얼굴을 묻고는 속삭였다.
「이렇게 누군가를 간절히 원했던 적은 없었소. 당신만큼 원했던 적은 없단 말이오!」
 그의 격정은 점점 더 광포해졌고 니사는 몇 번인가 통제할 수 없는 무지갯빛 소용돌이에 휘말려 길을 잃었다. 엄청난 기쁨의 소용돌이에 빠진 한 마리의 작은 나비처럼 어찌할 바를 몰랐다.
「오, 베리안!」
 구름 위에서인가, 아니면 저 깊은 바다 속에서인가 그녀는 베리안의 이름을 불렀다. 팽팽하게 긴장했던 니사의 몸이 끊어진 루트 줄처럼 갑자기 늘어졌다. 눈동자는 풀렸고 거의 숨을 쉬지 못했다.
 시간이 얼마나 흐른 것일까. 천천히 눈을 뜨며 베리안을 바라보았다.
「사랑하오, 니사!」
 베리안은 사랑스러운 시선으로 말했다.
「그렇게 말하지 마세요. 저는 당신을 잘 알지도 못해요! 운명이 우리를 부부로 만들었지만 저는 사랑이 뭔지 아직 몰라요!」
 니사는 울음을 터뜨렸다.
「사랑하오. 당신을 처음 본 그 순간부터…….」
 베리안은 한숨을 내쉬며 니사의 가슴에 머리를 묻었다. 사랑도 배울 수 있을까? 니사는 그의 머리를 쓰다듬으며 생각했다. 어머니도 결혼한 후에야 사랑을 배웠고 블레이즈는 에드문드 윈햄의 아내가 될 때까지 그가 누구인지도 몰랐다. 나도 엄마처럼 이 남자를 사랑할 수 있을까?
 갑자기 니사는 배가 고팠다. 그때까지 먹은 것이라고는 빵 한 조각과 포도주 한 잔이 전부였다.
「배가 고파요, 뭘 좀 먹어야겠어요.」
「내 사랑으로 당신 배가 다 채워지지 않은 거요?」
 베리안이 장난기 가득한 눈으로 웃으며 말했다.
「정말 망측해요!」
 니사는 베개로 베리안의 등을 때렸다. 베리안은 큰 소리로 웃으며 니사의 허리를 감싸 안았다.
「틸레를 불러 먹을 것을 가져오게 합시다.」

베리안의 손이 니사의 젖꼭지를 간질였다.
「이러지 말아요, 베리안. 틸레는 착한 아이예요. 틸레를 놀라게 해서는 안 돼요」
아쉬운 듯 자리에서 일어난 베리안은 바지를 입었다. 그는 틸레를 불러 놀랄 만큼 맛있는 식사를 준비하라고 지시하고, 토비에게는 자신이 목욕할 물을 준비시켰다.
틸레가 다른 두 명의 하녀들과 함께 음식을 가져왔다. 두 시녀는 침대보로 몸을 감싸고 있는 니사와 간신히 바지만 걸치고 있는 윈터 경의 모습을 보고 키득거렸다.
「이게 무슨 막돼먹은 행동이니!」
틸레는 두 시녀를 나무라고는 재빨리 그들과 함께 침실에서 나갔다. 욕조에 물을 갈아넣은 토비도 자리를 비웠다.
「물이 너무 뜨거운 것 같소.」
욕조에 손을 넣어본 베리안은 탁자에 앉으며 말했다.
「셋집이지만 잘 관리되고 있는 것 같소. 당신도 이렇게 할 걸로 믿소.」
「윈터헤븐의 집은 큰가요?」
니사가 말했다.
「그리 크지도 작지도 않은 오래된 집이라오. 리버스에지의 집처럼 꾸며도 좋소. 당신과 윈터헤븐에서 내 평생을 보내고 싶소. 물론 우리 아이들과 함께 말이오.」
백작은 접시에서 쇠고기와 생굴, 그리고 빵과 치즈를 덜어 침대에 앉아 있는 니사에게 건네주었다.
「내 아버지는 당신 아버지가 좋은 일을 많이 하신 분이라고 말씀하시곤 했소.」
「저는 제 친아버지 에드문드 윈햄은 기억나지 않아요. 안타깝게도 말이에요. 친아버지가 돌아가셨을 때 저는 두 살도 안 됐으니까요. 제가 아는 아버지는 의붓아버지, 앤터니 윈햄 백작뿐이에요. 그래도 리버스에지에서 어린 시절을 보낸 것은 제게 축복이었어요. 저는 남자 형제가 다섯 있어요. 쌍둥이 여자 형제가 여섯 달 전에 태어났구요. 지금 보면 거의 알아보지 못할 거예요. 제가 왕궁으로 떠날 때 그 아이들은 태어난 지 몇 주밖에 안 됐으니까요.」

니사는 베리안이 건네준 음식을 맛있게 먹으며 말했다.

「당신에게는 가족이 있어 다행이오, 니사. 어머니, 아버지, 동생들과 친척들로 항상 집이 북적댔을 거 아니오.」

「베리안, 당신은 많이 외로우셨지요?」

갑자기 베리안이 안쓰럽게 느껴졌다. 엄마를 잃은 어린 소년이 권력만 추구하는 할아버지 밑에서 키워진 것이다. 짐작컨대 노포크 공작의 집에는 사랑이란 없었을 것이다.

「외로웠냐고 물었소?」

베리안은 잠시 생각에 잠긴 듯 말을 잃은 채 방 한구석을 바라보았다.

「그렇소, 나는 외로웠소, 니사. 아무도 나를 마치 백작의 아들이나 상속인으로 여기지 않았소. 토마스 공작의 사생아 딸이 낳은 자식으로만 간주했소. 할아버지 집의 분위기는 무겁기만 했고……. 할아버지는 나에게 큰 기대도 할 수 없었을 거요. 왜냐하면 나는 할아버지의 사고방식을 그다지 좋아하지 않았으니까 말이오.」

베리안은 잠시 말을 멈추고 니사에게 눈길을 돌렸다.

「하지만 내게도 아내가 생겼소. 이제는 윈터헤븐으로 돌아가 행복한 가정을 만들기 위해 해야 할 일들이 많이 있을 거요. 당신을 행복하게 해주고 싶소. 당신의 행복이 내게는 더할 수 없는 기쁨이 될 것이오.」

이 남자는 정말로 나를 사랑하고 있어!

니사는 가슴이 뭉클해졌다.

「많이 드시오. 내 사랑을 감당하려면 힘이 필요할 테니까. 오늘은 어젯밤처럼 그렇게 쉽게 끝내지는 않을 생각이오.」

「그래서 당신도 그렇게 굴을 탐욕스럽게 삼키시는 건가요? 저를 사랑할 힘을 얻기 위해서요?」

니사가 사랑스런 눈길로 남편을 바라보았다.

「물론이오. 당신도 만반의 준비를 하도록 하시오.」

그는 진지한 표정으로 대답했다.

니사는 침대보를 들추고 일어나 음식이 놓여 있는 탁자로 걸어갔다. 니사의 아름다운 나신을 보자 베리안의 숨소리가 거칠어졌다. 그 숨소리가 니사는 만족스러웠다. 베리안을 그렇게 만들 수 있다는 것이 행복했다.

니사는 접시에 닭고기 몇 점과 빵을 덜어 베리안 곁에 앉으며 다정한 목소리로 말했다.

「포도주 드릴까요? 아니면 맥주 드릴까요?」

「맥주를 주시오.」

베리안은 크게 숨을 내쉬며 맥주를 들이켰다.

「목욕하셔야지요. 물이 다 식겠어요.」

「당신이 나를 씻어주었으면 좋겠는데 말이오.」

「망측해요.」

니사가 웃으며 말했다.

「나도 당신을 씻겨주겠소.」

「저는 이미 씻었다구요.」

니사는 베리안을 초조하게 만드는 일이 대단히 재밌다는 것을 알았다.

얼마나 사랑스러운 여자인가! 베리안은 생각했다. 니사는 그를 황홀하게 만들었다. 단지 아름답기 때문만은 아니었다. 그녀의 지성, 지혜, 유머, 육감, 이 모든 것들이 그를 안달하게 만들었다. 베리안은 한 여자가 이러한 모든 특성을 소유할 수 있다고 생각해본 적이 없었다.

「정말 씻겨드려요?」

니사의 목소리에 생각에서 깨어난 베리안은 즉시 일어서 바지를 벗었다. 니사의 얼굴이 다시 붉게 물들었다.

니사는 탁자에서 일어나 욕조에 손을 넣어보기 위해 허리를 숙였다. 그녀의 엉덩이가 베리안의 심장을 거의 멎게 만들었다.
「좀 식었소?」
베리안은 복숭아 같은 니사의 엉덩이에서 눈을 떼지 않은 채 말했다.
「알맞은 것 같아요. 확인해보세요.」
「당신의 판단을 믿소.」
그는 욕조로 들어가 앉으면서 니사에게 손을 뻗었다.
「들어오시오.」
「물이 넘치면 어떻게 해요?」
니사가 투정을 부리듯 도리질을 쳤다.
「넘치지 않도록 조금만 채우라고 했소.」
「같이 목욕할 거라고 토비에게 말했다는 건가요? 어떻게 그럴 수가 있어요? 맙소사, 토비가 어떻게 생각하겠어요?」
「생각하는 것은 그의 임무가 아니라오, 니사.」
「아마 아니겠죠. 하지만 하인들도 생각을 한다구요. 자기들끼리 얼마나 말이 많은데요. 왕실 소문의 반은 하인들에게서 나온다고 하잖아요.」
「소문이 무서워서 사랑을 못 한다면 말이나 되겠소. 자, 들어와요.」
「욕조 밖에서 씻겨드리겠어요. 저는 목욕을 했단 말이에요.」
「하루에 두 번 목욕하는 것이 나쁘다는 얘기는 들어보지 못했소.」
베리안의 눈이 그녀를 향해 반짝이고 있었다. 니사는 그에게 저항하고 싶지 않은 자신을 발견했다. 니사는 베리안에게 안긴 채 욕조 속으로 들어갔다.
「좋지 않소, 달링?」
베리안은 마주 앉은 니사에게 물을 끼얹었다.
「당신은 아주 위험한 사람이에요. 여기에서 어떻게 당신 등을 밀어주죠?」
「내가 돌아앉으리다.」

니사는 비누로 그의 등을 문지르고 물을 부어주었다.
「조심하시오. 내가 흥분하지 않도록 말이오.」
「장난치지 마세요.」
니사는 나무라듯 말하며 그의 등을 손바닥으로 때렸다.
「됐어요.」
「그럼, 가슴을 문질러 주시오.」
베리안이 돌아앉으며 명령하듯, 그러나 부드러운 목소리로 말했다. 니사는 다시 그를 정성껏 문질러주었다.
「이제 만족하시나요?」
니사가 장난스럽게 물었다.
「이제 당신을 씻겨주겠소.」
베리안은 그녀의 가슴을 문지르기 시작했다. 비누로 가슴을 문지르다가 젖꼭지를 살짝 당기며 장난도 쳤다.
「이건 씻기는 게 아니잖아요.」
니사가 헐떡이며 소리쳤다.
「씻기는 게 아니라고?」
그는 니사의 말을 이해할 수 없다는 얼굴을 하고는 머리를 숙여 그녀의 가슴에 입술을 비볐다.
「돌아앉으시오.」
그는 물 밑으로 손을 넣어 니사의 엉덩이를 잡고 가볍게 돌려주었다. 베리안의 손이 등을 씻기는 동안, 그의 남성이 니사의 몸 안으로 들어왔다. 니사는 다시 일어나는 욕망을 느끼며 전율했다. 베리안은 니사에 대한 갈증으로 정신을 차릴 수가 없었다. 니사 또한 마음 깊은 곳에서 일어나는 야성에 몸부림쳤다. 베리안은 신음하며 니사를 돌려 안고 가슴에 입을 맞췄다. 입술이 닿은 니사의 가슴은 딱딱해졌다.
「베리안! 미칠 것만 같아요!」
거친 숨을 몰아쉬는 가까스로 소리쳤다.
「아주 미치게 만들어주겠어!」

니사는 베리안이 줄 기쁨을 얻기 위해 그의 무릎 위에서 요동쳤다. 그리고 마침내 속에서 뜨거운 무엇인가가 산산이 부서졌다.
「당신은 정말 멋진 남자예요」
격정이 잦아들자 니사가 얼굴을 붉히며 말했다.
「바닥에 물을 잔뜩 흘렸군.」
흐뭇한 미소를 짓던 베리안은 멋쩍은 듯 말했다.
「가만 놔두면 마를 거예요」
니사가 좀 전과는 달리 아무 문제도 아니라는 듯 말했다.
「아담! 이브가 다시 배가 고파요」
베리안은 니사의 코를 꼬집고는 욕조 밖으로 안고 나와 물기를 닦아주었다. 그리고 빵에 버터를 잔뜩 바르고 그 위해 쇠고기 얹어 먹여주었다. 니사는 베리안이 주는 빵을 한 입 가득 배어 맛있게 먹고는 입맛을 다셨다.
「당신도 드세요 맛있어요」
「나는 이걸 먹겠소」
베리안이 다시 니사의 가슴에 혀를 대었다.
「또요?」
간지럽다는 듯 몸을 꼬며 말했다.
「당신이 다른 연인을 구하지 않도록 만족시켜야 할 거 아니오」
「오, 베리안! 농담이라도 그런 말씀은 하지 마세요. 내가 다른 연인을 찾는 일은 없어요! 저는 당신의 아내예요. 당신을 배신하는 일은 생각할 수도 없다구요」
그러나 베리안은 고개를 저었다.
「어쨌건 당신의 명예를 더럽힌 내 행동은 신뢰를 받을 만한 가치가 없었소 그러나 언젠가 나를 진정으로 신뢰할 날이 오길 바라오. 나를 진실로 사랑하는 날이 말이오」
「베리안, 당신이 당신 할아버지의 계획을 제게 몰래 알려주었다면 어땠을까요? 공작께서 누군가의 침대에 저를 밀어넣을 계획이라고 제게 알려주셨다면, 그것도 저를 사랑하는 행동이 아니었을까요?」
「그랬겠지. 하지만 당신은 나를 사랑하게 되지 않았을 거요.」
「아니에요, 반드시 그렇지는 않았을 거예요. 당신을 이렇게 좋아하게 된 것을 보면 당신은 좋은 분 같아요. 아직 더 알 필요가 있겠지만요」
「그럼, 이제 내게 화가 나 있지는 않다는 말이오?」
「네. 그렇지만 당신 할아버지를 용서할 수는 없어요. 왕이 우리 두 사람 중에 적어도 한 사람은 나쁘게 여기실 걸 생각하면 정말 화가 나요. 그렇다고 사실을 있는 그대로 말씀드릴 수도 없는 일이구요.」
니사는 답답한 듯 숨을 크게 내쉬었다.
「엄마도 아버지 에드문드 윈햄에 대해서 아무것도 모르고 결혼하셨어요. 아버지가 할아버지의 허락을 받기 위해 찾아와 담 옆에 서 있던 것을 보신 게 다였어요. 아버지도 할아버지에게 딸이 몇이나 있는지, 몇 살이나 되었는지 모르고 찾아오신 거였죠.」
「그럼 어떻게 당신 어머니를 선택하게 되었소?」
베리안 드 윈터는 장모의 이야기에 흥미가 일었다.
「아버지는 외할머니가 살림도 잘하고 아기를 건강하게 잘 낳으셨기에 딸들도 그럴 것이라고 생각하고 청혼을 하셨고, 엄마가 딸들 중에서는 나이가 제일 많았기 때문에 아버지와 결혼하게 된 거죠. 열여섯 살도 채 안 되셨지만요. 아버지가 할아버지 딸들 중에서 아내를 삼고 싶다고 했을 때, 할아버지는 처음에 반대하셨대요. 하지만 아버지에 대한 좋은 평판 때문에 결국은 허락하시게 되었죠. 아버지는 엄마에게 지참금이 하나도 없다는 것을 알면서도 데리고 가겠다고 하셨대요. 그 무렵 목장에 전염병이 번져 할아버지는 딸에게 한푼도 주실 수가 없었으니까요. 오히려 아버지가 이모들을 도와주고 할아버지 재산을 다시 복구해주기도 하셨어요. 하지만 아버지는 엄마와 결혼하신 후, 제가 두 살도 되기 전에 사고로 돌아가셨어요. 아버지의 조카, 그러니까 제 새아버지죠, 앤터니 윈햄의 말에 차이는 사고를 당하셨어요. 그때 엄마는 아이를 갖고 계셨지만 잃고 말았죠. 사내아이였어요. 엄마는 새아버지를 원망하며 슬

품에 잠겨 계셨지요. 그런 엄마를 블리스 이모가 왕궁에 모시고 갔고, 왕이 엄마를 사랑하게 되었던 거예요. 새아버지도 엄마를 마음에 두고 있었지만 아무 말씀도 하실 수가 없었대요.」

「내가 당신을 사랑한 것처럼 말이오?」

베리안이 말했다.

「아마 그런 식이었겠죠.」

니사는 베리안을 보며 의붓아버지의 그때 심정을 더 깊이 이해하게 되었다. 또 앤터니 윈햄을 생각하면 베리안의 마음을 보다 잘 헤아릴 수 있을 것 같았다.

「아버지는 외롭게 열정을 숨기셔야 했지요. 그래서 아무도 아버지의 마음을 알지 못했어요. 그런데 아버지의 기도를 신께서 들어주셨는지 왕이 당신의 사촌 앤에게 사로잡히게 되었고 엄마를 새아버지와 결혼하도록 지시하셨지요. 우리 두 사람처럼요. 엄마는 새아버지를 미워했지만 시간이 흐르면서 서로 사랑하게 되셨어요. 지금은 남들이 모두 질투할 정도로 두 분 사이가 좋으세요.」

니사는 잠시 말을 멈추었다. 베리안은 니사가 무슨 생각을 하는지 알 것 같았다.

「우리 같은 사람들은 처음에는 사랑으로 맺어지지 않나 봐요, 그렇죠?」

「당신도 당신 어머니처럼 나를 사랑하게 되리라 믿소.」

「아내로서, 그리고 엄마로서 해야 할 일을 충실히 하도록 노력할게요. 저는 행복해요. 당신과 같은 남편이 있으니까요.」

니사가 조용히 말했다.

「나도 행복하다오. 당신 부모님께서 나를 받아주시기를 바라오.」

「엄마와 아빠는 우리 두 사람을 인정해주실 거예요. 염려하지 마세요. 하지만 이 결혼을 어떻게 설명드릴까요?」

「직접 뵙고 말씀드리는 편이 더 좋지 않겠소?」

니사는 베리안이 자신과 같은 생각을 하고 있다는 것이 기뻤다.

「그래야겠죠? 하지만 먼저 블리스 이모를 안심시켜드려야 할 것 같아요. 말로우 부인이 이모에게 당신은 나쁜 사람이라는 생각을 심어주었거든요.」
베리안의 얼굴이 어두워졌다.
「그 여자 입을 바늘로 꿰매놔야 할 것 같소! 남의 험담만 하고 다니니 말이오.」
니사는 키득거리며 웃었다.
「입을 꿰매놓으면 대신 수다떨 하녀를 데리고 다니면서 이야기를 퍼뜨리지 않을까요?」
베리안은 니사의 말에 한참 동안 웃었다.
「이제 침대로 오세요. 당신 감기에 걸리겠어요.」
니사가 침대 속으로 들어가며 남편을 향해 검지를 까닥거렸다.
「이 여자가 내가 결혼한 그 여자 맞나?」
베리안이 눈을 동그랗게 뜬 채 미소지었다.
「들어와서 확인해보세요.」
니사의 말에 베리안은 웃음을 터뜨렸다.
「당신을 대담하게 행동하도록 만들고 싶었는데 이제 더 가르칠 필요가 없을 것 같소.」
베리안은 벽난로에 통나무를 몇 개 더 넣고는 침대로 올라왔다.
「내게서 뭘 원하는 거요?」
「베리안, 다시 사랑을 나눠요. 당신의 열정을 원해요.」
니사는 그의 입술에 대고 부드럽게 속삭였다. 베리안은 부드러운 손길로 그녀의 얼굴을 쓰다듬었다. 베리안은 니사의 사랑스런 육체를 가질 수 있었듯 마음도 얻을 수 있기를 진심으로 빌었다.
「니사, 내 사랑이 당신 것이듯 내 열정도 당신 것이오. 영원히 당신 것이오, 영원히…….」
그러나 사랑 없는 열정은 쉽게 시들고 마는 것. 신이여, 이 여인이 나를 사랑하도록 하소서!

8

「저 아이는 강제로 결혼한 것 같지 않아.」

니사와 베리안이 소풍에서 돌아오는 모습을 보며 말로우 부인이 블리스에게 말했다. 아델라 말로우 부인과 블리스 피츠휴는 마우드 백작의 셋집에서 아름다운 봄날 오후를 즐기며 이야기를 나누던 중이었다.

젊은 부부는 팔짱을 끼고 함박웃음을 머금은 채 걸어오고 있었다. 베리안의 손에는 소풍 바구니가 들려 있었고 암녹색 치마에 흰 블라우스를 입은 니사는 신발을 손에 들고 맨발로 걷고 있었다.

「하나도 불행해 보이지 않는다니까.」

말로우 부인은 두 사람의 행복한 얼굴을 이해할 수 없다는 듯 눈살을 찌푸렸다.

「블리스, 네 조카가 이런 상황에서 맛있는 먹이를 삼킨 고양이처럼 행복한 얼굴을 할 수 있는 이유가 뭘까? 저 보라구! 니사가 베리안에게 푹 빠져 있잖아. 누가 봐도 분명하다니까. 어떻게 일이 이렇게 될 수 있는 거지? 결혼 후에 베리안을 좋아하게 됐을 거라고 말하지 마. 이제 이틀밖에 안 지났으니까. 윈터 경이 저 아이에게 나쁜 짓을 해서 할 수 없이 이루어진 결합이란 게 정말이야, 블리스?」
 말로우 부인은 무엇인가 숨겨진 이야기가 있을 것이라는 듯 블리스를 바라보았다.
「베리안은 지난가을 햄프턴 궁에서 니사를 처음 본 순간부터 사랑하게 된 것 같아. 하지만 니사는 네가 잘 알 듯이 왕비 시중을 드느라 눈코 뜰 새 없이 바빴어. 결혼 전에 무슨 일이 있었을 수는 없었다구.」
 블리스가 대답했다.
「강제로 한 결혼이 절대 아니야!」
 아델라 말로우는 블리스가 이 결혼에 대한 뒷이야기를 하지 않고 있다고 확신했다. 오랫동안 가까이 지낸 친구에게 솔직하지 못하다니! 말로우 부인은 블리스에게 불신을 당하고 있는 기분이었다.
「저 아이 엄마가 이 일을 알아봐, 뭐라고 하겠어? 갑자기 남자를 달고 나타난 딸을 오냐오냐 할 수는 없을 거라구.」
 말로우 부인은 블리스가 얘기하지 않아도 니사의 앙큼한 행동을 짐작할 수 있다는 투였다.
「랭포드의 백작 내외 속이 얼마나 뒤집힐까?」
 블리스는 더 이상 가만히 듣고 있을 수가 없었다.
「아델라! 니사에게는 아무런 잘못이 없어. 왕과 왕비께서도 그 점은 인정하고 계셔. 그리고 베리안 드 윈터도 괜찮은 사람이라고 생각해. 니사만큼 재력도 있고 말이야. 더 중요한 것은 베리안이 돈이나 명예를 쫓는 그런 사람이 아니라는 거야. 게다가 그는 하워드가의 사람이기도 해. 다음 왕비가 누가 될지, 네가 몰라서 그런 말을 하는데 캐서린 하워드가 왕비 자리에 앉을 것은 기정사실이라구. 베리안은 다음 왕비의 사촌이란 말이야. 아델라, 그건 그렇고 네 아들 색시감은 찾았어?」
 블리스가 만면에 웃음을 띠며 묻자 말로우 부인은 새침한 표정으로 딴청을 부렸다. 블리스는 말로우 부인이 아들 신부감을 구하지 못해 애를 먹고 있으며, 바로 그 점이 아델라에게는 커다란 약점이라는 것을 잘 알고 있었다.
「저기 당신 이모와 말로우 부인이 있구려.」
베리안이 정원을 가로질러 걸으며 니사에게 말했다.
「오늘은 누구를 흠집 내고 있는지 궁금하지 않소?」
「제가 보기에는 이모가 말로우 부인에게 상처를 주고 있는 것 같은데요.」
니사가 웃으며 말했다.
「지난밤 당신이 그랬죠? 말로우 부인 입을 꿰매버리겠다고. 지금 실천에 옮겨볼까요?」
「그래 볼까? 그런데 하녀를 달고 다니면서 대신 수다를 떨게 하면 어쩌지?」
그는 진담인 듯 걱정스런 표정을 지으며 말했다. 니사는 옆구리가 아파 견디기 힘들 정도로 웃어댔다.
「그만 하세요! 그만 하지 않으면 웃다가 죽을 거예요. 저 없이 당신 혼자 남아 쓸쓸하게 살고 싶지는 않겠죠?」
「물론 아니오, 니사.」
베리안은 다시 니사의 팔짱을 끼며 가볍게 입을 맞췄다.
「안 돼요!」
니사는 베리안을 말리는 시늉을 했다.
「이모하고 말로우 부인이 보고 있다는 걸 기억하셔야죠.」
니사는 남편을 곱게 흘겨보았다.
「니사, 내 사랑. 난 우리가 지금 윈터헤븐으로 갈 수 있었으면 좋겠소. 바로 오늘!」
베리안이 니사의 어깨를 감싸 안으며 말했다.
「참아야 해요. 이제 왕궁에서는 제가 자고 싶어도 잘 곳이 없어요. 우리는 매일 밤 이곳에서 만날 수 있어요. 아무도 우리를 방해하지 못할 거예요, 베리안. 지금은 그것으로 만족해야 해요.」
니사는 열정적인 눈길을 부드럽게 받아주며 말했다.

「맙소사! 맙소사! 블리스, 저 보라구! 둘이 지금 뭐하고 있는 거야! 아니, 대낮에 정원 한가운데서……. 이렇게 놀라울 수가!」
 아델라 말로우는 눈이 휘둥그레졌다.
「뭘 그래, 낭만적인데. 둘은 신혼이라구, 아델라. 그리고 서로를 알아가는 과정이 얼마나 짜릿하고 달콤하겠어. 정말 좋겠다. 너무 부러운데! 니사가 행복하다면 니사 부모들도 크게 반대하지 않을 거야.」
 블리스는 니사와 베리안이 부둥켜안고 입맞추는 모습을 바라보며 말했다.
「그래, 리버스에지에는 알렸어?」
 아델라 말로우가 물었다.
「아니, 아직. 니사하고 베리안이 직접 이야기하겠대. 왕의 결혼 문제가 해결되면 리버스에지에 먼저 들렀다가 윈터헤븐으로 갈 모양이야.」
 마우드의 백작부인이 대답했다.
「그렇게 하는 게 좋을 거야. 이런 얘기를 편지로 알린다는 건 아무래도 적합하지 않으니까.」
 니사와 베리안은 두 여인에게로 다가와 가볍게 인사를 건네고는 집안으로 들어갔다. 두 사람이 집안에 들어가자마자 정원으로 웃음소리가 들려왔다.
「둘이 뭘 할까?」
 말로우 부인이 낮게 속삭였다.
「물론 침대로 가겠지. 사랑을 나누기 위해서! 내가 만약 그렇게 잘생긴 악당과 결혼했다면 난 아마 그랬을 거야. 하인들 얘기가 글쎄, 어제 낮부터 둘이 침실에 있더니 오늘 아침 10시까지 나오지 않았다는 거야. 틸레가 어젯밤 먹을 것을 갖다줬는데 오늘 보니까 아무것도 없더래. 빵 부스러기 하나, 포도주 한 방울도 없더라는 거야.」
 블리스는 재미있다는 듯 깔깔거리며 웃었다.
「아, 허기지고 목마른 신랑 신부여!」
「니사는 이틀 전만 해도 처녀 행세를 했어. 니사가 정말 남자를 몰랐어? 네 말대로라면 그럴 테지. 하지만 지금 보면 하는 행동이 꼭 경험 많은 여자 같다구.」

말로우 부인이 비난조로 말했다.

「걔는 처녀였어! 왕께서 증거를 보겠다고 하셨을 때 오웬과 나도 똑똑히 봤어.」

블리스가 정색을 하고 말했다.

「증거라니?」

「노포크의 공작이 신방에서 니사의 흔적이 묻은 침대 시트를 가져왔어. 그리고 틸레 말이, 니사가 옷 입는 걸 거들어줄 때 다리에 피가 묻어 있었다는 거야. 그런데도 니사가 처녀가 아니란 말이야?」

블리스는 순간 화가 나 너무 많은 것을 말해버렸다는 것을 깨달았다.

「내가 지금 한 말 다른 사람에게 하지 마. 안 그러면 앞으로 너에게 아무 얘기도 해주지 않겠어, 알았지?」

「난 네가 아직 말하지 않은 일이 있다는 걸 알아!」

아델라 말로우가 고개를 가로 저으며 말했다.

「두려워하지 말라니까, 블리스 아무에게도 말하지 않을 거야. 나는 그저 사실을 알고 싶을 뿐이야. 남들이 모르는 것을 안다는 게 재미있 잖아? 그렇잖아, 블리스.」

다음날 아침, 니사의 남동생들이 매형을 만나러 왔다. 필립은 누나에 관한 소문에 크게 흔들리고 있었지만, 어린 자일스는 나이에 어울리지 않게 이 문제에 대한 판단을 유보하는 태도를 보이고 있었다.

「형은 왕궁에서 들은 얘기를 반만 믿어야 해. 그리고 그 반 중에서도 일부만 믿는 거야. 심심해서 떠들어대는 소리를 전부 믿어서는 안 돼.」

자일스가 필립에게 충고를 했다.

「이건 누나의 결혼 문제야! 왜 갑자기 이런 일이 일어났는지 알아야 겠어! 누나가 걱정이야. 원터 경은 좋은 사람이 아니잖아.」

필립이 성을 내며 말했다.

「윈터 경에 관한 이야기는 말 그대로 이야기에 불과할 수도 있어. 아마 마치의 백작이 그렇게 잘생기지만 않았어도 그런 소문은 나지 않았을 거야. 수다쟁이 말로우 부인 얘기를 다 믿겠다는 건 아니지, 형?」

자일스가 침착하게 말했다.

「갑자기 이런 일이 일어나게 된 이유를 알아야겠어! 누나가 결혼할 계획이 있었다면 내게 말했을 거야. 분명 이런 식은 아니었을 거라구. 게다가 누나는 리버스에지로 돌아가서 결혼식을 올리고 싶어했어.」

필립 윈햄의 목소리는 너무 분개한 나머지 떨리고 있었다.

방문이 열리면서 니사의 행복한 얼굴이 나타났다. 그러나 윈햄가의 장자 필립은 누나의 웃는 얼굴만으로 마음을 놓을 수가 없었다. 무언가 누나를 옭아매고 있을 것만 같았다.

아무튼 필립은 누이가 불행해 보이지는 않았다. 오히려 니사는 전보다 더 아름다워 보였다.

필립 윈햄 자작, 그리고 그의 동생 자일스는 최대한 공손히 누이와 매형이 된 백작에게 인사를 했다.

「잘 지내, 누나?」

필립이 물었다.

「그래, 필립. 매형이셔, 베리안 드 윈터 경.」

자일스는 다시 한 번 공손하게 매형에게 인사를 했다. 그러나 필립은 마치의 백작을 뚫어지게 쳐다볼 뿐이었다.

「제 동생들이에요, 베리안.」

니사는 필립의 태도에 무안해하며 남편에게 동생들을 소개했다.

「어떻게 이 사람이 남편이 된 건지 얘기해 봐, 누나. 부모님께 뭐라고 말할 거야? 도대체 이게 뭐야, 누나! 누나가 이럴 수가 있는 거야!」

필립은 화난 눈으로 니사를 쳐다보았다.

「지나치구나, 필립! 누나에게 그렇게 무례하게 행동하면 안 돼. 누나는 너보다 네 살이나 많아. 너 왕궁에서 바보가 된 건 아니지?」

니사도 화난 얼굴로 말했다.

「누나, 나는 윈햄가의 장자로 누나를 보살펴야 할 의무가 있어! 모두들 누나가 방탕한 행동을 했다는 거야.」
 필립은 '윈햄가의 장자'라는 말과 '의무'라는 말을 유난히 크게 말했다. 베리안의 입가에 미소가 번졌다.
「그런 말을 믿는단 말이야? 필립, 너 정말 바보로구나. 왕궁이 어떤 곳인지 아직도 모르니? 내 말 잘 들어, 필립. 나는 대주교 크랜머와 가디너 주교의 집례로 왕실 성전에서 결혼식을 올렸어. 이모와 이모부가 참석했고, 왕도 자리에 있었다구. 필립, 이런 합법적인 결혼식을 감히 누가 어떤 이유로 비난할 수 있다고 생각하니?」
 니사는 동생 필립이 걱정스럽다는 듯 말했다.
「사람들이 말하길 백작이 누나를 겁탈하고 강제로 결혼식을 올렸다는 거야. 만약 그게 사실이라면 백작을 가만두지 않겠어.」
 필립은 여전히 분개해 있었다.
「나는 누나를 겁탈하지 않았단다.」
 베리안 드 윈터가 소년의 마음을 진정시키기 위해 조용히 말했다.
「저는 자일스 윈햄입니다. 만나 뵙게 되어서 반갑습니다.」
 자일스가 필립과 베리안 사이에 끼여들며 매형에게 악수를 청했다. 마치의 백작은 어린 소년의 손을 잡으며 미소지었다.
「반갑다, 자일스 윈햄.」
「형은 누나를 대단히 아끼고 있습니다. 집안의 장자이니 이해할 수 있는 일이지요. 백작님을 경계할 수밖에 없는 것도 이해해주십시오.」
 자일스가 웃으며 말했다. 자일스의 말에 베리안은 푸근한 미소를 지으며 고개를 끄덕였다.
「진짜 괜찮은 거야?」
 필립은 누이의 행복한 얼굴과 백작의 부드러운 태도가 만들어내는 분위기에 젖어들기 시작했다. 그러나 걱정이 완전히 가신 것은 아니었다.
 니사는 동생을 꼭 껴안으면서 말했다.
「그럼, 괜찮아, 필립. 나는 행복하단다.」

「왜 백작과 결혼했는지 얘기해 줘.」
「지금은 말해주기 어렵구나, 필립. 하지만 아무 일 없다는 내 말은 믿어야 해. 백작은 좋은 사람이야. 누나를 많이 사랑하고 있어. 많이 놀랐을 거야. 이해해. 하지만 그런 식으로 누나에게 말해서는 안 돼. 누나를 믿어. 누나는 단 한 번도 윈햄가의 명예에 해가 되는 행동을 한 적이 없단다. 자, 누나에게 입맞추고 네 매형에게 정중하게 인사를 드리렴.」
윈햄 자작은 니사의 볼에 입을 맞추고 백작에게 손을 내밀었다.
「누이와의 결혼을 축하드립니다.」
필립의 목소리는 어색했지만 부드러웠다.
「고맙네, 자작.」
필립은 여전히 혼란스러워 보였다.
친해지는 데 시간이 좀 걸리겠어! 베리안은 생각했다. 하지만 누이를 사랑하는 마음은 아주 감동적이야. 그래, 나 같았어도 그랬을 거야.
「누나가 집에 갈 때 같이 가겠니?」
「그럴게. 왕궁이 특별히 좋은 건 없는 것 같아.」
필립이 대답했다.
「난 앤 왕비 곁에 남아 있을 거야. 백작님, 전 왕궁이 좋습니다.」
자일스가 누이와 매형을 바라보며 답했다.
「베리안이라고 부르려무나. 나도 자일스라고 부를 테니. 우리는 이제 한가족이니까.」
백작이 말했다.
「왕궁에 다른 일은 없지? 어제 이곳에 왔는데, 몇 년이 지나간 기분이야.」
니사는 남편을 보며 웃었다. 베리안은 이해의 눈빛으로 미소지으며 천천히 고개를 끄덕였다.
「캐서린 하워드가 왕과 단둘이 있는 걸 본 사람이 있대. 로치포드 부인이 이 이야기를 왕비님의 가솔들에게 퍼뜨리고 있어. 로치포드 부인은 이런 일에 타고난 것 같아.」

필립이 대답했다.

「로치포드 부인이라고? 난 그 동안 그녀가 항상 뭔가 찾아내려는 염탐꾼 같다는 생각을 했었다. 필립 너도 눈이 날카롭구나.」

필립은 백작의 칭찬이 싫지 않았다. 그러나 한편으로는 그렇게 느끼는 자신이 밉기도 했다. 하지만 생각하는 바를 정직하게 말했다.

「저는 로치포드 부인을 좋아한 적이 없어요. 항상 수다꺼리를 찾아 헤매고 있는 것 같으니까요.」

「나도 그렇게 생각한다, 필립.」

베리안 드 윈터가 고개를 끄덕였다.

「베리안은 수다꾼들의 입을 꿰매버릴 계획을 세우고 있단다.」

니사가 동생들에게 말하자, 어린 두 소년들은 웃음을 터뜨렸다. 방 안에 감돌던 모든 긴장이 순식간에 사라졌다.

하인이 포도주와 케이크를 들여왔다. 필립과 자일스는 매형과 함께 한 시간 정도 이야기꽃을 피웠다.

「저런 매형이 하나만 더 있어도 좋겠어.」

누이의 방을 나오면서 자일스가 말했다.

「그래, 생각했던 것만큼 나쁜 사람 같지는 않다.」

필립도 동생의 생각에 공감했다.

「동생들을 잘 대해주셔서 고마워요.」

동생들을 보낸 후 니사가 말했다.

「자일스는 궁중생활에 아주 적합한 기질을 타고난 것 같소. 또 훌륭한 외교관이 될 자질도 보이고.」

베리안의 말에 니사는 흐뭇한 표정을 지었다.

「필립은 당신을 아주 사랑하는 것 같소. 오누이의 정이 하도 두터워 질투가 일 정도였소.」

베리안이 엄살을 부리며 말했다.

「필립은 제가 이 결혼에 대해 자세히 얘기해주지 않아서 상처를 받았을 거예요. 하지만 엄마 아빠에게 말하기 전까지는 얘기할 수 없잖아요.

성미가 급한 아이이기는 하지만.」
「당신 가족들은 화합이 잘 되는 것 같소.」
베리안이 부러운 얼굴로 말했다.
「그래요. 그리고 당신이 저와 결혼했으니 랭포드의 윈햄가 사람 모두와 결혼한 거예요. 이제 당신은 혼자가 아니에요. 베리안, 당신이 설사 혼자이고 싶을지라도 이제는 그럴 수 없답니다.」
니사는 장난기 가득한 눈으로 웃었다.
그렇지, 아이들도 태어날 테니! 나도 이제부터는 사랑스런 식구들에 둘러싸여 살게 되는구나. 모든 것을 함께 하는 가족들, 기쁨만이 아니라 슬픔도 공유하는 식구들을 갖게 되는구나. 베리안은 가슴이 벅찼다.
'권력이 가장 중요하다는 말을 믿지 말거라, 베리안. 가장 소중한 것은 가족이란다. 가족의 사랑으로 살아가는 힘을 얻는다는 사실을 잊어서는 안 된다.'
베리안은 의붓할머니인 엘리자베스의 말을 떠올렸다. 할아버지 집에 있는 동안 따뜻함을 느끼기는 어려웠지만, 오히려 그래서인지 할머니의 말은 항상 그의 가슴속을 맴돌았다.

「폐하께서 캐서린에게 엄청난 선물을 주셨다. 내가 이 자리에 있을 시간두 얼마 남지 않은 거다, 니사. 너두 집으로 돌아가야겠구나.」
이튿날 다시 왕궁으로 돌아온 니사에게 왕비가 말했다.
「왕비님 곁에 남아 있겠어요. 자일스도 왕비님 시중을 들기 위해 남아 있고 싶어합니다.」
니사는 머리를 가로 저으며 말했다.
「착한 아이군. 자일스는 한스와두 친하게 지내구 있으니 그렇게 하라고 하자. 니사, 내게는 자일스만 있어도 된다. 너는 왕실보다 전원을 좋아하잖니.」
앤은 만족스런 얼굴로 니사를 바라보았다.
「제가 없어도 괜찮으시겠어요, 왕비님?」

「난 네가 행복하게 살기를 원한다, 니사. 나두 궁중생활이 그다지 마음에 들지는 않아. 물론 먹구 마시며 춤추는 생활을 즐기기는 하지만 말이야. 이제부터는 리치먼드에서 지내게 될 거다. 헨리가 집을 두 채나 주겠다구 해서 좋으실 대로 하시라구 했다. 리치먼드는 멋진 곳이다. 고향 풍경을 많이 닮은 곳이기두 하구. 거기서 살면 더 행복할 것 같다. 그리구 내가 그곳에서 지내면 메리 공주두 즐거워할 거야. 메리와 나는 앞으로두 가깝게 지내게 될 거야.」

「다행입니다, 왕비님. 하지만 가족이 그립지는 않으신가요?」

니사가 왕비에게 물었다.

「좀 이상하게 들리겠지만 클레브스로 돌아가는 것보다 영국에 남아 있구 싶구나. 내 아버지는 유머감각이 아주 없지는 않으셨지만 완고한 분이시구, 남동생 윌헬름두 나를 행복하게 하지는 못해. 한마디로 클레브스에서의 생활에는 자유가 없단다. 난 다시 결혼하지두 않을 거다, 니사. 그러는 게 더 좋다구 생각되는구나. 나는 그렇구, 너는 어떠니? 남편이 마음에 드니? 네가 원하지 않는 상황을 맞았지만 행복했으면 좋겠구나.」

「다행히 베리안에게는 유머가 있습니다. 제가 행복하기를 바라고 있구요.」

니사가 웃으며 대답했다.

「그러면 같이 잠……, 아니다.」

왕비가 얼굴을 붉히며 입을 닫았으나 니사는 왕비가 묻고 싶은 게 무엇인지 눈치를 챘다.

「네, 같이 잠자리를 합니다. 저도 그 사람을 좋아하는 것 같아요.」

니사의 뺨이 살짝 달아올랐다.

「구러니!」

앤이 활짝 웃으며 말했다.

「출발이 아주 좋은 것 같구나.」

왕과 캐서린 하워드가 남몰래 만나고 있다는 소문으로 니사의 결혼에 관한 수군거림은 뒷전으로 밀려났다. 왕실 사람들은 한밤중에 치러진 갑작스런 결혼 이야기보다는 마흔아홉 번째 생일을 앞둔 헨리가 스무 살 먹은 청년처럼 행동하고 있다는 이야기에 훨씬 더 많은 호기심을 보였다.

왕과 왕비가 메이데이 행사로 웨스트체스터에서 열린 마상 창 시합에 참석했다. 두 사람은 듀람에서 열린 메이데이 연회에도 모습을 보였는데, 사람들은 앤이 가지고 있는 왕비로서의 품위와 우아한 자태를 다시 한 번 확인할 수 있었다.

캐서린과의 밀애 아닌 밀애로 들떠 있던 헨리 튜더는 마상 창 시합의 승자에게 많은 상금과 집을 선물로 하사했다. 메이데이 행사를 끝으로 헨리와 앤은 더 이상 남편과 아내로 사람들 앞에 모습을 드러내지 않았다.

메이데이로 시작된 그 달은 빨리 지나갔다. 캐서린 하워드는 아직 왕비의 시녀였지만 시녀들의 방에서 얼굴을 볼 수 없었다. 앤은 캐서린의 부재를 모르는 체해 달라는 왕의 부탁을 받아들였다.

6월 10일, 마침내 토마스 크롬웰이 추밀원 회의석상에서 체포되었다. 크롬웰은 수비대장이 왕의 체포 명령서를 들고 와 자신을 호명하자 모자를 벗어 탁자에 던져버리며 외쳤다.

「신이여, 왕을 도우소서!」

무장한 병사들이 달려들어 자신을 포박하고 노포크의 백작이 다가와 그의 옷에 붙어 있는 배지를 뜯어버리자, 크롬웰은 절망과 분노 가운데 공작에게 소리쳤다.

「네가 비록 지금은 권력을 갖고 놀아날 수 있지만, 네 더러운 흉계가 어떤 결과를 초래할지 저승에서 똑똑히 지켜보마!」

토마스 크롬웰의 추락은 너무도 간단하게 끝났다. 왕실 사람들은 크롬웰의 태생이 천했으나 믿을 수 없을 정도로 높은 지위에까지 올랐으니 그의 몰락은 예정된 것이었다고, 그리고 파멸의 배후에는 토마스 하워드 공작이 있었다고 수군대기 시작했다.

「때가 온 거야. 결국 때가 온 거라구.」
앤이 자기 나라 말로 한스에게 말했다.
앤은 추밀원에 불려와 크롬웰이 체포되었다는 소식을 접했다. 그녀는 지금까지 그래왔던 것처럼 자신의 운명을 담담하게 받아들일 수 있었다. 그러나 자신으로 인해 누군가가 희생을 당하고 있는 상황이 너무도 가슴 아팠다.
「신이여!」
앤의 눈가에 눈물이 맺혔다.
「왕비님, 공작에게 뭐라고 답할까요?」
한스가 앤에게 리넨 손수건을 건네주며 말했다. 노포크의 공작과 추밀원 고문관들이 가만히 앤을 바라보고 있었다.
「내가 직접 얘기하지.」
눈물을 닦은 앤은 추밀원 고문관들을 향해 돌아섰다.
「폐하에 대한 깊은 존경과 애정으루 이 문제가 교회에 의해서 결정되는 것에 동의하오.」
앤은 고문관들에게 공손히 고개를 숙였다.
「폐하의 뜻을 온전히 이해하셨습니까?」
노포크의 공작이 으르렁거리듯 말했다. 그의 눈에 앤은 더 이상 영국의 왕비가 아니었다.
「그렇소, 경! 나는 폐하의 뜻을 완전히 이해하구 있소. 폐하께서는 이 결혼에 법적인 문제가 있다구 걱정하구 계시오. 나는……, 그러니까 폐하의 아내루서 폐하께서 바라시는 대루 이 문제를 검토하는 것에 동의하오.」
왕비는 토마스 공작이 움찔할 정도로 우렁차고 단호한 음성으로 대답하고는 고문관들에게 미소를 지어 보였다.
「고맙습니다. 왕비님께서는 영국의 모든 여성들에게 남편에 대한 순종의 미덕이 어떠한 것인지를 보여주셨습니다. 폐하께서도 기뻐하실 겁니다.」

대주교의 말이 끝나자 고문관들은 일이 쉽게 끝난 것에 만족하며 흩어졌다.

「저 여자가 대체 무슨 생각을 하고 있는지 모르겠소. 일이 이렇게 된 것을 기뻐하는 것 같다는 생각까지 드니 말이오. 왕비 자리를 내놓게 될지도 모르는 상황인데 말이오.」

토마스 공작은 앤을 이해하기가 어려웠다.

「공작에게는 상상하기 어려운 일이겠지만, 어떤 사람들은 권력에 관심이 없기도 하다오.」

대주교는 이상할 게 없다는 듯 말했다.

「세상에 그런 얼간이들도 있소?」

노포크의 공작이 빈정거렸다.

왕은 모든 일이 순조롭게 진행되고 있다는 생각에 기분이 고조되었다. 추밀원이 혼인 무효를 검토하겠다고 나섰고 크롬웰은 체포되었다. 앤은 무엇인가 다른 계획으로 자신을 속이고 있을지도 모른다는 의심이 들 정도로 자신과 손발을 잘 맞추고 있었다.

다음날 헨리는 자신의 결혼 문제를 검토할 성직자들에게 보낼 문서를 작성했다. 그 문서에 자신의 결혼을 재조사하겠다는 추밀원의 의사에 동의한다는 내용을 첨가했다.

헨리는 서두에 튜더 왕가의 계승을 위해 더 많은 아이가 필요하기 때문에 결혼을 생각했다고 썼다. 앤에 대한 혐오감에도 불구하고 그녀를 당황하지 않게 하면서 결혼을 피할 합당한 방법을 찾을 수 없었기 때문에 결혼을 하게 되었다고 밝혔고 지금까지도 앤과 결혼을 완성할 수 없는 괴로운 상태에 있다고 말했다. 결혼 후에는 앤이 로레인 공작과 정혼한 사실까지 드러나 자신의 양심에 심한 가책을 받게 되었고, 그로 인해 불면과 번민의 밤을 보내왔다고 적으면서 이 문제에 대한 주교들의 지혜로운 의견을 바란다는 말로 끝을 맺었다.

그 후 며칠동안 주교들은 여러 증인들을 출석시켜 증언을 들었다.

「다른 여자와는 잠자리를 할 수 있을 것 같은데, 앤 왕비님과는 전혀 자고 싶은 생각이 들지 않는다고 분명히 말씀하셨습니다.」

시의인 버트 박사는 주교들 앞에서 성경에 손을 얹고 말했다.

「폐하께서는 그 동안 수없이 밤의 충동을 느껴왔다고 하셨습니다. 다시 말씀드리면 이것은 폐하께는 아무런 문제도 없지만 왕비님과는 관계를 가질 수 없다는 명백한 증거입니다. 지금 왕비님께서는 영국에 오실 때처럼 아직도 처녀입니다. 제 영혼을 걸고 맹세하겠습니다.」

주교들은 버트 박사의 말을 호기심 가득한 얼굴로 듣고 있었다. 추밀원 고문관들과 성직자들은 이 문제에 대해 토론을 벌였다. 그들은 왕과 왕비가 관계를 가질 수 없다는 것은 결혼을 무효로 하기에 충분한 이유가 된다고 의견의 일치를 보았다.

또한 그들은 영국의 왕위를 이어가기 위해서는 더 많은 왕자가 필요하며, 헨리 튜더가 클레브스의 앤에게서 왕자를 얻을 수 없다면 이 결혼을 유지하는 것은 바람직하지 않다는 결론을 내렸다.

7월 9일, 성직자들은 왕과 앤 왕비의 결혼을 무효로 선언했다. 여러 추밀원 고문관들이 앤에게 이 사실을 통보하기 위해 리치먼드로 갔다.

「이제부터 폐하께서는 왕비님을 누이로 여기실 것입니다.」

서포크의 공작이 앤에게 왕이 하사한 것들을 말해주었다.

「왕비님께서는 지금 갖고 계신 모든 보석들, 그릇과 벽걸이 융단을 그대로 소유하실 수 있습니다. 또한 리치먼드 궁, 헨버 성, 그리고 블렛칭리의 장원이 폐하의 자비로우신 뜻에 의해 왕비님의 소유가 되었음을 알려드립니다. 그리고 영국의 공주님들과 새로이 왕비가 되시는 분만이 왕비님보다 큰 권한을 갖게 됩니다. 폐하가 베푸신 관대함에 만족하실 줄 믿습니다. 신이여, 왕을 도우소서!」

「형제가 된 헨리의 너구러움에 감사하오. 폐하에게 오늘 이루어진 일에 대한 내 입장을 전하는 글을 쓰겠소 그렇게 하는 것이 좋지 않겠소?」

앤이 부드러운 미소를 지으며 말했다.

「네, 왕비님. 그러시는 게 좋겠습니다.」

이 여자는 일이 이렇게 진행되는 것을 좋아하고 있어! 서포크의 공작은 놀라지 않을 수 없었다.

「클레브스에 전령을 보내겠습니다. 왕비님께서 클레브스에 보낼 편지를 써주신다면 도움이 될 것 같습니다.」

사우샘프턴의 윌리엄 피츠윌리엄 백작이 말했다.

「편지 쓰는 것을 도와주시겠소? 나는 아직 영어에 익숙하지 않아요.」

추밀원 고문관들은 앤의 말에 웃음을 터뜨렸다.

「원래 쓰시던 말로 편지를 쓰는 편이 낫지 않겠습니까? 갑자기 영어로 편지를 보내온다면 그쪽에서 놀라거나 걱정하시지 않을까요?」

대주교의 물음에 앤이 대답했다.

「이제 나는 영국 여자요, 대주교. 하지만 그렇게 하는 게 좋을 것 같다면, 영어로 먼저 쓰고 그걸 내가 태어난 곳의 언어로 옮겨 적겠소 그렇게 해서 클레브스에 두 장을 모두 보내시오. 오빠가 내가 쓴 영어 원본도 볼 수 있도록 말이오.」

앤은 활짝 웃어 보였다.

「폐하에게 전하실 말씀이 있으십니까? 왕비님께서 만족하신다는 것을 폐하에게 확신시켜 드리고 싶습니다.」

서포크의 공작이 물었다.

「폐하에게 영원히 충성을 다하겠다고 전해주세요.」

「믿을 수가 없군.」

함대 사령관인 사우샘프턴의 백작이 그리니치로 가는 배에서 고문관들을 돌아보며 말했다.

「이런 상황에서 그렇게 합리적이고 침착하게 행동하는 여자를 본 적이 없소 내가 왕비를 칼레에서 처음 만났을 때, 그녀는 폐하를 기쁘게 하고 싶다며 대단히 초조해했소 그런데 이렇게 담담하게 혼인 무효를 받아들일 수 있는 거요?」

「왕비가 오늘만큼은 원하던 대로 왕을 기쁘게 한 것 같소.」

대주교가 차분한 목소리로 말했다.

「왕비는 외교적인 재간이 있어 보이는데 정말 아깝소. 하지만 왕비도 왕만큼이나 일이 이렇게 된 것을 기뻐하는 듯했소.」

서포크의 공작이 말했다.

「왕은 왕비가 이 일을 이토록 쉽게 받아들였다는 사실을 알면 굉장히 기분이 상할 거요. 내 생각에는 왕에게, 왕비가 충격을 받아 실신할 지경이었다고 말하는 게 좋을 것 같소. 그래야 왕의 허영심을 충족시켜 줄 거요. 어떻게 생각하오, 경들은?」

사우샘프턴의 백작이 말했다.

「요즘은 그의 허영심을 염려하지 않아도 될 것 같소. 캐서린 하워드에 빠져 정신을 차리지 못하고 있으니 말이오.」

대주교가 대답했다.

「나이 어린 아내를 갖게 되었으니 그럴 만도 하오.」

서포크의 공작도 어린 아내를 두고 있었다.

「그런데 말이오. 문제는 토마스 공작이오. 그가 다시 권력을 잡게 될 텐데, 토마스 공작은 상대하기가 쉽지 않은 인물이오.」

「그럼 백작은 다시 크롬웰을 옹호하기라도 하겠다는 말이오?」

사우샘프턴의 백작 윌리엄 피츠윌리엄이 말했다.

「크롬웰 편에 서겠다는 것은 위험천만한 생각이오. 크롬웰의 운명은 끝이 났소. 이제는 신을 제외하고는 아무도 그를 구해낼 수 없소. 이제 하워드가를 인정할 수밖에 없을 거요. 다른 대안이 없소.」

대주교가 말했다.

앤은 기억 속으로 사라질 것이 분명해졌고, 이제 왕실의 미래에는 캐서린 하워드가 있음을 아무도 부인할 수 없게 되었다. 앤과 함께 리치먼드에 온 왕비의 가솔들도 왕비를 떠나야 할 때가 되었음을 알았다. 왕의 사촌과 며느리는 이미 왕비 곁에서 보이지 않았고, 앤의 비서인 토마스 데니 경과 주치의인 케이 박사도 그리니치로 돌아가는 배를 타기로 했다. 헬가 폰 그래프츠틴과 마리아 폰 헤셀도프만이 앤을 위해 남아 있기로 했다.

「니사는 오늘 가야 할 거고, 너희들은 아침에 떠나거라. 지금 출발하는 배에 너희들까지 태울 수가 없다는구나.」

러트랜드 백작부인이 시녀들에게 말했다. 왕비의 시종장인 그녀의 남편이 해임되면 그녀 또한 왕비를 떠나야 했다.

니사는 친구들에게 작별 인사를 했다. 캐서린 케리와 엘리자베스 피츠제럴드는 눈물을 흘렸다. 바셋도 오늘만큼은 진중한 태도를 보였다.

「자일스, 남아 있고 싶은 게 확실하지? 부모님께서 너를 보고 싶어하실 텐데…….」

시녀들과 인사를 마친 니사가 둘째 동생에게 물었다. 니사는 동생의 의지를 확인하고 싶었다.

「누나, 내게 이런 기회가 다시는 없을 거야. 앤 왕비님의 시중을 들다 보면 언젠가 높은 자리에 오를 날이 올 거야. 아마 올 가을에는 집에 들를 수 있을 거야. 여기 남게 돼서 제일 아쉬운 건 누나가 매형을 데리고 갔을 때 아빠 표정을 보지 못한다는 거야.」

자일스의 푸른 눈이 장난기로 반짝였다.

「너 아주 못됐구나!」

니사는 동생에게 눈을 흘기며 말했다.

「윈터 부인! 배가 떠나려고 해, 빨리 서둘러!」

러트랜드 백작부인이 니사에게 말했다.

니사는 다시 앤에게 고개를 돌렸다. 눈앞이 흐려졌다.

「왕비님을 떠나고 싶지 않습니다.」

「걱정하지 말아라, 니사.」

앤 또한 솟구쳐 오르는 아쉬운 감정을 삼키며 말했다.

「나는 사자의 발톱 아래서도 무사했잖니. 뿐만 아니라 부자로 살아갈 수 있게 되었고, 헨리와 남매처럼 지낼 수 있을 거다. 울지 말거라, 니

사. 내가 원하는 대로 된 거다. 내가 선택한 삶을 살게 된 거야.」
「하지만 이제 누가 왕비님을 사랑해주죠?」
니사의 눈은 앤에 대한 걱정으로 가득 차 있었다.
「니사, 너에게는 남자의 사랑이 중요하겠지. 하지만 나에게는 의무와 책임이 더 중요해. 내가 원하는 사랑이란 너와 몇몇 다른 사람들과 나누었던 그런 사랑이란다. 결코 낭만적인 사랑을 그리워하지는 않아. 자, 가거라. 멋진 신랑과 함께 화목한 가정을 꾸며보거라. 네가 행복하게 살고 있다는 편지를 받으면 기쁠 거야.」
앤은 부드럽게 말하고 마치 백작부인의 볼에 입을 맞추었다.
「왕비님을 모실 수 있었던 시간은 제게 큰 영광이었습니다. 저를 아껴주신 왕비님을 평생 잊을 수 없을 것입니다.」
니사는 앤에게 천천히 무릎을 구부리며 마지막 인사를 올렸다. 윈햄 자작도 클레브스의 공주와 작별 인사를 나누며 눈물을 닦았다.
「후에라도 제가 필요하실 때는 언제든지 불러주십시오. 모든 일을 접어두고 달려오겠습니다.」
「고맙구나, 필립.」
앤이 필립의 뺨에 입을 맞추었다.
니사와 필립은 리치먼드를 떠나 그리니치 궁으로 향하는 배로 뛰어갔다. 갑판에 올라선 니사는 앤이 멀리 사라질 때까지 손을 흔들었다. 니사는 아무 말도 하지 않았지만, 필립은 누나의 마음을 충분히 읽을 수 있었다.
「우리가 드디어 집에 가는구나, 필립. 아, 엄마와 아빠, 그리고 어린 동생들을 다시 보게 되는구나.」
「누나, 누나가 결혼한 걸 알면 가족들이 많이 놀라겠지? 이모부가 먼저 가서 이 사실을 알리는 편이 좋지 않을까?」
필립이 걱정스런 얼굴로 말했다.
「아니야, 필립. 네 매형과 내가 직접 말씀드려야 해. 그렇게 하는 게 옳을 거야.」

필립은 깊이 한숨을 쉬었다.
「나는 빨리 어른이 되었으면 좋겠어. 사실 난 헬가를 좋아하고 있어. 그녀와 결혼하고 싶다구. 누나도 헬가가 예쁘고 착한 여자라고 생각하지?」
필립의 얼굴이 붉어졌다.
「물론이지. 네 문제를 아버지와 상의해보자.」
「누나, 아빠가 내 말을 들어주실까? 아빠는 나를 어리게만 보셔. 10월이면 나도 열네 살이 되는데 말이야. 헬가와 결혼할 수 있다면 열일곱 살까지 기다릴 수 있어. 헬가도 그때가 되면 결혼할 나이가 되고.」
「아빠에게 잘 말씀드려, 필립. 원하지도 않는 여자와 결혼할 수는 없잖아.」
필립의 누이가 부드럽게 말했다. 그러나 니사는 바로 자신이 원하지 않은 결혼을 했다는 데에 생각이 미치자 겸연쩍은 듯 웃었다.
「다행히 베리안과 나는 서로를 좋아해.」

9

「니사, 너와 헤어지고 싶지 않아! 가지 말아줘, 부탁이야. 네가 떠나면 내 주위에는 아첨꾼들밖에는 남지 않아. 진실한 친구는 너밖에 없단 말이야.」

캐서린이 말했다.

「캐서린, 나도 안타깝지만 어쩔 수가 없어. 아직 부모님께서 내가 결혼한 사실을 모르고 계시잖니. 그렇다고 이런 일을 편지에 써서 알려 드릴 수는 없는 노릇이고. 그리고 나도……, 나도 가족들이 그립단다.」

니사는 안쓰러운 표정으로 친구를 바라보았다.

캐서린 하워드는 니사의 말에 입을 삐쭉거렸다. 니사는 그런 캐서린이 귀엽다는 생각이 들었다.

캐서린은 가슴살이 볼록하게 드러나 보일 정도로 목선이 깊이 파인 장밋빛 실크 드레스를 입고 있었다. 목에는 루비가 박힌 금목걸이를 걸고 있었고, 손가락마다 값비싼 보석 반지를 끼고 있었다.

「내 남편은 너를 붙들어둘 수 있을 거야! 헨리는 나를 위해서라면 무엇이든 해줄 수 있어, 그 무엇이라도! 이토록 내게 열중했던 남자는 없었어.」

캐서린은 짐짓 무섭게 눈을 떠 보이며 장난스럽게 웃었다.

「열중했던? 헨리말고 다른 남자가 있었다는 거니?」

캐서린은 눈치 빠른 니사에게 새삼 놀랐다.

「삼촌에게 고자질하지 마!」

캐서린은 키득거리며 대수롭지 않다는 듯 말했으나 니사는 눈을 동그랗게 떴다.

니사의 눈에 비친 캐서린은 때묻지 않은 천진함 그 자체였다. 그런 애가……, 아 그렇다. 캐서린의 그런 면 때문에 오히려 남자가 있었을지도 모른다. 토마스 컬페퍼도 캐서린에게 마음을 두지 않았던가. 캐서린에겐 지참금이 적다는 흠이 있었지만, 그녀 주위에는 권세 있는 사람들이 많이 있었다. 미모와 순수함, 그리고 권세, 이 정도면 남자들이 관심을 갖는 것은 당연하지 않은가. 하지만……

「내가 첫 키스를 한 남자는 음악선생 헨리 마녹스였어. 그리고 프란시스 데레햄이라는 남자도 있었어, 삼촌의 고용인이었지. 의붓할머니인 아그네스 공작부인은 뒤에서 어떤 일들이 벌어지는지 알지도 못했어. 난 할머니 앞에서는 아주 조신하게 행동했으니까.」

캐서린은 자신이 주위 사람들을 감쪽같이 속였다는 사실이 너무도 재미있다는 듯 낄낄거렸다.

「더 이상 듣고 싶지 않아! 폐하에게 꼭 말씀드리도록 해. 네게 악의를 품은 사람이 이 일을 들춰내면 걷잡을 수 없게 될 수도 있단 말이야.」

니사는 캐서린이 걱정스러웠다.

「하지만 헨리가 화를 내면 어떡해? 그리고 삼촌이 나를 가만두지 않을걸. 그러니 비밀로 하는 게 나아. 어차피 아무도 고자질할 수 없을 테니까. 자기들이 처벌을 받게 될 텐데 일부러 떠벌릴 리 있겠어?」

그러나 말과는 달리 캐서린은 불안해 보였다.

「니사, 가지 않을 거지? 응?」

캐서린은 다시 한 번 친구를 붙들어 보았다.

「나는 집에 가야만 해, 캐서린. 그리고……, 넌 곧 폐하와 결혼식을 치를 거 아니니. 그러고 나면 바로 신혼여행을 떠날 거고 또 신혼여행에서 돌아와서는 폐하가 너를 독차지하려고 할 텐데 내가 필요하겠니? 폐하가 너를 너무나도 사랑하신다는 건 왕궁 사람들 모두가 알고 있는 이야기야.」

니사는 차분한 목소리로 캐서린을 달랬다.

「그래도…….」

캐서린은 이내 행복한 표정으로 바뀌었다.

「너를 이렇게 사랑해주는 사람이 있다니……. 캐서린, 너는 축복받은 거야. 너도 폐하에게 잘 하렴. 남자는 여자 하기 나름이라고 어머니가 항상 말씀하셨단다.」

「어머니? 너는 어머니가 있어서 좋겠구나. 그래, 어머니……. 니사! 나도 엄마가 될까?」

「폐하는 아이를 원하셔. 젊은 아내를 원하는 이유도 거기에 있을 거야. 지금은 왕자가 하나뿐이잖아. 앞으로 요크 공작과 또 하나의 리치먼드 공작 정도는 더 있어야 하지 않겠니?」

「공주가 둘이나 있는데?」

「그렇기는 하지만, 여자가 영국을 지배할 수는 없지. 너는 폐하에게 튼튼한 사내아이를 적어도 두 명은 안겨줘야 해.」

니사는 부드러운 목소리로 말했다.

「그럼 너도? 너도 베리안 백작에게 아들을 안겨줄 거니? 맞아, 넌 결혼한 지 벌써 3개월이 다 돼지? 그런데 아직 아무 소식이 없니? 베리안은 아이들을 좋아해. 알고 있니? 내가 호샘에 있을 때 베리안은 어린아이들과 놀기 위해서 들리곤 했거든.」

「그랬어?」

니사는 남편의 새로운 면을 발견하고는 놀랐다. 베리안은 한번도 아이들에 대해서 얘기를 한 적이 없었다.

잠시 후, 니사는 자리에서 일어섰다.
「이제는 가봐야겠어. 캐서린. 베리안이 화를 낼지도 몰라. 너에게 작별인사만 하고 간다고 했는데, 벌써 한 시간이나 지났어.」
「내가 왕비가 되면 꼭 궁에 오겠다고 약속해 줘.」
캐서린은 친구를 안으며 말했다. 캐서린의 하늘색 눈동자에 니사의 부드러운 보랏빛 눈동자가 스며들어 있었다.
「그래, 약속할게.」
「성탄절은 햄프턴 궁에서 함께 보내는 거다!」
캐서린은 니사에게서 다짐을 받아내고 싶었다.
「성탄절은 안 돼, 캐서린. 성탄절은 가족들과 리버스에지에서 보내야해. 성탄절은 안 돼.」
니사가 미안한 표정으로 고개를 저었다.
「그럼……, 12일절의 전야제.」
캐서린은 다시 토라질 듯 입을 내밀었다.
「그래, 베리안에게 물어봐야겠지만.」
니사는 고개를 끄덕이며 말했다.
헨리가 부르면 틀림없이 올 거야! 캐서린은 마음속으로 생각했다.

「몇 주 만에 너를 다시 보는구나, 나의 사랑스런 들장미.」
니사가 깊이 허리를 숙여 왕에게 인사를 하자 헨리 튜더가 말했다. 왕은 캐서린을 깊이 사랑하기에 니사에게 다시 자비를 베풀 수 있었다.
「얼굴에 윤기가 도는 걸 보니 마치 백작과의 결혼이 그리 나쁘지만은 않은 게로구나. 그래, 네 어머니께서는 뭐라고 하시더냐?」
「아직 결혼 사실을 말씀드리지 않았습니다, 폐하. 직접 찾아뵙고 말씀드리려 합니다. 그렇게 하는 편이 나을 것 같습니다.」
「그렇지. 너는 역시 지혜로워. 너에게 줄 결혼선물이 있단다.」
왕은 자신의 목에서 다이아몬드 목걸이를 풀어 니사의 목에 걸어주었다. 니사는 뜻밖의 선물에 놀란 표정으로 왕을 바라보았다.

「궁에 오고 싶을 때는 언제든지 오너라. 그 동안 맡은 직분을 잘 수행했다. 네 엄마처럼 말이다.」
「폐하, 너무도 큰 은혜를 베푸시니 황송할 따름입니다. 폐하의 선물을 평생동안 소중하게 간직하겠습니다. 참으로 기쁩니다.」
왕은 니사의 꾸밈없는 모습에 더욱 흐뭇했다.
「긴 여행을 해야겠구나. 나도 어쩌면 내년쯤에 너의 집을 방문할지도 모르겠다. 이번 여름에는 해야 할 일들이 있어서 어렵지만 말이다. 그렇지 않은가, 윌?」
왕은 그의 어릿광대를 돌아보았다. 어릿광대는 고개를 까닥이며 미소짓고 있었다.
「부모님께 내가 너를 많이 칭찬해주더라고 전하거라.」
거대한 몸집을 숙이며 왕이 손을 내밀자 니사는 그의 두툼한 손에 입을 맞추었다.
니사는 캐서린 하워드가 부럽지 않다는 생각이 들었다. 남자와 여자가 사랑을 나눈다는 일이 어떤 것인지 알게 된 니사는, 집채만한 헨리 튜더가 연인이라는 상상만 해도 소름이 끼쳤다.
「신의 은총이 함께 하시길 기원합니다.」
니사는 다시 한 번 왕에게 인사를 올리고 뒷걸음질쳐 물러났다. 그녀의 뒤로 문이 닫히자, 윌 소머즈가 왕에게 말했다.
「폐하, 폐하께서 니사의 어머니를 떠나 보내려 하실 때, 저는 폐하를 말렸지요. 이번에도 같은 실수를 하시는 건 아닌지 의문입니다.」
헨리를 바라보는 어릿광대의 갈색 눈동자가 빛나고 있었다.
「이번에는 다를 거야. 캐서린은 가시 없는 장미 같아, 윌. 절대로 나를 불행하게 하지는 않을 테니 두고 보게. 내게 아들도 낳아줄 거고, 죽을 때까지 동반자가 되어줄 테니까.」
헨리 튜더는 확신에 찬 음성으로 말했다. 그러나 윌 소머즈는 흰머리가 점점 늘어가는 자신의 머리를 가로 저었다. 어릿광대는 왕궁에서 좋은 결말을 본 일이 거의 없었다. 거의 반세기를 살아왔지만……, 아직도 왕은 몽상의 습관을 버리지 못하고 있다고 윌은 생각했다. 어릿광대는 창 밖으로 시선을 돌렸다. 왕과 캐서린 하워드의 행복은 얼마나 지속될 수 있을까?

니사와 베리안, 그리고 마우드 백작 내외와 필립은 리버스에지를 향해 길을 떠났다. 짐마차 몇 대와 무장한 호위병들이 그들을 따라갔다. 오웬 피츠휴와 그의 사촌 킹슬레이는 이미 지난봄에 집으로 갔다.

완연한 여름 날씨였다. 그러나 오월에 내린 비를 끝으로 그때까지 단 한번도 비가 오지 않았기 때문에 일행은 마른 먼지가 심하게 일어나는 길을 달려가야 했다.

마우드 홀과 리버스에지는 5마일밖에 떨어지지 않은 위치에 있었다. 그러나 블리스와 마우드의 백작은 니사의 결혼에 대해 뭔가 말을 해야 했으므로 자신들의 집으로 가기 전에 리버스에지까지 그녀의 조카와 동행해야 했다.

어느 오후, 니사의 눈에 낯익은 풍경이 들어왔다.

「다 온 것 같아요! 봐요. 와이강이에요. 어머, 벌써 과꽃이 피기 시작했어요.」

니사는 흥분된 목소리로 말했다. 베리안은 긴장되었다. 니사의 얼굴이 환하게 빛났다. 니사는 자신이 리버스에지를 얼마나 그리워했던가를 절실하게 느낄 수 있었다. 니사는 자신의 말에 박차를 가하며 일행의 선두로 나섰다.

「베리안, 미가엘 성당 나룻배예요」

니사가 소리쳤다.

「럼포드! 나예요, 나 니사예요. 내가 왔어요」

니사는 말을 달리며 목소리를 더욱 높여 외쳤다.

커다란 참나무 아래 앉아 있던 노인이 천천히 일어나 소리나는 쪽을 바라보았다. 니사를 확인한 그는 주름진 얼굴에 환한 미소를 그렸다. 그는 절뚝거리며 니사에게 걸어왔다.

「니사 아씨 아니세요! 돌아오셨군요.」
그는 니사의 말을 세워주며 반갑게 말했다.
「아, 이렇게 아름다우실 수가!」
노인은 니사를 보며 감탄했다. 니사는 말에서 내려 노인의 뺨에 입을 맞추었다.
「요즘 나룻배 손님은 많아요, 럼포드?」
「웬 걸요. 가물에 콩 나듯 오는 상인들이 전부인걸요.」
럼포드가 말했다.
「식구들은 다들 편안하구요?」
「아들 두 놈은 농사를 지어요. 막내 녀석만 저를 도우며 지내지요 아무튼 이 일도 옛날하고는 너무 달라요.」
「럼포드가 나루터를 지키는 한, 제게는 달라진 게 없어 보여요. 미가엘 성당 나룻배는 럼포드 가문의 가업으로 영원히 이어져야 해요.」
니사의 말에 노인은 큰 소리로 웃었다.
「그렇습니다, 아씨. 아씨 어머니가 에드문드 경에게 시집오실 때, 아씨 어머니에게 제가 신이 보호해주실 거라고 말씀드렸는데, 그때 아씨 어머니께서 미가엘 성당 나룻배도 신의 보호를 받을 거라고 말씀하셨지요.」
니사는 웃으며 다시 말에 올랐다.
「곧 럼포드의 도움이 필요할 거예요.」
니사는 말 머리를 돌리며 말했다. 노인은 미소 띤 얼굴로 일행들과 합류하는 니사를 바라보며 고개를 끄덕였다.
「누구지?」
베리안이 니사에게 물었다. 베리안은 윈터헤븐을 방문할 때 강 반대편을 지나므로 노인의 나룻배를 타보지 못했던 것이다.
「럼포드 노인이에요. 사공이죠. 미가엘 성당에 나룻배는 항상 럼포드가 지키고 있어요. 어머니도 시집오실 때 럼포드의 나룻배를 타고 와이 강을 건너오셨죠. 조부모님들과 킹슬레이 가족들은 강 건너편에 살고 계시거든요. 우리도 강을 건너 윈터헤븐으로 갈 거잖아요. 어머, 저기 좀 보세요. 다 왔어요! 리버스에지예요!」

베리안은 니사가 가리키는 쪽을 보았다. H자 모양의 커다란 붉은색 벽돌집이 담쟁이덩굴로 덮여 있었다. 잘 가꾸어진 정원에는 예쁜 여름 꽃들이 가득했다.

「니사, 참으로 아름다운 집이오. 하지만 유감스럽게도 윈터헤븐은 리버스에지만큼 아름답지는 않다오.」

베리안은 지붕을 덮고 있는 회색빛 석판을 유심히 바라보며 말했다. 지붕 위로는 많은 굴뚝들이 하늘을 향하고 있었다. 굴뚝의 개수만큼 벽난로가 갖춰진 아늑한 방이 있을 것이다.

「윈터헤븐도 멋지게 꾸미면 되잖아요.」

니사의 환한 미소에 베리안의 마음도 밝아졌다.

거대한 리버스에지 정문에 다다르자, 아름다운 부인과 멋진 신사가 나왔다. 환하게 웃고 있는 아름다운 부인은 눈이 니사와 닮아 있었고, 신사는 큰 키에 파란 눈을 하고 있었다. 신사는 니사를 번쩍 들어올리며 말했다.

「귀여운 내 딸이 왔구나. 어서 오거라.」

앤터니 윈햄 백작은 따뜻한 눈빛으로 딸을 바라보았다.

「아빠, 보고 싶었어요.」

니사는 윈햄 백작의 뺨에 입을 맞추고 블레이즈 부인에게 안겼다.

「어서 오거라. 아픈 데 없이 건강하지? 왕이 너의 의무를 면제해주셨니, 아가야? 별 문제 없는 거냐?」

딸의 머리를 쓰다듬던 블레이즈 부인은 걱정스런 목소리로 말했다. 블레이즈 부인은 어색한 표정으로 서 있는 블리스를 보았다. 더구나, 이 낯선 남자는 대체 누구인가?

「안으로 들어가요, 엄마. 포도주 한 잔 마시고 싶어요. 포도주를 마시면서 그 동안의 얘기를 들려드릴게요.」

니사는 엄마를 안심시키기 위해 명랑한 목소리로 말하며, 어머니의 팔짱을 끼고 집안으로 들어갔다.
「왕궁에서의 생활은 즐거웠지?」
윈햄 백작이 큰아들 필립에게 말했다.
「네, 값진 경험을 했습니다. 그런데, 아버님! 상의 드리고 싶은 일이 있습니다. 물론 제가 결혼을 생각하기에는 아직 어리다는 것을 압니다만 올해가 지나기 전에, 그럴 수 있다면, 장래를 약속하고 싶은 사람이 있습니다. 앤 왕비의 시녀인데, 이름은 헬가 그래프츠틴입니다.」
필립이 말했다.
「독일인이란 말이냐? 지참금을 많이 가져와야 할 여자구나. 영국에 땅이 없을 테니 말이다. 우선 들어가서 얘기하자꾸나.」
랭포드의 백작은 마땅찮은 표정을 지었다.
「네, 아버님.」
필립은 아버지와 함께 어머니와 누이를 따라 집으로 들어갔다. 베리안 역시 리버스에지의 포근한 매력에 경탄하며 오웬 피츠휴 내외와 함께 집안으로 들어섰다. 리버스에지는 오랜 시간 세심한 손길을 주어야만 얻을 수 있는 그런 따스한 분위기로 가득했다.
하인들이 정중한 태도로 포도주와 비스킷을 내왔다. 하인들은 깔끔하고 민첩했으며 예의발랐다. 베리안은 윈터헤븐에 있는, 느려터진 노복들을 보고 니사가 뭐라고 할까 걱정이 되었다.
「여기 있는 신사 분은 누구시지, 니사?」
블레이즈 윈햄이 베리안을 바라보며 니사에게 말했다.
「어머니, 소개할게요. 이분은 베리안 드 윈터, 마치의 백작이시고……, 그리고……, 제 남편이에요.」
드디어 말했어!
「뭐라고? 니사, 내 허락 없이는 절대 결혼할 수 없다. 만약 했다면 그건 무효다. 나는 절대로 인정할 수 없어. 알겠니?」
랭포드의 백작이 비명에 가까운 소리를 냈다.
「여보! 화만 내지 말고 도대체 어떻게 된 일인지 먼저 들어봐요.」

윈햄 백작의 아내는 먼저 남편을 진정시키며 동생과 제부를 바라보았다.

「블리스, 어떻게 된 거지? 왜 편지에 이런 사실을 적지 않은 거냐?」

블리스가 뭐라고 말할 새도 없이 블레이즈 부인은 니사에게 고개를 돌리며 말했다.

「니사, 너도 편지에는 아무 말이 없었다. 대체 어떻게 된 거니?」

「저희는 최선을 다해서 니사를 보호했습니다. 먼저 니사의 말을 들어보세요. 그러고 나서 블리스와 제가 덧붙일 말이 있다면 그렇게 하겠습니다. 저희는 정말로 최선을 다했습니다.」

오웬 피츠휴가 말했다.

「최선을 다한 게 이거란 말인가? 내 딸이, 금이야 옥이야 키운 내 딸이, 어디서 굴러먹던 놈인지 알지도 못하는 인간에게, 재산이나 노리는 남자에게 코가 꿰어 집으로 돌아왔어! 참 일 잘해놨군. 자넨 이 일에 대해서 대가를 치러야 할 걸세, 오웬.」

랭포드의 백작은 생각할수록 화가 치밀었다.

「어르신, 저는 그런 사람이 아닙니다. 저는 강 건너에 사는 어르신의 이웃입니다. 윈터헤븐이 제 가족의 집입니다. 어르신, 어르신께서 어쩌면 돌아가신 제 아버지를 만나보셨을지도 모르겠군요. 저는 여섯 살 때 집을 떠나 할아버지의 손에서 자랐습니다.」

베리안이 말했다.

「대체 그 할아버지가 누구지?」

앤터니 윈햄은 애써 화를 진정시키며 말했다. 왜 니사는 우리의 허락도 없이 결혼을 했단 말인가. 그렇게 방종한 아이는 아니지 않은가.

「저의 할아버지는……, 토마스 하워드 공작입니다.」

마치 백작이 조용히 말했다.

「노포크의 공작 말인가?」

랭포드의 백작은 눈을 동그랗게 떴다. 마음이 한꺼번에 누그러졌다. 그러나 짚고 넘어가야 할 문제는 여전히 남아 있었다.

「우선 니사의 얘기를 들어봐요.」
블레이즈 부인이 조용히 말했다.
「그럼, 어떻게 제가 베리안과 결혼을 하게 되었는지 말씀드리겠어요.」
니사가 입을 열었다.
「필립! 도대체 너는 이런 일이 일어나는 동안 뭘 하고 있었느냐? 누나도 하나 보호 못 한단 말이냐?」
니사의 아버지가 소리쳤다.
「저는 이 일이 있고 훨씬 나중에 알았어요.」
윈햄 백작이 장손의 무능을 탓하자 필립은 뚱한 표정을 지으며 대답했다.
「저희는 왕실 예배당에서 4월 20일에 대주교와 가디너 주교의 주관하에 결혼하게 되었습니다. 왕의 명령이었죠.」
「헨리가?」
블레이즈 부인은 딸의 얼굴을 새삼스런 눈빛으로 쳐다보았다.
「처음부터 이야기할게요. 엄마도 왕이 왕비를 좋아하지 않는다는 소문을 들으셨지요? 앤 왕비님은 아주 온화한 분이시지만 왕은 결혼을 끝내고 싶어했어요. 그러다가 이 달 9일에 왕비님과 동침할 수 없다는 이유로 결혼을 무효화시켰죠.」
「동침할 수 없었다고? 그 짐승 같은 인간이 옆에 누운 여자를 가만두었다니, 그게 말이나 되냐?」
랭포드의 백작은 입가에 조소를 띠며 말했다.
「아니에요, 아빠. 왕은 정말로 앤 왕비님과 동침하지 않으셨어요. 제가 확실하게 말씀드릴 수 있어요.」
「그래 그렇다 치고, 그 일이 네 결혼과 무슨 상관이냐?」
블레이즈 부인이 강한 어조로 다그쳤다. 니사는 무슨 일이 있었는지 차분한 목소리로 얘기했다.
「그러면, 백작은 이 일을 이용한 거로군? 정말이지 인간도 아니오!」

니사의 말이 끝나자 앤터니 윈햄은 혐오스럽다는 듯 베리안을 바라보며 말했다.

「그럼, 제가 그런 상황에서 어떻게 해야 옳습니까? 제 할아버지는 니사가 누구와 함께 발견되든 상관하지 않았습니다. 그렇다면, 니사를 사랑하지 않는 사람보다는 사랑하는 사람이 낫지 않았을까요?」

베리안도 윈햄 백작의 눈을 똑바로 쳐다보며 물러서지 않았다. 앤터니 윈햄 백작의 눈에 핏줄이 서 있었다. 그러나 윈햄 백작의 아내 블레이즈 부인은 베리안의 말 중에서 남편이 간과하고 있는 중요한 구절에 생각을 모았다.

'니사를 사랑하는 사람이 낫지 않았을까요?'

블레이즈 부인은 베리안의 눈빛에서 그가 딸을 사랑하고 있음을 느낄 수 있었다. 그는 앤터니만큼이나 니사를 보호하고 싶어한다! 블레이즈 부인은 남편의 손을 잡으며 말했다.

「앤터니, 베리안 백작은 우리 딸을 사랑하고 있어요. 보이지 않나요? 화를 죽이고 베리안의 눈을 보세요. 니사를 사랑하고 있어요.」

블레이즈 부인의 목소리는 부드러웠다.

「하지만 니사는 어쩌구? 니사가 백작을 사랑하나? 난 니사가 정말로 사랑하는 사람과 결혼하길 원했소.」

윈햄 백작은 딸을 바라보며 말을 이었다.

「백작을 사랑하니? 솔직하게 말해보렴, 아가야. 만약 네가 지금 불행하다면, 만약 네가 원치 않는 사람과 함께 하고 있는 것이라면, 그러면 내가 하늘과 땅을 움직여서라도 이 남자로부터 해방시켜 주마. 네 엄마나 나나 네가 불행하기를 바라지 않는단다.」

「저는……, 베리안을 사랑하지는 않아요. 또한, 사랑하게 될 수 있을지 확신할 수도 없어요. 하지만 아빠 또한 엄마와 결혼하실 때, 엄마가 아빠를 사랑하게 될지 모르셨잖아요. 베리안은 착한 사람이랍니다. 그 외에 더 무엇을 바랄 수 있겠어요」

니사는 솔직하게 대답하고 아버지의 뺨에 입을 맞추었다.

「베리안의 손을 잡아주세요. 우리 두 사람을 축복해주세요.」
「여보! 니사는 불행하지 않아요. 당신이 나를 사랑했듯이 니사도 베리안의 사랑을 받고 있어요. 당신 사위의 눈을 보세요. 니사에 대한 사랑으로 가득하지 않은가요? 설마 당신은 니사의 인생에 다른 남자가 끼여드는 것이 싫어서 그러시는 건 아니겠지요?」

윈햄 백작의 아내 역시 남편을 다그쳤다.

블레이즈 부인은 베리안의 뺨에 입을 맞추며 말했다.

「베리안, 리버스에지에 온 것을 환영해요. 사실 아버님을 한 번 뵌 적이 있어요. 내가 니사의 아빠인 에드문드 윈햄과 결혼할 때, 결혼식 피로연장에서였지요. 베리안 백작은 아버지를 많이 닮았군요. 눈만 빼고요. 눈은 할아버지를 닮았나봐요.」

베리안은 블레이즈 부인의 손에 입을 맞추며 따스한 미소를 보냈다.

「환대해주시니 감사합니다. 니사의 행복을 책임지겠습니다. 맹세합니다!」

「그래요. 백작은 그렇게 할 것 같아요. 신의 은총이 영원히 함께 하길 빌겠어요.」

블레이즈 부인은 흐뭇한 미소를 지으며 고개를 끄덕였다.

「흠!」

앤터니 윈햄이 요란한 소리를 내며 목을 가다듬자 모두들 그를 바라보았다. 윈햄 백작은 베리안에게 손을 내밀었다.

「나도 축복하오. 이제와 어째볼 도리도 없으니, 좋게 생각하도록 합시다. 니사를 행복하게 해주어야 하오.」

「감사합니다 어르신. 아버님의 믿음을 저버리지 않겠습니다.」

베리안 백작이 말했다.

「그럼 다 해결됐네요. 이제 우린 마우드로 돌아가도 되는 거죠?」

블리스가 환하게 웃으며 안도의 한숨을 내쉬었다. 생각보다 일이 쉽게 해결되어 기뻤다. 앤터니가 남편에게 화를 내기는 했지만, 결국 베리안을 받아들이지 않았는가.

「자일스는?」
블레이즈 부인은 블리스를 보며 물었다.
「클레브스의 공주가 데리고 있겠대, 언니. 앤 공주는 영국에 머무를 거야. 그 애는 왕궁에서 생활하도록 태어난 애 같아. 사람들이 모두들 그 애를 좋아해. 매우 영리하고 귀여운 아이라면서 말이야.」
원햄 내외는 만족스러운 듯 고개를 끄덕였다. 그들의 둘째 아들에게도 멋진 미래가 펼쳐질 것이다.
「언제쯤 집에 올 거래니?」
블레이즈 부인이 말했다.
「늦가을쯤이랬어요.」
니사가 대답했다.
「우린 어두워지기 전에 떠나야겠어요.」
블리스는 언니와 형부에게 말했다.
「그래, 어서 가렴.」
마우드의 백작부인은 거의 뛰다시피 그레이트 홀을 빠져나갔고, 블리스의 남편 오웬 피츠휴 백작도 부인을 뒤따라 나갔다. 블리스의 키득거리는 소리가 들려왔다.
앤터니 윈햄 백작은 자신도 모르게 웃음을 터뜨렸다.
「불쌍한 블리스! 나한테 혼날까봐 꽤나 무서웠나보군.」
「그럴 만도 하잖아요, 아빠.」
니사가 웃으면서 말했다.
「말 타고 멀리까지 왔으니 지쳤겠구나. 방에 들어가 쉬렴.」
블레이즈 부인이 말했다.
「동생들은 어디 있어요?」
「아마 강에서 수영을 하고 있을 게다. 여름이잖니. 너도 와이강에서 물장난치길 좋아했잖아.」
블레이즈 부인이 말을 하며 웃자, 니사도 따라 웃었다.
「처남들은 몇 살입니까?」

베리안이 장모에게 물었다.
「리처드는 늦가을에 아홉 살이 될 거구, 에드워드는 이제 겨우 다섯 살이라네. 그리고 헨리는 세 살이지.」

사위에게 말을 놓으며 따뜻한 눈길을 보낸 블레이즈 부인은 생각난 듯 니사를 바라보며 말했다.

「제인과 앤이 얼마나 컸는지 모른다. 넌 알아보지도 못할 거다. 걔들이 벌써 '어부부'거린단다. 오빠들이 걔들을 얼마나 귀여워하는지 몰라. 앤은 조용한 편이고, 제인은 좀 나서는 편이란다.」

블레이즈 부인은 다시 사위를 쳐다보면서 물었다.

「아이들을 좋아하나?」

「그럼요. 저도 어머님과 아버님처럼 행복한 가정을 만들고 싶습니다. 저는 삼촌과 이모와 같이 자랐습니다. 그래서 가족이 많았으면 좋겠다는 생각을 항상 갖고 있었지요.」

「말씀들 나누세요. 저는 목욕부터 해야겠어요. 길가의 먼지란 먼지는 모두 내 몸에 들러붙은 것 같아요.」

니사가 말했다.

「그래라. 네가 목욕하는 동안 우리가 네 남편을 즐겁게 해주마. 물론 함께 목욕하지 않는다면 말이다.」

블레이즈 부인이 말했다.

「아, 저도 목욕을 해야겠어요.」

베리안은 이렇게 덧붙이고는 재빨리 아내를 따라갔다.

「꼭 그렇게 음란한 행동을 부추겨야겠소?」

앤터니 윈햄이 투덜거렸다.

「여보, 그렇게 노인네처럼 굴지 말아요. 당신도 가끔 저랑 목욕하잖아요.」

블레이즈 부인은 눈을 흘기며 남편을 약올렸다.

「하지만 블레이즈 부인, 니사는 이제 겨우……」

「우리 딸은 결혼한 여자예요. 어서 그 사실을 받아들이세요. 어쩌면 벌써 임신을 했을지도 모른다구요. 결혼한 지 석 달이 돼가잖아요」

「아, 아, 그런 생각은 하지도 말구려. 니사는 엄마가 되기에는 너무 어리잖소. 게다가 우리도 할아버지 할머니가 되기에는 너무 젊소」

앤터니 윈햄은 손을 내저었다.

블레이즈 부인은 웃음을 참을 수가 없었다.

「제가 니사를 가졌을 때 열일곱 살이었어요. 니사도 조금 있으면 열여덟 살이 될 텐데, 그 정도면 충분하죠. 여보, 그 애는 항상 당신을 사랑할 거예요. 니사가 결혼을 했다고 해서 우리를 떠난 건 아니에요. 물론 이제부터는 남편이 최우선이고, 그 다음은 자기 자식들이겠지만, 그래도 우리들의 자리는 있을 거예요」

블레이즈 부인은 남편의 손을 어루만졌다.

「세월도 참 빠르오. 니사가 갑자기 다른 사람의 아내가 되어 나타나다니. 세월, 참……」

「아이들은 그렇게 커가는 거겠죠」

블레이즈 부인이 부드럽게 말했다.

「블레이즈 부인, 같이 목욕하지 않겠소? 니사가 나이가 들수록 당신처럼 더욱 아름다워지고 더욱 현명해진다면, 베리안은 정말 행운아요」

앤터니 윈햄 백작의 파란 눈은 희망에 찬 듯 반짝이고 있었다.

블레이즈 부인은 미소지으며 남편의 손목을 잡아끌었다.

「어서 가서 목욕이나 해요」

베리안은 니사와 함께 랭포드에서 몇 주 더 머물렀고, 그 동안 처가 식구들과 급속도로 가까워졌다. 베리안은 신부와 함께 8월 말경에 도착하게 될 것이라는 전갈을 윈터헤븐으로 보냈다.

왕이 캐서린과 7월 28일에 오트랜드에서 결혼식을 올렸다는 소식이 한 주 뒤에 리버스에지에 전해졌다. 전 법무관인 토마스 크롬웰이 왕의 결혼식 날 그린 탑에서 처형되었다는 소식도 함께 전해졌다. 토마스 하워드의 완전한 승리였다.

왕이 새 사람이 되었다는 소문도 나돌았다. 성질도 많이 가라앉았고 젊었을 때처럼 규칙적이고 의욕적인 생활을 하고 있다는 것이었다. 5시와 6시 사이에 일어나 7시에는 예배를 드리고, 식사를 하기 전인 10시까지 승마를 즐기며 낮에는 활쏘기와 투구를 하고, 저녁에는 언제 보아도 발랄한 자신의 아내와 춤을 춘다는 것이었다. 그의 다리마저 다 나은 것 같다는 이야기도 전해졌다.

나라 밖 상황도 순조롭기는 마찬가지였다. 클레브스의 윌리엄 경은 자신의 동생이 더 나쁜 상태로 빠지지 않은 데 대해 흡족해한다고까지 했고, 프랑스와 영국의 사이는 더 좋아지지는 않았지만 악화되지도 않았다. 헨리 튜더는 1540년의 여름날을 신나게 즐기는 방법 외에는 다른 생각을 할 필요가 없었다. 왕이 그렇게 즐거워하는 모습을 본 사람은 없었다.

베리안 백작은 윈터헤븐으로 떠나는 날을 두 번이나 연기해야만 했다. 니사의 몸이 좋지 않았기 때문이다. 8월이 끝나고 9월이 시작되었다.

「중순까지만 기다려보게. 그때쯤 되면 좀 나아질 거야. 그리고 그때가 덜 위험할 테니까.」

블레이즈 부인이 말했다.

「덜 위험하다니요? 윈터헤븐으로 가는데 위험이 따르나요?」

베리안은 의아해했다.

「아니, 그럼 니사가 자네에게 아무 말도 하지 않았단 말인가?」

블레이즈 부인은 놀라며 말했다.

「무슨 말씀이세요?」

「어머나, 세상에! 어쩌면 그 애도 모르고 있을지도······.」

「무엇을 말입니까?」

베리안은 장모가 무슨 소리를 하는지 도무지 알 수가 없었다.

「자네, 따라와 보게.」

블레이즈 부인은 베리안을 데리고 틸레를 찾아 나섰다. 틸레는 니사의 드레스룸에서 페티코트를 고치고 있었다.

「틸레, 아씨가 마지막으로 생리를 한 게 언제였지?」
「6월이었습니다. 뭐가 잘못됐습니까?」
「이상하다는 생각이 들지 않았니? 왜 집에 도착했을 때 나에게 말하지 않았지?」
틸레는 당황했다. 왜 내가 그런 얘기를 주인 마님에게 보고해야 하지? 그때 틸레는 갑자기 깨달았다. 틸레는 입을 손으로 가리면서 눈을 동그랗게 떴다.
「어머나, 세상에! 그럼……」
「그래 이것아.」
랭포드의 백작부인은 틸레의 머리를 쥐어박았다.
「아씨는 지금 어디 계시냐?」
「방에 누워 계세요. 기운이 하나도 없다고 하시면서……」
블레이즈 부인은 사위와 서둘러 딸의 방으로 갔다. 베리안은 영문을 모른 채 블레이즈 부인을 따라갔다.
니사는 창백한 얼굴로 침대에 누워 있었다.
「어떻게 너는 이렇게 모를 수가 있는 거냐? 네게는 동생이 일곱 명이나 돼. 엄마가 동생들을 낳는 것을 그렇게 많이 보았으면서도 몰랐다는 게 말이나 되냐?」
블레이즈 부인은 어이없다는 표정이었다.
「뭘 몰랐단 말이에요, 엄마?」
니사는 힘없이 대답했다.
「내 딸에게 이렇게 멍청한 구석이 있다니 믿을 수가 없구나. 너는 임신을 한 거야!」
블레이즈 부인의 말에 니사의 얼굴이 창백해졌다.
「틸레가 말한 대로라면 넌 이미 임신한 지 3개월이 넘었어.」
니사는 배가 더욱 꼬이는 느낌이 들었다. 니사는 요강에 구역질을 해댔다. 이마는 땀방울로 얼룩졌다.
「아이라구요? 엄마가 임신했을 때 이렇게 아파하는 모습을 본 적이 없어요. 저는 저녁에 먹은 생선 때문에 이러는 줄 알았다구요. 임신이라니……, 너무 이르잖아요.」

니사가 신음처럼 말하자 블레이즈 부인은 웃음을 참지 못했다.

「너와 베리안이 침실에서 보내는 시간을 생각해보거라. 네가 임신을 한 건 너무도 자연스런 일이다. 네가 임신을 하지 않았다면 그게 더 이상한 일이 아니겠니?」

「아기라구요?」

베리안은 너무 기쁘고 놀라운 나머지 나무 막대기처럼 뻣뻣하게 서 있었다.

「아, 니사……」

백작의 눈에 눈물이 고였다.

「베리안, 엄마 말이 맞는 것 같아요」

니사는 얼굴을 붉히며 남편을 바라보았다.

「윈터헤븐에서 아기를 낳고 싶습니다만, 장모님, 당분간은 이곳에 머물러야 할 것 같습니다. 어머님께 좀더 신세를 지겠습니다.」

베리안 백작이 장모에게 말했다.

「아무렴 그래야지. 한두 주 지나면 괜찮아질 걸세. 그때쯤이면 윈터헤븐으로 여행할 수 있을 거야. 어서 가서 하인들과도 익숙해져야 하고, 집도 새로 단장해야지. 내 추측으로는 꽤 구식 집이 아닐까 싶은데. 니사가 그러던데, 자네가 이 애에게 전권을 위임했다면서?」

「엄마, 애 낳는 거 힘들어요? 엄마, 나 혼자 있으면 무서워요. 여기서 엄마랑 있을래요」

니사가 걱정스런 눈빛으로 말했다.

「애야, 때가 되면 내가 가마. 그리고 윈터헤븐은 할머니가 사시는 애시비랑 가깝잖니. 아이 낳는 일에 대해서는 네 할머니보다 더 많이 아는 사람이 없단다. 염려하지 마라. 아빠에게 이 소식을 알려야겠다.」

블레이즈 부인은 활짝 웃으며 딸의 방을 나갔다.

「베리안, 고의로 이렇게 만든 거죠?」

니사는 베리안을 홀겨보았다.

「난 맹세컨대, 오직 당신을 사랑해주고 싶었을 뿐이오. 그래서 열심히 노력했던 것뿐이라오.」

베리안은 '열심히 노력했다'고 말하면서 멋쩍게 웃었다.

「니사, 나는 그렇다 치고 당신은 어떻게 이런 사실을 모르고 있었단 말이오?」

「엄마가 임신한 모습을 보기는 했지만 크게 신경을 쓰지 않았어요. 어느 날 갑자기 엄마의 배가 산처럼 커져서는 조만간 동생이 생길 거라고 말씀하시기 전까지는 임신했는지도 몰랐다구요.」

니사는 갑자기 자리에서 벌떡 일어났다.

「엄마에게 여쭤봐야 할 게 있어요. 우리가 계속 사랑을 나눠도 되는 건지 말이에요. 갑자기 사랑을 멈추어야 한다면, 너무 싫을 거 같아요. 하지만 다시 궁으로 돌아가지 않아도 되겠네요. 캐서린이 날 보고 싶어하겠지만, 왕은 우리 아기를 위험하게 하지 않을 거예요.」

니사는 눈을 반짝거리며 말했다.

「윈터헤븐에서 죽은 듯 지냅시다. 당신이 원하지 않는 한 우리는 궁에 가지 않을 거요.」

「베리안, 당신이 너무 좋아요. 당신보다 더 좋은 남편은 없을 거예요.」

니사는 베리안의 품에 안겨 남편과 열정적으로 입을 맞췄다. 베리안의 가슴은 행복으로 터질 것만 같았다. 그들이 결혼한 이후로 니사가 그를 향해 뜨거운 감정을 나타내기는 이번이 처음이었다.

언젠가는 니사도 나를 사랑한다고 말하게 될 것이다. 틀림없이 그렇게 될 것이다. 하지만 지금은 이 입맞춤만으로 충분했다.

「나는 우리 애를 토마스라 부르고 싶소. 내 할아버지 토마스 하워드 공작의 성함을 따서 말이오.」

「절대로 안 돼요! 전 당신 할아버지처럼 잔인한 사람을 인정할 수 없어요. 우리 아들은 에드문드 앤터니라고 부르기로 해요. 제 두 분 아버지 성함을 따서요.」
「당신이 당신 가족을 들고나선다면 나로서는 항복하는 수밖에. 그럼, 둘째 놈을 토마스라 부릅시다.」
베리안의 장난기는 계속되었다.
「안 돼요. 둘째 아들은 당신 아버님 성함과 왕의 이름을 따서 헨리라 부를 거예요.」
니사는 말을 마치며 입을 꼭 다물었다. 단호해 보이고자 하는 그 모습이 베리안에게는 더없이 귀여워 보였다.
「그럼 셋째 놈을 토마스라 부르는 것은 어떻소?」
베리안은 이제 무뚝뚝한 표정을 지으며 남편의 권위를 내 보였다.
「안 돼……, 좋아요! 토마스 크랜머 대주교님의 성함을 딴 거라면. 하지만 절대로 토마스 하워드 공작 이름은 따지 않겠어요!」
니사가 혀를 내밀었다.
「여자를 때려서는 안 되겠지만 말이오…….」
베리안은 베개를 집어들며 말했다.
「당신은 폭군이에요. 임신한 아내를 때리려들다니.」
니사는 몸을 웅크리며 소리쳤다.
「당신이 정말로 임신을 했단 말이지?」
베리안은 베개를 높이 들어 니사를 겨냥하는 시늉을 하며 말했다.
「당신이 저를 때릴 수 없는 진짜 이유가 있어요.」
「뭐지?」
「그건…….」
방 한쪽 구석으로 도망가면서 니사가 소리쳤다.
「당신은 절대로 저를 잡을 수 없을 테니까요.」
니사의 비명소리와 베리안의 웃음소리가 집안에 울려 퍼졌다.

10

 윈터헤븐은 13세기에 세워졌다. 회색 벽돌로 지어진 윈터헤븐은 언덕 위에 자리해 있었으며 나지막한 외호가 주위를 둘러싸고 있어 작은 성처럼 보였다.
 마치의 백작 베리안 드 윈터와 그의 부인 니사 캐서린 드 윈터는 귀여운 돌다리를 지나 윈터헤븐의 정문 앞에 멈춰 섰다. 하인들이 환영의 뜻으로 정문을 활짝 열어두었으므로 윈터헤븐의 내부가 시원하게 들여다보였다. 니사는 잘 정돈된 정원과 새로 꾸민 창문을 바라보며 흐뭇한 미소를 지었다.
 하지만 윈터헤븐의 전체적인 분위기는 예상대로 어두웠으며 손볼 곳이 많다는 것을 한눈에 알 수 있었다. 남편 베리안에게 집을 수리할 비용이 있을지 의문이었다. 니사에게는 아버지가 지참금으로 준 상당한 돈이 있기는 했지만, 베리안은 그 돈을 자기 것으로 여기지 않았다.

「베리안, 자네가 니사를 진심으로 위하고 있는 것을 알고 있네. 그 애도 자네를 좋아하는 것 같고. 하지만 내 딸이 당분간은 경제적으로 독립을 유지했으면 하네. 기분 나쁘게 생각하지 말게나. 어차피 니사나 내가 자네를 식구로 선택한 것은 아니지 않은가. 우리가 자네를 믿을 수 있게 되면 상황이 달라질 걸세. 어떻게 생각하나?」

베리안은 장인의 말에 적잖이 놀랐다. 그러나 자신도 장인의 입장이라면 딸을 위해서 그와 같은 말을 했으리라.

「저는 재산이 많지는 않습니다. 하지만 니사와 살림을 꾸려가지 못할 정도로 가난하지는 않습니다. 아버님의 마음을 이해할 수 있으니 따르도록 하겠습니다.」

베리안이 말했다.

「자네 집사가 소작인들에게 세를 받아 제대로 관리하고 있는지 꼭 확인하게. 소작인들이건 집사건 나쁜 버릇이 있다면 즉시 고칠 수 있는 기회를 주도록 해. 자네는 궁에서 오래 있었으니 눈치 하나는 빠를 걸세. 잘 살펴보게나. 그리고 니사의 친척들이 말이랑 양을 키우는데, 여력이 있다면 자네도 해보게. 양털은 금방 돈이 된다네.」

앤터니 백작은 세심해지지 않을 수가 없었다. 이제부터는 베리안에게 딸 니사의 장래가 달렸으니.

베리안이 어색한 표정을 짓자 앤터니 백작은 껄껄거리며 웃었다.

「돈이 하늘에서 떨어지지는 않네. 가까운 예로 자네를 길러주신 할아버지 토마스 하워드 공작을 생각해보게나. 그분 또한 가족을 부양하기 위해서 무엇인가 하지 않으셨겠나.」

「저희 둘을 맺어준 헨리 튜더의 호사스러운 궁에 세금을 바치기 위해서라도 열심히 일하겠습니다.」

「그렇지, 맞아! 그러기 위해서라도 부를 쌓아야지.」

랭포드의 백작은 다시 껄껄 웃었다.

「스스로를 믿게나!」

웃음을 멈춘 앤터니 윈햄 백작이 진지한 어조로 말했다.

「그리고 니사를 믿게. 그 애는 그럴 만한 아이야.」

베리안은 장인과의 대화를 떠올리며 아내를 말에서 내려주었다.

「리버스에지와 비교하면 이곳이 썩 마음에 들지는 않을 거요.」

베리안은 미안한 얼굴로 말했다. 그는 니사의 입장에서 윈터헤븐을 바라보려 애썼고 그럴수록 윈터헤븐은 더욱 낡고 초라하게 보였다.

「새롭게 꾸미는 과정이 얼마나 재미있겠어요? 일단 굴뚝의 연기가 잘 빠지고 창문 틈새로 바람만 안 들어오면 이번 겨울을 아늑하게 보낼 수 있을 거예요.」

니사가 남편의 뺨에 입을 맞추며 말했다. 베리안은 사랑스런 눈길로 아내를 바라보았다.

늙은 부부가 다리를 절며 걸어나왔다. 주름진 그들의 얼굴에는 미소가 가득했다.

「어서 오십시오, 주인님.」

베리안은 하인장 브라우닝 내외의 인사를 받고 니사에게 그들을 소개해주었다.

「다른 하인들도 다 모여 있겠지?」

「죄송합니다, 주인님. 스말레 집사가 빈 집에 하인들을 두는 것은 낭비라고 해서……」

브라우닝은 자신을 가만히 바라보고 있는 안주인 니사의 눈빛에 주춤거렸다.

「바람이 차갑군요. 안으로 들어가서 이 문제를 얘기합시다.」

브라우닝에게 시선을 고정시킨 채 니사가 입을 열었다.

니사는 늙은 두 하인을 지나쳐 안으로 들어갔다. 베리안은 니사에게서 안주인의 권위가 풍기는 것과 하인들이 아내에게 압도되어 있는 모습을 보며 흐뭇한 미소를 지었다.

니사는 두 개의 벽난로가 타오르고 있는 아늑한 거실로 들어서자 외투를 벗어 브라우닝의 아내에게 건네주며 말했다.

「브라우닝 부인, 아침식사는 항상 아침 예배 후에 먹겠어요. 간단히 준비하세요. 시리얼, 달걀, 햄, 빵, 그리고 치즈 정도로 하세요. 아, 그리고 요즘은 과일을 많이 먹게 되는군요.」

니사는 긴장해 있는 브라우닝의 아내에게 미소를 지었다.

「점심은 오후 2시에, 저녁식사는 7시쯤 가볍게 먹도록 하겠어요.」

「알겠습니다, 마님. 그렇게 하겠습니다. 그리고…… 부엌일을 할 하녀가 필요합니다.」

「이 지역 사람들은 브라우닝 부인이 잘 알 테니 구해보세요. 부지런한 아이로, 필요한 만큼만 고르도록 하세요. 내가 직접 하나하나 만나보겠어요. 공정하게 일을 처리하겠지만, 하인들이 부도덕한 짓을 저지르거나 주제넘게 나서면 묵인하지 않는다는 것을 명심하세요.」

「알겠습니다. 마님.」

브라우닝의 아내는 공손하게 절을 하고는 뒤로 물러났다. 세상에나! 어린데도 저렇게 영리하고 단호하시다니! 마님은 최고에만 익숙해져 있는 것이 분명해, 하인까지도!

브라우닝 내외뿐 아니라 윈터헤븐에 있던 모든 하인들은, 리버스에지의 하인들을 최고로 치고 있었다. 브라우닝의 아내는 새 안주인이 몰고 올 변화를 자신이 견뎌낼 수 있을지 의심스러웠다.

베리안은 아내가 부드러운 어조로, 그러나 분명하게 늙은 하인을 다루는 모습을 보며 뿌듯해했다. 30년 동안이나 안주인이 없던 윈터헤븐에 새로운 바람이 불고 있는 것이다.

「스말레 집사를 당장 만나봐야겠네.」

베리안이 브라우닝 내외에게 말했다.

「네, 데리고 오도록 하지요.」

브라우닝이 대답했다. 한바탕 소동이 벌어지겠어. 그러고 보니 아서 스말레가 윈터헤븐의 토지를 관리한 지도 벌써 15년이 넘었군. 스말레는 정직하기는 하지만 변화를 싫어하는데, 주인님이 돌아왔으니 모든 것이 달라지겠어. 주인님이 마님과 함께 다시 궁으로 돌아가지 않으신다면 말이야.

「주인님! 아주 돌아오신 것입니까?」

브라우닝이 말했다. 그리고 자신이 너무 주제넘은 질문을 했음을 깨닫고는 주인의 눈치를 살폈다. 다행히 마치의 백작은 부드러운 미소를 지어 보였다.

「그렇다네. 여기서 살면서 온 집안에 가득 차도록 아이들을 낳아 기를 생각이네. 기쁜가?」

「그럼요, 주인님. 모두들 좋아할 것입니다. 어서 가서 스말레를 데리고 오겠습니다. 집사는 매일 이맘때쯤 저녁을 먹으러 어김없이 부엌에 옵니다. 언제나 시계처럼 정확하지요.」

「마님, 저는 포도주와 비스킷을 가져오겠습니다.」

브라우닝의 아내 또한 황급하게 절을 하고 물러갔다.

니사는 거실의 장식들을 바라보았다. 거실 바닥도 그렇지만 벽장식들도 깨끗이 닦아 윤을 내야 할 것 같았다. 브라우닝이 힘들어하겠지만 의자들도 손볼 필요가 있었다.

「벽걸이 융단은 없나요?」

「다락방에 있다오. 아버지가 돌아가셨을 때 거기에 올려놓았소 햇빛에 바래지 않도록 하기 위해 그렇게 했소」

「누가 융단 보관법을 알려주었죠? 남자들은 그런 걸 잘 모를 텐데.」

「할머니 엘리자베스 공작부인이 가르쳐주셨소」

임신 초기에 겪었던 여러 증상들이 사라지자, 니사는 다시 활기 넘치는 생활을 했다. 니사는 노련한 하인들을 몇 명 보내달라고 리버스에지에 전갈을 보냈다. 그 하인들에게 윈터헤븐의 하인들을 재교육시키게 할 생각이었다.

브라우닝 내외가 그 동안 윈터헤븐을 잘 관리해왔다고 보기는 힘들었다. 하지만 니사는 브라우닝의 자존심을 살려주기 위해서, 집안의 크고 작은 일에 대해 잊지 않고 그들의 의견을 물었다.

브라우닝의 며느리가 점차 일을 만족스럽게 처리해 나가자 브라우닝 내외는 따뜻한 불가에 앉아 있는 시간이 많아졌다.

다행스럽게도 윈터헤븐의 가구들은 잘 정돈되어 있었고 크게 수리할 필요도 없었다. 그러나 소파에 놓을 쿠션과 커튼은 새로 만들어야 했고, 벽걸이 융단도 다락방에서 꺼내서 다시 걸어놓아야 했다. 그리고 바닥에 깔 카펫도 새로 주문할 필요가 있었다.

「이건 너무 촌스러워요. 우리가 아무리 시골에 산다고는 하지만 말이에요. 런던에 새 카펫을 주문해야겠어요」

니사는 바닥에 깔려 있는 낡은 카펫을 가리키며 베리안에게 말했다.

「왕궁에서도 이런 걸 쓰고 있지 않소?」

베리안이 아내의 반응을 떠보고 싶어 짐짓 반대하는 시늉을 하자 니사는 새침한 표정을 지으며 말했다.

「설마 돈이 없다는 말씀은 아니겠죠? 남편의 금고를 축내는 게 아내의 역할이라는 사실을 받아들여 주세요」

성 토마스 축일에 왕궁에서 파견한 전령이 윈터헤븐을 찾았다. 전령은 12일절에 궁으로 와달라는 왕비의 서한을 베리안 내외에게 전했다. 왕비의 편지를 읽고 베리안 백작은 전령에게 하룻밤 묵어갈 것을 권했다. 바깥 날씨가 몹시 추웠으므로 전령은 백작에게 감사의 뜻을 전했다.

「왕궁에 가고 싶소?」

주홍빛 침대커튼이 드리워진 침실에서 베리안은 아내의 배를 어루만지며 물었다.

「이렇게 배가 불룩해서 왕궁에 갈 수는 없잖아요. 새끼 밴 암소 같은 모습으로 어딜 다니겠어요. 싫어요. 그보다는 왕의 마음이 캐서린에게서 멀어지면 어쩌나 불안해요. 왕이 이번에도 다른 여자를 원하게 되는 건 아니겠죠?」

니사는 불편한 몸을 들썩이며 짜증을 냈다.

「할아버지가 계시는데 그렇게 되겠소? 당신, 토마스 하워드 공작이 어떤 사람인지 벌써 잊었소?」

베리안은 절대 있을 수 없는 일이라는 듯 고개를 흔들었다.

「당신 할아버지도 앤 블린이 처형당할 때는 막지 못했어요. 앤 블린이 처형당할 때 공작은 그녀를 구하려 애쓰기는커녕, 앤과의 관계를 끊고 자신의 목숨을 지키기에 정신없었다고 하더군요」

니사는 남편에게 무엇이건 트집을 잡아보고 싶은 마음이었다.

「당신, 토라져 있는 거요? 성탄절에 가지 못하게 했다고 화가 난 것 같구려. 미안하오. 하지만 위험하지 않소. 당신 어머니께서도 지금 움직이는 것은 현명하지 못하다고 말씀하지 않으셨소 아무튼 왕궁에도 갈 수 없다고 전할 것이오. 스말레가 이미 편지 초안을 작성했소. 스말레는 우리가 궁으로 돌아가기를 바라고 있는 것 같습니다. 정직한 사람이기는 하지만 자기 주제를 몰라.」

「주인행세를 너무 오래 해서 그럴 거예요. 진짜 주인이 나타나니 아무래도 싫겠죠. 봄이 오면 스말레에게 아들에게 자리를 넘겨주라고 해야겠어요. 다른 늙은 하인들처럼요.」

「그래야 할 것 같소」

베리안이 고개를 끄덕였다. 베리안은 앤터니 백작의 충고를 잊지 않고 있었고 아직은 한번도 장인을 실망시킨 적이 없었다.

다음날 아침, 베리안은 편지가 비바람에 젖지 않도록 가죽 주머니에 넣어 전령에게 주었다. 전령은 햄프턴 궁을 향해 최고의 속력으로 달려갔다.

「왜 올 수 없다는 거죠? 제게 약속하셨잖아요. 왕궁으로 꼭 불러들이시겠다고요.」

답신을 전달받은 왕비 캐서린이 왕에게 투정을 부렸다. 캐서린의 토라져 있는 모습이 왕의 눈에는 귀엽게만 보였다.

「마치의 백작도 하기 어려운 말을 한 거요. 아내가 임신 중인데 여행을 한다는 건 사실 모험 아니겠소? 출산일도 얼마 남지 않았으니 걱정이 더 클 거요」

헨리 튜더는 아내의 얼굴을 바라보며 다정한 목소리로 말을 이었다.

「나의 장미, 언제쯤 나도 베리안과 같은 걱정을 할 수 있겠소?」

「몰라요. 니사를 불러오세요.」
 캐서린은 왕의 말을 무시하며 칭얼거렸다.
「사랑스러운 장미, 그대가 원하는 거라면 뭐든 해줄 수 있소. 하지만 이번 경우는 좀 다르오.」
 왕이 캐서린을 안으려고 손을 뻗쳤다. 캐서린은 왕의 손을 뿌리치고는 발을 동동 구르며 소리쳤다.
「니사는 제 유일한 친구예요! 제게 아무리 좋은 것들이 많이 있다고 해도 같이 즐길 친한 친구가 없다면 다 무슨 소용이에요? 그렇잖아요, 헨리?」
 헨리는 아내를 이해해주고 싶었지만 그러기가 힘들었다. 캐서린은 영국의 왕비가 아닌가. 원하는 건 무엇이든 가질 수 있었다. 그런데 왜 불평하는 걸까?
「니사가 출산한 다음에는 꼭 궁에 오게 해주셔야 해요, 폐하.」
「니사가 멀리 여행할 수 있으려면 최소한 몇 달은 더 있어야 할 거요. 출산 후에는 몸조리를 하느라 몇 달이 걸릴 거요. 게다가 아기는 이삼 년 동안은 엄마 젖을 먹어야 한다오. 그리고 그때쯤이면 분명 또 임신을 하게 될 거구 말이오. 아마 가까운 시일 내에는 니사를 보기가 힘들 거요. 그러니 니사는 잠시 잊고 우리도 아기를 낳아 기릅시다.」
 헨리는 아내를 이해시키려 애썼다. 하지만 캐서린은 아직 아기를 가져본 적이 없어서 왕의 말을 이해할 수가 없었다.
「니사가 저한테 올 수 없다면, 제가 니사를 만나러 가겠어요. 폐하, 내년 여름에 여행하실 때, 그때 니사를 보면 안 될까요?」
 캐서린은 자신이 원하는 것을 쉽게 포기하지 않았다.
「캐서린, 그때쯤이면 이미 그대도 아이를 갖고 있을 거요. 나를 따라갈 수 없을지도 모른단 말이오.」
 남자들은 아기밖에 몰라! 캐서린은 왕에게 짜증이 났다. 삼촌 토마스 공작도 아기를 가지라고 성화였다. 나는 애만 낳기 위해 있는 건가 뭔가?

「친구를 만나기 위해 몇 년씩이나 기다릴 순 없어요.」
캐서린은 부을 대로 부은 얼굴이었다.
왕은 캐서린을 들어 자신의 커다란 무릎에 앉혀놓고 가슴을 만졌다. 결혼 전에는 상상할 수도 없었지만 캐서린의 성욕은 실로 대단했다. 그래서 캐서린이 화가 나 있을 때 이런 방법만 쓰면 충분히 관심을 돌릴 수 있었다.
헨리는 캐서린의 눈이 감기고 입술이 작게 벌어지는 모습을 보았다. 캐서린은 곧 무엇 때문에 자신이 화를 내었는지도 잊어버렸다.

성탄절 아침, 니사는 풀이 죽어 있었다. 틸레는 니사가 성탄절 아침 예배를 드릴 수 있도록 이런저런 준비를 하고 있었다. 틸레는 들떠 있었다. 누구나 들뜰 수밖에 없는 날이기는 하지만 틸레는 그 이상이었다. 아무래도 뭔가 다른 이유가 있는 것 같았다.
하지만 니사는 틸레에게 더 이상 관심이 가지 않았다. 리버스에지에 가서 식구들을 만나고 싶다는 마음뿐이었다. 그러나 이제는 결혼해서 남의 식구가 되어버렸다. 아기까지 가져서 배가 풍선처럼 부풀어 올라 있었다. 다시 니사 원햄이 될 수 있다면…….
니사가 한숨을 내쉴 때 그녀의 뱃속, 아니 삶 속으로 들어온 침입자가 발길질을 하며 이리저리 움직이기 시작했다. 그녀의 자유스러운 생활은 이미 끝났다는 사실을 확실하게 인식시켜 주는 것 같았다. 눈물이 뺨을 타고 흘러내렸다.
「아니, 왜 그러세요 마님?」
틸레가 놀라서 물었다. 니사는 말없이 고개를 저을 뿐이었다. 틸레가 자신의 마음을 알 수 있을 것 같지 않았다.
「엄마가 준 임신복이 너무 꽉 껴. 애는 왜 이리 발길질을 많이 하는지…….」
니사는 틸레의 관심을 돌리고 싶었다.
「제 어머니도 그렇게 크게 배가 불렀던 적이 있어요. 하지만 아기는 정말 작았어요. 그러니까 그게 다 양수였던 거죠. 그리고 아이가 활동적이라는 건 튼튼하다는 얘기예요.」

「대체 얼마나 튼튼하기에……. 어젯밤에는 잠도 못 잤어. 곡마단의 곡예사들만큼이나 활동적이야.」

니사가 중얼거렸다.

「마님, 몇 주만 참으세요. 곧 봄이 올 테니까요.」

틸레가 미소지으며 니사를 위로했다.

「이제 성탄절이야, 틸레. 봄이 되려면 아직 멀었다구.」

니사는 다시 한숨을 쉬었다.

틸레는 더 이상 아무 말도 하지 않았다. 틸레는 정성스럽게 니사의 아름다운 머리를 빗겨서 빨간 리본을 끼우고 한 가닥으로 땋아 내렸다. 그리고 니사가 초록색의 벨벳 임신복을 입는 것을 도왔다. 최근 몇 달 동안 그녀의 가슴은 엄청나게 커져 보디스 밖으로 터져 나올 듯이 부풀어올라 있었다.

「어린 암소에게 옷을 입혀놓으면 이런 모습일까?」

니사는 자신의 배를 보면서 키득거렸다.

「마님은 영국에서 가장 옷을 잘 입은 암소일 겁니다.」

틸레는 니사가 잠시나마 유머를 되찾은 것 같아 흡족한 마음이었다. 요즘 틸레는 니사의 행동을 예측하기가 어려웠다. 한숨을 내쉬며 멍한 표정을 지을지, 훌쩍이며 울지, 아니면 아무것도 아닌 일에 발끈해서 소리를 질러댈지 도무지 짐작할 수가 없었다.

니사는 아침 예배를 드리기 위해서 가족 예배실로 갔다. 예배를 드리러 가는 길에 언뜻 들여다본 홀에는 많은 촛불들이 밝혀져 있었다. 니사는 다시 우울해졌다. 왜 저런 수고를 했을까? 볼 사람이 누가 있다고……. 아무도 없잖아.

예배가 끝나자 베리안이 아내의 손을 잡으며 말했다.

「홀로 가서 성탄을 축하합시다. 하인들이 당신을 위해서 특별한 음식을 준비했다는군.」

베리안의 목소리는 부드럽고 따뜻했다.
「아무것도 먹고 싶지 않아요. 제 방에 가서 쉬고 싶어요.」
「안 돼, 니사!」
베리안은 니사가 놀랄 정도로 단호한 목소리로 말했다. 니사가 눈을 동그랗게 뜨자 베리안은 아내에게 다시 따스한 눈빛을 주며 말했다.
「당신을 위해 열심히 준비한 하인들을 실망시켜선 안 되오. 물론 당신이 리버스에지를 그리워하는 마음은 내가 잘 알아요. 그러나 그렇다고 해서 다른 사람들의 기분까지 망쳐서야 되겠소?」
당신도 내 마음을 이해할 수는 없어요, 니사는 생각했다. 당신에게는 저와 같은 그런 가족은 없었으니까요.
하지만 미처 불평을 털어놓기도 전에 베리안은 니사의 어깨를 감싸고 홀로 걸어가고 있었다. 홀에서는 웅성거리는 작은 소리가 새어 나왔다. 무슨 소리지? 이 소리는…….
홀로 들어섰을 때 니사는 너무나 놀라 숨이 멎는 것 같았다.
「메리 크리스마스, 니사!」
리버스에지에서 온 가족들이 거기 있었다. 큰 소리로 성탄 인사를 하는 식구들을 보자 니사는 울음을 터뜨리고 말았다.
「엄마! 아빠! 이럴 수가! 할머니! 오, 귀여운 동생들! 고마워요. 어쩜 이렇게 사람을 놀라게 할 수가 있어요.」
니사는 더 이상 말을 잇지 못하고 남편의 품에 안겨 울었다. 어떻게 내가 이 사람에 대한 나쁜 소문들을 믿을 수 있었던 걸까? 이렇게 사랑이 깊은 사람인데…….
「저렇게 엄마하고 똑같다니까. 하여간 여자들이란……. 베리안, 앞으로 니사를 많이 울려주길 바라네.」
앤터니 윈햄이 사랑스런 눈길로 딸 내외를 바라보며 말했다.
「아이, 아빠!」
니사는 손수건으로 눈물을 닦아내며 발을 동동 굴렀다.
「너 정말 거구가 됐구나.」

블레이즈 부인이 함박웃음을 지으며 말했다.
「엄마!」
니사는 그립던 엄마의 품에 뛰어들었다.
「며칠만 있다가 돌아가려 했는데, 너 배부른 걸 보니 아무래도 아이가 태어날 때까지 머물러야겠다. 그래도 되겠나?」
블레이즈 부인은 사위를 바라보며 말했다.
「그럼요, 어머니. 원하시는 만큼 오랫동안 머물러주십시오. 아기가 태어날 때는 제가 니사를 도와주기는 곤란할 겁니다. 어머님이 계신다면 제가 마음을 놓을 수 있어요.」
「그래도 이 말썽꾸러기들이 함께 있는 것은 반갑지 않을 걸세.」
랭포드의 백작부인은 강아지를 가지고 노는 쌍둥이 딸들을 돌아보며 말했다.
풍성한 아침식사가 차려졌다. 분홍빛의 커다란 시골 햄, 크림소스를 곁들인 계란과 시나몬을 뿌린 마살라 포도주, 그리고 말린 사과와 배를 곁들인 시리얼과 신선한 빵이 나무접시에 담겨 나왔다. 백포도주에 레몬을 넣어서 끓인 송어, 뜨거운 꿀과 건포도, 그리고 커다란 크림덩어리를 담은 주전자도 나왔다. 얇게 썬 치즈와 바게트, 버터가 담긴 은그릇들, 그리고 적포도주도 있었다.
이맘때는 날이 늦게 밝고 해가 일찍 지는 탓에 밖은 아직도 어두웠다. 가족들은 식탁에 앉아 즐거운 식사를 시작했다.
「어떻게 오셨어요? 언제 오신 거예요?」
니사가 아버지에게 물었다.
「럼포드 늙은이가 아침 일찍 우리를 날라 줬단다. 달이 밝아서 쉽게 올 수 있었다.」
앤터니 백작이 말했다.
「네가 예배실에 있을 때 살금살금 들어왔단다, 도둑고양이들처럼 말이다. 어떠냐, 솜씨가 괜찮지?」
블레이즈 부인이 남편의 말을 이어받아 말하며 미소지었다.

가장 우울할 것 같았던 날이 그 동안 보냈던 성탄절 중에서도 가장 기쁜 성탄절이 되었다. 사랑하는 식구들, 그리고 아내를 진정으로 사랑하고 있는 남편을 바라보며 니사는 생각했다. 베리안의 사랑은 변하지 않을 것이다. 정말로 좋은 사람이다.
 그러나 아직도 니사 자신이 베리안을 사랑한다고 말할 수는 없었다. 니사는 혼란스러웠다. 이제 남편을 사랑해야 하지 않을까?
 가족들은 니사의 열아홉 번째 생일을 함께 보낸 후, 블레이즈 부인과 세 명의 동생을 제외하고 모두 리버스에지로 돌아갔다.
 베리안이 양들 때문에 신경을 많이 쓰고 있다는 소식을 전해들은 니사의 할아버지가 손녀사위를 도우러 애시비에서 윈터헤븐까지 왔다.
 그리고 3월의 첫째 날, 니사는 진통을 시작했다.
「아직은 아니에요.」
 니사는 두려운 듯 입술을 깨물었다.
「아직 아니긴. 네 표정은 바로 지금이다. 잘 익은 복숭아가 터지기 직전 같아.」
 블레이즈 부인이 웃으며 딸에게 말했다.
「너무, 너무 아파, 엄마!」
 주전자에서 물이 끓고 있었다. 방에는 출산을 위한 테이블이 놓여 있었고, 침대에는 깨끗한 이불이 깔려 있었다. 그리고 방 한쪽에는 아기의 요람이 주인을 기다리고 있었다.
 창 밖에는 회색 빛 진눈깨비가 세찬 바람을 따라 춤을 추었다. 블레이즈 부인은 양수가 터질 때까지 이리저리 걸어다니도록 했다. 양수가 터지자 니사를 테이블 위에 눕혔다.
 홀에서는 베리안이 불안한 듯 이리저리 서성거리고 있었다. 방금 도착한 그의 장인은 조용히 불가에 앉아서 포도주를 마시며 어린 아들이 강아지와 놀고 있는 모습을 지켜보았다.
「이 강아지, 제가 집으로 데려가도 되나요?」
 곧 네 살이 될 어린 헨리가 매형를 올려다보며 웃었다. 헨리의 젖니가 작은 진주처럼 반짝였다. 베리안은 아이의 커다란 눈이 아내를 닮았다는 생각을 했다.
「그러렴, 집에 가져가서 잘 키우도록 해라. 근데 뭐라고 부를 거지?」
「강아지요!」
아이는 너무 당연한 질문을 한다는 듯 고개를 갸우뚱하며 귀여운 목소리로 대답했다. 베리안과 앤터니는 그런 헨리를 보며 즐겁게 웃었고, 어린 헨리 또한 그들을 보며 방긋 웃었다.
블레이즈 부인은 자신이 니사를 낳을 때 하루 종일 진통을 겪어야 했던 것을 회상했다. 진통이 점점 심해지다가 자정 바로 직전에 니사를 낳았던 것이다. 블레이즈가 보기에 니사는 믿을 수 없을 만큼 편안하게 진통을 겪고 있었다. 니사는 쉽게 출산을 마칠 수 있을 것 같았다.
블레이즈 부인은 딸의 다리 사이를 보기 위해서 허리를 굽혔다. 아이의 머리가 보였다.
「아이가 나오려나보다. 다음 진통이 올 때 꾹 참고 세게 힘을 주도록 해라. 이 아이는 쉽게 나올 것 같다.」
마치의 백작부인 니사는 어머니의 말을 따랐다. 심한 진통이 오자, 어금니를 꼭 깨물고 있는 힘을 다 주었다.
「엄마, 나오는 것 같아요!」
니사는 아기가 세상에 나오는 것을 느낄 수 있었다.
「그래, 잘 하고 있다. 한 번 더 힘을 줘라.」
니사는 다시 한 번 이를 앙 물었다. 니사는 아기가 자신의 몸에서 완전히 빠져 나가는 것을 느낄 수 있었다. 곧 아기의 울음소리가 온 집안에 울려 퍼졌다. 블레이즈 부인은 첫손자를 엄마 옆에 조심스럽게 눕혔다.
「아들이란다. 튼튼한 아들! '에드문드 앤터니'가 태어났어.」
블레이즈는 탯줄을 잘랐다.
「진통이, 진통이 다시 시작되는 것 같아요, 엄마.」
니사의 목소리는 날카로웠다. 태어난 아이를 자세히 볼 틈도 없이 또 다른 진통이 시작되었던 것이다.
「에드문드가 태어날 때 느꼈던 것과 같은 느낌이에요.」
블레이즈는 혹시나 싶어 딸의 다리 사이를 보고는 놀라서 숨을 몰아쉬었다. 아이 하나가 더 나오고 있었다.
「니사, 쌍둥이다. 그래서 네 배가 그다지도 컸던 거구나. 3월 말이 아니고 지금 출산하는 이유도 쌍둥이이기 때문이야. 쌍둥이는 항상 예상일보다 일찍 나오거든.」
니사는 곧 두 번째 아기를 낳았다.
「에드문드와 섞이지 않도록 하세요.」
「걱정하지 말거라. 이 아이는 딸이란다.」
블레이즈 부인이 환하게 웃으며 말했다.
「저도 좀 보여주세요.」
블레이즈는 아기를 니사의 가슴에 내려놓았다. 아기는 무어라 말할 수 없을 정도로 사랑스러웠다.
「에드문드의 여동생은 뭐라 부를 거니?」
「딸 이름은 생각해놓지 않았어요. 하지만 베리안만 허락한다면 '사브리나'라 부르겠어요. '사브리나 메리 드 윈터'! 어때요, 엄마?」
「아름다운 이름이로구나.」
「이제 아이들을 씻겨 아빠에게 인사를 할 수 있게 해야겠다.」
블레이즈 부인은 쌍둥이로 태어난 손자와 손녀를 따듯한 물로 씻겨 깨끗한 배내옷을 입혔다. 그리고 하얼타와 틸레에게 아기들을 안겨주면서 말했다.
「내가 마님을 돌보고 있는 동안 얼른 가서 애들 아버지와 할아버지에게 보여드리게.」
몸종들이 밖으로 나가자 윈햄 백작부인은 니사의 몸을 씻겨주고 더럽혀진 방을 청소했다.
하얼타와 틸레는 에드문드와 사브리나를 안고 홀로 들어섰다.
「아드님입니다.」

하얼타가 아기를 안고 들어서자 베리안은 성큼성큼 걸어 아기에게로 다가갔다.

「그리고 따님도 있습니다.」

틸레가 하얼타를 따라 들어서며 말했다. 마치의 백작은 자기도 모르게 걸음을 멈췄다.

「아들과 딸이라고?」

베리안은 뜻밖의 상황에 놀라지 않을 수 없었다.

「집안 내력일세.」

앤터니 윈햄 백작은 이런 경우를 여러 번 보았으므로 베리안보다는 덜 놀랐다. 이제 할아버지가 된 앤터니 백작은 흐뭇한 얼굴로 아기들의 얼굴을 들여다보며 말했다.

「모건 백작부인은 네 쌍의 쌍둥이를 낳았지, 알고 있나? 두 쌍은 여자아이들이었고, 한 쌍은 얘들처럼 사내녀석과 계집애가 섞여 있었지. 그리고 마지막 쌍은 남자아이들이었어.」

아기의 아버지인 베리안 백작도 어느새 장인 옆에 와 아기들의 얼굴을 들여다보고 있었다.

「어느 놈이 후계자지?」

「바로 이 아이입니다, 백작님. '에드문드 앤터니 드 윈터 경'입니다.」

하얼타가 말했다.

「그래? 그렇게 불러도 괜찮겠나?」

앤터니 윈햄 백작은 애매한 표정을 지으면서 사위를 바라보았다.

몸종의 품에 안겨 있는 자신의 분신에 매료된 베리안은 고개를 끄덕였다.

「네, 니사는 제가 아버지긴 하지만 이름은 제 마음대로 지을 수가 없다고 하더군요.」

앤터니 윈햄 백작은 미소를 머금은 채 고개를 끄덕였다.

「내 딸은 뭐라고 부를 거라 하더냐?」

베리안은 자신의 딸을 바라보며 틸레에게 물었다.

「'사브리나 드 윈터'라고 하셨습니다.」
「마님은 괜찮으시냐?」
「네, 백작님. 큰 어려움 없이 출산하셨답니다.」
백작은 홀에서 나와 아내가 있는 방으로 급히 올라갔다. 니사는 벌써 몸을 씻고 새 가운으로 갈아입고 있었다.
「아이들은 보셨나요?」
베리안을 보자 니사가 미소지으며 물었다.
「내가 본 아이들 중에서도 가장 아름다운 아이들이오. 고맙소. 고생이 많았소.」
니사의 남편이 환하게 웃으며 말했다.
「후계자를 낳아준 아내에게 무얼 주실 거죠? 참고로 말씀드리면 제가 태어났을 때, 아버지께서는 엄마에게 땅을 선물하셨어요. 저는 아이들을 둘이나 낳았으니 그보다는 더 큰 선물을 기대해도 좋은 건가요?」
눈자위가 붉어지는 베리안을 보며 니사는 장난스럽게 말했다.
「니사! 너무 욕심이 너무 많구나!」
블레이즈는 미소를 띤 채 말했다.
「바로 이것이오.」
백작이 더블릿에서 진주 모양의 다이아가 박힌 금목걸이를 꺼내 보이며 말했다.
「어머, 너무 예뻐요. 이런 걸 미리 준비하고 계셨단 말이에요?」
니사는 목걸이를 받아 들며 환성을 질렀다. 니사의 가슴은 남편의 자상한 배려에 뭉클해졌다.
「그것은 나에게 후계자를 안겨준 것에 대한 작은 보답이라오. 하지만 두 번째 아이는 예상하지 못했으니 용서하오. 특별히 받고 싶은 선물이 있으면 얘기해보오.」
「양을 갖고 싶어요. 양털을 팔아 금을 사고, 금을 모아 사브리나가 커서 결혼할 때 지참금으로 주겠어요.」
젊고 아름다우며 현명한 아내! 베리안은 생각했다. 왕이 죽고 나면 자신이 하워드가와 친척이라는 것이 자식들에게 아무런 도움도 되지 않을 것이다. 그리고 딸이 훌륭한 남편을 얻기 위해서는 결혼 지참금이 충분히 있어야 했다. 아내는 이미 이런 사실들을 간파하고 있었다.

「그럼, 이번에 태어나는 새끼 양들은 모두 당신 것이오.」

베리안은 니사와 깊은 교감의 눈빛을 나누며 더할 수 없이 행복하다는 생각을 했다.

하얼타와 틸레가 에드문드와 사브리나를 안고 들어왔다. 니사는 자신의 뱃속에 들어 있던 아이들을 이렇게 만질 수 있다는 사실이 너무나도 놀라웠다. 니사는 아이들을 향한 커다란 사랑이 가슴 저 밑바닥에서부터 솟아나는 것을 느꼈다.

「두 아이에게 똑같은 사랑을 나눠주겠어요, 엄마.」

니사는 아이들을 안으며 블레이즈 부인에게 말했다.

「아무렴 그래야지. 하지만 그러기 위해서는 많은 신경을 써야 한단다. 한 아이에게 입을 맞춰주었을 때 다른 아이가 소외당한다는 느낌을 받지 않도록 그 아이에게도 입을 맞춰주어야 한다는 것을 잊지 말거라. 그리고 무엇보다 유모가 필요할 게다. 쌍둥이를 돌보는 일은 그리 쉽지가 않단다.」

「제가 다 보살피고 싶어요.」

니사는 엄마와 남편을 번갈아 보며 미소지었다.

「유모는 꼭 있어야 해. 네 쌍둥이 동생 제인과 앤이 일 년 사이에 저렇게 큰 걸 보려무나. 내가 걔들을 키울 때도 유모가 필요했단다.」

「어머님 말씀을 듣는 게 현명할 것 같소, 내 사랑!」

베리안이 사랑스런 눈길로 아내를 바라보며 말했다.

「날이 새면 아이들이 세례를 받게 합시다. 장인께서 아이들의 대부가 되어주실 것이오.」

「며칠 기다리면 안 될까요? 가족들이 다 모일 수 있도록 말이에요. 그리고 에드문드의 대부는 할아버지가 하시고 사부리나의 대부는 필립이 하게 했으면 좋겠어요.」

「그럽시다. 그럼, 대모는 누가 했으면 좋겠소?」
「블리스 이모하고 블라이드 이모요. 물론 당신이 싫지 않으시다면요.」
「싫어할 이유가 있겠소. 당신 뜻대로 그렇게 합시다. 그리고 왕에게 알려야 할 것 같소」
「아, 그래요. 빨리 알리는 게 좋겠어요. 그럼 캐서린도 내가 왕궁으로 가지 못한 것을 이해할 수 있을 거예요.」

며칠 후, 왕은 마치의 백작 내외가 보낸 전령을 만났다. 전령은 왕과 왕비에게 낮게 절하고 윈터헤븐의 후계자와 그의 쌍둥이 여동생이 태어났다는 소식을 전하였다.
「쌍둥이라…….」
헨리 튜더는 눈을 지긋이 감으면서 말했다. 헨리는 왕자를 얻고 싶은 소망이 더욱 간절해졌다. 그는 귀여운 아내를 돌아보며 입을 열었다.
「캐서린, 베리안과 니사는 우리보다 두 명이나 앞서 가고 있구려.」
「이번 여름 여행길에 니사를 만나보면 안 될까요? 니사에게 우리와 합류하라고 명하실 거죠? 니사에게는 분명 유모가 있을 테니까 잠시 동안은 궁으로 올 수도 있을 거예요. 그때쯤이면 제가 임신 중일지도 모르지만 니사가 제게 아기들에 대해서 조언을 해줄 수도 있을 거예요.」
캐서린은 헨리가 조용히 자기 말을 듣고 있는 것을 기뻐하며 미소지었다.
「알겠소. 그렇게 합시다. 나의 장미, 당신만 기쁘다면 난 무엇이든 해줄 수 있소」
헨리는 캐서린을 자신의 무릎 위에 앉혔다. 헨리의 팔이 캐서린의 몸을 조여왔다. 캐서린은 헨리의 목에 진한 사랑의 흔적을 남겼다. 두 사람의 호흡이 가빠졌다.
헨리는 한 손으로 아내의 보디스를 풀어헤친 후 부드럽게 솟아오른 하얀 가슴을 꼭 쥐었다. 캐서린의 몸이 활처럼 휘었다. 헨리의 나머지 한 손은 캐서린의 드레스자락을 끌어올리고 허벅지를 지나 둘만의 은밀한 곳으로 다가갔다.

「아, 사랑하오!」

헨리는 터질 것 같이 탱탱하게 부풀어오르는 자신을 느끼며 아내의 샘을 부드럽게 애무했다. 왕비는 왕의 손놀림을 따라 몸을 뒤틀며 남편의 앞을 열었다. 캐서린은 남편의 얼굴을 바라보며 그를 자신의 몸 속 깊이 품었다.

「아, 헨리! 너무 좋아요」

캐서린이 헨리의 귀를 세게 깨물었다. 그리고 왕의 머리카락을 쥐고 요동하기 시작했다. 헨리는 아내의 엉덩이를 두 손으로 꽉 쥐며 외쳤다.

「당신은 내 거요」

「맞아요! 맞아요! 당신 것으로 만드세요!」

캐서린은 흐느끼듯 소리쳤다.

LOVE REMEMBER ME

제 3 부
1541년 여름 - 1542년 겨울

사랑이여,
나를 기억하라

11

 왕의 다리가 악화되었다. 몇 달 동안 큰 이상을 보이지 않던 다리가 갑자기 아파오기 시작했다. 고름을 짜기 위해 절개했던 부위가 아물면서 빨갛게 부어 올랐고 몸에서는 고열이 나기 시작했다.
 시의인 버트가 종기를 다시 절개하며 왕에게 주의 사항을 얘기했지만 왕은 들으려 하지 않았다.
 「폐하, 음료수를 많이 드셔야 합니다. 그렇게 해야만 열이 내려갑니다.」
 버트가 걱정스런 눈빛으로 말했다.
 「내가 포도주와 에일을 충분히 마시지 않고 있단 말인가?」
 왕이 불만스런 얼굴로 투덜거렸다.
 「제가 말씀드리지 않았습니까. 에일은 마시면 안 됩니다. 제가 권해드린 것은 데본 사이다를 넣고 달인 약초즙입니다.」
 헨리는 영국에서 가장 다루기 힘든 환자였다.
 「그건 못 먹겠어. 오줌 맛 같아!」

헨리는 인상을 찌푸렸다. 버트는 낫든지 말든지 마음대로 하라고 소리치고 싶은 심정이었다.

「힘드셔도 꼭 약초즙을 드셔야 합니다. 빨리 치료하지 않으면 몸이 약해지실 겁니다. 폐하께서 건강하지 않으시면 왕비님께서 불행해지실 것입니다. 영국의 장래를 위해서라도 참고 드시기 바랍니다.」

버트는 가능한 한 공손하게, 그러나 강한 어조로 말했다. 시의 버트가 하고자 하는 말이 무엇인지는 너무나 명확했다. 왕은 그의 말이 너무나 옳다는 사실에 오히려 짜증이 났다. 그는 한숨을 내쉬며 말했다.

「옳은 말이군.」

왕은 누구도 자기에게 이래라 저래라 지시를 내릴 수 없다고 여기고 있었지만, 지금은 상황이 다르다는 것을 인정해야 했다. 자신의 몰골이 너무도 혐오스러웠다. 게다가 늙어 보이지 않은가! 어떻게 해서라도 빨리 낫는 수밖에!

헨리는 캐서린과도 떨어져 지내고 있었다. 자신의 모습을 아름다운 아내에게 보여주고 싶지 않았다.

이런 상황에도 헨리 튜더는 한 가지 좋은 점은 있다고 생각했다. 잘 먹을 수 없는 탓에 몸무게가 급속도로 줄어든 것이다. 결혼 예복을 짓기 위해서 작년 여름에 허리둘레를 잰 적이 있었다. 그때 그는 처음으로 자신의 비만을 실감했다.

'허리가 54인치입니다.' 그럴 리가 없어! 헨리는 재봉사에게 다시 재라고 명령했다. 바보 같은 녀석, 이거 하나 똑똑히 못 재나! '허리가 54인치, 가슴이 57인치입니다.'

헨리는 시의의 말을 따랐다. 약초즙을 먹으며 식이요법을 실천하자 어느 정도 상태가 호전되기 시작했다. 기쁘게도 지방이 빠지면서 근육이 보이기 시작했다. 그러나 아직은 아니었다. 아직은 캐서린을 만나 즐기기는 어렵다, 왕은 생각했다.

몸에는 많은 변화가 있었지만, 성질은 점점 날카로워졌다. 그리고 주변의 대신들을 의심하는 한편, 토마스 크롬웰을 그리워했다.

「크롬웰이야말로 가장 충실한 신하였어. 충성스러웠던 크롬웰, 그가 그립구나.」

왕은 어두운 곳에서 혼잣말을 하곤 했다.

「크롬웰이 지금 내 곁에 없는 이유가 뭔가? 내가 그 이유를 말해주지. 크롬웰은 모함을 받았던 거야. 증거도 없었는데 말이야.」

헨리가 갑자기 소리치자 대신들이 움찔했다.

또다시 왕은 자신의 행동을 남의 탓으로 돌리고 있었다. 그는 자기 연민에 싸여 있었고 아무도 그에게 반론을 제기할 수 없었다.

왕비는 외로웠다. 그녀는 여인들과 잡담을 하며 왕에게 보여줄 자신의 좌우명을 수놓는 것으로 시간을 보내고 있었다.

'나는 그대를 위해 있어요.'

캐서린은 이 열 글자를 수놓는 것이 무료함을 달래는 방법으로는 참으로 바보 같다는 생각이 들었다. 너무 한심했다.

주위의 여인들을 살펴보며 캐서린은 생각했다. 마가렛 더글라스 부인, 리치먼드 공작부인, 러트랜드 백작부인, 그리고 로치포드 부인과 에지콤 부인······. 지겨워, 모두가 그렇고 그런 사람들이야! 재미있는 사람은 하나도 없어!

이 여인들은 캐서린이 결혼할 때 삼촌인 토마스 공작이 그녀와 함께 있을 사람들로 추천한 여인들이었다. 모두 그렇고 그런 여인들······.

'너는 이제 영국의 왕비라는 사실을 명심해야 한다. 너는 신분이 높은 여자야. 그런 여자들은 어린 소녀들처럼 놀고 싶다고 불평하고 징징거리지 않는단 말이다.'

캐서린이 함께 지낼 여인들에 대한 불평을 했을 때 토마스 하워드 공작이 엄한 목소리로 말했다.

세상에! 캐서린은 주위의 여인들을 둘러볼수록 한심하다는 생각만 깊어갔다. 즐겁게 놀 수 없다면 왕비가 다 무슨 소용인가? 캐서린은 자신이 왕비가 아니었으면 좋았을 거라는 생각마저 들었다. 앤 공주가 계속 왕비 자리에 있고 자신은 왕비의 시녀로 남자들과 놀 수 있다면 얼마나 재미있을까.

캐서린의 눈에 앤 공주는 왕의 누이로 지내면서 재미난 일들은 다 하고 있는 것 같았다. 앤은 이제 클레브스에서 올 때의 촌스러움도 완전히 벗어버렸다. 그녀는 지금 어떤 남자에게도 묶여 있지 않으며 밤새워 춤을 추며 즐기고 있었다.

하지만 앤 공주도 남자 없이는 외로울 거야! 캐서린은 남자 없는 인생은 생각할 수조차 없었다. 캐서린이 보기에 남자 문제에 관한 한 앤 공주는 이상한 여자였다. 멋진 남자들의 구애를 즐기면서도 앤 공주는 한 남자에게 특별한 관심을 쏟지는 않았다. 또 한편으로는 남자들을 유혹해 무엇인가를 줄 듯하면서도 결국 아무것도 주지 않았다.

'헨리와 결혼을 했었는데, 어떻게 다른 남자와 결혼을 할 수가 있겠어요?'

앤은 왜 결혼하지 않느냐는 질문을 받으면 파란 눈을 반짝이며 이렇게 말하곤 했다. 캐서린으로서는 도무지 이해할 수 없는 말이었다.

앤 공주는 왕비의 시중을 드는 어떤 여인보다 재미있었다. 앤이 캐서린의 결혼 후 처음으로 왕궁을 방문했을 때, 캐서린은 매우 불안했다. 자신이 왕비로 모시던 앤과의 대면이 쉽지 않을 것 같았다. 하지만 앤은 많은 선물을 갖고 와서 왕과 어린 왕비에게 공손하게 절을 했고 두 사람의 행복을 진심으로 빌어주어 캐서린을 기쁘게 했다.

그날 왕은 다리가 아파 일찍 잠자리에 들었고, 캐서린은 앤과 함께 밤새 춤을 추었다. 그 다음날에는 헨리와 캐서린, 그리고 앤이 함께 저녁식사를 했다. 왕이 클레브스의 앤을 진심으로 따뜻하게 대했으므로 왕실 사람들의 눈이 휘둥그레졌다.

새해 들어서 앤은 왕과 왕비에게 말 두 필을 선물했다. 두 마리 다 암갈색의 한 살배기였다. 왕과 왕비를 매혹시킬 만한 훌륭한 말들이었다. 왕실 사람들은 앤이 바보짓을 하고 있다고 비웃었다. 그러나 서포크의 공작 찰스 브랜든의 생각은 달랐다.

'바보짓이라구? 앤은 머리를 잘 쓰고 있어. 똑똑한 여자라구. 왕의 진노를 피한 유일한 왕비 아닌가. 앤은 왕비 자리만을 잃었을 뿐이지 그대가로 왕의 호의를 입고 있지 않은가.'

참 재미있어, 어린 왕비는 생각했다. 점잔이나 빼는 여인들하고는 비교가 안 돼. 하지만 내가 앤 공주를 곁에 두고 있으면 말들이 많겠지. 아, 니사만 옆에 있어주어도 좋으련만…….
캐서린이 크게 한숨을 쉬었으므로 주위에 앉아 있던 여인들이 놀란 얼굴로 왕비를 쳐다보았다.
「무슨 일이세요, 왕비님?」
「정말이지 따분하군요. 폐하께서 편찮으시니까 음악도 없고 춤도 출 수 없고……. 도대체 이런 지겨운 생활은 언제 끝날 건가.」
왕비가 짜증 섞인 목소리로 말하며 자수를 내던졌다.
「사실에서 음악을 들으셔도 흠이 되지는 않을 거예요. 토마스 컬페퍼를 부르세요. 루트를 연주하며 아름다운 노래도 불러드릴 거예요.」
로치포드 부인이 말했다.
컬페퍼? 캐서린은 마음속에서 꿈틀거리는 간절한 갈망을 느낄 수 있었다. 분명 음악에 대한 욕구는 아니었다.
「폐하께서 허락하신다면, 그렇게 하지.」
캐서린은 뭐라 말하기 힘든 기대감을 숨기기 위해 담담하게 말하려 애썼다.
헨리는 젊은 아내의 청을 들어주었다. 그는 아내가 지루해한다는 사실에 죄책감마저 느끼고 있었다. 왕이 토마스 컬페퍼에게 말했다.
「왕비에게 내 사랑을 보내노라고 전해라. 그리고 며칠만 참으면 볼 수 있다는 말도 전해라.」
헨리는 음흉한 미소를 지으며 혼잣말처럼 중얼거렸다.
「캐서린은 내 손길을 그리워하고 있는 거야!」
토마스 컬페퍼는 이목구비가 뚜렷한 20대 중반의 젊은이였다. 밤색 머리와 푸른 눈동자를 갖고 있었으며 소년처럼 맑은 얼굴을 하고 있었다. 왕은 그를 아꼈고 그는 이 점을 최대한 이용할 줄 알았다. 그는 행운을 잡으러 어린 나이에 궁으로 왔고, 그 꿈은 상당 부분 실현되고 있었다.

「폐하의 말씀을 왕비님께 전해드리겠습니다. 그런 뒤 왕비님을 즐겁게 해드리겠습니다.」

토마스 컬페퍼는 왕 앞에서 물러나면서 말했다.

컬페퍼가 나타나자 왕비의 시녀들은 그의 주위를 서성거리기 시작했다. 키 크고 날씬하며 튼튼한 다리를 가진 컬페퍼는 시녀들이 보내는 선망의 눈빛을 당연한 것으로 받아들이며 루트를 연주했다. 나이 든 여인들조차 컬페퍼의 반짝이는 두 눈과 편안한 미소를 놓치고 싶어하지 않았다. 그들 대부분이 남편이 있는 여인들이었음에도 그랬다.

공주가 침실로 가자 왕비는 시녀들과 여인들도 각자의 거처로 돌아갈 것을 지시했다. 로치포드 부인이 자리를 뜨며 컬페퍼에게 그 역시 물러가라고 말하자 컬페퍼는 위엄 있는 목소리로 말했다.

「왕비님께 전할 말씀이 있습니다. 왕의 말씀입니다. 잠시 자리를 비켜 주십시오.」

로치포드 부인은 호기심이 일어나는 것을 참으며 뒷걸음질쳐 방 밖으로 나갔다.

캐서린과 단둘이 남은 컬페퍼는 왕비에게 정중하게 절을 했다. 오늘 따라 캐서린이 더욱 아름다워 보였다.

「분홍색 벨벳이 잘 어울리시는군요. 제 기억으로는 제 더블릿을 만들 벨벳으로 왕비님의 드레스를 만들어드린 적이 있죠.」

「그래요. 그런 적이 있어요. 하지만 그 드레스에 대한 대가를 치를 수는 없었지요. 컬페퍼 경이 너무 무리한 요구를 해왔으니까요.」

캐서린의 목소리는 차가웠다. 그러나 그녀는 컬페퍼의 젊은 몸을 생각하고 있었다. 저 튼튼한 다리로 나를 감싼다면 어떤 느낌일까.

「폐하께서 어떤 말씀을 하셨나요?」

캐서린의 목소리는 여전히 차가웠다. 토마스 컬페퍼는 왕의 말을 천천히 전했다. 그러나 그의 눈은 캐서린의 몸을 더듬고 있었다. 오늘밤 너를 안을 수는 없을까!

「폐하께 돌아오시기를 기다린다고 전하시오. 그만 물러가도 좋소, 토마스 컬페퍼.」

「저를 다시 톰이라고 부르지 않으시겠습니까, 왕비님? 저희는 사촌간이지 않습니까.」

「우리는 정확히 육촌이오, 토마스 컬페퍼.」

캐서린은 그를 쏘아보았다. 그녀는 자신의 태도가 지나치다는 생각이 들었다. 아, 어째야 하는지 모르겠어!

「그런 표정을 지으면 너무 귀여워요, 캐서린! 헨리가 그대의 입술을 좋아하겠지? 너무도 앙증맞고 귀여운 입술이야. 깨물어주고 싶을 정도로 말이야.」

컬페퍼가 자신의 마음을 드러내놓기 시작했다.

「물러가시오, 컬페퍼!」

차갑게 소리를 질렀지만, 캐서린의 볼은 이미 붉게 달아올랐고 심장은 빠르게 고동치고 있었다.

「나는 항상 곁에 있소, 캐서린.」

컬페퍼는 캐서린과 잠시 눈길을 마주친 후 물러났다.

무슨 뜻으로……? 그러나 캐서린의 가슴은 이미 기대감에 부풀었다. 잘생긴 젊은 남자! 그와 사랑을 나눈다고 문제가 생기지는 않을 거야. 헨리에게도 잘해주면 되잖아. 그러면 아무도 모를 거야. 캐서린은 키득거리며 웃었다.

이틀 뒤, 왕은 그녀의 침실을 찾았다.

4월, 왕비는 아이를 가진 것 같다고 생각했다. 그러나 곧 유산이거나, 상상임신이었을 것이라는 결론을 내릴 수밖에 없게 되었다.

왕은 슬퍼하는 아내를 위로해줄 여유가 없었다. 요크셔에서 종교의 정통성을 회복하려는 폭동이 일어났기 때문이었다. 존 네빌레가 주도한 이 반란은 잔인하게 진압되었다. 헨리 튜더는 로마의 간섭을 용납할 수 없었다.

반란을 진압한 왕은 구체적으로 여름 여행을 계획했다. 그러나 그가 런던을 떠나기 전에 처리해야 할 일이 있었다. 셀리스베리의 백작부인인 마가렛 폴을 처형하는 일이었다.

마가렛 폴은 지금까지 2년 동안 탑에 갇혀 있던 늙은 여인이었다. 그녀는 튜더가에 충성을 다해 왔고 메리 공주의 가정교사로 일하기도 했으나, 그녀의 아들 추기경 레지날드가 로마교황과 손잡고 헨리에게 대항했다는 이유로 그녀가 처형되어야 했다.

캐서린은 헨리에게 백작부인을 처형하면 안 된다고 간절하게 애원했다. 캐서린의 생각에도 헨리의 판단은 옳지 않았다.

「마가렛 폴이 반역죄를 지은 것은 아니잖아요, 폐하. 게다가 이미 늙은 여자예요. 남은 여생을 편히 쉴 수 있게 해주세요.」

메리 공주 또한 자신의 가정교사였던 브라운 부인의 목숨만은 살려달라고 청했다. 사실 메리 공주에게는 셀리스베리 백작부인을 살리려는 마음보다는 아버지에게 쌓인 분노를 터뜨리고 싶은 마음이 더 컸다.

「마가렛의 혼이 아버지를 영원까지 따라다니며 괴롭힐 거예요. 지금까지 지은 죄로도 부족하신가요? 아버지가 최근에 죽인 사람들을 생각해보세요. 일 년도 되기 전에 후회하셨잖아요.」

스물여섯 살의 메리는 서른 살이 넘어 보였다. 게다가 수도사처럼 늘 검은 옷을 입고 있었다.

「다음에 내 앞에 나타날 때는 좀 밝은 옷을 입고 오너라.」

왕은 딸의 말에는 아무런 반응도 보이지 않은 채 소리쳤다. 지나쳐, 이 아이는 지나치게 종교적이야!

「제게는 죄가 없습니다.」

사형장에 끌려온 셀리스베리의 백작부인이 울부짖었다. 그녀는 자신의 목을 자를 칼날을 피하기 위해 괴력에 가까운 힘으로 발버둥쳤다.

그날 형을 집행할 사형 집행관은 경험이 전혀 없는 사람이었으므로, 처형될 죄수가 이토록 심하게 저항할 거라고는 예상도 하지 못했기 때문에 진땀을 빼야만 했다. 사형 집행관은 간신히 죄수를 잡아 눕히고 목을 향해 칼을 내리쳤다. 그러나 그의 손이 심하게 떨려서 쉽게 목이 베이지 않았다. 공포에 휩싸인 마가렛 폴은 자신의 목이 완전히 떨어져 나갈 때까지 요동쳤다.

사람들은 헨리의 잔인한 성품에 소름끼쳐하며 브라운 부인이 도살을 당했다고 수군거렸다. 로마에 있는 폴 추기경은 왕의 영혼에 악마가 들어 있으므로 그를 위해 기도해야 한다고 말했다. 그러나 왕의 머릿속에는 여름 여행에 관한 생각뿐이었다.

한편 프랑스와 신성로마제국의 관계는 전쟁을 치르기 일보 직전의 상태까지 악화되어 있었으므로, 영국과의 동맹관계를 원하게 된 프랑스의 왕은 헨리의 딸 메리 공주를 자신의 며느리로 맞고 싶다는 말을 전해왔다.

「잘됐어요! 혼기를 놓친 메리가 이제 완벽한 짝을 만난 거예요. 생각해보세요, 곧 프랑스의 왕비가 된다구요!」

왕비가 즐거운 목소리로 말했다. 캐서린과 메리 튜더의 관계는 원만하지 않았다. 캐서린은 메리가 왕비인 자신을 존경하지 않는다고 생각했고, 메리는 캐서린을 멍청한 계집 이상으로 여기지 않았다. 메리는 아버지가 캐서린을 사랑한다는 사실도 받아들일 수가 없었다.

둘 사이의 관계가 이러했으므로 캐서린에게는 프랑스 왕의 제안이 메리를 멀리 보내버릴 수 있는 기회라는 생각이 들 수밖에 없었다.

「우리는 프랑스가 아니라 로마와 동맹관계를 유지해야 하오. 로마는 우리가 다른 나라들과 무역을 하기 위해 절대적으로 필요하오. 그러니 이 결혼은 안 되오.」

「이번 기회를 놓치면 누가 메리를 데려가죠? 메리가 지금 몇 살인지 아세요? 프랑스 왕자가 싫다면, 그럼 누가 남아 있지요? 도대체 누구의 청혼을 받아들이실 생각이냐구요?」

왕비의 말이 아주 틀린 말은 아니었다.

「메리가 영국의 왕비가 될 수도 있지 않소. 왕자가 없으니 할 수 없지.」

헨리는 무뚝뚝하게 대답했다. 아직까지 왕자를 낳아줄 기미를 보이지 않는 아내에 대한 불만이 담긴 목소리였다.

「에드워드가 있잖아요!」

캐서린이 갑갑하다는 듯 소리쳤다.

「에드워드? 그 아이는 이제 겨우 네 살이오. 내가 만약 내일 죽는다면, 그 아이가 영국을 다스리게 되는 거요?」

「제가 폐하에게 왕자를 낳아드릴 거예요. 니사에게 쌍둥이를 낳는 비결을 물어보겠어요. 그리고 아들 쌍둥이를 낳겠어요. 어쩌면 세 쌍둥이!」

캐서린이 각오에 찬 목소리로 말했다. 헨리는 크게 웃었다. 이럴 때의 아내는 너무나 귀여웠다. 이것이 가시 없는 장미의 매력이다! 헨리는 자신의 생애에서 캐서린과 함께 하는 시간만큼 행복했던 때는 없었다는 생각을 했다. 정말 이대로 영원히 살고 싶다!

7월 1일, 왕과 왕비 일행은 런던을 떠났다. 영국 전역을 순행하며 밤을 보낼 천막과 주방기구를 실은 짐마차가 왕과 왕비, 그리고 동행한 왕실 사람들의 뒤를 따랐다.

왕의 여행은 순조롭게 이어졌고 마치의 백작 내외는 왕과 왕비로부터 8월 9일 링컨에서 만나자는 통보를 받았다.

「아이들을 두고 어떻게 떠나요! 캐서린이 너무 미워요! 베리안, 당신 혼자 가셔서 저는 아이들 때문에 올 수 없었다고 말씀드리세요 그러면 당신도 곧 집으로 보내주실 거예요.」

니사는 남편도 원치 않는 일이라는 것을 알지만 치밀어 오르는 화는 어쩔 수가 없었다.

「진정해요. 왕비께서는 편지에 당신이 꼭 와야 한다고 했잖소 니사, 리버스에지에서 어머님이 오신다고 하셨고, 또 유모도 둘이나 있으니 아이들 걱정은 안 해도 될 거요.」

베리안은 안타깝지만 아내를 달래서 왕의 지시를 따를 수밖에 없었다.

「왕실 사람들을 보고 싶은 생각도 없단 말이에요.」

「선택의 여지가 없잖소.」

「아이들과 떨어져 있는 동안에 젖이 다 말라버릴 거예요. 아파서 유모를 둘이나 두는 바람에 그 동안 아이들을 돌봐주지도 못했잖아요.」

베리안은 아내의 손을 어루만지며 말했다.

「이렇게 합시다. 왕비를 만나서 우리 쌍둥이가 얼마나 귀여운지, 전원 생활이 얼마나 재미있는지 자랑만 늘어놓는 거요. 그러면 왕비도 곧 당신을 지겨워하게 될 거요. 그러면 내가 추측하기에 마틴절 전에 다시 집으로 돌아오게 될 거 같소.」

순행 중인 왕실 사람들과 함께 한다는 결정을 내리니 준비할 것들이 만만치 않았다. 사냥복과 승마복, 그리고 저녁 무렵의 행사 때 입을 우아한 드레스, 개인 천막과 간이침대, 주방용구들, 그리고 이 모든 것을 실을 마차가 필요했고 마차를 끌 말들과 사냥할 때 쓸 말들……, 그리고 하인들도 몇 명 필요했다.

니사가 출발하기 며칠 전, 블레이즈 윈햄 부인이 윈터헤븐에 도착했다.

「네 아빠는 내가 이맘때 오랫동안 집을 비우는 것을 좋아하시지 않는단다. 과일잼도 만들어야 하고 에일도 숙성을 시켜야 하니까 말이다. 그러니 에드문드와 사브리나, 그리고 애들 유모들을 데리고 리버스에지에 가 있도록 하마. 아마 그게 아이들에게도 더 나을 게다.」

「옳은 말씀이세요, 장모님.」

니사가 만족한 표정을 보이자 베리안이 밝은 목소리로 말했다.

「브라우닝의 며느리에게 해야 할 일을 가르쳐주고 떠날 테니 집은 걱정하지 말거라.」

「어머님의 계획이 아주 완벽한 것 같습니다.」

베리안이 웃으며 다소 과장된 어조로 말했다. 랭포드의 백작부인 또한 흐뭇한 미소를 지었다.

다음날 오후, 니사는 아이들과 헤어졌다. 블레이즈 부인이 아이들을 데리고 리버스에지로 떠난 것이다. 니사는 할머니의 품에 안겨 마차에 오르는 쌍둥이 남매를 보며 참았던 눈물을 흘렸다. 이렇게 하면서까지 링컨에 가야 하는 건가.

그날은 쌍둥이가 태어난 지 다섯 달이 되는 날이었다. 에드문드는 엄마의 보랏빛이 도는 눈을 가지고 있었고, 사브리나는 아빠의 눈처럼 짙은 초록빛이었다. 쌍둥이는 서로 성격은 달랐지만 둘 다 고집이 센 편이었다. 나날이 자신들을 닮아가고 하루가 다르게 아름다워지는 아이들, 정말로 이 아이들과 헤어져야 하는 건가.

「니사, 너의 아버지가 돌아가셨을 때 내가 너를 두고 왕궁으로 떠날 때의 심정을 이해할 수 있겠구나.」

아이들과 떨어지는 슬픔이 어떤 것인지 블레이즈 부인은 알고 있었다.

「그래요, 알 것 같아요, 엄마! 엄마 애들 잘 돌보아주세요. 최대한 빨리 돌아올게요. 캐서린도 아이가 있다면 내 심정을 이해할 수 있을 텐데……」

니사가 훌쩍거렸다.

랭포드의 백작부인과 아이들을 실은 마차가 출발했다. 베리안은 돌아서서 아내를 감싸 안았다. 그제야 니사는 내놓고 울기 시작했다. 베리안은 어떤 말로도 아내를 위로할 수 없을 것이라고 생각했다.

다음날, 베리안과 니사는 마차를 타고 링컨을 향해 출발했다.

「빨리 돌아올 수 있을까요?」

니사가 멀어지는 윈터헤븐을 돌아보며 말했다.

「캐서린이 우리와 있는 것을 원하지 않게 될 때까지는 있어야 할 거요. 가능한 한 캐서린을 지루하게 만듭시다. 이 방법이 안 통하면 내가 할아버지께 말씀을 드리겠소. 그분이 캐서린에게 주의를 줄 것이오.」

「제가 알아서 하겠어요. 공작의 도움은 조금도 받고 싶지 않아요.」

니사가 반발하고 나섰다. 토마스 공작이 더 이상 내 인생에 관여할 수는 없어!

베리안은 껄껄거리며 웃었다.

「당신, 나와 함께 있으면 행복하지 않소? 당신이 행복하다면 당연히 할아버지께 감사해야 하는 거 아니오?」

베리안은 짓궂게 웃었다.

「공작은 자신의 야심을 충족시키기 위해서라면, 지금이라도 저를 시종의 다락방 침대에 갖다놓을 수 있는 사람이에요. 제 인생이 끝장나도 아무렇지도 않을 그런 사람이라구요.」

공작에게 복수할 수는 없다 하더라도 용서할 수도 없어, 니사는 생각했다.

니사가 화를 풀 기미를 보이지 않자 베리안은 부드러운 목소리로 말했다.

「여보, 그런 일은 없었고 앞으로도 없을 것이오. 할아버지 덕분에 우리는 결혼했고 이제 아름다운 아이를 둘이나 두었소. 그러니 할아버지에 대한 불만은 그만 버리도록 해요. 아무에게도 사랑받지 못하는 불쌍한 노인네요. 니사, 나와 함께 행복하지 않소?」

베리안이 따스한 눈빛으로 물었다. 행복? 그래, 나는 행복해! 윈터헤븐을 사랑하고 태어난 아이들을 사랑하고……. 그리고 베리안을 사랑하고 있어!

니사의 눈이 커졌다. 갑자기 자신의 생각을 깨달은 것이다. 나는 남편을 사랑한다! 베리안을 사랑하고 있어! 언제 이런 일이 일어났지?

그들 관계에 극적인 전환점은 없었지만, 방금 그녀는 베리안 드 윈터를 사랑한다고 자신에게 말했다. 니사는 긴 속눈썹 밑으로 베리안을 훔쳐보았다. 너무나 잘생긴 사람, 당신이 없는 인생은 상상할 수도 없어요! 그래요, 사랑은 자랄 수도 있는 거예요. 당신처럼 착하고 자상한 사람과 함께라면.

니사는 남편의 팔에 매달렸다. 그러자 베리안이 부드러운 미소를 띠며, 그러나 의아한 눈빛으로 니사를 내려다보았다. 니사가 수줍게 속삭였다.

「사랑해요!」

니사의 볼이 곱게 달아올랐다.

베리안은 자신의 영혼 깊은 곳에서 무엇인가가 폭발하는 것 같았다. 그 폭발의 섬광은 그의 맑은 눈동자를 통해 터져 나와 니사의 가슴을 뚫고 지나갔다.

베리안은 아내의 어깨를 감싸 안고 손에 입을 맞추었다.

「당신 없이는 살 수 없다는 사실을 깨달았어요.」

베리안은 고개를 숙여 아내의 부드러운 입술을 달콤한 사랑으로 감쌌다. 니사는 베리안의 따스한 사랑을 뜨거운 열정으로 받아들였다.

베리안은 니사의 보디스를 제치고 풍만한 가슴을 애무했다.

「이 아름다운 보물을 쌍둥이들에게 뺏길 생각을 하니 솔직히 안타까웠소.」

「이제 당신 거예요.」

사랑스런 아내가 부끄러워하며 말했다. 니사는 베리안의 레이스를 젖히고 그의 넓은 가슴을 어루만졌다. 탄탄한 가슴 아래서 그의 심장이 빠르게 고동치고 있었다. 니사의 뜨거운 입술이 그의 가슴을 타고 내려가고 있었다. 마차 안은 후끈 달아오르기 시작했고 밖에는 장대 같은 비가 퍼붓고 있었다.

「내 무릎에 앉아요, 당신 안으로 들어가야만 하겠소!」

베리안은 애써 호흡을 고르며 말했다.

「마부가 보면 어쩌려구요.」

니사 역시 헐떡이며 말했다. 그러나 그녀 또한 도저히 멈출 수 없는 곳까지 이르렀다.

베리안이 아내를 무릎에 올려놓았다. 니사는 베리안이 그녀 안으로 미끄러져 들어오는 것을 느낄 수 있었다. 베리안은 격렬한 동작으로 니사의 보디스를 벗겼다. 그녀의 아름다운 가슴이 출렁거렸다.

니사는 남편의 어깨를 잡고 그의 눈을 응시하면서 천천히, 점점 미친 듯이 사랑의 리듬을 타기 시작했다. 그녀의 우윳빛 허벅지에서 척추를 타고 머리끝까지 황홀한 전율이 뚫고 지나갔다.

얼마나 지났을까? 둘은 숨을 골랐다. 그제야 빗소리가 들리기 시작했고 두 사람은 자신들이 사랑을 나눈 곳이 여행길의 마차 안이라는 사실을 실감했다.

「다른 여자와 마차에서 이런 일을 한 적이 있나요?」

「남자에게 그런 질문을 하는 게 아니라오.」

베리안이 웃으며 대답했다.

「해보셨군요!」

니사의 눈에 숨길 수 없는 질투가 드러났다.

「했다고 말하지 않았소.」

베리안은 니사의 코끝에 입을 맞추었다.

「안 했다고도 하지 않았어요. 아무하고나 이러실 수 있는 거라면 앞으로 안 하겠어요. 내일은 틸레를 우리 앞에 앉혀놓고 가야겠어요.」

니사가 토라진 얼굴로 입술을 삐죽거리며 외면하자 베리안의 눈은 장난기로 반짝였다.

「오늘처럼 하는 거말고 다른 방법도 있소.」

니사의 남편이 천연덕스럽게 말했다. 니사는 남편이 무슨 말을 하나 싶어 다시 고개를 돌렸다.

「틸레가 본다면 물론 놀라 자빠지겠지만 말이오.」

「악!」

비명을 지른 니사가 두 손으로 남편의 가슴을 때리자 베리안은 니사를 세게 끌어안았다. 둘은 이 여행이 영원히 지속되기를 바랐다.

링컨시는 곳곳에 아름다운 성과 성당이 있는 매혹적인 도시였다. 베리안과 니사가 그곳에 도착했을 때 왕실 사람들은 아직 오지 않은 상태였다. 왕의 짐마차만이 먼저 도착해 천막을 세우고 있었다.

「우리를 중심에 놓아주지는 않는군요.」

야영지의 관리자로부터 자리를 배정받자 니사가 말했다.

「오히려 다른 천막들에 둘러싸여 있는 것보다 낫지 않소. 경치도 좋고 말이오.」

백작이 미소지으며 말했다.

그는 하인들이 천막을 치는 것을 도와주었다. 큰 천막에서는 베리안과 니사가 지낼 것이고 작은 천막은 하인들을 위해 준비되었다.

마치 백작 내외의 천막에는 빨간색과 파란색의 줄무늬가 있었다. 천막의 내부에는 나무단 위에 카펫을 깔았다. 가운데 벽걸이 융단을 드리워 낮 동안에 거실로 활용할 장소와 밤에 잠을 잘 곳을 구분했다. 링컨은 쌀쌀한 지방이었으므로 8월에도 화로를 두어야 했다.

천막 안의 거실에는 식사를 할 테이블과 몇 개의 의자를 놓았고 벽걸이 융단 너머에는 가죽에 털을 덮은 간이침대를 설치했다. 어두운 실내를 밝혀줄 동으로 만든 촛대와 유리등도 달았다.

이러한 준비는 여행이 끝날 때까지 반복할 일이었다. 매일, 혹은 며칠에 한 번씩 말이다.

하인들이 백작 내외의 목욕물을 데워왔다. 니사와 베리안은 작은 나무 욕조에서 함께 목욕을 했다.

「세상에 어쩜 이런 일이……. 나중에는 우리 같은 하인도 쓸모가 없어질 거야. 나는 정말 우리 마님이 이런 품위 없는 짓을 할 줄은 상상도 못했다구.」

틸레는 이해할 수 없다는 표정으로 한숨을 내쉬었다.

「하지만 우리가 없어서는 안 될 거야, 틸레.」

토비가 웃으며 말했다.

「틸레, 어서 와서 옷 입는 것 좀 도와주렴. 난 침대에 있어. 토비는 거실에 계시는 주인님을 도와드리도록 하구. 서둘러라!」

니사가 말했다.

「거 봐!」

토비가 조금은 으스대며 말했다.

헨리 일행이 도착했다는 전갈을 받은 마치의 백작 내외는 예복으로 갈아입었다. 니사는 은구슬과 진주로 수놓은 파란 벨벳 드레스를 입었다. 목선은 낮고 소매가 종처럼 넓게 퍼진 드레스였다. 목에는 두 줄의 진주목걸이를 걸고 머리에는 사파이어가 박힌 망사를 썼다.

백작 또한 포도줏빛 벨벳의 우아한 복장을 하고 있었다. 실크 셔츠의 목과 소매에 주름이 잡혀 있었고, 포도주색과 금색의 줄무늬가 있는 스타킹을 신고 있었다. 더블릿은 금구슬과 진주로 장식되어 있었고 납작한 보닛에는 타조깃털이 달려 있었다.

마치의 백작과 부인은 왕 내외가 부를 때까지 기다리고 있었다. 마침내 그들을 부르러 노포크의 공작이 들어왔다. 일 년 만의 대면이었다.

공작은 긴 여로에 시달려 피곤해하는 모습이 역력했다. 일흔 살의 남자가 감당하기에는 너무도 벅찬 여정이었을 것이다.

「앉으시지요. 포도주를 드시겠습니까?」

베리안은 니사의 목소리에 냉기가 감돌고 있음을 느꼈다. 공작은 의자에 깊이 몸을 묻고는 니사가 건네주는 잔을 비웠다.

「훌륭한 포도주다. 그래, 애들은 잘 크고 있느냐?」

「네, 잘 자라고 있습니다, 할아버님.」

이 노인이 많이 지쳐 있구나, 백작은 생각했다.

「엄마와 아빠가 영국의 반을 여행하지 않게 된다면, 애들은 더 잘 클 수 있을 겁니다.」

니사의 목소리가 날카로웠다.

「아직도 고집을 못 꺾었느냐?」

토마스 공작이 외손자에게 말했다. 그러나 베리안을 심하게 나무라고 있다는 느낌이 들지는 않았다.

「그래도 아이는 잘 낳는답니다. 왕비께서도 왕자를 많이 낳으면 좋겠습니다.」

니사가 뭔가 대꾸를 하려고 하자 베리안이 호통을 쳤다.

「니사, 가만히 있어요」

그는 할아버지를 바라보며 말했다.

「제가 듣기로는 왕비께서 늦봄에 유산을 했다던데요?」

「아마도……. 하지만 아직까지는 왕의 눈 밖에 나지는 않았어. 철없이 놀기만 좋아하는데도 말이야.」

공작이 힘없는 목소리로 말하고 눈을 들어 니사를 똑바로 쳐다보며 말을 이었다.

「니사, 여기까지 와줘서 기쁘다. 놀기만 좋아하고 네가 보고 싶다고 투정만 부리고 있으니 가서 분별 있게 처신하도록 해줬으면 고맙겠다. 너만이 이 일을 할 수 있을 거야.」

니사는 공작의 목소리에 간절함이 배어 있고 자신을 평가함에 있어 전혀 인색하지 않았으므로 놀라지 않을 수 없었다. 그러나 니사는 차가운 표정을 지우지 않은 채 말했다.

「스스로 깨닫기 전까지는 변하지 않을 텐데요. 공작님께서는 캐서린에 대해서 아는 것이 별로 없으시군요. 제 생각에는 이 점이 공작님과 캐서린의 앞날을 어둡게 할 수도 있을 것 같군요.」

「가문의 미래가 네 손에 달렸다.」

노포크의 공작이 변함없는 목소리로 말했다.

「무슨 말씀이세요? 저희는 하워드가가 아닙니다. 공작님이 왕의 총애를 잃는다 해도 우리와는 상관없는 일이에요.」

「네가 하워드가의 딸이었다면 얼마나 좋았을까! 너는 들장미 이상이야. 바위처럼 굳센 여자지.」

놀랍게도 토마스 공작은 니사를 선망의 눈으로 바라보고 있었다.

「행복하냐? 그렇겠지! 의지가 굳은 아내가 너를 사랑하니…….」

「저도 니사를 사랑합니다. 니사를 처음 보았을 때부터 사랑했지요. 니사가 할아버님에게 불만을 갖고는 있지만, 우리를 함께 있을 수 있게 해주신 분이 바로 할아버님입니다. 그러니, 니사 역시 할아버님을 도우려 애쓸 겁니다.」

베리안과 니사, 두 사람의 눈길이 부드럽게 얽혔다.

우리는 한몸이에요, 니사는 마음속으로 남편에게 말했다. 지금이라도 제가 집에 가겠다고 하면 당신은 그렇게 하실 분이에요. 당신은 나를 사랑하니까요. 저 역시 당신을 사랑한답니다.

「왕비에게 좋은 영향을 끼치도록 노력하겠습니다.」

니사는 조용히 대답했다.

노포크의 공작은 니사를 음험한 표정으로 바라보았다. 내가 만약 좀 더 젊었다면……. 너야말로 내가 원하는 여자야. 영리하고 당당한 여자!

그는 니사가 자신의 손자에게 주고 있을 쾌락을 상상했다. 불과 같은 여자, 날카로운 가시를 가진 들장미!

「자, 니사는 나와 함께 왕비를 만나러 가자. 베리안은 왕께 인사를 올리도록 해라.」

그들은 야영지의 가운데 있는 금빛의 대형 천막으로 갔다. 천막 안에서는 요리사들이 분주히 움직이며 저녁식사를 준비하고 있었다.

「왕비는 저기에 있다. 너를 애타게 기다리고 있을 거다.」

공작은 조금 작은 주홍색 천막을 가리켰다.

「그럼 이만.」

니사는 공작에게 고개를 숙여 절을 하고는 왕비의 거처로 발길을 돌렸다. 니사가 왕비의 천막 안으로 들어서자 로치포드 부인이 급히 니사를 맞았다.

「서두르세요! 왕비님께서 몹시 보고 싶어하고 계세요.」

마치의 백작부인은 로치포드 부인을 따라서 왕비의 사실에 들어섰다. 장밋빛 벨벳 가운을 입은 캐서린이 자리에서 벌떡 일어나 다른 부인들이 깜짝 놀랄 만큼 큰 소리로 니사를 반겼다.

「니사, 오, 니사! 이렇게 와주다니 너무너무 기쁘다. 너와 예전처럼 지낼 수 있기를 얼마나 원했는지 몰라.」

캐서린을 보자마자 니사는 캐서린에게 뭔가 커다란 변화가 일어나고 있음을 느낄 수 있었다.

다른 사람들 눈에는 이게 보이지 않는단 말인가? 캐서린은 너무 세게 조여놓은 루트 줄처럼 금방이라도 끊어져 버릴 것만 같았다. 니사는 불길한 예감을 떨쳐버릴 수가 없었다.

니사는 낮게 절을 하고 왕비에게 미소지으며 말했다.

「왕비가 되신 기쁨에 대해서 모두 말씀해주셔야 합니다. 그러면 저는 제 아름다운 아이들에 대해서 말씀드리겠습니다.」

12

캐서린은 여행이 주는 기쁨과 자유로움을 만끽했다. 마음껏 사냥하고 밤새도록 춤을 추었다. 헨리는 저녁식사 후면 바로 잠자리에 들었으므로 캐서린은 자신이 원하는 대로 저녁 시간을 보낼 수 있었다. 자신과 마찬가지로 쾌락을 삶의 유일한 목적으로 삼고 있는 사람들에 둘러싸여 있고, 세상에서 가장 친한 친구가 곁에 있었기에 캐서린의 기쁨은 배가 하였다.

그러나 니사는 생애에 있어서 최악의 나날들을 보내는 기분이었다. 내가 늙어가나? 니사는 스스로에게 물었다. 나는 왜 캐서린처럼 마음놓고 놀 수 없을까? 내가 결혼해서 아이들을 갖지 않았더라면 달랐을까? 하지만 니사는 결혼이 그 이유가 될 수는 없다고 생각했다. 왕실에는 니사와 베리안처럼 젊은 부부들이 많았고 그들 모두가 이 여행을 즐기고 있었다.

니사의 머릿속에는 비누와 향수, 그리고 잼을 만들고 겨울에 먹을 고기와 생선을 소금에 절여야 한다는 생각뿐이었다. 내가 그 일들을 감독하고 있어야 하는데. 하인들이 잘 해내고 있을까?

「왜 나는 즐기지 못하는 걸까요?」

니사가 남편에게 물었다.

「내가 즐기지 못하는 이유와 똑같지 않겠소. 우리는 이제 시골사람이라오. 그들과 함께 지내고 있다 해도 이런 것이 일상인 왕실 사람들이 아니란 말이오. 스말레 집사가 추수나 목양을 잘 해낼 것이라 여기지만, 그래도 내가 가서 직접 감독해야 할 것 같으오. 당신도 이런 내 마음과 마찬가지일 거요.」

「그건 그렇고……, 캐서린에게 심상찮은 일이 일어나고 있는 것 같아요. 그게 뭔지는 몰라도 로치포드 부인도 관련 있는 것 같구요.」

니사가 망설이며 말했다.

「무슨 소리요?」

베리안이 놀란 목소리로 말했다.

「뭔지는 몰라도 문제가 있어요. 남자 문제는 아니어야 할 텐데…….」

니사는 근심스런 얼굴로 천천히 말했다. 베리안 드 윈터는 등골이 오싹했다. 왕비의 간통은 반역죄다! 오, 하느님! 캐서린이 정부를 둘 정도로 바보는 아니겠지요.

만약 캐서린이 헨리 몰래 다른 남자와 관계를 맺고 있다면 결국은 들통나고 말리라. 이런 일은 아무리 조심을 해도 결국은 누군가의 눈에 뜨이게 마련이었다.

「당신이 알아낼 수 있겠소? 확실히 문제가 있다는 것을 알기 전에는 할아버지에게 말씀드리고 싶지 않소.」

「좀더 두고 봐야겠어요.」

「캐서린이 바보같이 남자와 관계를 맺고 있다면 우리도 왕의 분노를 피하기 힘들 것이오.」

베리안은 대단히 심각한 어조로 말했다.

「우리가 하워드가의 사람이 아닌데도요? 여보, 우리가 캐서린 하워드와 무슨 상관이 있다고요?」

남편의 말에 놀란 니사가 말했다. 니사는 그런 일은 있을 수 없다는 얼굴이었다.

「당신은 왕의 머리가 어떻게 돌아가는지 잘 모르오. 나는 궁에서 자라며 오랫동안 왕을 지켜보았소 그는 그 어떤 일에 관해서도 자신의 잘못을 인정하지 않소. 대신 언제나 희생양을 찾아서 처형해버리오. 만에 하나 캐서린이 왕을 배신하고 있다면, 왕은 주위에 있는 모든 사람이 자신을 능욕했다고 느낄 거요. 할아버지와 하워드가 사람들이 가장 먼저 희생될 것이고, 그렇게 되면 우리도 화를 면하기 어렵소 내 어머니가 하워드가의 딸이고, 나는 토마스 공작의 하나밖에 없는 손자니까 말이오.」

「설사 캐서린이 다른 남자와 만나고 있다 하더라도……, 그건 별로 위험하지 않은 불장난 정도일 거예요. 캐서린이 결혼서약을 위반하지는 않았을 거라구요.」

니사는 불안한 마음을 떨쳐버리려는 듯 말했다.

「당신 말대로였으면 좋겠소.」

베리안은 자리에서 일어나 서성대기 시작했다.

니사는 왕비와 더 많은 시간을 보내려고 했고 자신의 쌍둥이에 대해 떠들어대는 일도 그만두었다. 왕비뿐만 아니라 다른 여인들도 니사의 이러한 변화를 다행으로 여기고 있었다. 남의 자식 자랑을 들어주기란 쉬운 일이 아니었다.

보스턴 항에 도착한 왕은 항구에 정박해 있는 자신의 함대에 도취되어 시간을 보냈고, 왕비와 시녀들은 위댐강에 배를 띄워놓고 물에 비친 성 보돌프 성당의 그림자 주위를 맴돌며 즐거워했다. 베리안 드 윈터는 아내와 보내는 시간을 줄이고 캐서린에 관한 소문을 엿듣기 위해 대신들과 가까이 지내기 시작했다.

「니사, 네가 이제는 애들 얘기도 그만두고 구닥다리처럼 놀지 않으니까 남자들이 너의 진짜 매력을 볼 수 있게 된 거야.」

왕비의 천막에서 캐서린의 유쾌한 목소리가 울렸다. 토마스 컬페퍼의 가까운 친구 시닉 보근 경이 뻔뻔스럽게도 니사를 유혹하고자 애쓰고 있었다.

「시닉 경이 나에 대한 관심을 그렇게 노골적으로 드러내선 안 된다고 생각해. 나는 결혼한 여자야.」

니사는 정색을 하며 캐서린의 말을 받았다.

「그 남자는 유부녀를 유혹하는 게 취미래. 조심하는 게 좋을 거야. 컬페퍼 말로는 시닉이 너를 미치도록 갖고 싶어한다는 거야!」

캐서린의 목소리가 낮고 은밀해졌다.

컬페퍼? 캐서린의 입에서 나온 이름을 듣는 순간, 니사는 캐서린과 컬페퍼의 관계가 심상치 않다는 느낌을 받았다. 아니야! 그럴 리 없어!

「도대체 비결이 뭐니? 너는 왕실에 올 때마다 염분을 퍼뜨리잖니. 왜 내게는 그런 게 없을까?」

캐서린 케리가 대화에 끼여들었다. 캐서린 케리와 엘리자베스 피츠제럴드도 왕비의 천막에 와 있었다.

「네가 결혼하면 그때 남자들이 너를 탐낼지도 몰라. 남자들은 처녀를 가지고 노는 것은 위험하다고 생각해. 물론 결혼할 계획이 아니니까 그렇겠지만.」

엘리자베스 피츠제럴드가 장난스럽게 말했다.

「맞는 말이야. 낙원으로 가는 길이 이미 열려 있다면, 그 전에 누군가 그 길을 지나갔다는 게 문제가 되지는 않는다고 생각하는 거야. 오히려 길을 닦아놓은 앞사람에게 고마워할 일이니까 말이야. 남자들이란 그런 거야!」

캐서린 하워드가 깔깔거리며 말했다. 니사는 충격을 받았다. 캐서린이 이렇게까지 변할 줄은 몰랐다.

「남자들은 여자가 처녀인지 아닌지 구분할 수 있는 걸까? 니사가 윈터 경과 결혼했을 때, 폐하께서 결혼이 완성됐다는 증거를 요구하셨어. 순결의 피가 묻은 침대보를 말이야. 나도 그렇게 된다면 어쩌지?」

캐서린 케리가 불안한 눈빛으로 말했다.

「그렇게 겁낼 것 없어, 캐서린 케리. 피 묻은 닭의 방광을 침대보 밑에 숨겨 놓고 일을 치르면 되니까.」

왕비가 말에 캐서린 케리는 다소 안심한 얼굴이 되었다. 엘리자베스 피츠제럴드가 좋은 생각이라는 듯 고개를 끄덕이다가 왕비에게 말했다.

「남자와 관계하면서 임신을 피할 방법은 없을까? 방법을 알면 남자와 안전하게 관계할 수 있어. 그러니까……」

왕비는 모두 가까이 다가오라는 손짓을 하고 작은 목소리로 말했다. 왕비는 자신의 친구들에게 무엇인가를 열심히 설명하기 시작했다. 왕비의 친구들은 이야기를 듣는 중간중간 작은 이를 드러내며 깔깔거렸.

왕비가 어떻게 갑자기 이런 문제에 대해 많은 것을 알게 되었을까? 니사는 더욱 불안해졌다. 캐서린이 유부녀가 됐기 때문일까, 아니면……, 컬페퍼와……. 생각만으로도 온몸이 오싹했다.

「나 춤추고 싶어! 가서 악단을 불러와. 그리고 외실에 남자들이 있으면 즉시 오라고 해.」

왕비가 자리에서 발딱 일어나며 말했다. 악단의 연주가 시작됐고 젊은 남녀가 요정처럼 춤을 추었다.

시닉 보근은 한동안 니사를 바라보고만 있었다. 마치의 백작부인은 그가 만나본 여인 중에서 가장 냉정했고 정숙했다. 그리고 그녀의 그러한 처신이 더욱 그를 안달하게 만들었다.

시닉은 키가 커서 다른 사람들 사이에 섞여 있어도 얼른 눈에 띄었다. 금빛이 나는 흑갈색 곱슬머리의 그는 항상 깨끗하게 면도를 하고 있었다. 그의 잿빛 눈은 무언가를 숙고할 때면 눈동자가 하나도 보이지 않을 정도로 가늘어졌다. 여자들은 그런 그에게서 거부하기 힘든 매력을 느끼기도 했다.

춤이 끝나가는데 시닉이 포도줏잔을 들고 니사 곁으로 다가왔다. 니사와 춤을 추던 남자는 시닉이 나타나자 비실비실 뒤로 물러섰다.

「부인!」

그는 니사에게 포도주 잔을 건네며 말했다. 뺨에 홍조를 띤 채 숨을 고르며 미소를 짓고 있는 니사는 정말로 아름다웠다.
「고맙습니다.」
니사는 시닉이 건네는 잔을 받아들며 말했다. 이 남자를 피해서는 안 된다, 니사는 생각했다. 오히려 이 남자를 자극해야 해. 토마스 컬페퍼의 비밀을 털어놓도록 하기 위해서는 하는 수 없었다.
춤을 추고 있는 토마스 컬페퍼와 캐서린 사이에는 어떤 긴장감이 감돌고 있는 것 같았다. 아무도 이 사실을 느끼지 못하는 것일까? 내 느낌이 잘 못된 것일까? 오, 제발 그렇기를!
「시닉 경은 춤은 추지 않으시나요?」
니사가 말했다.
「제게 리듬을 타는 감각은 없나봅니다. 하지만 제게는 다른 재능이 있지요.」
시닉은 니사의 눈동자를 깊숙이 들여다보며 말했다.
「여자를 유혹하는 재능 말씀이십니까?」
니사가 대담하게 말하자 시닉은 다른 여자들과는 다른 니사에게 더욱 강한 욕구가 일었다.
「그렇습니다, 부인. 기분이 언짢으십니까?」
「저는 이미 결혼을 했답니다.」
니사는 여유 있는 표정으로 말했다.
「그렇다면 부인의 남편에게 기분이 언짢은지를 물어야겠군요?」
시닉이 니사의 말을 받아 말했다. 니사는 웃음을 터뜨렸다. 그가 재치 있는 사람이라는 것만큼은 인정해줘야 할 것 같았다.
「모든 여자들이 제 남편 베리안을 유혹하려 하고 있으니, 저를 좋아하는 남자가 있다고 해서 제 남편이 기분 나빠할 수는 없을 것 같군요. 그런데 무슨 생각을 하고 계세요?」
「부인이 너무도 아름답다는 생각을 했습니다.」
시닉의 눈동자가 반짝였다.
「당신은 매우 위험한 사람인 것 같군요.」

니사는 그에게 포도주 잔을 돌려주고는 되돌아섰다.

너는 내 사냥감이야, 시닉은 돌아서 가는 니사를 바라보며 속으로 말했다. 너를 쓰러뜨리고 말겠어! 너를 갖고야 말겠어!

「윈터 부인에게 너무 열중해 있는 것 아닌가, 시닉? 시간 낭비하지 말게. 저 여자가 병적으로 도덕적인 여자란 걸 알 수 있지 않나. 쉬운 여자를 찾는 게 좋아.」

토마스 컬페퍼가 시닉에게 다가서며 말했다.

「아니야. 저 여자를 내 것으로 만들겠어. 어떻게 해야 할지 아직 모르겠지만 반드시 그렇게 할 거야. 내가 이렇게 원했던 여자는 없었어.」

시닉은 니사에게서 눈을 떼지 않은 채 말했다.

「조심하게. 왕이 신경을 쓰고 있는 여자야. 저 여자의 어머니도 한때는 왕의 정부였고.」

「저 여자가 남편과 사랑으로 맺어진 것은 아니지 않은가.」

시닉 보근이 말했다.

「내가 아는 바로는 저 여자나 남편이나 서로를 미워하지는 않아.」

컬페퍼의 말에 시닉은 아주 천천히 고개를 끄덕였다.

「자네는 잘 돼가나? 사냥 말일세.」

시닉이 컬페퍼에게 물었다.

「사냥이라니! 자넨 내 의도를 이해 못하고 있는 것 같군. 난 찰스 브랜든처럼 출세하고 싶은 것뿐일세. 찰스 브랜든은 왕과 친구가 되어서 출세할 수 있었네. 하지만 이제 왕이 늙었으니 나는 목적을 달성하기 위해서 왕비의 친구가 되려고 하는 거야.」

토마스 컬페퍼의 말에 시닉 보근은 큰 소리로 웃었다.

「여자 사냥에 대한 변명치고는 상당히 그럴싸하군, 토마스. 하지만 들키지 않도록 조심하게. 왕은 지난번 자네가 사냥터지기 부인을 범했을 때처럼 쉽게 용서하지는 않을 테니까. 이번에는 자네의 목이 달아나 버릴 거야. 그런 위험을 감수할 만한 가치가 있는 건가?」

「우리는 단지 친구 사이일 뿐이래도 그러는군.」

컬페퍼는 무표정하게 대답했다.

일행은 요크셔와 노덤버랜드를 지나며 사냥하기 좋은 곳에서 며칠간 머물렀다. 니사는 짐승을 잡는 것보다는 짐승을 추적하면서 느끼는 팽팽한 긴장감을 즐기며 사냥에 참여했다.

어느 날 오후, 사냥 도중 니사의 말이 다리를 심하게 절기 시작했으므로 니사는 일행에서 뒤쳐졌다. 니사는 말이 사냥을 시작할 때부터 약간씩 절었지만 큰 문제는 아닐 거라고 여겼다. 그러나 그것이 불찰이었다.

그때 폭우까지 쏟아져서 니사는 말고삐를 잡고 버려진 수도원으로 허겁지겁 들어갔다. 니사는 숨을 고른 후 말의 다리를 들어보았다. 발굽에 돌이 박혀 있었다.

「이럴 수가!」

니사는 안타까운 얼굴로 중얼거렸다.

「괜찮습니까, 부인?」

갑자기 남자의 목소리가 들렸으므로 니사는 깜짝 놀라 고개를 들었다. 시닉 보근이었다.

「말발굽에 돌이 끼었어요. 어쩌면 좋을지 모르겠군요.」

다가서는 시닉에게 니사가 말했다.

이 남자는 왜 이곳에 있는 것일까? 나를 기다린 것일까? 어떻게 알고? 혹시…….

「어느 발입니까?」

시닉은 니사가 가리키는 말의 다리를 치켜들고 돌을 꺼냈다.

「자, 됐습니다, 부인. 이제 괜찮을 겁니다. 하지만 안타깝게도 비가 내리고 있으니 그칠 때까지 기다려야겠습니다.」

갑자기 쏟아지기 시작한 폭우는 쉽게 그칠 것 같지 않았다. 이 남자가 나를 일행으로부터 떼어놓은 거군, 니사는 비를 바라보며 생각했다. 어쨌든 이 남자로 하여금 컬페퍼의 이야기를 하게 만들 수 있는 좋은 기회야. 조금 위험하기는 하지만 말이야.

「컬페퍼 경의 친구시지요?」
니사는 부드러운 미소로 말했다. 그가 웃으며 대답했다.
「그렇습니다. 토마스와 저는 친한 친구사이입니다. 하지만 토마스를 원하고 계시다면 생각을 바꾸시는 게 좋습니다. 불행하게도 그에게는 이미 질투심 많은 정부가 있답니다.」
「오해하고 계시는군요. 저는 토마스 컬페퍼 경에게 관심이 없습니다. 저는 유부녀입니다.」
「부인께서는 전에도 결혼하셨다는 사실을 강조하셨습니다. 그 사실을 되풀이하시는 이유가 뭡니까? 부인 자신을 설득하기 위한 것인가요?」
시닉은 싱긋 웃어 보이며 니사의 머리를 만졌다.
「당신은 정말 위험한 사람이군요.」
니사의 눈빛은 매혹적이었다. 또한 그녀의 목소리에서 어떠한 저항도 읽을 수가 없었다. 오히려 그와의 줄다리기를 즐기고 있는 것 같았다.
잘생긴 남자! 니사는 이상하게도 두렵지 않았다. 니사는 베리안 이외의 남자에게 안겨본 적이 없었으므로 솔직히 시닉의 품이 궁금했다. 그런 음란한 생각을 한다는 것에 죄책감을 느껴야 했지만, 가벼운 입맞춤 정도야 어떨까 싶기도 했다.
시닉은 두 손으로 니사의 얼굴을 감쌌다. 그의 입술이 니사의 입술을 가볍게 눌렀다.
「부인의 입술은 너무나 달콤합니다. 부인과 사랑을 나누고 싶습니다, 지금 바로 이곳에서. 사랑을 해보지 못하고 죽은 수도사들의 영혼이 우리의 열정을 질투한다고 생각해보십시오.」
그가 낮은 목소리로 말했다. 시닉은 니사의 나긋나긋한 허리를 끌어안고 가슴을 더듬기 시작했다. 니사는 세차게 그를 밀어냈다.
「이러지 마세요! 너무 멋대로 행동하시는군요. 저는 이렇게 아무 곳에서나 구르는 양치기 소녀가 아닙니다. 사람들이 우리를 찾고 있을 테니 돌아가겠어요.」
니사는 혼자서 말에 올랐다.

「안 가실 건가요?」

니사는 시닉의 대답을 기다리지도 않고 말을 찼다.

시닉은 서둘러 떠나는 니사를 보며 미소를 머금었다. 남편 때문에 저항은 하지만 사랑에 굶주려 있는 게 틀림없어! 곧 때가 올 거야!

왕의 행렬은 뉴캐슬을 지나 폰테프랙트 성을 향해 남쪽으로 방향을 돌렸다. 폰테프랙트 성에서 일 주일을 머물 예정이었다.

왕비와 여인들이 왕비의 처소에서 카드놀이를 하고 있을 때, 로치포드 부인이 왕비와의 면담을 요청하는 신사가 있다는 말을 전했다.

「누군데?」

왕비가 로치포드 부인에게 물었다.

「프란시스 데레햄이라고 하셨습니다. 왕비 폐하의 할머니이신 공작 미망인께서 보내신 분이랍니다. 왕실의 비서직을 제공하실 것을 요청하신답니다.」

캐서린의 얼굴이 한순간에 창백해졌다. 캐서린은 곧 기절할 것 같았다. 간신히 정신을 가다듬은 왕비가 말했다.

「데레햄을 나의 밀실에서 만나겠어요. 할머니께서 보내신 사람이라면 친절하게 대해야겠지요.」

왕비는 자리에서 일어나 밀실로 들어갔다. 심장이 세차게 고동쳤다.

캐서린은 자신의 옛 일을 알고 있는 여자들에게 무언가 직책을 주어야 했다. 캐서린에게 지난 일을 상기시키는 것은 거의 협박에 가까운 행위였다. 그런데 이제는 그가 직접 찾아온 것이다.

문이 열리자 로치포드 부인의 안내를 받으며 데레햄이 들어섰다. 데래햄은 모자를 벗으며 공손한 태도로 왕비에게 경의를 표하였다.

「다시 만나게 되어 영광이옵니다, 왕비님. 아그네스 부인의 안부를 전합니다.」

「로치포드 부인은 나가보세요.」

로치포드 부인이 물러나자 왕비는 앞에 있는 남자를 가만히 응시했다. 그녀의 기억으로는 데레햄은 잘생긴 남자였다. 그러나 지금 그의 피부는 거무스름했고, 눈은 교활한 빛을 띠고 있었다.
「원하는 게 뭐죠?」
캐서린의 목소리는 차가웠다.
「그렇게 말하는 게 아니지요, 귀여운 왕비님. 아일랜드로부터 여기까지 달려온 사람에게 너무 심하지 않으십니까, 매우 귀여운 왕비님?」
데레햄은 이를 드러내며 미소지었다. 고르고 하얀 치아는 그의 가장 큰 매력이었다.
「데레햄, 미쳤어요? 어떻게 감히 나를 그렇게 부를 수 있는 거죠! 원하는 게 뭐예요?」
캐서린은 화가 나서 소리쳤다.
「뭐긴, 왕비께서 누리는 행운을 나눠 갖자는 거지. 남편이 아내의 행운을 공유하면 안 되나?」
「우리는 부부사이가 아니에요.」
캐서린은 강하게 반발했다.
「3년 전에 한 약혼서약을 벌써 잊은 거야?」
프란시스 데레햄이 교활한 눈빛을 빛내며 말했다.
「그때 나는 14살 먹은 어린 소녀였어요. 아무것도 모르는 아이였다구요. 당신은 아무것도 증명할 수 없어요. 이런 식으로 뻔뻔하게 군다면 망나니의 칼에 목이 잘리고 말 테니 돌아가요. 폐하께서는 결코 당신 같은 인간을 가만두지 않아요.」
「우리의 약혼은 모든 사람들이 알고 있었소. 우리 일을 알고 있는 몇몇 여인들이 지금 당신을 섬기고 있다지? 당신이 나를 위해서도 자리를 찾아줄 거라고 확신하고 있소. 공작 미망인께서도 내가 당신의 비서로 적격이라고 생각하고 계시오.」
데레햄은 한치도 물러서지 않았다.
「더 이상 자리가 없어요.」
캐서린은 무너지기 시작했다. 그녀의 가슴속에서는 걷잡을 수 없는 증오가 끓어올랐다.
「그럼 자리를 만들어!」
데레햄은 협박조로 말했다.
「폐하에게 여쭤봐야 해요. 폐하에게 말씀드릴 때까지 당분간 왕실의 의전관들과 함께 지내세요. 이제 나가봐요.」
한때 데레햄을 사랑했던 캐서린은 그에게 질 수밖에 없었다. 캐서린은 절망에 찬 목소리로 말하고는 그에게서 등을 돌렸다. 그가 나가고 문이 닫히는 소리가 들렸지만 움직이지 않았다. 분노와 두려움 속에서 미동도 할 수 없던 캐서린 하워드는 포도주 잔을 집어들어 내던졌다.
「으악, 니사! 빨리 이리로 와줘!」
캐서린은 비명을 지르며 니사를 불렀다.
외실에 있던 여인들은 비명소리에 놀라 서로를 쳐다보았다. 니사는 벌떡 일어나 친구에게 달려갔다.
「무슨 일이야, 캐서린?」
왕비는 미친 듯이 울어대기 시작했다. 니사는 테이블 위의 포도주를 친구에게 먹였다. 캐서린은 흥분이 다소 가라앉자 니사의 품에 안겨 울음 섞인 목소리로 말했다.
「나는 그를 왕실에 들이지 않을 수 없게 되었어. 가증스런 인간!」
「왜, 무슨 얘기야? 차근차근 얘기해봐, 캐서린. 내가 도울 수 있을지도 모르니까.」
니사가 캐서린의 등을 쓰다듬으며 말했다.
「그는……, 그래서는 안 되는 거였지만 나를 가지고 놀았어. 내가 자기를 왕실로 받아들이지 않으면 왕에게 우리의 지난 일을 폭로하겠다고 협박하고 있어. 할머니는 이 일에 대해 아무것도 모르셔. 아셨다면 그를 보내지 않으셨을 거야. 아마 쥐도 새도 모르게 없애버리셨을 거야.」
「그래, 네가 지난번에 얘기했던 그 남자로구나. 내가 그 일을 폐하께 말씀드리라고 했잖니. 네가 결혼하기 전에만 폐하께 말했어도 이런 일은 없었을 거야. 캐서린, 너는 지금 덫에 걸린 토끼처럼 되어버렸어. 이제는 왕에게 말할 수 없어. 그 남자를 왕실에 들이는 수밖에 없다구.」
 니사가 답답하다는 듯 한숨을 쉬었다.
「니사, 너무 분해.」
 캐서린은 굵은 눈물방울을 떨구었다.
「자, 눈물을 닦아요, 왕비님. 아무도 눈치채지 못하게 하려면 이런 모습을 보여서는 안 돼.」
 니사는 왕비에게 손수건을 건네며 말했다.
「니사! 너 없이 견딜 수 없을 것 같아. 왕비 자리가 이렇게 힘든 줄은 몰랐어. 나를 떠나지 마! 약속해줘!」
 캐서린은 눈물을 닦으며 말했다.
「캐서린, 그런 약속은 할 수 없어. 미안해, 정말. 캐서린, 네가 나를 사랑한다면 집에 가게 해줘. 아이들이 보고 싶어.」
 니사는 캐서린에 대한 연민을 느끼는 한편, 캐서린과 니사 자신에게 다가올 수도 있는 어두운 미래에 대한 불안감을 떨쳐버릴 수가 없었다.
「네가 집에 가버리면 시닉 보근이 추근대는 재미를 잃어 아쉬워할걸. 니사, 너는 시닉이 잘생겼다고 생각하지? 베리안만큼이나 말이야?」
 캐서린은 즐거운 이야기를 하고 싶다는 듯 웃으며 말했다. 니사는 캐서린을 따라 웃으며 대답했다.
「글쎄, 내 남편만큼 잘생기지는 않았지만 마음을 사로잡는 구석이 있는 사람이야. 하지만 호색가에 지나지 않아. 결코 가까이 해서는 안 되는 사람이지.」
 니사는 사냥터에서 시닉 보근을 만났다는 얘기는 하지 않았다. 자제력이 없는 캐서린은 그 일을 다른 사람에게 얘기할 것 같았다. 분명 있었던 일 외에 그 무언가를 덧붙여서.
「음흉한 남자가 자상한 남자보다 훨씬 흥미 있다고 누가 그랬더라? 엘리자베스였던가, 캐서린 케리였던가?」
 왕비의 말에 니사는 웃음을 터뜨렸다.
 그날 저녁 식탁에 앉은 왕은 유난히도 기분이 좋아 보였다. 그날 헨리는 혼자서 수사슴 여섯 마리를 잡았다. 그를 즐겁게 하기 위해 니사와 왕비가 춤을 추자 왕은 더욱 흐뭇해했다.

그의 아내는 장밋빛 실크 드레스를 입고 있었다. 왕은 장밋빛 드레스가 그녀의 아름다운 적갈색 머리와 잘 어울린다고 생각했다. 진주와 감람석으로 장식한 연녹색의 실크 드레스를 입고 있는 니사 또한 아름답기는 마찬가지였다.

춤이 끝나자 왕은 젊은 두 여인을 자기의 무릎에 앉혔다. 그리고 니사에게 말했다.

「나를 즐겁게 해준 대가로 청을 하나 들어주겠다. 나의 들장미야, 무엇을 원하느냐?」

「성탄절을 가족과 함께 집에서 보내고 싶습니다.」

니사는 헨리의 뺨에 입을 맞추며 말했다. 왕은 껄껄대며 웃었다.

「니사, 참으로 당돌하구나. 너의 요구가 왕비의 소망에 반하는 것임을 알고 있지만, 소원을 들어주겠다는 언약을 하였으니 들어주도록 하마.」

「감사합니다, 폐하.」

니사는 올해가 가기 전에 집에 돌아갈 수 있다는 생각에 마음이 어느 정도는 가벼워졌다.

「니사, 내가 너를 결혼시킨 게 너에게 나쁘지는 않았지, 그렇지? 베리안과 행복하지, 그렇지?」

「네, 매우 행복합니다.」

니사는 정직하게 대답했다. 자비로운 군주로 여겨지기를 바라는 헨리는 흐뭇한 얼굴로 고개를 주억거렸다. 그는 곧 왕비에게 고개를 돌리며 말했다.

「캐서린, 보석이 갖고 싶소, 아니면 드레스가 갖고 싶소?」

「폐하, 그런 것말고 이번에는 다른 청이 있습니다.」

캐서린의 말에 헨리는 흥미롭다는 듯 눈을 반짝였다. 아내에게 보석이나 드레스보다 중요한 것이 또 무엇일까.

「공작 미망인 아그네스 부인께서 먼 친척을 보냈는데 왕실에서 일하고 싶다는군요. 제가 생각하기에 비서가 한 명 더 있어도 무방할 것 같습니다, 폐하. 아그네스 부인의 청을 들어주십시오.」
「알겠소. 그녀가 끊임없이 건강을 운운하면서 이 여행에 오지 않은 이유도 바로 내게서 일을 줄여주기 위해서였을 테니까 말이오. 원한다면 그를 고용하시오. 그의 이름은 무엇이오?」
「프란시스 데레햄입니다.」
캐서린과 니사의 시선이 짧게 부딪쳤다.
일행은 9월 중순경 요크에 도착했다. 날이 서늘해지면서 비가 많이 내리기 시작했으므로 이동하기가 쉽지 않았다.
요크는 이번 여행에서 특별한 의미를 지녔다. 왕이 조카인 스코틀랜드 왕 제임스를 요크에서 만나보고 싶어했고 왕비의 대관식 또한 요크 대성당에서 거행될 것이라는 소문이 나돌고 있었다. 그러나 왕은 캐서린의 대관식은 왕자를 낳을 수 있는 능력이 확인된 후에 거행될 것이라고 말했다. 캐서린은 아직도 임신을 하지 않은 상태였다.
왕의 천막은 수도원 자리에 세워졌고 헨리는 제임스가 그곳으로 찾아오기를 바라고 있었으므로 완벽하게 재정비하라는 지시를 내렸다.
왕과 대신들은 강 근처의 늪에서 오리, 거위, 백조, 그리고 여러 종류의 물고기를 잡았고 하루에 200마리의 사슴을 사냥하기도 했다.
니사는 두통 때문에 요크에서 맞이하는 첫날 아침에 사냥을 나가지 못했다. 두통이 조금 나아지자 사냥을 나가지 않은 캐서린이 지루해할 것 같아 왕비의 거처를 찾아갔다.
왕비의 천막을 지키는 보초들은 니사에게 미소지으며 인사를 하고는 아무런 절차도 없이 들여보내 주었다. 안에 들어선 니사는 그곳에 아무도 없다는 사실에 놀랐다. 캐서린도 보이지 않았고 시녀들도 없었으며 하인들도 눈에 띄지 않았다.
「캐서린?」
니사는 조용히 캐서린을 불렀다. 밀실에서 잠을 자고 있을지도 모를 일이었다. 그렇다고 시녀들도 보이지 않다니…….

「캐서린?」

니사는 바깥쪽 대기실을 지나 왕비의 밀실로 들어갔다. 니사는 혹시나 싶어 커튼을 살며시 걷어보았다. 맙소사! 니사는 하마터면 소리를 지를 뻔했다.

니사는 자기 앞에서 일어나고 있는 일을 도저히 믿을 수가 없었다. 한동안 니사는 숨조차 쉴 수 없었다. 왕비와 토마스 컬페퍼의 몸이 서로 엉켜 꿈틀거리고 있었다. 향유가 타고 있는 램프 하나가 그들의 알몸 위에 금광을 드리우고 있었다.

토마스가 자세를 바꾸자 풍만한 왕비의 가슴이 뽀얗게 드러났다. 토마스는 왕비의 다리 사이에서 격렬하게 움직였다. 캐서린의 눈은 욕정에 불타오르고 있었고 촉촉한 입술에서는 신음을 흘러 나왔다.

「오, 오, 오, 세상에! 너무 좋아요, 토마스. 오, 그래요, 그렇게 해줘요. 아, 멈추지 말아요! 당신이 필요해요. 계속해요, 계속……」

「너를 미치게 하고 싶어, 캐서린! 넌 정말 뜨거운 여자야. 나는 그 늙은 바보와는 달라. 너를 미치게 해줄 거야. 너는 영원히 내 거야!」

토마스는 헉헉거렸다. 토마스의 동작이 더욱 격렬해졌고 캐서린의 신음소리도 커져만 갔다.

니사는 커튼을 내려놓고 왕비의 천막을 빠져 나와 숨을 깊이 들이쉬며 자신을 진정시켰다.

그래, 내가 분명 잘못 본 거야! 그런 일은 있을 수 없어! 그러나 니사는 이미 그런 일이 일어난 뒤임을 인정하지 않을 수 없었다. 그것은 분명 그녀의 두 눈과 두 귀로 확인한 일이었다.

니사는 다시 한 번 심호흡을 했다. 어찌하면 좋은가! 내가 무엇을 어떻게 해야 하는 걸까.

천막으로 돌아온 니사는 마부인 보브에게 말을 끌고 오라고 일렀다.

「사냥에 참가하시렵니까, 아가씨?」

보브가 말했다.

「아닐세. 말을 타면 두통이 나아질까 해서 그러네. 멀리 가지는 않을 거야. 따라오지 않아도 되네.」

니사는 고개를 저었다. 니사의 머릿속에서는 토마스와 캐서린의 알몸이 떠나지 않았다.

니사는 천막 안으로 들어서서 틸레를 불렀다.

「틸레, 승마용 치마와 장화를 가져와.」

「마님, 유령처럼 창백해 보여요. 괜찮으세요?」

틸레가 걱정스런 목소리로 말했다.

「누워 계시는 게 어때요?」

「아니야. 생각할 시간이 필요해. 아, 틸레, 난 정말로 왕실이 싫어!」

니사는 거칠게 고개를 흔들었다.

「보브가 함께 가는 게 좋겠어요, 마님. 마님이 혼자 나가시면 주인님께서 걱정하세요. 혼자 다니시는 건 위험해요.」

틸레가 초조해하며 말했다.

「왕실 사람들과 있는 것보다는 안전해.」

옷을 갈아입은 니사는 천막 밖으로 나와 마부 보브가 안장을 얹어놓은 말에 올라 야영지를 벗어났다.

드문드문 가을빛이 묻어나는 들판은 삭막하기만 했다. 니사는 언덕 위로 말을 달렸다.

왕비의 간통을 목격했어! 말을 멈추며 니사는 생각했다. 이제 어떻게 해야 하나? 왕은 내 말을 믿지 않을 거야. 왕은 내가 캐서린을 질투한다고 생각하겠지. 내 눈으로 봤다는 것이 충분한 증거가 되지 못할 거야. 아, 나는 아무런 말도 할 수 없어! 내 가족을 보호하기 위해서도 침묵을 지킬 수밖에 없어. 베리안에게조차 말할 수 없어. 베리안이 내 말을 들으면 토마스 공작에게 말할 거고, 토마스 공작은 왕비를 찾아가겠지. 그러면 캐서린은 분명 나를 가만두지 않을 거야. 난 왕비를 당해낼 수 없어.

「그 어떤 여인의 눈빛도 이렇게 심각할 수는 없을 것입니다.」

누군가 생각에 잠긴 니사를 깨웠다. 깜짝 놀란 니사는 고개를 돌렸다.

「무슨 일로 고뇌하십니까, 친애하는 마치의 백작부인? 그게 무엇이든 아름다운 부인을 번민하게 하다니 용서할 수 없군요.」

시닉 보근 경이 니사의 곁으로 다가오고 있었다.

「아이들을 생각하고 있었습니다. 집이 그립기도 하고요.」

니사가 둘러댔다.

「부인께서 야영지를 벗어나시기에, 애인을 만나러 가시는 줄 알았습니다.」

시닉 보근이 대담하게 말했다.

「남편만이 제 애인입니다.」

니사는 언짢은 표정을 지었다.

「참 별스럽군요. 고루하기도 하고 말입니다.」

시닉은 은근한 표정으로 니사를 보며 말했다. 그는 니사와 베리안의 사랑을 끝까지 부정할 모양이었다.

「이제 저도 사냥이 지겨워졌습니다. 부인, 부인께서 지금 집에 계시다면 무엇을 하고 있으시겠습니까?」

「사과주를 담그고 있겠죠.」

니사가 말에 시닉은 큰 소리로 웃기 시작했다. 타고 있던 종마가 웃음소리에 놀라 꿈틀거렸다.

「그런 일을 할 하인들이 없습니까, 부인?」

「물론 일은 하인들이 합니다만, 감독은 제가 하지요. 아무래도 주인의 지시를 받아야 일의 결과가 좋답니다.」

「집사가 있지 않습니까?」

「그들이 주인을 완전히 대신할 수 없습니다. 하인들은 주인이 곁에 없으면 일할 의욕을 잃는답니다.」

니사는 정숙한 태도로 성실하게 대답해주었다.

「음……, 부인의 말씀을 듣고 보니, 제 땅에서 별다른 이익을 보지 못하는 이유를 알 수 있을 것 같습니다.」

시닉은 진지한 표정을 지었다.

「고향이 어디세요?」

니사는 왔던 방향으로 말을 돌리며 물었다. 시닉은 엷은 미소를 지으며 대답했다.

「저는 옥스포드셔에서 왔습니다. 부인께서는 전원 생활을 즐기시니 아마도 그곳을 좋아하실 것 같습니다. 저는 옥스포드셔에 낡은 저택과 사슴 목장을 갖고 있습니다. 그리고 잡초만 무성한 땅이 조금 있습니다」

시닉은 니사의 말과 자신의 말을 나란히 하면서 말했다.

「땅을 그냥 놀려 두고 계신가요? 소작인도 없단 말이에요? 소나 양을 키워도 될 텐데요」

니사는 의아한 표정을 지었다. 그 모습이 참으로 순진해 보였다.

「부인께서는 설마 다른 사람들 눈을 의식해서 겉치레 말을 하시는 것은 아니겠지요?」

「경, 경의 토지는 영국 왕의 위탁물입니다. 폐하께서 직접 말씀하셔야 알아들으시겠습니까?」

「저를 꾸짖고 계시는군요, 부인. 꾸짖지만 마시고 어떻게 하면 모범적인 지주가 될 수 있는지 가르쳐주시지요」

시닉이 미소를 지으며 말했다.

「경이야말로 저를 놀리고 계시는군요」

니사 또한 미소지으며 말했다.

「천만에요, 부인. 제가 어떻게 부인을 놀릴 수 있겠습니까?」

시닉은 강하게 부인했다.

「그게 아니면 아직도 저를 유혹하시는 겁니까?」

니사는 시닉이 컬페퍼와 왕비가 관계를 가졌다는 것을 알고 있을지도 모른다고 생각했다. 이 사실을 아는 사람이 많을수록 상황은 더 심각해진다!

「부인이야말로 저를 유혹하시는 것 같군요」

시닉 보근이 말했다. 그녀는 웃음을 터뜨렸다.

「제가 컬페퍼 경을 생각하고 있다고 하셨죠? 토마스 컬페퍼에게는 질투심 많은 정부가 있다고 경고까지 하셨는데, 경이 왜 신경을 쓰시죠?」

니사는 왕비의 문제로 접근해 들어갔다. 스스로 생각하기에도 놀랄 만큼 대범하게. 시간이 없었다. 캐서린이 런던에 돌아가서도 위험한 행동을 계속한다면……, 생각만 해도 끔찍했다.

시닉은 니사에게 얼굴을 들이대며 화난 목소리로 말했다.

「왜냐구요? 니사, 난 부인을 원하오! 부인이 나 아닌 다른 사람을 생각하고 있다면 나는 미쳐버릴 거요. 컬페퍼는 애송이에 불과하오. 부인은 진짜 남자를 만날 자격이 충분하오!」

「컬페퍼 경은 경의 친구 아닌가요? 무엇보다 저는 경에게 저의 행복한 결혼 생활에 대해 말씀드렸습니다. 저는 경의 친구가 어디로 관심을 쏟고 있는지 잘 알고 있어요. 그가 즐기는 게임은 매우 위험합니다. 경은 친구에게 그 점을 알려줘야 합니다.」

니사는 은근한 목소리로 시닉을 조롱했다.

「내가 하지 않았을 거라 생각하십니까? 하지만 소용없는 짓이었소. 컬페퍼는 자신의 연인이 자신을 출세시켜 줄 것만을 바라고 있소」

그들은 야영지에 도착했다. 사람들이 아직 사냥터에서 돌아오지 않았으므로 야영지는 조용했다.

니사의 천막 앞에 이르러 말에서 내려선 시닉 보근은 팔을 뻗어 니사를 내려주었다. 한순간 둘의 입술이 위험할 정도로 가까워졌다. 니사의 눈빛이 순간적으로 흐려졌다. 니사가 그에게서 떨어지려 하자, 시닉은 니사의 팔을 강하게 잡아당겼다.

시닉이 낮은 목소리로 말했다.

「부인은 아직 이런 게임에 경험이 없을 뿐이오. 부인이 원한다면 나는 기꺼이 부인과 함께 하겠소」

그의 눈이 강렬한 빛을 발했다.

그때 보브가 천막에서 나왔고, 그제야 시닉은 니사를 풀어주었다. 재빨리 말에 오른 그는 자신의 거처로 사라졌다.
「말을 묶어놓겠습니다, 마님.」
보브가 니사 곁으로 다가와 말했다.
「그래요, 그래요. 그렇게 하세요.」
니사는 마음을 진정시키려 애쓰며 보브에게 말고삐를 건네주었다.
도대체 내가 왜 이러지? 자신의 천막 안으로 들어선 니사는 그 자리에 못 박힌 듯 서 있었다. 시닉을 유혹하고 싶은 마음이 일다니……
니사는 몸을 떨었다. 지금은 위험한 때이다! 캐서린의 간통이 하워드 가와 윈터헤븐에 돌이킬 수 없는 재앙을 몰고 올 수도 있는 상황이었다. 시닉 외에 누가 왕비의 간통에 대해 알고 있는지를 알아내야 했다.

왕은 그의 누나인 마가렛의 아들이자 스코틀랜드의 왕인 제임스 5세에게 요크에서 만나자는 내용의 서한을 보냈다.
제임스는 최근에 두 아들이 사망하여 스코틀랜드의 왕위를 이을 왕자가 없었다. 그러나 다행스럽게도 아내인 구스의 메리가 세 번째 아이를 임신하고 있었다. 이런 상황에서 메리는 제임스가 헨리를 만나러 가는 것을 원치 않았다. 제임스 또한 아내를 두고 국경을 넘고 싶지 않았다.
국경 지대는 이상할 정도로 조용했고 제임스는 오지 않았다. 닷새가 지나자 헨리는 제임스가 오지 않을 것이라는 사실을 받아들였다. 헨리는 제임스의 무례에 분개했고 대신들은 왕의 분노에 가슴을 졸였다.
씩씩거리는 왕을 달랜 것은 왕비였다. 사랑스런 아내와 함께 하며 기분이 풀어진 왕은 남으로 이동하라는 명을 내렸다. 런던으로 돌아갈 시간이 온 것이었다. 춥고 습한 날씨가 이어지고 있었다.
왕의 행렬은 멈추지 않고 나아갔다. 왕실 사람들은 덜컥거리는 마차 속에서 웃고 있었고, 거대한 사냥개 무리가 마차와 속도를 맞춰 달리며 시끄럽게 짖어댔다.
10월의 첫날, 일행은 어항인 헐에 도착했다. 다행스럽게도 날씨가 좋아졌다. 구름 한 점 없는 파란 하늘에서 태양이 밝게 빛나고 있었다.

바람이 시원하게 불어오고 바다가 한눈에 내려다보이는 지점에 천막이 세워졌다. 왕은 지치지도 않는 듯 그곳에 5일 동안 머물며 낚시를 하겠다고 했다.

어느 날 오후, 왕비의 거처로 가던 니사는 천막 그늘에서 로치포드 부인과 토마스 컬페퍼가 심각한 목소리로 이야기를 나누고 있는 것을 보았다. 니사는 그들이 볼 수 없는 곳에서 대화를 엿들었다.

「참아야 해요! 경이 왕비를 원하는 만큼 왕비도 경을 원하고 있어요. 하지만 이곳은 안전하지 못해요. 왕비 주변의 여자들이 의심하지 않게 할 수 있는 방법이 없다니까요. 그리고 캐서린은 아직 세상 물정을 몰라요. 사람들이 그녀를 배신할 수 있다는 것을 모르고 있다구요. 그녀가 부주의하게 행동할 수 있으니 적절한 때를 기다려야 해요.」

로치포드 부인이 컬페퍼를 설득하고 있었다.

「내가 알아서 하겠소. 제발 좀 도와줘요. 캐서린을 지척에 두고도 못 만나니 견딜 수가 없소. 왕이 캐서린을 안고 있는 모습이 떠올라 미칠 것 같단 말이오!」

컬페퍼의 목소리가 들려왔다. 그는 매우 절박한 음성으로 말했다.

「질투하지 말아요, 토마스. 모든 걸 망치게 돼요. 왕은 나이가 많아요. 그러니 살면 얼마나 더 살겠어요? 곧 경은 아무 문제 없이 캐서린을 가질 수 있게 돼요. 참아요. 그녀를 위험에 처하게 하면 안 돼요.」

로치포드 부인이 단호한 목소리로 컬페퍼를 자제시키려 애썼다.

니사는 엿듣기를 그만두었다. 그들에게 들키지 않기 위한 것도 있었지만 그보다는 도저히 그들의 대화를 듣고 있을 수가 없기 때문이었다. 니사의 가슴이 심하게 떨렸다.

'감히 왕의 죽음을 입에 올리다니! 그런 얘기는 그 자체가 반역이야! 하지만……, 이런 사실을 폭로하면 왕이 믿어줄까? 아, 어떻게 해야 할까? 왕비에게 직접 얘기할까? 캐서린에게 가서 그녀의 비밀을 알고 있다고 말하고, 재앙을 피하기 위해서는 정신을 차려야 한다고 말하면……, 우리는 친구사이니까 어쩌면……. 그래! 캐서린은 바보가 아니야. 내가 무슨 말을 하는지 알아들을 거야. 내가 도와주겠다고 말하는 거야. 왕을 계속해서 속이면 결국엔 들통이 나고 말 거고, 그렇게 되면 캐서린뿐 아니라 많은 사람들이 희생당하게 된다고 얘기해주어야겠어. 로치포드 부인이 음행을 부추기는 음란한 여자에 불과하다는 것도 캐서린은 깨달아야 해.'

니사는 왕비에게 직접 이야기하기로 마음을 굳혔다.

13

「알고 있다니? 뭘 알고 있다는 거지?」

캐서린의 음성이 떨렸다.

니사와 캐서린은 수평선을 바라보며 해변을 걷고 있었다. 화창한 날이었지만 바람이 쌀쌀했고 하늘이 점점 더 낮게 내려앉고 있어 날씨가 곧 나빠질 것이라는 짐작을 할 수 있었다.

헐에서의 마지막 날이었다. 내일부터는 남쪽에 있는 수도를 향해 떠날 것이고 윈저 성에 도달하기 전까지 지루한 날들이 계속될 것이다.

「무엇을 알고 있냐구?」

캐서린 하워드가 다시 물었다. 그녀의 파란 벨벳 드레스 자락이 바람에 휘날렸다.

왕비로부터 컬페퍼를 떼어놓기는 예상 밖으로 쉬웠다. 저녁 연회에서 니사는 밝은 목소리로 컬페퍼가 낚시를 아주 잘한다고 들었다고 왕에게 말하고 직접 그의 낚시 솜씨를 확인해보지 않겠느냐고 물었다. 그러자 헨리는 컬페퍼에게 헐에서의 마지막 날을 자신과 함께 하라고 지시했다.

컬페퍼는 무서운 얼굴로 니사를 노려보았다.

왕이 컬페퍼를 데리고 낚시를 간 아침, 니사는 왕비에게 산책이나 하자고 제안했다. 캐서린과 함께 있던 여인들은 왕비가 나가면 자신들만의 시간을 가질 수 있었기에 캐서린이 바람을 쏘이는 것이 좋겠다고 부추겼다.

「너와 토마스 컬페퍼의 일 말이야.」

니사가 말했다.

「무슨 소리를 하는 거야?」

왕비는 가빠오는 호흡을 진정시키려 애쓰며 차가운 목소리로 말했다.

「네가 컬페퍼와 함께 있는 모습을 보았어. 엿보려고 했던 것은 아니었어. 맹세할 수 있어.」

니사는 캐서린과 컬페퍼의 알몸이 떠올라 볼을 붉혔다.

캐서린은 한참 동안 니사를 바라보았다.

「뭘 원하는 거지? 금? 높은 직위? 그래, 좋아. 가만히만 있어준다면 원하는 것은 무엇이든 주겠어. 하지만 더 이상 협박할 생각은 하지 마. 협박받는 것에 이골이 날 정도니까.」

「캐서린!」

니사는 안타까웠다. 캐서린은 니사의 뜻을 짐작도 못하고 있었다.

「뭔가 원하는 게 있을 텐데. 그렇지 않다면 이런 이야기를 꺼내지 않았을 거 아냐?」

니사는 커다란 벽 앞에 서 있는 기분이었다.

「네가 이런 무모한 행동을 그만두기를 원할 뿐이야. 너뿐만이 아니라 네 주위에 있는 다른 사람들까지 위험해질 거야. 도대체 무엇 때문에 이런 일에 빠져들게 된 거니? 너를 사랑하고 네가 원하는 모든 것을 줄 수 있는 남편이 있잖아. 너는 영국의 왕비야!」

니사는 마음을 진정시키며 말했다.

「그것만으로는 충분하지 않아. 니사, 이럴 줄은 정말 몰랐어! 보석, 옷, 하인들, 왕비가 누리는 특권은 정말 대단해. 하지만 거기에는 그만한 대가를 치러야 하는 거였어. 미리 이런 것을 알았더라면 왕비가 되지는 않았을 거야. 마치 우리에 갇혀 있는 기분이야. 난 늙은 남자의 놀이기구일 뿐이라고! 정말 싫어! 사랑을 하고 싶어. 너처럼 진정한 사랑을 받고 싶단 말이야. 왜 사랑은 나를 찾아오지 않은 거지? 왜?」

캐서린은 자신의 처지를 한탄하며 흐느꼈다.

「캐서린, 너는 사랑받고 있어. 폐하께서는 너를 사랑하신다구. 설마 왕비는 무엇이든 할 수 있다고 생각하는 건 아닐 테지?」

두 여인의 머리 위에서 기러기 떼가 끼룩거렸다.

캐서린이 눈물을 훔치며 말했다.

「너는 내가 하워드가에서 어떻게 자라났는지 몰라. 엄마는 내가 다섯 살도 되기 전에 돌아가셨어. 아버지의 유일한 관심은 부유한 미망인을 찾아다니는 거였어. 어떻게 하면 다섯 명의 자식들부터 떠날까 하는 마음뿐이었어. 나는 호샘으로 보내져서 마치 고양이 새끼처럼 키워졌어. 가장 훌륭한 가문에서 태어나긴 했지만, 가장 가난하고 무책임한 아버지를 두었기 때문이지. 아무리 형편없는 것을 주어도 주는 대로 받아먹어야 했어. 그나마 먹을 수 있다는 사실에 감사하면서. 교육도 받지 못했지. 내 이름만이라도 읽고 쓰는 것을 배울 수 있을까 해서 친척들이 교육받는 교실에 숨어 있었던 적도 있어. 하지만 나는 아직까지도 잘 쓰지 못해. 내 영혼이 너무 불쌍해.」

캐서린은 설움이 북받쳐 잠시 말을 잇지 못했다. 바람이 제법 차가워졌다.

「난 왕궁에 오기 전까지는 단 한 번도 새 옷을 입어본 적이 없어. 내가 입었던 옷들은 모두 친척들이 입던 옷이었지. 어떤 때는 옷이 너무 낡아서 입을 때마다 찢어지지나 않을까 얼마나 두려워했는지 너는 모를 거야. 하지만 옷은 너무 쉽게 찢어졌고, 그러면 나는 조심성 없는 계집애라고 얼마나 맞았는지 몰라.」

니사는 캐서린의 말을 들으며 가슴이 아팠다. 외동딸로 응석만 부리며 자란 자신의 어린 시절과는 너무도 달랐다. 권세 있고 부유한 하워드가에서 그렇게 자랐다는 것은 놀라운 일이었다. 베리안의 어린 시절도 그러했으리라. 니사의 마음은 더욱 아팠다.

하지만 그것이 간통에 대한 변명은 될 수 없었다.

「그리고 지금 헨리는 나를 사랑하지 않아. 헨리는 나를 사랑한다고 생각하지만 남들이 부러워하는 젊고 귀여운 아내를 가졌다는 사실을 사랑할 뿐이야. 남들이 자기를 부러워한다는 게 그를 기쁘게 할 뿐이란 말이야. 연인으로 그는 아주 끔찍한 사람이야. 너의 엄마가 그런 얘기를 한 적이 없었니?」

캐서린의 목소리에 절박한 심정이 묻어났다. 그녀의 물음에 니사는 고개를 저었다.

「그런 얘기는 어머니와 딸이 나눌 수 있는 얘기가 아니잖아.」

「니사, 그는 다른 남자들처럼 내 위에 올라오지도 못해. 항상 나를 무릎에 앉히고는 물건을 내 안으로 넣든지, 아니면 내가 무릎을 꿇어야만 해. 매번 끙끙거리며 땀을 뻘뻘 흘릴 뿐, 제대로 만족시켜 주지 못해. 만약 내가 즐거움을 빨리 느끼지 못한다면 아마 지금까지 아무것도 느낄 수 없었을 거야.」

니사는 더욱 암담한 기분이었다. 캐서린은 자신이 저지르고 있는 일이 어떤 일인지 아직도 모르고 있었다.

「캐서린, 그런 문제가 있다고 해도 말이야……, 너는 헨리 튜더와 결혼했어. 죽을 때까지 너는 그의 아내라구. 캐서린, 만약 네가 이 일을 그만두지 않으면 큰 재앙에 직면하게 돼. 그건 곧 하워드가의 몰락을 의미하기도 하는 거야. 네가 왕의 마음에 상처를 입히면 그는 독을 내뿜는 뱀처럼 너뿐만이 아니라 하워드가와 관계 있는 모든 사람들을 몰살시킬 거야.」

「하지만 난 컬페퍼를 사랑해. 그도 나를 사랑하고 있어.」

왕비가 애절한 목소리로 말했다.

「토마스 컬페퍼가 너를 사랑한다면, 진심으로 사랑한다면, 너를 보호해야 해. 게다가 네가 임신이라도 하면 어떻게 하려구 그러니? 너는 사생아를 영국의 후계자라고 속일 셈이니?」
「남자와 관계하면서도 임신하지 않을 수 있다고 얘기했잖아!」
왕비는 니사가 말도 안 되는 소리를 한다는 듯 날카롭게 소리를 질렀다. 그리고 추위에 떨면서 망토로 몸을 감쌌다.
「추워, 니사. 이제 돌아가자.」
「그 미친 짓을 그만두겠다고 아직 약속하지 않았잖아! 공작이 이 일을 알아봐. 자기의 목숨을 살리기 위해서라도 너를 처치할 거야. 공작이 어떤 사람이니? 앤 블린 문제가 불거지자 그녀와의 관계를 누구보다 먼저 부정한 사람이야!」
니사는 결국 소리를 지르고 말았다.
「너만 가만있으면 아무도 몰라! 오, 니사! 컬페퍼만이 나를 행복하게 해줄 수 있어.」
캐서린은 자신의 뜻을 굽히지 않았다.
「이 일을 또 누가 알고 있지? 넌 아까 협박에 이골이 났다고 했어. 그건 누군가 알고 있는 사람이 더 있다는 얘기잖아. 상황이 걷잡을 수 없는 지경에까지 이르렀어. 너 혼자서는 통제할 수 없게 된 거라구. 바른 대로 얘기해. 또 누가 알고 있지?」
니사가 캐서린을 다그쳤다.
「로치포드가 알고 있어, 니사. 그녀는 너무나 친절해. 비밀을 지킬 줄도 알아. 로치포드가 없었더라면 컬페퍼를 만날 수 없었을 거야. 그녀는 내가 무엇을 느끼는지 알고 있는 사람이야, 정말이야!」
「다른 사람들은? 너를 협박하고 있다는 사람들은?」
「존 벌머하고 캐서린 틸니, 그리고 엘리스 레스트우드하고 마가렛 모튼이야. 내 비서가 된 프란시스 데레햄도 있어. 전부 람베스에서 함께 있던 사람들이지. 하지만 그들은 컬페퍼에 대해서는 몰라. 그리고 왕실 자리를 하나씩 줘서 입을 막아버렸지. 그들은 위험하지 않아, 니사. 걱정할 필요가 없다구.」
「람베스에서 너를 알고 있는 사람이 또 있니?」

「물론이지. 하지만 다 자리를 내줄 수는 없어. 어린 시절에 알던 사람들을 전부 고용할 수는 없는 노릇이잖아. 그렇게 했다면 왕궁에서 수군거렸을 거야. 아무튼 그들도 이런 사정은 이해했어. 그래서 큰 불만은 갖지 않았어. 그런 걱정은 안 해도 돼.」

캐서린은 낭떠러지 위에서 위태롭게 비틀거리고 있었지만 정작 자신은 이런 상황을 인식하지 못하고 있었다. 니사는 그런 캐서린을 이해하기 힘들었다.

집으로 돌아가야만 해, 니사는 생각했다. 왕의 눈앞에서 사라진다면 왕비의 일이 탄로 나도 덜 위험할 거야. 캐서린은 컬페퍼를 포기하지 않을 거야. 윈터헤븐으로 간다고 해서 재앙을 피할 수 있는 건 아니겠지만, 이곳에 남아 가슴을 졸이고 있을 수가 없어. 이런 불안이 계속된다면 미쳐버릴 것 같아.

일행은 다음날 새벽에 출발할 예정이었으므로 그날 저녁 연회는 열리지 않았다. 그 덕에 니사와 베리안은 둘만의 편안한 시간을 가질 수 있게 되었다. 최근에 그들은 짧은 사랑을 나눌 시간조차 없었다.

태어날 때 모습 그대로 몸에 아무것도 걸치지 않은 두 사람은 상체를 베개에 기대고 포도주를 마셨다. 목탄화로가 그들만의 침대를 따스하게 해주었고 부드럽게 흔들리는 촛불이 아늑한 공간을 밝혀 주었다.

니사는 더 이상 마음의 짐을 혼자 지고 있을 수가 없었다. 니사는 베리안과 사랑을 나누기 전에 왕비에 대한 얘기를 해야겠다고 생각했다.

「아주 심각한 얘기를 해야 할 것 같아요.」

니사는 베리안의 가슴을 어루만지며 말했다.

「왜 하필이면 지금 심각해져야 하는 거지?」

베리안의 손이 니사의 허벅지를 쓰다듬고 있었다.

「왜냐면……, 잠시 후부터 당신은 제정신이 아닐 테니까요.」

니사는 부끄러운 듯 미소지으며 말했다.

베리안의 손은 이미 아내의 깊은 곳으로 파고들었다. 니사는 남편의 손을 부드럽게 밀치며 말을 이었다.

「그 동안 당신은 왕과 시간을 보내야 했고, 저는 캐서린과 지내야 했어요. 안타깝게도 말이에요.」
「그래, 심각한 얘기 다 끝났소?」
베리안은 니사를 사랑해주고 싶은 마음에 조급해졌다. 그는 아내를 품에 안으며 입을 맞추려 했다.
「캐서린이 토마스 컬페퍼와 연애를 하고 있어요, 여보.」
니사는 베리안의 입을 손으로 막으며 말했다. 한순간에 얼굴이 굳어진 베리안이 화난 목소리로 말했다.
「누구한테서 그런 반역적인 얘기를 들은 거요?」
「다른 사람에게서 들은 얘기가 아니에요. 제가 직접 목격한 사실이에요. 오늘 캐서린과 이 문제를 얘기해보았어요. 시닉 보근 경도 왕비와 그의 친구인 토마스 컬페퍼 사이의 일을 알고 있어요. 이런 사실을 알아내기 위해서 제가 시닉을 유혹해보기도 했어요. 어쩔 수 없었으니 용서해주세요. 두려운 것은 로치포드 부인도 알고 있다는 거예요. 그녀가 캐서린으로 하여금 이런 미친 짓을 하도록 부추기고 있는 것 같아요.」
니사는 베리안에게 왕비의 간통과 그로 인해 왕비에게 가해지고 있는 협박에 대해서 말했다.
「곧 들통날 것 같아요. 왕은 아마 미친 사자처럼 날뛸 거예요. 그러나 우리가 집으로 돌아가 버린다면 왕은 우리를 하워드가와는 상관이 없다고 생각할 수도 있어요. 베리안, 이제는 어쩔 수가 없어요. 다른 방법이 없다구요.」
「맞소. 이제 와서 할아버지께 말씀드릴 수도 없지. 너무 늦었소. 이제 토마스 공작도 캐서린을 어떻게 할 수 없을 거요. 공작도 자기 목숨을 잃지 않으려 전전긍긍하는 수밖에 없을 거요. 하워드가의 다른 사람들도 살아남기 위해 난리법석을 칠 거고. 제기랄! 캐서린이 어떻게 이런 미친 짓을 저지를 수 있는 거지? 아무리 조심성이 없어도 그렇지, 도저히 용서할 수 없는 일이야. 할아버지의 욕심이 지나쳤어! 오직 쾌락만을 생각하는 그런 여자를 왕비로 삼을 생각을 하다니. 오, 신이여!」

베리안은 거칠게 자신의 머리를 쓸어 올렸다.

「캐서린은 왕만 즐겁게 한다면 아무 일 없을 거라고 생각하고 있어요. 누군가 이 일을 폭로할지도 모른다는 생각은 전혀 하지 않고 있다구요」

니사가 말에 베리안은 고개를 흔들었다.

「어처구니없는 일이야. 단순한 사랑 놀음 이상의 문제라는 것을 이해하지 못하다니……. 당신 말이 옳소, 니사. 우리가 할 수 있는 일이란 없는 것 같소 우리는 집으로 돌아가야만 하오!」

「베리안, 캐서린이 불쌍해요. 왕도 불쌍하구요」

니사는 남편의 넓은 가슴에 얼굴을 묻었다. 베리안은 아내의 부드러운 머릿결을 쓰다듬었다. 아내의 독특한 향기가 그의 남성을 일으켰다.

당신은 내가 진정으로 사랑한 첫번째 여자요, 베리안은 마음으로 말했다. 그리고 마지막 여자요.

「우리가 할 수 있는 일은 아무것도 없소!」

베리안이 조용히 말했다. 그의 목소리에서 깊은 슬픔이 우러났다. 니사는 남편의 가슴에서 고개를 들었다.

「베리안!」

「당신은 왕과 캐서린 때문에 슬퍼하지만 나는 할아버지를 생각하면 마음이 몹시 아프다오. 왜 지금의 부와 권력으로는 만족하지 못하시는지……, 계속해서 더 많은 것을 원하고……」

「당신 할아버지는 훌륭한 분이세요 큰일을 하는 사람들은 보통 사람과 어딘가 다르잖아요」

니사는 뜻밖의 말을 했다.

베리안은 아내가 토마스 공작을 조금이라도 이해하려고 애쓰고 있다는 것을 알았다. 아, 너무도 착한 여자!

「내 사랑! 사랑하오」

베리안은 니사의 머리에 입을 맞추고 아내를 감싸 안았다.

「저를 원하시나요?」

니사는 남편의 볼을 어루만졌다.
「그렇다오, 내 사랑!」
베리안은 니사의 가슴을 움켜잡았다. 남편의 커다란 손에 잡힌 니사는 자신이 갖고 있는 모든 것을 남편에게 주고 싶은 간절한 마음이 일었다.
「정말로 가지고 싶어!」
베리안은 니사의 부드럽고 풍만하고 따뜻한 가슴에 입을 맞췄다. 분홍빛 젖꼭지가 기대감으로 팽창되었다. 베리안의 뜨거운 입김이 유두에 닿자 니사는 기쁨의 흐느낌을 시작했다.
「나의 사랑, 당신의 아내가 아닌 다른 인생은 상상할 수도 없어요!」
말할 수 없이 달콤한 율동이 니사를 불덩이로 만들었다. 니사는 형언할 수 없는 기쁨을 느끼며 남편과 하나가 되었다.
몇 번인가 니사의 육체가 격렬하게 떨렸다.

틸레가 주인 내외를 깨웠다. 아직 해도 뜨기 전이었다. 그러나 이미 밖에서는 사람들이 분주히 움직이고 있었다. 천막을 걷어내고 떠날 채비를 하고 있었다.
밤새 비가 내렸으므로 옷을 따뜻하게 입은 니사와 베리안은 토비가 갖다준 뜨거운 오트밀과 햄으로 아침식사를 했다. 먼길을 떠나야 했기에 그들은 쟁반 위의 음식을 남기지 않고 모두 먹었다.
「빵과 치즈, 그리고 사과 몇 개를 준비해놓았습니다. 출출할 때 드십시오.」
토비가 공손한 태도로 말했다.
「자네들 먹을 것도 챙기도록 하게. 힘든 여행이 될 테니까.」
베리안이 넉넉한 미소를 지으며 말했다.
「주인님, 언제 집으로 돌아가게 됩니까?」
틸레가 베리안의 자상한 태도에 용기를 내서 물었다.
「암필에 도착하면 집으로 돌아갈 수 있도록 폐하에게 허락을 받으려

하네. 성탄절 전에 집에 가게 해주시겠다고 약속을 하셨으니 허락하실 거야. 니사 마님이나 나도 윈터헤븐으로 돌아가고 싶단다, 틸레.」

10월이었다. 날씨는 추워졌고 잿빛 구름이 낮게 깔리는 날들이 많아졌다. 설상가상으로 그날은 비까지 내렸다.

습하고 차가운 날씨 때문에 왕의 종기가 악화되었다. 왕은 클레브스의 앤으로부터 받은 거대한 암갈색의 말 위에서 비를 맞으며 아픔을 참아야 했다.

왕에게 다가갈 수 있는 사람은 왕비와 윌 소머즈뿐이었다. 마치의 백작은 절망적인 기분이었다. 왕에게 접근할 수 없었으므로 집으로 돌아가도 좋다는 왕의 허락을 받아낼 수도 없었다.

「윈저 성에 도착할 때까지 기다려야겠소.」

베리안이 아내에게 말했다. 니사는 실망스러웠지만 인내심을 잃지 않으려 애썼다.

일행은 캐틀비에서 하룻밤을 묵었다. 왕비는 벌써부터 성탄 연회를 계획하며 상기되어 있었다.

「햄프턴 궁에서 12일 동안 성탄 연회를 여는 거야. 나는 정말이지 햄프턴 궁이 좋아! 니사, 이리 와서 카드놀이를 하자. 네가 따간 것을 되찾을 기회를 줘야 하잖니. 헨리가 오늘밤에는 꼭 이겨보라고 그랬어.」

캐서린은 철없는 아이처럼 깔깔거렸다.

니사는 캐서린에게 집으로 돌아가겠다고 말을 하고 싶었지만 거절당하면 왕에게 다시 이야기를 꺼내기도 어려울 것 같아서 참았다.

니사는 카드에 별다른 주의를 기울이지 않았고, 캐서린으로 하여금 그동안 잃은 것보다 많이 딸 수 있도록 해주었다.

「오늘 카드놀이처럼 다른 게임도 노련하게 해보시지요, 백작 부인.」

니사가 남편에게로 돌아갈 채비를 하고 있을 때 로치포드 부인이 부드러운 미소를 띠며 말했다. 웃고 있는 얼굴, 그러나 로치포드 부인의 눈빛은 섬뜩할 정도로 차가웠다.

「무슨 말씀을 하시는 건지 모르겠군요, 부인. 저는 수수께끼를 잘 풀지는 못한답니다.」
 니사는 왕비의 거처를 빠져 나왔다.
 야영지가 옮겨져도 천막들은 항상 동일한 순서와 모양으로 세워졌고, 충분한 숫자의 횃불이 야영지를 비추고 있었으므로 자신의 거처를 찾아 가기에 큰 어려움은 없었다.
 잰걸음으로 걷던 니사는 인기척을 느꼈다. 무의식중에 뒤를 돌아본 니사는 얼굴에 무언가를 뒤집어쓴 두 남자가 달려드는 것을 보고는 소스라치게 놀랐다. 그들은 공포에 질린 그녀의 입을 틀어막고 외진 곳으로 끌고 갔다.
「소리치지 마시오, 부인. 아니면 목을 그어버리겠소」
 낯설지 않은 목소리가 니사를 협박했다.
 누굴까? 나한테서 무엇을 원하는 거지? 내게는 보석 반지가 몇 개 있을 뿐인데 왕의 야영지에서 강도짓을 하다니……
 니사는 야영지에서 조금 벗어난 곳에 있는 낡은 헛간 뒤로 끌려갔다.
 구름 사이로 달이 나왔다. 그때 토마스 컬페퍼와 시닉 보근의 얼굴이 드러났다. 니사는 납치자의 얼굴을 보자 다소 대담해졌다. 니사는 발버둥을 치며 소리를 질렀다.
「도대체 이게 무슨 짓이죠?」
 우악스런 손길이 몸부림치는 니사를 눌러 앉혔다.
「우리는 해야 할 일이 있답니다. 부인과 함께 해야 할 일이……」
 시닉 보근이 으르렁거리듯 말했다.
「부인은 나서지 말아야 했어. 부인께서 자제할 기미를 보이지 않으니 내가 직접 부인의 마음을 진정시켜 주지.」
 토마스 컬페퍼는 위협적인 목소리로 말했다.
「경이야말로 왕비의 목숨을 위태롭게 만들고 있소. 경이 왕비를 진심으로 위한다면 이렇게 하지 못할 거요. 기회주의자!」
「너야말로 왕비를 불안하게 만들고 있어! 네가 왕에게 고자질하지 못하도록 만들어주겠어!」

컬페퍼가 사납게 소리쳤다.
「이봐요! 나는 캐서린을 배신하지 않아요. 왕의 사랑을 망칠 정도로 어리석지 않단 말이에요. 내가 왕에게 경의 위선을 알릴 것 같아 두려운가요? 그래서 이러는 건가요? 경은 바보로군요.」
니사는 어이가 없다는 듯 웃었다.
「나는 당신을 믿을 수가 없소. 만약 왕이 캐서린과 결혼하지 않았다면 부인과 결혼했을 거요. 이제라도 캐서린이 사라진다면 왕이 부인을 원하게 될지도 모르니까 그게 부인이 원하는 거 아니오?」
니사는 고개를 저었다.
「토마스 컬페퍼 경, 제 말을 잘 들으세요. 나는 절대로 왕과 결혼하고 싶지 않았어요, 절대로. 그리고 비록 원해서 한 결혼은 아니었지만 난 베리안을 사랑하고 아이들을 사랑하고 있어요. 캐서린의 행동이 옳지 않다고 생각하고 있어요. 경도 마찬가지구요. 하지만 나는 당신들의 반역을 폭로하지는 않을 거예요. 왜냐구요? 내 가족들이 재앙을 당하게 될 테니까요. 가족을 희생시키면서까지 옳은 일을 할 마음은 없어요. 저를 놔주세요, 사태가 더 악화되기 전에.」
니사는 놀랄 만큼 침착했다.
「부인이 진실을 말하고 있는지도 모르지. 하지만 아닐 수도 있어. 그러니 어리석은 짓을 하면 어떻게 되는지 맛을 보여주는 게 좋을 것 같다는 생각이야. 시닉!」
컬페퍼가 싸늘한 목소리로 친구를 불렀다.
「부인께서는 시닉이 부인을 갖고 싶어한다는 사실을 알고 있지요?」
「소리지르겠어요!」
니사가 단호한 목소리로 말했다.
「마음대로 하시오. 부인이 우리를 유혹했다고 하면 될 테니까.」
컬페퍼의 얼굴 위로 잔인한 미소가 번졌다.
「입을 막게, 토마스.」
토마스 컬페퍼가 천 조각으로 니사의 입을 막았다.

시닉은 육욕에 불타는 눈빛으로 니사의 뺨을 어루만지다가 재빠른 솜씨로 망토를 벗기고 보디스까지 열어젖혔다. 니사의 슈미즈를 찢어버리자 두려움에 떠는 하얀 가슴이 드러났다.

시닉은 떨고 있는 니사의 가슴을 세게 쥐었다. 니사는 발버둥쳤으나 뒤에서 컬페퍼가 꼼짝 못하게 붙들고 있었다. 니사는 분노와 무력감, 그리고 수치심에 숨이 막혔다.

시닉은 니사의 가슴에 고개를 묻고 격한 숨을 토해냈다. 니사의 볼을 타고 고통스런 눈물이 흘러내렸다.

「니사를 갖겠어, 지금 말이야.」

시닉의 눈동자는 붉게 충혈 되어 있었다.

「안 돼, 이 멍청아! 네가 이 여자를 강간하면 캐서린은 나를 죽이려들 거야.」

토마스 컬페퍼가 소리를 질렀다.

「그럼, 조금만 더 이대로 있겠어. 그런 뒤에 놔줘도 돼.」

시닉은 니사의 실크 속옷을 찢어 던져버렸다. 그는 무릎을 꿇고 그녀의 다리를 벌렸다. 니사의 은밀한 곳이 드러났다. 시닉은 참을 수 없는 욕정으로 니사의 계곡에 얼굴을 묻었다.

니사는 더 이상 모욕을 견딜 수 없었다. 뒤에서 잡고 있는 컬페퍼에게 자신의 몸을 실으며 무릎을 힘껏 차올렸다. 시닉 보근의 턱이 깨지는 소리가 났다.

시닉이 비명을 지르며 쓰러지자 놀란 컬페퍼가 순간적으로 니사의 몸을 놓았다. 니사는 입에 물린 재갈을 뱉어버리고 황급히 치마를 내렸다. 시닉 보근은 의식을 잃었다.

「미친년!」

컬페퍼가 소리치자 니사는 단호한 목소리로 말했다.

「자빠져 있는 저 짐승이 또 한 번 내게 접근하는 날에는 내 남편의 손에 죽음을 면할 수 없을 거야.」

「너에게는 아이들이 있어. 무슨 일이든지 벌일 때는 먼저 애들 생각부터 하는 게 좋아.」

컬페퍼가 니사를 노려보았다.

「만일 내 아이들을 건드리면, 내가 직접 너를 죽이겠어! 살아남고 싶으면 잘 기억해.」

니사의 눈에서 불꽃이 일어났다.

니사는 야영지로 달려갔다. 망토? 오, 세상에! 망토를 남겨두고 온 것이다. 하지만 가지러 다시 갈 수는 없었다. 틸레는 니사의 망토가 없어졌음을 알아차릴 것이다. 슈미즈가 찢어져 있고, 속옷이 없어졌다는 사실도…….

니사는 틸레에게는 이 사실을 말해야 한다고 생각했다. 그들이 틸레를 통해 자신에게 접근하지 못하게 하기 위해서라도 그래야 했다. 도대체 왕비는 토마스 컬페퍼가 어떤 인간인지 알기나 할까? 캐서린에게 비친 컬페퍼는 멋진 눈을 가진 젊은 연인일 뿐이겠지. 맙소사!

10월 26일, 일행은 컬리웨스턴과 암필을 지나 윈저 성에 도착했다. 왕은 젊은 시절부터 윈저를 좋아했고 이곳에서 여러 경기에 참여하곤 했다. 헨리는 윈저에 묻히고 싶어할 정도로 윈저 성을 사랑했다. 윈저 성은 그가 사랑했던 제인 왕비가 묻힌 곳이기도 했다. 윈저에서의 두 번째 연회 중에 마치의 백작은 왕에게 윈터헤븐으로 떠날 수 있게 해달라고 허락을 구했다.

「내가 니사에게 성탄절 전에 떠나도 된다고 약속하기는 했소. 하지만 성탄 연회까지는 남아 있어주시오, 백작. 백작의 아내는 자기 어머니가 그랬던 것처럼 이런저런 기념일에는 집에 있고 싶어하는구려. 하지만 지금 집으로 돌려보내면 다시는 왕궁으로 돌아올 것 같지가 않구려. 다시는 오라고 강요하지 않을 테니, 이번 성탄절만큼은 함께 보냅시다.」

기름진 음식과 포도주를 즐기고 있는 왕은 기분이 좋아 보였다. 왕은 껄껄 웃으며 그의 아내에게 고개를 돌렸다.

「내 사랑, 당신도 그렇게 하는 편이 좋지?」

누가 보아도 왕이 왕비에게 완전히 빠져 있음을 알 수 있었다.
「네, 폐하.」
캐서린이 밝은 목소리로 노래하듯 대답하자 헨리는 그녀의 촉촉한 입술에 입을 맞췄다.
「그렇게 해주세요, 베리안. 니사에게도 너무 애달아하지 말라고 하시구요.」
캐서린 하워드가 베리안에게 미소지었다. 베리안이 보기에도 왕비는 자신의 간통에 대해 아무런 염려도 하지 않는 것 같았다. 컬페퍼와 함께 있는 것이 발각되지 않으면서 헨리를 즐겁게만 해준다면 모든 것이 괜찮을 것이라고 믿고 있는 것 같았다.
「우리가 떠나기 전에 왕비의 간통이 탄로 나지 않기를 빌어야겠어요.」
베리안이 니사에게 왕의 말을 전하자 니사가 말했다. 왕이 약속을 어겼다고 불평해봐야 아무런 소용이 없었다.
캐서린은 그녀의 연인과 시녁이 니사를 폭행하려 했다는 것을 모르고 있는 것 같았다. 만약 왕비가 알고 있다면 떠나려는 니사를 붙잡지는 않았을 것이다.
토마스 컬페퍼와 시녁 보근은 그날 밤 이후로 니사에게 접근하지 않았다. 시녁은 다음날 아침 턱 아래가 심하게 멍이 든 채 나타나 침대에서 떨어져서 그렇다고 거짓말을 했다.
며칠 동안 왕은 뉴 포레스트에서 사냥을 했다. 그에게는 말을 타고 사슴을 쫓는 것보다 더 즐거운 일은 없는 것처럼 보였다. 왕실 사람들도 밤낮을 가리지 않고 먹고 마시며 춤을 추었다.
앤 공주가 리치먼드에서 도착했다. 앤은 캐서린이 사람들의 관심을 모으는 것을 방해하지 않기 위해서 여행에 참여하지 않았었다.
「멋진 여행이었나요? 부럽군요!」
앤은 니사를 반갑게 안으며 즐거워했다.
「공주님께서도 함께 하셨더라면 얼마나 좋았을까요. 하지만 저는 이

여행 때문에 3년째 리버스에지에서 성탄을 맞지 못하게 되었어요.」
 니사는 언니에게 투정을 부리듯 뚱한 얼굴을 해 보였다.
「니사 어머님께서 나를 리버스에지루 초대해주는 날이 있을까?」
 앤은 아직 독일 억양을 완전히 벗어버리지는 못하고 있었지만, 니사를 대하는 목소리는 참으로 따뜻했다.
「니사가 말하는 리버스에지의 성탄이 어떤 건지 알고 싶어. 하지만 올해는 햄프턴 궁에서라도 니사와 같이 있을 수 있다니 기뻐.」

 11월 1일, 일행은 윈저 성에서 유람선을 타고 햄프턴 궁으로 향했다. 수개월을 말 등에서 보낸 후라 유람선에 오르는 사람들의 마음은 가벼웠다. 놀랍게도 니사와 베리안은 노포크 공작과 함께 여행하게 되었다.
「네가 나에게 반감을 가지고 있다는 것을 알고 있다. 하지만 나는 손자와 여행을 할 수 있는 기회를 놓칠 수가 없었단다. 이해해라.」
 손자며느리에게 말하는 토마스 하워드 공작의 목소리는 부드러웠다.
「햄프턴 궁에서도 사람들의 입에 오르내리지 않기 위해서는 네가 나를 이해하고 받아들이는 수밖에 없겠구나.」
「너무 지쳐서 지금 같아서는 악마의 호의라도 받아들일 지경입니다.」
 사실 공작이 아니었다면 니사와 베리안은 다른 부부와 합숙을 해야 했을 것이다.
「내가 악마가 아닌 것은 확실하지, 니사?」
 공작이 껄껄거리며 웃었다.
「아니요, 아직 두고 봐야겠습니다.」
 니사의 재치 있는 대답에 공작은 다시 한 번 크게 웃었다. 잠시나마 여행의 피로를 잊을 수 있었다.
 내가 알고 있는 것을 공작이 알게 된다면……? 니사는 등받이가 높은 벨벳의자에 앉아 생각에 잠겼다.
 저쪽에서 왕비에게 무언가 귓속말을 하는 로치포드 부인이 보였다.

무슨 말을 나누는지 왕비의 예쁜 볼이 붉게 달아올랐다. 혹시 배 안에서도 컬페퍼와 관계하겠다는 것인가.

토마스 컬페퍼는 갈수록 오만해졌다. 게다가 왕비의 비서가 된 프란시스 데레햄의 성질도 만만치 않았다. 왕비가 컬페퍼 편을 들수록 데레햄의 질투심은 노골적으로 드러났고, 컬페퍼와 데레햄은 두 번이나 주먹다짐을 벌였다. 왕은 이 일을 목격하지 못했다, 다행스럽게도!

니사는 한숨을 내쉬었다. 집으로 가려면 두 달이나 있어야 했다. 매서운 바람으로부터 하워드가의 사람들이 무사할 수 있기를, 그리고 윈터 헤븐으로 가는 길이 얼어붙지 않기를 간절히 빌었다.

자리에서 일어난 니사는 오렌지색 벨벳 드레스의 주름을 폈다. 왕은 햄프턴 궁에 도착하자마자 아름다운 왕비와 일행들이 안전하게 여행을 마친 것을 감사하는 예배를 드리겠다고 말했으므로 예배에 입고 갈 옷을 준비해야 했다.

강기슭에 무리 지어 서 있는 사람들이 왕의 행렬이 지나가자 손을 흔들어주었다. 이 착한 백성들에게는 이 행렬이 얼마나 화려해 보일까, 니사는 착잡한 마음으로 생각했다. 그녀 또한 왕실의 일원이 되기 위해 런던으로 올 때 얼마나 흥분했던가.

열정은 무지의 소산일 수도 있다!

14

 캔터베리의 대주교 토마스 크랜머는 왕의 여름 여행에 참여하지 않았다. 대주교는 어린 에드워드 왕자를 보살피며 기도와 묵상을 하는 것으로 여름을 보내기를 원했고 대주교의 바람대로 여름은 지나가고 있었다. 왕가에 큰 어려움도 없었고, 오히려 모든 것이 순탄하게 이어지고 있었다. 최소한 존 라셀레스가 중요한 일을 의논하고 싶다며 찾아오기 전까지는 완벽한 평화가 이어지고 있었다.
 토마스 크랜머는 존 라셀레스에 관해서 잘 알고 있었다. 노포크의 공작 토마스 하워드가 모든 면에서 보수적이라면, 대주교 토마스 크랜머는 최소한 종교적 측면에서는 개혁파였다. 그러나 존 라셀레스는 개혁을 원하는 정도를 넘어 광신자라고 하는 편이 합당한 인물이었다. 라셀레스는 신에 대한 자신의 신념을 관철시키기 위해서라면 무슨 일이든 저지를 위험한 인물이라고 크랜머는 생각했다.
 크랜머 대주교는 라셀레스의 방문이 불길하다는 느낌을 떨칠 수가 없었다. 그러나 자신이 그를 만나주지 않는다면, 라셀레스가 누구를 만나 어떤 일을 벌일지 알 수 없는 노릇이었다. 대주교는 라셀레스가 무슨 용무로 자기를 찾는지 모르지만 왕이 여행에서 돌아오기 전에 이 일을 자기 선에서 마무리 짓는 편이 나을 것이라고 생각했다.

대주교는 한숨을 내쉬며 비서에게 말했다.

「그가 밖에서 기다리고 있나, 로버트?」

「네, 대주교님. 대기실에 있습니다.」

젊은 비서 역시 불길한 기분에 쌓여 대답했다.

「지금 그를 보겠네.」

대주교는 다시 한 번 한숨을 내쉬며 말했다.

「그럼, 안으로 안내하겠습니다.」

밖으로 나간 대주교의 비서는 기분 나쁜 눈빛을 번뜩이는 라셀레스를 데리고 들어왔다.

「대주교님, 이렇게 만나주셔서 진심으로 감사드립니다.」

라셀레스가 머리를 숙이면서 말했다. 비서는 대주교에게 조용히 인사를 하고 방을 나갔다.

「앉으시오. 하실 말씀이 있으시다구요.」

대주교가 라셀레스에게 자리를 권했다.

「저는 어쩌면 재난을 불러올지도 모를 사실을 알고 있습니다. 왕비에 관한 일입니다.」

라셀레스는 잠시 말을 멈추고는 대주교의 눈치를 살폈다.

듣고 싶지 않아, 크랜머는 라셀레스의 눈을 똑바로 쳐다보며 생각했다. 왕은 행복하지 않은가. 이 자가 하는 얘기는 왕을 불행하게 만들 것 같아. 그 동안 왕비들 문제로 받은 고통으로 충분해. 더 이상은 곤란해.

「말씀하시오. 하지만 근거 없는 소문을 퍼뜨리고 다니는 거라면 톡톡히 대가를 치르게 될 거요. 나는 시간 낭비는 하고 싶지는 않소.」

「안타깝지만 제가 말씀드리려는 것은 사실입니다, 대주교님.」

라셀레스는 노포크 미망인을 모시고 있는 메리 홀, 즉 자신의 누이는 람베스에 캐서린이 오던 날부터 돌봐주었고 그녀를 매우 좋아했다고 말하고는 누이가 캐서린에 관해 들려준 이야기를 대주교에게 전했다.
라셀레스가 전하는 왕비의 어린 시절은 아무렇지도 않게 들을 수 있는 얘기는 아니었다.
「이보오, 그대의 누이는 남의 험담으로 세월을 보내오?」
라셀레스가 말을 마치자 토마스 크랜머는 싸늘한 표정을 지으며 말했다. 그러나 한편으로 매우 심각한 상황이 전개될 수도 있다는 생각을 하고 있었다.
「제 누이는 거짓말을 못 하는 신실한 신자입니다. 게다가 노포크 미망인 댁에 있던 사람들은 캐서린의 행실에 대해서 누이만큼이나 알고 있습니다. 그들은 지금 왕비의 가솔로 있습니다. 그들을 추궁하시면 제 누이의 말을 확인할 수 있을 겁니다.」
라셀레스의 어깨에는 힘이 잔뜩 들어가 있었다.
「이런 일들을 직접 목격한 사람이 그대 누이이니 내일 누이를 내게 데리고 오시오. 그때 직접 심문하겠소」
「그렇게 하겠습니다, 대주교님.」
존 라셀레스가 대주교에게 인사하고는 황급히 나가자 대주교는 의자에 몸을 묻고 그가 한 말에 대해서 깊이 생각해보았다.
놀라운 얘기야! 사실일까?
크랜머 대주교는 왕비의 친척들이 종교개혁을 원하지 않는다는 것을 알고 있지만 그들이 영국의 종교개혁에 방해가 된다고는 생각하지 않았다. 토마스 공작은 변화를 싫어하기는 하지만 살아남기 위해서는 어느 정도 굽힐 줄도 아는 인물이었다.
반면에 존 라셀레스는 종교의 정통성을 교회와 백성의 정신 속에서 뿌리뽑아 버리려고 했다. 그는 그 일을 이루기 위해서라면 어떠한 위험도 무릅쓸 위인이었다.
그런 자의 말을 믿어야 할까? 왜 그의 누이는 왕이 젊은 왕비와 결혼한 지 1년이나 지난 지금에 와서야 그에게 이런 비밀을 일러준 것일까? 라셀레스는 왕비를 폐위시키고 자신의 조종을 받는 광신도를 다음 왕비로 앉혀보겠다는 것인가? 만약 그렇게 해서 헨리 튜더를 조종할 수 있다고 생각한다면 그는 참으로 무모한 작자였다.

다음날 아침, 라셀레스가 대주교에게 메리 홀 부인을 데리고 왔다. 귀여운 외모의 메리 홀은 검은 실크 드레스를 입고 머리에는 프랑스 풍의 예쁜 두건을 쓰고 있었다.

「라셀레스 씨는 밖에서 기다리십시오. 홀 부인은 저를 따라오시오.」

대주교는 라셀레스를 밖으로 내보내고 메리 홀을 밀실로 데리고 갔다.

「눅눅하고 습기가 많은 날이군요. 불가에 앉아서 얘기합시다.」

대주교는 문을 걸어 잠그며 메리 홀에게 자리를 권했다. 그는 의자에 앉은 메리 홀이 치마를 가지런히 하는 동안 기다렸다가 시럽을 넣은 포도주를 작은 잔에 따라 건네주었다.

대주교는 메리 홀이 이 사건과 관계된 세세한 것까지 기억해내기를 바라고 있었으므로 그녀가 편하게 이야기할 수 있도록 최선을 다했다. 운만 좋다면 이 사건은 그의 방에서 끝날 수도 있었다.

「이제 와서 왕비의 지난 얘기를 꺼내시는 이유를 말씀해주시겠소?」

대주교가 먼저 입을 열었다.

「저는 왕비님을 위해서 그 얘기를 묻어두고 살 작정이었습니다. 하지만 결국은 왕비님을 위해서 얘기를 꺼내게 된 것입니다. 동생 존은 제가 왕실에서 일하기를 바랐습니다. 노포크 미망인의 집에서 일했던 사람들이 왕비를 통해 왕실 일자리를 얻었다는 얘기만 되풀이하면서 저에게 제 몫을 챙기라는 거였습니다. 동생은 정말 막무가내였습니다. 그때마다 저는 왕비가 불쌍해서 그럴 수 없다고 얘기했죠. 그러나 존은 저를 이해해주지 않았습니다. 오히려 왕비가 불쌍하다는 게 무슨 말이냐며 저를 추궁할 뿐이었으니까요. 게다가 제 남편까지 가세해서 저를 더 힘들게 하더군요. 저는 정말이지 견디기가 힘들었어요. 할 수 없이 저는 왕비님이 일자리를 얻고자 하는 사람들로부터 협박을 당하셨다는 얘기를 했습니다. 동생과 남편을 설득하기 위해서는 어쩔 수가 없었습니다.

왕비님은 예전에 알고 지내던 사람들이 지난 일을 소문낼까봐 일자리 주는 일을 거절하지 못하고 계시니 우리까지 왕비님을 힘들게 하지 말자고 했습니다. 저는 그런 일들이 성서에 위배된다고 여겼답니다. 만약 왕비님께서 제가 시중들어 드리기를 원하셨다면 저는 기꺼이 왕실로 갔을 것입니다. 하지만 다른 사람들처럼 왕비님을 위협하면서까지 일을 얻고 싶지는 않았습니다. 그런 짓은 사악한 행동 아닙니까?」

대주교는 말없이 고개를 끄덕였다.

「하지만 안타깝게도 그런 정도로 동생 존을 설득할 수는 없었습니다. 동생은 집착이 강합니다. 너무 강합니다. 존은 왕비가 어렸을 때 무슨 일을 했기 때문에 협박을 받고 있냐며 저를 물고 늘어졌습니다. 저는 왕비님이 어렸을 때 저지른 일들이 왕비님의 잘못만은 아니라고 생각합니다. 그때 왕비님은 아무것도 모르는 어린 여자아이에 지나지 않았으니까요. 미망인께서도 무슨 일이 벌어졌는지 알지 못하셨습니다. 아니 알기를 원하지 않으셨던 것 같습니다. 그리고 사람들은 미망인께 일어나고 있는 일들을 알리지도 않았습니다. 그들이 그 일에 관계되어 있고 즐기고 있었으니까요.」

「이제 구체적으로 말씀해보시오.」

대주교가 친절하고 부드럽게 대해주고 있었으므로 메리 홀은 상당히 편안한 마음으로 이야기를 할 수 있었다. 그것이 바로 대주교가 바라던 바였다.

「저는 왕비님이 아주 어렸을 때부터 알고 있습니다. 노포크의 미망인 댁에 왕비님이 처음 왔을 때부터 제가 돌봐주었으니까요. 왕비님은 버릇이 없었기 때문에 혼도 많이 났습니다만, 마음씨는 아주 여리고 고왔습니다. 사랑하지 않을 수가 없는 그런 소녀였지요. 미망인께서는 왕비님이 음악을 좋아한다는 말을 들으시고는 헨리 마녹스를 불러 왕비님을 가르치도록 했습니다. 헨리 마녹스는 잘생겼기는 했지만 버릇은 없는 젊은 사내였습니다. 마녹스는 자신의 신분에 넘치는 것을 원했습니다. 왕비님이 자기에게 순결을 주기를 원했던 것입니다. 불쌍하게도 왕비님께서는 마녹스가 결혼을 원하고 있다고 여겼습니다. 마녹스는 참으로 형편없는 인간이었습니다. 저는 마녹스에게 경고를 했지만 마녹스는 왕비님을 비밀리에 만났습니다. 그러다가 미망인께서 마녹스와 왕비님이 서로의 은밀한 곳을 만지고 있는 장면을 목격했던 것입니다. 물론 마녹스는 즉시 런던으로 쫓겨났습니다.」

「왕비께서는 마녹스와의 작별을 아쉬워하셨나요?」

대주교가 물었다.

「아니요, 그렇지는 않았습니다. 일 년 후에 마녹스가 다시 왕비님 앞에 나타났을 때도 왕비님은 반가워하지 않으셨습니다. 왕비님께서 마녹스를 냉담하게 대하는 것을 제가 직접 보아서 확실하게 말씀드릴 수 있습니다. 그 후 마녹스는 사람들에게 왕비님과의 지난 일들을 떠들어대며 결국에는 자신에게 돌아올 거라고 큰소리치고 다녔습니다.」

대주교는 메리 홀 부인의 잔에 포도주를 채워주었다.

「계속하십시오, 부인. 프란시스 데레햄에 대해서도 말씀해보시오.」

「프란시스 데레햄은 노포크 공작의 연금을 받는 신분이었습니다. 그러나 그도 마녹스처럼 자신의 지위에 신경을 쓰지 않았습니다. 데레햄이 왕비님과 가까이 지내기 시작한 것입니다. 데레햄과 왕비님의 관계가 가까워지자 마녹스는 얼굴이 새파랗게 질려 심하게 다투곤 했습니다. 왕비님은 두 남자가 자기 때문에 날뛰는 것을 즐기신 것 같습니다. 어린 소녀라면 누구나 그럴 거라고 생각합니다만. 얼마 지나지 않아 왕비님의 관심은 데레햄에게만 쏠리기 시작했습니다. 데레햄은 가난한 마녹스보다 훨씬 화려하게 꾸미고 다녔고, 또 남자다웠으니까요. 그렇게 되자 마녹스는 비참한 표정을 지으며 왕비님 곁에서 멀어질 수밖에 없었습니다. 하지만 데레햄도 진실한 사람은 아니었습니다. 그가 원하는 것은 오직 하나였습니다. 게다가 너무도 노골적이고 대담했습니다. 제가 주의를 당부하자 왕비님이 말씀하셨습니다. 데레햄이 언젠가 자신과 결혼할 거라고 그랬다고. 그래서 제가 그런 말을 어떻게 믿냐고, 그건 있을 수 없는 일이라고 말했습니다. 마녹스와 그랬던 것처럼 또다시 어리석은 짓을 하시는 거라고, 결혼 약속은 왕비님 마음대로 할 수 없는 거라고 충고했지만 왕비님의 고집은 대단했습니다. 데레햄이 아니라면 누구도 싫다며 막무가내였습니다. 그러나 저는 왕비님의 철없는 행동을 보고만 있을 수 없었고, 그때부터 왕비님과 저는 사이가 나빠졌습니다. 데레햄은 저에게 주인 마님에게 고자질하면 이 집에서 쫓겨나게 하겠다고 협박까지 했습니다. 이런 식이었으니 저는 안타깝지만 입을 다물고 있을 수밖에 없었습니다.」

「데레햄이 왕비에게 구체적으로 어떻게 행동했소?」

토마스 크랜머가 물었다.

「데레햄은 참으로 대범했습니다. 그는 밤이면 젊은 여자들이 자고 있는 방으로 숨어 들어가 왕비님의 침대로 파고들었습니다. 그 후엔 왕비님의 신음 소리가 들려왔구요. 물론 왕비님께서는 언젠가 그와 결혼할 거라고 얘기하고 다녔기 때문에 집안에 있는 젊은 사람들은 그렇게 믿고 참아주었습니다.」

대주교는 소스라치게 놀랐다.

「홀 부인, 그럼 왕비가 처녀가 아니었단 말이오? 왕비가 자진해서 데레햄과 성관계를 가졌단 말이오?」

「네, 처녀는 아니었습니다. 침대마다 커튼이 쳐져 있어 확실하게 볼 수는 없었지만 그렇게 생각할 수밖에 없습니다.」

「계속 하시오.」

대주교는 한숨을 내쉬며 말했다.

「사람들은 사실상 두 분을 부부로 인정하고 지내는 형편이었습니다. 한번은 데레햄이 여러 사람들이 있는데도 불구하고 왕비님과 진한 입맞춤을 하기에, 제가 지나치지 않느냐고 지적했습니다. 그랬더니 남편이 아내와 입맞춤도 못하냐고 도리어 큰소리를 치더군요. 하지만 왕비님께서는 차츰 서로의 신분 격차를 의식하기 시작했고, 데레햄의 행동이 저속하다고 여기게 되셨습니다. 하지만 그에게서 완전히 벗어나지는 못하셨지요. 왕비님은 그를 침대에서 즐겁게 해주는 일을 멈추지 못하셨어요. 데레햄을 질투하던 마녹스는 왕비님 몸의 은밀한 곳을 알고 있다고 떠벌리고 다니기 시작했습니다. 너무도 역겨운 행동이었지요. 저는 그에게 자중해야 한다고 주의를 주었지만 제 능력으로는 어쩔 수 없었습니다. 늦게나마 현실을 깨달은 왕비님께서는 데레햄이 큰돈을 벌어와야 자신과 결혼할 수 있을 것이라고 그를 설득했습니다. 돈을 못 벌어오면 왕비님의 보호자이신 공작님이 그를 거들떠보지도 않을 거라고 말입니다. 왕비님께서는 그 당시에 앤 공주의 시녀가 되기 위해 왕궁으로 가실 것이라는 사실을 알고 계셨던 것 같습니다. 왕비님이 데레햄을 설득하셨다고 쉽게 말씀드렸습니다만, 사실 그 과정에서 엄청난 소란이 일었습니다. 어쨌든 데레햄은 그의 전 재산인 백 파운드를 왕비님에게 남기고 아일랜드로 떠났습니다. 자신이 못 돌아오면 왕비님 임의로 처분하라는 거였습니다. 그는 진심으로 스스로를 왕비님의 남편으로 생각하고 있었던 것 같습니다. 확실한 얘기는 아닙니다만 들리는 소문에 의하면 그는 아일랜드에서 해적질을 했다고 합니다.」

메리 홀은 포도주 잔을 들어 한 번에 비웠다. 대주교는 자신의 굽은 어깨를 집채만한 바위 덩어리가 내리누르는 듯한 느낌이었다.

「왕비의 거처에 부인 외에 또 누가 있었지요?」

홀 부인은 잠시 생각하더니 입을 열었다.

「캐서린 틸니, 존 벌머, 그리고 엘리스 레스트우드, 그리고…… 마가렛 모튼이 있었습니다.」

「그들이 부인의 말씀을 확증해줄 수 있을까요?」

대주교는 심각한 얼굴이었다.

「그들이 정직하다면 그렇게 할 것입니다.」

메리 홀의 말에 대주교는 고개를 끄떡였다.

「이 일에 대해서는 다른 사람에게 얘기하지 마시오, 홀 부인. 부인의 동생에게도 더 이상은 말씀하지 마시오. 왕비의 과거사 자체가 반역에 해당하지는 않겠지만, 어쩌면 결혼 후에도 정숙하지 않은 행동을 했을 수도 있는 일이니 말이오. 나쁜 버릇을 고치기란 쉬운 일이 아니니까요.

아무튼 왕비에 관해 어떤 결정을 내리기 전에 부인께서 말씀하신 하녀들과 대화를 해봐야겠군요. 당신과도 또다시 대화를 나누어야 할지도 모릅니다.」

대주교가 의자에서 일어났다.

「부인 동생에게도 조심하라고 지시해야겠군요. 라셀레스는 지나치게 자기 주장이 센 것 같소.」

대주교와 메리 홀이 나오자 존 라셀레스는 앉아 있던 의자에서 벌떡 일어났다. 대주교는 라셀레스가 무언가 말을 하려 하자 조용히 하라는 손짓을 하며 말했다.

「그대의 누이와 나눈 얘기는 기밀에 속하오. 그러니 다른 곳에 퍼뜨리지 말아야 할 것이오. 이 일에 대해서 더 조사해야겠소. 그리고 두 사람은 이 일에 관해 증언을 해야 할지도 모르오. 이해하시겠소?」

라셀레스는 고개를 끄덕였다. 라셀레스는 누이와 함께 대주교의 저택을 떠났다. 그들의 뒤에는 영국의 가장 힘있는 신부가 자신들이 전한 이야기를 심사숙고하고 있었다.

대주교는 홀 부인에게서 왕비에 대한 어떠한 악의도 느낄 수 없었다. 그녀는 왕비의 행동을 눈감아 주지는 않았지만 진정으로 왕비를 불쌍히 여기고 있는 것 같았다.

토마스 크랜머의 생각에도 캐서린 하워드는 변덕스러운 여자였다. 캐서린은 옷을 갈아입는 것만큼이나 쉽게 사랑에 빠지고, 또 빠져 나올 수 있는 그런 여자였다.

헨리 튜더의 구애 역시 캐서린을 기쁘게 했을 것이다. 왕이 비록 비대한 중년 남자이지만, 그의 권력과 부는 시골티를 겨우 벗은 어린 여자가 거부하기 힘든 엄청난 유혹이었을 것이 틀림없었다.

크랜머는 한숨을 내쉬며 고개를 저었다. 캐서린은 왕을 사랑하고 있는 걸까? 아니면 이미 새로운 사랑을 시작한 걸까? 어디서부터 어떻게 손을 써야 할까? 대주교는 피 냄새를 맡고 있는 기분이었다.

왕 일행이 햄프턴 궁에 도착했다. 왕은 왕실 부속 성전에 사람들을 모아놓고 안전한 귀환과 아름다운 왕비를 주신 것에 대한 감사 기도를 했다.

「신이여, 감사를 드립니다. 캐서린과 같은 완벽한 여인을 왕비로 삼아주시니 감사드립니다. 이 여인을 영원까지 사랑하게 해주시고……」

왕의 기도는 처음으로 사랑에 빠진 젊은이의 기도처럼 유치했다. 그러나 그렇게 소박한 기도였기에 사람들은 왕의 감사에 한 점 거짓도 없다는 것을 느낄 수 있었다.

왕의 기도가 끝나자, 니사 드 윈터는 옆에 앉은 남편에게 불안한 눈길을 보냈다. 베리안은 니사의 손을 꼭 잡아주었다.

높은 단 위에 서 있는 토마스 크랜머 또한 왕의 겸손한 기도를 들었다. 크랜머는 왕의 가슴속에서 우러나는 감사기도를 들으며 자신이 해야 할 일이 무엇인지를 깨달았다. 알고 있는 모든 사실을 왕에게 알리기로 결심했다.

존 라셀레스는 이 일을 덮어둘 위인이 아니므로 대주교로서 할 수 있는 일이 없다 할지라도 일단 왕에게 알려야 한다고 생각했다.

다음날 아침 예배 시간에 토마스 크랜머는 그가 들은 왕비의 지난 생활을 적은 양피지를 왕에게 전했다.

「이게 뭐요, 대주교?」

왕이 궁금하다는 듯 물었다.

「폐하, 혼자 읽어주십시오.」

대주교가 심각한 표정으로 말했다. 왕은 심상치 않은 크랜머의 분위기에 고개를 끄덕이며 양피지를 소맷자락에 넣었다.

예배가 끝나자 왕은 아내의 뺨에 입을 맞추고 급히 예배실을 빠져나갔다. 사실에 들어선 그는 시종들을 모두 내보내고 방문을 걸었다. 왕은 향기로운 포도주를 따라 마시며 양피지의 봉인을 뜯었다.

첫 구절부터 미간을 찌푸리던 왕은 양피지를 펼쳐감에 따라 가슴이 점점 더 갑갑해옴을 느끼며 숨을 크게 들이마셨다. 점차 눈이 충혈되었고 양피지에 적혀 있는 글자들이 눈앞에서 날아다니는 것만 같았다. 마침내 그는 양피지를 집어던지고 주먹을 들어 책상을 내리쳤다.
「거짓말! 더러운 모함이야! 내가 이따위 수작에 넘어갈 것 같은가! 라셀레스, 이자를 가만둘 수 없다!」
왕이 소리치며 문을 부술 듯 열어 젖혔다.
「당장 대주교를 불러!」
왕은 왕궁이 울릴 정도로 소리를 질렀으므로 대기하고 있던 시종들의 얼굴이 순식간에 창백해졌다. 왕의 어린 시동이 대주교를 부르러 급히 달려나갔다.
헨리 튜더는 자리에 앉아 마음을 진정하기 위해 급히 포도주를 들이켰다. 그는 지금처럼 화가 난 적이 없었다.
누구든지 사랑스런 왕비의 이름을 더럽힌 죄는 용서받을 수 없다! 라셀레스라는 자는 충분한 대가를 치르게 될 것이다. 그는 차라리 자신이 태어나지 않았기를 빌 것이다.
헨리는 타오르는 분노를 주체하지 못하고 다시 한 번 책상을 세차게 내리쳤다.
토마스 크랜머는 왕이 곧 자신을 부르리라는 것을 알고 있었다. 그는 손을 소매 속에 넣고 빠른 걸음으로 왕의 시동을 따라갔다. 시동은 두려움에 떨고 있었다. 대주교는 부드러운 말로 시동을 안정시키며 걸음을 재촉했다.
대주교가 왕의 사실에 들어섰을 때, 왕은 노여워 어쩔 줄 몰라하며 방을 이리저리 돌고 있었다.
「이게 뭐야! 이건 쓰레기야! 어떻게 이따위 것을 나에게 보일 생각을 했지! 라셀레스라는 작자와 메리 홀을 당장 체포해. 왕비를 모함했으니 반역죄로 다스려야겠어, 크랜머. 반역!」
왕은 바닥에 팽개쳐 있는 양피지를 가리키며 소리쳤다.
「반역이 아닐 수도 있습니다, 폐하. 라셀레스는 물불 안 가리는 광신자이고 믿을 수 없는 인물이지만, 그의 누이 메리 홀은 다릅니다. 그녀는 왕비님에게 깊은 애정을 갖고 있는 정숙한 여자일 뿐입니다. 동생의 기대를 꺾기 위해 할 수 없이 왕비님의 지난 이야기를 말하게 된 것뿐입니다. 메리 홀은 왕비님에게 또 다른 압력을 주고 싶지 않았던 것입니다. 왕비님의 시녀 중 최소한 네 명이 람베스에서 왕비님과 함께 있던 사람들입니다. 조금 묘하지 않습니까? 반드시 반역이라고 볼 수만은 없는 것입니다.」

대주교가 침착한 목소리로 말을 했다.

「데레햄이라는 자도 여행 중인 우리를 찾아왔었어. 그가 썩 마음에 들진 않았지만, 왕비가 원하는 대로 했지.」

왕은 어느 정도 냉정을 찾기 시작했다.

헨리 튜더는 캐서린을 사랑하고 있었기에 분노를 터뜨릴 수도 있었고, 또한 아내를 사랑하기에 분노를 자제할 수도 있는 것 같았다. 대주교는 왕비에 대한 왕의 마음에 다시 한 번 깊은 감동을 받았다.

「혼전에 일어난 일들이라면 반역은 아니지. 간통도 아니고……. 하지만 이 일에 대해 낱낱이 조사하도록 하게. 왕비가 요크 공작을 낳았을 때, 사람들로 하여금 그 아이의 부계를 의심하게 할 수는 없는 일이니까. 추문이 퍼져서도 안 되네. 우선 사실을 밝히고 어떻게 처리할 것인가를 결정하겠네.」

헨리 튜더가 천천히 말했다.

「신중하게 조사하겠습니다, 폐하.」

「토마스, 신은 왜 나를 계속 시험하는 거지? 튼튼한 아들을 얻는 데도 너무 많은 세월을 보내야 했지 않았나. 사실 에드워드도 그다지 튼튼하지 않아. 지금 앓고 있어. 시의들 말로는 그 아인 지나친 보호를 받았다는 거야. 창문을 꽁꽁 잠가 왕자가 맑은 공기를 마실 수도 없게 했더군. 아이를 키우는 게 아니라 마치 우상처럼 떠받들고 있었어. 세상에, 내가 언제 그런 지시를 내린 적이 있는가, 토마스? 젠장! 이번에는 또 뭔가? 좋은 여자를 아내로 맞았다고 생각하고 있는데, 이건 또 뭐냔 말이야! 난 캐서린과 너무나 행복해. 그런데 그녀를 나에게서 빼앗아가야만 하는 건가? 꼭 이래야 하는 거야?」

대주교는 왕이 스스로를 불쌍히 여기고 있다는 것을 알았다. 왕은 도착하자마자 후계자가 아픈 것을 보았고, 이제 왕비에 관한 추문까지 들어야 했다. 그리고 방금 스코틀랜드 왕비인 동생 마가렛이 사망했다는 소식도 들었다.

헨리와 마가렛 왕비는 다정한 사이는 아니었다. 오히려 그는 죽은 메리와 훨씬 더 가까웠다. 그러나 마가렛은 그의 조각난 과거를 이어주는 또 다른 고리임에는 분명했고, 그런 그녀의 사망은 냉혹한 운명을 상기하도록 하기에 충분했다.

「마음을 편히 가지십시오. 웃으면서 이번 일을 회상할 날이 올 것입니다.」

대주교가 왕을 달랬다.

「아그네스 부인이 후견인의 역할을 소홀히 했다면 잘못은 그녀에게 있지 왕비님에게 있지 않습니다. 왕비님은 아무것도 모르는 순진한 여자아이에 불과했으니까요. 아무튼 조심스럽게 조사해서 사실을 밝혀내겠습니다. 뭔가 새로운 것이 드러나는 대로 폐하에게 보고 드리도록 하겠습니다.」

왕은 고개를 끄덕였다.

「그렇게 해주시오, 토마스 대주교.」

「누구든 심문해도 좋겠습니까, 폐하?」

「좋도록 하시오. 아, 크롬웰이 그립군!」

왕은 쓸쓸한 표정을 지으며 한숨을 쉬었다.

「그의 영혼이 편안히 쉴 수 있기를 기도 드리겠습니다.」

대주교는 왕의 심중을 헤아리며 낮게 말했다.

「토마스」

「예, 전하」

「왕비의 명예가 회복될 때까지 왕비가 자신의 거처에만 있을 수 있도록 하시오. 로치포드만이 왕비를 시중들도록 하고. 왕비에게 유리한 결론을 내리기 전까지는 왕비를 만나지 않겠소.」
「알겠습니다, 폐하. 용기를 잃지 마십시오. 신의 뜻대로 될 겁니다.」
그는 왕의 어깨에 손을 얹고 부드러운 목소리로 말했다.
「아멘!」
왕이 응답했다. 토마스 크랜머는 믿을 만한 사람이었다. 왕은 크랜머가 고통스러워하는 자신의 얼굴을 보면 일을 제대로 처리하지 못할까 염려하여 대주교로부터 고개를 돌렸다.
대주교가 왕의 사실에서 나가자 대기실에 있던 대신들이 의아한 얼굴로 그를 바라보았다. 하지만 그는 아무 말도 하지 않았다. 그는 말없이 대신들을 지나치며 그들을 축복하듯 손을 들어올릴 뿐이었다.

대주교가 보낸 감시병들이 찾아왔을 때, 니사는 왕비와 왕비의 가솔들과 함께 얼마 전에 프랑스에서 건너온 춤을 연습하고 있었다. 무장한 병사들이 들이닥치자 춤을 추던 여인들은 당황했다.
감시 대장이 왕비에게 정중하게 절을 한 후 말했다.
「왕비님, 폐하의 지시에 따라 당분간 거처에서 나오실 수 없습니다. 다른 부인들은 물러가게 하시고 로치포드 부인만 남게 하십시오.」
「이보게! 이게 무슨 막돼먹은 행동인가? 갑자기 들이닥쳐서는 지금 무슨 소리를 하고 있는 건가? 우리가 성탄 연회를 위해서 새로운 춤을 배우고 있는 것이 보이지 않는가?」
왕비가 위엄 있는 목소리로 말했다.
「왕비님, 황송하옵게도 더 이상 춤을 배우실 시간은 없습니다.」
감시 대장은 병사들에게 로치포드를 제외한 모든 여인들을 밖으로 내몰라는 지시를 내렸다. 그러나 왕비의 가솔들을 재촉할 필요는 없었다. 모두들 이 엄청난 사건에 관해 떠벌리고 싶은 나머지 치마를 추켜들고 급하게 왕비의 곁을 떠났다.
「니사! 내 곁에 있어 줘! 무섭단 말이야!」
캐서린은 여인들이 황급하게 자리를 피하자 겁을 먹었다.

「진정해, 캐서린. 왜 이런 지시가 내려졌는지 알기 전까지는 아무 말도 하면 안 돼. 알았지, 캐서린?」

니사가 목소리를 낮추며 말하자, 왕비는 거칠게 고개를 끄덕였다. 니사마저 방을 나가자 왕비는 감시 대장을 향해 말했다.

「왜 나를 감금하는 건가? 폐하를 만나게 해주게.」

「왕비님, 황송합니다. 저도 이유를 모릅니다.」

감시 대장이 대답했다.

「제가 가서 알아보겠습니다.」

로치포드가 겁에 질린 왕비에게 말하고 문으로 뛰어가려 하자 감시병 하나가 그녀를 제지했다.

「죄송합니다, 로치포드 부인. 부인도 왕비님과 함께 감금되시는 겁니다. 밖으로 나가실 수 없습니다. 필요하신 것은 저희들이 가져다 드리겠습니다.」

감시 대장이 말했다.

「고해 신부를 불러줘! 설마 신부까지 못 만나게 하지는 않으셨겠지?」

왕비는 불안해서 어쩔 줄 몰라했다.

「폐하께 여쭤보겠습니다.」

감시 대장은 왕비에게 절을 하고는 병사들을 이끌고 방을 나갔다. 곧 밖에서 문을 잠그는 소리가 들려왔다. 말없이 서 있던 두 여인은 잠시 서로의 얼굴을 쳐다보다 다른 출구로 뛰어갔다. 그러나 그곳도 이미 잠겨 있었다. 심지어 왕의 거처로 통하는 비밀 통로조차 굳게 닫혀 움직이지 않았다.

로치포드와 왕비는 누가 먼저랄 것도 없이 창문으로 뛰어가 밖을 내다보았다. 왕비의 심장은 얼어붙는 것만 같았다. 10피트 아래에는 무장한 기병들이 정렬해 있었다.

「헨리가 눈치를 챘나봐! 왜 이러는 거겠어? 틀림없이 알고 있는 거야!」

왕비가 다급한 목소리로 숨을 죽이며 말했다.

「문책을 당하기 전까지는 아무 말도 하지 마세요. 왕이 무엇을 알고 있는지 아직 확신할 수 없어요」

로치포드 부인이 낮은 목소리로 빠르게 말했다.

제인 로치포드는 자신의 시누이였던 앤 블린 사건을 회상했다. 사실 앤에게는 아무런 잘못도 없었지만 로치포드는 자신의 남편인 조지 블린을 살리기 위해 앤에게 불리한 증언을 했다.

로치포드는 앤과 앤의 오빠인 자신의 남편 조지가 방문을 걸어 잠그고 오후 내내 함께 있었다고 증언한 것이다. 그녀는 앤이 왕에게 반기를 들 음모를 꾸미는데 조지가 말리고 있던 거라고 말하고 싶었다. 그렇게 말하면 남편이 살 수 있으리라 믿었다.

그러나 로치포드는 크롬웰로부터 앤과 조지가 한방에 함께 있었다는 것만을 증언하라는 지시를 받았다. 나머지는 다른 사람이 증언한다고 했다. 제인 로치포드는 크롬웰의 지시를 따랐다. 그러나 그것은 함정이었다. 그녀의 증언 내용은 왕비 앤과 조지가 근친상간을 했다는 증거로 주장되었던 것이다.

'오, 하느님, 안 됩니다!'

제인 로치포드는 분노와 공포에 떨며 소리쳤지만 아무 소용이 없었다. 그 후 그녀는 두 번 다시 남편을 볼 수 없었을 뿐만 아니라 남편에게 변명할 시간조차 없었다.

그녀는 언젠가 이 일에 대한 보상을 받을 거라는 말만을 듣고 왕궁 밖으로 쫓겨났다. 그리고 그녀가 앤 공주의 거처에 선임된 것이 바로 그 보상이었다.

로치포드는 헨리에게, 그녀가 남편을 잃고 추방당했을 때 받은 고통을 되돌려줄 때를 간절히 기다리고 있었다. 자신의 손으로 남편을 죽인 것과 다름이 없다고 느껴야만 했던 바로 그 고통을 헨리가 맛보길 원했다. 왕은 조지를 처형한 대가를 치러야만 했다. 그녀가 세상에서 가장 사랑하는 사람을 잃었던 것처럼 그 또한 가장 사랑하는 사람을 잃어야만 했다. 로치포드는 자신의 목숨은 어떻게 되든 상관없었다. 그녀에게는 남편도 없었고 자식도 없었으며 아무런 희망도 없었다.

그 후 로치포드는 캐서린 하워드를 모시도록 배치되었다. 왕은 독일 공주는 사랑하지 않았지만 캐서린 하워드는 사랑했으므로, 초조하게 복수의 시간을 기다리던 그녀에게 절호의 기회였다.

제인 로치포드는 토마스 컬페퍼와 캐서린 하워드가 불륜을 저지르도록 부추겼다. 예상 밖으로 이 일은 쉽게 풀려나갔다. 왕비는 터무니없을 정도로 낭만을 추구했고, 컬페퍼와의 관계가 탄로날 수도 있다는 의심을 눈곱만큼도 하지 않았다.

또한 컬페퍼는 이미 캐서린을 사랑하고 있었고 그의 조급하고 거만한 정신 속에서 앞날에 대한 경계란 없었다. 참으로 멍청한 한 쌍이었다. 어떻게 그들은 자신들의 무모한 사랑이 결국 파멸에 이르고 말리라는 사실을 모를 수가 있을까? 로치포드 자신마저 의아할 지경이었다.

로치포드는 왕비가 사생아를 임신했을 때 만인에게 이 사실을 폭로할 계획이었다. 캐서린은 왕이 최근 들어 남자 구실을 잘 못한다고 했으므로 왕비의 뱃속에 있는 아이가 왕의 아이가 아니라는 의심을 사기에 충분했다. 일단 그런 의심이 일기 시작하면 왕은 자신의 성적 무능을 폭로하거나, 아이를 인정할 수밖에 없었다. 어느 쪽이든 감내해야 할 고통의 정도에는 차이가 없었다.

그러나 그녀의 계획이 빗나가고 있었다. 예상하지 않았던 일이 벌어지고 있었다. 누군가 왕비의 부정을 고발한 것이다. 누굴까? 왜 그랬을까? 무엇을 알고 있는 걸까? 그녀는 조금 두려웠다. 왕비에 대해 알고 있다면, 그녀에 대해서도 알고 있는 것일까?

「아무것도 시인하지 마세요. 누가 어떤 말을 했는지 모르니까요 왕비님의 말이 진실인지 밀고자의 말이 진실인지 알 수 없을 테니까요. 왕은 예전에 앤 왕비님을 사랑했던 것보다 왕비님을 더 사랑하고 계시니 왕비님의 말을 믿을 거예요. 절대 당황해서는 안 돼요」

로치포드는 왕비의 차가운 손을 잡았다. 캐서린은 떨고 있었다.

「앤의 이름을 입 밖에 내지 마. 그녀의 인생이 어떻게 끝났는지 자꾸 생각나. 나는 죽고 싶지 않아, 로치포드!」

「문책을 받으면 모든 것을 부인하세요. 지혜롭게 행동하시면 아무 일도 생기지 않을 거예요. 아무 증거도 없을 거예요.」

증거는 없을 거야, 로치포드는 생각했다. 하지만 아무것도 찾아내지 못한다면 만들어내기라도 할 거야. 왕은 바로 그런 식으로 앤 블린을 제거했으니까. 하지만 지금은 그때와 달라. 왕은 아직도 이 아이를 사랑하고 있어. 아, 왕이 대체 어디까지 알고 있는지 알 수만 있다면…… 하인을 매수하면 일이 어떻게 돌아가고 있는지 알 수 있을 거야!

니사는 미친 듯이 남편을 찾아다니다 노포크의 공작과 함께 있는 남편을 발견했다.

「베리안, 베리안, 왕비가 로치포드 부인과 함께 감금되었어요! 감시병들이 왕비의 거처를 지키고 있구요. 함께 있던 여자들은 모두 쫓겨났어요. 감시병에게 들었는데 대주교가 왕비에 관해서 조사하고 있대요.」

니사는 숨을 헐떡이며 말했다.

「오, 신이여! 그래, 다른 얘기는 듣지 못했느냐? 캐서린이 감금된 이유가 뭐라더냐? 왕이 그렇게 사랑하는 아이를 가두다니, 대체 뭐가 잘못된 거냐?」

노포크의 공작은 너무도 놀라 안색이 달라졌다. 노포크의 공작은 평소에 보여주던 근엄함을 모두 내던지고 다급한 목소리로 물었다. 니사는 공작의 이런 모습을 보자 반감이 치밀어 올랐다.

「공작님께서 걱정하시는 것은 캐서린인가요, 아니면 공작님 자신인가요?」

공작의 안색이 한순간에 바뀌었다.

「자네 아내는 입을 함부로 놀리는군.」

공작이 곤혹스런 얼굴로 말했다.

「공작님, 제가 질문 드리고 있으니 제게 말씀해보시지요. 공작님은 저를 무시하시는군요. 예전에 그러셨던 것처럼요. 정말 혐오스러워요! 베리안과 저는 공작님의 조카딸이 원해서 여기에 와 있는 것입니다. 저희들이 원해서 와 있는 게 결코 아니란 말입니다. 만일 공작님이 세워놓은 왕비가 쓰러지면 저희들까지 위험해지는 거 아닌가요?」
「그렇다.」
토마스 하워드는 니사를 쳐다보며 짧게 대답했다. 그의 늙은 얼굴 위로 깊은 수심이 비쳤고 눈빛엔 걱정스러움이 가득했다. 니사는 자신이 너무 심했다는 생각이 들었다.
「아마도 간통 때문인 것 같습니다, 확실치는 않지만. 그렇지 않다면 왜 대주교가 직접 관여하겠습니까?」
니사의 목소리가 낮아져 있었다.
「아는 것을 말해봐라.」
니사는 공작에게 여행 중에 있었던 일들을 말해주었다. 니사가 얘기하는 동안 베리안은 아내를 보호하듯 감싸고 있었다.
「왜 내게 미리 알리지 않았느냐?」
니사의 말이 끝나자 공작이 엄한 목소리로 다그쳤다.
「왜냐구요? 왜냐면 공작님께서는 공작님의 목숨을 부지하기 위해 이 일을 손수 폭로하셨을 테니까요. 결국 들통날 거라면 저와 베리안이 왕실을 떠난 후에 일이 터지기를 바랐어요. 저희들이 멀리 떠나 있으면 하워드가를 말살하려는 왕의 진노를 비껴갈 수 있을까 해서요.」
니사의 눈빛은 날카로웠고 공작의 입가에는 차가운 미소가 스쳤다.
「이제 와서 윈터헤븐으로 갈 수는 없겠구나. 죄짓고 도망가는 것처럼 보일 테니 말이다. 함께 헤쳐나가는 수밖에 없게 되었다.」
「저도 압니다. 하지만 하워드가 때문에 베리안이나 아이들에게 피해가 간다면 공작님을 절대로 용서하지 않을 겁니다.」
「알았다. 너는 남의 허물을 너무 오래 기억하는구나. 그건 그렇고, 내게 한 말을 절대 옮기지 말거라. 네가 한 말이 문제의 근원이 아닌지도 모르니 말이다. 설사 네 말대로 일이 벌어지고 있는 것이라 해도 말썽에 휘말리지 않으려면 아무것도 모르는 척 행동하거라.」

공작은 자리에서 일어나며 말을 이었다.

「나는 대주교를 만나 무슨 일인지 알아보겠다. 아마 나에게는 말해줄 거다.」

「대주교의 말씀을 저희에게 알려주실 건가요?」

니사가 묻자 공작은 그렇게 하겠다는 말을 남기고 밖으로 나갔다.

「그 일말고 또 무슨 일이 있겠소? 감금당할 다른 일이 또 있단 말이오?」

아내와 단둘이 남게 되자 베리안이 물었다.

그는 테이블로 다가가 포도주를 두 잔 따랐다. 니사는 베리안이 건네준 포도주를 들고 불가에 앉으며 작은 목소리로 말했다.

「캐서린의 어린 시절 얘기겠지요. 캐서린은 아그네스 부인 댁에서 자신을 유혹했던 두 남자가 있었다고 했어요. 그들과 입에 담기도 민망한 일들을 저질렀다는 얘기를 들었지요. 저는 캐서린이 즉시 왕에게 이 일을 말씀드려야 한다고 했지요. 누군가가 이 일을 이용할 수 있으니까요. 하지만 캐서린은 제 말을 듣지 않더군요. 그 얘기를 하면 왕이 자기와 결혼을 안 할지도 모른다고 생각했던 거죠.」

「그런 일이 있었구려. 캐서린은 마음씨만은 고운데 누가 해하려 하는 거요?」

니사는 고개를 저을 뿐이었다.

15

 대주교는 다시 한 번 존 라셀레스와 그의 누이 메리 홀을 불러들였다. 그는 노포크의 공작이 두 사람의 증언 모습을 지켜볼 수 있도록 해주었다.
「어떻게 생각하시오, 공작?」
 대주교가 라셀레스와 홀을 내보낸 후 공작에게 물었다. 토마스 하워드의 얼굴에 그늘이 드리워졌다. 자신의 의붓어머니에 대한 강한 원망이 일었다. 하지만 대주교에게 솔직한 심정을 털어놓을 수는 없었다.
「하인의 말만 듣고 이런 일을 판단할 수는 없을 것 같소 내 어머니의 말씀도 들어보겠소」
 공작이 심각하게 말하자 토마스 크랜머는 천천히 고개를 끄덕였다.
「옳으신 말씀입니다. 저도 아그네스 부인의 말을 들어보고 싶군요.」
 노포크의 미망인 아그네스 부인은 왕비가 감금되었다는 소식을 이미 듣고 있었다. 이런 일에 대한 소문은 기름에 불이 붙듯 퍼져 나가기 마련이었다.

만약 내 집에서 간통이 있었다면……, 아그네스 부인은 떨고 있었다. 그렇다면 내가 무사할 수 있을까? 아그네스 부인은 집에 간통의 증거가 남아 있을지도 모른다는 불안 때문에 온 집안을 헤집고 다녔다.
「어떻게 된 거니, 토마스?」
아그네스 부인은 불안한 얼굴로 자신을 찾아온 아들에게 물었다.
「왜 진작 캐서린의 부정에 대해서 말씀하지 않으셨습니까?」
공작은 화난 목소리로 늙은 의붓어머니에게 소리쳤다.
「나도 몰랐단다.」
아그네스 부인은 자책감에 허망한 표정을 지었다. 그러나 그녀는 아들에게 뭔가 변명을 해야 할 것 같았다.
「나에게만 책임을 돌리는 건 아니겠지? 그 아이는 왕궁으로 가기 전에 세련된 모습을 갖추라고 나에게 보내진 거다. 내가 그 아이의 행실까지 책임져야 한다는 건 아니었어.」
「어머니에게 맡겨진 여자아이가 미친년처럼 날뛰도록 가만두셨단 말씀이세요? 세상에, 어머니! 정신이 있으십니까? 캐서린은 왕비를 만들기로 계획한 아이였잖습니까! 이런 추문은 결국 들통이 난다는 것을 아셨을 텐데요!」
공작의 목소리가 점점 더 커졌다. 그러나 토마스 하워드는 어머니를 탓할 것도 없다는 생각이었다. 조금만 조사해보았어도 캐서린이 왕비의 자리에 어울리지 않는 아이임을 쉽게 알 수 있었을 것이다.
「소리지르지 마라!」
노포크의 미망인은 아들의 말을 막은 후 아들에게서 등을 돌렸다.
「만약 그 아이가 결혼 전에만 그런 일을 저질렀다면 목숨을 잃지는 않을 거다. 우리 집안이 왕의 눈 밖에 나기야 하겠지만, 앤 블린 때처럼 살아남을 거다. 언젠가 다시 이 게임에 참여할 수 있을 거란 말이다.」
「어쩌면 그렇게 되겠지요, 어쩌면…….」
공작은 아그네스 부인의 태평한 말에 조금은 어이가 없다는 투로 말했다.

캐서린은 앤 블린이 그랬던 것보다 하워드가를 더 위태롭게 만들 것이고 그것은 공작 자신의 책임이었다.

「대주교는 캐서린에 관해 더 많은 것을 알아내려 하고 있어요. 만약 그렇게 된다면 어머니가 생각하시는 것 이상으로 심각한 상황이 전개될 겁니다.」

대주교는 왕에게서 들은 이야기를 간과할 수 없었다. 왕비의 옛 연인인 프란시스 데레햄이 왕비의 가솔이 되었다는 대목이 마음에 걸렸다.

데레햄과 다시 연애를 해보겠다는 것일까? 그는 젊고 잘생겼다. 의심할 것도 없이 늙은 헨리보다는 침대에서도 더 정력적일 것이다. 증거는 없지만 간통이 일어나고 있는 것은 아닐까? 그렇다면 그것은 명백한 반역을 의미했다. 이 일의 바닥은 상상했던 것보다 깊고 더러운지도 모른다. 하지만 이제는 돌이킬 수 없는 일. 대주교는 몸을 떨었다.

「왕비님께서는 마음으로 폐하를 배신한 것인지도 모릅니다. 그리고 기회가 있었다면 결국 일을 저지르셨을지도 모릅니다.」

대주교는 데레햄을 언급하며 왕에게 말했다. 추밀원 고문관들이 분개한 왕에게 불안한 눈길을 주고 있었다. 왕은 자신의 머리를 두 손으로 감쌌다. 비통해하는 얼굴이었다.

「폐하, 하지만 지금까지 왕비께서 정숙하지 않았다는 것을 분명하게 보여주는 증거는 없습니다. 계속해서 조사해보면 왕비께서 더러운 모함을 받고 계신 것으로 드러날 수도 있습니다.」

대주교는 왕이 사태를 보다 냉정히 볼 수 있도록 도왔다.

「철저히 조사하시오! 왕비의 오명을 벗기란 말이오.」

놀랍게도 왕은 흐느끼기 시작했다.

「내가 왕비를 이렇게 사랑하는데……, 어떻게 나를 배신할 수 있단 말인가?」

왕은 바닥에 쓰러져 울기 시작했다. 왕은 왕비 곁에 서서 교활하게 웃고 있던 데레햄의 모습을 떠올리며 통곡을 했다. 왕의 슬픔은 모두에게 충격을 주었다.

왕은 세상 그 무엇보다 캐서린 하워드를 사랑하고 있다! 한 나라의 왕이 사랑의 상처 때문에 무너지고 있다!

고문관들은 당혹감을 감추지 못하면서, 자신들의 운명에 대한 불안으로 두려워했다.

「사냥을 갈 거야.」

왕은 테이블을 붙잡고 힘겹게 몸을 일으키며 아이처럼 눈물을 훔쳤다.

헨리 튜더는 단지 여섯 명의 수행자만을 데리고 햄프턴 궁을 떠났다. 이 일에 대한 결론이 난 것은 아니었지만 문제가 제기된 것만으로도 아픔은 컸고 상처를 달랠 시간이 필요했다.

헨리는 햄프턴 궁을 떠나기 앞서 마음을 가라앉히기 위해 성전에서 기도를 드렸다. 그때 예배실 밖에서 고함소리가 터져 나왔다. 캐서린이 필사적으로 그를 불렀다.

「헨리, 헨리! 제 말을 들어보세요, 제발요!」

나중에 시종들의 말을 들어보니, 왕비는 음식을 가지고 온 감시병을 밀쳐내고 왕의 사실로 뛰어들었다가 그가 없는 것을 알자 예배실까지 달려왔다는 것이다.

캐서린의 귀여운 얼굴을 보았다면 분명 용서하고 말았을 텐데, 얼굴을 보지 않아서 다행이라고 헨리는 생각했다. 크랜머는 왕비가 죄를 지었을 가능성만을 언급하고 있지만, 헨리는 마음속으로 이미 아내에게 죄가 있다고 확신하고 있었다.

다음날, 대주교가 캐서린을 방문했다. 캐서린은 대주교를 보자 불안과 공포로 발작을 일으켰다.

「아무것도 드시지 않고 계시답니다.」

로치포드 부인이 대주교에게 말했다.

「내일 다시 오겠소.」

대주교는 캐서린이 극도의 불안 가운데 처해 있어 그녀와 어떠한 이야기도 나눌 수 없다고 판단했다.

「왕비님이 안정을 찾으시면, 나는 왕비님을 해치려는 것이 아니라고 전해주시오. 왕비님을 돕고 싶어한다고 말이오.」

대주교가 다음날 다시 방문했을 때도 캐서린은 제정신이 아니었다. 하지만 대주교는 어제와는 달리 부드러운 목소리로 그녀의 두려움을 가라앉히려고 노력했다. 캐서린이 차츰 진정하는 기미를 보이자 그가 말했다.

「왕비님, 맹세컨대 희망은 있습니다. 보십시오. 폐하의 서신을 가지고 왔습니다. 왕비님이 잘못을 인정하신다면 관대히 대하신다고 하셨답니다.」

대주교는 소매에서 양피지를 꺼내 왕비에게 건넸다. 캐서린은 마치 편지에 불이라도 붙은 듯 다급하게 받아 떨리는 손으로 봉인을 뜯어냈다. 그녀의 야윈 뺨으로 눈물이 흘러내렸다.

「아, 이다지도 친절하고 관대하신 분을 힘들게 하다니…….」

「왕비님, 왕비님의 죄 때문에 폐하는 마음이 찢어지는 듯한 아픔을 느끼고 계십니다. 하지만 왕비님을 사랑하기에 관용을 베푸시는 것입니다. 정숙하지 못했던 점이 있었다면 솔직하게 시인하십시오.」

「그래요, 기억할 수 있는 모든 것을 말씀드리겠습니다. 친애하는 대주교님, 폐하께서 정말로 저에게 자비를 베푸실까요? 제가 이런 사랑을 받을 자격이 있나요?」

캐서린은 울음을 멈추지 못했다.

「왕비님, 폐하의 사랑을 받아들이십시다. 사실을 말하시면 왕비님을 감싸주실 것입니다. 자, 왕비님, 제게 털어놓으십시오. 저도 돕겠습니다. 약속합니다.」

토마스 크랜머는 평정을 잃은 왕비에게 확신을 주었다.

토마스 크랜머는 캐서린의 얼굴이 죄로 덮여 있다고 생각했다. 그녀가 두려움에 떠는 모습은 그의 생각을 더욱 굳게 만들었다.

캐서린의 갈색 머리는 아무렇게나 헝클어져 있었고 눈은 퉁퉁 부어 있었다. 캐서린은 결혼반지만 끼고 있을 뿐 아무 보석도 하고 있지 않았다. 이것은 평소 보석을 좋아하고 많은 보석으로 치장하던 그녀의 완벽한 파멸을 뜻했다.
「신이여, 폐하께서 베푸시는 사랑에 감사드립니다.」
「저를 믿으시겠습니까, 왕비님?」
대주교가 묻자 캐서린은 고개를 끄덕이고는 한참 동안 울기 시작했다. 대주교는 그녀의 울음이 멈출 때까지 기다렸다.
「오 주여, 예상하지 못했던 폐하의 자비를 대하니 제 죄가 더욱 악하게 느껴집니다.」
캐서린은 다시 울기 시작했고 대주교는 왕비가 눈물을 감당할 수 없다고 판단하고 저녁 무렵에 다시 돌아올 것을 약속하며 왕비의 거처를 나섰다.
「이 바보야, 아무 말도 하지 말라고 했잖아!」
대주교가 떠나자 방 한구석에 쪼그리고 앉아 있던 로치포드가 소리쳤다. 캐서린은 로치포드의 무례한 태도에 눈물이 가득 고인 눈을 동그랗게 떴다.
「대주교는 너를 단두대로 끌고 갈 수작인 거야. 아무것도 시인하지 말란 말이야. 아직 아무런 증거도 나오지 않았잖아. 멍청한 계집 같으니라구. 지지리도 못난 년!」
왕비의 시녀가 왕비에게 욕을 퍼붓고 있었다.
「잘못을 시인하면 왕께서 자비를 베푸신다고 하셨어. 로치포드, 무서워. 난 죽고 싶지 않아. 결혼 전에 있었던 데레햄과의 관계를 시인하면 용서해주실 거야. 그럼 난 죽지 않아도 된다구.」
캐서린은 겁먹은 목소리로 말했다.
「마음대로 해라, 이 멍청아! 치욕스럽게 사느니 죽어도 왕비로 죽는 게 더 낫다는 것도 모르니? 그리고 네가 데레햄과의 관계를 시인하면 왕이 너를 가만둘 거 같아? 그 호색한 마음은 이미 너를 떠났어!」
「헨리는 그런 사람이 아니야!」

캐서린이 거칠게 말하자 로치포드는 입가에 조소를 띠우며 말했다.
「앤에게 죄를 뒤집어씌우는 동안 왕은 제인 시모어와 뜨거운 밤을 준비하고 있었어. 그리고 클레브스의 공주를 따돌릴 때는 니사와 너를 두고 발정 난 종마처럼 날뛰지 않았니? 네가 받던 사랑은 이미 니사에게 넘어갔을지도 몰라.」
로치포드의 말이 끝나자마자 캐서린 하워드는 로치포드의 뺨을 후려쳤다. 믿기지 않을 정도의 힘이었다.
「너는 내 사촌의 아내를 비방할 수 없어. 니사는 이 세상에서 내가 믿을 수 있는 유일한 친구야. 내 일로 인해 니사가 위험에 빠지지 않기를 기도하고 있다구.」
캐서린 하워드는 제인 로치포드를 무서운 눈으로 노려보았다.
「너는 나와 컬페퍼의 관계를 네가 부추겼다는 사실이 왕의 귀에 들어가지 않기를 빌어야 할 거야. 내가 단두대로 끌려가면 너도 함께 끝장이 날 테니까.」
로치포드는 언제나 연약하게만 보이던 캐서린이 독기를 품고 쏘아대는 모습에 당황했다.
「만약 이 죄를 헨리가 알지 못하면……, 아, 그렇게 된다면 그에게 좋은 아내가 되어 평생을 보내련만. 아니, 그렇게 할 수 없다 하더라도 내게 주어지는 것을 달갑게 받아들이고 살아 있는 것에 감사드릴 수 있으련만.」
「죽을 때가 가까워 오니까 갑자기 고상을 떠는군! 그 편지, 왕이 보낸 게 확실하다고 생각해? 헨리 튜더가 여자에게 배신당했을 때 자비로운 적이 있었던가? 대주교가 편지를 위조한 거야. 너를 속이기 위해 왕의 인장을 쓴 거라구!」
로치포드의 말에 캐서린의 얼굴이 하얗게 질렸다.
「아니야, 절대 그럴 리 없어! 대주교가 그런 짓을 했을 리가 없어. 그는 성직자란 말이야!」
「성직자들도 헨리 튜더 아래에 있어. 신보다 가까운 게 왕이라구.」

왕비는 다시 흐느끼기 시작했다. 과연 그가 나를 속이고 있는 걸까? 캐서린은 한 가닥 희망마저 사라져버리는 것 같아 눈물을 멈출 수 없었다.

왕비의 등뒤에 서 있던 제인 로치포드는 차가운 미소를 지었다.

모든 연회는 취소되었고 항상 왕궁을 맴돌던 하워드가의 사람들도 보이지 않았다. 확실하게 드러난 것은 아무것도 없지만 어제까지 사랑받던 왕비가 갑자기 왕의 총애를 잃은 사실만은 분명했고, 무엇인가 심각한 일이 벌어지리라는 걸 모르는 사람은 아무도 없었다.

니사는 노포크의 공작 집 난롯가에 앉아 남편의 셔츠에 그의 이름을 수놓고 있었다. 평화스러운 모습이었다.

토마스 하워드는 이런 상황에서도 침착하게 일상을 이어가는 손자며느리를 바라보며 탄복했다. 하워드가의 장애물로 여겼던 니사가 대단히 총명하고 심지 곧은 여인임을 확실하게 깨달을 수 있었다.

또한 베리안이 니사를 사랑하고 있고, 그녀 역시 손자를 사랑하고 있으므로 자신의 음모가 아주 형편없는 계략만은 아니었다는 생각도 들어 쓸쓸한 미소를 지었다.

「대주교가 캐서린에게서 지금 알고 있는 것 이상을 알아내려 하는 것 같다. 그가 더 이상 알아내지 못하기를 빌어야겠다. 그 아이의 바보 같은 머리통이 무사하게 말이야. 그러나 대주교가 그 일을 알아내기라도 한다면 끝장이야. 아무튼 아직은 희망이 있는 것 같다.」

토마스 공작이 니사에게 말했다.

「캐서린이 너무 불쌍하군요. 공작께서는 캐서린에게 왕비가 가질 수 있는 권한만을 강조하시지 말았어야 했어요. 왕비의 책임과 왕비 노릇을 하는 어려움에 대해서도 알려주셨어야 했다구요. 캐서린은 왕비가 될 준비가 되어 있지 않았어요.」

「그 아이는 준비되어 있었다. 캐서린은 하워드가의 딸이니까!」

「하워드가에 태어나면 신비한 능력이라도 받게 된다는 건가요? 하워드가에 태어나면 저절로 어떠한 일이든 극복할 수 있는 힘을 가질 수 있는 것처럼 말씀하시는군요. 공작님은 유서 깊은 가문을 이끌고 계세요. 하지만 신께서 하워드가의 사람들에게 삶을 헤쳐나갈 수 있는 능력을 더 많이 주신 것은 아닙니다.」
　니사는 붉으락푸르락하는 공작을 똑바로 쳐다보며 말을 이었다.
　「이런 걸 깨달으실 때는 지나셨잖아요.」
　「건방진 계집 같으니라구!」
　토마스 공작은 크게 소리치며 밖으로 나가버렸다. 니사는 승리의 미소를 지으며 계속해서 수를 놓았다. 토마스 공작을 꼼짝 못하게 한다는 것은 언제나 기분 좋은 일이었다.
　하인 하나가 앤 공주가 찾아왔다는 말을 니사에게 전하기 위해 방으로 들어왔다. 클레브스의 앤은 조급한 마음에 니사가 들어오라는 말을 하기도 전에 안으로 들어섰다.
　「어서 오십시오, 공주님. 난롯가로 오십시오.」
　니사는 자수를 한쪽으로 치우며 반갑게 앤을 맞았다.
　「어떻게 이런 일이 있을 수 있지? 헨리와 캐서린에게 이런 일이 일어나다니!」
　앤은 니사를 보자마자 놀라움과 안타까움을 표시했다.
　「너무 놀라운 일이야. 노포크의 미망인에게도 문제가 있었던 것 같아. 밤늦게 남자들이 들락거리는 것을 내버려두었다니 말이야. 그 여자, 노망이 났던 거 아니야?」
　앤은 유행하는 노란색 벨벳 드레스를 펼치며 불가에 앉았다. 앤을 안내한 하인은 그녀에게 포도주를 바치고는 밖으로 나갔다.
　「캐서린은 불쌍하게도 부모님 밑에서 안전하게 보호받을 수 있는 형편이 아니었어요.」
　「그래. 신께서 캐서린을 도우시길 바랄 뿐이야. 신 외에 누가 왕비를 도울 수 있겠어? 왕비가 된다는 건 그리 좋은 일이 아닌 것 같아.」
　앤이 동정 어린 목소리로 말했다.

「왕이 공주님을 다시 왕비 자리에 앉힐 것이라는 소문을 들었어요.」
「오, 신이여! 난 발정난 수퇘지와 다시 결혼할 수 없어! 그만큼 시달렸으면 됐지 왜 또 아내를 원하는지 이해를 할 수 없어!」

니사의 갑작스런 말에 앤은 창백하게 질려 소리쳤다.

「추밀원에서도 왕이 다시 결혼하기를 주장할 거예요. 헨리의 대를 이을 왕자는 어린 에드워드 왕자뿐이니까요.」

「니사, 왕은 여자도 남자처럼 나라를 통치할 수 있다는 사실을 언제쯤이나 알게 될까? 공주는 둘이나 있잖아. 메리도 그렇지만 엘리자베스야말로 훌륭한 왕비가 될 수 있을 거야.」

「하지만 엘리자베스 공주가 그런 기회를 갖기는 힘들 것 같아요. 공주는 캐서린 왕비 일로 크게 상심하고 있어요. 엘리자베스 엄마가 캐서린과 사촌간이니까 더 마음이 아플 거예요. 게다가 캐서린은 엘리자베스를 좋아했으니 더하겠지요.」

「도대체 무슨 일이 일어나고 있는 거지, 니사? 왕비의 지난 일에 대해서 소문을 듣기는 했지만, 뭐가 더 있는 거지? 도대체 무엇을 의심하고 있는 거야?」

앤는 답답한 듯 포도주를 한 모금 들이켰다.

「하워드가 사람들도 무슨 일인지 몰라 안절부절못할 뿐이랍니다. 토마스 공작도 왕비의 과거 일을 모르고 있었지요. 그는 왕이 자신에게 책임을 추궁할까봐 난리랍니다.」

「토마스 공작은 사악한 늙은이야. 불쌍한 캐서린을 색마의 코앞에 대고 흔들었어. 니사, 너에게 저지른 일을 한번 생각해봐.」

클레브스의 앤이 비웃음을 흘렸다.

「하지만 다행스럽게도 베리안과 저는 서로 사랑하게 되었어요. 왕비가 여행에 참여하게 만들기 전까지만 해도 아이들과 함께 너무나 행복했답니다. 아, 정말 지겨운 여행이었어요! 왜 이번 여름 여행에 오지 않으셨어요, 왕비님? 왕비님만 계셨어도 견디기가 더 쉬웠을 거예요.」

「사람들이 나를 너무 좋아하는 것 같아. 어쩌면 그것이, 헨리가 나를 다시 원한다는 말도 안 되는 소문이 나도는 이유일 거야. 왕은 이번 여름에 내가 집에 남아 있기를 부탁했어. 젊은 아내에게 사람들의 이목이 집중되기를 원했던 거지. 하지만 그건 내가 바라던 바였지. 나는 혼자 있는 것이 좋거든. 메리 공주는 캐서린을 좋아하지 않아서 안 가려고 했지만 왕이 끌고 갔지. 엘리자베스는 나와 왕궁에 남아 있었고.」

「메리 공주는 여행 중에 모습을 잘 드러내지 않으셨어요. 왕이 단란한 가족의 모습을 보여주고 싶다고 할 때만 잠깐씩 나타나셨지요.」

니사는 앤에게, 왕이 변덕스러운 아내를 만족시키기 위해서 니사에게 집으로 돌아갈 것을 허락한다는 약속을 저버린 얘기를 해주었다.

「제가 얼마나 리버스에지에서 성탄을 보내고 싶어하는지 아시지요?」

그러나 니사는 왕실을 떠나고 싶은 절박한 상황에 대해서는 말하지 않았다.

클레브스의 공주가 돌아가고 니사는 다시 수를 놓기 시작했다. 겨울이 다가왔으므로 밖은 벌써 어두워졌다.

대주교가 다시 왕비를 찾아왔다. 그는 왕비가 결혼 전에 있었던 일에 대해 진술서를 쓰도록 부추겼다. 캐서린은 데레햄과 관계를 갖기는 했어도 결혼을 약속한 사실은 없다고 주장했다.

그러나 대주교의 생각은 달랐다. 그 동안 드러난 사실들을 종합해 볼 때 캐서린과 데레햄이 결혼을 언약했다는 것은 너무도 명확하다고 여기게 되었다. 캐서린과 왕의 결혼은 얼마든지 무효로 처리될 수 있게 된 것이다.

하지만 토마스 크랜머는 아직 만족스럽지 않았다. 다른 무엇이 있다는 것을 감지하고 있었고, 그것마저 알아낼 결심이었다.

「뭐라고? 이 얼빠진 것아, 너는 네 결혼을 무효로 만들 수 있는 무기를 대주교에게 준 거야!」

제인 로치포드의 얼굴이 분노로 일그러졌다.

「대주교는 내가 모든 것을 시인하면 폐하께서 나를 용서해주신다고 하셨단 말이야!」

왕비는 어찌할 바를 몰랐다. 지금까지 시중을 들던 여인이 갑자기 불경스럽게 대하고 있었지만, 이런 수모에서 왕비를 보호해줄 사람은 아무도 없었다. 어이없게도 캐서린이 지금 의지할 수 있는 사람은 로치포드뿐이었다. 왕비는 감당하기 힘든 복잡한 감정을 경험하고 있었다.

「그렇겠지. 왜 왕이 자기 창녀를 용서하지 않겠어! 프란시스 데레햄과의 관계를 너도 원했다고 시인하면, 너는 왕에게 그 정도 의미밖에 가질 수 없는 거야. 왕의 창녀! 영국의 왕비가 아니라 영국의 창녀! 고상 떨며 말하면 왕의 정부! 이 불쌍한 것아, 네가 무슨 일을 저질렀는지조차 알 머리도 없니?」

로치포드는 캐서린이 충격으로 파르르 떠는 것을 즐기며 소리쳤다.

「로치포드, 그럼 난 어떡하지? 어떻게 해야 하는지 가르쳐줘!」

「대주교를 다시 불러. 너무 두려웠던 나머지 데레햄이 강제로 너를 범했다는 사실을 분명하게 말하지 못했다고 하란 말이야. 그가 너를 강간했다고 하라고!」

「대주교가 나를 믿을까?」

왕비의 목소리가 떨렸다.

캐서린은 로치포드의 말대로 대주교를 다시 불러 자신은 강간을 당한 것이라고 주장했다. 그러나 그는 믿지 않았다. 오히려 왕비가 거짓말을 하고 있다는 것을 확실히 눈치챘다. 또 무엇인가 속이고 있다는 것도 확신하게 되었다.

「목숨을 잃고 싶지 않으시다면 진실하셔야 합니다. 폐하께서는 왕비님에게 자비를 베푸실 마음이십니다만, 왕비님이 진실을 말씀하실 경우만 그렇습니다.」

「사실이라구요! 맹세해요! 데레햄이 강제로 그런 거라구!」

캐서린은 격렬하게 고개를 가로 저었다.

「매번 강제로 당하셨단 말씀이십니까?」

대주교가 믿을 수 없다는 눈빛을 던지며 물었다.

「그래요! 난 그의 유혹에 자발적으로 응한 적이 없어요. 맹세할 수 있어요! 나는 원하지 않았다구요!」

캐서린 하워드는 자신이 강간당한 것이라고 주장하면 결혼 전의 행동에 대해서 책임을 지지 않아도 된다고 확신하고 있었다. 캐서린이 데레햄에게 그를 죽을 때까지 사랑하겠다고 말한 것을 메리 홀이 증언했다고 대주교가 말하자 캐서린은 그런 적 없다고 강하게 부인했다.

메리 홀의 말과 자신의 말이 어긋나지만, 왕은 자기를 사랑하고 있으므로 다른 사람의 말보다 자기 말을 믿을 것이라고 캐서린은 스스로를 설득시켰다. 로치포드도 그렇게 말하지 않았던가.

「프란시스 데레햄과의 결혼 약속을 했다고 인정해야 목숨을 부지할 수 있다는 것도 모르다니! 데레햄과 혼약을 했다면 헨리와의 결혼은 무효가 되겠지만 간통죄는 성립되지 않는다는 것도 모른단 말이야.」

노포크의 공작은 캐서린의 태도에 절망하고 있었다.

「대주교는 헨리의 왕비로 자신과 같은 생각을 하는 사람을 원하고 있어. 그러니 크랜머와 그의 추종자들은 캐서린의 죽음을 바라고 있을 거야. 클레브스의 앤을 다시 복위시킬 것이라는 소문을 들었어. 일이 그렇게 진행된다면 사람들은 기뻐할 거다. 모두들 그녀를 좋아했으니까.」

「앤 공주가 다시 왕과 결혼할지도 모른다는 걱정은 안 하셔도 됩니다. 제 아내가 그러더군요. 그녀는 다시 그를 받아들이지 않을 거랍니다. 그리고 앤 공주의 모친이 구교도인데다가 메리 공주님이 앤 공주에게 구교를 믿도록 했답니다. 그러니 앤 공주는 개혁을 원하는 대주교와도 맞질 않습니다.」

베리안이 말했다.

프란시스 데레햄, 헨리 마녹스 등 아그네스 부인의 통솔하에 있던 하인들이 체포되어 탑에 감금되었다. 왕비는 이 소식을 듣고 이성을 잃었다. 그녀는 그들이 무슨 말이라도 할까 두려워 그들에 대한 심문이 있기 전에 먼저 자신의 입장을 얘기해야 한다고 생각했다. 왕비는 대주교에게 한 번 더 방문해줄 것을 간청했다.

토마스 크랜머는 캐서린이 데레햄에게 선물을 주었고, 또한 그에게서 선물을 받았다는 고백을 들었다. 그녀는 데레햄을 위해 실크 셔츠를 만들어주기까지 했지만 그는 그것만으로는 만족을 못하고 그녀에게서 은 팔찌를 가져갔다고 말했다. 그리고 그녀에게 답례라며 엷은 견직물을 주었다고 했다.

홀 부인의 말에 따르면 캐서린은 데레햄에게서 받은 천을 아그네스 부인의 침모에게 주어 모자를 만들고 프라이어 매듭으로 장식했다고 했다. 캐서린이 처음으로 그 모자를 썼을 때 프란시스 데레햄은 이렇게 말했다고 했다.

'프라이어 매듭이라! 당신을 프란시스 부인으로 나와 묶어주는 매듭이군!'

누가 보아도 이것은 혼약 상태를 의미했지만, 왕비는 격렬하게 부인했다.

「아니에요, 그건 아무 의미도 없는 거였어요. 그냥 재미였어요.」

당황한 캐서린은 데레햄이 자신을 부끄럽게 만들었다고 주장했다. 그녀는 그가 하는 행동을 좋아하기는커녕 창피하게 여겼다고 했다.

「데레햄의 행동을 할머니가 아실까봐 늘 걱정이었답니다. 그렇게 되면 할머니 댁에서 쫓겨날 테니까요.」

「그렇다면 데레햄이 왕비님을 불안하게 만들고 있다고 왜 아그네스 부인에게 얘기하지 않으신 겁니까?」

「그랬어야 했어요. 하지만 너무 재미있었어요. 만약 할머니가 아셨다면 그런 재미를 느낄 수 없었을 거라구요.」

「왕비님의 행동이 가문의 법도에 어긋난다는 사실을 알지 못하셨나요?」

「그렇게까지 진행될 줄은 몰랐답니다. 그저 시골에서 온 순진한 아이였으니까요.」

캐서린이 입을 삐죽거리며 말했다.
「데레햄은 왕비님의 은밀한 부분에 대해서 알고 있었습니다. 그것에 대해 말씀해주십시오.」
왕비는 다시 울기 시작했다.
「너무나 수치스러워요.」
지금보다 더 수치스러울까? 대주교는 씁쓸한 표정을 지었다. 이 어리석은 계집아이는 끝이 보이지 않는 재난으로 우리를 끌어들이고 있어.
「괜찮습니다. 제게 말해보세요. 제게 고민을 털어놓으면 한결 자유로워질 겁니다.」
대주교는 캐서린에게 온화한 눈길을 보냈다.
「데레햄은 나와 있을 때 속바지는 입고 있었어요. 하지만 어떤 때는 아무것도 입고 있지 않았지요. 그는 늙은 미망인이 침소에 들기를 기다렸다가 내게 왔어요. 올 때마다 여러 가지 먹을 것을 가지고 왔어요. 포도주나 딸기, 설탕 웨이퍼 같은 것이었지요.」
「함께 있을 때 아그네스 부인이 들어오기라도 하면 어쩌려고……」
대주교가 말했다.
「그런 적이 한 번 있어요. 내가 얼른 데레햄을 복도로 내보냈지요. 들키면 안 되니까요.」
왕비는 어리석게도 키득거렸다.
강간이 아니다! 대주교는 생각했다. 데레햄에 관해서는 더 들어볼 것도 없었다. 왕비 또한 그를 원했다는 것이 너무도 분명해진 것이다.
「그 후 난 내가 궁에 가게 된다는 소식을 들었고 잠도 안 올 정도로 흥분하게 되었죠. 삼촌이 새 옷도 세 벌이나 사주셨죠. 그때까지 한번도 새 옷을 가져본 적이 없어서 얼마나 좋았는지 몰라요.」
「데레햄은 왕비님이 떠난다는 얘기를 듣고 당황하던가요?」
「그럼요. 안절부절못하다가 성이 나서 소리를 질러대곤 했어요. 하지만 신경 쓰지 않았어요. 삼촌에게 결혼 승낙을 얻으려면 아일랜드로 가서 돈을 벌어오라고 했어요. 난 그를 떼어버리고 싶었으니까요. 데레햄은 자기가 멀리 떠나면, 내가 사촌인 토마스 컬페퍼와 결혼하게 될 것 같다고 불안해했어요.」

캐서린은 다시 키득거리며 웃었다.

「왕비님은 뭐라고 대답하셨지요?」

「어떻게 장래 일을 그렇게 잘 아느냐고 했죠. 나보다 내 일을 더 잘 아니 참 대단하다구요. 아마 컬페퍼는 나와 좋은 짝이 될 수 있었을 거예요. 하지만 그때 폐하께서 나타나셨죠.」

캐서린은 재미난 이야기를 들려주듯 말했다. 자신이 하고 있는 이야기에 취한 캐서린은 위험한 부분까지 건드리고 말았다.

좋은 짝! 컬페퍼가 왕비와 관계를 맺었을까? 대주교의 눈빛이 반짝였다. 지금 관계를 맺고 있는 것일까? 그럴 기회는 분명 있었다. 과연 두 사람은 그 기회를 이용했을까?

대주교는 왕비의 방에서 나오자마자 컬페퍼를 체포하라는 명령을 내렸다. 컬페퍼가 대역죄를 저질렀다는 아무런 증거도 없었으나 크랜머는 그를 추궁해볼 필요가 있다는 확신을 갖고 있었다.

최소한 컬페퍼는 왕비가 데레햄과 간통을 저질렀다는 사실을 증언할 수도 있다. 캐서린이 사촌오빠인 그에게는 비밀을 털어놓았을 수도 있을 것이다. 컬페퍼는 자신의 목숨을 구하기 위해서 진실을 털어놓을 것이다. 대주교는 생각에 잠겼다.

「토마스 컬페퍼가 탑에 감금되었소.」

마치의 백작이 토마스 공작의 거처로 허겁지겁 들어오며 아내에게 말했다.

「탄로 난 건가요?」

니사의 얼굴이 창백해졌다.

「아직 아무런 말도 없소 그저 심문을 하려고 잡아갔다고 그러더군. 하지만 다른 사람도 캐서린과 컬페퍼의 관계를 알고 있을 수도 있어요.」

베리안이 숨을 고르며 말했다.
「오, 신이여!」
베리안은 두려움에 질려 있는 니사를 꼭 끌어안았다.
「별일 아닐 거요. 이 사람 저 사람 불러다 뭔가 알아내려는 것뿐일 거요. 아직은 캐서린이 결혼 전에 철없이 행동했다는 사실 외에는 알아낸 게 없는 것 같소.」
남편의 품에 안긴 니사가 부드럽게 꿈틀거렸다.
「캐서린의 간지러운 부분을 누군가가 긁었다는 것뿐이오.」
「매우 음란하게 얘기하시는군요. 이런 심각한 상황에서 말이에요.」
베리안의 아내는 미소지으며 남편을 올려다보았다.
「운명은 벌써 움직이기 시작했다오. 무슨 일이 일어나든 이제는 바꿀 수 없을 거요. 하지만 그렇다고 해서 긴장하고만 있어서는 안 되오. 그러면 헤어나기 어려운 우울증에 빠지게 될 테니 말이오. 그리고 지금 우리가 할 수 있는 일은 비밀을 지키는 것 외에는 없소.」
니사는 베리안을 바라보며 고개를 끄덕였다. 베리안은 니사의 이마에 입을 맞추고는 한참 동안 아내를 껴안고 있다가 입을 열었다.
「나 또한 내 사촌 여동생처럼 간지러운 부분이 있는데……, 당신도 그렇지 않소?」
「당신은 정말 음탕해요.」
니사는 베리안을 흘겨보았다. 그러나 그녀의 손은 그의 더블릿을 벗기기 시작했다.
니사는 베리안의 가슴에 볼을 문질렀다. 그리고 고개를 숙여 그의 젖꼭지를 약올리듯 핥았다. 무릎을 꿇은 니사는 그의 바지를 벗겼다.
「장화도 벗으세요.」
니사는 베리안에게 등을 돌리고 허리를 숙여 그의 장화를 잡아당겼다. 그녀의 엉덩이가 베리안의 시야에 가득 들어왔다.
「발을 빼세요!」
베리안은 니사의 아름다운 뒷모습을 조금이라도 더 보기 위해 가능한 한 천천히 장화를 벗었다.

니사는 다시 몸을 돌려 베리안을 바라보며 자신의 옷을 벗기 시작했다. 그녀는 속옷을 벗으며 혀를 내밀어 자신의 입술을 핥았다. 슈미즈를 벗은 그녀는 자신의 가슴을 두 손으로 애무하며 몸을 꼬았다.

실크 스타킹만을 몸에 걸친 채 베리안을 노려보던 니사는 방을 가로질러 걸어가 문을 잠갔다. 베리안은 니사가 문을 잠그는 동안 넋을 잃고 그녀의 둥근 엉덩이를 바라보았다.

도발적인 눈길을 보내며 돌아서는 니사의 가슴이 봉긋하게 솟아 있었다. 베리안은 피가 끓어올랐다.

어느새 베리안 앞에 무릎을 꿇은 니사는 따뜻하고 부드러운 혀로 그의 탄탄한 몸을 쓸었다. 니사는 두 손으로 그의 성난 부분을 움켜쥐더니 천천히 머리를 묻었다. 베리안은 두 손으로 그녀의 머리를 지그시 누르며 더 이상 버틸 수 없을 때까지 그녀의 입술을 받아들였다.

「그만!」

베리안은 니사의 대담한 행동에 숨이 막혔다. 그는 그녀의 알몸을 끌어올렸다. 니사의 살결 또한 욕망으로 타오르고 있었다. 입술이 포개지자, 그녀는 뜨거운 한숨을 내쉬었다.

니사의 눈은 황홀로 감겼고 진한 속눈썹은 가늘게 떨렸다. 베리안은 니사의 귓불을 부드럽게 깨물다가 귓속에 혀를 집어넣었다. 그녀의 몸이 활처럼 휘어졌다.

「지금이에요.」

니사는 그의 머리카락을 잡아당기며 거칠게 소리쳤다.

「참을성 없는 작은 여우 같으니라구.」

베리안은 으르렁거리며 그녀의 엉덩이를 때렸다. 그리고 몸을 일으켜 그녀의 젖꼭지를 물었다. 손가락이 계곡 사이로 파고들자, 니사는 기쁨으로 신음하기 시작했다.

「지금이에요. 지금이라구요!」

니사는 견딜 수 없는 갈증을 느끼며 손톱을 그의 등에 세게 박았다.

애원에 대한 대답으로 베리안은 거칠게 니사를 침대에 내려놓았다. 니사는 간절한 마음으로 다리를 벌렸으나 놀랍게도 그는 그녀의 다리를 어깨에 얹었다. 니사의 허벅지가 베리안의 얼굴을 가렸고 그의 혀가 그녀의 보석을 찾아냈다. 니사는 한참 동안이나 숨을 쉴 수가 없었다.
「베리안, 오, 베리안! 오, 제발, 저를 죽이시려고 그러는 건가요!」
잔인하게도 그는 고문을 계속했다. 니사가 자신의 강렬한 육욕을 터뜨리기까지. 그러고 나서 갑자기 공격이 시작되었다.
「나의 사랑스러운 아내여!」
딱딱하게 일어난 베리안의 몸이 그녀 속으로 천천히 미끄러져 들어와 깊고 느리게, 점차로 격렬하고 빠르게 움직이기 시작했다. 니사는 전신이 녹아 내리는 것을 느끼며 흐느꼈다.
영원과도 같은 시간이 흘렀고 갑자기 그가 니사의 은밀한 화원에 사랑스러운 공물을 바치며 신음했다. 두 사람은 동시에 서로를 꼭 붙들며 전율했다. 서서히 거친 호흡이 진정되고 어느 정도 열정이 잦아들자 니사가 흐느끼며 말했다.
「오, 신이여! 이런 느낌은 처음이에요, 베리안. 우리의 열정은 항상 멋진 것이었지만 이번만큼은 정말 달랐어요.」
니사는 눈물을 흘렸다.
베리안은 사랑스런 눈길로 니사를 바라보며 그녀를 꼭 끌어안았다. 니사의 눈물이 그의 가슴을 타고 흘러내렸다.

16

 캐서린은 컬페퍼를 질투하고 있는 데레햄이 자신과 컬페퍼 사이의 관계를 알고 있을지도 모른다는 불안에 휩싸여 있었다. 데레햄이 왕에게 이 사실을 폭로하기 전에 그가 풀려나도록 손을 써야 하는 다급한 상황이었다.
 추밀원 고문관들 중 캐서린을 동정하는 사람들이 왕비로 하여금 왕의 용서를 구하는 편지를 쓰라고 권유했다. 캐서린은 헨리의 자비만이 유일한 희망이라는 생각에 고문관들의 제안을 받아들였다.
 두려워하고만 있으면 자신과 하워드가를 구할 수 없다! 캐서린의 삼촌 또한 그녀에게 사태의 심각성을 설명해주고 정신을 가다듬을 수 있게 만들었다.
 캐서린은 왕에게 편지를 썼다. 자신이 쓴 편지가 왕의 마음을 돌려놓을 수만 있다면 대주교도 그녀의 과거를, 무엇보다 왕비가 된 이후의 일들을 조사할 수 없게 되리라 기대하면서.
 '폐하께 어떠한 말씀도 드릴 수 없고 어떠한 자비도 받을 자격이 없는 몸이오나, 미천하고 보잘것없는 자들에게도 은혜를 내리시던 폐하의 사랑에 의지하여, 비탄에 잠긴 폐하의 신하가 과거에 지은 죄를 고백하고자 엎드렸사옵니다.'

캐서린의 편지는 그렇게 시작했다. 노포크의 공작은 제대로 교육을 받지 못한 캐서린의 장황한 글에서 몇몇 철자만을 손보았을 뿐 원문에 거의 손을 대지 않았다. 조카딸의 글에서 느껴지는 호소력을 손상시키면 안 될 것 같았다.

'저는 비록 폐하의 아내로 불릴 수 있는 자격이 없는 미천한 몸이오나, 크신 자비의 일부나마 저에게 미치도록 하여 주옵기를 기원하오며, 또한 저의 어리석고 무지한 정신과 나약한 마음, 필설로 아뢸 수 없는 슬픔으로 죄를 고백하는 심정과 뼈에 사무치는 고통을 참작해주시기를 바라옵니다. 저의 모든 것을 전하의 바다와 같은 아량에 맡기오니, 교활한 젊은 남자의 협박에 가까운 구애와 어린 여인의 무지와 나약함을 참작해주옵소서. 마녹스는 끈질기게 제게 구애를 했으며, 결혼 전에는 결코 요구할 수 없고 어떤 일이 있어도 허락할 수 없는 제 몸의 비밀스런 부분을 만지려 날뛰다가, 결국에는 사악한 욕망으로 저를 침대에 눕히고는 저에게 남편이 부인에게 하는 그런 일을 저질렀습니다. 이 모든 일이 폐하께서 클리브즈의 앤 공주님과 결혼하시기 1년 전에 끝이 났음을 거룩하신 신의 이름으로 맹세하나이다. 저는 세속적 영광에 대한 열망으로 눈이 멀어 폐하께 저의 이런 과실을 숨기는 것이 얼마나 큰 죄인지를 생각해볼 수도 없었사오나, 폐하의 사랑받는 아내가 된 이후로는 폐하께 저의 모든 것을 드리려고 마음을 먹어왔사옵니다. 폐하께서 베푸시는, 커지기는 하나 줄어들지는 않는 무한한 자애가 저의 눈을 흐리게 하고 있사옵니다.'

왕에게 이 작은 탄원서가 전해졌다.

어린 캐서린은 방탕한 젊은 남자의 교활한 꼬임에 걸려들었던 것뿐이다! 헨리의 기분은 캐서린의 편지를 읽고 훨씬 나아졌다.

그러나 부정한 짓을 저지른 여자와 결혼 생활을 유지할 수는 없으니 혼인 관계는 정리될 것이다. 그렇다고 캐서린을 사형시키지는 않을 것이다. 그러기에는 아깝지……. 헨리는 미소지었다. 헨리는 캐서린이 침대에서 그에게 주던 기쁨을 떠올렸다. 캐서린을 정부로 둘 수는 있을 거야!

왕은 그렇게 달라졌다.

「토마스, 더 드러난 게 있소?」

편지를 다 읽은 헨리는 대주교를 불러 물었다.

「왕비님이 프란시스 데레햄과 결혼을 약속했었다는 것은 의심의 여지가 없습니다, 폐하. 안타깝지만 교회법에 의해 두 분은 이혼하셔야 할 것입니다.」

대주교가 말했다.

「왕비와 헤어지는 것은 안타까운 일이오. 지난 일이야 어떻든 캐서린은 가장 순종적인 왕비였으니까. 그렇지만 부정을 저지른 여인과 결혼 생활을 계속할 수는 없는 노릇이니 마음이 아프오.」

왕은 대주교에게 왕비의 편지를 건네주며 말했다.

「왕비가 보낸 글이오. 대주교도 한번 읽어보시오. 왕비가 자신의 과오를 뉘우치고 있다는 것을 느낄 수가 있을 거요.」

「아직 밝혀지지 않은 것이 있을 겁니다.」

대주교가 말했다.

「아니오. 더 이상은 없을 거요. 그리고 나는 나의 장미 캐서린을 어느 여인보다 사랑했지만 이제 나의 사랑도 식었소. 더 이상 상관하고 싶지 않소.」

왕은 햄프턴 궁에서 만찬을 열었다. 갑자기 명랑해진 헨리는 예전처럼 시시덕거리며 왕궁에서도 가장 아름다운 스물여섯 명의 여인들과 함께 식사를 했다. 헨리는 그의 아내를 찾지 않았다.

왕이 왕비의 지난 일에 대한 관심을 접기 시작했음에도, 토마스 크랜머는 캐서린 하워드가 누군가를 영국 왕실에 들였을 수도 있다는 생각을 지우지 못했다.

크랜머는 추밀원을 설득했다. 추밀원 고문관들 대부분이 하워드가와 연합하지 않고 있었으므로, 왕비의 부정은 끝까지 파헤쳐져야 한다는 데 쉽게 의견을 모을 수 있었다. 왕도 결국은 추밀원의 의견을 따라야 했다.

캐서린의 두려움은 잦아들지 않았다. 왕에게 편지를 보낸 이후에도 별다른 기미가 보이지 않았기 때문이다.

다음날 아침 대주교가 왕비를 찾아왔다.

「왜 나를 풀어주지 않는 거죠?」

캐서린은 대주교에게 따지듯이 물었다.

「왕비님은 미들섹스의 시온으로 가게 되셨습니다.」

「시온이라구요? 아니 그 시골로요? 왜죠? 폐하께서는 나를 용서하지 않으신 건가요? 나를 벌하기 위해 지루하고 따분한 시골에 가두는 건가요? 얼마나 거기에 머물러야 하지요?」

캐서린이 놀라 물었다.

「왕비님, 저로서는 왕비님이 시온으로 가게 되었다는 것 외에는 어떤 말씀도 드릴 수가 없습니다. 이틀 내로 떠날 준비를 하십시오.」

「어떻게 그렇게 짧은 시간에 짐을 싸라는 거죠?」

캐서린이 발을 구르며 불평했다.

「왕비님의 옷과 보석들은 다시 폐하에게 되돌려질 겁니다. 왕비님이 시온에서 입으실 옷은 검소한 것으로 따로 마련하겠습니다. 새로운 상황에 적응하셔야 합니다.」

대주교의 말에 왕비는 놀라움으로 얼어붙어 잠시 동안 아무 말도 할 수가 없었다. 말없이 왕비를 바라보던 토마스 크랜머가 제인 로치포드를 무섭게 노려보며 말했다.

「부인은 부인이 말한 것보다 왕비님의 행동에 대해 훨씬 더 많은 사실을 알고 있소 부인은 탑에 감금되어 철저한 심문을 받게 될 거요.」

「로치포드 부인을 데려가면 나는 누구와 함께 있으라구요, 대주교님? 설마 나를 혼자 두지는 않겠죠?」

왕비가 울부짖었다.

「네 명의 여인이 동행할 것입니다.」

「내가 그들을 직접 결정해도 되나요?」

「안 됩니다.」

대주교가 고개를 저으며 대답했다.

「네 명 중 한 명만이라도요, 대주교님. 내 사촌의 부인이자 마치의 백작부인인 니사 드 윈터와 함께 가고 싶어요. 제발 들어주세요.」

캐서린이 간곡히 요청하자 대주교는 마지못해 고개를 끄덕였다.

니사를 데려가도 좋다는 허락을 받은 캐서린은 다른 여인도 자신이 결정하겠다고 했다. 결국 대주교는 왕비와 동행할 네 명의 여인 중 세 명을 그녀가 결정하도록 했다. 캐서린은 니사 외에 동료 시녀였던 캐서린 케리와 엘리자베스 피츠제럴드를 지목했다. 네 번째 여인은 베인튼 부인이었는데, 그녀의 남편 에드워드 베인튼은 시온에서 왕비의 시종이 될 것이었다.

베리안은 캐서린이 시온으로 가게 되었다는 소식을 아내에게 전하며, 어리석게도 니사까지 데리고 가겠다고 했다며 화를 냈다.

「당신의 할아버지와 가디너 주교는 클레브스의 앤보다 더 정통적인 신앙을 가진 왕비를 원했어요. 그리고 지금 대주교는 왕비 자리에 신교도를 앉히려 하고 있어요. 추밀원에서는 왕비를 처형할 명분을 구하고 있는 거예요, 베리안. 그들은 사실을 은폐하거나 왜곡해서라도 그렇게 할 거예요.」

니사는 상황을 정확하게 파악하고 있었다.

「왕은 누구보다 캐서린을 사랑했으니까, 그녀와 이혼하거나 결혼을 무효로 하면서 왕비를 용서할 수 있을 거예요. 하지만 신교도들은 왕이 캐서린을 용서하길 바라지 않고 있어요. 그들이 확실한 증거를 제시하고 왕비의 처형을 요구한다면 왕도 어쩔 수 없을 거예요. 캐서린의 운명은 이미 정해진 거예요. 그러나 아직 그녀는 그 사실을 인정하려 하지 않아요. 하지만 그 사실을 잘 알고 있기 때문에 친구들과 함께 가기를 원했던 거예요. 나는 캐서린의 어리석은 행동에 화가 나지만 기꺼이 가겠어요.」

「당신 없이 난 어쩐단 말이오? 이 사건이 종결될 때까지 당신을 보지 못하게 된다고 생각하니 마음이 아프오. 니사, 내 사랑!」

베리안이 허탈한 표정으로 말하고 니사의 이마에 입을 맞추었다.

「견딜 수밖에 없어요, 베리안. 조심하셔야 해요.」

「내 걱정은 하지 마시오. 당신이 돌아올 때까지 내게 아무 일도 없을 테니까, 니사.」

「너는 최대한 짐을 줄여야 할 거다.」

노포크의 공작이 손자 내외가 있는 방으로 들어서며 니사에게 말했다.

「왕비는 보석으로 장식되지 않은 옷으로 여섯 벌만 가져가도록 허락되었다. 그러니 너도 옷을 고르는 데 신중해야 한다.」

「하녀를 데려가도 되나요?」

니사가 말했다.

「아마 괜찮을 거다. 하지만 내가 장담할 입장은 못 되는구나.」

「만약 베리안과 제게 무슨 일이 일어난다면 틸레를 리버스에지에 보내주세요.」

「그러마. 그렇지만 네가 두려워해야 할 필요는 없다고 생각한다. 너와 베리안은 윈터가 사람이지 하워드가의 사람은 아니니 말이다.」

공작이 웃으며 대답했다. 그는 진정으로 손자 내외가 무사하기를 바랐다.

「어떤 일이 생기더라도, 저는 캐서린을 따라가야만 해요.」

「너는 아주 용감한 여인이다, 니사!」

공작은 처음으로 니사의 이름을 불렀다.

「의도했던 일이라고 하지는 않겠지만, 결과적으로 나는 내 손자를 행복하게 해준 것 같다. 너로 인해서 말이다.」

니사는 토마스 하워드가 용서를 구하고 있음을 깨달았다.

「저도 그렇게 생각합니다, 공작님! 베리안은 저에게 사랑을 일깨워줬으니까요.」

니사는 그렇게 공작을 용서하고 받아들였다. 공작의 눈이 붉게 충혈되었다.

이제 서로를 이해하기 시작하는군! 베리안은 누구보다 사랑하는 두 사람을 바라보며 생각했다. 두 사람은 친구가 될 수도 있을 것 같았다. 캐서린 하워드의 몰락에도 불구하고 그들이 살아남는다면 말이다.

「네가 꼭 가야 할 필요는 없어. 지금 리버스에지로 가고 싶다면 그렇게 해. 서운하게 생각하지 않을 테니까.」

니사가 틸레에게 말했다.

「저는 마님 곁을 떠나지 않을 거예요. 이번 여행은 하나의 모험이겠지만, 제가 늙었을 때 손자들을 사로잡을 수 있는 이야깃거리가 되기도 할 거예요.」

틸레가 서운한 표정을 지으며 말했다.

「손자? 손자보다 먼저 결혼해서 자식 낳을 생각이나 하렴. 혹시 마음에 두고 있는 사람이라도 있는 거야, 틸레?」

니사는 틸레의 충직함을 느끼며 놀리듯 말했다.

「네, 있어요. 토비예요. 토비도 항상 저를 지켜보고 있는걸요. 이제 저도 가정을 가질 때가 된 것 같아요. 토비는 수줍음을 많이 타고 좀 굼뜨기는 해도 저에게 잘해주어요.」

틸레는 망설이지 않고 말했다.

「네가 토비를 마음에 품었으니 그의 운명은 이제 결정됐구나.」

니사가 깔깔대며 말했다. 토비와 틸레는 훌륭한 부부가 될 게 분명했다.

니사는 틸레에게 단지 여섯 벌의 옷만을 가져가야 하며 옷에는 아무런 장식도 있어서는 안 된다고 이르고, 틸레와 함께 검정색 벨벳 스커트와 금색, 푸른색, 초록색, 보라색, 그리고 황갈색의 스커트를 챙겼다.

속치마는 무늬 없는 공단으로 만든 것을 골랐다.

공작은 니사가 고른 옷에서 화려한 장식을 모두 없애기 위해, 틸레를 도와 일할 침모들을 보내주었다. 그리고 니사에게 금과 진주로 장식된 십자가 목걸이와 결혼 반지만 착용하도록 했다.

「두건도 챙길게요. 왕비님께서는 마님이 두건을 쓰고 계시는 걸 좋아하시잖아요.」

틸레가 말했다.

「그래, 하지만 보석을 달아서는 안 된다.」

11월 13일, 니사는 캐서린 케리, 엘리자베스 피츠제럴드와 함께 미들섹스 시온으로의 여행길에 올랐다. 그들은 화이트 홀에서 유람선으로 갈아타게 될 것이고 왕비 역시 베이턴 부부와 함께 똑같은 경로를 밟아 올 것이다.

니사는 화이트 홀까지 배웅 나온 남편에게 작별의 입맞춤을 했다. 남편의 품을 떠나는 니사의 마음은 찢어지는 듯했다. 금방이라도 터질 것 같은 울음을 삼키며 유람선에 오른 니사는 모진 마음을 먹어보지만 남편을 돌아볼 용기는 나지 않았다. 남편의 얼굴을 다시 보는 순간 배에서 뛰어내리게 될 것만 같았다.

객실에 놓여 있는 작은 화로가 실내를 훈훈하게 데워주고 있었다. 세 여인은 아무런 말이 없었다. 이와 같은 여행길에서는 무슨 말을 할 수 있을까.

「왕비가 정말로 결혼 후에도 바람을 피웠을까?」

마침내 캐서린 케리가 입을 열었다.

「그랬을 거야. 지난여름 여행 중에 왕비가 침실에서 사라지곤 했던 것을 기억해봐. 그렇게 나가서는 몇 시간 동안 돌아오지 않았어.」

엘리자베스가 조용히 대답했다.

「세상에! 캐서린은 정말이지 경솔했어.」

니사는 캐서린의 일을 모두가 알고 있었다는 사실을 깨달았다. 어느 누구도 감히 입 밖에 낼 수 없었을 뿐이었다. 그러나 니사는 자신이 목격한 장면을 말하지 않았다.

「왕비는 밤 11시가 되면 침실을 나가곤 했어. 그리고 새벽이 되어서야 돌아오곤 했지. 난 캐서린이 돌아오는 소리에 잠을 깨곤 했어.」

엘리자베스가 말을 이어나갔다.

「로치포드 부인이 미쳤다는 소리를 들었어. 그녀는 탑으로 끌려가면서 계속해서 깔깔대며 죽은 남편인 조지 블린과 처형당한 앤 왕비에게 얘기를 하더라는 거야.」

「정신이 나간 여자로부터 도대체 무슨 증언을 듣겠다는 거지?」

니사는 의아하게 생각했다.

「잠깐씩 정신이 되돌아오곤 한대. 아마 그런 때를 이용해서 심문할 거 같아.」

「넌 뭔가 알고 있는 게 없니?」

캐서린 케리가 니사에게 물었다.

「난 아무것도 몰라. 하지만 지금 상황으로 봐선 캐서린의 시대는 끝난 게 분명해. 처형되지 않기를 바랄 뿐이야.」

니사가 한숨을 쉬며 대답했다.

「왕이 여기서 더 화를 내게 되면 왕비에게 어떤 자비도 보이지 않을 거야.」

캐서린 케리가 말했다.

캐서린 케리의 어머니 메리 블린은 동생 앤 블린이 왕비 자리에 앉기 전에 왕의 연인이었고, 그녀가 낳은 아기는 왕의 사생아로 여겨지고 있었으나 왕은 인정하려 하지 않았다.

다시 무거운 침묵이 흘렀다. 어느덧 창 밖으로 미들섹스의 풍경이 펼쳐졌다. 느리게 흘러가는 템즈 강변에는 앙상한 가지를 드러낸 나무들이 잿빛 하늘을 머리에 이고 우울한 모습으로 서 있었다.

강어귀를 돌자 세 여인의 눈에 시온의 저택이 나타났다. 최근까지 수녀원으로 사용되던 건물이었다. 여인들은 수도원의 침울한 분위기에 섬뜩한 기분마저 느꼈다.
 그들은 배에서 내렸다. 시온을 관리하는 집사가 그들에게 왕비가 사용할 방을 먼저 보여주었다. 왕비의 거처에는 세 개의 방이 있었다. 침실에는 초라한 가구가 몇 점 있었고 작은 드레스룸도 딸려 있었다.
「우리도 여기서 지내게 되나요?」
 니사가 집사에게 물었다.
「부인들의 거처는 따로 마련되었습니다.」
 집사는 마치의 백작부인의 목소리에 배어 있는 위엄을 감지하며 공손히 대답했다.
「드레스룸과 하녀 방도 있겠지요? 심각한 상황이지만 가능한 한 편하게 지낼 수 있었으면 해요.」
 니사는 부드럽게 미소지었다.
「지내실 방은 상당히 큽니다. 그리고 난로도 있구요. 드레스룸뿐 아니라 하녀들이 쓸 수 있는 작은 방도 있습니다.」
 집사는 공손히 머리를 숙이고는 물었다.
「제가 부인들의 성함을 알아도 되겠습니까?」
 니사가 고개를 끄덕이며 말했다.
「나는 마치의 백작부인 니사 드 윈터이고, 이분은 왕의 조카인 캐서린 케리, 그리고 엘리자베스 피츠제럴드예요.」
 집사는 세 여인에게 공손히 절을 하고 말했다.
「뵙게 돼서 영광입니다. 부인들의 거처로 안내해 드리겠습니다.」
 그는 여인들을 앞장서며 왕비의 거처를 나섰다. 복도를 지나 떡갈나무로 된 방문 앞에 이른 그는 걸음을 멈추었다.
 집사가 니사 일행의 거처로 소개한 방은 강이 시원하게 내려다보이는 아치형 창이 있는 커다란 방이었다. 집사가 말한 대로 훌륭한 난로가 있었고 녹색 커튼이 드리워진 침대도 놓여 있었다.
「이 침대에서는 두 분이 주무셔도 편안할 겁니다, 부인. 침대 밑을 풀면 세 분이 주무실 수도 있습니다.」

집사는 니사를 세 여인 중 가장 연장자로 여기고 있었다.
「아주 좋아요. 왕비님의 침대도 이런 식으로 조절이 가능하면 좋겠군요. 우리들 중 한 명은 항상 그녀 곁에 있어야 하니까요.」
니사가 만족한 얼굴로 말했다.
「그렇게 할 수 있습니다, 부인.」
「베인튼 경 내외를 위해서는 따로 침실이 마련되어 있나요?」
「네, 부인.」
「좋아요. 왕비님이 오시기 전에 우리들 짐을 집안으로 옮겨놓으세요. 그리고 왕비의 배가 보이면 우리에게 바로 알려줘요.」
니사가 말했다.
「알겠습니다, 부인.」
한 명의 하녀가 캐서린 케리와 엘리자베스 피츠제럴드를 시중들게 되었다. 하녀의 이름은 메이비스였는데 모성애가 넘치는 늙은 여자였다. 틸레는 메이비스와 빨리 친해졌다.
두 하녀는 집사가 옮겨놓은 짐을 정리하며 수다를 떨었다. 그들은 방을 함께 쓰게 된 것을 기뻐했다.
하녀들이 방을 정리하는 동안 세 여인은 시온 저택의 정원을 거닐었다. 11월 중순임에도 아직 분홍빛으로 피어 있는 장미를 발견하고는 그 중에서 몇 송이를 꺾어 왕비의 방을 장식했다. 캐서린에게 작으나마 위안이 될 것 같았다.
집사가 왕비의 방을 꾸미고 있는 세 여인들에게 왕비의 배가 들어오고 있다고 알렸다.
「왕비의 기분이 어떨지 궁금해.」
서둘러 밖으로 나가던 중에 캐서린 케리가 말했다. 니사 또한 왕비의 상태가 걱정스러웠다.
캐서린은 마치 아무 일도 없다는 듯 환하게 웃으며 배에서 내렸다. 캐서린의 웃는 모습만 보았다면, 어느 누구도 그녀의 목숨이 바람 앞의 등불처럼 위태로운 상황임을 짐작하지 못했으리라. 니사는 기뻐해야 할지 놀라야 할지 당혹스러울 뿐이었다.

왕비는 그들이 그녀와 함께 있게 되어 기쁘다고 말하며 차례로 포옹했다.

「니사, 나에게 화났지? 리버스에지에서 성탄절을 보낼 수 없게 되었으니 말이야.」

왕비는 미안해하는 미소를 지었다.

「아니야, 캐서린. 네가 어려움에 처했을 때 나를 기억해준 게 오히려 고마워.」

「헨리는 내게 몹시 화가 나 있어. 하지만 내가 그에게 아주 감동적인 편지를 썼으니까, 결국에는 나를 용서할 거야. 잠시 동안 나를 벌주려고 이런 외진 곳에 보낸 것뿐이야.」

캐서린은 니사의 팔짱을 끼고 집안으로 들어가며 말했다.

「하지만 성탄절을 아주 즐겁게 보내자. 이런 곳에 고립되어 있다고 해서 우울하게 지낼 필요가 뭐 있어? 우리가 예전에 그랬던 것같이 재밌게 노는 거야. 우리를 걱정시키는 남자도 없던 그 시절처럼 말이야.」

왕비는 쾌활하게 웃었다.

니사는 자신에게 이야기를 하고 있는 사람이 캐서린이 맞는지 의심스러웠다. 캐서린은 자신이 처해 있는 상황이 얼마나 심각한지를 모르고 있단 말인가? 믿을 수 없는 일이야!

「로치포드 부인의 정신이 이상하다고 해.」

니사는 차분한 목소리로 말했다. 니사는 캐서린이 결코 들떠 있을 수 없는 상황임을 간접적으로나마 지적하고 싶었다.

「아, 로치포드에게서 벗어나서 얼마나 기쁜지 몰라! 로치포드는 그 동안 나를 괴롭혀왔어. 나는 그녀가 좋은 사람이라고 생각했었지. 그런데 알고 보니 아주 잔인하고 비열한 여자야. 남편이 죽고 나서 결혼도 못하고 혼자 사는 이유를 알만 해. 도대체 누가 그런 여자와 결혼을 하고 싶겠어?」

캐서린이 홀가분하다는 얼굴로 말했다.

집안에 들어선 왕비는 자신의 거처를 보자 갑자기 안색이 바뀌었다.
「말도 안 돼! 난 이런 형편없는 방에서는 지낼 수 없어! 이렇게 야비하게 나오다니, 망할 헨리!」
캐서린은 분노를 터뜨렸다.
「베인튼 경, 내게 넓은 공간이 필요하다고 폐하에게 편지를 쓰세요.」
캐서린은 어지럼증을 느끼며 시종 에드워드 베인튼에게 말했다.
「폐하께서는 왕비님을 관대하게 대하고 계시다고 생각하십니다. 저로서는 폐하에게 불평을 할 수가 없습니다.」
시종의 목소리는 부드럽지 않았다.
「오, 잘 알았어요. 내가 직접 편지를 하겠어요.」
캐서린이 짜증난 표정으로 손을 내저으며 말했다.
「여기에 오래 있지도 않을 테니까 좀 참도록 하자. 폐하께 편지를 쓸 때쯤이면, 이미 폐하께서는 이 문제에 대해서 뭔가 말씀이 있으실 거야. 가만히 있어도 나아질 거라구.」
니사가 왕비를 진정시키기 위해 말했다.
「부인은 왕비를 어떻게 다루는지 잘 알고 있군요.」
니사와 단둘이 있게 되자 베인튼 부인이 말했다.
「부인이라도 왕비를 진정시킬 수 있다니 참으로 다행이에요. 어떻게 이런 상황에서 저토록 철이 없을 수 있는 건지 모르겠어요.」
「왕비는 겁을 집어먹고 있어요.」
니사가 말했다.
「무슨 말씀이세요?」
베인튼 부인이 물었다.
「겉으로 드러내지 않을 뿐 두려워하고 있어요. 왕비도 어쩔 수 없는 하워드가 사람이니까요. 하워드의 자존심이죠. 그리고 캐서린은 아직 어려요. 현실을 직시할 힘이 없는 것도 사실이죠.」

추밀원은 루트 연주자 헨리 마녹스를 맨 먼저 소환했다. 마녹스는 캐서린 하워드가 12세 반의 나이였을 때, 그녀를 유혹했다고 인정한 바 있었다.

「왕비님은 또래 소녀들보다 성숙한 편이었습니다. 그 나이에도 가슴이 16세 소녀만했습니다.」

마녹스가 두려운 듯 입을 열었다.

「그래서 욕정이 일었군. 신의 진노가 두렵지도 않았는가? 진실을 말해라! 네 목숨이 걸린 문제다.」

추밀원 의장인 서포크의 공작이 언성을 높였다. 공작의 서슬에 마녹스의 얼굴이 하얗게 질렸다.

「저는 천천히 왕비님에게 다가갔습니다. 그렇지만 저는 왕비님의 순결을 가질 수는 없었습니다. 왕비님은 저에게서 필사적으로 도망갔으니까요. 맹세컨대 저는 왕비님과 관계를 할 수 없었습니다. 문제는 데레햄이라는 작자입니다. 나쁜 자식! 그놈이 왕비님을 농락하기 시작했고, 저는 왕비님에게서 그 자식을 떼어놓으려 했습니다. 하지만 번번이 실패하고 말았습니다. 하는 수 없이 저는 그 늙은 과부에게 하루 일과를 마치고 침실에 든 것처럼 가장했다가 왕비님의 방에 가보라고 했습니다. 놀라운 일을 보게 될 거라고요.」

「그래, 아그네스 부인이 왕비님의 방으로 가시던가?」

노포크의 공작이 날카로운 눈빛으로 물었다.

「안 가셨습니다. 오히려 부인은 제가 문제만 일으키고 있다며 뺨을 후려치고 중상을 그만두지 않으면 집에서 내쫓겠다고 위협하셨습니다.」

마녹스의 대답에 토마스 공작의 입술이 흉하게 일그러졌다. 그의 의붓어머니는 너무나도 어리석었던 것이다.

추밀원은 헨리 마녹스가 이 사건에서 큰 의미를 갖지 않는다는 결론을 내리고 마녹스를 자유롭게 풀어주었다. 탑에서 나온 그는 즉시 어디론가 사라졌고, 그 후로 누구도 그의 소식을 들을 수 없었다.

이어 추밀원에서는 오랫동안 왕비의 시녀로 지냈던 캐서린 틸니를 추궁했다. 틸니는 왕비의 먼 친척으로 별다른 특징이 없는 평범한 여자였다.

「너는 왕비님을 오랫동안 모셨지, 그렇지?」

서포크의 공작 찰스 브랜든이 심문을 시작했다.

「네, 그렇습니다. 왕비님을 모신 것을 행운으로 여기고 있습니다.」

캐서린 틸니가 대답했다.

「왕비의 성품은 어땠나?」

「고집이 세셨습니다. 왕비님은 모든 것을 자기가 하고 싶은 대로 해야 직성이 풀렸습니다. 하고 싶은 것을 안 하고는 못 배겼죠. 고집이 너무 셌습니다. 마음씨는 착했지만요.」

「이번 여름 여행 중에 무슨 일이 있었지?」

「네?」

「여행지에서 왕비님이 어떻게 행동했는지 말해봐라. 왕비님에게 이중적인 면은 없었나?」

찰스 브랜든 공작이 부드럽게 말했다.

「사실……, 올 여름부터 이상하셨던 것 같아요.」

「구체적으로 말해보아라.」

「링컨 야영지에 머무는 동안 왕비님은 밤늦게 나가셨다가, 동이 틀 무렵이 되어서야 거처로 돌아오시곤 했지요.」

「어디로 가셨지? 너도 함께 갔었나?」

서포크의 공작이 물었다. 추밀원 고문관들은 틸니의 말에 온 신경을 집중했다.

「왕비님은 처음에는 저와 마가렛 모튼을 데리고 로치포드 부인의 침실로 가셨어요. 왕비님은 저희들에게 밖에서 기다리라고 말씀하시고 안으로 들어가서 문을 잠그셨죠. 두 번째로 왕비님이 로치포드 부인의 침실로 가셨을 때는 저만 데리고 가셨어요. 저는 로치포드 부인의 하인과 함께 밤새도록 침실 밖에 앉아 있어야 했죠. 새벽 다섯 시까지요.」

「로치포드 부인과 왕비가 한 방에 있었나?」

가디너 주교가 물었다.

「그건 잘 모르겠습니다, 주교님. 하지만 로치포드 부인과 왕비님은 평소에도 이상한 쪽지를 주고받으셨어요. 왕비님이 다른 사람들보다는 저를 믿으셨기 때문에 제가 중간에서 쪽지를 전달했습니다. 잘은 모르지만 남들이 알면 안 되는 중요한 내용을 주고받으셨던 것 같아요.」

「왕비님이 데레햄과 같이 로치포드 부인의 침실에 있었던 건 아닌가?」

서포크의 공작이 큰 소리로 물었다.

「그런 일은 절대 있을 수 없습니다. 그때까지 데레햄은 여행에 참여하지도 않았으니까요, 공작님.」

「이 일을 다른 사람에게 알리지 않은 이유가 뭐지? 심각한 분위기를 감지할 수 없었기 때문인가?」

토마스 공작이 물었다. 토마스 공작은 고문관들에게 틸니의 증언 내용이 중요하지 않다는 인상을 주고 싶었다.

「누구에게 알려야 했다는 거죠, 공작님? 폐하께 말씀드렸어야 했다는 건가요? 왕비님의 행동이 이상하다고요? 공작님, 저는 왕비님의 하녀에 지나지 않습니다. 제게는 왕비님을 판단할 권리가 없답니다.」

캐서린 틸니는 이해할 수 없다는 듯 토마스 공작을 쳐다보았다.

「왕비가 부정한 일에 연루되어 있는 게 분명하오.」

틸리를 다시 탑으로 돌려보낸 후 사우샘프턴 백작이 입을 열었다.

「그렇소, 누구와 일을 저질렀는지 알아내는 것만 남은 거 같소.」

러셀 경이 말했다.

「대체 그게 누구란 말이오?」

어들리 경이 심각한 눈빛으로 혼잣말처럼 말했다.

「나는 알고 있소.」

대주교가 대답했다.

「토마스 컬페퍼요. 아직 증거를 못 잡았지만 말이오. 왕비는 컬페퍼를 상당히 좋아했던 것 같소. 그는 여름 여행에 함께 있었고, 왕의 심복이었기에 왕비의 일정을 훤하게 알고 있었소.」

「이보시오, 대주교! 컬페퍼는 왕의 시동으로 왕의 침실에서 자랐소. 그가 왕과 얼마나 가까운지 알면서 그렇게 말할 수 있는 거요? 그것은 불가능하오!」

토마스 공작이 소리쳤다.

「나는 컬페퍼와 왕비가 관계를 가졌다고 확신하게 되었소.」

대주교는 어깨를 으쓱거리며 말했다.

「누구에 의해서?」

노포크의 공작이 다시 소리쳤다.

「유감스럽게도 공작의 조카 본인이 내게 그런 확신을 주었소.」

노포크의 공작은 몸을 떨며 대주교를 노려보았다. 크랜머 대주교 또한 공작의 눈길을 피하지 않았다.

「심문을 계속 이어나가는 게 좋겠소. 다음 증인은 마가렛 모튼이오.」

서포크의 공작이 문가에 서 있는 수비대장에게 신호를 보냈다.

마가렛 모튼은 살이 쪘을 뿐 캐서린 틸니만큼이나 평범해 보이는 여자였다. 수비대장의 손에 이끌려 자리에 앉은 마가렛은 상당히 흥분해 있었고 뭔가 폭로하고 싶어하는 기색이었다.

「질문을 해보세요.」

마가렛은 고문관들이 입을 열기도 전부터 서둘렀다.

「하녀 틸니가 왕비의 이상한 행동에 대해 증언했다. 야밤의 외출 말이다. 너도 추밀원에 알리고 싶은 것이 있느냐?」

서포크의 공작이 물었다.

「오, 그렇구말구요. 왕비님과 로치포드 부인은 뭔가를 계획하고 있었어요. 틀림없어요.」

모튼이 말했다.

「왕비님이 밤늦게 나다닌 적이 있느냐?」

「네, 그랬어요. 그리고 저희 하녀들은 왕비님의 거처에서, 그것도 한밤중에 밖으로 쫓겨나 있는 것에도 익숙해져 있었어요.」

「그건 무슨 말이지?」

「한 번은 제가 허락도 받지 않고 왕비님의 침실에 들어간 적이 있어요. 왕비님은 노발대발하시며 소리를 지르셨지요. 그 일이 있은 후로 왕비님은 아예 문을 잠가버리셨어요. 이상한 일이죠, 공작님?」

마가렛이 의미심장한 눈길을 던졌다.

「왕비님은 단순히 문을 잠그기만 하신 게 아니라 빗장까지 걸었어요. 그런데 공작님, 한 번은 폐하께서 예고도 없이 왕비님 거처를 찾아오신 적이 있어요. 잠옷만 입고요. 틀림없이 왕비님의 침실에서 주무실 생각이셨을 거예요. 그런데 문이 잠겨 있었던 거죠.」

마가렛은 주위를 둘러보고는 고문관들의 놀란 표정에 흡족한 표정을 지었다. 그녀는 신이 나서 말했다.

「저희들이 왕비님 침실 문을 두드렸어요. 그러자 로치포드 부인이 나오더니 왜들 소란을 피우냐며 성을 냈지요. 폐하께서 오셨다고 하니까, 그때 저는 문에 가까이 서 있었는데, 안에서 요란한 소리가 들렸어요. 뭔가 숨기는 소리 같았어요. 남자 목소리도 들렸던 것 같구요.」

방 안은 쥐죽은듯이 조용했다. 그들이 찾던 것이 드러나고 있다!

「잠시 후 로치포드 부인은 빗장에 문제가 생겼다고 했어요. 폐하께서는 화를 내셨죠. 한참 후에 문이 열리고 로치포드 부인이 나왔어요. 그녀는 폐하에게 왕비님이 심한 두통을 앓고 있으니 그날 밤은 쉴 수 있도록 해주실 것을 청했지요. 폐하께서는 섭섭한 기색이셨지만 묵묵히 고개를 끄덕이셨어요.」

숨을 죽이고 있던 고문관들은 다시 술렁댔다.

「누가 왕비님과 같이 있었던 것 같은가?」

찰스 브랜든 공작이 물었다.

「토마스 컬페퍼였다고 제 목숨을 걸고 말씀드립니다, 공작님. 틀림없습니다.」

마가렛은 이야기의 정점에 이르자 단호한 표정을 지었다.

「데레햄이 아니란 말이지?」

「네? 그 성질 사나운 허풍쟁이요?」
마가렛은 말도 안 된다는 듯 눈을 동그랗게 떴다.
「절대 그렇지 않아요. 토마스 컬페퍼가 틀림없다구요. 지난 4월에 저는 왕비님이 창가에 서서 아래에 있는 토마스 컬페퍼를 사랑스런 눈길로 바라보는 것을 보았죠. 컬페퍼도 자기 손에 입을 맞추어서 왕비님에게 날려보내는 시늉을 했어요. 그 무렵 왕비님과 컬페퍼는 여섯 시간 동안이나 방문을 걸어 잠그고 계셨던 적도 있어요. 물론 그 방에는 두 사람뿐이었죠. 컬페퍼가 방에서 나왔을 때 죄지은 사람처럼 보였어요. 여러분들도 두 사람이 무엇을 했을지 상상할 수 있을 거예요.」
「왜 아무에게도 이 일을 말하지 않았지?」
노포크의 공작이 물었다.
「저는 하녀일 뿐이에요. 제가 왕비님을 고자질할 수는 없다구요. 제가 그렇게 했다면 상전을 중상했다고 처벌을 받았을 거예요.」
마가렛 모튼이 틸니와 같은 대답을 했다.
「수고했다, 모튼. 가도 좋다.」
서포크의 공작이 부드럽게 말했다.
마가렛 모튼은 영국 최고의 귀족들을 놀라게 했다는 것에 우쭐대며 수비대장의 뒤를 따라 나갔다. 문이 닫히자 서포크의 공작이 말했다.
「참조할 만한 진술이었소. 그렇지 않습니까, 경들? 대주교님의 예감이 적중하고 있는 것 같습니다.」
「만약 마가렛의 증언이 사실이라면 왕비는 앤 블린처럼 최후를 맡게 될 거요. 신의 가호가 있기를……」
토마스 크랜머가 성호를 그으며 말했다.
「가증스러운 짓 그만두시오! 내 조카의 죄가 입증되면 개신교도로 왕비를 만들 속셈 아니오! 그것이 당신과 당신 추종자들이 원하는 게 아니오!」
토마스 하워드가 고함을 질렀다.
「공작만 아니었어도 폐하께서 이렇게 형편없는 여자를 아내로 삼지는 않았을 거요, 토마스 하워드. 권력에 대한 욕심이 지나쳤다는 생각은 안 드시오? 왕비가 처형되면 당신은 남은 생애 동안 양심의 가책을 면할 수 없게 될 거요.」

대주교 또한 언성을 높였다.

「시녀들의 말을 다 믿소?」

토마스 하워드의 기가 다소 꺾였다.

「그러면 당신은 시녀들이 음모라도 꾸미고 있다는 거요?」

크랜머는 어이없다는 듯 되물었다.

「그럴 수도 있지 않소. 여자들이란 이해할 수 없는 존재니까……」

노포크의 공작이 말끝을 흐렸다.

「경들, 지금 말다툼하고 있을 때가 아닌 것 같소. 다른 증인들이 더 있으니 그들의 이야기를 들어봐야 하오.」

서포크의 공작이 끼여들었다.

엘리스 레스트우드와 존 벌머가 차례로 고문관들 앞에 불려왔다. 그들은 캐서린 틸니와 마가렛 모튼의 증언을 확인해주었다. 고문관들은 그들에게서 좀더 세부적인 이야기를 들을 수 있었다.

추밀원은 토마스 컬페퍼의 소지품에서 왕비가 쓴 편지를 발견했다. 편지는 지난봄에 쓰인 것이었다. 서툰 필체로 엉성하고 장황하게 써 내려간 편지 끝에는 '영원한 연인, 캐서린으로부터'라는 서명이 있었다.

이제 캐서린 하워드가 컬페퍼와 관계를 맺었다는 것을 조금이라도 의심하는 고문관은 없었다. 그러나 이 사실을 왕에게 전하겠다고 선뜻 나서는 이도 없었다.

왕비의 간음을 전해들은 왕은 미친 듯이 날뛰었다. 찰스 브랜든은 헨리에게 주어질 충격을 가능한 한 덜어주고 싶었다. 그러나 그는 이런 소식을 완곡하게 전하는 방법을 찾을 수는 없었다.

「칼을 가져와! 내 손으로 왕비를 두 동강 내버리겠어. 아, 어떻게 네가 그럴 수가! 내가 너를 얼마나 사랑했는데……」

왕은 가슴을 치며 눈물을 흘렸다.

캐서린의 간통에 관한 이야기는, 이런 종류의 이야기가 항상 그렇듯이, 전 유럽으로 퍼져나갔다. 여자를 밝히는 것에 있어서 헨리 튜더에게 전혀 뒤지지 않는 프랑스의 왕 프랑세즈 1세는 그의 형 헨리에게 위로의 편지를 보내왔다.

'음란한 왕비가 일으킨 문제에 대해 듣게 되어 매우 유감스럽습니다. 그러나 본인은 국왕께서 분별력 있고 선하여 만인의 존경을 받으시고 계심을 알기에, 이와 같은 불쾌한 사건 또한 현명하게 처리하시리라 믿습니다. 한 여인의 경솔함이 결코 국왕의 삶을 좌우할 수 없을 것이며, 신의 사랑으로부터 국왕을 떼어놓을 수도 없을 것입니다.'

그러나 프랑세즈 1세는 사적인 자리에서 영국의 대사 윌리엄 폴릿에게 낄낄거리며 말했다.

「캐서린 하워드라, 보지 않아도 얼마나 뜨거운 여잔지 알 것 같아!」

11월 22일, 추밀원 고문관들은 캐서린에게서 왕비의 지위를 박탈한다는 결정을 내렸다. 또한 그들은 캐서린이 정숙하고 정직한 척하는 한편으로 매춘부와 다름없는 부정한 행동을 했으며, 왕과의 결혼은 사기였고 사생아를 왕좌에 앉힐 수도 있었다는 판단을 내렸다.

고문관들은 캐서린을 직접 찾아가 자신들의 결정을 전해주었다. 캐서린은 그들의 말을 들으며 자신이 더 이상 왕비가 아니라는 사실뿐 아니라 그 이상의 일도 예상하지 않을 수 없었다.

「나를 사형에 처할까?」

추밀원 고문관들이 떠나는 모습을 지켜보던 캐서린이 니사에게 물었다. 캐서린 케리와 엘리자베스 피츠제럴드는 울음을 터뜨렸다.

「만약 죄가 입증된다면 그렇겠지. 왕비가 왕을 배반한 것은 반역죄와 다르지 않으니까.」

베인튼 부인은 니사의 솔직함에 깜짝 놀랐다.

「아, 니사! 나는 이제 어떻게 해야 하는 거지?」

캐서린은 탄식했다. 그러나 그녀는 곧 밝은 표정을 지으며 말했다.

「고문관들은 시녀들의 증언밖에 듣지 않았어. 내가 시녀들의 증언을 부정하면 고문관들은 나를 믿을 거야. 나는 하워드가의 딸이니까!」
「그들은 로치포드와 데레헴, 그리고 컬페퍼의 증언도 들을 거야. 어떻게 로치포드 부인을 믿을 수가 있었어, 캐서린? 로치포드가 네 사촌 앤에게 한 짓을 생각해보지 않은 거니? 토마스 공작도 마찬가지야. 왜 그녀를 끌어들인 거지?」
「공작이 로치포드를 이용하려 했던 것은 그녀에게 약점이 많았기 때문이야.」
캐서린이 퉁명스럽게 대답했다.
「이제 성탄 파티에 대해 생각해보자. 숲에 성탄 장식을 만들 수 있는 쓸만한 나무들이 많이 있어. 아 참, 촛불도 준비해야지! 그리고 성탄 장작도 있어야 돼.」
캐서린이 갑자기 화제를 바꿨다.
반역, 공포, 죽음, 이런 것들은 더 이상 화젯거리가 아니었다. 그래서 안 될 게 뭐란 말인가, 니사는 생각했다. 캐서린은 자신의 상황을 이해하고 있었다. 이번이 그녀의 마지막 성탄절이 될지도 모른다는 것을 알고 있는 것이다. 그래서 성탄절을 더욱더 즐겁게 보내려 했다. 그래서 안 될 게 뭐란 말인가?
「술도 있어야 해. 그리고 구운 사과도. 리버스에지에서는 성탄절에는 꼭 구운 사과를 먹었어.」
니사가 맞장구를 쳤다. 캐서린은 자신의 마음속 깊은 곳을 드러내놓고 싶어하지 않았다. 그녀의 자존심을 지켜주어야 했다.
「입에 사과를 끼운 수퇘지 요리는? 내가 제일 좋아하는 요리야.」
캐서린 케리가 큰 소리로 말했다.
「음악도 연주하도록 하자!」
엘리자베스도 합세했다.
「그래, 멋진 생각들이야!」
캐서린이 환성을 질렀다.

로치포드는 냉정한 태도를 보이며 추밀원 고문관들에게 나왔다. 그녀는 자신이 가장 좋아하는 검은색 벨벳 드레스를 입고 진주를 장식한 두건을 쓴 채 정면을 똑바로 쳐다보았다.

「루트 줄만큼 팽팽해 보이는군.」

어들리 경이 프랑스 국왕의 편지를 가지고 돌아온 윌리엄 폴릿 경에게 속삭였다. 윌리엄은 로치포드 부인을 쳐다보며 고개를 끄덕였다.

「부인의 기억에 왕비가 간통을 시작한 게 언제부터지요?」

서포크의 공작이 말문을 열었다.

「지난봄부터입니다.」

로치포드가 차갑게 대답했다.

「왕비가 먼저 접근했나요, 아니면……」

「처음에는 컬페퍼가 먼저 접근했습니다. 그는 왕비에게 반해 있었어요. 이미 오래 전부터 캐서린과 결혼하고 싶어했습니다. 그러나 폐하께서 그의 길을 막았죠. 그래도 그는 캐서린을 원했어요. 대담한 사람이죠. 점차 왕비도 컬페퍼에게 빠져들기 시작했어요.」

로치포드는 찰스 브랜든의 말이 끝나기도 전에 입을 열었다.

「이 일이 봄에 일어난 게 확실합니까, 부인? 정확한 날짜를 기억할 수 있겠소?」

「4월이었어요! 제 생각으로는……, 맞아요! 4월이었어요.」

「어디서 두 사람이 만났죠?」

「제 방에서요. 제가 망을 봐줬어요.」

싸늘한 표정을 지으며 앉아 있던 로치포드가 우습다는 듯 말했다.

「완전히 돌았군! 자랑스럽게 말하고 있잖아!」

사우샘프턴의 백작이 찰스 브랜든 공작에게 중얼거렸다.

「그렇지만 진실을 말하고 있소.」

서포크의 공작이 사우샘프턴의 백작에게 속삭였다.

「그밖에 부인은 어떤 일을 했소? 캐서린과 컬페퍼를 위해서 말이오.」

찰스 브랜든이 물었다.
「둘 사이를 오가며 편지를 전해주었지요. 시녀들이 이미 얘기했겠죠? 하지만 왕비가 컬페퍼를 '사랑스러운 광대'라고 불렀다는 얘기는 못 들어보셨겠죠?」

로치포드는 누구에게인지 알 수 없는 비웃음을 던졌다.
「캐서린은 정말 커다란 아이였어요. 생각이 없었어요. 하지만 영리하게 굴 때도 없지는 않았지요. 그녀는 컬페퍼에게 자신을 원하는 남자들이 많다는 것을 상기시키곤 했죠. 그의 질투심을 자극해야 한다나요.」
「부인은 캐서린 하워드와 토마스 컬페퍼가 육체적 관계를 맺었다고 생각하나요?」

서포크의 공작이 물었다.
「물론이지요. 캐서린은 의심을 사지 않기 위해, 또 망을 볼 사람이 필요했기 때문에 저를 옆방에 있도록 했죠. 두 사람이 정사를 벌이는 것을 여러 번 보았습니다.」

노포크의 공작은 자신에게 사형 선고가 내려지고 있는 것 같은 느낌을 받았다.
「왜 부인은 왕비를 말리지 않았소? 캐서린이 위험에 처해 있는데 왜 방치했느냔 말이오?」

토마스 하워드가 로치포드에게 무서운 얼굴로 다그쳤다.
「내가 왜 왕비를 말려야 하죠?」

제인 로치포드가 싸늘한 미소로 답하고는 고문관들을 무섭게 노려보며 말했다.
「여러 대신들께서는 제가 오래 전에 추밀원에 불려왔던 적이 있다는 것을 기억하시나요? 그렇죠, 잊으셨을 리가 없죠! 당신들은 내 증언을 듣기만 한 게 아니고 고의로 왜곡하기까지 했으니까요. 내 남편을 처형하고 새 왕비를 앉힌다는 거창한 계획을 기억하지 못한다고 말하지 못할 테죠. 이제 내가 고통받은 만큼 헨리 튜더가 고통받을 차례예요!」

로치포드는 발작적으로 웃음을 터뜨렸다. 고문관들은 로치포드에게서 뿜어져 나오는 살기에 두려움마저 느꼈다.
「캐서린은 내가 부추기지 않았어도 왕을 배반했을 거예요. 걔는 엉덩이만 커다란 애라구요.」
로치포드는 대신들의 얼어붙은 모습을 보며 웃음을 터뜨렸다. 그녀의 웃음소리는 그 자체가 사악한 기운처럼 느껴져 고문관들의 등골을 오싹하게 만들었다.
「데리고 나가시오!」
서포크의 공작이 진저리를 치며 수비대장에게 명령했다. 로치포드는 병사들의 손에 끌려나가는 동안에도 웃음을 멈추지 않았다.
「왕비의 간음을 확인해주는 증언 이상의 얘기는 못 들은 것으로 합시다. 여러 대신들도 같은 의견이라 생각하오, 그렇소?」
고문관들은 말없이 고개를 끄덕였다.
다 끝났다! 노포크의 공작의 눈에는 초점이 없었다. 감정을 내보이지 않던 그가 허망함을 얼굴 가득히 드러냈다. 로치포드는 캐서린 하워드의 관에 마지막 못질을 했다. 그녀는 하워드가의 관에 마지막 못질을 한 것이다.
「오늘 증인 심문은 이것으로 마칩니다. 내일은 이 시간에 토마스 컬페퍼의 증언을 듣도록 하겠습니다. 동의하십니까, 경들?」
서포크의 공작이 조용히 말했다. 모두들 고개를 끄덕이며 방을 빠져나갔다. 어느 누구도 토마스 하워드와 눈길을 마주치지 않았고 아무도 그의 곁에 남지 않았다. 토마스 공작의 입가에 쓴웃음이 번졌다.
「끝장났다. 로치포드가 끝장을 내버렸어.」
자신의 거처로 돌아온 공작이 손자에게 말했다. 베리안은 공작으로부터 로치포드의 왕에 대한 보복 차원의 언급까지도 전해 들었다.
「캐서린에게 남은 시간이 얼마나 될까요?」
「컬페퍼의 증언이 남아 있고 그와 데레햄이 재판에 회부되고, 유죄판결을 받고 처형될 때까지는 살아 있을 거다. 물론 로치포드도 처형될 거고.」

「니사는 어떻게 될까요?」
「캐서린이 죽을 때까지 시중을 들어야 하겠지.」
토마스 공작이 말했다.
「아내를 만나고 싶어요.」
베리안의 목소리에는 안타까움과 그리움이 가득 배어 있었다.
「컬페퍼와 데레햄의 일을 해결할 때까지 기다리거라. 네가 니사를 만날 수 있도록 찰스 브랜든을 설득해보마. 이제 하워드가는 끝이다. 최소한 헨리 8세 아래서는 말이다. 베리안, 네 성이 하워드가 아니라 윈터인게 다행스럽구나.」
공작은 씁쓸히 웃었다.
「할아버님, 저는 어머니가 하워드가의 딸인 것을 자랑스럽게 여기고 있습니다.」
토마스 공작의 손자가 할아버지의 손을 잡으며 말했다. 토마스 하워드의 눈에 눈물이 맺혔다.
공작의 꿈은 무너지고 있었다. 그가 니사의 꿈을 앗아가 버렸던 것처럼, 거부할 수 없는 운명의 힘이 하워드의 미래에 짙은 먹구름을 드리우고 있었다.

17

토마스 컬페퍼는 추밀원 고문관들 앞에 꼿꼿한 자세로 서 있었다. 그는 자신이 처한 상황을 의식한 듯 별다른 장식이 없는 검은 옷을 입고 있었다.
「캐서린 하워드를 사랑하고 있나?」
「네, 사랑하고 있습니다.」
찰스 브랜든의 물음에 대담한 대답이 돌아왔다. 컬페퍼의 푸른 눈동자에는 아무런 흔들림이 없었다.
「언제부터 그녀를 사랑했나?」
「우리가 어렸을 때부터입니다, 공작님.」
「폐하께서는 너를 믿으셨음에도, 너는 왕비를 유혹했다. 너는 너를 사랑해주신 폐하를 배반한 것이다. 그렇지 않나, 토마스 컬페퍼?」
찰스 브랜든이 위협적인 어조로 물었다.
「불륜을 의도했던 것은 아니었습니다. 저는 캐서린이 제 제의에 응할 거라고는 결코 생각지 않았습니다. 아닌게 아니라 그녀는 처음 몇 달간 제게 아무런 반응도 보이지 않았습니다. 하지만 그녀의 냉담한 반응은 저를 더욱 자극했고, 결국 저로 하여금 그녀를 가져야겠다는 결심을 하게 만들었습니다. 지난겨울, 폐하께서 다리의 통증 때문에 캐서린과 떨어져 계신 적이 있었습니다. 그때 캐서린은 지루해했고 외로워했습니다. 어떻게 그런 일이 있었는지 확실히 알 수는 없지만, 캐서린은 갑자기 저를 사랑하게 되었습니다. 저는 제 행운을 믿을 수가 없을 지경이었습니다.」

컬페퍼는 담담한 얼굴이었다.

서포크의 공작이 컬페퍼를 뚫어지게 쳐다보았다. 뻔뻔스러운 놈! 폐하께서 이 자리에 계시지 않는 것을 다행으로 알아라!

「저는 폐하께서 이 비밀을 알게 되실까 두려워 항상 조심하려 애썼습니다. 그러나 캐서린은 대범하게 기회를 만들곤 했습니다. 미친 짓이라는 생각도 들었지만, 목숨을 걸고 연인을 만나는 기분은 경험하지 않으면 모르실 겁니다.」

「캐서린과 입을 맞춘 적이 있는가?」

「네.」

「그녀를 애무했는가?」

「네.」

「혼인관계에서만 있을 수 있는 일도 있었나?」

「공작님, 그런 일이 있었건 없었건, 그 문제를 언급하고 싶지는 않습니다. 품위 있는 화제는 아니니까요.」

「너는 너 자신이 품위 있다고 생각하느냐, 이 썩을 놈아! 결혼한 여자를, 그것도 왕비를 유혹해서 몸을 주물렀다는 놈이 품위 운운한단 말이냐! 네 딴에는 캐서린을 보호하기 위해 그렇게 말하는 것이냐? 그렇다면 제인 로치포드가 네가 간음했다고 증언했다는 것을 참고해라. 비열하고 뻔뻔스런 놈!」

노포크의 공작이 버럭 고함을 질렀다.

「로치포드 부인에게는 유감입니다만, 저는 그녀를 그다지 좋아하지 않습니다. 그 여자의 영혼을 템즈 강에 하룻밤만 담가놓으면 강 전체가 구정물이 될 것입니다. 로치포드가 공작님에게 무슨 말을 했건 저는 신경 쓰지 않습니다. 저는 캐서린의 머리털 한 올도 해치고 싶지 않습니다. 더 이상 저를 붙들고 시간 낭비하지 마십시오.」

컬페퍼의 목소리에는 아무런 감정도 섞여 있지 않았다. 컬페퍼는 고문관들에게 도전적인 눈빛을 던졌다. 추밀원은 토마스 컬페퍼에게서 원하는 말을 들을 수 없다는 판단을 내리고, 수비대장에게 컬페퍼를 탑에 다시 감금하도록 지시했다.

「아무래도 고문을 해야 입을 열 것 같소. 그가 자백을 해야 일이 깔끔하게 처리될 거요.」

새들러 경이 단호하게 말했다.

「죽지 않을 정도로 고문을 한다고 해도 소용이 없을 것 같소. 컬페퍼는 보기보다 지독한 놈이오.」

러셀 경이 고개를 저었다.

「그놈이 입을 다물고 있다는 자체가 자기 죄를 인정하는 것이오.」

어들리 경이 말했다.

「내 생각도 그렇소.」

사우샘프턴 백작이 말했다.

「캐서린을 찾아가 다시 심문해야 할 것 같소.」

대주교가 말했다.

「그래봐야 아무 소용 없을 거요! 캐서린에게는 충분한 이성이 없소. 이 문제의 심각성을 받아들이지 않고 있단 말이오. 왕이 자신을 용서할 것으로 믿고 있소.」

노포크의 공작이 투덜거렸다.

「시도는 해봅시다. 캐서린에게 컬페퍼가 그녀를 배신했다는 인상을 주는 거요. 그러면 캐서린은 컬페퍼에 대한 복수심에 뭔가 말을 하게 될 거요.」

서포크의 공작이 조용히 말했다.

「정 그래야 하겠다면 나도 가겠소. 나에게 캐서린에 대한 책임이 조금은 있으니 말이오.」

「좋소. 그리고 리처드 샘슨 주교도 함께 갑시다.」

찰스 브랜든은 공명정대한 인물로 손꼽히는 치체스터의 주교에게 말했다.

다섯 명의 추밀원 고문관을 태운 배가 시온의 선착장에 다다랐다. 그들의 눈에 캐서린 하워드와 다른 여인들의 모습이 들어왔다. 캐서린은 루트를 켜면서 감미로운 목소리로 노래를 부르고 있었다. 그 노래는 불운했던 그녀의 사촌 앤 블린을 위해 왕이 작사해준 곡이었다.

오, 내 사랑! 나를 버리시다니
그렇게 오래도록 그대를 사랑했건만
그렇게 오래도록 당신 곁에서 행복했건만
오, 그대 내게 달려올 때면
그대의 소맷자락 펄럭이고, 내 가슴 고동쳤으니

캐서린 하워드는 가까이 다가오는 추밀원 고문관들을 보면서 미소지은 얼굴로 노래를 계속했다.

오, 내 사랑! 나 그대에게 모든 것을 주었는데
이렇게 간절하게 그대 그리워하건만
이렇게 간절하게 그대 위해 노래하건만
오, 그대 내게 달려올 때면
그대의 소맷자락 펄럭이고, 내 가슴 고동쳤으니

고문관들은 캐서린의 노래에 매료되어 말없이 서 있었다. 그들은 노래가 끝난 후에도 자신들이 사형을 선고한 여인의 슬픈 운명을 생각하며 한동안 침묵을 지켰다.

「하워드 부인, 다른 사람들이 증언한 것과 관련하여 몇 가지 확인하고 싶은 것이 있어서 왔습니다.」

서포크의 공작이 캐서린에게 정중한 자세로 인사했다.

「누가 또 나를 중상하고 있나요? 로치포드 부인인가요? 공작께서는 나보다 그녀를 더 믿는단 말입니까?」

캐서린은 오만한 목소리로 물었다.

「토마스 컬페퍼가 부인을 사랑하고 있다는 것과 지난 4월부터 부인과 친밀한 관계를 맺고 있다고 증언했습니다. 그리고 로치포드 부인이 이 사실을 확인해주었습니다.」

추밀원 의장이 말했다.

「죄송합니다. 해드릴 말이 없군요.」

캐서린은 당당하게 말했다.

「모든 잘못을 고백하시지요. 그러면 사죄를 받을 수도 있지 않겠습니까?」

샘슨 주교가 애정 어린 눈길로 왕비로 모시던 여인의 차가운 손을 잡았다. 캐서린은 마음을 드러내지는 않았지만 매우 놀랐다.

「주교님, 따뜻한 관심을 보여주셔서 감사합니다. 하지만 난 아무 말도 하지 않겠습니다.」

캐서린은 주교의 손에서 자신의 작은 손을 빼내며 다시 루트를 잡고 켜기 시작했다.

「너는 죽어, 이 바보 같은 것아!」

노포크의 공작이 성을 내며 말했다.

「삼촌! 우리 모두는 나면서부터 죽음을 떨쳐버릴 수 없어요. 사람은 결국 죽게 되는 거예요. 삼촌도요.」

캐서린 하워드는 루트를 켜다 말고 토마스 하워드를 올려다보았다.

「부인은 토마스 컬페퍼와의 육체 관계를 부인하시는 것입니까?」

서포크의 공작이 강경한 어조로 다그쳤다.

「나는 아무것도 부인하지 않고, 아무것도 긍정하지 않습니다.」

캐서린이 고집스럽게 말했다. 고문관들은 아무런 성과 없이 시온을 떠났다.
「캐서린도 컬페퍼를 보호하고 있는 거 같소.」
사우샘프턴의 윌리엄 피츠윌리엄 백작이 말했다.
「사랑만큼 무서운 힘도 없는 거 같소. 두 사람 모두에게 커다란 비극이지만.」
가디너 주교가 착잡한 얼굴로 말했다.

12월 1일, 토마스 컬페퍼와 프란시스 데레햄이 재판을 받았다.
데레햄은 흑심을 품고 왕비의 시중을 들었으며 캐서린 하워드와 혼약한 사실을 숨겼다는 죄목으로, 토마스 컬페퍼는 전 왕비인 캐서린 하워드와 관계를 가졌다는 죄목으로 재판을 받았다.
그들은 무죄를 주장했지만 컬페퍼와 데레햄에게 유죄를 선고한 사람은 노포크의 공작, 토마스 하워드였다.
「너희들은 형틀에 실려 사형장으로 보내질 것이고, 그곳에서 처형될 것이다. 너희들의 배를 갈라 내장을 꺼내서 너희 눈앞에서 태울 것이고, 목을 자르고 몸통은 네 토막 낼 것이다. 하느님의 자비가 있기를……」
12월 6일, 사형 집행 전에 데레햄으로부터 왕비와 간통한 사실을 자백받기 위해 고문이 가해졌다. 추밀원에서는 데레햄을 사형시킬 확실한 명분을 원했다. 이미 사형을 언도받은 그로서는 자백을 하지 않는다고 해서 나아질 것은 아무것도 없었다.
두 사람의 가족들은 보다 자비로운 죽음으로 감형받기 위해 필사적으로 뛰어다녔다. 컬페퍼는 어느 정도의 신분이 있었기 때문에 단지 목이 잘리는 것으로 감형받을 수 있었다.
그러나 프란시스 데레햄의 가족에게는 영향력을 행사할 힘이 없었고 그를 옹호해줄 친척도 없었다. 데레햄은 선고된 형벌을 그대로 감수하는 도리밖에 없었다.
12월 10일, 하늘이 무겁게 내려앉은 날, 두 사람은 사형 집행장으로 끌려갔다. 거리는 사형 집행을 보려고 모여든 사람들로 발 디딜 틈이 없었다. 몰려든 군중들은 끌려가는 죄수들을 향해 쓰레기를 던졌다.

컬페퍼는 땅바닥에 무릎을 꿇고 머리를 숙였다. 사형 집행인은 재빠르게 일을 끝냈다. 그렇게 하는 것이 사형수에게 베풀 수 있는 최고의 자비였다. 프란시스 데레햄은 교수대에 매달리자 얼굴이 파래지고 혀가 입 밖으로 축 늘어졌다. 배가 갈리고 땅으로 내장이 쏟아졌다.

데레햄은 끔찍한 신음을 내며 쏟아져 나온 내장이 타는 냄새를 맡아야 했다. 데레햄의 시체는 네 토막으로 잘려 사방으로 던져졌다. 그의 머리는 창에 꽂힌 채 템즈 강변에 매달렸다. 죽음의 냄새를 맡은 까마귀들이 달려들어 그의 눈알을 파먹었다.

시온의 캐서린 하워드는 두 남자가 사형에 처해진 사실을 모르고 있었다. 또한 하워드의 이름을 가진 모든 이들이 체포되고 있다는 사실조차 알지 못하고 있었다.

윌리엄 하워드 경과 그의 아내, 헨리 하워드 내외와 아이들이 체포되어 런던 탑에 감금되었다. 아그네스 부인은 셀리스베리의 백작부인의 불행한 말로를 기억하며 병을 핑계로 체포에 불응했으나, 추밀원은 의사를 보내 그녀를 살피게 했다. 그녀가 저항했음에도 불구하고 병이 없다는 진단이 내려졌고 아그네스 부인 또한 끌려갈 수밖에 없었다.

마치의 백작이자 토마스 하워드 공작의 손자인 베리안 드 윈터에게도 불운은 비껴가지 않았다. 그 역시 그의 친척들과 함께 감금되었다.

그러나 토마스 공작은 컬페퍼와 데레햄에게 유죄를 선언한 후 곧바로 몸을 감추었다. 그리고 왕에게 앤 블린과 캐서린 하워드 문제를 언급하는 편지를 보냈다.

그는 '왕의 발 밑에 엎드려' 왕의 총애를 계속 받을 수 있기를 간구했다. 왕은 토마스 공작이 아직은 쓸 만하다는 사실을 마지못해 인정하여 그를 용서하였다. 크롬웰을 처형하고 크게 후회하였던 헨리의 기억이 토마스 하워드를 살린 것이다.

성탄 주간이 찾아왔다. 그러나 왕실 사람 누구에게도 성탄을 축하할 마음이 있을 수가 없었다. 왕은 갑자기 노인이 된 것처럼 행동했다. 대신들은 투옥되거나 왕의 허락을 얻어 각자의 영지로 돌아가고 없었다. 성탄절을 맞는 왕실은 더욱 우울하게 가라앉아 있었다.

시욘에서는 상당히 들뜬 분위기 속에서 성탄절을 맞이하고 있었다. 밤마다 그들은 춤을 췄고 슬리퍼 숨기기와 술래잡기 같은 아이들의 놀이를 즐겼고, 카드놀이와 주사위놀이도 했다.

「왕이 시욘의 분위기를 모르셔야 할 텐데요.」

베인튼 부인이 창가에 서 있는 남편에게 초조한 듯 말했다. 캐서린이 남편을 배반한 후에도 즐거운 성탄절을 보내고 있다는 사실을 헨리가 알게 된다면 가만히 있지 않을 것이다.

「무슨 일이 있기야 하겠소.」

베인튼 부인의 남편은 여전히 창 밖을 내다보고 있었다. 사실 베인튼 경도 조금은 걱정이 되었다. 그러나 그는 캐서린 하워드를 실망시키고 싶지 않았다.

「아직 유죄 판결을 받은 건 아니지만 오늘이 이승에서의 마지막 성탄절이 될 것은 확실하오. 장작을 줍는 것 같은 사소한 일마저 못 하게 해서야 되겠소.」

구름이 낮게 깔리며 지평선에 모여드는 것을 보고는 곧 눈이 오겠다고 생각했다. 창 밖에서 캐서린과 여인들은 무장한 병사들의 감시와 안내를 받으며 성탄 장작을 모으고 있었다.

「난 왕비를, 아니 캐서린 하워드를 이해하지 못하겠어요. 캐서린은 자신에게 일어나고 있는 일을 직시하지 않고 있어요.」

베인튼 부인이 말했다.

「윈터 부인에게 그녀의 남편이 체포되었다고 말해주시오. 토마스 공작은 도망을 가서 체포되지 않았소 공작은 여우처럼 교활해서 목이 여러 개인 것 같소.」

베인튼은 화제를 바꾸며 아내를 바라보았다.

사랑이여, 나를 기억하라 409

「윈터 부인이 가여워요. 윈터 부인의 남편은 하워드가 사람도 아닌데 왜 체포된다는 거죠?」
 베인튼 부인이 한숨을 쉬며 말했다.
「토마스 공작은 베리안 드 윈터의 할아버지요. 공작이 그를 좋아해서 잡아들인 게 아닌가 싶소. 베리안 드 윈터는 도망갈 수도 있었지만, 화이트 홀에서 아내를 기다리고 있었기 때문에 미처 피하지 못했소」
 베인튼 경은 눈길을 돌려 창 밖을 보았다.
 캐서린은 생기가 넘쳤다. 그녀는 눈 속에서 어린 소녀처럼 뛰놀았다. 캐서린을 바라보는 베인튼 경의 입가에 미소가 스몄다.
 캐서린과 여인들이 집안으로 들어오자 눈이 내리기 시작했다.
「초를 만들고 싶어요. 초를 많이 만들어야 성탄절을 잘 보낼 수 있어요. 좋은 밀랍, 목화심지, 장미 기름, 라벤더 기름이 필요한데……」
 캐서린이 언 손을 비비며 베인튼 부인에게 말했다.
「내가 직접 구해드리겠습니다.」
 베인튼 부인은 남편이 환한 얼굴로 대답하자 놀라움을 금치 못했다.
「당신 제정신이에요? 그런 걸 어디서 구한다고 그래요?」
 그날 밤 그들이 잠자리에 들었을 때, 그녀는 남편에게 물었다. 베인튼은 엷게 미소지으며 말했다.
「그 일은 내게 맡기시오. 그보다 윈터 부인에게 그녀 남편에 대해서 얘기했소?」
「아직 얘기할 기회가 없었어요」
 다음날 캐서린은 밀랍에 라벤더 기름, 베이베리 향 등을 섞어 갖가지 모양의 초를 만들었다. 초가 굳는 동안 캐서린과 여인들은 몰락한 왕비에게 할당된 세 개의 방을 온갖 상록수로 장식했다. 초들이 굳자 방의 평평한 모든 곳에 베들레헴의 별을 나타내는 촛불이 밝혀졌다.
 성탄 전야, 베인튼 부인은 밤에 땔 굵은 장작이 더 필요하다고 말하고는 소풍을 겸해 밖으로 나가자고 제안했다. 그러나 모두가 나갈 준비를 마칠 무렵에 베인튼 부인은 몸이 불편한 기색을 보이며 니사에게 그녀와 함께 남아줄 것을 부탁했다.
　니사와 단둘이 남게 되자 베인튼 부인이 입을 열었다.
　「니사, 왕이 하워드가 사람들을 체포해서 탑에 가둔 모양이에요.」
　「베리안도요?」
　니사는 베인튼 부인이 무슨 말을 하려 하는지 알아차렸다. 니사의 가슴이 빠르게 뛰기 시작했다.
　「유감스럽게도 그래요」
　니사는 잠시 동안 아무런 말도 없었다. 베인튼 부인은 니사가 마음을 다잡고 있음을 알았다.
　「그 밖에 누가 체포됐죠?」
　니사는 상황을 냉정하게 파악해야 할 필요를 느꼈다.
　「모두들 기회가 있었을 때 도망을 쳤어야 했어요.」
　「토마스 공작은 도망을 쳤다는 말씀이신가요? 전혀 놀랄 일이 아니에요. 남의 생명은 몰라도 자기 목숨을 구하는 데는 동물적인 감각이 있는 사람이니까요」
　니사는 베인튼 부인의 말을 앞질렀다. 토마스 공작은 그러고도 남을 사람이라는 생각을 했다.
　「왕의 화가 진정되면 감금된 사람들에게 좋은 일이 있을 거예요. 희망을 잃지 말도록 해요」
　니사는 미쳐버릴 것 같았다. 그러나 베리안과 아이들을 위해서 강해져야만 한다고 다짐했다.
　「우유밀죽 만드는 법 아세요?」
　니사는 베인튼 부인을 바라보며 말했다. 우유밀죽은 우유에 곱게 빻은 밀을 넣고 부드러워질 때까지 끓이다가 설탕 한 덩어리를 넣고 만드는 성탄 특별식이었다.
　「오, 니사!」
　베인튼 부인은 니사의 냉정한 태도에 감탄했다.
　「부인은 정말 소문대로군요. 그래요, 만들 줄 압니다. 부엌에 가봅시다. 재료가 다 있을 거예요.」

 캐서린은 자신이 끌고 온 통나무를 벽난로 안으로 밀어 넣고 상기된 얼굴로 아이처럼 웃으며 커다란 통나무가 타 들어가는 것을 보았다. 잘 마른 참나무는 곧 환한 불길을 내며 타올랐다.

 별식이 가득한 저녁식사 시간이 되었다. 그날 강가에서 잡은 물고기가 물냉이로 장식된 은접시 위에 놓였고, 맛있는 시즐햄과 과일, 너트를 가득 채워 넣은 살찐 수탉도 있었다. 그리고 마른 자두가 얹어진 오리고기와 계피 향이 나는 달콤한 포도주도 준비되었다.

 모두들 식욕을 과시하며 음식을 즐겼지만, 남편의 체포 소식을 전해 들은 니사는 그들의 분위기를 맞춰줄 뿐 아무것도 먹을 수가 없었다.

 식사 후 캐서린은 루트를 연주했다. 통나무가 벽난로에서 신나게 타고 있었고 모두들 흥겨운 마음으로 성탄절 노래를 불렀다.

 분위기가 무르익자 니사는 성탄절 맥주와 케이크, 그리고 우유밀죽을 내왔다.

「와, 우유밀죽이잖아! 누가 만들었지? 내가 어렸을 때 제일 좋아하던 음식인데…… 음, 맛있어.」

 캐서린은 기뻐하며 손뼉을 쳤다.

 자정 무렵 사람들은 밖으로 나갔다. 추운 날씨였지만 하늘은 맑게 개어 있었고 그들의 머리 위에 떠 있는 초승달이 강물을 은빛으로 물들이고 있었다.

 성탄 종소리가 들려왔다. 맑은 날이어서 몇 마일이나 떨어져 있는 웨스트민스터 사원의 종소리를 들을 수 있었다.

 한 시간 정도 지난 후 니사는 베리안이 체포되었다는 말을 꺼냈다. 캐서린 케리와 엘리자베스는 니사를 동정하며 눈물을 흘렸다.

「그런 비열한 행동을 하다니! 도대체 나와 상관도 없는 사람들을 왜 감옥에 가두는 거야. 삼촌도 이 일에 큰 책임이 있는 건 아니라구. 더군다나 하워드가도 아닌 베리안까지 체포하다니!」

 캐서린 하워드가 씩씩거렸으나 니사는 아무 말도 없었다.

「니사, 미안해. 내가 너를 불러들이지만 않았어도 이런 일은 없었을 텐데……」

캐서린이 니사의 손을 잡으며 말했다.

「이미 일어난 일이야, 캐서린. 네 행동이 나의 남편과 아이들을 위험에 빠지게 해서 정말로 화가 났어. 난 성자가 아니니까. 하지만 너를 미워할 수는 없어. 네가 나를 좋아했던 것뿐이니까.」

니사가 조용히 말했다.

1월 21일, 의회에서 마침내 캐서린 하워드에게 사권 상실을 선언했다. 왕이 의회의 선언을 승인하면 캐서린의 운명은 정해졌다.

대주교가 왕비를 찾아왔다. 그는 그녀가 토마스 컬페퍼와 간통을 했다는 자백서를 쓰기를 원했다. 대주교는 캐서린이 유죄라는 확신을 굳혔지만 구체적인 증거 자료가 필요하다고 느끼고 있었다.

「토마스 컬페퍼는 대역죄의 대가를 치렀고 프란시스 데레햄도 그렇게 되었습니다. 그러니 자백을 하시고 양심을 깨끗하게 하시는 게 어떻습니까?」

대주교가 캐서린에게 말했다.

「나는 한 남자를 사랑한 것이 죄라고 생각지 않습니다.」

캐서린은 내담하게 대답하고는 돌아서서 니사에게 말했다.

「대주교님을 배로 모셔다 드리세요, 윈터 부인.」

니사는 자신의 외투를 집어들고 대주교와 함께 집 밖으로 걸어나갔다.

「대주교님, 제 남편은 어떤지 말씀해주시겠어요?」

니사가 선착장으로 걸어가며 대주교에게 말했다.

「지금까지는 별일 없소. 그러나 부인의 남편을 포함해서 모든 감금된 사람들이 대역죄 은닉이라는 판결을 받았소 그들의 소유는 왕이 몰수할 거요. 그리고……, 무슨 일이 있을지 장담할 수가 없는 상황이오. 평생을 지하감옥에서 지나야 할지도 모를 일이오.」

토마스 크랜머가 말했다.
「어떻게 그럴 수가!」
니사가 걸음을 멈추며 대주교를 바라보았다. 니사는 가슴이 내려앉고 다리가 후들거렸다.
「저의 남편은 결코 왕비의 부정 행위와 어떠한 관련도 없습니다.」
「나는 부인의 말을 믿소. 그러나 왕은 자신이 큰 상처를 입게 된 것은 하워드가 때문이라고 생각하고 있으니…….」
「저의 남편은 하워드가 사람이 아니에요!」
니사는 분노와 두려움으로 몸을 떨었다. 니사는 남편을 진정으로 사랑하고 있었다.
베리안을 구할 수 있을 거야, 니사에게 문득 생각이 떠올랐다. 캐서린 하워드는 곧 사형에 처해질 것이다. 누구도 이 사실을 부인할 수 없는 상황이었다. 그러나 캐서린이 자백을 거부했으므로 대주교는 캐서린의 사형이 집행된 이후에도 캐서린을 처형한 것이 옳았는지 고민할 수 있었다. 무고한 죽음이었을 수도 있다는 불안을 깨끗이 털어버리지는 못할 것이다. 그렇다면…….
「대주교님, 고해를 하고 싶어요」
니사는 자신이 침묵을 지키는 것으로 캐서린을 구할 수 없을 거라고 판단했다. 또한 침묵을 깬다고 해서 캐서린을 더 위태롭게 할 것도 없었다. 그러나 베리안을 구할 방법은 침묵을 깨는 길뿐이었다.
토마스 크랜머는 깜짝 놀란 얼굴을 했다.
「지금 여기서 말이오?」
니사는 힘차게 고개를 끄덕이며 고해의 대가로 남편을 석방해줄 것과 그의 지위와 재산을 회복시켜 줄 것을 요구했다.
「나는 단지 죄를 용서할 수 있을 뿐이오.」
대주교는 니사가 캐서린에 관한 중요한 사실을 말하려 한다는 것을 깨달았다. 그러나 그는 지키지 못할 약속까지 하면서 니사의 말을 들을 수 없었다.

「알겠습니다, 대주교님. 아무튼 고해를 드리길 원합니다.」
니사는 자신의 손을 대주교의 손에 올려놓았다.
「부인은 어떤 죄를 지었소?」
대주교가 물었다.
「저는 캐서린이 간통하는 현장을 목격했습니다. 폐하께서 사냥을 하시는 동안 그녀가 토마스 컬페퍼와 한 몸이 되는 것을 보았습니다.」
대주교는 니사의 말에 비틀거렸다. 그는 숨을 가다듬으며 물었다.
「그렇다면 부인은 이 일을 왜 알리지 않았소? 부인이야말로 대역죄를 은폐한 죄를 지었소.」
「왕이 제 말을 믿지 않을까 두려웠습니다. 만약 제가 이 일을 알렸다면, 폐하뿐 아니라 많은 사람들이 제가 캐서린을 질투한다고 했을 것입니다. 저는 대신 캐서린에게 말했습니다. 그 일을 중단하고 남편에게 진실되고 충실한 아내가 되라고 충언을 했습니다.」
니사는 말했다.
「캐서린의 반응은 어땠소?」
「캐서린은 컬페퍼를 사랑하지 않을 수 없다고 했습니다. 저는 그녀에게 단지 자신뿐만 아니라 가족까지도 위험에 빠지게 된다는 사실을 상기시켜 주었습니다. 만약에 아기라도 갖게 된다면 어떻게 하려느냐고 주의를 주었지요. 제가 그 이상 무엇을 할 수 있었겠습니까. 대주교님의 판단이 옳습니다. 캐서린 하워드는 간통죄를 지었습니다.」
「부인의 죄는 사함을 받았소 잘 말해주었소 장담할 수는 없지만 부인의 문제를 성심껏 돕도록 하겠소」
대주교는 니사 위로 성호를 그으며 말했다.

2월 9일 목요일 아침, 아무런 통고도 없이 노포크의 공작이 다른 추밀원 고문관들과 시온에 도착했다. 캐서린 하워드는 응접실로 들어선 그들에게 인사를 했다.
「삼촌은 어떻게 왕실로 돌아오신 거죠?」

캐서린이 토마스 하워드 공작에게 말했다.
「나는 폐하의 신하다. 폐하께서 돌아오라고 해서 왔다.」
공작은 불쾌한 표정을 지었다.
「다른 사람들은 어떤가요? 모든 하워드가 사람들이 안전한가요? 오, 그래요! 할머니는 어떻게 지내세요?」
캐서린의 말에는 가시가 돋쳐 있었다.
「무례한 것! 너는 사형을 언도받았다!」
공작은 화가 나서 소리쳤다.
「헨리가 저를 죽여도 좋다고 서명을 했나요?」
캐서린의 얼굴이 경직되었다.
「아직은……. 그러나 희망은 없다. 환상을 버려라, 캐서린. 너는 처형될 것이다.」
공작의 목소리는 차가웠다.
「언제죠?」
응접실의 모든 여인들이 창백해졌다.
「날짜는 아직 정해지지 않았다.」
「제가 만약 죽어야 한다면, 그렇다면 비밀리에 할 수는 없을까요? 사람들의 흥밋거리가 되기 싫어요.」
「법을 위반하지 않기 위해서는 몇몇 증인들은 있어야 할 거다.」
공작의 목소리가 많이 부드러워져 있었다.
「네가 폐하의 마음을 잔인하게 찢어놓았지만, 폐하께서는 너에게 최대한 자비를 베푸시고 싶어하신다. 가까운 시일 안에 시온을 떠나게 될 테니 마음의 준비를 해라.」
말을 마친 토마스 공작은 다른 고문관들과 함께 시온을 떠났다.
「헨리는 나를 죽이지 않을 거야. 나는 헨리를 알아. 그는 단지 화가 난 것뿐이야. 하지만 나를 죽이지는 않을 거야.」
캐서린 하워드는 자신의 운명을 받아들이길 거부하며 소리쳤다.
캐서린 케리는 베인튼 부인의 팔에 안겨 울기 시작했다.

「캐서린 케리, 우리는 용감해져야 해. 우리가 약해지면 불쌍한 캐서린을 도울 수 없어.」

여인들은 캐서린이 죽음에 대한 생각에서 잠시라도 벗어나 있을 수 있도록 배려했다. 그러나 다음날 캐서린을 데려가기 위해 추밀원 고문관들이 도착했다. 아무도 마음의 준비를 완전히 갖추지 못하고 있었다.

「안 돼! 이건 너무 빨라!」

캐서린은 아직 침대에 있었다. 그녀는 삼촌과 추밀원 사람들이 그녀를 런던 탑으로 데려가기 위해 도착했다는 소식을 듣고 베개 속으로 머리를 숨겼다.

「안 돼! 나는 오늘 갈 수 없어, 갈 수 없어!」

여인들은 울음을 애써 참으며 캐서린이 좋아하는 장미 기름을 넣은 목욕물을 준비했다. 그들은 그녀를 목욕시키고 깨끗한 속옷을 입도록 도왔다.

「얼마나 더 있어야 준비가 끝나오?」

서포크의 공작이 불평을 했다.

「공작님께서 통고도 없이 오신 것을 생각하십시오. 캐서린은 잠을 제대로 자지 못했습니다. 그래서 늦게 일어났습니다. 그리고 아침마다 목욕을 하는 것은 그녀의 일과입니다. 설마 이런 작은 일까지 못 하게 하지는 않으시겠죠? 캐서린에게 세상에서 보낼 시간이 얼마 남지 않았습니다.」

서포크 공작 찰스 브랜든은 니사가 자신을 부드럽게 질책하고 있다는 것을 알았지만 니사를 탓할 수가 없었다.

「아침도 먹어야겠지?」

노포크의 공작이 물었다.

「물론입니다.」

니사는 토마스 하워드를 똑바로 쳐다보며 말했다. 공작은 니사의 시선을 피하며 돌아섰다. 공작은 자기 때문에 베리안이 어떻게 될지 알 수 없는 상황에까지 이르렀음을 의식했다.

왕비의 침실로 식사가 들어갔다. 그러나 캐서린은 아무것도 먹을 수가 없어 음식에 손도 대지 않고 밖으로 내보냈다. 그리고 검정 벨벳 드레스를 입고 금색 단추가 달린 모피 망토를 걸쳤다.

응접실로 나온 캐서린은 한때 자신에게 경의를 표하던 늙은 남자들이 무서운 얼굴로 자신을 바라보는 것을 보며 끔찍한 공포에 휩싸였다.

「나는 가지 않을 거예요.」

캐서린은 무서움에 질려 숨을 죽이며 말했다.

「선택의 문제가 아니오, 부인. 자, 따라오시오.」

서포크의 공작이 말하며 캐서린에게 손을 내밀었다. 캐서린은 손을 뒤로 숨기며 뒷걸음질쳤다.

「가버려요!」

캐서린의 날카로운 목소리가 터져 나왔다.

「캐서린, 너는 하워드가의 딸이라는 사실을 잊지 마라! 위엄 있게 행동하도록 해!」

노포크의 공작은 얼굴을 찡그리며 말했다.

「가지 않을 거야! 나는 가지 않을 거야! 삼촌이 내게 이럴 수가 있나요? 죽어도 여기서 죽겠어요! 나는 당신과 함께 가지는 않을 거예요! 아시겠어요? 나는 가지 않을 거라구요!」

캐서린은 장갑을 벗어 공작에게 던졌다.

대주교와 샘슨 주교, 그리고 가디너 주교가 겁에 질린 캐서린을 부드러운 말로 달래기도 하고 협박해보았으나 효과가 없었다. 캐서린이 자진해서 발을 떼지 않았으므로 고문관들은 최후의 수단을 쓰는 수밖에 없었다. 서포크의 공작은 병사들에게 왕비를 끌고 나가도록 지시했다.

「절대 이성을 잃지 마! 우리가 스스로를 다스리지 못하면 그들은 우리를 캐서린과 떼어놓을 거야. 캐서린을 홀로 둘 수는 없어!」

니사는 두려움에 떨며 소리를 지르고 있는 캐서린에게서 고개를 돌려 캐서린 케리와 엘리자베스를 바라보며 주의를 주었다.

캐서린을 태운 배는 런던 다리를 지났다. 일행은 프란시스 데레햄과 토마스 컬페퍼의 머리가 매달려 있는 곳을 지났으나 다행히도 캐서린은 고개를 숙이고 눈물을 흘리느라 옛 연인들의 머리가 썩어가는 광경을 보지 못했다.

런던 탑 아래서 기다리고 있던 보안 무관장 존 게이지 경이 매우 예의바른 태도로 캐서린을 맞았다. 그는 캐서린이 왕비였을 때와 하나도 다르지 않은 태도를 보였다.

캐서린 하워드는 두려움에 떨며 무관장 부관의 집에 마련된 거처로 들어갔다. 캐서린은 그 방이 사촌인 앤이 처형되기 전에 사용했던 방이라는 사실을 알자 더욱 무서워했다.

추밀원에서는 캐서린의 사권 상실을 집행하는 문서에 '왕이 바라는 일'이라는 문구를 써넣었다. 이것으로 왕은 이 서류에 직접 서명을 하지 않아도 되었다. 이 서류는 의회에서 다시 읽혀졌고 격식을 갖추어서 발표되었다.

다음날인 일요일 저녁 무렵, 존 게이지 경이 캐서린을 찾아왔다. 그는 캐서린에게 공손한 태도로, 그리고 따뜻한 목소리로 말했다.

「내일 일을 치르시게 됩니다. 왕비님을 모시러 아침 7시에 오겠습니다. 남은 시간에 영혼의 짐을 벗어버리고 싶으시다면 고해 신부와 함께 하시는 건 어떨지 모르겠습니다. 그리고 제가 도울 일이 있다면 힘닿는 데까지 도와드리겠습니다.」

보안 무관장은 다시 고개를 숙여 절을 했다. 여인들은 캐서린이 또다시 울부짖으며 날뛸 것을 예상하며 불안해했으나 캐서린 하워드는 비교적 침착한 목소리로 입을 열었다.

「게이지 경, 내 불행한 인생을 끝낼 단두대 받침대를 갖다주었으면 좋겠어요. 내 머리를 그 위에 대보는 연습을 하고 싶어요 마지막에 나쁜 인상을 주기는 싫거든요. 그게 내가 가장 바라는 거예요.」

무관장은 캐서린의 요구에 깜짝 놀랐다. 그러나 침착하게 고개를 끄덕였다.

「곧 대령하겠습니다, 왕비님.」

「어떻게 그럴 수 있어?」

게이지 경이 밖으로 나가자 엘리자베스 피츠제럴드가 떨리는 목소리로 말했다. 그녀의 파란 눈동자는 겁에 질려 커져 있었다.

「앤은 우아하고 품위 있게 죽었어. 나도 하워드가의 딸이야. 앤보다 못해서는 안 된다구!」

캐서린이 대답했다. 니사는 캐서린이 마지막 자존심을 지키려고 몸부림치는 모습을 보며 눈물을 닦았다.

「헨리는 여자 없이 살 사람이 아니야. 벌써 엘리자베스 브룩과 즐기고 있다더군. 그리고 앤 바셋을 대단히 좋아하신다는 말도 있어.」

캐서린이 느닷없이 말했다.

「도대체 어디서 그런 말을……」

베인튼 부인이 의아한 눈빛으로 말했다.

「시온에 있던 하인들이 모든 것을 알고 있었지요.」

캐서린은 니사에게 고개를 돌렸다.

「다시 리버스에지로 돌아가야지?」

니사가 말없이 고개를 끄덕였다.

「아이들이 많이 보고 싶겠구나. 많이 자랐을 거야. 내게는 아이가 없다는 게 오히려 다행이야. 아이가 있었다면 더 괴로웠을 거야.」

캐서린은 다시 슬픔이 북받쳐 한참을 흐느꼈다.

「내가 너에게 너무 많은 어려움을 안겨주었구나.」

「그래, 너무했어.」

여인들은 니사의 솔직한 대답이 캐서린에게 큰 상처를 줄 것 같아 마음을 졸였다.

「하지만 캐서린, 나는 너를 진심으로 사랑해. 그리고 네가 나를 좋은 친구로 생각하고 있는 것이 너무나 자랑스러워.」

왕비의 하늘색 눈동자가 니사를 가만히 바라보았다.

「나를 잊지 않을 거지? 나를 위해 기도해줄 거지?」

「그럼, 난 너를 위해 기도할 거야.」

니사는 그녀의 불쌍한 친구를 끌어안으며 말했다.

「내가 어떻게 너를 잊겠니. 네가 나와 내 남편을 이렇게 힘들게 하고 있는데.」

니사는 캐서린을 곱게 흘겨보았다. 캐서린은 잠시 키득거리다가 다시 진지한 어조로 말했다.

「사랑은 너를 찾은 거야, 니사. 하지만 슬프게도 사랑은 날 기억해주지 않았어. 나에 대한 왕의 사랑도, 데레햄이나 컬페퍼의 사랑도, 모두가 진정한 사랑은 아니었어. 그들은 나를 유혹하고 차지하는 게임을 즐겼을 뿐이야. 내게는 진정한 사랑이 없었어.」

니사가 캐서린에게 위로의 말을 주기도 전에 보안 무관장이 단두대 받침대를 들여보냈다. 캐서린은 받침대를 방 한가운데 놓게 하고는 뚫어지게 쳐다보았다.

이 나무 조각 위에서 내 인생은 끝이 나는 것이다! 캐서린은 무릎을 꿇고 앉아 받침대를 만져보았다. 부드럽고 차가웠다. 온몸에 전율이 흘렀다.

캐서린 하워드는 자신의 목을 받침대에 대보았다.

순식간에 끝날 거야! 고통은 없을 거야! 캐서린은 자세를 바로했다가 다시 목을 받침대 위에 올려놓았다. 여러 차례 같은 동작을 반복한 후 캐서린은 자리에서 일어났다.

「저녁식사로 쇠고기가 먹고 싶어. 그리고 데번 크림을 얹은 배 타트하고 왕의 창고에 있는 가장 좋은 포도주를 가져와. 존 경에게 전해서 내가 부탁했다고 해!」

그날 밤은 너무도 빨리 지나갔고 순식간에 날이 밝았다. 여인들은 캐서린을 목욕시키고 금색의 비단 속치마와 검정색 벨벳 드레스를 입는 것을 도왔다. 니사는 캐서린 하워드의 사랑스런 다갈색 곱슬머리를 그녀의 작고 둥근 머리 위로 틀어 올려주었다.

마침내 문을 두드리는 소리가 들렸다. 니사는 고문관들에게 천천히 문을 열어주었다. 밤사이에 아팠다던 서포크의 공작은 보이지 않았다.

노포크의 공작도 보이지 않았다. 그는 캐서린 하워드가 처형되는 모습을 지켜볼 수가 없었을 것이다.

「이제 갈 시간입니다, 부인.」

사우샘프턴 백작이 말했다. 니사는 자신의 심장 고동이 점점 더 빨라지는 것을 느꼈다. 그러나 캐서린은 침착하게 고개를 끄덕이며 말했다.

「준비가 다 되었습니다.」

추밀원 고문관들과 네 명의 여자들, 그리고 캐서린의 고해 신부는 캐서린 하워드와 함께 그린 탑을 향해 나갔다.

로치포드는 이미 그곳에 도착해 있었다. 로치포드의 모습은 충격적이었다. 머리는 엉망으로 헝클어져 있었고, 눈동자에는 초점이 없었으며 무엇인가를 계속해서 중얼거리고 있었다.

「저는 당연한 처벌을 받게 되었습니다. 불행히도 신과 폐하에게 한 약속을 저버리고 가증스런 일을 저질렀으니까요. 저의 죽음이 모든 이들의 삶에 하나의 거울이 되기를 바랍니다. 저를 본보기로 삼아 선한 삶을 사시고 폐하에게 복종하십시오.」

캐서린은 마지막 말을 했다.

니사와 베인튼 부인은 캐서린의 침실에 놓여 있던 단두대 받침대 앞에 캐서린이 앉는 것을 도와주었다. 캐서린 곁에는 얼굴을 가린 사형 집행관이 날이 날카롭게 서 있는 커다란 도끼를 들고 서 있었다.

「당신을 원망하지 않을 겁니다.」

캐서린은 관습대로 사형 집행관에게 금 한 조각을 쥐어주며 말했다. 그것은 저승으로 건너가는 통과의례였다.

캐서린은 자기를 돌봐준 여인들에게 고개를 돌려, 그들의 따뜻한 우정에 감사한다고 말했다.

「어떠한 상황에서라도 사랑이 널 기억했다는 것을 잊어서는 안 돼, 니사 윈햄. 그리고 토마스 공작에 대해 너무 나쁘게 생각하지 마.」

캐서린은 그녀의 진실한 친구를 바라보며 말했다.

「시작할까요.」

그녀는 사형 집행인에게 돌아서며 말했다.
캐서린 하워드는 하늘을 우러러보며 기도문을 외고는 두 팔을 바깥쪽으로 뻗치고 고개를 숙였다. 캐서린의 목이 받침대 위에 얹혀지자 사형 집행인은 순식간에 왕비의 머리를 받침대 아래로 떨어뜨렸다.
겁에 질린 니사는 눈물을 흘릴 겨를도 없었다. 정말로 눈 깜짝할 순간에 끝나버렸다. 한순간에 캐서린 하워드의 인생이 마감된 것이다. 그녀의 목소리가 차가운 아침 공기 속에서 아직도 맴돌고 있는 것 같았다.
잠시 정신을 잃었던 니사가 주변을 둘러보았다. 세상은 아무것도 달라진 것이 없었다.
날은 흐리고 어두웠다. 베인튼 부인은 떨며 니사의 팔짱을 꼈다. 두 여인은 왕비의 몸이 검정색 담요에 싸여 관으로 들어가는 것을 보았다.
베인튼 부인은 울먹이는 캐서린 케리와 엘리자베스 피츠제럴드를 따뜻하게 끌어안았다. 발 밑의 땅은 단단하게 얼어붙어 있었고 서리까지 깔려 있었다.
제인 로치포드가 이제 사형 집행을 받으러 교수대 위로 끌려오고 있었다. 니사는 눈을 감았다. 곧 도끼를 내려찍는 소리가 들려왔다.
병사들이 교수대 위에 있던 캐서린 관을 성 피터 아드 빈출라 성당으로 운반했다. 여인들이 울며 뒤를 따랐다.
여인들은 캐서린의 고해 신부가 망자를 위한 기도를 드리는 어두운 성당 안에 조용히 서 있었다. 기도가 끝나자 베인튼 경이 그들에게 다가왔다. 그는 자신의 아내의 어깨를 감싸며 여인들에게 말했다.
「자, 이제 집으로 돌아가야 할 시간입니다. 배가 기다리고 있어요」
베인튼은 니사를 바라보며 미소를 지었다.
「부인을 찾는 남자 분이 계세요」
그가 한쪽 구석을 가리키며 말했다. 니사는 그가 가리키는 방향으로 고개를 돌렸다. 니사의 심장은 요동치기 시작했다. 그녀는 한동안 말을 할 수 없었다.

「베리안!」

내 사랑이 석방된 거야! 니사는 그의 품으로 뛰어들었다. 베리안은 많이 야위어 보였으나 무사했다.

베리안은 니사를 힘껏 끌어안으며 입을 맞추었다. 니사는 울었다. 베리안 또한 눈물을 자제할 수 없었다.

「당신을 다시는 볼 수 없게 되는 줄 알았소, 내 사랑.」

베리안 드 윈터가 감격에 겨운 목소리로 말했다.

「이제 난 자유요! 당신과 함께 다시 윈터헤븐으로 돌아갈 수 있게 되었소. 우리의 아들과 딸이 있는 집으로 갈 수 있게 되었단 말이오!」

「어떻게 된 거죠?」

니사는 베리안의 품안에서 흐느꼈다.

「나도 모르겠소. 두 달 동안 나는 더러운 지하실에 감금되어 있었소. 그런데 오늘 아침 존 게이지 경이 갑자기 나타나서는 왕이 나를 석방하라고 하셨다는 거요. 내가 하워드가 아니라 드 윈터란 사실을 간과했다면서 말이오.」

대주교님……. 니사는 토마스 크랜머를 떠올렸다. 대주교가 왕을 설득한 것이다!

「아무튼 나는 이렇게 풀려났고 우리의 토지와 재산을 돌려 받았소. 내 석방에 대한 조건이 있다면 그것은 내가 왕비의 사형 집행에 대한 증인이 되는 거였소.」

니사는 남편의 팔짱을 끼고 그들을 실어 나를 배가 기다리고 있는 곳으로 갔다. 틸레와 토비가 배 안에서 환하게 웃으며 두 사람을 기다리고 있었다.

그들은 먼저 화이트 홀에 있는 토마스 공작의 거처로 가서 그들의 짐을 꾸렸다. 토마스 공작의 집을 떠나려는 순간, 니사와 베리안 앞에 노포크의 공작이 나타났다.

「캐서린이 마무리를 잘 지었나?」

공작이 힘없는 목소리로 물었다.

「하워드가의 딸다운 최후였습니다.」
니사가 대답했다.
「할아버님께서 저를 필요로 하신다면 다시 왕궁으로 오겠습니다. 제가 필요하시면 부담스러워하지 마시고 말씀해주십시오.」
공작은 고개를 끄덕이다가 니사에게 물었다.
「너도 와주겠니, 니사?」
「네, 할아버지! 저도 오겠습니다.」
한동안 공작의 눈을 바라보던 니사가 대답했다.
「날 용서해주는 게로구나.」
공작의 목이 잠겼다.
「한때는……」
니사가 천천히 말을 이었다.
「할아버님이 제 꿈을 모두 빼앗아 간 줄 알았어요. 하지만 이제 보니 할아버님께서는 제게서 꿈을 빼앗아 간 것이 아니라 저에게 꿈을 주신 거예요. 네, 전 할아버님을 용서해요. 하지만 할아버님이 캐서린에게 한 일은 절대로 용서하지 않을 거예요. 할아버님도 이해하시리라 믿어요.」
「그래, 이해한단다.」
니사는 노포크 공작의 주름진 뺨에 입을 맞추었다.
「안녕히 계세요, 할아버지.」
「잘 가거라……」
공작은 손자를 한번 껴안고는 서둘러 침실로 들어갔다. 니사는 그의 눈에서 눈물을 보았다.
베리안과 니사는 화이트 홀을 떠났다. 1542년 2월 13일 월요일이었다.

「조금 있으면 리버스에지에 도착하겠군.」
은빛으로 일렁이는 와이강에 이르자 베리안 드 윈터가 아내에게 말했다. 니사와 베리안은 운 좋게도 그들의 쌍둥이 남매의 첫번째 생일에 맞추어 리버스에지에 도착할 수 있었다.

「쌍둥이들에게 줄 선물을 생각해보아야 하지 않겠소?」
「벌써 준비했어요.」
「아니, 어떻게……?」
니사가 남편의 어깨에 살며시 기대며 그의 귀에 대고 속삭였다.
「지난가을, 시온에 가기 전에 저와 당신이 함께 만들었어요. 캐서린을 돌보던 몇 달 동안 정신이 없어서 저도 며칠 전에야 알았어요.」
니사는 남편의 귀를 살짝 깨물었다.
「저 아기를 가졌어요. 에드문드와 사브리나에게 남동생이 생긴 거라구요.」
니사는 행복한 얼굴로 남편을 바라보았다.
「당신이 또 임신을 했다구? 당신은 그 와중에도 또 다른 행복을 준비하고 있었구려. 그래, 이 아이의 이름은 헨리가 되는 거요? 둘째 아들 이름은 내 아버님과 왕을 기리는 뜻에서 헨리라고 부르고 싶다고 했잖소」
베리안은 기쁨에 겨워 눈을 반짝였다.
「마음이 변했어요. 최근에 왕이 보여준 태도가 마음에 들지 않아요. 그리고 영국에는 헨리가 너무 많구요.」
「이 아이가 딸일 수도 있지 않소?」
베리안은 니사의 배를 쓰다듬으며 말했다.
「아들이에요. 저는 알 수 있어요. 이 아이는 아들이에요, 베리안. 이 아이에게 리버사이드에 있는 제 토지를 물려주겠어요. 재력이 있는 남자가 될 거라구요.」
니사가 단호하게 말했다.
「그래, 헨리가 아니면 뭐라고 부르실 겁니까, 마나님?」
베리안이 장난스럽게 물었다.
「그야 토마스죠, 당연히!」
장난기로 반짝이던 베리안의 눈이 커졌다. 니사는 촉촉하게 젖어드는 남편의 눈을 보았다.

「저기 봐요! 리버스에지가 보여요!」
니사가 발을 구르며 소리쳤다.
「엄마 아빠가 나와 계세요. 오, 베리안! 사브리나와 에드문드를 안고 계세요. 오, 신이여! 다시는 아이들을 떠나지 않을 거예요.」
베리안 드 윈터는 아내를 가슴에 안고 입을 맞추었다.
「사랑이……」
베리안의 목소리가 그의 영혼 깊은 곳에서부터 울려 나왔다.
「사랑이 나를 기억해주었소, 니사.」
사랑이여, 나를 기억하라!
니사는 온몸을 타고 흐르는 전율을 느꼈다.
캐서린……, 지상에서 찾지 못한 너의 사랑을 하늘나라에서는 찾을 수 있을 거야!

그 후

 헨리는 캐서린 하워드가 처형된 지 17개월이 지난 1543년 7월 12일 라티머 경의 미망인 캐서린 파와 결혼했다. 그러나 영국에서 주도권을 얻으려고 싸우던 종교 세력은 이 왕비 또한 끌어내리려고 했지만, 그녀는 1547년 1월 28일에 죽은 왕 헨리보다 오래 살았다.
 캐서린 파는 헨리에게 헌신적이었다. 그녀는 헨리의 가족들을 모두 불러들였고, 그의 딸들, 메리와 엘리자베스에게 서출의 치욕을 지워주고 공주의 지위를 되돌려 주도록 남편을 설득했다.
 헨리는 하워드가를 용서했고 몇 달 후에 그들의 재산도 되돌려주었다. 하워드 공작의 미망인 아그네스는 탑에서 풀려난 지 3년 뒤에 세상을 떠났다.
 토마스 공작은 재무대신 자리에 계속 머물 수는 있었으나 헨리의 신임을 다시는 얻지 못했다. 그는 1557년, 81세로 삶을 마감했다.
 클레브스의 앤은 왕가의 좋은 친구로 남아 있었다. 그녀는 자유와 부를 누리다가, 헨리의 딸 엘리자베스가 왕위에 오르기 1년 전인 1557년에 세상을 떠났다.

　스티븐 가디너 주교는 영국 최고의 지위에까지 올라갔으나 에드워드 6세에 의해 감옥으로 보내졌고 1555년에 사망했다.

　캔터베리의 대주교 토마스 크랜머는 메리 1세의 통치 기간 중인 1556년 3월 21일에 화형에 처해졌다. 그때 그의 나이 67세였다.

　1553년 헨리의 딸 메리 1세는 영국의 여왕이 되었다. 그러나 종교에 대한 광적인 열정과 이단자에 대한 탄압으로 인기를 잃었다. 메리는 스페인으로 돌아간 남편에게 버림받은 채 42살의 나이로 생을 마감했다.

　1558년 11월 17일, 헨리가 앤 블린에게서 얻은 딸 엘리자베스는 영국의 여왕이 되었고, 어느 누구보다 영국을 오랫동안 통치했다. 엘리자베스 여왕은 70세가 되던 해인 1603년에 세상을 떠났다.

스티븐 스필버그의 영상으로 만나게 될 작품

게이샤의 추억
(Memoirs of a Geisha)

아서 골든 지음

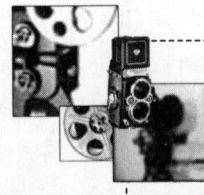

낯선 이의 손에 이끌려 도착한 교토의 오키야.
휘황찬란한 도시의 불빛 위로
병상에 누워 시름시름 앓는 어머니와
가난과 씨름하며 어망을 손질하는 아버지,
감기에 걸린 바다와
돌아오지 않을 어린 시절이 오버랩된다.

하녀 생활로 시작한 게이샤 견습생의 길은
길바닥에 떨어진 오징어보다 더럽고
작두를 타는 무당보다 혹독하며
한겨울에 알몸으로 쫓겨난 아이보다 춥다.
그 정도로는 부족했을까,
오키야 탈출 실패로 희망마저 빼앗긴 치요,
팔자에 물이 많다던 치요의 어린 시절은
그렇게 상처투성이가 되어 흘러간다.

―그렇게 슬퍼하기에는 너무 좋은 날씨야.
절망하는 치요의 손에 동전을 쥐어 주며
아이스크림을 사 먹으라던 남자,
그 남자에 의해 막연하던 삶은 살아가야 할 이유를 찾는다.

삶의 이유와 함께 찾아온 교토 최고의 게이샤 마메하.
치요를 게이샤로 받아들인
마메하의 이유 있는 사랑이
마침내 시작된다.

※ 11월 초 발간 예정

현대문화센타에서 자랑하는 작가
조안나 린지

JOHANNA LINDSEY

Man of My Dreams

허영심 많은 여자들의 질투와 어리석은 남자들의 구애,
메건은 너무 아름다워서 슬픈 여인이다.
외모만 보고 애달아하는 남자들의 눈먼 사랑은
메건에게서 친구들의 우정을 앗아가고,
티파니만이 메건의 아픔을 이해하고 감싸주는데…….

'난 그를 원해. 바로 내가 찾던 사람이야.'

행여 단 하나뿐인 친구의 사랑을 방해할까,
메건은 그에게 이기적이고 독선적인 모습만 보이지만,
시간이 지나면 지날수록 흔들리는 마음은
사랑과 우정 사이를 방황한다.

뜻밖의 시련,
메건은 결심한다.
자신을 아프고 힘들게 한 이들에게
그만큼의 고통을 선사하리라고.

※ 11월 중순 발간 예정

옮긴이 **이 석 태**

건국대학교 철학과 졸업.
현재 전문 번역가로 활동 중.
번역서로는 <예언자의 노래> 등.

사랑이여 나를 기억하라

지은이 : 버트리스 스몰
옮긴이 : 이석태
펴낸이 : 양장목
펴낸곳 : 현대문화센타
    (122 - 030) 서울시 은평구 대조동 191-1
    전화 : 384-0690~1   팩스 : 384-0692
    E-mail : hdpub@elim.net   천리안 ID : hdpub
출판등록일 : 1992년 11월 19일(제3-448호)

초판 1쇄 인쇄일 : 1998년 10월 26일
초판 1쇄 발행일 : 1998년 10월 30일

값 8,000 원

ISBN 89-7428-098-1

※ 잘못 만들어진 책은 교환해 드립니다.